MILLÉNIUM 4

D'après les personnages
créés par Stieg Larsson
(1954-2004)

"Actes noirs"

DU MÊME AUTEUR

MOI, ZLATAN IBRAHIMOVIĆ. MON HISTOIRE RACONTÉE À DAVID LAGERCRANTZ, J. C. Lattès, 2013 ; Le Livre de poche n° 33167.

Cartes p. 6-7 et p. 398 :
© Emily Faccini

Titre original :
Det som inte dödar oss
Éditeur original :
Norstedts Förlag, Stockholm
Publié avec l'accord de Norstedts Agency
© David Lagercrantz et Moggliden AB, 2015

© ACTES SUD, 2015
pour la traduction française
ISBN 978-2-330-05390-1

DAVID LAGERCRANTZ

Ce qui ne me tue pas

MILLÉNIUM 4

roman traduit du suédois
par Hege Roel-Rousson

ACTES SUD

GAMLA STAN

① Slottet
② Järntorget
③ M.Trotzigs gränd
④ Österlånggatan
⑤ Västerlånggatan

NORRMALM

Stads-
biblioteket
Handels-
högskolan
Observatorie-
lunden
Stureplan
Konserthuset
Operan
Grand Hôtel
Nationalmuseum
ÖSTERMALM
DJUR-
GÅRDEN
SKEPPS-
HOLMEN
Stadshuset
Slottet
GAMLA
STAN
Riddarholmskyrkan
RIDDARHOLMEN
SALTSJÖN
Tavastgatan
SLUSSEN
Stadsgårdskajen
Katarinavägen
S:t Paulsgatan
Mariatorget
Mosebacke torg
SÖDERMALM
Synagogue
S:ta Maria Magdalena kyrka
MEDBORGAR-
PLATSEN
Ingarö
Saltsjöbaden
SKANSTULL

Rådhuset – Mairie/Tribunal	Stadsbiblioteket – Bibliothèque nationale
Konserthuset – Maison des concerts	Tantolunden – Parc Tantolunden
Stadshuset – Hôtel de ville	Nationalmuseum – Musée national
Handelshögskolan – École de commerce	Polishuset – Commissariat
Observatorielunden – Parc de l'Observatoire	Slottet – Palais royal

UN AN PLUS TÔT À L'AUBE

CETTE HISTOIRE COMMENCE par un rêve, un rêve qui n'a rien d'extraordinaire. Juste une main qui frappe régulièrement et inlassablement contre un matelas dans l'ancienne chambre de Lundagatan.

Pourtant, c'est à cause de ce rêve que Lisbeth Salander sort de son lit au petit matin, s'installe devant son ordinateur, et commence la traque.

I

L'ŒIL QUI VEILLE

1ᵉʳ-21 novembre

La NSA, National Security Agency, est un organisme fédéral placé sous l'autorité du département de la Défense des États-Unis. Son siège se trouve à Fort Meade dans le Maryland, au bord de l'autoroute Patuxent.

Depuis sa fondation en 1952, la NSA s'occupe du renseignement d'origine électromagnétique – aujourd'hui principalement Internet et l'activité téléphonique. Les pouvoirs de l'organisme n'ont cessé d'être élargis, il intercepte désormais plus de vingt millions de messages et conversations par jour.

1

DÉBUT NOVEMBRE

FRANS BALDER S'ÉTAIT TOUJOURS CONSIDÉRÉ comme un père minable.

Le petit August avait déjà huit ans, et jusqu'à ce jour Frans n'avait jamais essayé d'endosser son rôle de père. Même à cet instant, il eût été faux de prétendre qu'il se sentait à l'aise face à ses responsabilités. Mais il estimait que c'était son devoir. Son fils avait la vie dure chez son ex-femme et l'enfoiré qui lui tenait lieu de fiancé, Lasse Westman.

Frans Balder avait donc lâché son poste dans la Silicon Valley et pris l'avion pour regagner son pays. Il se trouvait à présent à l'aéroport d'Arlanda et attendait un taxi. Il se sentait un peu perdu. La météo était infernale. Pluie et tempête lui fouettaient le visage et il se demandait pour la énième fois s'il avait fait le bon choix.

De tous les crétins égocentriques du monde, c'était lui qui allait se retrouver papa à plein temps. Un peu tordu, quand même... Autant aller travailler dans un zoo. Il ne connaissait rien aux enfants et pas grand-chose à la vie en général. Et le plus curieux dans l'histoire, c'est que personne ne lui avait rien demandé. Aucune mère ou grand-mère n'avait téléphoné pour le sommer d'assumer enfin ses responsabilités.

Il avait pris la décision seul et s'apprêtait à débarquer chez son ex-femme pour récupérer son fils, sans prévenir et en dépit du jugement relatif à la garde. Ça allait foutre la pagaille, évidemment. Il aurait certainement droit à une sacrée rouste de la part de cet abruti de Lasse. Tant pis.

Il s'engouffra dans le taxi. Le chauffeur était une femme qui mâchait frénétiquement son chewing-gum tout en essayant de lui faire la conversation. Peine perdue : même en temps normal, Frans Balder n'était pas du genre bavard.

Impassible, sur la banquette arrière, il songeait à son fils et à tout ce qui s'était passé ces derniers temps. August n'était pas l'unique ni même la principale raison de sa démission de chez Solifon. Frans était à un tournant de sa vie et, l'espace d'un instant, il se demanda s'il aurait le courage, finalement. À l'approche de Vasastan, il eut l'impression de se vider de ses forces et dut réprimer un désir impérieux de tout laisser tomber. Il n'avait pas le droit d'abandonner maintenant.

Il régla sa course sur Torsgatan, empoigna ses bagages et les déposa juste derrière la porte d'entrée de l'immeuble. Il monta l'escalier, ne gardant à la main que la valise vide achetée à l'aéroport international de San Francisco et décorée d'une carte du monde aux couleurs vives. Puis il s'arrêta, essoufflé, devant la porte et ferma les yeux en imaginant les scénarios de dispute les plus fous. *Qui pourrait leur en vouloir, au fond ?* se dit-il. Personne ne surgit comme ça de nulle part pour enlever un enfant à son environnement familial, encore moins un père dont l'implication s'était limitée jusqu'alors à des virements sur un compte bancaire. Mais pour lui il s'agissait d'une situation d'urgence et, malgré son envie de fuir, il prit son courage à deux mains et sonna à la porte.

Un moment de silence. Puis la porte s'ouvrit à la volée et Lasse Westman se dressa devant lui, avec ses yeux bleus intenses, sa poitrine massive et ses énormes pognes qui semblaient conçues pour aplatir les gens. C'était grâce à elles qu'il interprétait si souvent des rôles de *bad guy* à l'écran, même si aucun de ces rôles – ça, Frans Balder en était persuadé – n'était aussi *bad* que celui qu'il jouait au quotidien.

— Oh là là ! s'exclama Westman. Le génie en personne qui vient nous rendre visite. Excusez du peu.

— Je suis venu chercher August.

— Quoi ?

— Je veux l'emmener avec moi, Lasse.

— Tu plaisantes ?

— Je n'ai jamais été aussi sérieux, répondit Frans au moment où Hanna surgissait d'une pièce sur la gauche.

Elle n'était plus aussi belle qu'avant. Trop de galères, de cigarettes et d'alcool, sans doute. Pourtant, une vague de tendresse inattendue envahit Frans, surtout lorsqu'il aperçut un bleu sur son cou. Elle parut vouloir dire un mot accueillant mais n'eut pas le temps d'ouvrir la bouche.

— Pourquoi tu t'en soucies tout d'un coup? dit Lasse.

— Parce que ça suffit. August a besoin d'une maison où il se sente en sécurité.

— Et toi, t'es en mesure de lui offrir ça, Géo Trouvetou? Qu'est-ce que tu sais faire dans la vie, à part scruter l'écran d'un ordinateur?

— J'ai changé, dit Frans, et il se sentit pathétique, en partie parce qu'il doutait d'avoir changé d'un iota.

Il tressaillit en voyant Lasse Westman s'avancer vers lui de toute sa corpulence, mû par une colère sourde. L'écrasante vérité lui apparut dans son évidence : cette idée était cinglée depuis le début, il n'aurait absolument rien à opposer à ce fou furieux s'il décidait de passer à l'attaque. Mais, curieusement, il n'y eut ni scène ni accès de colère, juste un sourire sinistre et ces mots :

— Mais voilà qui est merveilleux!

— Comment ça?

— Il est grand temps, tout simplement, n'est-ce pas Hanna? Enfin un peu de sens des responsabilités de la part de M. Trop-Occupé. Bravo, bravo! poursuivit Westman en applaudissant de façon théâtrale.

Après coup, ce qui avait le plus sidéré Balder, c'était la facilité avec laquelle elle avait laissé partir le gamin. Sans protester, sinon pour la forme, ils l'avaient laissé emmener le gosse. Peut-être August n'était-il qu'un fardeau pour eux. Difficile à savoir.

Hanna lui lança un regard indéchiffrable, mains tremblantes, mâchoire crispée. Mais elle posa trop peu de questions. Elle aurait dû lui faire subir un interrogatoire, avancer mille exigences et instructions, s'inquiéter de voir les habitudes du garçon bouleversées. Elle se contenta d'un :

— Tu en es sûr? Tu vas t'en sortir?

— Oui, j'en suis sûr, dit-il.

Puis ils gagnèrent la chambre d'August et Frans le vit pour la première fois depuis plus d'un an.

La honte le foudroya. Comment avait-il pu abandonner un tel garçon ? Il était si beau, si merveilleux avec ses boucles de cheveux touffus, son corps fluet et ses yeux bleus, graves, totalement absorbé par un puzzle géant représentant un voilier. Tout dans son apparence semblait crier "Ne me dérangez pas". Frans s'avança lentement, comme s'il approchait un être étranger et imprévisible.

Il réussit pourtant à distraire le garçon et à lui prendre la main pour qu'il le suive dans le couloir. Il n'oublierait jamais cet instant. À quoi pensait August ? Que se disait-il ? Il ne regarda ni lui ni sa mère, ignorant tout signe ou mot d'adieu. Il disparut simplement avec lui dans l'ascenseur. Ce fut aussi simple que ça.

AUGUST ÉTAIT AUTISTE. Il souffrait sans doute également de déficiences mentales lourdes, même si on ne leur avait jamais donné de réponse claire à ce sujet et que, vu de l'extérieur, on pouvait facilement se convaincre du contraire. Avec ce charmant visage toujours concentré, il dégageait une sorte de noblesse, ou du moins une aura, comme s'il considérait que le reste du monde n'avait aucun intérêt. Mais en l'observant plus attentivement, on distinguait un voile sur son regard. Et il n'avait encore jamais prononcé le moindre mot.

De fait, il avait trompé tous les pronostics établis à l'âge de deux ans. À l'époque, les médecins avaient annoncé qu'August appartenait vraisemblablement à la minorité d'enfants autistes sans déficience intellectuelle et que, moyennant une thérapie comportementale intensive, les perspectives seraient même sans doute assez bonnes. Mais rien ne s'était déroulé comme ils l'avaient espéré. Et Frans Balder ne savait franchement pas ce qu'étaient devenus ces aides et ces soutiens, ni même l'enseignement scolaire qu'avait pu recevoir le garçon. Frans était parti vivre ailleurs. Il s'était installé aux États-Unis et s'était retrouvé en conflit avec le monde entier.

Il s'était comporté comme un imbécile. Mais dorénavant, il allait rembourser sa dette et s'occuper de son fils. Et il s'y mit avec ardeur. Il se documenta à fond, contacta spécialistes et pédagogues, et une chose lui apparut clairement : August n'avait jamais bénéficié de l'argent qu'il avait envoyé. Le fric avait été englouti ailleurs, sans doute dans la débauche et les dettes de jeu de Lasse Westman. Le garçon avait de toute évidence été négligé. On l'avait laissé se figer dans ses habitudes compulsives, et il avait dû subir bien pire encore – c'était aussi la raison pour laquelle Frans était revenu.

Un psychologue lui avait téléphoné, alerté par de mystérieuses contusions sur le corps du garçon. Ces marques, Frans pouvait à présent les observer. Il y en avait partout : sur les bras, les jambes, la poitrine et les épaules d'August. D'après Hanna, elles provenaient de crises lors desquelles il se jetait d'avant en arrière. Frans Balder fut d'ailleurs témoin d'une de ces crises dès le deuxième jour, et il eut une sacrée trouille. Mais, pour lui, cela ne concordait pas avec les contusions en question.

Redoutant qu'August ait subi des sévices, il chercha de l'aide auprès d'un généraliste et d'un ancien policier qu'il connaissait. Même s'ils ne furent pas en mesure de confirmer à cent pour cent ses soupçons, Frans était chaque jour plus indigné et rédigea toute une série de lettres et de plaintes. Il en négligea presque le garçon. Il sentit à quel point il était facile d'oublier sa présence. La plupart du temps, August restait assis par terre, dans la chambre que Frans lui avait préparée dans la villa de Saltsjöbaden, avec fenêtre donnant sur l'eau, et faisait ses puzzles. Des puzzles de plusieurs centaines de pièces qu'il assemblait avec virtuosité, pour les défaire aussitôt et reprendre à zéro.

Au début, Frans l'avait observé, fasciné. C'était comme regarder un artiste à l'œuvre, et il s'imaginait parfois que le garçon allait lever la tête et lancer quelque commentaire plein de bon sens. Mais August ne prononçait jamais le moindre mot et s'il levait le nez de son puzzle, c'était uniquement pour porter son regard droit vers la fenêtre et les reflets du soleil dans l'eau. Son père finit par le laisser tranquille. August pouvait bien rester là, seul avec lui-même. À vrai dire, Frans ne l'emmenait pas souvent se promener non plus, pas même dans le jardin.

D'un point de vue formel, il n'avait pas la garde du gamin et il ne voulait pas prendre de risques tant que l'aspect juridique n'était pas réglé. Il confia donc les courses, la cuisine et l'entretien à la femme de ménage Lottie Rask. De toute façon, les questions domestiques n'étaient pas le point fort de Frans Balder. Il maîtrisait ses ordinateurs et ses algorithmes, mais pas grand-chose d'autre ; et plus ça allait, plus il passait de temps concentré sur son écran et ses échanges avec ses avocats. La nuit, il dormait aussi mal qu'aux États-Unis.

Il savait que les procès et le foutoir qui va avec l'attendaient au tournant et tous les soirs il s'enfilait une bouteille de rouge, en général de l'amarone, ce qui en réalité n'arrangeait pas la situation. Ou bien de façon très provisoire. Il se sentait de plus en plus mal et se mit à rêver de disparaître ou de s'envoler vers une destination sauvage loin de tout. Puis, un samedi de novembre, un événement capital se produisit. C'était un soir froid et venteux. August et Frans longeaient Ringvägen, grelottants.

Ils rentraient d'un dîner chez Farah Sharif, rue Zinken, et August aurait dû être au lit depuis longtemps. Mais le repas s'était éternisé et Frans avait passé la soirée à évoquer des choses qu'il aurait dû garder pour lui. Farah avait cette faculté de vous pousser à la confidence. Ils se connaissaient depuis leurs années d'études informatiques à l'Imperial College, à Londres, et aujourd'hui Farah était l'une des seules personnes de son niveau dans le pays, ou du moins l'une des seules à pouvoir suivre convenablement son raisonnement, et c'était pour Balder un soulagement de parler avec quelqu'un qui le comprenait.

Elle l'attirait aussi, mais malgré ses efforts il n'avait jamais réussi à la séduire. Frans Balder n'était pas un séducteur. Ce soir-là, cependant, leur étreinte d'adieu avait failli se transformer en baiser, ce qu'il considérait comme un grand progrès. Il en était là de ses pensées quand ils passèrent devant le stade Zinkensdamm.

Frans était en train de se dire que la prochaine fois il ferait appel à une baby-sitter et qu'alors peut-être... Qui sait? Un chien aboyait au loin. Un cri de femme retentit derrière lui, de douleur ou de joie, difficile à dire. Il regarda en direction de Hornsgatan, vers le carrefour où il pensait héler un taxi ou prendre le métro en direction de Slussen. La pluie menaçait.

Le pictogramme piéton passa au rouge. De l'autre côté de la rue se trouvait un homme décrépit d'une quarantaine d'années qui lui parut vaguement familier. À cet instant, Frans empoigna la main d'August.

Il voulait juste s'assurer que son fils s'arrête bien sur le trottoir, et c'est là qu'il s'en aperçut : la main du garçon était tendue comme s'il réagissait vivement à un événement. En outre, ses yeux étaient clairs et son regard intense, comme si le voile avait été levé d'un coup de baguette magique et qu'au lieu de fixer ses propres méandres August saisissait quelque chose de plus grand et de plus profond autour de ce passage piéton et de ce carrefour. Frans en oublia le pictogramme qui passait au vert.

Il laissa le garçon demeurer là, à observer la scène. Et ressentit une indéfinissable vague d'émotion dont il s'étonna. Ce n'était qu'un regard. Un regard ni particulièrement lumineux ni particulièrement joyeux. Pourtant, ce regard réveilla en lui des souvenirs lointains. Et pour la première fois depuis longtemps, il fut gagné par l'espoir.

2

LE 20 NOVEMBRE

MIKAEL BLOMKVIST N'AVAIT DORMI que quelques heures. Il avait voulu lire jusqu'au bout un polar d'Elizabeth George. Ce n'était pas très raisonnable de sa part. Dans la matinée, Ove Levin, le gourou de la presse du groupe Serner Media, allait faire une déclaration concernant l'avenir de *Millénium* et Mikael aurait dû être frais et dispos pour le combat.

Mais il n'avait aucune envie d'être raisonnable. Il se sentait mal luné et ce fut à contrecœur qu'il se tira du lit pour aller préparer un cappuccino particulièrement fort sur sa Jura Impressa X7, une machine qui lui avait été livrée un jour, accompagnée des mots suivants : "De toute façon, d'après toi, je ne sais pas m'en servir", et qui depuis trônait dans sa cuisine comme un hommage à des jours meilleurs. Aujourd'hui, il n'avait plus de contact avec l'expéditeur. Quant à son travail, il ne le trouvait pas non plus particulièrement stimulant.

Ce week-end, il s'était même demandé s'il ne devait pas changer de voie, une idée plutôt radicale pour un homme comme Mikael Blomkvist. *Millénium* avait été sa passion la plus tenace, et la plupart des événements dramatiques ou extraordinaires de sa vie étaient liés à la revue. Mais rien n'était éternel, pas même peut-être son amour pour *Millénium*. Et puis, ce n'était pas une période prospère pour un propriétaire de journal d'investigation.

Toutes les publications ambitieuses périclitaient, et il ne pouvait se débarrasser de l'idée que sa conception du journalisme, peut-être belle et sincère d'un point de vue moral, n'aidait pas forcément à la survie du journal. Il rejoignit le salon en sirotant son café et embrassa du regard la baie de Riddar-fjärden. À l'extérieur, c'était plus ou moins la tempête.

L'été indien qui avait illuminé la ville une grande partie du mois d'octobre, permettant aux terrasses de cafés de rester ouvertes bien plus longtemps qu'à l'accoutumée, avait soudain laissé place à un climat affreux : rafales et pluies torrentielles incessantes. La plupart du temps, les gens pressaient le pas à travers la ville, le col rabattu. Mikael n'avait pas mis le nez dehors de tout le week-end. À vrai dire, ce n'était pas uniquement à cause du temps. Il avait passé deux jours à ruminer de grands projets de revanche, mais qui ne tenaient pas la route. Tout cela ne lui ressemblait pas.

Il n'avait rien d'un chien hargneux avide de rendre les coups et, à la différence de tant de stars du paysage médiatique suédois, il ne souffrait pas d'un ego surdimensionné qu'il fallait sans cesse affirmer et engraisser. D'un autre côté, les dernières années avaient été difficiles et à peine un mois plus tôt, le journaliste économique William Borg avait rédigé une chronique dans le journal du groupe Serner *Business Life* sous le titre :

LES JOURS DE MIKAEL BLOMKVIST SONT COMPTÉS

Le simple fait que l'article ait été placé en une prouvait évidemment que Blomkvist occupait encore une position importante sur l'échiquier journalistique. D'ailleurs, personne ne prétendait que la chronique fût particulièrement bien tournée ni originale. Elle aurait facilement pu tomber à plat, comme avant elle tant d'autres attaques de la part de confrères envieux. Mais pour une raison obscure, assez incompréhensible après coup, cette histoire avait pris de l'ampleur. Au début, on aurait pu voir le débat comme une réflexion sur le métier de journaliste – fallait-il comme Blomkvist "fouiner sans cesse dans la vie économique et s'accrocher à un journalisme des années 1970 dépassé" ou, comme William Borg lui-même, "balancer toute cette jalousie par-dessus bord et reconnaître le prestige des grands entrepreneurs qui avaient permis à la Suède de passer à la vitesse supérieure".

Mais peu à peu, la controverse avait dérapé et certains affirmaient avec véhémence que ce n'était pas un hasard si Blomkvist piétinait ces dernières années, "étant donné qu'il part du principe que tous les grands entrepreneurs sont des escrocs" et que, de ce fait, "il manque de discernement et dépasse les bornes dans ses articles". Il finissait par en faire les frais, écrivait-on. Pour couronner le tout, le vieux bandit par excellence, Hans-Erik Wennerström, que Blomkvist aurait poussé, au bout du compte, à la mort, bénéficia d'une légère vague de sympathie. Et, même si les médias sérieux se tenaient à l'écart, des attaques de tous calibres fleurirent sur les réseaux sociaux.

L'offensive ne venait pas uniquement de représentants de la vie économique et de journalistes travaillant dans ce domaine qui auraient eu toutes les raisons du monde de se ruer sur un ennemi en position de faiblesse. On avait aussi vu une ribambelle de jeunes journalistes en profiter pour se mettre en avant, soulignant le fait que Mikael Blomkvist n'était plus dans le coup, qu'il n'était présent ni sur Twitter ni sur Facebook, et qu'on pouvait pour ainsi dire le considérer comme une relique de cette époque lointaine où il était encore permis de s'immerger dans n'importe quel tas de vieux papelards. Ou bien les gens sautaient simplement sur l'occasion pour se joindre à la partie en créant des hashtags amusants du style #commeàlépoquedeblomkvist. Bref, c'était un ramassis de conneries et personne ne s'en préoccupait moins que lui. C'est du moins ce dont il tentait de se convaincre.

D'un autre côté, le fait qu'il n'avait pas débusqué un vrai bon scoop depuis l'affaire Zalachenko et que *Millénium* se trouvait effectivement en crise n'arrangeait nullement l'affaire. Le tirage se maintenait à peu près, avec vingt mille abonnés. Mais les recettes publicitaires étaient en forte baisse, il n'y avait plus eu de rentrée d'argent complémentaire provenant de livres à succès et, depuis que Harriet Vanger ne pouvait plus participer au capital, la direction du journal avait, contre l'avis de Mikael, laissé l'empire médiatique norvégien Serner acquérir trente pour cent des parts. Il y avait de quoi s'étonner, à première vue : Serner publiait à la fois des hebdomadaires et des tabloïds, était propriétaire d'un grand site de rencontres, de deux chaînes de télévision payantes et d'une équipe de football de la première ligue norvégienne. Rien à voir *a priori* avec une revue comme *Millénium*.

Mais les représentants de Serner – en premier lieu Ove Levin, directeur de publication – avaient affirmé que le groupe avait besoin d'un média de prestige, que "tout le monde" au sein de la direction admirait *Millénium* et qu'ils n'auraient pu rêver mieux que de voir le mensuel continuer comme avant. "Nous ne sommes pas là pour faire de l'argent, disait Levin. Nous voulons faire quelque chose d'important." Et il avait aussitôt veillé à renflouer les caisses de la revue.

Au début, Serner ne s'était effectivement pas impliqué dans le travail rédactionnel. C'était *business as usual*, mais avec un budget un peu plus confortable, insufflant un sentiment d'espoir au sein de la rédaction. Sentiment que Mikael Blomkvist partageait parfois, ayant l'impression inédite qu'il pouvait enfin se consacrer au journalisme plutôt que s'inquiéter de la trésorerie. Mais à peu près au moment où la cabale contre lui avait commencé, le ton de Serner avait changé. Les premières pressions s'étaient fait sentir – et il ne se déferait jamais du soupçon que le groupe avait simplement profité de l'occasion.

Évidemment, disait Levin, le mensuel devait continuer ses enquêtes de fond, ce genre de journalisme narratif nourri par la recherche de justice sociale, etc. Mais tous les articles ne devaient pas forcément traiter de fraudes économiques, d'injustices et de scandales politiques. Il était également possible de faire du vrai journalisme en se consacrant à des sujets plus glamours – les célébrités et les avant-premières –, dit-il en évoquant avec ferveur *Vanity Fair* et *Esquire*, Gay Talese et son portrait de Sinatra "Frank Sinatra Has a Cold" devenu un classique, Norman Mailer, Truman Capote, Tom Wolfe et Dieu sait qui encore.

En réalité, Blomkvist n'avait pas vraiment d'objection, du moins pas à ce moment-là. Il avait lui-même rédigé un long reportage sur l'industrie des paparazzis six mois plus tôt. Il suffisait de trouver un angle intéressant et mordant pour être en mesure de dresser le portrait de n'importe quel quidam. Ce n'est pas le sujet qui détermine le bon ou le mauvais journalisme, avait-il l'habitude de dire, c'est la façon de le traiter. Non, ce à quoi il s'opposait, c'était la dérive qu'il devinait entre les lignes, le début d'une attaque de plus grande ampleur qui affaiblirait le statut de *Millénium* au sein du groupe, le réduirait à une simple publication malléable à merci, jusqu'à ce qu'on en ait fait un objet profitable – et insipide.

Lorsque, le vendredi après-midi, il avait appris qu'Ove Levin avait fait appel à un consultant pour procéder à une série d'études de marché qu'il comptait leur présenter le lundi, Mikael était rentré chez lui sans autre forme de procès et avait passé des heures à son bureau ou allongé sur son lit, à formuler différents discours incendiaires sur les raisons pour lesquelles *Millénium* devait maintenir sa ligne : Il y a des émeutes dans les banlieues. Un parti ouvertement xénophobe siège au Parlement. L'intolérance augmente de jour en jour. Le fascisme avance ses pions et il y a des SDF et des mendiants partout. À de nombreux égards, la Suède est devenue une nation honteuse… Il élaborait une multitude de belles formules éloquentes, et dans ses rêveries il connaissait toute une série de triomphes formidables après avoir énoncé des vérités fulgurantes, convaincantes, qui tiraient de leur torpeur l'ensemble de la rédaction et tout le groupe Serner, les galvanisaient jusqu'à ce que tout le monde décide de le suivre, dans un élan unanime.

Mais lorsqu'il redescendait sur terre, il se rendait bien compte que ces mots-là ne pèsent pas lourd dans la balance si personne n'y croit du point de vue économique. *Money talks, bullshit walks* et tout le tralala! La revue devait d'abord rapporter de l'argent. Ensuite, on pourrait changer le monde. C'était comme ça que les choses fonctionnaient. Plutôt que de planifier une série de discours exaltés, il se demanda donc s'il n'y avait pas moyen de dénicher un bon sujet. Une révélation importante capable de faire revenir la confiance au sein de la rédaction. Et alors personne n'en aurait plus rien à cirer des études de marché et des pronostics sur la vétusté de *Millénium* ou Dieu sait quelle foutaise qu'Ove avait l'intention de dégoiser.

Depuis son grand scoop, Blomkvist était devenu une sorte de boîte de réception. Tous les jours, il recevait des tuyaux au sujet de fraudes et d'affaires louches. Évidemment, il s'agissait en grande partie de pures conneries. Des procéduriers, des théoriciens du complot, des menteurs et des frimeurs sortaient des histoires plus insensées les unes que les autres qui résistaient rarement aux premières vérifications ou n'étaient pas assez consistantes pour donner matière à un article. À l'inverse, parfois, un sujet exceptionnel se cachait derrière une histoire tout à fait banale ou anecdotique. Une simple affaire d'assurances ou un individu porté disparu dissimulaient peut-être un grand récit universel. Qui pouvait savoir ? Il s'agissait d'être méthodique et de tout considérer avec un esprit ouvert. Le samedi, il s'installa donc devant son ordinateur portable et ses carnets de notes, et explora ce qu'il avait.

Il travailla jusqu'à 17 heures et découvrit effectivement une chose ou deux qui l'auraient sans doute fait démarrer au quart de tour dix ans auparavant mais qui, aujourd'hui, ne suscitaient chez lui qu'un maigre enthousiasme. C'était un problème classique, il était bien placé pour le savoir. Au bout d'un certain nombre d'années dans la profession, tout vous semble familier, à peu de chose près. Et même si, intellectuellement, vous comprenez qu'un sujet est bon, l'excitation n'est plus au rendez-vous. Lorsqu'une énième pluie glaciale se mit à balayer les toits, il s'était déjà interrompu pour se replonger dans le roman d'Elizabeth George.

Il ne s'agissait pas seulement d'un désir de fuir la réalité, se rassura-t-il. D'après son expérience, les meilleures idées pouvaient naître au moment où on débrayait. Et les dernières pièces du puzzle s'assembler alors qu'on était plongé dans une tout autre activité. Mais en l'occurrence ses idées les plus constructives ne l'amenèrent qu'à une seule conclusion : il devrait s'allonger plus souvent pour savourer de bons romans. Arrivé au lundi matin, sous un mauvais temps inchangé, il avait dévoré un polar d'Elizabeth George et la moitié d'un autre, ainsi que trois vieux numéros du *New Yorker* qui traînaient sur sa table de chevet.

À PRÉSENT, IL ÉTAIT ASSIS dans le canapé du salon avec son cappuccino, à observer l'orage s'abattre de l'autre côté de la fenêtre. Il se sentait fatigué, blasé. Puis soudain – comme s'il avait décidé à cet instant précis de se ressaisir –, il se leva d'un bond, enfila ses rangers et son manteau, et sortit.

C'était drôlement désagréable. Des rafales glaciales et humides pénétraient ses os jusqu'à la moelle et il pressa le pas pour rejoindre la rue Hornsgatan qui se déroulait devant lui, particulièrement grise en ce jour. Tout le quartier de Söder semblait avoir perdu ses couleurs. On ne voyait même pas une feuille d'automne scintiller dans l'air. Il passa devant l'église Maria Magdalena tête baissée, bras croisés sur la poitrine, en direction de Slussen, avant de piquer à droite sur Götgatsbacken. Comme d'habitude, il passa entre le magasin de prêt-à-porter Monki et le pub Indigo avant de monter les escaliers pour rejoindre les bureaux du journal au cinquième étage, juste au-dessus des locaux de Greenpeace. Il perçut les murmures dès la cage d'escalier.

Il y avait beaucoup plus de monde que d'habitude. L'ensemble de la rédaction était présent ainsi que les free-lances les plus importants, trois personnes de chez Serner, deux consultants et Ove Levin. Ce dernier avait choisi une tenue un peu moins stricte pour l'occasion. Il n'avait plus l'allure d'un directeur et avait visiblement trouvé quelques nouvelles expressions, notamment un "ça gaze" plus près du peuple.

— Ça gaze Micke ? La forme ?

— Ça dépendra de toi, répondit Mikael, sans vraiment vouloir se montrer désagréable.

Il sentit néanmoins que sa réponse avait été perçue comme une déclaration de guerre. Il fit un signe de tête rigide avant d'aller s'asseoir sur l'une des chaises disposées dans la rédaction, formant une sorte de petit auditorium.

OVE LEVIN SE RACLA LA GORGE en jetant un regard inquiet en direction de Mikael. Le grand reporter à succès qui avait semblé si combatif à son arrivée affichait désormais un intérêt courtois et ne montrait aucune intention d'argumenter ou de faire des histoires. Mais cela ne rassurait nullement Ove. Blomkvist et lui avaient été pigistes à la même époque à *Expressen*. Ils couvraient alors surtout les faits divers et les chiens écrasés. Mais, autour d'une table, à la fin de la journée, ils rêvaient de grandes enquêtes et de révélations chocs. Ils avaient passé des heures à discuter, jurant de ne jamais se contenter du conventionnel ni du consensuel, et de fouiller toujours plus profond. Ils étaient jeunes et ambitieux et voulaient tout en même temps. Ove regrettait parfois cette époque. Pas le salaire, évidemment, ni les horaires, ni même la vie de patachon, les tournées dans les bars, les femmes. Mais les rêves, leur force – oui, il les regrettait. Ce désir fervent de changer la société et le journalisme, d'être capable de transformer le monde, de faire plier les pouvoirs. Et bien sûr, c'était inévitable, même pour un gros bonnet comme lui, il lui arrivait de se demander : Que s'est-il passé ? Que sont devenus mes rêves ?

Micke Blomkvist les avait tous accomplis, lui. Non seulement parce qu'il était le journaliste d'investigation à l'origine de quelques-unes des plus grosses révélations récentes, mais aussi parce qu'il écrivait avec cette force et cette ferveur dont ils avaient rêvé, et qu'il ne cédait jamais sous la pression des autorités, n'acceptait jamais de compromis quand il s'agissait de ses idéaux. Alors qu'Ove, lui... Enfin, il avait quand même fait une belle carrière. Aujourd'hui, il gagnait sans doute dix fois plus que Blomkvist, et il en tirait une immense satisfaction. À quoi lui servaient ses scoops, à Micke, s'ils ne lui permettaient même pas de s'acheter une résidence secondaire plus chouette que ce petit hangar à Sandhamn ? Mon Dieu, on ne pouvait pas comparer ce taudis à sa nouvelle baraque à lui, à Cannes ! Rien à voir ! Non, c'était lui qui avait fait le bon choix, pas Mikael.

Au lieu de perdre son temps dans la presse quotidienne, Ove avait choisi un poste d'analyste des médias chez Serner et avait noué une relation très forte avec Haakon Serner lui-même. Cela avait changé sa vie et fait de lui un homme riche. Il était désormais directeur de la publication pour un bon nombre de journaux et de chaînes de télévision, et il adorait ça. Il adorait le pouvoir, l'argent et tout ce qui allait avec... Et pourtant... Il était suffisamment honnête pour admettre qu'il rêvait encore parfois de cette autre dimension – toutes proportions gardées, certes, mais quand même. Il aurait voulu être considéré comme un bon journaliste lui aussi, à l'instar de Blomkvist. C'était sûrement pour cette raison qu'il avait autant œuvré à ce que le groupe entre au capital de *Millénium*. Un petit oiseau lui avait chuchoté que la revue traversait une crise économique et que la rédactrice en chef, Erika Berger, qu'il avait toujours secrètement désirée, espérait conserver ses dernières recrues, Sofie Melker et Emil Grandén. Ce qu'elle ne serait pas en mesure de faire sans un nouvel apport de capital.

Bref, Ove avait tout simplement vu là une opportunité de mettre un pied dans l'un des organes les plus prestigieux du monde médiatique suédois. La direction du groupe ne s'était pas montrée particulièrement enthousiaste. Au contraire, on grommelait que *Millénium* était vieillot et gauchiste et avait une fâcheuse tendance à s'embrouiller avec des annonceurs et collaborateurs importants. L'affaire serait tombée à l'eau si Ove n'avait pas défendu son idée avec autant de passion. Il avait insisté : il fallait regarder le tableau dans son ensemble, disait-il. Un investissement dans *Millénium* représentait une somme dérisoire, un apport insignifiant qui n'allait peut-être pas rapporter gros, mais qui pourrait leur offrir quelque chose de bien plus important : la crédibilité. Et on pouvait dire ce qu'on voulait, après toutes ces coupes budgétaires sanglantes, la crédibilité de Serner laissait franchement à désirer. Miser sur *Millénium* serait une façon de montrer que le groupe se souciait malgré tout du journalisme et de la liberté d'expression. La direction du groupe ne vénérait ni la liberté d'expression ni le journalisme d'investigation façon *Millénium*, mais une petite dose de probité ne pouvait pas faire de mal. Tout le monde l'admettait. Ove reçut donc le feu vert pour cet investissement et pendant longtemps ça avait paru être une bonne affaire pour tout le monde.

Serner s'était ainsi fait une bonne publicité et *Millénium* avait pu garder son personnel et miser sur ce que la revue savait faire de mieux : des reportages de fond, du journalisme de qualité. De son côté, Ove, sous le feu des projecteurs, se sentait comme un poisson dans l'eau et participa même à un débat organisé par le Club de la presse au cours duquel il déclara en toute modestie :

— Je crois aux entreprises de qualité. J'ai toujours lutté en faveur du journalisme d'investigation.

Mais ensuite… Il préférait ne pas y penser. La cabale contre Blomkvist avait commencé. En réalité, ça ne l'avait pas tant dérangé, au début. Depuis que Blomkvist était monté au firmament du ciel médiatique, il ne pouvait s'empêcher de se réjouir quand on se moquait de lui dans les médias. Mais cette fois, la satisfaction fut de courte durée. Le jeune fils de Serner, Thorvald, avait découvert la polémique sur les réseaux sociaux et en avait fait tout un plat. Non pas qu'il se sentît concerné, pas du tout. Thorvald n'était pas du genre à s'intéresser aux opinions des journalistes. Mais il aimait le pouvoir.

Il adorait intriguer et il avait vu là une occasion de marquer quelques points, ou simplement de faire la leçon à la vieille garde au sein de la direction. En peu de temps, il avait réussi à amener le PDG Stig Schmidt – qui jusque-là n'avait pas de temps à perdre avec ce genre de détails – à déclarer qu'on ne pouvait pas faire de *Millénium* une exception et que le journal devait s'adapter aux temps nouveaux, comme les autres produits du groupe.

Ove, qui venait de jurer solennellement à Erika Berger qu'il ne se mêlerait pas du travail de la rédaction autrement qu'à titre d'"ami et consultant", se sentit soudain les mains liées et se vit contraint de jouer un jeu délicat en coulisse. Il tentait par tous les moyens de faire adhérer Erika, Malou et Christer aux nouveaux objectifs de la revue, qui n'étaient d'ailleurs pas formulés très clairement – ce qui surgit sous le coup de la panique l'est rarement – mais portaient sur les enjeux de renouvellement et de commercialisation de *Millénium*.

Évidemment, Ove soulignait autant que possible qu'il n'était nullement question de faire des compromis mettant en danger l'âme du journal et son ton insolent. En réalité, il n'était pas vraiment sûr lui-même de ce qu'il entendait par là. Il savait seulement qu'il fallait apporter un peu plus de glamour pour satisfaire la direction et réduire la part des longues enquêtes sur la vie économique qui risquaient d'agacer les annonceurs et de générer de nouveaux ennuis. Mais ça, forcément, il n'en dit rien à Erika.

Il voulait éviter les conflits inutiles et c'était en vêtements décontractés qu'il faisait face aujourd'hui à la rédaction. Mieux valait jouer la prudence et éviter l'affrontement de styles en arborant les costume-cravate tape-à-l'œil devenus tellement à la mode au siège. Il était donc vêtu d'un jean, d'une chemise blanche toute simple et d'un pull bleu marine col en V qui n'était même pas en cachemire. Ses longs cheveux bouclés – son petit côté rebelle, depuis toujours – étaient réunis en queue de cheval, à l'instar de certains journalistes télé qu'il trouvait cools. Mais surtout, dans ses mots d'introduction, il fit preuve de toute l'humilité apprise au cours de ses formations de management :

— Salut tout le monde, dit-il. Quel sale temps ! Bon, je l'ai déjà dit plusieurs fois, mais je le redis volontiers : chez Serner on est tous très fiers de faire partie de cette aventure, et à titre personnel ça va bien au-delà. C'est l'engagement dans des journaux tels que *Millénium* qui donne du sens à mon travail, qui me rappelle la raison pour laquelle j'ai choisi ce métier. Tu te souviens, Micke, au Bar de l'Opéra ? Comme on rêvait de tout ce qu'on allait accomplir ensemble ? Et on ne crachait pas dans nos verres non plus – il émit un petit rire.

Rien n'indiquait que Mikael Blomkvist se souvenait de quoi que ce soit, mais Ove Levin ne se laissa pas décourager.

— Non, je ne vais pas jouer les nostalgiques, poursuivit-il, en réalité, il n'y a pas de quoi. À l'époque, l'argent coulait à flots. Pour le moindre petit meurtre à Kråkemåla dont tout le monde se foutait, on louait un hélicoptère, on réservait un étage entier du plus bel hôtel et on commandait du champagne pour l'*after*. Vous savez, lors de mon premier voyage à l'étranger, j'ai demandé au grand reporter Ulf Nilson le cours du Deutsche Mark. "Je n'en ai pas la moindre idée, a-t-il répondu, c'est moi qui fixe le taux de change."

Il rit de nouveau.

— Alors, à l'époque on salait les notes de frais de voyage, tu te rappelles, Micke ? C'était peut-être bien le domaine où on se montrait le plus créatif. Pour le reste, on ne se prenait pas la tête et pourtant les journaux se vendaient comme des petits pains. Mais beaucoup de choses ont changé depuis – nous le savons tous. La concurrence est devenue féroce et il est de plus en plus difficile de faire des profits dans le domaine de la presse, même en possédant, comme vous, la meilleure rédaction de toute la Suède. Je voudrais donc qu'on évoque ensemble les défis de demain. Non pas que j'imagine un seul instant vous apprendre quoi que ce soit. Je souhaite seulement vous donner un peu de matière à discussion. Chez Serner, nous avons fait établir un certain nombre d'études concernant votre lectorat et la façon dont le public perçoit *Millénium*. Une partie va peut-être vous horrifier. Mais plutôt que de vous laisser démoraliser, vous devrez prendre ça comme un défi. Et n'oubliez pas que là, dehors, un processus de changement de dingue est en cours.

Ove fit une pause, se demandant si la formulation "de dingue" était une erreur, une tentative exagérée de paraître détendu et jeune. Si, de façon générale, il n'avait pas commencé sur un ton trop badin ni trop familier. Comme disait Haakon Serner : "Il ne faut jamais sous-estimer le manque d'humour des moralisateurs sous-payés." *Mais non*, finit-il par se convaincre, *je vais y arriver.*

Je vais les rallier à mon camp!

MIKAEL BLOMKVIST AVAIT CESSÉ D'ÉCOUTER à peu près au moment où Ove expliquait que chacun devait songer à sa "conversion numérique". Il n'avait donc pas suivi le compte rendu selon lequel la jeune génération ignorait tout de *Millénium* et de Mikael Blomkvist. Mais le sort voulut que ce soit pile à ce moment-là qu'il en eut assez et se leva pour rejoindre la kitchenette. Il n'entendit donc pas non plus le consultant norvégien Aaron Ullman s'exclamer :

— C'est pathétique. Il a donc tellement la trouille qu'on l'oublie?

En réalité, rien ne pouvait moins inquiéter Mikael à ce moment-là. Il était furieux parce que Ove semblait penser que le salut passait par des enquêtes d'opinion. Ce n'étaient pas de foutues études de marché qui avaient forgé le journal. Mais la ferveur et la passion. *Millénium* avait atteint sa notoriété parce qu'ils s'étaient tous investis pour ce qui leur paraissait juste et important, sans se soucier du sens du vent. Il demeura planté dans la kitchenette en se demandant combien de temps Erika mettrait à le rejoindre.

Cela prit environ deux minutes. Il tenta de déterminer le niveau de sa colère au son de ses talons. Mais lorsqu'elle fut devant lui, elle lui adressa simplement un sourire las :

— Comment tu vas ?

— Je n'avais pas le courage d'écouter, c'est tout.

— Tu n'ignores pas que tu mets les gens foutrement mal à l'aise quand tu te comportes comme ça ?

— Non.

— Et je suppose que tu sais aussi que Serner ne peut absolument rien faire sans notre accord. C'est toujours nous qui tenons les rênes.

— On tient que dalle. On est pris en otages, Ricky ! Tu ne le comprends donc pas ? Si on n'agit pas selon leurs souhaits, ils retirent leur soutien et on se retrouve le cul par terre, dit-il, un peu trop fort et avec un peu trop de véhémence.

Lorsque Erika lui fit signe de baisser d'un ton et secoua la tête, il ajouta d'une voix plus modérée :

— Excuse-moi. Je suis un vrai gamin. Mais là je rentre chez moi. J'ai besoin de réfléchir.

— Tes journées de travail sont de plus en plus courtes.

— J'imagine qu'il me reste pas mal d'heures sup à récupérer.

— Sans doute. Envie de compagnie ce soir ?

— Je ne sais pas. Sincèrement, je ne sais pas Erika, dit-il avant de quitter les bureaux et de sortir sur Götgatsbacken.

LA TEMPÊTE ET LA PLUIE s'abattirent sur lui. Il avait froid, poussa des jurons et envisagea un instant de foncer à Pocketshop acheter encore un polar anglais qui lui permettrait de s'évader. Mais il bifurqua sur Sankt Paulsgatan, juste à hauteur du restaurant de sushis, son portable se mit à sonner. Il était persuadé que c'était Erika, mais le nom de Pernilla, sa fille, s'afficha sur l'écran du téléphone : elle n'avait pas choisi le meilleur moment pour appeler un père qui avait déjà mauvaise conscience de ne pas assez s'occuper d'elle.

— Salut, mon trésor, dit-il.

— C'est quoi ce bruit ?

— La tempête, je suppose.

— OK, je vais faire vite. J'ai été acceptée en section d'écriture à l'école de Biskops Arnö.

— Alors maintenant tu veux écrire, dit-il sur un ton bien trop sévère, à la limite du sarcasme, ce qui était évidemment injuste à tous points de vue.

Il aurait dû se contenter de la féliciter et lui souhaiter bonne chance. Mais Pernilla avait vécu tant d'années confuses, passant d'une secte étrange à une autre, étudiant tantôt une chose tantôt l'autre, sans jamais aller au bout de quoi que ce soit, qu'il accueillit la nouvelle de cette énième orientation avec lassitude.

— Cache ta joie.

— Pardon Pernilla. Je ne suis pas moi-même aujourd'hui.

— Parce que ça t'arrive de l'être ?

— J'aimerais juste que tu trouves une voie qui te convienne vraiment. Je ne sais pas si l'écriture est une si bonne idée vu l'état du secteur.

— Je ne vais pas faire du journalisme rasoir comme toi.

— Tu vas faire quoi alors ?

— Écrire pour de vrai.

— D'accord, dit-il sans vraiment savoir ce qu'elle entendait par là. Tu as assez d'argent ?

— Je fais des extras au Waynes Coffee.

— Tu veux venir dîner ce soir pour qu'on en parle ?

— Pas le temps, papa. Je voulais juste te l'annoncer, dit-elle avant de raccrocher.

Même s'il s'efforçait de considérer l'aspect positif de l'enthousiasme de sa fille, sa mauvaise humeur ne fit qu'empirer. Il coupa rapidement par Mariatorget et Hornsgatan pour rejoindre son loft en remontant Bellmansgatan.

Il eut l'impression qu'il ne s'était absenté que quelques minutes, et qu'il n'avait plus vraiment d'obligations professionnelles.

Qu'il était en route pour une nouvelle existence dans laquelle, plutôt que de se tuer à la tâche, il disposerait de tout son temps. L'espace d'un instant, il se demanda s'il n'allait pas faire un bon coup de ménage. Il y avait des journaux, des livres et des vêtements éparpillés un peu partout. Puis il se ravisa, sortit deux Pilsner Urquell du frigo et s'installa dans le canapé du salon pour réfléchir à tout ça avec l'esprit clair. Ou du moins aussi clair qu'il était possible avec un peu d'alcool dans le sang. Que fallait-il faire ?

Il n'en avait pas la moindre idée et, plus inquiétant, ne ressentait pas vraiment l'envie d'en découdre. Il était plutôt étrangement résigné, comme si *Millénium* était sur le point de glisser hors de sa sphère d'intérêt. Il se posa la question encore une fois : n'était-il pas temps de passer à autre chose ? Ce serait évidemment une immense trahison envers Erika et les autres. Mais était-il vraiment l'homme qu'il fallait pour diriger un journal qui vivait d'annonces et d'abonnés ? Peut-être trouverait-il mieux sa place ailleurs, où que cela puisse être ?

L'hémorragie touchait même les plus gros quotidiens et le seul endroit où l'on trouvait encore les ressources et les moyens nécessaires pour faire des reportages d'investigation, c'était le service public. Soit l'équipe de recherche de l'*Ekot**, soit Sveriges Television… Bon, pourquoi pas ? Kajsa Åkerstam lui vint à l'esprit, une femme charmante à tous points de vue et avec laquelle il prenait un verre de temps en temps. Kajsa dirigeait l'émission *Contre-enquête* diffusée par SVT et tentait de le recruter depuis des années. Mais ça ne lui avait jamais paru d'actualité, quoi qu'elle lui eût proposé et malgré ses promesses réitérées de lui garantir une liberté absolue et de le soutenir en toutes circonstances. *Millénium* avait toujours été sa maison de cœur.

Mais maintenant… peut-être franchirait-il le pas, si toutefois l'offre tenait toujours après toutes les saloperies qu'on avait écrites sur lui. Il avait fait beaucoup de choses dans ce métier, mais jamais de la télévision – mis à part les centaines

* Abréviation de *Dagens Eko*, émission d'actualités de Sveriges Radio diffusée sur les ondes depuis 1937. *(Toutes les notes sont de la traductrice.)*

de débats et d'émissions matinales auxquels il avait participé. Un poste dans *Contre-enquête* pourrait peut-être lui insuffler un regain de ferveur.

Son portable sonna et l'espace d'un instant il en fut ravi. Que ce soit Erika ou Pernilla, il allait se montrer aimable et écouter pour de bon. Mais non, le numéro était masqué, et il décrocha avec un peu de réserve.

— C'est bien Mikael Blomkvist ? dit une voix qui lui parut jeune.

— Oui.

— Vous avez un moment ?

— Peut-être, si vous prenez la peine de vous présenter.

— Mon nom est Linus Brandell.

— D'accord Linus, qu'est-ce que vous voulez ?

— J'ai un sujet pour vous.

— J'écoute !

— Amenez-vous au Bishop's Arms de l'autre côté de la rue en bas de chez vous et je vous le dirai.

Mikael fut agacé, non seulement par ce ton impérieux, mais aussi par cette présence complètement intrusive dans son propre quartier.

— Le téléphone me convient très bien.

— Ce n'est pas le genre de choses dont on peut discuter sur une ligne non sécurisée.

— Pourquoi le fait de vous parler me fatigue-t-il déjà, Linus ?

— Vous avez peut-être passé une mauvaise journée ?

— J'ai effectivement passé une mauvaise journée, un point pour vous.

— Ben voilà. Dépêchez-vous de vous pointer au Bishop's Arms, je vous offrirai une bière et je vous raconterai un truc vraiment dément.

Mikael n'avait qu'une envie, lui claironner : "Arrêtez de me donner des ordres !" Et pourtant, sans pouvoir se l'expliquer, ou peut-être simplement parce qu'il n'avait rien de plus sensé à faire, sinon rester planté là à méditer sur son propre avenir, il répondit :

— Je règle mes propres bières. Mais OK, j'arrive.

— Vous faites bien.

— Mais, Linus, écoutez-moi.

— Oui.

— Si vous en avez pour des plombes et me sortez un tas de théories du complot du genre Elvis est encore en vie, ou que vous savez qui a tué Olof Palme sans jamais en venir aux faits, je rentre chez moi illico.

— *Fair enough*, dit Linus Brandell.

3

LE 20 NOVEMBRE

HANNA BALDER ÉTAIT DANS SA CUISINE en train de fumer des Camel sans filtre. Elle portait une robe de chambre bleue et des pantoufles grises usées et, même si elle avait de beaux cheveux épais et restait une beauté, elle avait mauvaise mine. Sa lèvre était enflée et l'épaisse couche de maquillage autour de ses yeux n'avait pas qu'une visée esthétique. Hanna avait encore pris une raclée.

Elle en recevait souvent. Il serait faux de prétendre qu'elle s'était habituée. Personne ne s'y habitue. Mais ça faisait partie de son quotidien et elle se souvenait à peine de la personne joyeuse qu'elle avait été un jour. La peur faisait désormais indissociablement partie de son être, et depuis quelque temps elle prenait des calmants et fumait soixante cigarettes par jour.

Lasse Westman jurait tout seul dans le séjour. Cela n'avait rien de surprenant. Elle savait depuis longtemps qu'il regrettait son geste généreux envers Frans. En réalité, elle avait trouvé ça mystérieux dès le début. Lasse dépensait les sommes que leur envoyait Frans pour le compte d'August. Durant de longues périodes, il avait même vécu principalement de cet argent. Hanna avait dû envoyer plus d'un mail où elle inventait des dépenses imprévues pour un pédagogue ou un cours adapté dont il n'avait en réalité jamais été question. C'était d'autant plus curieux : pourquoi avait-il renoncé à tout ça et laissé Frans emmener le garçon ?

Au fond, Hanna connaissait la réponse. Un élan d'arrogance sous le coup de l'alcool. Et la promesse d'un rôle dans une nouvelle série policière sur TV4, qui avait gonflé son ego encore davantage. Mais avant tout, c'était August. Lasse trouvait le garçon inquiétant et louche. Et c'était bien ce qu'il y avait de plus incompréhensible : comment pouvait-on détester August ?

Il passait son temps assis par terre avec ses puzzles, sans déranger personne. Pourtant Lasse avait l'air de le haïr. Sans doute était-ce à cause de son regard, ce regard étrange qui semblait tourné en lui-même plutôt que vers l'extérieur. Les gens en souriaient en général, en disant que le garçon devait avoir une vie intérieure très riche, mais pour une raison indéfinissable Lasse ne le supportait pas.

— Merde, Hanna ! Il regarde droit à travers moi, s'exclamait-il parfois.

— C'est un imbécile, c'est toi qui le dis.

— C'est un imbécile, mais il a quand même quelque chose de louche. On dirait qu'il me veut du mal.

C'était n'importe quoi, voilà tout. August ne regardait pas Lasse, il ne regardait personne d'ailleurs, et ne voulait de mal à personne. Simplement, le monde alentour le perturbait et il était plus heureux enfermé dans sa petite bulle. Mais dans son délire alcoolique, Lasse s'était mis en tête que le garçon manigançait une sorte de vengeance. Voilà pourquoi il avait laissé August et l'argent disparaître de leur vie. C'était pathétique. C'était en tout cas le point de vue d'Hanna. Et à présent, au bord de l'évier, s'acharnant si nerveusement sur sa cigarette que du tabac lui restait collé sur la langue, elle se demandait s'il n'y avait pas, malgré tout, un fond de vérité. Peut-être August haïssait-il Lasse à son tour. Peut-être voulait-il réellement le punir de tous les coups reçus, et peut-être… Hanna ferma les yeux et se mordit la lèvre… Peut-être le garçon la détestait-il, elle aussi.

Ce genre d'idées noires l'envahissaient depuis quelque temps le soir, lorsque August lui manquait trop et que le mépris de soi prenait le dessus. Elle se demandait parfois si avec Lasse ils n'avaient pas été carrément néfastes pour l'enfant.

J'ai été une mauvaise personne, marmonna-t-elle. Lasse lui cria quelque chose à ce moment-là qu'elle ne saisit pas.

— Quoi ? dit-elle.

— Où est ce foutu jugement de garde ?

— Pour quoi faire ?

— Pour prouver qu'il n'a aucun droit de s'en occuper.

— Tu avais pourtant l'air bien soulagé de ne plus l'avoir dans les pattes.

— J'étais bourré, j'ai déconné.

— Et là, d'un coup, tu es sobre et sensé ?

— Sacrément sensé, ouais, siffla-t-il en s'avançant vers elle, furieux et déterminé.

Elle ferma de nouveau les yeux en se demandant pour la énième fois pourquoi tout avait si mal tourné.

FRANS BALDER NE RESSEMBLAIT PLUS au cadre supérieur propre sur lui qui s'était pointé à la porte de son ex-femme. Ses cheveux étaient hirsutes, la transpiration brillait au-dessus de sa lèvre supérieure, sa dernière douche et son dernier coup de rasoir remontaient à au moins trois jours. Malgré toutes ses résolutions pour devenir un bon père à plein temps, et malgré cet instant d'espoir et d'émotion intense sur Hornsgatan, il était de nouveau plongé dans un état de concentration extrême qu'on aurait facilement pu prendre pour de la colère.

Il grinçait même des dents et cela faisait déjà des heures que le monde et la tempête au-dehors avaient cessé d'exister pour lui. Il ne se préoccupait pas non plus de ce qui se passait au niveau de ses pieds. Ces petits mouvements, comme si un chat ou un autre petit animal s'étaient faufilés entre ses jambes. Il lui fallut un moment pour se rendre compte que c'était August qui rampait sous son bureau. Frans posa sur lui un regard nébuleux, comme si le flux du code de programmation s'attardait encore tel un voile sur ses yeux.

— Qu'est-ce que tu veux ?

August l'implora de son regard clair.

— Quoi ? poursuivit Frans. Quoi ?

Il se produisit alors quelque chose d'inhabituel. Le garçon saisit une feuille par terre, remplie d'algorithmes quantiques, et sa main passa fébrilement d'un côté et de l'autre du papier. L'espace d'un instant, Frans craignit que le garçon ne fît une nouvelle crise. Mais non, August semblait écrire quelque chose avec des mouvements vifs. Frans se figea. Comme au croisement de Hornsgatan, quelque chose d'important et de lointain remonta dans son esprit. À la différence près que, cette fois, il comprit de quoi il s'agissait.

Il se souvint de sa propre enfance, lorsque les chiffres et les équations étaient plus importants que la vie même. Il s'illumina et s'exclama :

— Tu veux compter, pas vrai ? C'est compter que tu veux ?

L'instant d'après, il courut chercher des stylos et des feuilles A4 à carreaux qu'il déposa par terre, devant August.

Ensuite, il annota la séquence de chiffres la plus simple qui lui vint à l'esprit, la suite de Fibonacci dans laquelle chaque chiffre est la somme des deux précédents, 1, 1, 2, 3, 5, 8, 13, 21, en laissant de la place pour la somme suivante, le 34. Puis il se dit que c'était sans doute trop facile et ajouta une suite géométrique : 2, 6, 18, 54… dans laquelle chaque chiffre était multiplié par trois, ce qui signifie que le chiffre manquant était le 162. Pour résoudre ce genre de problème, un enfant doué n'avait pas besoin d'avoir de connaissances préalables considérables, estima-t-il. Autant dire que sa vision des mathématiques simples était assez particulière. Et il se mit alors à rêver : son fils qu'on pensait attardé n'était peut-être qu'une sorte de copie amplifiée de lui-même ? Le langage et l'interactivité sociale étaient arrivés tard aussi dans la vie de Frans, et il avait appréhendé certains schémas mathématiques bien avant de prononcer son premier mot.

Il resta longtemps à côté du garçon, à attendre. Il ne se passa rien, évidemment. August fixait les chiffres de son regard vitreux, comme s'il espérait que les réponses se manifestent d'elles-mêmes sur la feuille. Frans finit par le laisser seul et monta boire un verre d'eau gazeuse à l'étage avant de poursuivre son travail à la table de la cuisine, muni de ses notes et de son stylo. Mais sa concentration s'était envolée et il se mit à feuilleter distraitement un numéro de *New Scientist*.

Environ une demi-heure s'écoula avant qu'il ne se lève pour rejoindre August en bas. À première vue, la scène était inchangée. L'enfant était accroupi dans la même position statique que lorsqu'il l'avait laissé. Puis Frans s'approcha, poussé par un début de curiosité.

L'instant d'après, il eut l'impression de se trouver face à quelque chose de totalement incompréhensible.

LES CLIENTS N'ÉTAIENT PAS NOMBREUX au Bishop's Arms. C'était le tout début d'après-midi et le temps n'incitait pas vraiment à sortir, même pour aller au pub du coin. Pourtant, Mikael fut accueilli par des cris et des rires, et une voix rauque qui hurla :

— Super Blomkvist !

Elle émanait d'un homme rougeaud et bouffi, avec une épaisse chevelure ébouriffée et une petite moustache en croc, que Mikael croisait très souvent dans le quartier. Il avait cru comprendre que son prénom était Arne. Il débarquait dans l'établissement tous les après-midi à 14 heures, réglé comme une horloge. Il avait dû arriver plus tôt, exceptionnellement aujourd'hui, et s'était attablé à gauche du bar avec trois compagnons de beuverie.

— Mikael, le corrigea Mikael avec un sourire.

Arne, ou quel que soit son nom, et ses amis éclatèrent de rire, comme si son vrai prénom était le plus drôle qu'ils aient jamais entendu.

— Tu es sur un coup ? poursuivit Arne.

— Je songe à révéler tout ce qui se trame dans la pénombre du Bishop's Arms.

— Tu crois que la Suède est prête pour ce genre de scoop ?

— Non, sans doute pas.

En réalité, Mikael aimait bien cette bande. Il n'avait jamais échangé avec eux plus de quelques phrases à la volée, des interpellations sans suite. Mais ces types faisaient partie de son quotidien dans ce quartier, l'une des raisons pour lesquelles il s'y sentait si bien. Et il ne s'offusqua nullement lorsque l'un d'entre eux lui balança :

— Il paraît que t'es fini ?

Au contraire, ce commentaire ramenait tout ce lynchage ridicule dans le caniveau, où était sa véritable place.

— Ça fait quinze ans que je suis fini, salut ma bouteille, tout ce qui est bon est éphémère, répondit-il en citant Fröding.

Il sonda les lieux du regard à la recherche d'un individu qui aurait l'air suffisamment arrogant pour intimer à un journaliste fatigué de se rendre au pub. Mais hormis Arne et sa bande, il ne vit personne. Il rejoignit donc Amir au comptoir.

Amir était grand, gros et aimable. Père de quatre enfants, il gérait l'endroit depuis quelques années et travaillait dur. Mikael et lui étaient devenus assez proches. Non que Mikael fût un grand habitué des lieux, mais ils s'étaient rendu des services. À plusieurs occasions, lorsque Blomkvist devait recevoir une femme et n'avait pas eu le temps de passer au Monopole des Alcools, Amir lui avait filé quelques bouteilles de rouge pour le dépanner. De son côté, Mikael avait aidé un ami d'Amir sans papiers à faire des démarches auprès des autorités.

— Que nous vaut cet honneur? dit Amir.

— Je dois rencontrer quelqu'un.

— Un truc passionnant?

— J'en doute. Comment va Sara?

Sara était la femme d'Amir. Elle venait de subir une opération de la hanche.

— Elle gémit et se gave d'antidouleurs.

— Ça doit être pénible. Tu lui passeras le bonjour.

— Je n'y manquerai pas, dit Amir, puis ils papotèrent un moment à propos de tout et de rien.

Mais aucun Linus Brandell en vue. Mikael se dit que c'était sans doute une mauvaise blague. D'un autre côté, il y avait pire que devoir descendre au pub du coin. Il resta donc une quinzaine de minutes à discuter, évoquer soucis financiers et de santé, avant de se décider à quitter les lieux. C'est alors que le gars débarqua.

CE N'ÉTAIT PAS LE FAIT qu'August ait complété les séquences avec les bons chiffres. Il en fallait plus pour impressionner un homme comme Frans Balder. C'était ce qu'il y avait à côté des chiffres et qui, à première vue, ressemblait à une photographie ou à une peinture, mais qui en réalité était un dessin, une reproduction parfaite du feu tricolore qu'ils avaient passé l'autre soir sur Hornsgatan. Non seulement le feu était saisi dans ses moindres détails avec une sorte de précision mathématique, mais il resplendissait véritablement.

Sans que personne n'ait appris à August la perspective ni l'art de travailler les ombres et les lumières, il semblait maîtriser parfaitement la technique. L'œil rouge du feu tricolore s'illuminait et l'obscurité automnale alentour enveloppait Hornsgatan et rougeoyait à son tour. Au milieu de la rue se trouvait l'homme que Frans avait vaguement reconnu. Son visage était coupé juste au-dessus des sourcils. Il avait l'air effrayé ou du moins mal à l'aise, comme si August l'avait déstabilisé, et il marchait d'un pas mal assuré. Comment diable le garçon avait-il réussi à représenter cela?

— Mon Dieu, dit-il. C'est toi qui as fait ça?

Sans hocher ni secouer la tête, August se contenta de tourner le regard vers la fenêtre. Frans eut l'étrange impression que sa vie ne serait plus jamais comme avant.

MIKAEL NE SAVAIT PAS VRAIMENT à quoi il s'attendait, sans doute à un jeune des beaux quartiers de Stureplan, un fils à papa. Mais ce fut un type miteux qui se présenta à lui. Un petit gars avec un jean troué, des longs cheveux foncés crasseux et un regard las, fuyant. Il avait dans les vingt-cinq ans, peut-être un peu moins. Une mèche lui barrait les yeux, il avait une vilaine peau et une sale plaie à la lèvre. Linus Brandell n'avait rien d'un homme assis sur le scoop du siècle.

— Linus Brandell, je présume?

— Exact. Désolé pour le retard. J'ai croisé une fille que je connais. On était dans la même classe en troisième et…

— Et si on la faisait courte? l'interrompit Mikael, avant de le conduire à une table au fond de l'établissement.

Lorsque Amir s'approcha d'eux avec un sourire discret, ils commandèrent deux Guinness. Quelques secondes de silence s'écoulèrent. Mikael n'arrivait pas à comprendre son propre énervement. Cela ne lui ressemblait pas. Peut-être était-ce cette histoire de Serner. Il adressa un sourire à Arne et sa bande qui les observaient de loin.

— Je vais aller droit au but, dit Linus.

— Tant mieux.

— Vous connaissez *Supercraft* ?

Mikael Blomkvist était assez ignorant en matière de jeux vidéo, mais même lui avait entendu parler de *Supercraft*.

— De nom, oui.

— Sans plus ?

— Sans plus.

— Alors vous ne savez pas que ce qui rend ce jeu exceptionnel, sa particularité, c'est qu'il contient une fonction d'intelligence artificielle, ou fonction d'IA spéciale qui vous permet de communiquer des stratégies de guerre avec un combattant sans savoir avec certitude, du moins au premier abord, si vous parlez réellement à un être humain ou à un être digital.

— Tu m'en diras tant.

Rien ne pouvait moins l'intéresser que les finesses d'un putain de jeu vidéo.

— Il s'agit d'une petite révolution dans le secteur et il se trouve que j'ai participé à sa conception, poursuivit Linus Brandell.

— Félicitations. Tu as dû te faire un sacré paquet de fric.

— C'est justement ça le truc.

— C'est-à-dire ?

— On nous a chouré les données technologiques et maintenant Truegames se fait des milliards sans que ça nous rapporte le moindre centime.

Mikael connaissait la chanson. Il avait même parlé avec une vieille dame qui prétendait que c'était elle qui avait écrit les *Harry Potter* et que J. K. Rowling lui avait tout volé par télépathie.

— Qu'est-ce qui s'est passé ?

— On s'est fait pirater.

— Et comment vous le savez ?

— Ç'a été constaté par des experts du FRA*, je peux vous donner un nom si vous voulez, et aussi par un…

Linus s'arrêta.

— Oui ?

---

* Abréviation de Försvarets Radioanstalt, un service de renseignements suédois fondé pendant la Seconde Guerre mondiale, spécialisé dans le renseignement d'origine électromagnétique.

— Rien. Mais même la Säpo* a été impliquée, vous n'avez qu'à en parler avec Gabriella Grane, c'est une analyste, elle pourra vous le confirmer. Elle a mentionné cette affaire dans un rapport officiel qu'elle a publié l'année dernière. J'ai un numéro de dossier, là…

— Autrement dit, ce n'est pas une nouvelle.

— Non, pas dans ce sens-là. *Ny Teknik* et *Computer Sweden* en ont parlé. Mais Frans ne voulait pas que ça se sache, il lui arrivait même de nier qu'on nous avait piratés. Du coup, l'histoire n'a pas trop pris dans les médias.

— Ça reste quand même des nouvelles de la veille.

— Si on veut.

— Pourquoi devrais-je t'écouter alors, Linus?

— Parce que Frans vient de rentrer de San Francisco et semble avoir compris ce qui s'est passé. Je crois qu'il est assis sur une bombe. Il est devenu complètement maniaque niveau sécurité. Il utilise des systèmes de cryptage de malade pour le téléphone et pour le mail, et il vient de faire installer un nouveau système d'alarme avec des caméras, des détecteurs de mouvement et tout le bazar. Je pense que vous devriez lui parler, c'est pour ça que je vous ai contacté. Un type comme vous pourrait peut-être lui faire cracher le morceau. Moi, il ne m'écoute pas.

— Alors, tu me fais venir jusqu'ici parce qu'il te semble qu'un certain Frans pourrait être assis sur une bombe.

— Pas un certain Frans, monsieur Blomkvist. Frans Balder en personne. Je ne l'ai pas dit? J'étais un de ses assistants.

Mikael fouilla ses souvenirs; la seule Balder qui lui vint à l'esprit, c'était Hanna, l'actrice, quoi qu'elle soit devenue à présent.

— C'est qui?

Le regard que lui adressa son interlocuteur exprimait un tel mépris qu'il en fut déconcerté.

— Vous vivez sur une autre planète ou quoi? Frans Balder est une légende. Un concept.

— Ah bon?

* Abréviation de Säkerhetspolisen, le service de la Sûreté de la Suède, l'équivalent de la DGSI française.

— Grave! poursuivit Linus. Tapez son nom sur Google, vous verrez. Il est devenu professeur d'université à vingt-sept ans, et depuis deux décennies il fait autorité en matière de recherche en IA au niveau mondial. Quasiment personne n'est aussi avancé que lui dans le développement d'ordinateurs quantiques et de réseaux neuronaux. Il trouve toujours des solutions insolites et cinglées. Un cerveau incroyable qui fonctionne complètement à l'envers. Sa pensée est totalement originale et novatrice. Vous vous doutez bien que le secteur informatique a tenté de lui mettre le grappin dessus pendant des années. Mais Balder a longtemps refusé d'être recruté. Il voulait travailler seul. Enfin, "seul", c'est une façon de parler, il a toujours eu divers assistants qu'il a usés jusqu'à la corde. Il exige des résultats, rien d'autre, et il rabâche sans arrêt son "Rien n'est impossible. Notre boulot c'est de repousser les limites, et cetera". Mais les gens l'écoutent. On ferait tout pour lui. On pourrait presque mourir pour lui. Dans le milieu des geeks, c'est carrément un dieu.

— Bigre.

— N'allez pas croire que je suis une sorte d'admirateur dénué d'esprit critique, pas du tout. Il y a un prix à payer, je suis bien placé pour le savoir. On fait des choses grandioses avec lui, mais il peut aussi vous briser. Frans n'a même pas le droit de s'occuper de son fils, c'est vous dire… Je ne sais pas comment, mais il a réussi à tout foutre en l'air. Et il y en a un paquet, des histoires dans ce genre. Des assistants qui se sont pris le mur, qui ont bousillé leurs vies et Dieu sait quoi encore. C'est un cas, sans aucun doute, un obsédé depuis toujours, mais il ne s'était jamais comporté comme ça auparavant. Je veux dire, cette hystérie par rapport à la sécurité. C'est pour ça que je suis là. J'aimerais que vous lui parliez. Il est sur un truc énorme, je le sens.

— Tu le sens…

— Il faut que vous compreniez : en temps normal, ce type n'est pas parano. Au contraire même, il ne l'était pas assez, vu le niveau des projets sur lesquels il travaillait. Et maintenant, il s'enferme chez lui, il sort à peine. On dirait qu'il a la trouille. Et je peux vous dire qu'il n'est pas du genre peureux. Plutôt du style à foncer comme un taré.

— Et il travaillait sur des jeux vidéo ? demanda Mikael sans cacher son scepticisme.

— En fait… Frans nous laissait travailler sur les sujets qui nous plaisaient, et il savait qu'on était tous des fanas de jeux. Son programme d'IA est applicable dans ce domaine, alors il en a fait un atelier d'expérimentation parfait, et on a obtenu des résultats fabuleux. On a fait de grandes avancées. Seulement…

— Viens-en aux faits, Linus.

— Eh bien Balder et ses juristes ont rédigé une demande de brevet concernant la partie la plus innovante de cette technologie. Et là, ç'a été le premier choc. Un ingénieur russe de Truegames venait de déposer une requête qui a bloqué la demande de brevet, et ça, évidemment, ça n'avait rien d'un hasard. En réalité, le brevet ne constituait qu'un faux problème. Le plus important, c'était de savoir comment ils avaient eu vent de ce qu'on avait mis au point. Étant donné qu'on était tous loyaux à mort envers Frans, il ne restait qu'une explication : malgré toutes nos précautions, on avait été piratés.

— C'est à ce moment-là que vous avez contacté la Säpo et le FRA ?

— Pas tout de suite. Frans a du mal avec les gens en costard qui ont des horaires de bureau. Il préfère les abrutis monomaniaques qui passent leurs nuits scotchés à leur ordinateur. Du coup, il est allé dénicher une espèce de hackeuse obscure qu'il avait rencontrée je ne sais où et elle nous a aussitôt confirmé qu'on avait subi une intrusion. J'avoue que, de prime abord, elle n'avait vraiment pas l'air crédible. Je ne l'aurais pas embauchée dans ma boîte, si vous voyez ce que je veux dire. Et peut-être qu'elle racontait n'importe quoi. Toujours est-il que l'essentiel de ses conclusions a été ensuite confirmé par des gens du FRA.

— Mais personne ne sait qui vous a piratés ?

— Non, remonter à la source d'un piratage est souvent impossible. Une chose est sûre, il s'agit de professionnels. On avait mis le paquet sur notre sécurité informatique.

— Et aujourd'hui tu penses que Frans Balder a appris quelque chose ?

— C'est évident. Sinon il ne se comporterait pas de façon aussi louche. Je suis persuadé qu'il a découvert un truc chez Solifon.

— C'est là qu'il travaillait ?

— Oui, bizarrement. Comme je vous disais, Frans a toujours refusé de se soumettre aux géants de l'informatique. Je n'ai jamais entendu personne rabâcher autant l'importance de rester dans les marges, de garder son indépendance, de ne pas devenir esclave des forces commerciales, etc. Et puis, tout à coup, juste au moment où on était au fond du trou, dépouillés de nos données technologiques, il a sauté sur une proposition de poste. De Solifon, qui plus est. On n'a rien compris. D'accord, ils offraient un salaire monstrueux, une liberté totale et tout le tralala, genre "Fais ce que tu veux, mais viens travailler pour nous". J'imagine que c'était super-tentant. Ça l'aurait été pour n'importe qui, c'est clair. N'importe qui, sauf Frans Balder. Il avait reçu plus ou moins le même genre de proposition de la part de Google, Apple et j'en passe. Pourquoi celle-ci devenait-elle soudain si intéressante ? Il n'a jamais fourni d'explication. Il a juste pris ses cliques et ses claques, et il est parti. D'après ce que j'ai entendu dire, tout s'est très bien passé au début. Frans a développé notre technologie et je crois que le patron, Nicolas Grant, a commencé à fantasmer sur des recettes chiffrées en milliards. Ils étaient tous surexcités. Puis il s'est passé quelque chose.

— Quelque chose dont tu ignores à peu près tout.

— Oui. On a perdu le contact. En gros, Frans a perdu le contact avec le monde entier. Mais ce dont je suis certain, c'est qu'il se passe un truc grave. Frans a toujours prêché la franchise et parlé avec enthousiasme de *La Sagesse des foules* et tout le bazar : l'importance d'exploiter les connaissances des groupes, enfin tout le concept Linux. Mais chez Solifon, apparemment, il gardait la moindre virgule secrète, même avec ses collaborateurs les plus proches. Et puis, boom, il a démissionné. Il est revenu chez lui, et depuis il reste cloîtré dans sa maison à Saltsjöbaden, sans jamais mettre le nez dehors. Et, niveau apparence, il se laisse complètement aller.

— Donc, si je comprends bien, Linus, le gros coup que tu avais à me raconter, c'est l'histoire d'un professeur qui a l'air tracassé et qui néglige son apparence – comment les voisins s'en aperçoivent vu qu'il ne sort jamais, c'est une autre histoire.

— Oui, mais je crois…

— Je crois aussi, Linus, que ça peut faire un sujet intéressant. Mais ce n'est malheureusement pas pour moi. Je ne suis pas journaliste informatique. Comme quelqu'un l'a si judicieusement formulé l'autre jour, je suis un homme des cavernes. Je te suggère de prendre contact avec Raoul Sigvardsson au *Svenska Morgon-Posten*. Il connaît tout de cet univers-là.

— Non, non, Sigvardsson, c'est un poids plume. Il n'a pas le niveau pour cette affaire.

— Il me semble que tu le sous-estimes.

— Allez, ne vous défilez pas. Cette histoire peut marquer votre come-back, monsieur Blomkvist.

Mikael fit un geste las en direction d'Amir, qui était en train d'essuyer une table à côté.

— Je peux te donner un conseil, Linus?

— Heu… oui… bien sûr.

— La prochaine fois que tu dois vendre un sujet, n'essaie pas d'expliquer au journaliste en question ce que ça pourrait signifier pour lui. Tu sais combien de fois on m'a sorti ce bobard? "Ça va être le plus gros truc de ta vie. Plus gros que le Watergate!" Tu t'en tireras mieux avec un peu d'objectivité.

— Ce que je voulais dire…

— Oui, qu'est-ce que tu voulais dire?

— Que vous devriez juste lui parler. Je crois qu'il vous apprécierait. Vous êtes du même genre, intransigeants.

Linus semblait avoir perdu toute son assurance et Mikael se demanda s'il n'avait pas été trop dur. En principe, il se montrait bienveillant, encourageant avec ceux qui venaient lui proposer des tuyaux, si fous que leurs propos pussent paraître. Non seulement parce qu'un bon sujet peut se cacher derrière les histoires les plus délirantes, mais aussi parce qu'il savait qu'il représentait souvent leur ultime cartouche. Beaucoup se tournaient vers lui quand tous les autres avaient cessé de les écouter, comme un dernier espoir. Et il n'y avait aucune raison de se montrer moqueur.

— Écoute, dit-il. J'ai eu une sale journée, je ne voulais pas jouer les sarcastiques.

— Tout va bien.

— Et il se trouve que tu as raison. Il y a effectivement une donnée qui m'intéresse dans cette histoire. Tu disais qu'un hacker est venu vous voir, une femme.

— Oui, mais ça n'a pas vraiment de rapport. Je crois que Balder faisait un peu sa BA avec cette fille.

— Mais elle avait l'air de maîtriser son art.

— Oui, ou alors elle a eu un coup de bol. Elle racontait beaucoup de conneries.

— Tu l'as donc rencontrée?

— Oui, Balder venait de partir pour la Silicon Valley.

— C'était quand?

— Il y a onze mois. J'avais transporté nos ordis dans mon appartement de Brantingsgatan. On ne peut pas dire que ma vie était au top. J'étais célibataire et fauché, j'avais la gueule de bois et l'appartement était en vrac. Je venais d'avoir Frans au téléphone, il n'avait pas arrêté de me saouler, on aurait dit un vieux, genre paternaliste. Il m'avait sorti des phrases du style "Ne la juge pas sur son apparence, les apparences sont trompeuses, blablabla". Et c'était à moi qu'il disait ça? Franchement. Je ne suis pas tout à fait le gendre idéal non plus. Je n'ai jamais porté de costard-cravate de ma vie, et s'il y a quelqu'un qui sait à quoi ressemblent les gens dans le milieu des hackers, c'est bien moi. Bref, j'étais là, à attendre cette meuf. Elle aurait au moins pu frapper avant d'entrer, mais non, elle a juste ouvert la porte et déboulé.

— Elle était comment?

— Affreuse… Enfin, on pourrait dire qu'elle avait un côté sexy un peu douteux aussi. Mais affreuse!

— Linus, je ne te demandais pas de lui donner une note sur son apparence. Je voulais juste savoir comment elle était habillée et si elle t'avait éventuellement donné son nom.

— Je n'ai pas la moindre idée de qui c'était, poursuivit Linus. J'ai quand même eu l'impression de l'avoir déjà vue quelque part – mais j'avais comme dans l'idée que c'était un truc pas net. Elle avait des tatouages et des piercings. La totale. Style prégothique, ou gothique, ou punk, et maigre comme un clou.

Presque sans s'en rendre compte, Mikael fit signe à Amir de lui resservir une Guinness.

— Qu'est-ce qui s'est passé? demanda-t-il.

— Eh bien, comment dire. J'ai pensé qu'on n'était pas obligés de s'y mettre tout de suite, alors je me suis assis au bord de mon lit – il n'y avait pas non plus l'embarras du choix côté sièges – et je lui ai proposé qu'on commence par boire un petit verre. Vous savez ce qu'elle a fait? Elle m'a demandé de sortir. Elle m'a ordonné de sortir de chez moi, comme si c'était la chose la plus naturelle au monde. Évidemment, j'ai refusé. J'ai dit un truc du genre "C'est un peu chez moi, quand même". Mais elle m'a juste répondu "File. Dégage". Du coup, je n'ai pas vu d'autre alternative que de m'en aller. Et je suis parti assez longtemps. À mon retour, je l'ai trouvée allongée sur mon lit en train de cloper. Hallucinant. Elle lisait un livre sur la théorie des cordes ou un truc comme ça. Je l'ai peut-être bien fusillée du regard, allez savoir. Elle m'a expliqué qu'elle n'avait pas l'intention de coucher avec moi, même pas un peu. C'est ce qu'elle a dit : "Même pas un peu." Et je crois qu'elle ne m'a pas regardé dans les yeux une seule fois. Elle a juste sorti qu'un cheval de Troie s'était introduit dans nos ordinateurs, un RAT, et qu'elle reconnaissait le schéma de l'intrusion, le seuil d'originalité de la programmation. "On vous a eus", elle a dit. Et puis elle est partie.

— Sans dire au revoir?

— Sans un putain de mot.

— Ça alors, laissa échapper Mikael.

— Franchement, je crois surtout qu'elle frimait. Le mec du FRA qui a procédé à la même vérification plus tard, et qui *a priori* était bien plus informé sur ce type d'attaques, a été catégorique : impossible de tirer ce genre de conclusions. Et il a eu beau fouiller l'ordinateur dans tous les sens, il n'a jamais trouvé de trace de virus espion. Pourtant, lui aussi – Molde il s'appelait, Stefan Molde –, il soupçonnait qu'on avait été victimes d'une intrusion.

— Cette fille, elle ne s'est jamais présentée de quelque manière que ce soit?

— J'ai bien essayé de lui tirer les vers du nez, mais elle a juste lâché, et encore sur un ton renfrogné, que je pouvais l'appeler

Fifi*. Évidemment, ce n'était pas son vrai nom, aucun doute là-dessus, mais…

— Quoi?

— Je trouvais que ça lui allait bien, d'une certaine façon.

— Écoute, dit Mikael. Tout à l'heure, j'étais sur le point de rentrer chez moi.

— Oui, je m'en suis rendu compte.

— Mais la situation a considérablement changé. Tu disais que Frans Balder connaissait cette fille, non?

— Oui, tout à fait.

— Dans ce cas, j'aimerais entrer en contact avec ce Balder le plus vite possible.

— À cause de la fille?

— Si on veut.

— OK, bien, dit Linus d'un air pensif. Mais vous n'allez pas le trouver dans l'annuaire. Comme je disais, il est devenu hyper-secret. Vous utilisez un iPhone?

— Oui.

— Alors, laissez tomber. D'après Frans, Apple a plus ou moins vendu son âme à la NSA. Pour entrer en communication avec lui, vous devez acheter un Blackphone ou alors emprunter un Android et télécharger un programme de cryptage particulier. Mais je vais essayer de faire en sorte qu'il se mette en contact avec vous, pour que vous puissiez convenir d'un endroit sûr où vous rencontrer.

— Super, merci Linus.

MIKAEL RESTA UN MOMENT dans le bar après le départ de Linus. Il termina sa Guinness, le regard tourné vers la tempête au-dehors. Arne et ses potes riaient dans son dos, mais Mikael était tellement plongé dans ses pensées qu'il n'entendait rien. Il remarqua à peine qu'Amir était venu s'installer à côté de lui pour lui débiter les dernières prévisions météo.

Visiblement, on annonçait un temps vraiment infernal. Les températures devaient chuter à moins dix. Les premières

* Référence au célèbre personnage d'Astrid Lindgren, Fifi Brindacier.

neiges de la saison allaient arriver, et pas sur le mode joli manteau blanc, loin de là. Cette poisse allait leur tomber dessus par bourrasques violentes lors de la plus grosse tempête que le pays ait connue depuis longtemps.

— Il y a un risque d'ouragan, dit Amir, et Mikael, qui n'écoutait toujours pas, répondit par un bref :

— Tant mieux.

— Tant mieux ?

— Oui… enfin, je veux dire… c'est mieux que rien en tout cas.

— C'est vrai… Mais comment tu te sens ? Tu as l'air sonné. Ça s'est mal passé ?

— Non, ça va.

— Mais tu as appris quelque chose de bouleversant, c'est ça ?

— Je ne sais pas trop. Tout est un peu confus ces temps-ci. J'envisage de quitter *Millénium*.

— Je croyais que cette revue et toi, c'était à la vie à la mort.

— C'est ce que je pensais aussi. Mais je suppose que tout n'a qu'un temps.

— Mon vieux père disait toujours que même ce qui est éternel n'a qu'un temps.

— Il pensait à quoi en disant ça ?

— À l'amour, je crois. C'était juste avant qu'il ne quitte ma mère.

Mikael lâcha un petit rire.

— Je n'ai jamais été particulièrement doué pour l'amour éternel, moi non plus. En revanche…

— Oui, Mikael ?

— Il y a une femme que j'ai bien connue, et qui a disparu de ma vie depuis longtemps maintenant.

— Dur…

— L'histoire est un peu particulière. Et là, je viens subitement d'avoir un signe de vie, il me semble en tout cas. C'est sans doute pour ça que je faisais une drôle de tête.

— Je vois.

— Bon, je crois que j'ai besoin de rentrer chez moi. Je te dois combien ?

— On verra ça plus tard.

— OK, prends soin de toi, Amir, dit-il avant de passer devant la table des habitués qui lui lancèrent encore quelques remarques farfelues.

Puis il se jeta dans la tempête.

Ce fut un peu comme une sensation de mort imminente. Les rafales lui transpercèrent le corps. Et pourtant, il resta là, un moment, immobile dans la tempête, perdu dans ses lointains souvenirs. Et c'est d'un pas lent qu'il rentra chez lui. Pour une raison étrange, il eut du mal à ouvrir la porte, il dut tourner la clé dans tous les sens. Puis il se débarrassa de ses chaussures et s'installa devant l'ordinateur afin de chercher des informations sur le professeur Frans Balder.

Mais c'était peine perdue, il avait la tête ailleurs. Comme tant de fois auparavant, il se demandait : *mais où est-elle passée?* En dehors d'un rapport de son ancien employeur, Dragan Armanskij, il n'avait eu aucune nouvelle. Elle avait disparu de la surface de la terre. Alors même qu'ils habitaient quasiment dans le même quartier, il n'avait jamais vu ne serait-ce que l'ombre de sa silhouette. Ce qui expliquait sans doute que les propos de Linus aient eu un tel impact sur lui.

Certes, il était toujours possible que la fille qui s'était pointée chez Linus ce jour-là soit une autre. Possible, mais pas particulièrement vraisemblable. Qui d'autre que Lisbeth Salander débarque comme ça avec ses gros sabots sans regarder les gens dans les yeux, les chasse de chez eux et fouille les secrets de leurs ordinateurs? Et sort des phrases du genre "Je n'ai pas l'intention de coucher avec toi, même pas un peu"? C'était forcément Lisbeth. Et ce surnom, Fifi. Du Lisbeth tout craché.

Sur la porte de chez elle, sur Fiskargatan, on pouvait lire "V. Kulla*". Il comprenait tout à fait qu'elle n'ait pas voulu utiliser son vrai nom. Il était bien trop identifiable et associé à des drames terribles. Mais où se trouvait-elle maintenant? Ce n'était certes pas la première fois que cette fille se volatilisait. Mais depuis le jour où il avait frappé à la porte de son appartement sur Lundagatan et l'avait incendiée parce qu'elle avait mené une enquête sur sa personne un peu trop approfondie,

* *Villa Villekulla* est le nom de la maison où habite Fifi Brindacier.

ils n'étaient jamais restés aussi longtemps sans nouvelles l'un de l'autre. C'était quand même un peu curieux, non ? Après tout, Lisbeth était sa… Sa quoi en réalité ?

Son amie, pas vraiment. Les amis se fréquentent. Les amis ne disparaissent pas comme ça. Les amis ne prennent pas contact uniquement en piratant votre ordinateur. Et pourtant il se sentait profondément lié à elle. Mais surtout, il se faisait du souci pour Lisbeth. C'était plus fort que lui. Son ancien tuteur, Holger Palmgren, disait souvent d'elle qu'elle s'en sortirait toujours. Que malgré son enfance épouvantable, ou peut-être grâce à elle, c'était une sacrée survivante. Et il y avait sûrement du vrai là-dedans.

Mais rien n'était garanti pour autant, avec un passé comme le sien et un tel don pour se faire des ennemis. Peut-être avait-elle réellement déraillé, comme l'avait laissé entendre Dragan Armanskij lors de leur déjeuner à Gondolen environ six mois plus tôt. C'était un jour de printemps, un samedi, et Dragan avait insisté pour l'inviter – bière, eau-de-vie et tutti quanti. Mikael avait eu l'impression que Dragan avait besoin de parler et même si, officiellement, ils ne faisaient que se retrouver comme de vieux amis, il n'y avait aucun doute : Dragan souhaitait uniquement parler de Lisbeth et, moyennant quelques verres, se laisser aller à un certain sentimentalisme.

Dragan lui avait notamment expliqué que son entreprise, Milton Security, avait livré des alarmes de sécurité à une maison de retraite de Högdalen. Du matériel de qualité, disait-il.

Mais cela ne changeait pas grand-chose en cas de panne de courant, si personne n'intervenait. Et c'est exactement ce qui s'était produit. Il y avait eu une panne tard le soir et au cours de la nuit l'une des personnes âgées était tombée. Une certaine Rut Åkerman. Elle s'était fracturé le col du fémur et était restée coincée des heures, à appuyer sur le bouton de son alarme sans que personne ne vienne à son secours. Au petit matin, son état s'était révélé plutôt critique, et, en cette période où l'actualité traitait beaucoup des problèmes et négligences dans le secteur des soins aux personnes âgées, l'affaire avait fait polémique.

Rut s'en était heureusement sortie. Mais, par malchance, il s'agissait de la mère de l'un des gros bonnets de Sverigedemokretarna, les démocrates suédois. Et lorsque le site réactionnaire Avpixlat* avait balancé qu'Armanskij était arabe – ce qui n'était d'ailleurs pas le cas, même si on le surnommait parfois l'Arabe –, les commentaires avaient fusé. Des centaines d'utilisateurs anonymes postaient des propos tels que "Voilà le résultat quand on laisse les cafards nous livrer la technologie". Dragan en avait souffert, d'autant plus que sa vieille mère avait également eu à subir des injures grossières.

Et soudain, comme par un coup de baguette magique, tous les utilisateurs du site avaient perdu leur anonymat. Pire encore, leur nom complet, leur adresse, leur emploi et leur âge apparaissaient aux yeux de tous. Un truc très bien fait. Comme s'ils avaient rempli un formulaire. Le site entier avait été "dépixélisé", si on peut dire, révélant, sans grande surprise, que ses utilisateurs ne se résumaient pas à des marginaux fouteurs de merde. Il s'agissait en grande partie de citoyens en apparence irréprochables, et même de certains concurrents d'Armanskij dans le secteur de la sécurité. Les responsables étaient restés longtemps impuissants, complètement largués. Ils s'arrachèrent les cheveux juste pour parvenir à fermer le site, et jurèrent de trouver les coupables et de leur faire payer. Le hic, c'est qu'évidemment personne, pas même Armanskij, ne savait qui était derrière l'attaque.

— C'était du Lisbeth tout craché, dit-il. Il va sans dire que je m'en frottais un peu les mains. J'ai beau être un vrai défenseur de la sécurité informatique dans mon métier, je n'ai pas eu la grandeur d'âme de m'apitoyer sur tous ces gens qu'on montrait du doigt. Tu sais, je n'avais pas eu de nouvelles depuis une éternité, j'étais persuadé qu'elle n'en avait rien à foutre de moi. Enfin, qu'elle n'en avait rien à foutre de personne, en fait. Et puis il y a eu cette affaire. C'était tellement beau. Elle a pris ma défense. Alors j'ai envoyé un mail débordant de remerciements et, à ma grande surprise, j'ai reçu une réponse. Tu sais ce qu'elle m'a écrit ?

---

* Signifie littéralement dépixélisé, site d'échange d'opinions suédois fondé en 2011 qui se veut "indépendant et patriotique".

— Non.

— Une seule phrase : "Comment pouvez-vous protéger cet enfoiré de Sandvall de la clinique d'Östermalm ?"

— Qui est ce Sandvall ?

— Un chirurgien esthétique à qui on avait fourni une protection rapprochée. Il avait subi des menaces depuis qu'il avait peloté une jeune Estonienne sur qui il avait pratiqué une opération mammaire. Il se trouve que la fille était la petite amie d'un criminel notoire.

— Aïe.

— C'est le cas de le dire. Pas très malin. J'ai répondu à Lisbeth que je ne me faisais aucune illusion sur Sandvall, que j'avais bien conscience que ce n'était pas un enfant de chœur. Mais j'ai essayé de lui faire entendre qu'on ne peut pas s'arrêter à ce genre de considérations. Qu'on ne peut pas uniquement protéger des individus moralement irréprochables. Même les gros machos ont droit à un minimum de sécurité. Sandvall avait reçu de sérieuses menaces, il avait sollicité notre aide et on la lui avait apportée – en doublant le tarif. C'était aussi simple que ça.

— Mais Lisbeth n'a pas gobé l'explication ?

— En tout cas, elle n'a pas répondu – du moins par mail. Mais on peut dire qu'elle a répliqué à sa manière.

— Sous quelle forme ?

— Elle s'est pointée devant nos gardes du corps à la clinique et leur a ordonné de ne pas bouger. Je crois même qu'elle a sorti mon nom. Ensuite, passant devant infirmiers, patients et médecins, elle est allée droit dans le bureau de Sandvall et lui a brisé trois doigts en proférant les pires menaces.

— Ça alors !

— Comme tu dis. Complètement dingue. Tu te rends compte, se comporter comme ça devant autant de témoins, dans un cabinet médical par-dessus le marché ?

— Oui, c'est fou.

— Évidemment, ça a mis une sacrée pagaille. Menaces d'assignations, de poursuites judiciaires et toutes ces conneries. Imagine un peu : briser les doigts d'un chirurgien qui effectue un tas de liftings, d'incisions et tout le bordel. C'est le genre de trucs qui font défiler les dollars dans les yeux des stars du barreau.

— Et ensuite, qu'est-ce qui s'est passé?

— Rien. *Nada.* C'est peut-être le plus curieux dans l'histoire. Ça n'a pas fait de vagues. Visiblement le chirurgien n'a pas voulu donner suite à l'affaire. Mais quand même, Mikael, c'était un truc de dingue. On n'entre pas dans un cabinet médical en pleine journée pour briser les doigts d'un médecin. Même Lisbeth Salander ne ferait pas ce genre de choses dans son état normal.

À vrai dire, Mikael Blomkvist n'était pas convaincu par cette analyse. Il trouvait plutôt qu'il y avait une certaine logique là-dedans. Une logique lisbethienne. Et il était plus ou moins un expert en la matière. Il savait mieux que personne à quel point cette femme était rationnelle. Une rationalité qui différait certes de celle de la plupart des gens, mais qui répondait aux règles qu'elle s'était fixées. Il ne doutait pas une seconde que ce médecin avait fait des choses bien plus graves que de peloter une nana intouchable. Pourtant, il ne pouvait s'empêcher de se demander si cette histoire-là ne révélait pas une faille chez Lisbeth. Du moins en ce qui concernait l'analyse des risques.

L'idée l'effleura même que Lisbeth *cherchait* à se mettre dans le pétrin, peut-être avec la vague illusion que cela l'aiderait à se sentir vivante. Mais c'était sans doute injuste. Il ne connaissait rien de ses motifs. Il ne connaissait plus rien de sa vie. Et, assis là, devant son ordinateur, en train de googler le nom de Frans Balder pendant que la tempête faisait trembler les vitres, il s'efforça de voir le bon côté des choses. Au moins le hasard l'avait mise sur son chemin de cette manière indirecte. C'était mieux que rien, en tout cas, et il devait sans doute s'estimer heureux qu'elle n'ait pas changé. Lisbeth était visiblement égale à elle-même et, qui sait, peut-être lui avait-elle fourni un sujet sans le savoir. Linus l'avait agacé dès le début, et il aurait probablement tout envoyé balader même s'il lui avait sorti une affaire plus ou moins sensationnelle. Mais lorsque Lisbeth avait surgi dans l'histoire, il avait tout reconsidéré avec un œil neuf.

On ne pouvait pas vraiment douter de ses capacités intellectuelles, donc si elle avait pris la peine de s'engager dans cette affaire, eh bien, cela valait peut-être le coup qu'il s'y plonge lui aussi. Il pouvait au moins y regarder de plus près. Avec un peu de chance, il en apprendrait davantage sur la nouvelle vie de Lisbeth. La question à mille euros étant : quelles raisons avait-elle de s'impliquer là-dedans ?

Elle n'était pas du genre consultant informatique ambulant. D'accord, les injustices de la vie pouvaient la mettre en rage. Et elle n'hésitait pas à s'engager pour faire justice elle-même. Mais que la femme capable de pirater tout et n'importe quoi s'offusque justement d'un cas d'intrusion informatique avait de quoi surprendre. Briser les doigts d'un chirurgien, OK! Mais œuvrer contre le piratage informatique, ce serait vraiment l'hôpital qui se fout de la charité! D'un autre côté, il manquait cruellement d'informations.

Il ne connaissait pas l'historique de l'affaire. Peut-être qu'elle et Balder étaient amis ou en relation d'une façon ou d'une autre. Ce n'était pas impossible et, pour tester l'idée, il fit une recherche sur Google en associant les deux noms, mais sans résultat. En tout cas, rien de significatif. Mikael resta un petit moment à contempler la tempête, en songeant à un dragon tatoué sur un dos pâle et maigre, à un coup de froid à Hedestad et à une tombe rouverte à Gosseberga.

Puis il reprit ses recherches sur Frans Balder. Il y avait de quoi lire. Le nom du professeur générait des centaines de milliers de résultats de recherche, sans qu'on puisse pour autant reconstituer une biographie complète. Il s'agissait surtout d'articles scientifiques et de commentaires. Frans Balder n'accordait visiblement pas d'interviews. Du coup, le moindre détail de sa vie prenait une sorte d'aura mythologique – comme amplifié et idéalisé par des étudiants pleins d'admiration.

On pouvait lire que Balder avait été considéré, enfant, comme plus ou moins attardé. Jusqu'au jour où il s'était pointé chez le directeur de son lycée à Ekerö pour lui signaler une erreur dans un manuel de mathématiques concernant ce qu'on appelle les nombres imaginaires purs. Le manuel avait été rectifié pour les éditions suivantes, et le printemps d'après, Balder avait gagné un concours national de mathématiques. On le disait capable de parler à l'envers et de créer des palindromes interminables. Dans une ancienne rédaction scolaire publiée sur le Net, il se montrait critique envers le roman *La Guerre des mondes* de H. G. Wells : il ne pouvait concevoir que des êtres qui nous étaient si supérieurs à tous points de vue ne soient pas en mesure de comprendre une donnée aussi fondamentale que la différence de flore bactérienne entre Mars et la Terre.

Après le lycée, il avait entrepris des études informatiques à l'Imperial College de Londres où il avait soutenu une thèse de doctorat sur les algorithmes dans les réseaux neuronaux, thèse qui avait été jugée déterminante. Plus jeune professeur jamais nommé à l'Institut royal de technologie de Stockholm, il avait également été élu à l'Académie royale des sciences de l'ingénieur. Il était désormais considéré comme une autorité mondiale à la pointe du concept hypothétique de la "singularité technologique", l'état où l'intelligence des ordinateurs surpassera la nôtre.

Physiquement, le personnage n'avait l'air ni exceptionnel ni charmant. Sur toutes les photos disponibles, il ressemblait à un troll négligé, avec de petits yeux et des cheveux hirsutes. Pourtant il s'était marié avec l'actrice glamour Hanna Lind – devenue Balder. Le couple avait un fils qui, d'après un article d'un tabloïd paru sous le titre "Le grand chagrin d'Hanna", souffrait d'un lourd handicape mental, bien que sur la photo de l'article le garçon n'eût aucunement l'air attardé.

Le mariage s'était brisé et lors d'une âpre confrontation devant le tribunal de première instance de Nacka, l'*enfant terrible*** du théâtre Lasse Westman était entré en scène, affirmant avec pugnacité que Frans Balder ne devait avoir aucun droit de garde, étant donné qu'il se souciait plus de "l'intelligence des ordinateurs que de celle de son propre fils". Mais Mikael ne s'attarda pas sur la querelle du divorce et consacra toute son attention à essayer de comprendre les recherches de Balder et les procès dans lesquels il était impliqué. Il resta longuement absorbé par un raisonnement nébuleux sur le processus quantique des ordinateurs.

Puis, parmi ses documents, il ouvrit un fichier qu'il avait créé environ un an plus tôt. Le fichier s'intitulait [La boîte de

---

* En français dans le texte.

Lisbeth]. Il ignorait totalement s'il arrivait encore à Lisbeth de pirater son ordinateur, ou même si elle s'intéressait à ses articles. Mais il ne pouvait s'empêcher d'espérer et se demanda s'il ne devrait pas lui adresser un petit mot, malgré tout. Le problème étant, évidemment : que dire ?

Les longues lettres personnelles n'étaient pas son genre – cela la mettrait seulement mal à l'aise. Il valait mieux essayer un truc court, un peu énigmatique. Il se lança avec cette question :

[Que faut-il penser de l'intelligence artificielle de Frans Balder ?]

Après ça, il se leva de sa chaise et contempla la tempête au-dehors.

4

LE 20 NOVEMBRE

EDWIN NEEDHAM, plus communément appelé Ed the Ned, n'était pas le technicien de sécurité le mieux payé des États-Unis, mais il était peut-être le meilleur et le plus fier. Son père, Sammy, avait été une brebis galeuse de premier ordre, un alcoolique qui prenait des petits boulots sur le port de temps à autre, mais préférait en général les longues cuites qui finissaient en prison ou aux urgences, ce qui n'était évidemment amusant pour personne.

Pourtant, les beuveries de Sammy étaient les meilleurs moments pour la famille. Lorsqu'il partait picoler, Rita, la mère, bénéficiait d'une sorte de répit, elle pouvait serrer ses deux enfants contre elle et leur assurer que tout finirait par s'arranger. Le reste du temps, rien ne fonctionnait à la maison. La famille habitait dans Dorchester à Boston et lorsque le père les honorait de sa présence, en général, c'était pour rouer de coups sa femme. Tremblante, en pleurs, elle s'enfermait dans les toilettes pendant des heures, parfois même des jours.

Durant les pires épisodes, elle vomissait du sang. Personne ne fut donc particulièrement étonné lorsqu'elle mourut, victime d'une hémorragie interne à seulement quarante-six ans. Ni lorsque la grande sœur d'Ed sombra dans le crack. Et encore moins lorsque le père et les enfants furent sur le point de se retrouver à la rue.

L'enfance d'Ed lui promettait une vie turbulente et à l'adolescence il appartenait déjà à une bande nommée The Fuckers, la terreur de Dorchester, qui enchaînait les bagarres entre gangs, les agressions et les braquages de magasins d'alimentation.

L'ami le plus proche d'Ed, un type du nom de Daniel Gott-fried, avait été achevé à coups de machette et suspendu à un crochet de boucherie. À cette époque, Ed était au bord du précipice.

Dès son plus jeune âge, Ed avait eu quelque chose de bourru et de brutal dans son apparence. Le fait qu'il ne sourît jamais et qu'il lui manquât deux dents à la mâchoire supérieure n'arrangeait rien. Il était costaud, grand et hardi. Son visage portait régulièrement des marques de bagarre, soit du fait de bastons avec son père soit à cause de règlements de comptes entre gangs. La plupart des professeurs en avaient une peur bleue. Ils étaient tous persuadés qu'il finirait en prison ou avec une balle dans la tête. Il y eut néanmoins certains adultes pour commencer à s'intéresser à son cas – sans doute avaient-ils perçu que ses yeux bleus ardents n'exprimaient pas que de l'agressivité et de la violence.

Ed éprouvait un désir de découverte irrépressible, une énergie qui lui permettait de dévorer un livre avec la même force qu'il mettait à ravager l'intérieur d'un bus municipal. Et souvent, plutôt que de rentrer chez lui à la fin de la journée, il restait volontiers dans ce qu'on appelait la salle média de l'école, équipée de quelques PC devant lesquels il passait des heures. Un professeur de physique répondant au nom bien suédois de Larsson avait remarqué l'habileté d'Ed avec les machines et, à l'issue d'un examen – où les services sociaux furent impliqués –, on lui attribua une bourse et la possibilité d'entrer dans une école ouverte à des élèves plus motivés.

Ses résultats se révélèrent de plus en plus brillants, il profita de nouvelles bourses et distinctions, et pour finir, ce qui était quasiment un miracle au vu des perspectives de départ, il entreprit des études d'*Electric Engineering and Computer Science*, EECS, au MIT, l'Institut de technologie du Massachusetts. Il rédigea une thèse de doctorat portant sur certaines inquiétudes spécifiques liées aux nouveaux systèmes de cryptographie asymétriques comme l'algorithme RSA, avant de poursuivre sa route vers des postes élevés chez Microsoft et Cisco. Enfin, il fut recruté par la NSA, à Fort Meade, dans le Maryland.

À vrai dire, son CV n'était pas aussi irréprochable que sa mission l'aurait exigé, et pas seulement à cause de ses frasques de jeunesse. Il avait fumé pas mal d'herbe au lycée et exprimé certains penchants pour des idéaux socialistes, voire anarchistes. Il avait même été arrêté deux fois pour violence à l'âge adulte, rien d'extraordinaire, essentiellement des accrochages dans des bars. Son tempérament restait impétueux et tous ceux qui le connaissaient évitaient de lui chercher des poux.

Mais au sein de la NSA, on tenait compte de ses autres qualités. D'autant qu'on était à l'automne 2001 et que les services de renseignements américains avaient un tel besoin d'informaticiens qu'ils embauchaient plus ou moins n'importe qui. Les années suivantes, personne n'avait plus remis en question la loyauté ou le patriotisme d'Ed. Et s'il arrivait que quelqu'un se penche sur la question, ses qualités pesaient toujours plus lourd dans la balance.

Non seulement Ed avait un don exceptionnel, mais il était aussi d'une minutie maniaque, obsessionnelle, et d'une efficacité diabolique, idéales pour la tâche qui lui était confiée, à savoir veiller sur la sécurité informatique de l'autorité américaine la plus secrète. Et il ne laisserait personne pirater son système, il en faisait une affaire personnelle. Il s'était vite rendu indispensable à Fort Meade et ses collaborateurs faisaient souvent la queue devant son bureau pour le consulter. Bon nombre avaient encore peur de lui ; Ed n'hésitait pas à engueuler des collègues pour un oui ou pour un non. Même le légendaire amiral Charles O'Connor, le directeur de la NSA, avait été prié d'aller se faire foutre.

— Occupez-vous de ce que votre esprit saturé est foutu de comprendre, avait-il rugi lorsque l'amiral avait essayé de commenter son travail.

Comme tous les autres, Charles O'Connor laissait faire. Ils savaient qu'Ed criait et faisait des histoires pour de bonnes raisons – quand on s'était montré négligent vis-à-vis des consignes de sécurité, ou alors quand on parlait de choses qu'on ne maîtrisait pas. Pour le reste, il ne se mêlait jamais du travail de l'organisme d'espionnage. Et ce, alors même que ses compétences lui auraient donné libre accès aux informations les plus confidentielles, et que l'agence se trouvait depuis quelques années au milieu d'une violente tempête dans l'opinion : des représentants de la gauche aussi bien que de la droite considéraient la NSA comme le diable en personne, l'incarnation du Big Brother d'Orwell. Mais, en ce qui concernait Ed, l'organisation pouvait faire ce que bon lui semblait – une seule chose comptait : que les systèmes de sécurité demeurent rigoureux et inviolés.

N'ayant pas encore fondé de famille, Ed vivait plus ou moins dans les bureaux. Il était une force sur qui on pouvait compter, et même s'il avait évidemment fait l'objet d'un certain nombre d'enquêtes de probité, on n'avait jamais rien trouvé à lui reprocher, à part quelques cuites sévères, dernièrement, au cours desquelles il était devenu un peu trop sentimental et racontait tout ce qu'il avait traversé. Mais même dans ces moments-là, rien n'indiquait qu'il dévoilait à des tiers en quoi consistait son travail. Face au monde extérieur, il était fermé comme une huître. Et si jamais quelqu'un lui mettait la pression, il s'en tenait toujours aux mensonges appris par cœur, et dont on trouvait confirmation sur Internet et dans les bases de données.

Ce n'était pas par hasard, ni grâce à des combines ou des manœuvres, qu'il était monté en grade et avait obtenu le poste de chef de sécurité le plus haut placé au siège central. Il avait ensuite tout remanié "afin d'éviter qu'un nouveau lanceur d'alerte vienne nous en mettre plein la tête". Ed et son équipe avaient renforcé la surveillance interne à tous les niveaux et, au prix d'interminables nuits blanches, ils avaient mis en place un système qu'il appelait tantôt le "mur infranchissable", tantôt le "fin limier".

— Personne ne peut forcer l'entrée et personne ne peut fouiller là-dedans sans permission, disait-il avec une fierté extrême.

Du moins jusqu'à ce maudit matin de novembre. C'était une belle journée, le ciel était dégagé. Rien dans le Maryland ne laissait deviner le temps infernal qui régnait en Europe. Les gens étaient en chemise et veste légères. Ed, qui avec les années avait pris de l'embonpoint, s'approcha du distributeur de café de sa démarche chaloupée caractéristique.

Fort de sa position, il faisait fi des codes vestimentaires. Il portait un jean et une chemise à carreaux rouges qui sortait du pantalon. Il poussa un gros soupir au moment de s'installer devant son ordinateur. Il ne se sentait pas en forme. Il avait mal au dos et au genou droit, et il maudit sa collègue, la franche et assez ravissante gouine Alona Casales, une ancienne du FBI, de l'avoir convaincu – sans doute par pur sadisme – de faire un petit jogging deux jours plus tôt.

Heureusement, pour l'heure, il n'avait pas d'affaire urgente à traiter. Il devait seulement rédiger un mémo interne exposant quelques nouvelles consignes adressées aux responsables de la COST – un programme de collaboration avec les grandes entreprises informatiques. Mais il n'eut pas le temps d'aller bien loin. Il avait seulement écrit, de sa prose revêche :

[Afin que personne ne soit tenté de retourner à son rang de crétin, et que chacun demeure un bon agent informatique paranoïaque, j'aimerais faire remarquer…]

lorsqu'il fut interrompu par l'un de ses signaux d'alerte.

Il n'en fut pas tellement inquiet. Ses systèmes d'alerte étaient tellement sensibles qu'ils se déclenchaient à la moindre occasion dans le flux d'informations. Il s'agissait probablement d'une petite anomalie, rien de plus. Ou de la notification qu'un individu tentait d'outrepasser ses pouvoirs. Bref, une légère perturbation.

Le fait est qu'il n'eut pas le temps de vérifier. L'instant d'après se produisit un phénomène si mystérieux qu'il refusa d'y croire pendant plusieurs secondes. Il resta simplement là, à fixer l'écran. Pourtant il savait parfaitement ce qui était en train de se passer. En tout cas, il le savait avec la partie de son cerveau qui répondait encore à la raison. Un RAT avait pénétré l'intranet, le NSAnet, et dans n'importe quelle autre circonstance il aurait pensé "Ces salopards, je vais les fracasser". Mais là, dans le système le plus fermé et le plus contrôlé que son équipe et lui avaient passé au crible sept mille onze fois rien qu'au cours de la dernière année pour détecter la moindre petite vulnérabilité, là, non, c'était inconcevable, c'était impossible.

Sans s'en rendre compte, il ferma les yeux, comme s'il espérait que tout allait s'arranger s'il les gardait clos suffisamment longtemps. Mais lorsqu'il regarda l'écran de nouveau, la phrase qu'il avait tout juste entamée avait été complétée. Son "j'aimerais faire remarquer…" était désormais suivi par ces mots :

[… que vous devez arrêter de faire tout un tas de choses illégales. En réalité c'est très simple : celui qui surveille le peuple finit à son tour par être surveillé par le peuple. Il y a là une logique démocratique fondamentale.]

— Merde, merde, grommela-t-il.

Ce qui prouvait au moins qu'il était en train de reprendre ses esprits. Mais l'instant d'après le texte se prolongea :

[Ne vous affolez pas, Ed. Venez plutôt faire un tour. Je suis root*.]

Sur quoi, il poussa un cri violent. À ce mot, root, c'est tout son être qui s'effondra et, durant quelques secondes, alors qu'il voyait défiler à la vitesse de l'éclair les parties les plus secrètes du système, il crut sérieusement qu'il allait avoir une crise cardiaque. C'est à travers un brouillard épais qu'il remarqua que les gens commençaient à se réunir autour de lui.

HANNA BALDER AURAIT DÛ sortir faire des courses. Il n'y avait pas de bière dans le frigo, et pas grand-chose à manger non plus. Lasse pouvait rentrer à tout moment et ne serait certainement pas content s'il n'avait même pas de quoi s'enfiler une mousse. Mais le sale temps dehors la décourageait et elle repoussa cette tâche à plus tard. Elle resta assise dans la cuisine, à tripoter son téléphone et à fumer, même si c'était mauvais pour sa peau, et pour tout le reste.

* Root est le nom conventionnel de l'utilisateur qui possède toutes les autorisations d'accès sur un système. Équivaut à "super-utilisateur".

Elle parcourut sa liste de contacts deux ou trois fois dans l'espoir qu'un nouveau nom surgisse. Mais elle ne trouva personne, évidemment. C'étaient les mêmes vieux noms qui défilaient, des gens qui en avaient tous marre d'elle. Elle finit par appeler Mia, en sachant pertinemment que c'était une mauvaise idée. Mia était son agent. Il y avait eu un temps où elles étaient les meilleures amies du monde et rêvaient de le conquérir ensemble. Désormais, Hanna incarnait surtout la mauvaise conscience de Mia. Elle ne savait plus combien d'excuses et d'explications bidon elle avait entendues ces derniers temps. "Ce n'est pas facile de vieillir pour une actrice, et patati et patata." Elle ne supportait pas toute cette hypocrisie. Pourquoi ne pas lui dire franchement "Tu as l'air fatigué, Hanna. Le public ne t'aime plus"?

Comme on pouvait s'y attendre, Mia ne répondit pas au téléphone et c'était sans doute aussi bien. La conversation n'aurait été bénéfique pour personne. Hanna ne pouvait s'empêcher de jeter des coups d'œil dans la chambre d'August, juste pour éprouver ce manque poignant qui lui confirmait qu'elle avait raté le plus important dans sa vie : son devoir de mère. Paradoxalement, cela lui redonna un peu de force. Il y avait quelque chose d'assez pervers là-dedans, mais le fait de s'apitoyer sur son sort la réconfortait. Elle se demanda si elle n'allait pas sortir chercher des bières après tout, lorsque le téléphone sonna.

C'était Frans, ce qui la fit grimacer davantage. Toute la journée elle avait pensé l'appeler, sans oser le faire, pour lui dire qu'elle voulait récupérer August. Non pas tant parce que son fils lui manquait, encore moins parce qu'elle pensait qu'il serait mieux chez eux, mais pour éviter une catastrophe. Rien de plus.

Lasse voulait que le garçon revienne afin de récupérer du même coup la pension. Et Dieu sait ce qui arriverait si Lasse se pointait à Saltsjöbaden pour revendiquer ses droits. Il allait peut-être sortir le garçon de force, le traîner hors de la maison, lui faire une peur bleue et démolir son père à coups de poing. Il fallait que Frans l'écoute et qu'il en prenne conscience. Elle décrocha donc, et essaya de lui faire part de ses soucis, mais il s'avéra absolument impossible d'en placer une. Frans débitait une drôle d'histoire, évoquait une nouvelle apparemment "tout à fait fabuleuse et extraordinaire", et Dieu sait quoi.

— Désolée, Frans, je ne comprends pas. De quoi tu parles ?

— August est un savant. Un génie !

— Tu as perdu la tête ?

— Au contraire, ma chère. J'ai enfin retrouvé mes esprits. Il faut que tu viennes ici, oui, tout de suite ! C'est le seul moyen pour que tu comprennes, je crois. Sinon, c'est impossible à concevoir. Je te paie un taxi. Je te promets, tu vas tomber à la renverse. Je ne sais pas, il doit avoir une mémoire photographique, ou alors c'est un miracle, mais il a réussi à assimiler par lui-même tous les secrets du dessin en perspective. C'est tellement beau, Hanna, tellement précis. Ça brille, comme si ça venait d'un autre monde.

— Qu'est-ce qui brille ?

— Son feu tricolore. Tu n'as pas écouté ? Celui qu'on a passé l'autre soir et dont il a fait toute une série de reproductions parfaites, oui, plus que parfaites…

— Plus que…

— Comment dire… ? Il ne l'a pas seulement copié, Hanna, il ne l'a pas seulement saisi de façon très précise, il a également ajouté quelque chose, une dimension artistique. Il y a une sorte d'éclat étrange dans ce qu'il a fait et, paradoxalement, quelque chose de mathématique aussi, comme s'il avait des notions d'axonométrie.

— D'axo… ?

— Peu importe, Hanna ! Il faut que tu viennes voir ça, rabâcha-t-il et, petit à petit, elle commença à comprendre.

August s'était mis, sans crier gare, à dessiner comme un virtuose. Du moins, d'après Frans. S'il disait vrai, c'était évidemment fantastique. Mais Hanna ne ressentait aucune joie, et au début elle eut du mal à comprendre pourquoi. Puis un commencement d'explication lui vint à l'esprit. Parce que c'était arrivé chez Frans. Le garçon avait vécu des années avec Lasse et elle sans faire le moindre progrès ; il passait son temps assis devant ses puzzles et ses cubes, sans piper mot, animé seulement par ces crises troublantes où il poussait des cris de sa voix stridente et tourmentée, balançant son corps d'avant en arrière. Et voilà que tout d'un coup, après quelques semaines chez son père, il se révélait un génie.

C'était trop, tout simplement. Elle était contente pour lui, bien sûr, mais ça faisait mal. Et le pire, c'est qu'elle n'était pas tellement surprise. Elle n'était pas sidérée, à secouer la tête en marmonnant "Impossible, impossible". Au contraire, elle avait l'impression qu'elle s'en était doutée. Pas précisément que son fils ferait des reproductions parfaites de feux tricolores, mais qu'il avait des possibilités cachées.

Elle l'avait deviné dans ses yeux, dans ce regard qui parfois, aux moments d'excitation, semblait enregistrer le moindre détail alentour. Elle l'avait deviné dans la façon dont il écoutait les professeurs, dans sa manière fébrile de feuilleter les manuels de mathématiques qu'elle avait achetés et, surtout, elle l'avait deviné dans ses chiffres. Rien n'était aussi singulier que ses chiffres. Heure après heure, il pouvait composer des séries infinies de nombres insensés. Hanna avait vraiment essayé de les comprendre, ou du moins de savoir de quoi il retournait. Mais, malgré tous ses efforts, elle n'avait abouti à rien. Maintenant, elle se disait qu'elle était passée à côté de quelque chose d'important. En vérité, est-ce qu'elle n'avait pas été trop malheureuse et trop égocentrique pour percevoir ce qui se passait dans l'esprit de son fils ?

— Je ne sais pas, dit-elle.

— Tu ne sais pas quoi ? rétorqua Frans, agacé.

— Je ne sais pas si je peux venir, poursuivit-elle au moment où lui parvint le vacarme de la porte d'entrée.

Lasse arrivait avec son vieux pote de beuverie, Roger Winter, ce qui la fit reculer instinctivement et marmonner une excuse à Frans. Pour la énième fois, elle se dit qu'elle était une mauvaise mère.

DANS SA CHAMBRE À COUCHER au sol en damier, Frans proférait des jurons, le téléphone à la main. Il avait choisi ce carrelage parce que le motif stimulait son goût pour l'ordre mathématique et que les cases se reflétaient dans les miroirs des armoires des deux côtés du lit, se reproduisant à l'infini. Il y avait des jours où il imaginait dans ce dédoublement des cases une énigme foisonnante, un sujet presque vivant qui naissait du dessin géométrique et régulier, tout comme les pensées et les rêves naissent des neurones du cerveau, ou les programmes informatiques des codes binaires.

Mais pour le moment, il était plongé dans de tout autres réflexions.

— Mon petit. Qu'est-ce qui est arrivé à ta mère ? dit-il.

August, assis par terre à ses côtés, dégustant une tartine fromage-cornichons, leva vers lui un regard attentif. Frans eut l'étrange sensation que son fils était sur le point de s'exprimer de manière tout à fait adulte et sensée. Mais c'était ridicule, bien sûr. August communiquait toujours aussi peu, et il ignorait tout des femmes qu'on a délaissées et qui se sont éteintes. C'étaient les dessins qui lui avaient mis un tel espoir en tête.

Il lui semblait par moments que ces dessins – il y en avait désormais trois –, outre qu'ils prouvaient ses dons artistiques et mathématiques, exprimaient également une forme de sagesse. Frans les trouvait si matures et complexes dans leurs précisions géométriques qu'il n'arrivait pas à les associer à l'image d'un August attardé mental. Ou plus exactement : il ne le voulait pas. Il avait depuis longtemps deviné de quoi il s'agissait, et pas seulement parce qu'il avait, comme tout le monde, vu *Rain Man* à l'époque.

En tant que père d'un enfant autiste, il s'était rapidement intéressé au syndrome du savant. Les individus atteints de ce syndrome étaient décrits comme ayant des déficiences cognitives lourdes, mais montrant néanmoins d'impressionnantes compétences dans des domaines très précis, des talents qui, d'une façon ou d'une autre, mettaient souvent en jeu la mémoire et une prodigieuse attention aux détails. Frans se doutait bien que de nombreux parents plaçaient tous leurs espoirs dans un tel diagnostic, comme une sorte de prix de consolation, mais les chances étaient maigres.

D'après une estimation validée par le corps médical, seul un enfant autiste sur dix souffrait précisément de ce syndrome. Et la plupart du temps il ne s'agissait pas de talents aussi impressionnants que ceux de "Rain Man". Il y avait par exemple des autistes qui pouvaient dire quel jour de la semaine tombait une certaine date sur une période de plusieurs centaines d'années – et même sur une période allant jusqu'à quarante mille ans dans les cas les plus extrêmes.

D'autres étaient dotés de connaissances encyclopédiques dans un domaine très restreint, comme les horaires de bus ou les numéros de téléphone. Certains pouvaient faire des calculs mentaux sur des chiffres élevés ou se souvenir avec exactitude du temps qu'il avait fait chaque jour de leur vie, ou encore donner l'heure exacte, à la seconde près, sans consulter de montre. Il existait tout un éventail de talents plus ou moins étranges. D'après ce que Frans avait compris, les individus dotés de ce genre d'aptitude étaient simplement qualifiés de "savants". Des personnes dont le domaine d'excellence contrastait fortement avec un comportement général limité.

Venait ensuite une autre catégorie encore bien plus rare, et Frans voulait croire que c'était à cette dernière qu'appartenait August. Elle correspondait aux individus qu'on appelait les savants prodigieux, dont les talents étaient extraordinaires indépendamment de toute autre considération. Tel Kim Peek, mort récemment d'une crise cardiaque. Kim était incapable de s'habiller tout seul et souffrait d'un lourd handicap intellectuel. Pourtant il avait mémorisé douze mille livres et pouvait répondre à la vitesse de l'éclair à n'importe quelle question factuelle. Une véritable banque de données. On l'appelait Kimputer.

Il y avait aussi des musiciens, comme Leslie Lemke, un aveugle attardé mental qui à l'âge de seize ans s'était levé une nuit et, sans le moindre apprentissage, s'était mis à jouer à la perfection le premier concerto pour piano de Tchaïkovski, après l'avoir entendu seulement une fois à la télévision.

Surtout, il y avait l'exemple de Stephen Wiltshire, un enfant autiste anglais extrêmement renfermé, qui n'avait prononcé son premier mot qu'à l'âge de six ans – il se trouve que ce mot était "papier". Vers huit ou dix ans, Stephen s'était montré capable de dessiner de grands ensembles architecturaux dans leur moindre détail, après leur avoir seulement jeté un coup d'œil. Un jour, il avait survolé Londres en hélicoptère, observant les maisons et les rues en contrebas ; en sortant de l'appareil, il avait dessiné un panorama de la ville d'une précision hallucinante. Mais il ne faisait pas seulement œuvre de copiste : il y avait une singularité fabuleuse dans ses créations, et il était désormais considéré comme un grand artiste. C'étaient des garçons, comme lui.

Un savant sur six seulement était une fille, ce qui était probablement lié à l'une des causes majeures de l'autisme : un niveau de testostérone trop élevé présent dans le liquide amniotique lors de la grossesse. La testostérone peut endommager le tissu cérébral du fœtus. C'est alors presque toujours l'hémisphère gauche qui est attaqué, étant donné qu'il se développe plus lentement et qu'il est plus fragile que l'hémisphère droit. Le syndrome du savant est la compensation de l'hémisphère droit sur les lésions du gauche.

Étant donné que les deux hémisphères sont très différents – le gauche abritant entre autres la pensée abstraite et l'analyse logique –, le résultat est absolument singulier. Une nouvelle sorte de perspective se forme, une étonnante capacité de fixation sur les détails. Si Frans avait bien compris, August et lui avaient vu ce feu tricolore de manière totalement différente. Non seulement parce que le garçon était de toute évidence bien plus concentré, mais aussi parce que le cerveau de Frans triait instantanément tout ce qui se révélait sans importance pour se focaliser sur l'essentiel, à savoir la sécurité, bien sûr, et le message transmis par le feu : avancer ou s'arrêter. Selon toute vraisemblance, son regard était également troublé par de nombreux autres éléments, en particulier ses rêveries sur Farah Sharif. Le passage piéton s'était mêlé à un flot de souvenirs et aux espoirs qu'il avait fait naître, alors que, pour August, l'endroit était apparu exactement tel qu'il était.

Il avait observé à la fois le passage piéton et l'homme qui croisait leur chemin précisément à ce moment-là, et ce dans leur moindre détail. Il avait ensuite conservé cette image comme une gravure dans sa mémoire, et avait senti le besoin de la révéler seulement quelques semaines plus tard. Fait encore plus curieux, il ne s'était pas contenté de reproduire à la perfection le feu tricolore et l'homme, il les avait en outre nimbés d'une lumière inquiétante. Frans ne pouvait pas se défaire de l'idée qu'August voulait lui dire quelque chose, et pas uniquement : "Regarde ce que je sais faire !" Pour la centième fois, il observa les dessins avec la plus grande attention. Et là, ce fut comme si une aiguille lui transperçait le cœur.

Sans bien comprendre pourquoi, il fut pris d'angoisse. Il se passait quelque chose avec cet homme dessiné. Ses yeux étaient durs et brillants. Sa mâchoire tendue, et ses lèvres curieusement fines, presque invisibles. Un trait physique dont on ne pouvait pas lui tenir rigueur. Néanmoins, plus Frans le regardait, plus il lui paraissait effrayant, et une peur glaciale s'empara de lui, comme s'il venait d'avoir une prémonition.

— Je t'aime mon garçon, marmonna-t-il, presque sans savoir ce qu'il disait.

Il répéta la phrase une fois ou deux, et les mots lui parurent de plus en plus étranges dans sa bouche.

Avec un chagrin inédit, il se rendit compte qu'il n'avait encore jamais prononcé ces mots. Une fois remis du choc initial, il se dit qu'il y avait là quelque chose de profondément indigne. Il fallait donc que son enfant fasse preuve d'un don exceptionnel pour qu'il ressente de l'amour à son égard ? Finalement, cela n'était pas si étonnant, venant de lui, qui avait centré toute sa vie sur les résultats.

Dans sa vie professionnelle, il ne s'était préoccupé que d'innovation et de génie, et lorsqu'il avait quitté la Suède pour la Silicon Valley, il avait eu à peine une pensée pour August. Globalement, son fils était avant tout une source de gêne, d'irritation, à une époque où Frans s'apprêtait à faire des découvertes fondamentales.

Désormais, les choses allaient changer, il s'en fit la promesse. Il oublierait ses recherches et tout ce qui l'avait tourmenté et hanté ces derniers mois, et se consacrerait exclusivement à son fils.

Il allait devenir un autre homme.

5

LE 20 NOVEMBRE

COMMENT GABRIELLA GRANE s'était retrouvée à la Säpo, personne n'arrivait à le comprendre, elle-même encore moins. C'était le genre de fille à qui tout le monde prédisait un avenir brillant. Le fait qu'à trente-trois ans elle ne soit ni célèbre ni riche, et qu'elle n'ait pas trouvé de bon parti, ni même de parti tout court, inquiétait ses vieilles amies de Djursholm.

— Comment t'en es arrivée là, Gabriella ? Tu vas rester flic toute ta vie ?

La plupart du temps, elle n'avait pas le courage de riposter ou de souligner qu'elle n'était pas du tout flic, mais une analyste triée sur le volet, et qu'elle rédigeait désormais des textes bien plus pointus qu'auparavant, quand elle travaillait au ministère des Affaires étrangères ou durant les étés où elle avait été éditorialiste au *Svenska Dagbladet*. D'ailleurs, la plupart du temps, elle n'était pas autorisée à en parler. Autant la fermer et faire fi des préoccupations débiles concernant sa position sociale. Et accepter simplement le fait qu'un travail à la Säpo était considéré – par ses amies bourgeoises mais plus encore par ses potes intellectuels – comme l'échec absolu.

À leurs yeux, la Säpo était un repaire d'incapables, de trous du cul de droite qui traquaient des Kurdes et des Arabes pour des raisons racistes mal dissimulées et n'hésitaient pas à commettre des crimes graves, à violer la justice pour protéger de vieux espions russes haut gradés. Certes, il lui arrivait de partager ces critiques. Il y avait de l'incompétence et des éléments nuisibles au sein de l'organisation. Et l'affaire Zalachenko représentait une sombre tache indélébile. Mais la Säpo ne pouvait être réduite à ça. On y faisait aussi un travail intéressant et important, d'autant plus depuis la vague d'épuration qui avait suivi le scandale. Par moments, il lui semblait même que c'était ici, au sein de la Säpo, que s'exprimaient les idées les plus intéressantes. En tout cas, c'était ici que l'on comprenait le mieux les bouleversements du monde, et non dans les éditoriaux des journalistes ou dans les amphis. Il n'en restait pas moins qu'elle se posait souvent la question : *Comment est-ce que j'ai pu atterrir ici et pourquoi j'y reste ?*

Sans doute avait-elle, entre autres, cédé à la flatterie. C'était Helena Kraft, la nouvelle chef de la Säpo en personne, qui l'avait contactée en lui expliquant que, à la suite des scandales récents et des articles satiriques consécutifs, la Säpo devait renouveler son mode de recrutement. "Nous devons penser davantage comme les Britanniques, disait-elle, et nous tourner vers les véritables talents universitaires, et franchement Gabriella, vous êtes la meilleure candidate qui soit." Il n'en avait pas fallu plus.

Gabriella avait été embauchée en tant qu'analyste du contre-espionnage avant de passer dans le département de la protection industrielle. Et même si elle ne correspondait pas vraiment au profil type dans le sens où elle était une jeune femme – à la beauté un peu conventionnelle qui plus est –, elle remplissait parfaitement tous les autres critères. Certains la traitaient parfois de "fille à papa" ou de "petite-bourgeoise prétentieuse", ce qui créait pas mal de frictions inutiles, mais elle était par ailleurs une recrue de premier ordre. À la fois rapide et réceptive, elle avait aussi la faculté de conduire son raisonnement hors des sentiers battus. En outre, elle parlait russe.

Elle avait appris la langue parallèlement à ses études à l'École supérieure de commerce de Stockholm. Étudiante exemplaire dans cette matière comme dans les autres, elle n'en tirait pour autant que peu de plaisir. Elle rêvait plus grand qu'une vie dans le monde des affaires, et à l'issue de son diplôme elle avait postulé au ministère des Affaires étrangères. Elle y était naturellement entrée sans difficulté, mais n'y avait pas trouvé non plus une grande émulation. Les diplomates étaient trop rigides, trop conventionnels. Et c'était à ce moment-là qu'Helena

Kraft l'avait contactée. Elle travaillait maintenant depuis cinq ans à la Säpo, où elle avait progressivement été reconnue pour son indéniable talent, même si assumer son statut n'était pas de tout repos.

Ce jour-là, rien n'avait été simple, et pas seulement à cause de ce temps infect. Le chef de service, Ragnar Olofsson, était arrivé dans son bureau la mine renfrognée et austère, et avait signalé qu'elle n'était pas censée flirter lorsqu'elle était en mission.

— Flirter? dit-elle.

— On a livré des fleurs pour toi, ici.

— Et c'est ma faute?

— Oui, j'estime que tu as ta part de responsabilité. Nous devons nous comporter de façon digne et correcte sur le terrain. Nous représentons une autorité de la plus haute importance.

— Formidable, Ragnar! Avec toi on en apprend tous les jours. Je réalise enfin que c'est ma faute si le directeur scientifique de chez Ericsson n'arrive pas à faire la différence entre la simple politesse et le flirt. Je saisis enfin que c'est de ma seule responsabilité si certains hommes se font tellement d'illusions qu'ils interprètent un simple sourire comme une invitation sexuelle.

— Ne fais pas l'imbécile, dit Ragnar avant de disparaître.

Après coup, elle regretta sa sortie. Ce genre de saillie ne menait à rien de bon, en général. D'un autre côté, elle en prenait pour son grade depuis trop longtemps.

Plus question de se laisser faire. Elle fit un tri rapide sur son bureau et sortit une analyse du GCHQ* relative à de l'espionnage industriel russe à l'encontre d'entreprises de logiciels européennes qu'elle n'avait pas encore eu le temps de lire. Sur ce, le téléphone sonna. C'était Helena Kraft, ce qui mit Gabriella de bonne humeur. Helena ne l'avait encore jamais contactée pour se plaindre ou pour râler. Au contraire.

— Je vais aller droit au but, dit Helena. J'ai reçu un appel des États-Unis qui pourrait se révéler assez urgent. Est-ce que

* Gouvernment Communications Headquarters, le service de renseignements électroniques du gouvernement britannique.

tu peux le prendre sur ton téléphone Cisco ? On a ouvert une ligne sécurisée.

— Bien sûr.

— Parfait. Je veux que tu interprètes l'information pour moi et que tu juges de son fondement. Ça semble grave, mais l'informatrice me fait une impression bizarre. Elle dit te connaître, d'ailleurs.

— Passe-moi l'appel.

C'était Alona Casales de la NSA à l'autre bout du fil, et effectivement elles se connaissaient, mais Gabriella allait vite se demander s'il s'agissait bien de la même Alona Casales. La dernière fois qu'elles s'étaient rencontrées à l'occasion d'une conférence à Washington, Alona s'était montrée une conférencière confiante et charismatique, évoquant ce qu'elle appelait par léger euphémisme le "renseignement d'origine électromagnétique actif" – autrement dit, le piratage. Après la conférence, elles avaient passé un moment à boire des verres ensemble. Gabriella avait été envoûtée, presque malgré elle. Alona fumait des cigarillos, avait une voix grave et sensuelle, et agrémentait volontiers les conversations de bons mots et d'allusions graveleuses. Mais ce jour-là, au téléphone, elle allait faire preuve d'une grande confusion, au point de perdre le fil de la conversation.

ALONA NE S'ÉTAIT PAS AFFOLÉE tout de suite. En temps normal elle n'avait aucun problème pour se concentrer. Elle avait quarante-huit ans, une forte carrure et était connue pour son franc-parler. Sa poitrine généreuse et ses petits yeux intelligents pouvaient déstabiliser n'importe qui. Elle avait le don de mettre à nu ses interlocuteurs, et personne ne pouvait l'accuser de se montrer trop respectueuse envers ses supérieurs : elle injuriait les gens sans distinction de rang – y compris, un jour, le ministre de la Justice de passage dans les bureaux –, ce qui était l'une des raisons pour lesquelles Ed the Ned appréciait sa compagnie. Aucun des deux n'accordait une importance excessive à la hiérarchie. Seul le talent les intéressait. La chef de la police de Sûreté d'un petit pays comme la Suède n'avait donc pas de quoi l'impressionner. Et si, lors des contrôles d'appels habituels, elle avait complètement perdu les pédales, ça n'avait rien à voir avec cette Helena Kraft. C'était à cause du drame qui avait explosé pile à ce moment-là dans l'open space situé derrière elle. Tout le monde était habitué aux accès de colère d'Ed. Il pouvait crier, hurler et frapper du poing sur la table à la moindre occasion. Mais cette fois-ci, elle avait immédiatement deviné que le problème était d'un tout autre niveau.

Ed semblait totalement paralysé, et pendant qu'Alona débitait quelques mots confus dans le combiné, les gens se regroupaient peu à peu autour de lui. Plusieurs sortirent leurs téléphones de leur poche et tous, sans exception, avaient l'air bouleversé ou effrayé. Mais comme une conne, sous l'effet du choc sans doute, elle n'avait pas raccroché ou proposé de rappeler plus tard. Elle avait poursuivi la communication et s'était retrouvée comme prévu en ligne avec Gabriella Grane, cette jeune analyste charmante qu'elle avait rencontrée à Washington et aussitôt tenté de séduire. Même si ses avances n'avaient pas porté leurs fruits, Alona l'avait quittée avec un sentiment de profonde satisfaction.

— Salut chérie, dit-elle. Comme vas-tu?

— Plutôt bien, répondit Gabriella. C'est vraiment la tempête ici, mais sinon ça va.

— On s'est fait une sacrée soirée la dernière fois, pas vrai?

— Oui, c'était très sympa. J'ai eu la gueule de bois toute la journée le lendemain. Mais je suppose que tu ne m'appelles pas pour m'inviter à sortir.

— Non, malheureusement, et c'est bien dommage. J'appelle parce qu'on a intercepté une menace grave à l'encontre d'un chercheur suédois.

— Qui?

— On a eu du mal à interpréter l'information et même à comprendre de quel pays il s'agissait. La communication était composée de codes hyper-flous et une bonne partie avait été cryptée, donc impossible à déchiffrer. Malgré tout, comme souvent, à l'aide de petites pièces, le puzzle... merde, mais qu'est-ce qui...

— Pardon?

— Attends un peu !

L'écran d'ordinateur d'Alona clignota, puis la machine s'éteignit. D'après ce qu'elle comprit sur-le-champ, la même chose devait s'être produite partout dans l'open space. L'espace d'un instant, elle se demanda quoi faire. Puis elle reprit la conversation. C'était peut-être une panne de courant après tout, même si l'éclairage fonctionnait par ailleurs.

— Je patiente, dit Gabriella.

— Merci, c'est gentil. Je suis vraiment navrée. C'est le bazar ici. J'en étais où ?

— Tu parlais de pièces de puzzle.

— Exact, nous avons fait certains rapprochements. Aussi professionnels que soient les types, il y en a toujours un qui finit par commettre une imprudence ou qui…

— Oui ?

— … parle, mentionne une adresse ou un autre détail. Dans le cas présent, il s'agissait plutôt d'un…

Alona s'interrompit de nouveau. Le *commander* Jonny Ingram en personne, l'un des gros bonnets de l'organisation, qui avait des connexions avec des personnalités haut placées de la Maison Blanche, venait de débarquer dans l'open space. Il avait beau s'efforcer de paraître aussi cool et chic que d'habitude – il lança même une plaisanterie à un groupe installé plus loin –, personne n'était dupe. Sous la façade lisse et bronzée – depuis qu'il était devenu chef du centre cryptologique de la NSA à Oahu, il avait bonne mine toute l'année –, le regard était nerveux. Puis il sembla réclamer l'attention de tous.

— Allô, tu es toujours là ? dit Gabriella à l'autre bout du fil.

— Je dois malheureusement interrompre notre conversation. Je te rappelle, répondit Alona avant de raccrocher.

À cet instant, une inquiétude bien réelle s'empara d'elle. Il y avait quelque chose dans l'air, comme si un événement terrible venait de se produire. Peut-être un nouvel attentat terroriste. Jonny Ingram tenta de poursuivre son petit numéro rassurant. Même s'il se tordait les mains et que la sueur perlait sur son front et au-dessus de ses lèvres, il affirma encore que rien de grave ne s'était passé. Il s'agissait d'un virus, disait-il, qui avait pénétré l'intranet, malgré toutes les mesures de précaution.

— Afin de ne prendre aucun risque, nous avons coupé nos serveurs, dit-il et l'espace d'un instant il parvint vraiment à calmer l'atmosphère. Les gens semblaient considérer qu'"un virus, bon, ce n'est quand même pas la fin du monde". Mais ensuite Jonny Ingram se perdit dans un long discours plutôt flou, et Alona, n'y tenant plus, s'écria :

— N'y allez pas par quatre chemins !

— Nous ne savons pas grand-chose pour le moment, ça vient tout juste d'arriver. Mais il se peut que nous ayons été piratés. Nous revenons vers vous dès que nous en savons davantage, répondit Ingram.

Son inquiétude était manifeste et un frémissement parcourut la salle.

— Encore un coup des Iraniens ? demanda quelqu'un.

— Nous pensons…, reprit Ingram.

Mais il n'eut pas le temps d'aller plus loin. Celui qui aurait dû être là depuis le début pour expliquer la nature du problème l'interrompit brusquement, redressant d'un coup sa formidable carcasse. On aurait dit un ours. À cet instant, personne n'aurait pu nier qu'il en imposait. Et si, une seconde plus tôt, Ed Needham semblait anéanti par le choc, il dégageait dorénavant une intense détermination.

— Non, siffla-t-il. C'est un hacker, un putain de super-hacker de merde, et je vais lui couper les couilles. Point barre.

GABRIELLA GRANE VENAIT JUSTE d'enfiler sa veste pour rentrer chez elle lorsque Alona Casales téléphona de nouveau. Gabriella se sentit d'abord agacée. À cause de la confusion du dernier appel, mais aussi parce qu'elle voulait déguerpir avant que la tempête ne devienne trop forte. D'après les informations à la radio, le vent allait bientôt souffler à plus de cent kilomètres à l'heure et la température descendre à moins dix. Et elle n'était vraiment pas habillée en conséquence.

— Je suis désolée de te rappeler aussi tard, dit Alona. La matinée a été complètement folle. Le chaos total.

— Ici aussi, répondit poliment Gabriella en jetant un coup d'œil à sa montre.

— Mais, comme je te le disais, l'affaire est urgente. Du moins, je le crois. Ce n'est pas évident d'en juger. Je viens de recenser un groupe de Russes, je te l'avais dit? poursuivit Alona.

— Non.

— Bon, il y a sans doute aussi quelques Allemands et Américains et un Suédois ou deux.

— On parle de quel genre de groupe?

— Des criminels, des criminels sophistiqués si on peut dire. Ils ne braquent pas des banques, ne vendent pas de drogue, mais volent des secrets industriels et des informations commerciales confidentielles.

— Des *black hats*.

— Ce ne sont pas seulement des hackers. Ils se livrent aussi à de l'extorsion et à de la corruption. Peut-être s'adonnent-ils également à une activité aussi démodée que le meurtre. Mais, pour être honnête, je n'ai pas grand-chose sur eux, juste des noms de code et des connexions non confirmées. Et quelques vrais noms, de jeunes informaticiens de seconde main. Le groupe se livre à de l'espionnage industriel de haut niveau, ce qui explique que l'affaire soit arrivée sur mon bureau. Nous craignons que des techniques de pointe américaines ne se retrouvent entre des mains russes.

— Je vois.

— Mais ils ne sont pas faciles à cerner. Ils maîtrisent parfaitement le cryptage. Et malgré tous mes efforts, je n'arrive pas à m'approcher de la sphère dirigeante. J'ai seulement intercepté que le leader se fait appeler Thanos.

— Thanos?

— Oui, un dérivé de Thanatos, le dieu de la mort dans la mythologie grecque. C'est le fils de Nyx, la nuit, et le frère jumeau d'Hypnos, le sommeil.

— Quel sens de la dramaturgie.

— Plutôt des gamineries. Thanos est un méchant dans les comics Marvel, tu vois, ces BD avec Hulk, Iron Man et Captain America? Rien de particulièrement russe. Ce serait plutôt… comment dire…

— À la fois moqueur et prétentieux ?

— Oui, comme s'il s'agissait d'une bande d'ados, des potaches arrogants qui se fichent de nous. Et ça m'énerve. Sincèrement, il y a beaucoup de choses qui me dérangent dans cette histoire. J'ai été particulièrement intriguée quand on a appris, via la surveillance électronique, que ce réseau avait peut-être un transfuge, quelqu'un qui pourrait nous servir d'accès – si seulement on arrivait à lui mettre le grappin dessus avant eux. Mais quand on a examiné ça de plus près, on a compris que ça n'avait rien à voir avec ce qu'on avait imaginé.

— C'est-à-dire ?

— Il ne s'agit pas d'un criminel qui aurait décroché, mais au contraire d'un type honnête qui a quitté une entreprise où cette organisation avait des taupes, sans doute après être tombé sur des informations décisives.

— Continue.

— Selon nous, de lourdes menaces pèsent à présent sur cet individu. Il a besoin de protection. Jusqu'à très récemment, nous n'avions aucune idée d'où le débusquer. Nous ne savions même pas pour quelle entreprise il avait travaillé. Mais nous pensons désormais l'avoir cerné, poursuivit Alona. Tu vois, l'autre jour, l'un des hommes du groupe a insinué quelque chose à propos de ce type en disant qu'"avec lui, tous les putains de T's sont partis en fumée".

— Putains de T's ?

— Oui, c'était étrange, cryptique, mais avec l'avantage d'être précis. Facilement identifiable. Bien sûr, "putains de T's" n'a rien donné en soi, mais le T tout court en rapport avec des entreprises, plus particulièrement des sociétés de haute technologie, conduisait toujours à la même chose – Nicolas Grant et sa devise : "Tolérance, Talent et Transparence".

— On parle de Solifon, là, dit Gabriella.

— C'est ce qu'on pense, oui. En tout cas, on a eu l'impression que tout prenait sens et on a commencé à fouiller pour savoir qui avait quitté Solifon ces derniers temps. On a pas mal piétiné au début. Le turnover est important dans cette boîte, je crois même que c'est un de leurs principes fondamentaux. Le flux des talents doit être constant. Puis on a commencé à réfléchir à cette histoire de "T" justement. Tu sais ce que Grant veut dire avec ça?

— Pas vraiment.

— C'est sa grande recette de créativité. Par tolérance, il signifie que les idées différentes et les gens différents méritent d'être entendus. Plus on est ouvert aux individus qui sortent de la norme, ou simplement aux minorités, plus on est réceptif aux pensées nouvelles. C'est un peu comme Richard Florida et son "Gay Index", tu vois? Là où il y a de la tolérance pour des gens comme moi, il y a également une plus grande ouverture et une plus grande créativité.

— Les organisations trop homogènes ou stigmatisantes ne progressent pas.

— Exactement. Et les talents – eh bien, les talents, dit-il, ne produisent pas seulement de bons résultats. Ils attirent également d'autres talents. Ils créent un milieu attrayant. Au lieu de recruter exactement le genre de spécialistes adéquats, dès le départ, Grant a voulu embaucher les génies du secteur. Pour lui, il faut laisser les talents décider de l'orientation, et non le contraire.

— Et cette histoire de transparence?

— Justement, ces talents doivent pouvoir travailler en toute transparence. Et ne pas être freinés par les méandres de la bureaucratie. Ni passer par des secrétaires pour prendre des rendez-vous. L'idée est de pouvoir débarquer dans les bureaux des uns et des autres et discuter. Les idées doivent être échangées librement. Comme tu le sais sans doute, Solifon est devenue une formidable *success story*. Ils ont été pionniers dans de nombreux domaines et, entre nous, même ici, à la NSA, on a eu recours à leurs services. Mais ensuite un nouveau petit génie est arrivé, un de tes compatriotes, et avec lui…

— … tous les putains de T's sont partis en fumée.

— Exactement.

— Et je parie qu'il s'agit de Frans Balder.

— Tout à fait. Je crois qu'en temps normal Balder n'a aucun souci avec la tolérance, ni avec la transparence d'ailleurs. Mais dès le départ, il a diffusé une sorte de poison autour de lui, en refusant de partager quoi que ce soit. En un rien de temps, il a réussi à casser la bonne ambiance qui régnait entre les chercheurs d'élite de la boîte. Surtout quand il a commencé à en accuser certains d'être des voleurs et des plagiaires. En outre, il a eu des heurts avec le patron, Nicolas Grant. Mais Grant a refusé d'en dire plus – il a seulement indiqué que c'était d'ordre privé. Peu de temps après, Balder a démissionné.

— Je sais.

— Oui, et la plupart étaient sans doute contents de le voir partir. L'atmosphère est redevenue respirable au sein de l'entreprise, les gens ont recommencé à se faire confiance. Enfin, plus ou moins. Mais Nicolas Grant, lui, n'est pas content du tout, et ses avocats encore moins. Balder est parti en emportant avec lui le projet qu'il a développé chez Solifon. Et tout le monde s'accorde pour penser qu'il était assis sur quelque chose de sensationnel qui pourrait révolutionner l'ordinateur quantique sur lequel Solifon travaille – peut-être parce que personne n'y a eu accès et que les rumeurs sont allées bon train.

— Du point de vue juridique, ce qu'il a développé appartient à l'entreprise, et non à lui personnellement.

— Exactement. Donc même si Balder criait au vol, au final, c'est lui le voleur. Comme tu peux l'imaginer, ça ne va pas tarder à chauffer, dans les tribunaux. À moins que Balder n'arrive à faire trembler cette armée d'avocats avec les informations qu'il détient. D'après lui, elles représentent son assurance-vie. Il se peut que ce soit vrai, mais ça pourrait aussi signer...

— ... son arrêt de mort.

— C'est du moins ce que je crains, poursuivit Alona. Nous avons des indications de plus en plus nettes que quelque chose de grave se prépare, et ta chef a laissé entendre que tu pourrais nous aider à mettre la main sur certaines pièces du puzzle.

Gabriella jeta un regard à la tempête dehors et ressentit un désir intense de tout laisser tomber et de rentrer chez elle. Mais elle ôta son manteau et reprit place sur son siège, profondément mal à l'aise.

— Qu'est-ce qu'il vous faut ?

— Tu as une idée de ce qu'il a découvert ?

— Dois-je en déduire que vous n'avez réussi ni à le mettre sur écoute, ni à vous introduire dans son système ?

— Je ne peux pas te répondre là-dessus, ma belle. Mais à ton avis ?

Gabriella se souvint de Frans Balder se tenant, tout récemment, dans l'encadrement de la porte, ici même, et marmonnant qu'il rêvait d'"une nouvelle forme de vie". Dieu sait ce qu'il entendait par là.

— Je suppose que tu sais que Balder estime qu'on a pillé ses recherches ici, en Suède. Le FRA a mené d'importantes investigations et lui a donné en partie raison, même si l'affaire n'a pas beaucoup avancé. C'est à cette occasion que j'ai rencontré Balder pour la première fois, et je ne l'ai pas tellement apprécié. Il m'a mis une tête comme ça. Complètement aveugle à tout ce qui ne concernait pas ses recherches et sa propre personne. Je me souviens d'avoir pensé qu'aucune réussite sur terre ne vaut de souffrir d'un esprit aussi borné. Si c'est le genre d'attitude indispensable pour atteindre une renommée internationale, je n'en veux pas. Même pas en rêve. Mais j'étais peut-être influencée par le jugement qui avait été prononcé contre lui.

— Sur le droit de garde ?

— Oui, il venait de perdre tous ses droits sur la garde de son fils autiste, étant donné qu'il avait montré jusqu'alors un désintérêt total envers cet enfant. Un jour, le garçon s'est reçu presque toute sa bibliothèque sur la tête, et il ne l'a même pas remarqué. Je n'ai absolument pas été surprise quand j'ai su qu'il s'était mis tout le monde à dos chez Solifon. En gros, j'ai pensé que c'était bien fait pour lui.

— Et ensuite ?

— Ensuite, il est revenu en Suède et en interne, nous nous sommes demandé s'il ne fallait pas le mettre sous protection, d'une manière ou d'une autre. Je l'ai donc rencontré à nouveau il y a seulement quelques semaines et, à vrai dire, j'ai été stupéfaite par la transformation. Il avait rasé sa barbe, pris soin de faire un tour chez le coiffeur et perdu du poids. Mais surtout il était plus discret, voire un peu hésitant. Son côté monomaniaque s'était comme envolé. Je me rappelle lui avoir demandé s'il était inquiet pour les procès qui l'attendaient. Tu sais ce qu'il m'a répondu ?

— Non.

— Il m'a expliqué sur un ton sarcastique qu'il n'était pas du tout inquiet puisque nous étions tous égaux devant la loi.

— Qu'est-ce qu'il entendait par là?

— Que nous sommes tous égaux, à condition de payer le prix. "Dans mon monde, a-t-il dit, la loi n'est qu'une épée avec laquelle on embroche des gens comme moi." Alors oui, il était inquiet. Il était également inquiet parce qu'il savait des choses difficiles à porter, même si c'étaient des choses qui pouvaient le sauver, justement.

— Mais il ne t'a pas dévoilé de quoi il s'agit?

— Il ne voulait pas perdre son seul atout, m'a-t-il dit. Il voulait attendre et voir jusqu'où l'adversaire était prêt à aller. Mais j'ai senti qu'il était secoué. À un moment, il a clairement signifié qu'il y a des gens qui lui veulent du mal.

— De quelle manière?

— Pas physiquement. D'après lui, on en veut surtout à ses recherches et à son honneur. Mais je ne suis pas si certaine qu'il pense réellement que ça ne va pas plus loin. Je lui ai conseillé de prendre un chien de garde. Il me semblait qu'un chien serait une compagnie parfaite pour un homme qui vit en banlieue dans une maison bien trop grande pour lui. Mais il a refusé l'idée. Il m'a affirmé, d'un ton un peu brusque, qu'il ne pouvait pas avoir un chien en ce moment.

— Pour quelle raison d'après toi?

— Je ne sais pas. J'ai eu le sentiment qu'il était oppressé. En tout cas, il n'a pas opposé une grande résistance lorsque j'ai veillé à ce qu'on installe un nouveau système d'alarme sophistiqué dans sa maison. On vient de le mettre en place.

— Vous êtes passés par qui?

— Une société de sécurité avec laquelle on travaille régulièrement, Milton Security.

— Bien, très bien. Mais je vous conseille quand même de lui trouver un lieu sûr.

— C'est aussi grave que ça?

— Peut-être bien, oui. Suffisamment pour prendre toutes les précautions, tu ne trouves pas?

— Si, bien sûr, dit Gabriella. Est-ce que tu peux me transmettre un mémo là-dessus pour que j'en parle à ma supérieure de ce pas ?

— Je vais voir, mais je ne sais pas ce que je vais pouvoir faire là, tout de suite. Nous avons eu… des problèmes informatiques assez conséquents.

— Est-ce qu'un organisme comme le vôtre peut vraiment se le permettre ?

— Non, absolument pas, tu as raison. Je reviens très vite vers toi, ma belle, dit-elle avant de raccrocher.

Gabriella resta quelques secondes immobile, à observer la tempête qui fouettait la fenêtre de plus en plus furieusement.

Puis elle sortit son Blackphone et appela Frans Balder. Elle insista plusieurs fois. Pas uniquement pour le mettre en garde et veiller à ce qu'il s'installe en lieu sûr sans tarder, mais aussi parce qu'elle ressentait une envie soudaine de discuter avec lui et de savoir ce qu'il entendait exactement par : "Ces derniers jours, j'ai rêvé d'une nouvelle forme de vie."

Ce que tout le monde ignorait, et refuserait sans doute de croire, c'est que Frans Balder était pleinement occupé en cet instant à inciter son fils à faire encore un dessin dégageant cette lueur singulière, comme sortie d'un autre monde.

6

LE 20 NOVEMBRE

LES MOTS S'ILLUMINÈRENT sur l'écran :

[Mission accomplished!]

Plague poussa un cri enroué, presque dément, ce qui était légèrement imprudent. Mais les voisins, pour peu qu'ils l'eussent entendu, auraient difficilement pu imaginer de quoi il s'agissait. L'appartement de Plague ne ressemblait pas vraiment à un QG d'où seraient menées des attaques contre la sûreté politique internationale au plus haut niveau.

On aurait plutôt dit un repaire de cas sociaux. Plague habitait sur Högklintavägen à Sundbyberg, un coin particulièrement peu huppé, avec des immeubles en brique de quatre étages. Quant à l'appartement lui-même, il n'y avait vraiment rien de positif à en dire. Il y régnait une odeur aigre de moisi, et sur le bureau traînait un sacré fatras : restes de McDo, canettes de Coca, feuilles de carnet froissées, miettes de gâteau, tasses à café sales et sachets de bonbons vides. Et même si une partie des détritus s'était effectivement retrouvée à la poubelle, celle-ci n'avait pas été vidée depuis des semaines, et il était quasi impossible d'avancer d'un mètre dans la pièce sans se coller des débris et des rognures sous les pieds. Mais personne connaissant Plague ne s'en serait étonné.

Plague n'était pas du genre à se doucher ou à se changer inutilement. Il passait sa vie devant son ordinateur et même durant les périodes de travail moins intenses, sa dégaine obèse, bouffie et négligée faisait piètre impression. Il avait bien tenté une espèce de bouc dans le goût de l'époque, mais la barbe s'était transformée en broussaille informe depuis belle lurette. D'une taille gigantesque, Plague se tenait mal et avait tendance à souffler lorsqu'il se déplaçait. Toutefois, ce gars possédait d'autres qualités.

Devant un ordinateur, c'était un virtuose, un hacker qui volait librement à travers le cyberespace et qui n'avait peut-être qu'un seul maître dans ce domaine – plutôt faudrait-il parler de maîtresse. Voir ses doigts danser sur le clavier était une joie pour les yeux. Il était aussi léger et agile sur le Net qu'il était lourd et gauche dans le monde réel. Et au moment où un voisin du dessus, sans doute M. Jansson, donna des coups sur le plancher, Plague répondit au message qu'il avait reçu :

[Wasp, tu es un putain de génie. On devrait t'ériger une statue!]

Puis il s'enfonça dans son fauteuil avec un sourire bienheureux et s'efforça de récapituler pour lui-même le cours des événements. En réalité, il voulait surtout savourer le goût du triomphe un instant avant de soutirer à Wasp tous les détails, et peut-être aussi s'assurer qu'elle avait bien dissimulé ses traces. Personne ne devait pouvoir remonter jusqu'à eux, personne !

Ce n'était pas la première fois qu'ils emmerdaient des organisations puissantes. Mais là, on parlait d'un tout autre niveau, et d'ailleurs de nombreux membres de la société exclusive à laquelle il appartenait, Hacker Republic, s'étaient opposés à l'idée, Wasp la première. Elle pouvait s'en prendre à n'importe quelle autorité, à n'importe quel individu s'il le fallait. Mais elle n'aimait pas foutre la merde juste pour le plaisir.

Elle n'aimait pas ce genre de piratage puéril. Elle n'était pas du style à forcer des ordinateurs superpuissants pour se faire mousser. Wasp voulait toujours un objectif clair et effectuait systématiquement ses foutues analyses de conséquences. Elle comparait les risques à long terme à la satisfaction des besoins à court terme et, à cet égard, personne ne pouvait prétendre qu'il fût particulièrement raisonnable de pirater la NSA. Pourtant elle s'était laissé convaincre, sans qu'on comprenne bien pourquoi.

Peut-être avait-elle besoin de stimulation. Peut-être qu'elle s'ennuyait et voulait semer un peu le chaos pour ne pas mourir de lassitude. Ou alors, comme le pensaient certains dans le groupe, elle était déjà en conflit avec la NSA et l'intrusion constituait une vengeance personnelle. D'autres membres mettaient en doute cette théorie et affirmaient qu'elle cherchait des informations, qu'elle menait une enquête personnelle depuis le meurtre de son père Alexander Zalachenko à l'hôpital Sahlgrenska à Göteborg.

Bref, personne n'était sûr de rien, et Wasp avait toujours eu ses secrets. En réalité, le mobile n'avait aucune importance. Du moins tentaient-ils de s'en convaincre. Si elle était partante, il fallait se contenter d'accepter et de la remercier, au lieu de s'inquiéter du fait qu'elle n'ait pas montré un grand enthousiasme au départ, ni aucune autre espèce de sentiment, d'ailleurs. Elle avait simplement cessé de s'y opposer et cela suffisait largement.

Avec Wasp dans la partie, le projet semblait mieux engagé. Ils savaient tous mieux que quiconque à quel point la NSA avait gravement outrepassé ses pouvoirs ces dernières années. Aujourd'hui, l'organisme ne se contentait pas de mettre sur écoute les terroristes, ou tout individu représentant un risque potentiel pour la sûreté, ou encore les potentats, chefs d'État ou autres. Il surveillait quasiment tout. Des millions, des milliards, des billions de conversations, correspondances et activités sur le Net étaient surveillées et archivées. La NSA avançait chaque jour ses positions et pénétrait de plus en plus dans la vie privée de chacun, se transformant en un immense œil malveillant.

Évidemment, personne au sein de Hacker Republic ne pouvait se vanter d'être un exemple dans ce domaine. Tous les membres, sans exception, s'étaient introduits dans des territoires informatiques où ils n'avaient absolument rien à faire. C'était pour ainsi dire les règles du jeu. Un hacker était par définition un individu qui dépassait les bornes, pour le meilleur et pour le pire. Un individu qui, au seul prétexte de son activité, défiait les règles et étendait les limites de son savoir sans se préoccuper d'une quelconque frontière entre public et privé.

Mais ils n'étaient pas dépourvus de morale. Et, par expérience, ils savaient à quel point le pouvoir pouvait corrompre, en particulier le pouvoir occulte. Aucun d'entre eux n'aimait non plus l'idée que les piratages informatiques les plus graves, les moins scrupuleux, étaient commis, non pas par des rebelles solitaires ou des hors-la-loi, mais par des géants au sein de l'État qui voulaient contrôler la population. Plague, Trinity, Bob the Dog, Flipper, Zod, Cat et toute la bande de Hacker Republic avaient donc décidé de rendre les coups en piratant la NSA et en foutant le boxon d'une façon ou d'une autre.

Ce n'était pas une tâche facile. Un peu comme voler l'or de Fort Knox. D'autant qu'en bons petits crâneurs ils ne voulaient pas seulement s'introduire dans le système, mais en prendre le contrôle. Ils avaient besoin de se procurer un compte clé de super-utilisateur, ce qu'on appelle un compte root pour Linux, et pour y arriver, ils devaient débusquer des failles de sécurité inconnues, dites Zero Day. D'abord sur la plateforme du serveur de la NSA, puis dans l'intranet même de l'organisation, le NSAnet, à partir duquel l'administration menait une surveillance électromagnétique partout dans le monde.

Comme d'habitude, ils avaient commencé par un peu d'ingénierie sociale. Ils devaient trouver le nom des administrateurs du système et des analystes d'infrastructure en possession des mots de passe complexes de l'intranet. Si jamais ils tombaient sur un pauvre maladroit susceptible de bâcler les routines de sécurité, ce n'était pas plus mal. Ils dénichèrent ainsi quatre, cinq, six noms via leur propre réseau. Notamment un certain Richard Fuller.

Fuller travaillait au sein du Nisirt, la NSA Information Systems Incident Response Team, qui surveillait l'intranet de l'administration et était vingt-quatre heures sur vingt-quatre à la recherche de fuites et de taupes. Richard Fuller était un chic type – juriste diplômé de Harvard, républicain, ancien *quarterback*, un patriote idéal à en croire son CV. Mais via une de ses anciennes maîtresses, Bob the Dog avait découvert qu'il était secrètement bipolaire et peut-être même cocaïnomane.

Quand son cerveau s'agitait, il pouvait accomplir toutes sortes de bêtises, y compris à l'occasion tester des fichiers et des documents sans les passer d'abord par le *sandbox*. Il était par ailleurs assez beau gosse, un peu gominé peut-être : il ressemblait plus à un gars de la finance, genre Gordon Gekko, qu'à un agent secret, et quelqu'un, sans doute Bob the Dog lui-même, avait balancé l'idée que Wasp devrait se rendre chez lui à Baltimore, le mettre à l'horizontale et le faire parler sur l'oreiller.

Wasp leur avait dit de tous aller se faire foutre.

Elle avait également écarté leur deuxième idée consistant à écrire un document avec des informations prétendument explosives au sujet de taupes et de fuites au sein du siège central de Fort Meade. Un document qui serait contaminé par un programme d'espionnage, un cheval de Troie sophistiqué d'un seuil d'originalité à toute épreuve, que Plague et Wasp auraient été chargés de développer. L'idée était de placer ensuite des indices sur le Net susceptibles de titiller la curiosité de Fuller et de le mener jusqu'au fichier ; à partir de là, il aurait été tellement excité qu'il en aurait négligé la sécurité. Ce n'était pas un mauvais plan, loin de là – il avait l'avantage de les faire entrer dans le système de la NSA sans procéder à une intrusion active potentiellement dépistable.

Mais Wasp avait dit qu'elle ne comptait pas rester le cul sur sa chaise à attendre que ce blaireau de Fuller fasse une connerie. Hors de question d'accepter un plan où elle dépendrait des erreurs des autres. Elle s'était montrée plutôt intraitable et butée. Personne ne fut donc réellement surpris lorsqu'elle voulut soudain prendre l'ensemble de l'opération en main. Et malgré pas mal de disputes et de protestations, on avait fini par la laisser faire, sous réserve qu'elle respecte une série de consignes. Et, effectivement, elle avait méticuleusement noté les noms et les informations concernant les administrateurs du système qu'ils avaient dénichés, et sollicité l'aide des autres membres pour l'opération dite "empreinte digitale" : la découverte de la plateforme du serveur et donc de son système d'exploitation. Mais après ça, elle avait fermé la porte à Hacker Republic et au monde entier, et Plague lui-même n'avait pas le sentiment qu'elle suivait ses conseils : entre autres de ne pas utiliser son pseudo, son alias, et de ne pas travailler de chez elle mais plutôt dans un hôtel paumé et sous une fausse identité, pour le cas où les limiers de la NSA parviendraient à remonter jusqu'à elle via les dédales labyrinthiques du réseau Tor. Elle faisait bien sûr tout à sa manière et Plague n'avait pas eu d'autre choix que de rester là, à attendre, devant son bureau à Sundbyberg. Les nerfs en vrac. Il ignorait donc toujours de quelle manière elle avait procédé.

Il n'avait qu'une certitude : ce qu'elle avait accompli était énorme et de l'étoffe dont on fait des légendes. Et, pendant que la tempête sifflait dehors, il vira quelques déchets de son bureau, se pencha sur son ordinateur et écrivit :

[Raconte ! Comment tu te sens ?]

[Vide]

répondit-elle.

ELLE SE SENTAIT VIDE. Lisbeth Salander avait à peine dormi depuis une semaine et elle s'était sans doute aussi trop peu alimentée et trop peu hydratée. Elle avait mal à la tête, les yeux injectés, et ses mains tremblaient. Elle n'avait qu'une envie : foutre tout son matériel par terre. Au fond, elle était également satisfaite, mais pour des raisons très éloignées de ce qu'imaginait Plague ou qui que ce soit d'autre de Hacker Republic. Elle était satisfaite parce qu'elle avait obtenu de nouvelles informations sur le groupe criminel qu'elle était en train de pister, et réussi à établir un lien qu'elle n'avait jusqu'alors que soupçonné ou deviné. Mais elle gardait ça pour elle, s'étonnant d'ailleurs que les autres aient pu croire qu'elle piratait ce système juste pour la beauté du geste.

Elle n'avait rien d'une adolescente en pleine montée d'hormones, ni d'un crétin en quête du grand frisson. Si elle se lançait dans une entreprise aussi risquée, c'était dans un but bien précis, même si à une certaine époque le piratage informatique avait été pour elle plus qu'un simple outil. Durant les pires moments de son enfance, cette activité avait été sa manière de s'échapper, de faire en sorte que la vie lui semblât un peu moins étriquée. À l'aide des ordinateurs, elle pouvait briser les murs et les barrières qu'on dressait autour d'elle et s'offrir des plages de liberté. Dans une certaine mesure, il y avait d'ailleurs encore un peu de ça.

Mais elle était avant tout en chasse et ce, depuis qu'elle était sortie de ce rêve au petit matin, ce poing qui frappait régulièrement et inlassablement contre un matelas sur Lundagatan. Personne ne pouvait prétendre que c'était une chasse facile. Les adversaires se cachaient derrière des écrans de fumée – ce qui pouvait expliquer pourquoi Lisbeth Salander semblait particulièrement revêche et mal embouchée ces derniers temps, comme si elle était plongée dans de nouvelles ténèbres. Et, à l'exception d'un entraîneur de boxe balèze, du genre rouleau compresseur, du nom d'Obinze, et de quelques amants et maîtresses, elle ne rencontrait presque personne. Elle ressemblait plus que jamais à un mauvais présage. Ses cheveux étaient ébouriffés, son regard sombre, et même si elle faisait parfois des efforts, les formules de politesse n'étaient toujours pas son truc. Elle ne l'ouvrait que pour assener quelques vérités, et préférait se taire le reste du temps.

Quant à son appartement ici, sur Fiskargatan... c'était un chapitre à part. Assez grand pour loger une famille avec sept enfants, rien n'avait été aménagé pour en faire un endroit douillet, malgré les années. Quelques meubles Ikea par-ci par-là, comme placés au hasard. Même pas une chaîne stéréo, peut-être en partie parce que la musique ne lui parlait pas. Elle percevait plus d'harmonie dans une équation différentielle que dans un morceau de Beethoven. Pourtant, elle était riche comme Crésus. Le butin qu'elle avait volé autrefois à l'escroc Hans-Erik Wennerström s'élevait désormais à un peu plus de cinq milliards de couronnes. Mais la fortune n'avait en aucune façon déteint sur sa personnalité, si ce n'est, peut-être, que se savoir en possession d'une telle somme la rendait encore plus intrépide. En tout cas, elle s'était trouvé des activités de plus en plus radicales ces temps-ci, comme briser les doigts d'un tripoteur ou se faufiler dans l'intranet de la NSA.

Il n'était pas impossible qu'elle ait dépassé les bornes sur ce coup-là, mais ça lui avait paru nécessaire. Des jours et des nuits durant, elle avait été complètement absorbée, oubliant tout le reste. À présent, sa mission accomplie, elle fixait de ses yeux plissés et fatigués ses deux tables de bureau formant un L devant elle. Dessus trônait son équipement : son ordinateur normal et la machine d'essai qu'elle avait achetée pour l'occasion, afin d'y installer une copie du serveur et du système d'exploitation de la NSA.

Elle avait ensuite attaqué l'ordinateur d'essai avec son Fuzzing, un programme spécialement conçu pour détecter les erreurs et les failles de la plateforme. Qu'elle avait complété par des débogages *black box* et bêtas. Le résultat obtenu servait de base à son virus espion, son RAT. Elle ne pouvait se permettre aucune négligence. Elle avait installé une copie du serveur chez elle pour pouvoir sonder le système de fond en comble. Si elle s'était attaquée à la véritable plateforme, les techniciens de la NSA l'auraient aussitôt remarqué, auraient redoublé de méfiance, et la fête aurait rapidement pris fin.

Avec ce procédé, elle pouvait poursuivre son travail jour après jour, quasiment sans manger ni dormir. S'il lui arrivait d'abandonner l'ordinateur, c'était pour s'assoupir un instant dans le canapé ou se chauffer une pizza au micro-ondes. Le reste du temps, elle se démenait jusqu'à ce que ses yeux n'en puissent plus, surtout avec son Zero Day Exploit, le logiciel qui cherchait des failles de sécurité inconnues et devait mettre à jour son statut une fois à l'intérieur.

C'était indiscutablement insensé.

Lisbeth avait écrit un programme qui non seulement lui donnait le contrôle du système, mais qui lui permettait en outre de télécommander n'importe quoi à l'intérieur d'un intranet dont elle n'avait qu'une connaissance partielle, ce qui avait quelque chose d'absurde.

Elle n'allait pas se contenter de pénétrer le système, mais carrément s'insinuer dans le NSAnet, un univers indépendant, à peine connecté à l'autre réseau. Elle avait peut-être l'air d'une adolescente qui n'aurait la moyenne dans aucune matière, mais face aux codes sources des programmes informatiques ou à la logique pure, en deux clics son cerveau élaborait un logiciel espion hyper-sophistiqué. Un virus évolué ayant une vie propre. Lorsqu'elle se sentit enfin satisfaite, elle put se lancer dans la deuxième phase de son travail, ce moment où elle cessait de jouer dans son petit atelier et passait véritablement à l'attaque.

Elle sortit alors une carte prépayée qu'elle avait achetée chez l'opérateur T-Mobile à Berlin et l'inséra dans son téléphone. Puis elle se connecta via celui-ci.

Peut-être aurait-elle mieux fait de s'installer au loin, dans une autre partie du monde, voire en tant qu'Irene Nesser, son autre identité. Car, désormais, si les types de la sécurité de la NSA étaient vraiment zélés et doués, ils pourraient remonter jusqu'à l'antenne-relais de Telenor, ici, dans son quartier. Certes, ils ne remonteraient pas directement jusqu'à elle, en tout cas pas par des moyens techniques. Mais ce serait déjà une très mauvaise nouvelle. Elle trouvait néanmoins que les avantages à rester à la maison pesaient plus lourd et avait donc pris toutes les précautions possibles en ce sens. Comme de nombreux hackers, elle se servait de Tor, un réseau qui faisait rebondir les échanges entre des milliers d'utilisateurs. Mais elle savait aussi que même Tor n'était pas suffisamment sûr, ici : la NSA utilisait un programme intitulé Egotistical Giraffe pour forcer le système. Elle consacra donc beaucoup de temps à assurer davantage sa protection personnelle avant de passer à l'attaque.

Elle découpa la plateforme comme une feuille de papier. Il n'était pas question de jouer les fanfarons. Elle devait trouver rapidement les administrateurs de système dont on lui avait donné les noms, injecter son logiciel espion dans l'un de leurs fichiers et créer une passerelle entre le réseau du serveur et l'intranet. Ce n'était pas une opération simple, loin de là. Il ne fallait pas déclencher le moindre signal d'alarme, le moindre logiciel antivirus. Elle finit par choisir un dénommé Tom Breckinridge et se servit de son identité pour accéder au NSAnet. Et puis… chaque muscle de son corps se raidit. Devant ses yeux, ses yeux surmenés, épuisés par les nuits de veille, la magie opéra.

Son logiciel espion la mena au cœur du secret le plus secret, et elle savait exactement où elle voulait aller. Elle devait accéder à l'Active Directory ou son équivalent afin d'upgrader son statut. De simple petit visiteur indésirable, elle allait se transformer en super-utilisateur à l'intérieur de cet univers foisonnant. Ensuite seulement elle put tenter d'avoir une sorte de vue d'ensemble du système, ce qui n'était pas facile. C'était même tout à fait impossible, et en outre le temps était compté.

Il fallait faire vite, très vite, et elle trima dur pour appréhender le système de recherche, comprendre tous les mots de code, expressions et références, tout ce charabia interne, et elle était sur le point de lâcher l'affaire lorsqu'elle tomba sur un fichier intitulé [Top Secret, noforn – No foreign distribution]. Le document n'avait rien de remarquable en soi, mais accompagné des liens des communications entre Zigmund Eckerwald de chez Solifon et les agents informatiques du Service de surveillance des technologies stratégiques de la NSA, il devenait explosif. Cela la fit sourire et elle mémorisa le moindre petit détail. L'instant d'après, elle poussa un juron en découvrant un autre document qui semblait avoir un rapport avec celui-ci : le fichier était crypté et elle n'avait pas d'autre solution que de le copier, ce qui déclencherait très probablement un signal d'alerte à Fort Meade.

Le temps pressait. Et elle était obligée de s'occuper de sa mission officielle, pour peu que l'on pût employer le mot officiel dans un tel contexte. Elle avait solennellement promis à Plague et aux autres membres de Hacker Republic de baisser le froc de la NSA et d'en mettre un bon coup à l'orgueil de l'organisation. Il lui fallait donc décider avec qui elle devrait communiquer. Qui allait recevoir son message ?

Elle choisit Edwin Needham, Ed the Ned. Son nom ressortait sans arrêt lorsqu'il était question de sécurité informatique. Au vu des informations qu'elle glana rapidement à son sujet sur l'intranet, elle ne put s'empêcher de ressentir un certain respect. Ed the Ned était une star. Et pourtant, elle l'avait dupé.

L'espace d'un instant, elle hésita à se faire connaître. Son attaque allait semer la pagaille. Mais la pagaille, c'était exactement ce qu'elle cherchait. Il fallait donc passer à l'attaque. Elle n'avait plus la moindre idée de l'heure, ni du jour, ni même de la saison. Du fin fond de sa conscience, elle sentit que la tempête s'intensifiait encore à l'extérieur, comme si le temps se synchronisait à son assaut. Et au loin, dans le Maryland – près du fameux croisement de Baltimore Parkway et Maryland Route 32 –, Ed the Ned commençait à rédiger un mail.

Il ne put aller bien loin, car la seconde d'après elle prenait le contrôle, et complétait sa phrase ainsi :

[Celui qui surveille le peuple finit à son tour par être surveillé par le peuple. Il y a là une logique démocratique fondamentale.]

Un bref instant, elle se dit que ces phrases feraient mouche. Une idée de génie. Elle sentit l'intense douceur de la revanche, puis elle entraîna Ed the Ned dans un voyage à travers le système. Ensemble, ils dansaient et volaient à travers tout un monde palpitant constitué de données devant à tout prix demeurer secrètes.

C'était sans conteste une expérience vertigineuse, et pourtant, et pourtant, encore une fois… lorsqu'elle se déconnecta et que tous ses fichiers de connexion s'effacèrent automatiquement, elle revint à la réalité. Comme après un orgasme avec le mauvais partenaire. Et les phrases qui l'instant d'avant lui avaient semblé si percutantes paraissaient désormais carrément puériles. Des enfantillages de hacker. Elle fut prise d'une envie soudaine de se bourrer la gueule, rien de moins. D'un pas las et nonchalant, elle alla dans la cuisine chercher quelques bières pour se désaltérer et une bouteille de Tullamore Dew. Puis elle s'installa de nouveau devant ses ordinateurs et but. Pas pour célébrer cette journée, non. Elle n'était plus habitée par aucun sentiment de victoire. Mais plutôt par… par quoi en réalité ? Peut-être par l'obstination.

Elle but encore et encore pendant que la tempête rugissait à l'extérieur et que les messages de soutien de Hacker Republic affluaient. Rien de tout ça ne la concernait. Elle n'avait presque plus la force de se tenir droite et d'un mouvement rapide, elle balaya la surface du bureau, puis observa sans intérêt les bouteilles et les cendriers qui heurtaient le sol. Ensuite, elle pensa à Mikael Blomkvist.

C'était sûrement l'alcool. Blomkvist avait tendance à surgir dans ses pensées quand elle était ivre, comme cela arrive avec les vieux amants. Et presque sans s'en rendre compte, elle pirata son ordinateur, ce qui, contrairement à la NSA, ne relevait pas de l'exploit. Il y avait bien longtemps de cela, elle avait établi un raccourci lui permettant d'y accéder.

D'abord, elle se demanda ce qu'elle fichait là. Elle n'en avait rien à foutre de lui. Il appartenait au passé, ce n'était qu'un crétin attirant dont elle était tombée amoureuse autrefois, le genre d'erreur qu'elle ne comptait pas commettre à nouveau. Non, en réalité, elle aurait dû se déconnecter et ne plus regarder le moindre ordinateur pendant des semaines. Pourtant elle resta sur son serveur et l'instant d'après, elle s'illumina. Sacré Super Blomkvist. Il avait créé un fichier qui s'intitulait [La boîte de Lisbeth] dans lequel il avait déposé une question pour elle :

[Que faut-il penser de l'intelligence artificielle de Frans Balder ?]

Et là, elle ne put s'empêcher de sourire un peu malgré tout, en partie sans doute à cause de la mention de Frans Balder.

C'était un geek à son goût : cantonné aux codes sources, aux processus quantiques et aux possibilités de la logique. Elle souriait surtout de constater que Mikael Blomkvist semblait s'intéresser au même domaine qu'elle. Et après avoir longuement envisagé d'éteindre et d'aller se coucher, elle lui répondit :

[L'intelligence de Balder n'a rien d'artificiel. Qu'en est-il de la tienne ces jours-ci ?
Et que se passera-t-il, Blomkvist, si l'on crée une machine qui est un peu plus intelligente que nous ?]

Ensuite, elle gagna l'une de ses nombreuses chambres à coucher et s'écroula tout habillée.

7

LE 20 NOVEMBRE

IL S'ÉTAIT ENCORE PASSÉ QUELQUE CHOSE au journal, et visiblement ça n'était rien de bon. Mais Erika ne voulait pas entrer dans les détails au téléphone, elle avait insisté pour venir chez lui. Mikael avait tenté de l'en dissuader :

— Tu vas te geler tes jolies petites fesses.

Erika n'avait rien voulu savoir, et sans ce ton particulier dans sa voix, il aurait été ravi de son entêtement. Il languissait de lui parler depuis qu'il avait quitté les bureaux, et peut-être aussi de la traîner dans la chambre et de lui arracher ses vêtements. Mais il soupçonna qu'il n'en serait pas question cette fois-ci. Erika paraissait troublée. Et elle avait marmonné un "pardon" qui n'avait fait que renforcer son inquiétude.

— Je saute dans un taxi et j'arrive, dit-elle.

Elle tardait cependant à débarquer chez lui et, n'ayant rien de mieux à faire, il se planta devant le miroir de la salle de bains. Il avait connu des jours meilleurs. Ses cheveux en pagaille auraient mérité un bon coup de ciseaux et il avait des valoches sous les yeux. "Tout ça à cause d'Elizabeth George", maugréa-t-il avant de quitter la salle de bains et de ranger un peu l'appartement.

Au moins, Erika n'aurait rien à redire là-dessus. Ils avaient beau se connaître depuis des lustres, avoir mêlé leurs vies à qui mieux mieux, un petit complexe d'ordre domestique subsistait chez lui. Il était le fils d'ouvrier, le célibataire, elle l'épouse bourgeoise avec sa belle maison à Saltsjöbaden. Bref, il lui semblait que garder un peu de tenue à son petit intérieur ne pouvait pas faire de mal. Il remplit le lave-vaisselle, nettoya l'évier et sortit les poubelles.

Il eut même le temps de passer l'aspirateur dans le salon, d'arroser les plantes près de la fenêtre et de mettre un peu d'ordre dans la bibliothèque et le porte-revues avant que la sonnette ne retentisse enfin. On sonnait et on frappait en même temps. Quelqu'un d'impatient trépignait derrière la porte et, en l'ouvrant, il fut sincèrement ému. Erika était frigorifiée.

Elle tremblait comme une feuille, et pas uniquement à cause du mauvais temps. Sa tenue n'arrangeait rien. Elle ne portait même pas de bonnet. Sa belle coiffure de ce matin était complètement ébouriffée, et sa joue droite barrée d'un trait rouge, comme une griffure.

— Ricky, comment ça va?

— Mes jolies petites fesses sont bien gelées. Impossible de choper un taxi.

— Qu'est-ce que tu t'es fait à la joue?

— J'ai glissé. Trois fois je crois.

Il baissa les yeux sur ses bottines italiennes brun-rouge à hauts talons.

— Et tu as aussi des bottes de neige tout à fait adaptées.

— N'est-ce pas? Sans parler de cette idée de génie de ne pas enfiler de collants ce matin.

— Entre, je vais te réchauffer.

Elle se laissa tomber dans ses bras, tremblant de plus belle, et il la serra fort contre lui.

— Pardon, dit-elle de nouveau.

— Pour quoi?

— Pour tout. Pour Serner. J'ai été stupide.

— N'exagère pas, Ricky.

Il ôta les flocons de neige dans ses cheveux et sur son front et inspecta délicatement son égratignure à la joue.

— Non, non, je vais te raconter, dit-elle.

— D'abord tu vas te déshabiller et te glisser dans un bon bain chaud. Tu veux un verre de rouge?

Elle céda à son invitation et savoura longuement ce bain, laissant Mikael remplir son verre deux ou trois fois. Il se tenait à ses côtés, sur le siège des toilettes, écoutant son récit. Et malgré toutes les nouvelles alarmantes, la conversation avait quelque chose d'intime, de réconfortant, comme s'ils brisaient le mur qui s'était dressé entre eux ces derniers temps.

— Je sais que tu m'as trouvée stupide depuis le début, dit-elle. Ne proteste pas, je te connais trop bien. Mais il faut que tu comprennes qu'avec Christer et Malou, on ne voyait pas d'autre solution. On avait recruté Emil et Sofie, et on en était fiers. Les reporters les plus en vue du moment. Ça donnait vraiment du prestige au journal, c'était la preuve qu'on était lancés, et il y a eu un bon *buzz* sur nous, de supers articles dans *Resumé* et *Dagens Media*. Comme au bon vieux temps. Et sincèrement, pour moi, le fait d'avoir assuré à Sofie et Emil qu'ils pouvaient se sentir en sécurité au journal, c'était important. "Nous avons une économie stable", je disais. Avec Harriet Vanger derrière nous, on allait pouvoir financer de véritables enquêtes de fond. Tu comprends, j'y croyais vraiment. Mais après…

— Après, le ciel nous est un peu tombé sur la tête.

— Exactement. Les ventes de journaux et d'espaces publicitaires se sont effondrées. Et il y a eu en plus toute cette pagaille au sein du groupe Vanger. Je ne sais pas si tu te rends bien compte du bazar que ç'a été. Parfois, je me dis que ça relevait presque du coup d'État. Tous ces hommes de l'ombre, ces femmes aussi, d'ailleurs… Enfin, tu les connais mieux que personne… Tous ces vieux racistes réactionnaires se sont ligués contre Harriet et l'ont poignardée dans le dos. Je n'oublierai jamais ce coup de fil. "On m'a écartée, elle m'a dit, c'est fini." Ils lui ont fait payer tous ses efforts pour moderniser le groupe. Et bien sûr aussi sa décision d'intégrer David Goldman, le fils du rabbin Viktor Goldman, au sein de la direction. Mais comme tu le sais, on faisait partie du tableau. Andrei venait d'écrire son reportage sur les mendiants de Stockholm, on trouvait tous que c'était le meilleur article qu'il ait jamais publié, il était cité partout, même à l'étranger. Mais les gens de chez Vanger…

— … n'y ont vu que des conneries gauchistes.

— Pire, Mikael : de la propagande pour "les flemmards qui n'ont même pas le courage de se trouver un boulot".

— Ils ont dit ça ?

— À peu de chose près. Mais à mon avis le reportage n'était qu'un prétexte pour miner davantage le rôle de Harriet au sein du groupe. Ils voulaient désavouer tout ce que Henrik et Harriet avaient fait.

— Quelle bande de crétins.

— C'est clair, mais ça ne nous a franchement pas aidés. Je m'en souviens comme si c'était hier. J'avais l'impression que le sol disparaissait sous mes pieds. Et je sais, j'aurais dû t'impliquer davantage. Mais je pensais que si tu pouvais te concentrer sur tes sujets, tout le monde y gagnerait.

— Et pourtant je n'ai rien livré d'intéressant.

— Tu essayais, Mikael, tu essayais vraiment. Mais, là où je voulais en venir, c'est qu'Ove Levin a téléphoné pile à ce moment-là, quand tout semblait foutu.

— Quelqu'un a dû le tuyauter sur ce qui se passait.

— Sans doute. Inutile de préciser que j'étais sceptique au départ. Je ne voyais dans Serner qu'un ramassis de tabloïds. Mais Ove m'a débité son beau discours et m'a invitée dans son immense maison flambant neuve à Cannes.

— Quoi ?

— Oui, pardon, ça non plus, je ne te l'ai pas raconté. Je suppose que j'avais honte. Je devais descendre au Festival de toute façon pour faire le portrait de cette réalisatrice iranienne. Tu te rappelles, la femme persécutée à cause de son documentaire sur la fille de dix-neuf ans, Sara, qui s'était fait lapider ? Je ne voyais pas d'inconvénient à ce que Serner participe aux frais de voyage. Quoi qu'il en soit, Ove et moi avons discuté toute la nuit et je suis restée sur ma position. Il était ridiculement vaniteux et me sortait tout un baratin. Mais au bout du compte, j'ai quand même fini par l'écouter, et tu sais pourquoi ?

— C'était un super coup.

— Bah, non… À cause de votre relation.

— Il aurait préféré coucher avec moi ?

— Il t'admire énormément.

— Tu parles.

— Non, Mikael, tu te trompes. Il adore le pouvoir, l'argent, sa maison à Cannes. Mais ça le ronge d'autant plus qu'on ne voit pas en lui une référence dans ton genre. Si on parle crédibilité,

Mikael, il est pauvre et toi, tu es richissime. Au fond de lui, il aimerait être comme toi, je l'ai tout de suite senti. Et, oui, j'aurais dû me douter que ce genre de jalousie peut s'avérer dangereuse. Toute cette campagne contre toi, c'était de ça qu'il s'agissait. Tu l'as quand même compris, ça ? Face à ton intransigeance, les gens se sentent minables. Par ta seule existence, tu leur rappelles à quel point ils ont vendu leurs idéaux, et plus tu es acclamé, plus ils s'en trouvent humiliés. Dans de telles circonstances, la meilleure façon de se venger, c'est de te traîner dans la boue. Quand tu chutes, ils remontent dans leur propre estime. Balancer des conneries sur toi leur rend un soupçon de leur dignité, du moins c'est ce qu'ils s'imaginent.

— Merci, Erika, mais je m'en fous complètement de ce genre de persécution.

— Oui, je sais bien. Il vaut mieux. À ce moment-là j'ai cru qu'Ove voulait vraiment participer, être l'un des nôtres. Il aspirait à ce que notre renommée déteigne un peu sur lui, et j'y ai vu une bonne motivation. Si son désir, c'était d'être cool comme toi, il n'avait aucun intérêt à essayer de transformer *Millénium* en un produit commercial quelconque à la Serner. S'il devenait aux yeux de tous le type qui a détruit l'une des revues les plus mythiques, le peu de crédibilité qui lui resterait partirait en fumée. Donc je l'ai cru quand il a prétendu qu'ils avaient besoin, lui et le groupe, d'une revue de prestige, d'un alibi en quelque sorte, et qu'il allait juste nous aider à faire le journalisme auquel on croyait. Il souhaitait effectivement s'impliquer, mais je n'y ai vu que l'expression de sa vanité. J'ai pensé qu'il voulait se la jouer un peu, raconter à ses potes yuppies qu'il était notre *spin doctor* ou un truc dans le genre. Je n'aurais jamais cru qu'il oserait s'en prendre à l'âme du journal.

— Pourtant c'est exactement ce qu'il est en train de faire.

— Oui, malheureusement.

— Qu'est-il donc advenu de ta jolie théorie psychologique ?

— J'ai sous-estimé le pouvoir de l'opportunisme. Tu as remarqué, Ove et Serner se sont tenus de façon exemplaire avant que ne s'enflamme cette campagne contre toi, mais après…

— Il en a profité.

— Non, non, quelqu'un d'autre l'a fait. Quelqu'un qui voulait l'atteindre, lui. Je me suis rendu compte assez tard qu'Ove avait eu du mal à convaincre les autres membres de la direction de prendre des parts dans la revue. Tu imagines bien que tout le monde chez Serner ne souffre pas de ce complexe d'infériorité journalistique. Pour la plupart, ce sont des hommes d'affaires qui méprisent l'idée même de se battre pour des convictions et tout le discours qui va avec. Le "prétendu idéalisme" d'Ove, comme ils disent eux-mêmes, les agaçait, et ils ont vu dans cette campagne de dénigrement contre toi une opportunité de le coincer.

— Eh ben dis donc.

— Si tu savais… Au début leurs exigences semblaient tout à fait raisonnables. De simples adaptations au marché. J'ai réfléchi de mon côté aux moyens d'atteindre un lectorat plus jeune. Je trouvais même qu'Ove et moi, on avait un bon dialogue là-dessus. Du coup je ne m'étais pas réellement inquiétée de sa présentation d'aujourd'hui.

— Non, j'ai remarqué.

— Mais tout ce bordel n'avait pas encore éclaté.

— De quel bordel on parle ?

— Celui que tu as déclenché en sabotant le discours d'Ove.

— Je n'ai rien saboté, Erika. Je suis juste sorti.

Allongée dans son bain, Erika but une gorgée de vin, puis sourit avec mélancolie.

— Quand est-ce que tu vas comprendre que tu es Mikael Blomkvist ?

— Je pensais que je commençais à maîtriser un peu le sujet.

— Si c'était le cas, tu aurais réalisé que lorsque Mikael Blomkvist se casse au beau milieu d'une présentation concernant son propre journal, ça fait toute une histoire, que Mikael Blomkvist le veuille ou non.

— Alors je suis désolé de ce sabotage.

— Je ne t'en veux pas, plus maintenant. Tu as remarqué que c'est moi qui m'excuse, pour le coup. C'est moi qui nous ai mis dans cette situation. Ç'aurait sûrement été la pagaille, que tu partes ou non. Ils attendaient simplement une occasion de passer à l'attaque.

— Que s'est-il passé?

— Après ton départ, tout le monde était démoralisé et Ove, dont l'amour-propre en a pris un sacré coup, a laissé tomber toute cette histoire de présentation. "Ce n'est pas la peine", a-t-il dit. Après il a téléphoné au siège pour leur raconter et ça ne m'étonnerait pas qu'il en ait bien rajouté. Cette jalousie sur laquelle j'avais misé, je crois qu'elle s'est transformée en mesquinerie. Il est revenu au bout d'une heure en annonçant que le groupe était prêt à parier gros sur *Millénium* et à promouvoir la revue par tous les moyens.

— Ce qui, apparemment, n'était pas une bonne nouvelle.

— Non, et je le savais avant même qu'il ait prononcé le moindre mot. L'expression de son visage en disait assez long. Il suintait un mélange de triomphe et de terreur. Au début, il a eu du mal à trouver ses mots. Il a débité son laïus sur leur volonté de nous donner une plus grande visibilité, de rajeunir le contenu, avec davantage de célébrités, etc. Mais ensuite…

Erika ferma les yeux, passa la main dans ses cheveux mouillés et finit son verre.

— Ensuite?

— Il a dit qu'ils voulaient te sortir de la rédaction.

— Quoi?

— Évidemment, ni lui ni le groupe ne pouvaient le dire franchement, et encore moins risquer des articles du genre "Serner vire Blomkvist". Ove l'a donc tourné très joliment en disant que tu aurais carte blanche pour pouvoir te concentrer sur ce que tu faisais de mieux : écrire des reportages. Il a proposé un poste stratégique à Londres et un contrat de correspondant généreux.

— À Londres?

— Au prétexte que la Suède est trop petite pour un mec de ton calibre… mais tu vois ce que ça signifie.

— Ils pensent qu'ils ne pourront pas faire passer leurs réformes si je suis encore dans la rédaction?

— En gros. En même temps, je crois qu'aucun d'eux n'a été spécialement surpris quand Christer, Malou et moi avons refusé tout net en disant que ce n'était même pas négociable. Sans parler de la réaction d'Andrei.

— Qu'est-ce qu'il a fait?

— Ça me gêne presque de te le raconter. Il s'est levé en déclarant qu'il n'avait jamais rien entendu d'aussi ignoble. Que tu faisais partie des meilleurs dans ce pays, que tu étais une fierté pour la démocratie et le journalisme, et que le groupe Serner devrait avoir honte. Et pour finir, que tu étais un grand homme.

— Il y est allé un peu fort.

— Mais c'est un brave garçon.

— Ça, c'est sûr. Et les gens de Serner, comment ils ont réagi?

— Ove s'y attendait, évidemment. Il a dit : "Sinon, vous pouvez toujours racheter nos parts." Seulement…

— Le prix a augmenté, compléta Mikael.

— Exactement. D'après lui, n'importe quelle analyse basique montrerait que la part de Serner a au moins doublé depuis que le groupe est entré au capital, vu la valeur ajoutée et la survaleur qu'ils ont créées.

— La survaleur? Ils sont fous?!

— Ils sont surtout malins, et ils cherchent à nous coincer. Je me demande s'ils n'espèrent pas faire d'une pierre deux coups : ils réalisent une bonne affaire et nous brisent économiquement, se débarrassant ainsi d'un concurrent.

— Qu'est-ce qu'on va faire, bordel?

— Ce qu'on sait faire de mieux, Mikael : se battre. Je me sers de mon argent perso, on rachète leurs parts et on se bat pour faire la meilleure revue de l'Europe du Nord.

— D'accord, parfait, Erika, mais ensuite? On va se retrouver avec des problèmes de trésorerie face auxquels même toi tu seras impuissante.

— Je sais, mais on va s'en sortir. On a déjà connu des situations difficiles. Pendant un temps, toi et moi, on ne se versera pas de salaire. On peut s'en sortir.

— Tout a une fin, Erika.

— Ne dis pas ça! Jamais!

— Même quand c'est vrai?

— Encore moins.

— D'accord.

— Tu n'as vraiment rien sur le feu? reprit-elle. Un truc qu'on pourrait envoyer à la gueule du monde médiatique suédois?

Mikael cacha son visage entre ses mains et il revit Pernilla en train de lui annoncer que, contrairement à lui, elle allait "écrire pour de vrai" – il allait falloir qu'on lui explique un jour en quoi sa façon d'écrire à lui n'était pas "vraie".

— Je ne crois pas.

Erika frappa la surface du bain du plat de la main, faisant gicler l'eau sur les chaussettes de Mikael.

— Merde, tu as forcément un début de piste. Je ne connais personne dans ce pays qui reçoive autant de tuyaux que toi!

— Qui ne valent rien la plupart du temps, dit-il. Mais peut-être… je viens de vérifier un truc.

Erika se redressa dans la baignoire.

— Quoi?

— Non, rien, rectifia-t-il. Je me fais sûrement des idées.

— À ce stade on est obligés de se faire des idées.

— Oui, mais c'est peut-être juste un pétard mouillé, ou rien qu'on puisse prouver.

— Et pourtant, une part de toi y croit, c'est ça?

— Peut-être bien, mais à cause d'un seul petit détail qui n'a rien à voir avec l'histoire elle-même.

— Lequel?

— Que ma vieille sœur d'armes apparaît dans l'affaire.

— Celle avec un grand L?

— Exactement.

— C'est déjà prometteur, non? dit Erika, qui sortit de la baignoire, nue, magnifique.

8

LE SOIR DU 20 NOVEMBRE

AUGUST ÉTAIT À GENOUX sur le sol en damier de la chambre. Son père avait disposé devant lui une nature morte composée d'une bougie sur une assiette bleue, de deux pommes vertes et d'une orange. Mais rien ne se produisait. August fixait simplement la tempête dehors d'un regard vide et Frans pensa : *Peut-être que c'est idiot de lui donner un modèle ?*

Visiblement, il suffisait à son fils de jeter un coup d'œil sur un objet pour que ce dernier se retrouve gravé dans son esprit. Pourquoi quelqu'un, et en particulier son propre père, choisirait-il ce qu'il devait dessiner ? August avait probablement déjà des milliers d'images à lui dans la tête ; une assiette garnie de quelques fruits, c'était peut-être une idée stupide et inappropriée. August s'intéressait sans doute à tout autre chose, et une fois de plus, Frans s'interrogea : le garçon avait-il essayé de transmettre un message avec son feu tricolore ? Le dessin n'était pas un simple exercice d'observation. Au contraire, le feu rouge luisait tel un mauvais œil. Après tout, peut-être qu'August s'était senti menacé par cet homme sur le passage piéton ?

Frans observa son fils pour la centième fois de la journée. C'était quand même dingue. Jusqu'alors, August n'était à ses yeux qu'un enfant étrange et incompréhensible. Et aujourd'hui, il se demandait si son fils et lui n'étaient pas semblables. À l'époque de son enfance, les médecins ne posaient pas de diagnostics aussi précis. Les gens étaient facilement rangés dans la catégorie des crétins ou des anormaux. Petit, il était définitivement différent, bien trop sérieux, avec son air figé, et personne dans la cour de récréation ne le trouvait particulièrement marrant. D'un autre côté, lui non plus ne trouvait pas les autres enfants particulièrement intéressants – alors il se réfugiait dans ses chiffres et ses équations et évitait de prononcer des mots qu'il jugeait inutiles.

On ne l'aurait peut-être pas catalogué autiste au même niveau qu'August. Mais aujourd'hui on lui aurait sans doute collé l'étiquette Asperger, et que cela ait pu être bon ou mauvais pour lui, peu importait désormais. Ce qui comptait, c'était qu'Hanna et lui avaient cru que diagnostiquer August à un stade si précoce allait les aider. Pourtant, il y avait eu si peu de progrès de l'enfant que ce n'était que maintenant, alors que son fils avait huit ans, que Frans lui découvrait ce don si particulier – qu'il soupçonnait à la fois spatial et mathématique. Comment Hanna et Lasse avaient-ils pu passer à côté?

Lasse était un salopard, il n'y avait aucun doute là-dessus, mais Hanna demeurait au fond quelqu'un de bon et de sensible. Frans n'oublierait jamais leur première rencontre. C'était à l'occasion d'une soirée de l'Académie royale des sciences de l'ingénieur, où il avait reçu un prix dont il se fichait. Il s'était ennuyé pendant tout le dîner, ne rêvant que de rentrer chez lui au plus vite pour retrouver ses ordinateurs, lorsqu'une belle femme dont le visage lui avait paru vaguement familier – les connaissances de Frans dans le domaine des stars et paillettes étaient extrêmement limitées – s'était approchée de lui et avait entamé la conversation.

Frans se considérait toujours comme le binoclard de Tappströmsskolan que les filles ne regardaient qu'avec mépris. Il ne comprenait pas ce qu'une femme comme Hanna pouvait trouver à un homme comme lui, d'autant qu'à l'époque – il s'en était vite rendu compte –, elle était au sommet de sa carrière. Mais elle l'avait séduit et cette nuit-là elle lui avait fait l'amour comme aucune femme auparavant. S'était ouvert alors ce qui avait sans doute été la période la plus heureuse de sa vie. Et pourtant… les codes binaires avaient fini par avoir raison de l'amour.

Il s'était entièrement dédié à son travail, au péril de son mariage. Ensuite, tout était parti en vrille. Lasse Westman avait pris le relais, détruisant Hanna peu à peu, et August aussi sans doute. Frans avait toutes les raisons de se sentir furieux contre ce type, même s'il savait qu'il portait lui-même une lourde responsabilité. Il s'était désimpliqué, il avait abandonné son fils et ne pouvait nier ce qui lui avait été reproché lors du procès : il avait préféré le rêve d'une vie artificielle à son propre enfant. Comment avait-il pu faire une chose pareille ?

Il sortit son ordinateur portable et entreprit de nouvelles recherches sur les dons des "savants". Il avait déjà commandé une série d'ouvrages, notamment le texte de référence dans le domaine, *Islands of Genius*, du professeur Darold A. Treffert. Comme d'habitude, il comptait apprendre par lui-même tout ce qu'il y avait à savoir. Aucun psychologue ou pédagogue ne pourrait lui taper sur les doigts et lui dire ce dont August avait besoin aujourd'hui. Il le saurait bien avant tous ces spécialistes. C'est donc en poursuivant ses recherches ce jour-là qu'il tomba sur l'histoire de Nadia, une jeune autiste.

Son destin était relaté dans le livre de Lorna Selfe, *Nadia: A Case of Extraordinary Drawing Ability in an Autistic Child** ainsi que dans *L'Homme qui prenait sa femme pour un chapeau* d'Oliver Sacks. Frans fut fasciné et ému par cette histoire à bien des égards semblable au cas d'August. Tout comme son fils, Nadia paraissait en bonne santé à la naissance, et ce n'était qu'au fil des mois que ses parents avaient compris que quelque chose clochait.

La petite Nadia ne regardait pas les gens dans les yeux. Elle n'aimait pas le contact physique, ne réagissait pas aux sourires ou aux encouragements de sa mère et ne faisait aucun progrès dans l'apprentissage du langage. Elle passait le plus clair de son temps à découper compulsivement des bandes de papier incroyablement fines dans son coin. À six ans, elle n'avait pas encore prononcé son premier mot.

Pourtant, quand elle dessinait, on aurait dit du Léonard de Vinci. À l'âge de trois ans, elle s'était soudain mise à représenter des chevaux : contrairement aux autres enfants, elle ne commençait pas par la silhouette, par l'ensemble, mais choisissait un petit détail, un sabot, la botte d'un cavalier, une queue. Et,

---

* Nadia : le cas d'une enfant autiste aux dons exceptionnels pour le dessin.

le plus curieux : elle dessinait vite. Elle rassemblait les détails épars à un rythme endiablé, un ici, un là, pour former une bête parfaite, cheval galopant ou trottant. D'après ses propres expériences picturales à l'adolescence, Frans savait que rien n'est plus difficile que de dessiner un animal en mouvement. Quoi qu'on fasse, le résultat est raide, manque de naturel. Seul un maître peut faire ressortir la légèreté du saut. À trois ans, Nadia était déjà un maître.

Ses chevaux étaient aussi précis que de parfaites natures mortes, tracées d'une main légère, et ce n'était de toute évidence pas le résultat d'un long apprentissage. Sa virtuosité avait jailli, telle l'eau d'un barrage qui cède, pour la plus grande fascination de son entourage. Comment opérait-elle un tel miracle ? Comment pouvait-elle, en quelques mouvements de main rapides, dominer des siècles de progrès dans l'art de la représentation ? Les chercheurs australiens Allan Snyder et John Mitchell, après avoir étudié ses dessins, ont avancé en 1999 une théorie, communément acceptée aujourd'hui, selon laquelle nous possédons tous une capacité héréditaire pour ce genre de virtuosité, qui reste dormante chez la plupart d'entre nous.

Quand on voit un ballon de foot, par exemple, on ne conçoit pas d'emblée qu'il s'agit d'un objet tridimensionnel. Le cerveau, lui, interprète à la vitesse de l'éclair toute une série de détails – les ombres qui tombent, la différence de profondeur et les nuances de couleurs – et en tire des conclusions sur la forme. Nous n'avons pas conscience de ce processus, mais cette analyse par fragments nous est nécessaire pour une chose aussi simple que distinguer un ballon d'un cercle.

Le cerveau crée lui-même la forme définitive et, ce faisant, on ne distingue plus tous les détails enregistrés au départ. Comme l'arbre qui cache la forêt. Mitchell et Snyder avançaient que si l'on avait pu retrouver l'image initiale de notre cerveau, on aurait été en mesure d'observer le monde d'une manière totalement nouvelle et peut-être même de le reconstituer plus facilement, tout comme le faisait Nadia sans aucune forme d'apprentissage.

Autrement dit, Nadia avait accès à l'image initiale, au matériau de base dont usait le cerveau. Elle voyait le fourmillement de détails et d'ombres avant que ceux-ci ne soient traités, et c'est pour cette raison qu'elle commençait toujours par une partie isolée, un sabot, un museau, et non par l'ensemble – qui, tel que nous l'entendons, n'était pas encore composé. Si, avec son esprit critique, Frans Balder voyait bien certaines failles à cette théorie, l'idée le séduisait.

À bien des égards, c'était cette vision originelle qu'il avait toujours voulu atteindre à travers ses recherches ; une perspective qui ne prenait pas les choses pour acquises mais allait au-delà des évidences, jusque dans les moindres détails. Il se sentit d'ailleurs de plus en plus obsédé par cette histoire qu'il lisait avec une fascination croissante. Puis, soudain, il frémit. Il poussa même un juron et fixa son fils du regard, pris d'angoisse. Ce ne furent pas les découvertes médicales qui provoquèrent cette réaction, mais le récit de la première année d'école de Nadia.

Nadia avait été placée dans une classe pour enfants autistes, où tous les efforts s'étaient portés sur l'apprentissage de la parole. Et, de fait, la petite fille avait progressé. Les mots étaient arrivés, l'un après l'autre. Mais au prix d'un lourd tribut. À partir du moment où elle avait appris à parler, son don pour le dessin avait disparu. L'hypothèse de Lorna Selfe était qu'un langage en avait remplacé un autre. Après avoir été une artiste de génie, Nadia était devenue une simple petite fille autiste lourdement handicapée, qui pouvait certes dire quelques mots mais avait complètement perdu ce don stupéfiant. Est-ce que cela en valait vraiment la peine ?

Frans aurait voulu crier "non", peut-être parce qu'il aurait donné n'importe quoi pour devenir un génie dans son domaine. Mieux valait être infoutu de tenir une conversation sensée en société que de faire partie des médiocres. Tout sauf l'ordinaire! Voilà ce qui avait toujours été sa devise. Et pourtant… il était assez intelligent pour voir que ses principes élitistes ne pouvaient s'appliquer dans ce cas. Que valaient quelques dessins, si magnifiques fussent-ils, à côté de la possibilité de demander un verre de lait soi-même ou d'échanger quelques mots avec un ami ou un père? Qu'en savait-il ?

Il refusait néanmoins de s'enfermer dans ce dilemme. Il ne supportait pas l'idée d'avoir à sacrifier l'événement le plus fantastique qui fût survenu dans la vie d'August. Non... la question ne devrait pas se poser en ces termes. Aucun parent ne devrait être contraint de trancher une telle alternative : génie ou pas. Car personne ne pouvait déterminer par avance ce qui était le mieux pour l'enfant.

Plus il réfléchissait, plus il trouvait cela injuste. Et il en vint à se persuader qu'il n'y croyait pas, ou plutôt qu'il ne *voulait* pas y croire. Après tout, Nadia n'était qu'un cas, et un simple cas ne saurait constituer une base scientifique.

Il fallait qu'il en sache davantage. Il poursuivit donc ses recherches sur le Net, jusqu'à ce que la sonnerie de son téléphone l'interrompe. En réalité, son téléphone avait beaucoup sonné ces dernières heures. Il y avait notamment eu un numéro caché, puis Linus, son ancien assistant qu'il supportait de moins en moins et en qui il n'avait sans doute même plus confiance. Quoi qu'il en soit, il n'avait aucune envie de discuter avec lui. Il n'aspirait qu'à sonder encore et encore le destin de Nadia.

Pourtant, cette fois-ci, il répondit – peut-être par pure nervosité. C'était Gabriella Grane, la charmante analyste de la Säpo, ce qui le fit sourire un peu, malgré tout. Si sa préférence allait à Farah Sharif, Gabriella était un bon deuxième choix. Avec ses beaux yeux pétillants et son esprit vif. Il avait un faible pour les femmes intelligentes.

— Gabriella, dit-il. J'aurais adoré vous parler. Mais je n'ai pas le temps. Je suis sur un truc important.

— Pour ce que j'ai à vous dire, vous aurez certainement un peu de temps, répondit-elle sur un ton particulièrement sévère. Vous êtes en danger, Frans.

— Allons, Gabriella! Je vous l'ai dit, ils vont me harceler avec leurs procès jusqu'à ce que j'y laisse ma chemise. Mais ça n'ira pas plus loin.

— Frans, je dispose malheureusement de nouvelles informations issues d'une source extrêmement fiable. Il semble que vous soyez l'objet d'une réelle menace.

— Qu'est-ce que vous voulez dire? demanda-t-il, un peu absent.

Le téléphone coincé entre l'épaule et l'oreille, il poursuivait ses recherches sur le don perdu de Nadia.

— J'ai du mal à évaluer les informations, mais elles m'inquiètent, Frans. Je crois qu'il faut les prendre au sérieux.

— Alors je vais le faire. Je promets d'être particulièrement prudent. Je vais rester à l'intérieur, comme d'habitude. Mais, comme je vous le disais, je suis un peu occupé. Et puis je reste persuadé que vous vous trompez. Chez Solifon…

— Je peux me tromper, l'interrompit-elle. C'est tout à fait possible. Mais imaginez que j'aie raison, imaginez qu'il y ait le moindre petit risque que j'aie raison ?

— Pourquoi pas, mais…

— Il n'y a pas de mais, Frans. Vraiment pas. Écoutez-moi plutôt. Je crois que votre analyse est correcte : personne chez Solifon n'en veut à votre intégrité physique. C'est une entreprise civilisée, malgré tout. Mais il semblerait qu'une ou plusieurs personnes du groupe soient en contact avec une organisation criminelle, un réseau extrêmement dangereux avec des ramifications à la fois en Russie et en Suède. Et c'est de là que viendrait la menace.

Pour la première fois, Frans lâcha l'écran des yeux. Il savait pertinemment que, chez Solifon, Zigmund Eckerwald collaborait avec un groupe criminel. Il avait même intercepté quelques mots codés au sujet du leader, mais il n'arrivait pas à voir pourquoi le groupe s'en prendrait à lui – à moins que…

— Une organisation criminelle ? marmonna-t-il.

— Exactement, poursuivit Gabriella. Et finalement, on pourrait y trouver une certaine logique, non ? Ça revient à ce que vous disiez vous-même : dès qu'on se met à voler les idées des autres pour s'enrichir, on a franchi les limites, et à partir de là c'est l'engrenage.

— Je crois plutôt avoir dit qu'il suffisait d'une bonne brochette d'avocats. Avec des juristes rusés, on peut tranquillement voler n'importe quoi. Les avocats sont les torpilleurs des temps modernes.

— Quoi qu'il en soit, je n'ai pas encore reçu d'ordre de placement sous protection rapprochée. J'aimerais donc vous transférer dans un lieu secret. Je voudrais passer vous récupérer tout de suite.

— Quoi ?

— Je pense qu'il faut agir immédiatement.

— Jamais de la vie. Moi et...

Il hésita.

— Il y a quelqu'un avec vous ? demanda-t-elle.

— Non, non, mais je ne peux aller nulle part pour le moment.

— Vous n'entendez pas ce que je vous dis ?

— J'entends très bien. Mais, sauf votre respect, il ne s'agit pour l'heure que de spéculations de votre part.

— Les spéculations sont indissociables des menaces, Frans. Mais la personne qui nous a contactés... enfin, je ne devrais pas vous le dire, mais... c'est un agent de la NSA, qui enquête sur cette organisation.

— La NSA, grommela-t-il.

— Je sais que vous êtes critique envers eux.

— C'est le moins qu'on puisse dire.

— D'accord, d'accord. Mais cette fois ils sont de votre côté, en tout cas l'agent qui a téléphoné. C'est quelqu'un de bien. À travers des écoutes, elle a intercepté quelque chose qui pourrait bien constituer un projet de meurtre.

— Contre moi ?

— Des signes l'indiquent.

— *Pourrait bien* et *des signes*... ça paraît plutôt vague.

Devant lui, August s'était tendu pour attraper les stylos et Frans trouva le moyen de se focaliser sur ce geste.

— Je reste chez moi, poursuivit-il.

— Vous plaisantez ?

— Pas du tout. Je déménagerai si vous recevez plus d'informations, mais pas avant. D'ailleurs, l'alarme installée par Milton fonctionne parfaitement. J'ai des caméras et des capteurs partout.

— Vous êtes sérieux ?

— Oui, et vous savez que je suis sacrément têtu.

— Vous avez une arme ?

— Mais qu'est-ce qui vous prend, Gabriella ? Moi, une arme ? L'objet le plus dangereux dont je dispose doit être mon nouveau rabot à fromage.

— Écoutez..., dit-elle, puis elle sembla hésiter.

— Oui ?

— Je vais vous mettre sous protection, que vous le vouliez ou non. Vous n'avez pas à vous en soucier. À mon avis, vous ne remarquerez rien. Mais puisque vous êtes si borné, j'ai un autre conseil à vous donner.

— Lequel ?

— Parlez. Ce serait une sorte d'assurance-vie. Racontez aux médias ce que vous savez et, avec un peu de chance, se débarrasser de vous ne servira plus à rien.

— Je vais y réfléchir.

Frans perçut soudain une légère distraction chez Gabriella.

— Oui ? dit-il.

— Attendez une seconde, répondit-elle. J'ai quelqu'un d'autre en ligne. Je vais devoir…

Elle mit la conversation en attente. Quant à Frans, qui aurait dû à cet instant-là être envahi par d'autres préoccupations, il n'avait qu'une question en tête : August perdrait-il son talent pour le dessin s'il lui apprenait à parler ?

— Vous êtes toujours là ? reprit Gabriella au bout d'un moment.

— Bien sûr.

— Je vais malheureusement devoir vous laisser. Mais je vous assure que je vais veiller à ce que vous soyez sous protection le plus rapidement possible. Je vous tiens au courant. Faites attention à vous !

Il raccrocha en soupirant, et pensa de nouveau à Hanna et à August, au sol en damier qui se réfléchissait dans les armoires, et à toutes sortes de choses qui, dans ce contexte, n'étaient pas particulièrement importantes. Il murmura simplement, d'un air distrait, dans le vide :

— Ils sont à mes trousses.

Au fond de lui, il se rendait bien compte que l'hypothèse n'était pas absurde, même s'il avait toujours refusé de croire qu'ils auraient recours à la violence. Qu'en savait-il en réalité ? Rien. Et il n'avait pas le courage de s'en inquiéter maintenant. Il se replongea dans le destin de Nadia, cherchant à savoir ce que cela pouvait impliquer pour son fils, même si son attitude avait de quoi étonner. Il faisait comme si de rien n'était. Malgré la menace, il continuait de surfer sur le Net. Et c'est ainsi qu'il tomba sur une référence à un professeur de neurologie, un expert du syndrome du savant, du nom de Charles Edelman. Et là, au lieu d'en lire davantage sur cet homme selon sa méthode habituelle – Balder préférait toujours la littérature aux gens –, il appela le standard de l'institut Karolinska.

Il réalisa immédiatement qu'il était beaucoup trop tard. Il y avait peu de chances qu'Edelman fût encore au travail, et son numéro privé était sur liste rouge. En revanche, il dirigeait aussi une institution du nom d'Ekliden, pour les enfants autistes montrant des aptitudes particulières. Frans essaya ce numéro, qui sonna plusieurs fois dans le vide. Puis une dame répondit, se présentant comme sœur Lindros.

— Navré de vous déranger aussi tard, dit Frans Balder. Je cherche à joindre le professeur Edelman. Serait-il encore là, à tout hasard?

— Il se trouve que oui. Personne n'arrive à rentrer par ce temps. C'est de la part de…?

— Frans Balder, répondit-il, avant d'ajouter pour le cas où cela pourrait aider : Le professeur Frans Balder.

— Attendez un instant. Je vais voir s'il est disponible.

Il observait August qui avait ramassé son stylo et hésitait. D'une certaine manière, ce geste inquiéta Frans, comme s'il s'agissait d'un mauvais présage. "Une organisation criminelle", marmonna-t-il de nouveau.

— Charles Edelman, dit une voix. Est-ce vraiment le professeur Balder à l'appareil?

— Lui-même. J'ai une petite…

— Vous ne pouvez pas imaginer l'honneur que c'est pour moi, poursuivit Edelman. Je rentre tout juste d'une conférence à Stanford où nous avons parlé de vos recherches sur les réseaux neuronaux, oui, et nous avons même évoqué l'idée que, nous, les neurologues, pourrions apprendre beaucoup sur le cerveau par des voies détournées, via les recherches en IA. Nous nous sommes interrogés…

— Je suis très flatté, interrompit Frans. Mais il se trouve que j'ai une petite question.

— Ah bon! Quelque chose dont vous avez besoin pour vos recherches?

— Pas du tout. J'ai un fils autiste. Il a huit ans et n'a toujours pas prononcé ses premiers mots, mais l'autre jour, nous sommes passés devant un feu tricolore sur Hornsgatan, et ensuite…

— Oui?

— À la maison, il s'est installé et il l'a dessiné à une vitesse incroyable, le reproduisant à la perfection. Tout à fait stupéfiant!

— Et vous voudriez que je vienne voir ce qu'il a fait?

— J'en serais ravi, mais ce n'était pas la raison de mon appel. En fait, je suis inquiet. J'ai lu que ces dessins pourraient être sa manière de dialoguer avec le monde extérieur et que, s'il apprenait à parler, il pourrait perdre ce don. Qu'une façon de s'exprimer pourrait remplacer l'autre.

— Vous avez pris connaissance du cas de Nadia.

— Comment le savez-vous?

— Parce que son exemple revient toujours quand on soulève cette question. Mais ne vous en faites pas, Frans – je peux vous appeler Frans?

— Bien sûr.

— Très bien, Frans, je suis ravi de votre appel et je peux d'ores et déjà vous dire que vous n'avez pas d'inquiétude à avoir, au contraire. Nadia est l'exception qui confirme la règle, rien d'autre. Toutes les recherches montrent que le développement linguistique aiguise en général le talent du savant. Il suffit de considérer le cas de Stephen Wiltshire. Vous avez dû entendre parler de lui, n'est-ce pas?

— Celui qui a dessiné à peu près tout Londres.

— Exactement. Il s'est développé à tous les niveaux, à la fois d'un point de vue artistique, intellectuel et linguistique. On le considère aujourd'hui comme un grand artiste. Alors, rassurez-vous, Frans. Certes, il arrive que des enfants perdent leur don, mais généralement c'est pour d'autres raisons. Ils s'en lassent, ou il leur arrive quelque chose. Vous avez lu que Nadia a perdu sa mère au même moment?

— Oui.

— C'était peut-être cela, la véritable raison. Évidemment, personne ne peut l'affirmer avec certitude. Mais il y a peu de chances que ce soit parce qu'elle a appris à parler. Il n'existe quasiment aucun autre exemple documenté d'une telle évolution. Et je ne dis pas ça pour vous rassurer, ni parce qu'il se trouve que c'est ma propre hypothèse. Il existe aujourd'hui un large consensus sur l'idée que les savants ont tout à gagner à développer l'ensemble de leurs capacités intellectuelles.

— Vous croyez?

— Absolument.

— Il est doué pour les chiffres aussi.

— Vraiment? dit Charles Edelman.

— Vous avez l'air surpris.

— Oui, parce que les aptitudes artistiques d'un savant sont rarement doublées d'un talent mathématique. Il s'agit de deux dons différents qui ne s'apparentent pas du tout et qui semblent même parfois se contrarier mutuellement.

— Pourtant c'est le cas. Ses dessins ont quelque chose de géométriquement exact, comme s'il avait calculé les proportions.

— Extrêmement intéressant. Quand pourrai-je le rencontrer?

— Je ne sais pas trop. Je voulais surtout vous demander conseil.

— Alors voici : misez sur ce garçon! Stimulez-le. Laissez-le développer ses capacités dans tous les domaines.

— Je...

Frans sentit sa poitrine se serrer. Il avait du mal à parler.

— Je tiens à vous remercier, reprit-il. Vraiment. Maintenant il va falloir que je...

— C'est un tel honneur de vous parler! Ce serait merveilleux de pouvoir vous rencontrer, vous et votre fils. J'ai développé un test assez sophistiqué pour les savants, si je peux me permettre. Ensemble, nous pourrions apprendre à mieux connaître ce garçon.

— Oui, bien sûr, ce serait formidable. Mais je vais devoir..., marmonna Frans sans bien savoir ce qu'il voulait dire. Au revoir et encore merci.

— Ah, oui, bien sûr. J'espère avoir de vos nouvelles bientôt.

Frans raccrocha et resta un moment immobile, les mains croisées sur la poitrine, à observer August qui tenait toujours son stylo, hésitant, le regard fixé sur la bougie allumée. Puis un tremblement parcourut ses épaules et soudain, les larmes se mirent à couler. Et on aurait pu dire bien des choses de Frans Balder, mais certainement pas qu'il avait la larme facile.

Il ne se rappelait même pas la dernière fois que ça lui était arrivé. Pas pour la mort de sa mère, en tout cas, et jamais face à un spectacle ou lors d'une lecture poignante – rien ne l'ébranlait. Mais à cet instant, devant son fils et sa rangée de stylos et de pastels, le professeur pleura comme un enfant, gagné par l'émotion. Les mots de Charles Edelman n'y étaient pas étrangers.

August pouvait à la fois apprendre à parler et continuer à dessiner, et ça, c'était merveilleux. Mais ce n'était pas la seule raison de ses larmes. Tout se mélangeait : le drame chez Solifon, la menace de mort, les secrets qu'il gardait en lui, et l'absence d'un être, Hanna ou Farah, quelqu'un qui pourrait combler ce vide dans sa poitrine.

— Mon petit garçon! dit-il, si ému et bouleversé qu'il ne remarqua pas qu'à cet instant son ordinateur portable s'illuminait, affichant les images de l'une des caméras de surveillance de son jardin.

Dehors, dans la tempête, marchait un homme dégingandé. Il portait une veste en cuir fourrée, une casquette grise enfoncée sur le crâne et dissimulait soigneusement son visage. Qui que ce fût, cet homme se savait filmé et, même s'il était élancé, quelque chose dans sa démarche chaloupée, vaguement théâtrale, évoquait un poids lourd montant sur le ring.

GABRIELLA GRANE ÉTAIT ENCORE dans son bureau à la Säpo, en train de fouiller sur le Net et dans les registres de l'administration. Sans d'ailleurs y voir plus clair, étant donné qu'elle ne savait pas exactement ce qu'elle cherchait. Mais elle était inquiète, troublée par un sentiment vague et confus.

Elle avait été interrompue dans sa conversation avec Balder par Helena Kraft, sa supérieure, qui cherchait à la joindre pour les mêmes raisons que la fois précédente. Alona Casales de la NSA voulait lui parler, et sa voix semblait cette fois-ci bien plus calme, de nouveau séductrice.

— Vous avez réglé vos problèmes d'ordinateurs ? demanda Gabriella.

— Ha… oui, c'était un peu le cirque, rien de grave je crois. Je suis désolée si je t'ai paru un peu mystérieuse. Il se trouve que je vais sans doute devoir l'être à nouveau, d'une certaine façon. Je voudrais te donner davantage d'éléments sur l'affaire Balder et insister encore sur le fait que je considère la menace contre le professeur comme très sérieuse, même si nous n'avons aucune certitude. Tu as eu le temps de faire quelque chose ?

— Je lui ai parlé. Il refuse de partir de chez lui, il dit qu'il est extrêmement occupé. Je m'apprête à mettre en place une surveillance.

— Parfait. Je me doutais bien que tu n'étais pas seulement agréable à regarder, mais je suis très impressionnée, mademoiselle Grane. Avec un tel talent, tu pourrais travailler chez Goldman Sachs et te faire des millions, non ?

— Pas mon style.

— Pas le mien non plus. Je ne dirais pas non au fric, mais fourrer mon nez partout pour une misère, ça me va mieux. Bon, voici la situation. En ce qui concerne la NSA, cette affaire n'est pas d'une grande importance, loin de là – ce qui, de mon point de vue, est un mauvais calcul. Je suis persuadée que ce groupe constitue une menace contre des intérêts économiques nationaux, et qu'en outre il y a des connexions au niveau politique. L'un des informaticiens russes que j'ai mentionnés, un type du nom d'Anatoli Chabarov, a également des liens avec un membre de la Douma, le fameux Ivan Gribanov, par ailleurs grand actionnaire de Gazprom.

— Je vois.

— Pour l'instant, ce ne sont que des bouts de pistes épars. J'ai passé aussi beaucoup de temps à essayer de craquer l'identité de celui qui fait figure de leader.

— Celui qu'on nomme Thanos.

— Ou celle.

— Celle ?

— Oui, encore que je me trompe peut-être. Ce genre de groupes criminels se contentent en général d'exploiter les femmes – ils ne les placent pas aux postes dirigeants. Et la plupart du temps, quand il est fait référence à cette figure, c'est par un *il*.

— Alors qu'est-ce qui te fait imaginer malgré tout qu'il puisse s'agir d'une femme ?

— L'espèce de vénération qui l'entoure, je dirais. On parle de cette personne comme les hommes, de tout temps, ont parlé des femmes qu'ils désirent et admirent.

— Une beauté, donc.

— Il semblerait, mais j'ai peut-être simplement relevé un fond d'érotisme homosexuel. Et personne ne se réjouirait autant que moi si les gangsters ou les décideurs russes se livraient davantage à ce penchant.

— C'est clair !

— En réalité, je le mentionne simplement pour que tu gardes l'esprit ouvert si jamais ce bordel atterrit sur ton bureau. Tu comprends, il y a pas mal d'avocats qui sont impliqués. Il y a toujours des avocats impliqués, hein ? Avec des hackers on peut tout voler, et avec les avocats on peut légitimer tous les vols. C'était quoi, la formule de ce Balder, déjà ?

— Que nous sommes tous égaux devant la loi – à condition de payer le prix.

— C'est ça. Aujourd'hui, celui qui a les moyens de prendre une bonne défense peut mettre la main sur tout et n'importe quoi. J'imagine que tu connais l'opposant juridique à Balder, le cabinet de Washington Dackstone & Partner ?

— Oh que oui.

— Tu n'es donc pas sans savoir que ce cabinet représente par ailleurs de grandes entreprises de technologie qui traînent en justice les inventeurs et les innovateurs qui ont l'audace de demander une compensation pour leurs créations, jusqu'à les mettre à terre.

— Oui, j'ai vu ça avec les procès de l'inventeur Håkan Lans.

— Une sale histoire, non ? Ce qui est intéressant ici, c'est que Dackstone & Partner est cité dans l'une des rares conversations que nous ayons réussi à tracer et à lire au sein de ce réseau criminel, même si le cabinet n'est mentionné que par les initiales D. P. ou simplement D.

— Solifon et ces bandits ont donc les mêmes juristes.

— Il semblerait, oui. Mais ce n'est pas tout : Dackstone & Partner va bientôt ouvrir des bureaux à Stockholm, et tu sais comment on l'a appris ?

— Non, dit Gabriella qui se sentait de plus en plus inquiète.

Elle aurait voulu que la conversation s'achève au plus vite afin de veiller à ce que Balder soit placé sous protection policière.

— À travers notre surveillance de ce groupe, poursuivit Alona. Il se trouve que Chabarov en a fait mention au détour d'une conversation, révélant des liens proches avec le cabinet. Le groupe était au courant de l'installation avant que celle-ci ne soit officielle.

— Ah bon ?

— Oui, et à Stockholm, Dackstone & Partner doit s'associer avec un avocat suédois du nom de Kenny Brodin, un ancien juriste spécialisé dans les affaires criminelles, qui s'est fait connaître à une époque pour s'être montré un peu trop proche de ses clients.

— En tout cas, il y a une photo de lui qui a fait toutes les unes, où on le voit s'amuser en boîte avec ses potes truands et peloter une call-girl, dit Gabriella.

— Je l'ai vue, en effet. Je crois que M. Brodin serait un bon point de départ si vous voulez jeter un œil sur cette histoire de votre côté. Qui sait, il pourrait représenter le lien entre la haute finance et ce groupe.

— Je vais creuser la question, répondit Gabriella. Mais là, j'ai pas mal d'autres choses à régler. On se reparle sans doute bientôt.

Elle appela ensuite la personne de garde au Service de la protection rapprochée de la Säpo, qui pour l'heure était Stig Yttergren, ce qui ne facilita pas ses démarches. Stig Yttergren avait soixante ans, il était corpulent, passablement alcoolique et préférait en général jouer aux cartes et faire des réussites sur le Net que de se rendre utile. On l'appelait parfois "M. Impossible", raison pour laquelle elle expliqua la situation de sa voix la plus autoritaire, exigeant qu'une protection par gardes du corps soit mise en place pour Frans Balder à Saltsjöbaden. Stig Yttergren répondit comme à l'accoutumée que ça allait être difficile, sans doute même impossible, et lorsqu'elle répliqua que l'ordre émanait de la chef de la Säpo en personne, il marmonna quelque chose comme "cette vieille chieuse".

— Ça, je ne l'ai pas entendu, dit-elle. Mais fais en sorte que ça aille vite.

Ce qui ne fut évidemment pas le cas et, tandis qu'elle attendait en tambourinant nerveusement sur le bureau, elle se mit à chercher des informations sur Dackstone & Partner et tout ce qui concernait ce qu'Alona lui avait raconté.

Un sentiment familier et inquiétant l'envahit alors. Mais rien ne s'éclaircit vraiment et avant qu'elle n'ait eu le temps de tirer des conclusions, Stig Yttergren la rappela. Bien sûr, personne n'était disponible au Service de la protection rapprochée. L'activité autour de la famille royale était particulièrement intense ce soir, expliqua-t-il, à l'occasion d'une espèce de spectacle avec le couple du prince héritier norvégien. Et le chef des démocrates suédois ayant reçu une glace à l'italienne dans les cheveux sans que les gardes n'aient eu le temps d'intervenir, on avait été contraints de renforcer la surveillance autour du discours qu'il devait prononcer tard dans la soirée à Södertälje.

Yttergren avait donc envoyé sur place "deux gars formidables des forces de l'ordre" répondant aux noms de Peter Blom et Dan Flinck, et Gabriella dut s'en contenter. Bien sûr, les noms Blom et Flinck lui firent penser aux Dick et Clack de *Fifi Brindacier* et, l'espace d'un instant, elle eut un mauvais pressentiment. Mais elle s'en voulut aussitôt. C'était tellement typique du milieu snob qui était le sien de juger les gens en fonction de leurs noms. *Ça va aller*, se dit-elle et elle chassa ses appréhensions.

Elle se remit au travail. La nuit allait être longue.

9

LA NUIT DU 21 NOVEMBRE

LISBETH SE RÉVEILLA en travers du grand lit double et réalisa qu'elle venait de faire un rêve au sujet de son père. Elle fut terrassée par un sentiment de menace. Puis elle se souvint de la veille au soir et supposa qu'il pouvait tout aussi bien s'agir d'une réaction chimique. Elle avait une sacrée gueule de bois. Prise d'une envie de gerber, elle se dressa sur ses jambes flageolantes pour rejoindre la grande salle de bains avec jacuzzi, marbre et tout ce luxe débile. Mais rien de tel ne se produisit : elle se contenta de s'affaler par terre et respira lourdement.

Ce qu'elle vit lorsqu'elle se releva enfin et se regarda dans le miroir n'avait rien d'encourageant non plus. Elle avait les yeux injectés de sang. Il faut dire que minuit était à peine passé, elle n'avait dormi que quelques heures. Elle sortit un verre du placard de la salle de bains et le remplit d'eau, mais au même moment les souvenirs de son rêve resurgirent et elle serra si fort le verre qu'elle le brisa. Elle s'entailla la main, du sang coula sur le carrelage et elle se mit à jurer. Elle réalisa qu'elle n'allait pas pouvoir se rendormir.

Devait-elle tenter de craquer le fichier crypté qu'elle avait téléchargé la veille ? Non, ça ne servirait à rien, du moins pour l'instant. Elle enroula une serviette autour de sa main, se dirigea vers la bibliothèque et en sortit un essai récent de la physicienne diplômée de Princeton, Julie Tammet, qui décrivait comment une grande étoile s'effondre sur elle-même pour former un trou noir. Elle s'allongea avec le livre dans le canapé rouge, à côté de la fenêtre donnant sur Slussen et Riddarfjärden.

Dès qu'elle commença la lecture, elle se sentit un peu mieux. Du sang coulait de la serviette sur les pages et son mal de tête ne la lâchait pas, mais elle se laissa peu à peu absorber par le livre, griffonnant ici et là des notes dans la marge. En réalité, elle n'apprit rien. Elle savait mieux que quiconque qu'une étoile se maintient en vie grâce à deux forces qui s'opposent, les explosions nucléaires en son cœur qui tendent à la dilater et la gravitation qui la maintient unie. Elle y voyait un jeu d'équilibre, une lutte acharnée qui pendant longtemps reste égale, mais qui, lorsque le combustible nucléaire et les explosions perdent de leur force, finit inévitablement par avoir un vainqueur.

Quand la gravité prend le dessus, le corps céleste se rétracte tel un ballon qui se dégonfle et devient de plus en plus petit. Et l'étoile est réduite à néant. Selon une équation d'une élégance inouïe, ainsi formulée :

$$r_s = \frac{2GM}{c^2}$$

dans laquelle G représente la constante gravitationnelle, Karl Schwarzschild, à l'époque de la Première Guerre mondiale, avait déjà décrit le stade où une étoile est si contractée que même la lumière ne peut s'en extraire. Une fois ce stade atteint, il n'y a pas de retour en arrière possible ; le corps céleste est condamné à s'effondrer. Chacun de ses atomes est aspiré vers un point singulier où le temps et l'espace s'achèvent et où des choses bien plus étranges encore se produisent sans doute, touches de pure irrationalité au sein d'un univers si conforme aux lois de la nature.

Cette singularité, qu'on pourrait peut-être davantage qualifier d'événement que de point, de terminus des lois physiques connues, est entourée d'un horizon d'événements. Ensemble, ils constituent ce qu'on appelle un trou noir. Lisbeth aimait les trous noirs. Elle se reconnaissait en eux.

Tout comme Julie Tammet, ce qui l'intéressait en particulier, c'était le processus par lequel les trous noirs se formaient, notamment le fait que l'effondrement des étoiles commence dans la partie vaste de l'univers, révélée par la théorie de la relativité d'Einstein, mais s'achève dans le monde infiniment petit, qui répond aux principes de la mécanique quantique.

Lisbeth restait persuadée que si elle arrivait à décrire ce processus, elle pourrait réunir ces deux théories en apparence incompatibles, la physique quantique et la relativité générale. Mais c'était sans doute au-dessus de ses capacités, tout comme ce foutu cryptage, et inévitablement, elle se remit à penser à son père.

Durant son enfance, cet enfoiré avait violé sa mère à plusieurs reprises. Les viols et les coups avaient perduré jusqu'à ce que les blessures de sa mère soient irrémédiables et que Lisbeth contre-attaque avec une force terrible du haut de ses douze ans. À l'époque, elle ignorait que son père était un espion dissident des services de renseignement militaire de l'Union soviétique, le GRU, et qu'en outre un service particulier au sein de la Säpo, "la Section", s'employait à le protéger à n'importe quel prix. Elle percevait pourtant déjà qu'un mystère entourait son père, une zone d'ombre que personne n'avait le droit d'approcher ni même d'évoquer – et qui recouvrait jusqu'à son nom.

Sur toutes les lettres et communications écrites, on pouvait lire Karl Axel Bodin, et c'est ainsi que le nommaient les gens à l'extérieur. Mais la famille de Lundagatan savait qu'il s'agissait d'une falsification et que son vrai nom était Zala, ou plus exactement Alexander Zalachenko. Un homme capable de terroriser les gens d'un froncement de sourcil, et qui avait surtout le privilège de porter une cape d'invulnérabilité. C'était du moins ainsi que Lisbeth voyait les choses.

À l'époque, bien qu'ignorant son secret, elle avait déjà compris que son père pouvait tout se permettre, en toute impunité. C'était de là qu'il tirait cette affreuse arrogance. On ne pouvait pas l'atteindre par des moyens ordinaires, et il en était parfaitement conscient. Les pères des autres, on pouvait toujours les dénoncer auprès des services sociaux ou de la police, mais Zala, lui, bénéficiait de protections bien plus importantes. Et ce dont Lisbeth venait de se souvenir, dans son rêve, c'était du jour où elle avait trouvé sa mère étendue sur le sol, inconsciente, et où elle avait décidé de prendre les choses en main et de neutraliser son père.

Voilà ce qui constituait son véritable trou noir. Entre autres.

L'ALARME SE DÉCLENCHA À 1 H 18 et Frans Balder se réveilla en sursaut. Quelqu'un serait entré dans la maison ? Il ressentit une terreur intense et tendit son bras à travers le lit. August était à ses côtés. Le garçon avait dû se glisser dans sa chambre, à son habitude, et maintenant il gémissait nerveusement, comme si le hurlement avait pénétré ses rêves. *Mon petit garçon*, songea Frans. Puis il se figea. Étaient-ce des pas ?

Non, il se faisait sans doute des idées. De toute façon, il était impossible de distinguer quoi que ce soit avec le vacarme de l'alarme. Il jeta un coup d'œil inquiet dehors. Le vent soufflait plus fort que jamais. Les vagues battaient le ponton et le rivage. Les vitres tremblaient sous la tempête. Les rafales avaient-elles pu déclencher l'alarme à elles seules ? C'était peut-être aussi simple que ça.

Il devrait quand même vérifier si la surveillance dont avait parlé Gabriella Grane avait fini par arriver et appeler à l'aide au besoin. On lui avait dit que deux hommes des forces de l'ordre étaient en route, mais ça faisait maintenant des heures. Une véritable parodie. Ils se trouvaient sans cesse retardés par le mauvais temps et par une série de contre-ordres : "Venez en renfort pour ceci ou pour cela !" Ils avaient utilisé toutes sortes de prétextes, et Gabriella avait raison : ça sentait l'incompétence la plus crasse.

Mais il s'en inquiéterait plus tard. Pour l'instant, il fallait qu'il appelle. August semblait sur le point de se réveiller et Frans devait agir rapidement. Un August hystérique balançant son corps contre le montant du lit, c'était la dernière chose dont il avait besoin. Les boules Quies, se dit-il soudain, les vieilles boules Quies vertes qu'il avait achetées à l'aéroport de Francfort.

Il les sortit de sa table de chevet et les enfonça délicatement dans les oreilles de son fils. Puis il le borda doucement, l'embrassa sur la joue et caressa ses cheveux bouclés en bataille. Il vérifia ensuite que le col de son haut de pyjama était comme il faut et que sa tête reposait bien sur l'oreiller. C'était incompréhensible : Frans avait peur, il y avait sans doute urgence. Peut-être en tout cas. Pourtant il agissait avec douceur et dorlotait son fils. Était-ce un accès de sentimentalisme, face à un drame imminent ? Ou bien cherchait-il à repousser l'affrontement avec ce qui l'attendait au-dehors ? L'espace d'un instant, il regretta de ne pas avoir d'arme. Même s'il n'aurait pas su comment s'en servir.

Il n'était qu'un pauvre programmateur rattrapé par la fibre paternelle, voilà tout. Il n'aurait jamais dû se retrouver dans ce pétrin. Que Solifon, la NSA et toutes les organisations criminelles aillent au diable ! Maintenant, il n'avait plus qu'à serrer les dents et se faufiler d'un pas frileux dans le couloir. Avant de faire quoi que ce soit, avant même de jeter un œil dans la rue, il éteignit l'alarme. Le vacarme avait déréglé tout son système nerveux et dans le silence soudain, il resta figé, incapable du moindre mouvement. À cet instant, son téléphone portable se mit à sonner : même si le bruit le fit sursauter, cette irruption fut comme un réconfort.

— Oui ? répondit-il.

— Allô, Jonas Anderberg à l'appareil, l'agent de garde chez Milton Security. Tout va bien ?

— Comment… oui… je crois. Mon alarme s'est déclenchée.

— Je sais. D'après notre procédure, dans ce cas, vous devez vous rendre dans une pièce prévue dans la cave et fermer à clé. Vous y êtes ?

— Oui, mentit-il.

— Bien, très bien. Savez-vous ce qui s'est passé ?

— Pas du tout. J'ai été réveillé par l'alarme. Je n'ai aucune idée de ce qui l'a déclenchée. C'est peut-être la tempête ?

— Ça m'étonnerait… Attendez un peu !

La voix de Jonas Anderberg semblait soudain préoccupée.

— Qu'est-ce qu'il y a ? demanda Frans, inquiet.

— On dirait…

— Parlez clairement, nom de Dieu. J'ai les jambes en coton.

— Désolé, du calme, du calme… Je suis en train de parcourir les séquences d'images de vos caméras et j'ai bien peur que…

— Que quoi ?

— Que vous ayez eu de la visite. Un homme… oui. Vous pourrez regarder par vous-même plus tard. Un homme assez grand, avec des lunettes de soleil et une casquette, a fouiné dans votre propriété. D'après ce que je vois, il est venu deux fois, mais comme je vous disais… je viens seulement de le découvrir. Je vais devoir étudier ça de plus près avant de pouvoir en dire davantage.

— C'est quoi ce type?

— Eh bien, c'est difficile à dire.

Jonas Anderberg semblait étudier les séquences à nouveau.

— Mais… Je ne sais pas… Non, je ne devrais pas spéculer à ce stade, c'est prématuré.

— Je vous en prie, dites-moi. Quelque chose de concret. Autrement je vais devenir fou.

— Bon, on peut dire qu'il y a au moins un détail rassurant.

— Lequel?

— Sa démarche. L'homme marche comme un junkie – comme un type qui vient de s'enfiler un bon paquet de came. Il y a quelque chose d'exagéré et de raide à la fois dans sa façon de bouger, qui pourrait indiquer qu'il s'agit simplement d'un toxico. Ou d'un petit cambrioleur. D'un autre côté…

— Oui?

— Le soin avec lequel il cache son visage est inquiétant et…

Jonas se tut à nouveau.

— Eh bien!

— Attendez un peu.

— Vous vous rendez compte que vous me rendez extrêmement nerveux?

— Ce n'est pas mon intention. Mais vous savez…

Le corps de Balder se figea. Un bruit de moteur lui parvint de la voie d'accès au garage.

— Vous avez de la visite.

— Qu'est-ce que je dois faire?

— Restez où vous êtes.

— D'accord, dit Frans, et il resta immobile, paralysé, loin de là où Jonas Anderberg l'imaginait.

LORSQUE LE TÉLÉPHONE SONNA à 1 h 58, Mikael Blomkvist était encore éveillé, mais son téléphone étant resté dans la poche de son jean, par terre, il ne put décrocher à temps. De toute façon, c'était un numéro masqué. Il jura, se remit au lit et ferma les yeux.

Il ne voulait pas d'une autre nuit blanche. Depuis qu'Erika s'était endormie vers minuit, il se retournait dans son lit, réfléchissant à sa vie sans y trouver grand-chose de réconfortant, même dans sa relation avec Erika.

Il aimait Erika depuis des décennies et rien n'indiquait qu'elle ne ressentait pas la même chose pour lui. Mais ce n'était plus aussi simple. Peut-être même que Mikael commençait à avoir trop de sympathie pour Lars. Lars Beckman, le mari d'Erika, était artiste et personne n'aurait pu lui reprocher d'être jaloux ou mesquin. Au contraire, quand Lars avait réalisé qu'Erika n'arriverait jamais à se passer de Mikael, qu'elle serait toujours tentée de le foutre à poil, il n'avait pas fait de scandale ni menacé d'aller s'installer en Chine avec sa femme. Il avait proposé un pacte : "Tu peux être avec lui… à condition de toujours revenir." Et c'est ce qui s'était passé. Ils avaient mis en place une sorte de ménage à trois, un arrangement peu conventionnel aux termes duquel Erika dormait la plupart du temps chez elle, à Saltsjöbaden, avec Lars, mais parfois chez Mikael. Pendant des années, Mikael avait trouvé que c'était une excellente solution dont auraient dû s'inspirer davantage ceux qui sont soumis à la dictature du couple. Chaque fois qu'Erika disait : "J'aime encore plus mon mari quand je peux aussi être avec toi", ou que Lars, lors d'un cocktail, lui passait un bras sur l'épaule dans une accolade fraternelle, Mikael remerciait sa bonne étoile.

Ces derniers temps, pourtant, il s'était mis à douter de tout, peut-être parce qu'il avait plus de temps pour réfléchir à sa vie, et il avait compris que ce qu'on appelle un commun accord ne l'est pas forcément.

Il arrive que l'une des parties impose un choix personnel en le faisant passer pour une décision commune. Et au final, le plus souvent, quelqu'un en souffre, quoiqu'il assure du contraire. Et franchement, on ne pouvait pas dire que Lars avait sauté de joie quand Erika l'avait appelé tard la veille au soir. Qui sait, peut-être Lars se retournait-il aussi dans son lit en ce moment.

Mikael s'efforça de penser à autre chose. Il essaya même de simplement rêvasser dans son lit. Il finit par se lever, il fallait qu'il s'occupe à quelque chose. Pourquoi ne pas se documenter sur l'espionnage industriel ou, mieux encore, dresser un projet de financement alternatif pour *Millénium*? Il s'habilla, s'installa devant son ordinateur et vérifia sa boîte mail.

Comme d'habitude, il y avait surtout des spams, même si certains courriels lui redonnèrent un peu d'énergie : des mots d'encouragement de la part de Christer, Malou, Andrei Zander et Harriet Vanger en prévision de la bataille imminente avec Serner. Il répondit à leurs messages en faisant montre d'une combativité plus grande que celle qui l'habitait réellement. Puis il consulta le dossier de Lisbeth, sans grand espoir. Et son visage s'illumina. Elle avait répondu! Pour la première fois depuis une éternité, elle avait donné signe de vie :

[L'intelligence de Balder n'a rien d'artificiel. Qu'en est-il de la tienne ces jours-ci?
Et que se passera-t-il, Blomkvist, si l'on crée une machine qui est un peu plus intelligente que nous?]

Mikael sourit et se rappela la dernière fois qu'ils s'étaient rencontrés autour d'un café au Kaffebar sur Sankt Paulsgatan. Rattrapé par ses souvenirs, il mit un moment à réaliser que le message de Lisbeth lui posait deux questions. La première était une petite pique amicale qui avait malheureusement sa part de vérité. Ces derniers temps, les articles qu'il avait publiés n'avaient brillé ni par leur intelligence ni par leur intérêt journalistique. Comme tant de ses congénères, il avait simplement fait ce qu'il avait à faire et emballé le tout dans des tournures et des formulations éculées. C'était la triste réalité. La petite devinette de Lisbeth, en revanche, l'amusa, non que le sujet l'intéressât outre mesure, mais parce qu'il se piquait d'y trouver une réponse spirituelle.

Si l'on crée une machine qui est plus intelligente que nous, songea-t-il, *que se passera-t-il?* Il gagna la cuisine, ouvrit une bouteille d'eau et s'installa devant la table. Mme Gremer toussa péniblement à l'étage du dessous. Au loin, dans le tumulte de la ville, une ambulance hurlait sous la tempête. *Eh bien*, se répondit-il à lui-même, *on obtiendra une machine capable d'accomplir toutes les choses intelligentes que fait l'homme, et encore un peu plus, par exemple...* Il rit en comprenant le véritable sens de la question : si nous, nous en étions capables, une telle machine pourrait à son tour développer une entité plus intelligente qu'elle-même, et que se passerait-il alors ?

C'était sans fin, évidemment : la nouvelle machine pourrait à son tour créer quelque chose de plus intelligent encore, tout comme la machine suivante, et celle d'après, et bientôt l'homme à l'origine du processus ne présenterait pas plus d'intérêt qu'une petite souris de laboratoire. On atteindrait une explosion d'intelligence au-delà de tout contrôle, comme dans la série des *Matrix*. Mikael sourit, retourna auprès de son ordinateur et écrivit :

[Si l'on crée une telle machine on se retrouvera dans un monde où même Lisbeth Salander ne pourra plus faire la maligne.]

Puis il resta assis un moment à regarder tranquillement par la fenêtre. Il était impossible de distinguer quoi que ce soit au milieu de cette tempête de neige. De temps à autre, par la porte ouverte, il jetait un regard sur Erika qui dormait profondément et ignorait tout des ordinateurs qui deviennent plus intelligents que l'homme, du moins pour l'heure.

Il sortit son téléphone portable. Il lui semblait avoir entendu un bip et, en effet, il avait reçu un nouveau message. Il ressentit une vague inquiétude : à part d'anciennes maîtresses un peu ivres, il n'y avait que les mauvaises nouvelles qui arrivaient dans la nuit. Il consulta aussitôt le message. La voix sur le répondeur semblait anxieuse :

"Mon nom est Frans Balder. Je suis désolé de vous appeler si tard, mais je me trouve dans une situation plutôt critique, j'en ai peur, et je viens d'apprendre que vous avez cherché à me joindre. C'est une drôle de coïncidence. Il y a certaines choses que j'ai envie

de raconter depuis un moment maintenant et je pense qu'elles sont
susceptibles de vous intéresser. Je vous serais reconnaissant si vous
pouviez me recontacter au plus vite. Je crois qu'il y a urgence."

Frans Balder laissait un numéro de téléphone et une adresse mail. Mikael en prit note et resta immobile un moment, tambourinant sur la table de la cuisine. Puis il composa le numéro.

FRANS BALDER ÉTAIT ALLONGÉ sur son lit. Il s'était un peu calmé, même si la peur et l'angoisse n'avaient pas complètement disparu. Finalement, il s'était avéré que la voiture qui s'était garée devant son garage était celle des policiers chargés de le protéger – deux hommes d'une quarantaine d'années, un très grand et un plutôt petit, l'air prétentieux et un peu trop sûrs d'eux, avec le même genre de coupe courte travaillée, mais qui s'étaient par ailleurs montrés tout à fait polis et s'étaient excusés platement de leur arrivée tardive.

— Nous avons été informés de la situation par Milton Security et Gabriella Grane, expliquèrent-ils.

Ils étaient au courant qu'un homme avec casquette et lunettes noires avait rôdé sur le terrain et qu'ils devaient être attentifs. Ils déclinèrent son invitation à prendre un thé bien chaud dans la cuisine, pour se mettre immédiatement à surveiller la maison, ce que Frans jugea à la fois avisé et professionnel. Ils ne lui firent pas une impression particulièrement bonne. Mais pas spécialement mauvaise non plus. Il prit leurs numéros de téléphone et retourna se coucher auprès d'August qui dormait toujours, recroquevillé, ses boules Quies enfoncées dans les oreilles.

Naturellement, Frans fut incapable de se rendormir. Il demeurait aux aguets, croyant déceler des bruits dans la tempête. Il finit par se redresser sur son lit : il devait s'occuper l'esprit ou il allait devenir fou. Il écouta son portable. Il avait deux messages de Linus Brandell, qui semblait à la fois hostile et sur la défensive. Frans eut envie de raccrocher immédiatement. Il n'avait pas le courage de supporter le radotage de Linus.

Mais un élément retint malgré tout son attention : Linus avait discuté avec Mikael Blomkvist du journal *Millénium* et ce dernier voulait désormais entrer en contact avec lui. Frans devint songeur. "Mikael Blomkvist", marmonna-t-il.

Se pourrait-il que ce soit lui, mon lien avec le monde?

Frans Balder n'avait pas une grande connaissance des médias suédois, mais il situait quand même Mikael Blomkvist. D'après ce qu'il en savait, ce journaliste ne lâchait pas ses sujets avant d'en avoir fait le tour et ne cédait jamais à la pression. Mais Frans se rappelait aussi vaguement avoir entendu des propos moins flatteurs sur son compte. Comment savoir s'il pouvait être l'homme de la situation? Il pensa alors à Gabriella Grane, qui connaissait tout du monde de la presse et lui avait dit qu'elle resterait éveillée cette nuit.

— J'allais justement vous contacter, dit-elle aussitôt. Je suis en train d'examiner les images de l'individu détecté par les caméras de surveillance. Nous allons devoir vous déplacer immédiatement.

— Mais enfin, Gabriella! Les policiers ont fini par arriver, ils sont de l'autre côté de la porte.

— Cet homme ne reviendra pas forcément par la porte d'entrée.

— Pourquoi reviendrait-il tout court? Chez Milton, ils m'ont dit qu'il avait l'air d'un junkie.

— Je n'en suis pas si sûre. Il porte une espèce de boîtier, un truc technique. Je crois qu'il vaut mieux faire preuve de prudence.

Frans jeta un regard sur August à côté de lui.

— Je veux bien déménager demain. Ce serait peut-être bon pour mes nerfs. Mais cette nuit, je ne bouge pas – vos policiers ont l'air professionnels, enfin relativement.

— Vous allez encore faire l'entêté?

— Tout à fait.

— Bien, dans ce cas je vais faire en sorte que Flinck et Blom s'activent un peu et surveillent votre terrain.

— Parfait, mais ce n'est pas la raison de mon appel. Vous m'avez conseillé de parler, vous vous rappelez?

— Oui... enfin... Ce n'est pas le genre de conseil auquel on s'attend de la part de la Säpo, c'est sûr. Cela dit, je continue de penser que vous devriez le faire, mais j'aimerais d'abord que vous nous racontiez ce que vous savez. Je ne vous cache pas que cette histoire commence à me préoccuper sérieusement.

— Alors reparlons-nous demain matin après une bonne nuit de sommeil. Mais que pensez-vous de Mikael Blomkvist de *Millénium* ? Est-ce qu'il pourrait être un bon interlocuteur ?

Gabriella éclata de rire.

— Si vous voulez que tous mes collègues fassent un arrêt cardiaque, c'est effectivement avec lui qu'il faut parler.

— À ce point ?

— Ici, à la Säpo, on le fuit comme la peste. Comme on dit : "Si Mikael Blomkvist frappe à ta porte, tu sais que ton année est foutue." Tout le monde ici, Helena Kraft y compris, vous le déconseillerait vivement.

— Mais c'est à vous que je pose la question.

— Alors ma réponse est que c'est bien vu. Blomkvist est un excellent journaliste.

— Mais n'a-t-il pas fait l'objet de critiques, aussi ?

— Si, ces derniers temps on a dit de lui qu'il était *has been*, qu'il n'était pas assez positif dans ses articles, que sais-je encore. C'est un journaliste d'investigation de la vieille école, mais il est très bon. Vous avez ses coordonnées ?

— Mon ancien assistant me les a données.

— Bien. Mais avant de le contacter, vous devez tout nous raconter. C'est promis ?

— Je vous le promets, Gabriella. Maintenant je vais essayer de dormir quelques heures.

— OK, je reste en lien avec Flinck et Blom et je m'occupe de vous trouver une adresse sûre pour demain.

Il raccrocha. Il n'arrivait toujours pas à retrouver son calme. Et avec ce temps de chien dehors, ses pensées viraient à l'obsession. C'était comme si quelque chose de mauvais se tramait là-bas sur la mer et se dirigeait vers lui. Dans son agitation croissante, il ne pouvait s'empêcher de tendre l'oreille pour tenter de repérer le moindre son anormal.

Bien sûr il avait promis à Gabriella de lui réserver la primeur, mais soudain, ce fut comme s'il ne pouvait plus attendre. Tout ce qu'il avait gardé pour lui depuis si longtemps luttait pour sortir, même s'il comprenait toute l'irrationalité de cette pulsion.

Rien ne justifiait une telle urgence. On était au beau milieu de la nuit et, quoi qu'en dise Gabriella, il était sans doute plus en sécurité qu'il ne l'avait été depuis longtemps. Il bénéficiait d'une protection policière et d'un système d'alarme de premier ordre. Pourtant, l'angoisse le rongeait. Il retrouva le numéro que lui avait laissé Linus et le composa.

Évidemment, Blomkvist ne répondait pas. Pourquoi l'aurait-il fait? Il était bien trop tard. Frans laissa un message d'une voix un peu contrainte, chuchotant pour ne pas réveiller August. Puis il se leva et alluma la lampe de sa table de chevet. Il regarda dans la bibliothèque, à droite du lit.

Il y avait là pas mal de bouquins sans rapport avec son travail. Il feuilleta nerveusement un vieux roman de Stephen King, *Simetierre*. Mais cela ne fit que le ramener plus encore aux visions de personnages maléfiques tapis dans l'obscurité. Il resta longtemps planté là, le livre à la main, jusqu'à ce qu'une pensée surgisse soudain, une forte appréhension, qu'il aurait certainement chassée d'un revers de main en plein jour mais qui, à cet instant de la nuit, lui parut on ne peut plus réelle. Il fut pris d'une envie soudaine de parler avec Farah Sharif ou, mieux encore, avec Steven Warburton à Los Angeles, qui était forcément réveillé, lui, et tandis qu'il retournait la question et se représentait les scénarios les plus horribles, il observa la mer, la nuit et les nuages furieux qui s'agitaient dans le ciel. À ce moment-là, le téléphone sonna, comme s'il avait entendu sa prière. Mais ce n'était ni Farah ni Steven.

— Je suis Mikael Blomkvist, dit une voix à l'autre bout du fil. Vous avez essayé de me joindre.

— Tout à fait. Je vous prie de m'excuser de vous avoir téléphoné aussi tard.

— Pas de souci. J'étais réveillé.

— Comme moi. Est-ce qu'on peut parler maintenant?

— Tout à fait. Je viens justement de répondre à un message provenant d'une personne que nous connaissons tous les deux, il me semble. Elle s'appelle Salander.

— Qui?

— Désolé, j'ai peut-être tout compris de travers. Mais je m'étais figuré que vous l'aviez engagée pour fouiller vos ordinateurs et dépister une intrusion.

Frans émit un rire.

— Oui, mon Dieu, je me souviens. Il faut dire que c'est une fille plutôt particulière. On a été en contact quelque temps, mais elle ne m'a jamais dévoilé son nom de famille. Je supposais qu'elle avait ses raisons, et je n'ai pas insisté. Je l'ai rencontrée à l'occasion d'une de mes conférences à l'Institut royal de technologie. Je vous raconterais volontiers cet épisode assez stupéfiant, mais ce que je voulais vous demander, c'est... Bon, vous allez sans doute trouver l'idée insensée.

— Il m'arrive d'aimer les idées insensées.

— Ça vous ennuierait de venir ici tout de suite ? C'est très important pour moi. Je suis assis sur un dossier que je crois potentiellement explosif. Je peux vous payer le taxi.

— C'est gentil, mais nous prenons toujours en charge nos propres dépenses. Pourquoi devrions-nous parler maintenant, en pleine nuit ?

— Parce que...

Frans hésita.

— Parce que j'ai le sentiment qu'il y a urgence. En réalité, c'est plus qu'un sentiment : je viens d'apprendre qu'une menace pèse sur moi, et il y a à peine une heure quelqu'un rôdait sur ma propriété. Pour être tout à fait honnête, j'ai peur et j'aimerais me décharger du poids de cette information. Je ne veux plus porter ça tout seul.

— D'accord.

— C'est-à-dire ?

— Je viens... si j'arrive à choper un taxi.

Frans lui indiqua l'adresse, raccrocha le téléphone et le reprit aussitôt pour appeler le professeur Steven Warburton à Los Angeles. Ils eurent une conversation dense d'une bonne vingtaine de minutes sur une ligne cryptée. Ensuite il se leva, enfila un jean et un col roulé en cachemire noir et sortit une bouteille d'amarone, pour le cas où Mikael Blomkvist serait porté sur ce genre de plaisirs. Mais arrivé sur le pas de la porte, il sursauta.

Il avait cru percevoir un mouvement. Il regarda nerveusement en direction du ponton et de la mer, mais c'était toujours le même paysage désert fouetté par le vent. Il s'efforça de repousser cette sensation, comme une illusion sortie tout droit de son esprit fébrile, puis il quitta la chambre à coucher et longea la grande baie vitrée pour accéder à l'étage. Mais une nouvelle appréhension s'empara de lui et il se retourna rapidement. Cette fois, il distingua clairement quelque chose du côté de la maison de Cedervalls, son voisin.

Une silhouette se précipitait à l'abri des arbres et bien que Frans ne l'aperçût que furtivement, il eut le temps de constater qu'il s'agissait d'un homme robuste avec un sac à dos et des habits sombres. Il courait genoux fléchis, replié sur lui-même, et sa façon de bouger semblait celle d'un homme rompu à ce genre d'exercice, comme s'il avait couru ainsi maintes fois, peut-être lors d'une guerre lointaine. Ses mouvements efficaces et réfléchis évoquaient à Frans des scènes de films d'horreur qui le paralysèrent quelques secondes, avant qu'il puisse sortir son téléphone portable de sa poche et tenter de déterminer quels numéros dans la liste d'appels correspondaient à ceux des deux policiers.

Il ne les avait pas enregistrés dans ses contacts, mais s'était contenté de composer leurs numéros afin de les avoir en mémoire. Du coup, il eut un doute. Lesquels étaient les leurs? D'une main tremblante il essaya l'un d'entre eux. Il y eut trois, quatre, cinq sonneries dans le vide avant qu'une voix haletante ne réponde :

— Ici Blom, que se passe-t-il?

— J'ai vu un homme longer les arbres en courant près de la maison voisine. Je ne sais pas où il se trouve maintenant. Mais il peut très bien être tout près de vous.

— D'accord, nous allons vérifier.

— Il semblait… poursuivit Frans.

— Quoi?

— Je ne sais pas, rapide.

DAN FLINCK ET PER BLOM étaient installés dans la voiture de police et discutaient de leur jeune collègue Anna Berzelius, et de la taille de son fessier. Blom et Flinck étaient tous deux fraîchement divorcés.

Leurs séparations respectives avaient d'abord été assez douloureuses. Ils avaient chacun des enfants en bas âge, des femmes qui se sentaient trahies et des beaux-parents qui, à peu de chose près, voyaient en eux des salauds irresponsables. Mais une fois que tout s'était mis en place, quand la garde partagée s'était organisée et qu'ils s'étaient trouvé chacun un nouveau logement, si modeste fût-il, ils avaient tous les deux été frappés par le même constat : leur vie de célibataire leur avait manqué. Ces derniers temps, les semaines sans enfants, ils avaient fait la foire comme jamais, passant ensuite de longues heures, comme à l'adolescence, à évoquer tous les détails de leurs virées, évaluer consciencieusement les corps des conquêtes d'un soir et confronter leurs talents au lit. Mais cette fois-ci, ils n'eurent pas le loisir d'approfondir l'analyse des fesses d'Anna Berzelius autant qu'ils l'auraient voulu.

Le portable de Blom se mit à sonner, ce qui les fit sursauter tous les deux, en partie parce que Blom avait changé sa sonnerie pour une version quelque peu extrême de *Satisfaction*, mais surtout parce que la nuit, la tempête et la solitude des lieux leur foutaient la trouille. Blom avait glissé son téléphone dans la poche de son jean qui le moulait un peu trop – les excès de la vie nocturne avaient fait exploser son tour de taille –, et il mit un moment à l'en extirper. En raccrochant, il avait l'air inquiet.

— Qu'est-ce qui se passe ? demanda Flinck.

— Balder a vu un type louche, un furtif apparemment.

— Où ça ?

— En bas, près des arbres, à côté de la maison voisine. Mais le gars se dirige probablement dans notre direction.

Blom et Flinck sortirent de la voiture et furent de nouveau saisis par le froid. Ils s'étaient retrouvés dehors de nombreuses fois au cours de cette longue nuit, mais ils n'avaient jamais été aussi transis. Ils restèrent un moment les bras ballants, regardant à droite et à gauche d'un air pataud. Puis Blom – le plus grand – prit les commandes et dit à Flinck de rester sur la route pendant que lui descendait vers la mer.

Une faible pente longeait une clôture en bois et une petite allée d'arbres récemment plantés. Il avait beaucoup neigé et la chaussée glissait. Plus bas, une baie s'ouvrait sur la mer, Baggensfjärden, se dit Blom. Il s'étonna que l'eau n'ait pas gelé.

Peut-être les vagues étaient-elles trop fortes. Blom maudit cette tempête insensée et cette garde de nuit qui le privait d'un sommeil réparateur. Son cœur n'y était peut-être pas, mais il devait tout de même s'efforcer de faire son travail.

Il tendit l'oreille et regarda autour de lui. Il ne distinguait rien de particulier. En même temps, il faisait nuit noire. Seul un réverbère dispensait un peu de lumière juste devant le ponton. Il poursuivit sa descente, passant devant une chaise de jardin grise, ou peut-être verte, que la tempête avait emportée. L'instant d'après, il distingua Frans Balder à travers la grande baie vitrée.

Balder était penché sur un grand lit plus loin dans la maison, le corps tendu. Peut-être arrangeait-il les couvertures, difficile à dire. Il semblait préoccupé. Rien dont Blom n'avait à se soucier : c'était le terrain qu'il était censé surveiller. Pourtant, quelque chose dans le langage corporel de Balder le troublait et l'espace d'une seconde il perdit toute concentration. Puis la réalité le rattrapa.

La sensation glaçante que quelqu'un était en train de l'observer l'étreignit. Il se retourna très vite, le regard frénétique. D'abord il ne vit rien. Il commençait même à se détendre quand il distingua deux choses simultanément : un mouvement rapide près des poubelles métalliques, du côté de la clôture, et le bruit d'une voiture dans la rue. La voiture s'arrêta et une portière s'ouvrit.

Dans les deux cas, rien d'alarmant en soi. Le mouvement près des poubelles pouvait avoir été provoqué par un animal, et que des voitures s'arrêtent ici, même en pleine nuit, n'avait rien d'anormal. Pourtant, le corps de Blom se contracta à l'extrême et l'espace d'un instant il resta figé, sans savoir comment réagir. C'est à ce moment-là que la voix de Flinck retentit :

— Quelqu'un arrive !

Blom resta immobile. Il se sentait surveillé et, presque inconsciemment, il tâta son arme de service sur sa hanche et pensa soudain à sa mère, à son ex-femme et à ses enfants, comme si quelque chose de grave était sur le point de se produire. Mais ses pensées s'arrêtèrent là. Flinck criait de nouveau, avec une intensité redoublée dans la voix :

— Police, arrêtez, bon sang !

Blom se précipita en direction de la route, et pourtant, le choix n'était pas si évident. Il n'arrivait pas à se défaire de l'idée qu'il laissait derrière lui une menace trouble. Mais si son collègue hurlait de cette façon, il n'avait pas le choix, et c'était une forme de soulagement. Il avait eu plus peur qu'il ne voulait l'admettre. Il courut donc à toutes jambes et déboula sur la route en trébuchant.

Plus loin, Flinck pourchassait un homme vacillant au dos large, bien trop légèrement vêtu. Blom se fit la réflexion que cet individu entrait difficilement dans la catégorie du "furtif", mais il se lança tout de même à sa poursuite. Quelques secondes plus tard, ils réussissaient à le plaquer sur le bord du fossé, à côté de quelques boîtes aux lettres et d'un petit éclairage qui baignait la scène d'une lueur blafarde.

— Vous êtes qui, merde? rugit Flinck de façon étonnamment agressive – il devait avoir eu peur lui aussi. L'homme tourna vers eux un regard terrifié.

Il n'avait pas de bonnet et sa barbe et ses cheveux étaient bordés de givre. Il était visiblement transi de froid et semblait mal en point. Mais, surtout, son visage avait quelque chose de familier.

Blom pensa un moment qu'ils avaient appréhendé un bandit notoire recherché et éprouva quelques instants de fierté.

FRANS BALDER ÉTAIT RETOURNÉ dans la chambre à coucher border August une nouvelle fois, peut-être pour le cacher sous la couverture si jamais quelque chose arrivait. Alors, encore sous le coup de l'inquiétude et de son échange avec Steven Warburton, une idée insensée lui traversa l'esprit, qu'il écarta d'abord comme une absurdité qui n'avait pu surgir qu'à la faveur de la nuit, dans un cerveau troublé par la peur et l'émotion.

Pourtant cette idée n'était pas nouvelle : elle avait germé dans son inconscient lors d'interminables nuits blanches aux États-Unis. Il sortit son ordinateur portable, son petit ordinateur personnel hyper-performant qui, pour avoir une capacité suffisante, était connecté à toute une série d'autres machines et qui renfermait le programme d'intelligence artificielle auquel il avait consacré son existence. Et puis… c'était fou en réalité. Sans même réfléchir, il effaça le fichier ainsi que toutes les sauvegardes. Il se fit l'effet d'un dieu méchant qui anéantit une vie, ce qui n'était peut-être pas loin de la vérité. Il resta sans bouger un moment, se demandant si les remords allaient le foudroyer sur place. L'œuvre de sa vie venait de disparaître en quelques clics.

Curieusement, il se sentait plus calme, comme s'il s'était au moins rassuré sur un point. Puis il se redressa et observa de nouveau la nuit et le mauvais temps. À ce moment-là, son téléphone sonna. C'était Dan Flinck, l'autre agent de police.

— Je voulais juste vous informer que nous avons appréhendé la personne que vous avez aperçue, dit le policier. Autrement dit, vous pouvez avoir l'esprit tranquille. Nous contrôlons la situation.

— Qui est-ce ?

— Je ne peux pas le dire pour l'instant. Il est complètement ivre et nous devons le calmer. Je voulais juste vous en informer. On vous tient au courant.

Frans posa le téléphone sur la table de nuit, juste à côté de l'ordinateur portable, et s'efforça de se réjouir. Le type louche était désormais sous contrôle et ses travaux ne pouvaient plus tomber entre de mauvaises mains. Mais il ne se sentit pas rasséréné pour autant. Au début, il ne comprit pas pourquoi. Puis il se rendit compte que cette histoire d'ivresse ne collait pas. Celui qui courait le long des arbres ne ressemblait en rien à un homme ivre.

IL FALLUT À PETER BLOM quelques minutes avant de réaliser qu'ils n'avaient pas appréhendé un criminel notoire mais l'acteur Lasse Westman. Si ce dernier interprétait souvent des rôles de bandits et d'assassins à la télé, il ne faisait pas l'objet d'un avis de recherche pour autant. Cette découverte n'avait rien pour rassurer Blom. Il avait sans doute fait une erreur en abandonnant les arbres et les poubelles plus bas, sans compter que l'incident pourrait bien tourner au scandale et faire la une des journaux.

S'il y avait une chose qu'il savait à propos de Lasse Westman, c'était que les agissements de ce type faisaient régulièrement les choux gras des tabloïds. Et aussi que l'acteur, en ce moment, n'avait pas l'air précisément ravi. Il soufflait et poussait des jurons en s'efforçant de se mettre debout. Blom se demandait ce que ce type pouvait bien foutre là au beau milieu de la nuit.

— Vous habitez ici ? demanda-t-il.

— J'ai rien à vous dire. Que dalle, siffla Westman.

Blom se retourna alors vers Flinck pour savoir ce qui s'était passé avant son arrivée.

Mais Flinck s'était éloigné pour téléphoner, visiblement à Balder. Il voulait sûrement se faire mousser en annonçant qu'ils avaient appréhendé le suspect – si c'était bien lui.

— Vous rôdiez sur le terrain du professeur Balder ? poursuivit Blom.

— Vous avez pas entendu ? Je vous dirai que dalle. Non mais je rêve ou quoi ? Je me promène tranquillement, et voilà ce crétin qui se pointe en agitant un flingue. C'est absolument scandaleux. Vous savez qui je suis ?

— Je sais qui vous êtes et si notre réaction a été disproportionnée, je vous prie de nous en excuser. Nous aurons certainement l'occasion d'en reparler. Pour l'heure, nous avons une situation très tendue à gérer et j'exige que vous me racontiez sur-le-champ ce que vous êtes venu faire chez le professeur Balder. Hé, ne vous sauvez pas !

Lasse Westman avait enfin retrouvé une position verticale et n'essayait sans doute nullement de fuir : il avait juste du mal à garder l'équilibre. Puis il se racla la gorge de façon un peu mélodramatique et cracha en l'air. Le mollard n'alla pas très haut, revint tel un boomerang et se cristallisa sur sa joue.

— Vous savez quoi ? dit-il en s'essuyant le visage.

— Non.

— C'est pas moi le méchant, dans l'histoire.

Blom jeta un regard anxieux vers la mer et l'allée d'arbres, se demandant encore une fois ce qu'il avait vu là-bas. Pourtant il demeura sur place, comme paralysé par l'absurdité de la situation.

— Et c'est qui ?

— Balder.

— Pourquoi ?

— Il a pris le fils de ma copine.

— Pourquoi aurait-il fait ça ?

— C'est pas à moi qu'il faut poser la question. Demandez au génie de l'informatique, là-bas ! Ce salopard n'avait aucun droit de le prendre, dit Lasse Westman en tapotant gauchement la poche intérieure de son manteau, comme s'il cherchait quelque chose.

— Il n'a pas d'enfant avec lui, si c'est ce que vous pensez, dit Blom.

— Tu parles ! Bien sûr que si.

— Vraiment ?

— Vraiment !

— Et vous, vous vous pointez ici en pleine nuit, bourré comme un coing, pour récupérer l'enfant ? demanda Blom, qui s'apprêtait à poursuivre sur le même registre mordant lorsqu'il fut interrompu par un bruit, un faible tintement venu de la mer.

— Qu'est-ce que c'était ?

— Quoi ? répondit Flinck qui était revenu à ses côtés et semblait n'avoir rien entendu.

Le bruit n'avait pas été très fort, en tout cas de là où ils se trouvaient, mais Blom en avait eu la chair de poule, et il éprouva la même sensation qu'un peu plus tôt, près des arbres. Il était sur le point de descendre pour jeter un œil mais il tergiversa à nouveau. Un mélange de peur, d'indécision et d'incompétence le clouait sur place. Il observa nerveusement autour de lui et entendit alors une autre voiture s'approcher.

Un taxi le dépassa et s'arrêta devant chez Frans Balder, ce qui donna à Blom une bonne excuse pour rester là. Pendant que le voyageur réglait sa course, il jeta de nouveau un regard inquiet en direction de la mer et eut l'impression d'entendre encore une fois un bruit.

Mais au même moment la portière s'ouvrit et un homme s'extirpa du véhicule. Après quelques secondes de confusion, Blom vit qu'il s'agissait du journaliste Mikael Blomkvist. Mais qu'est-ce que toutes ces célébrités pouvaient bien venir foutre ici en pleine nuit ?

10

LE 21 NOVEMBRE, DANS LA NUIT

FRANS BALDER ÉTAIT DANS SA CHAMBRE, debout à côté de son ordinateur et de son téléphone, et il observait August qui poussait des gémissements inquiets dans son lit. Il se demanda à quoi rêvait son fils. Était-ce un monde auquel il pourrait accéder, qu'il pourrait comprendre ? Il avait envie de savoir. Il avait envie de commencer à vivre, enfin, plutôt que de se noyer dans des algorithmes quantiques et des codes sources, plutôt que d'être toujours en proie à l'inquiétude et à la paranoïa.

Il voulait être heureux, ne plus ressentir cette pesanteur perpétuelle, se lancer dans une aventure folle et grandiose, pourquoi pas amoureuse, et pendant quelques secondes extrêmement intenses il pensa à toutes les femmes qui l'avaient fasciné : Gabriella, Farah et tant d'autres.

Il pensa aussi à celle qui s'appelait donc Salander. Elle l'avait comme ensorcelé lors de leur rencontre, et en se la représentant maintenant, il eut l'impression de percevoir quelque chose de nouveau chez elle, de familier et d'étrange à la fois. Soudain, il fut frappé par une pensée : elle lui rappelait August. C'était complètement tordu, bien sûr. August était un petit garçon autiste. Salander n'était peut-être pas bien vieille non plus et avait un côté garçon manqué, mais pour le reste, cette fille vêtue de noir des pieds à la tête, cette punkette absolument intransigeante, n'avait rien à voir avec son fils. Sinon peut-être ce regard, cette même lueur singulière qui avait brillé dans les yeux d'August quand il fixait le feu tricolore de Hornsgatan.

Frans avait rencontré Salander lors d'une conférence à l'Institut royal de technologie de Stockholm où il était venu parler de la singularité technologique, ce stade hypothétique où les ordinateurs deviendraient plus intelligents que l'homme. Il venait de commencer son discours en expliquant le concept de singularité des points de vue mathématique et physique quand la porte s'était ouverte et qu'une fille maigre vêtue de noir avait débarqué dans la salle de conférences. Il avait d'abord regretté que les drogués n'aient pas d'autres endroits où se réfugier. Puis il s'était demandé si la fille était réellement une toxicomane. Elle n'avait pas l'air esquintée à ce point-là. En revanche, elle semblait fatiguée, de mauvaise humeur, et ne prêtait visiblement aucune attention à son exposé. Elle était juste assise là, avachie sur le banc, si bien qu'au milieu d'un raisonnement sur le point singulier d'une analyse mathématique complexe, où les limites devenaient infinies, il lui avait demandé de but en blanc ce qu'elle pensait de tout ça. C'était mesquin. C'était snob. Pourquoi l'écraser ainsi avec ses connaissances de *nerd*? Et au bout du compte… c'était elle qui l'avait laissé bouche bée.

La fille avait levé la tête et dit qu'au lieu de se répandre en termes vaseux, il aurait mieux fait de s'interroger sur les fondements mêmes de ses calculs. Que ça n'était pas la démonstration d'un effondrement physique du monde réel, mais plutôt la preuve que sa propre mathématique n'était pas à la hauteur. Et que c'était de la démagogie de sa part de faire tout ce laïus autour de la singularité des trous noirs alors que, de toute évidence, le grand problème était l'absence de formule issue de la mécanique quantique permettant de calculer la gravitation.

Puis – provoquant un frémissement dans la salle – elle s'était livrée avec une clarté glaçante à une critique radicale des théoriciens de la singularité qu'il avait cités, face à laquelle il n'avait su répondre que par un "D'où tu sors ?" consterné.

Voilà comment s'était déroulée leur première rencontre, et ce n'avait pas été la dernière fois que Lisbeth l'avait surpris. En un éclair, ou plutôt, en un seul de ses regards étincelants, elle comprenait aussitôt le développement de ses recherches. Le jour où il avait réalisé que quelqu'un avait subtilisé ses données technologiques, il avait logiquement sollicité son aide, et depuis, il partageait avec elle un secret qui les rapprochait. Et voici qu'il pensait à elle, debout dans sa chambre à coucher.

Mais il fut brusquement tiré de ses rêveries par un nouveau sentiment de malaise. Il regarda par l'encadrement de la porte en direction de la baie vitrée qui donnait sur la mer.

Derrière celle-ci se dressait une grande silhouette en habits foncés, portant un bonnet noir très serré et une petite lampe frontale. L'individu trafiquait quelque chose avec la fenêtre. Il effectua un geste horizontal rapide et puissant, un peu comme un artiste qui entame une œuvre, et avant même que Frans n'ait le temps de crier, toute la fenêtre se brisa et la silhouette s'avança.

LA SILHOUETTE SE FAISAIT APPELER Jan Holster et prétendait généralement travailler sur les questions de sécurité pour le compte de l'industrie. En réalité, c'était un ancien soldat d'élite russe qui, plutôt que de trouver des solutions pour améliorer la sécurité, cherchait les moyens de la forcer. Il était spécialisé dans les opérations de ce genre et, en règle générale, un travail préparatoire d'une extrême minutie permettait de limiter les risques au maximum.

Un petit staff de gens qualifiés l'entourait. À cinquante et un ans passés, il n'était plus de première jeunesse, mais un entraînement intensif le maintenait en forme, et il était réputé pour son efficacité et son talent d'improvisation. Quand des circonstances nouvelles surgissaient, il savait les prendre en compte et adapter son plan.

Dans l'ensemble, son expérience compensait ce qu'il avait perdu en vivacité, et il évoquait parfois – dans le groupe restreint au sein duquel il pouvait parler ouvertement – une sorte de sixième sens, d'instinct. Au fil des ans, il avait appris à quel moment attendre et à quel moment passer à l'action, et même s'il avait traversé une période de profond abattement quelques années plus tôt, un passage où il avait montré des signes de faiblesse – d'humanité, aurait dit sa fille –, il se sentait aujourd'hui plus opérationnel que jamais.

Il avait retrouvé le plaisir des missions, la bonne vieille tension nerveuse. Et s'il était vrai qu'il prenait toujours dix grammes de Stesolid avant une opération, c'était juste pour gagner encore en précision dans le maniement des armes. Il restait lucide et alerte dans les situations critiques et, surtout, il remplissait toujours sa mission. Jan Holster n'était pas du genre à se défiler ni à trahir. C'était comme ça qu'il se voyait.

Cette nuit, pourtant, il avait bien failli interrompre l'opération, alors même que son commanditaire avait insisté sur l'urgence d'un passage à l'action. Le mauvais temps n'y était pas pour rien. Les conditions météorologiques étaient chaotiques, mais la tempête n'aurait pas suffi à elle seule à le faire ne serait-ce qu'envisager de renoncer. Il était russe et ancien soldat, il avait combattu dans des circonstances bien pires, et il détestait les gens qui se plaignaient pour un rien.

Son vrai motif d'inquiétude était la protection policière qui avait débarqué sans prévenir. Il n'avait pas grand-chose à craindre des deux flics sur place. Il les avait observés de sa planque et les avait vus déambuler distraitement dans le jardin, comme des gamins qu'on aurait obligés à jouer dehors malgré le froid. Le reste du temps, ils préféraient rester dans leur voiture à discuter. Et puis ils lui faisaient l'effet de froussards, surtout le plus grand, qu'un rien avait l'air d'affoler.

Ce type-là semblait redouter l'obscurité, la tempête, et la mer menaçante. Pendant un moment, il était resté là, visiblement terrifié, le regard tourné vers les arbres, sans doute parce qu'il avait deviné la présence de Jan. En soi ça ne représentait pas une grande source d'inquiétude. Il aurait pu lui trancher la gorge d'un simple geste précis et silencieux.

Mais ce n'était évidemment pas idéal. Car même si ces flics étaient des bleus, la surveillance policière augmentait considérablement les risques, mais surtout, cela indiquait qu'une partie du plan avait fuité et que le dispositif de sécurité avait été renforcé. Le professeur avait peut-être même commencé à parler et, dans ce cas, l'opération perdait tout son sens, voire aggravait la situation. Jan ne voulait en aucun cas exposer son commanditaire à des risques inutiles. Il considérait cela comme l'une de ses forces : voir toujours au-delà de l'action présente. Et de fait, en dépit de sa profession, c'était souvent lui qui incitait à la prudence.

On ne comptait plus le nombre d'organisations criminelles dans son pays natal qui avaient coulé parce que leurs membres s'étaient montrés trop enclins à la violence. La violence peut imposer le respect. La violence réduit au silence, provoque la peur et écarte certaines menaces. Mais elle peut également générer le chaos et entraîner toute une série d'effets indésirables. Voilà à quoi il réfléchissait, caché derrière les arbres et les poubelles. Durant quelques secondes, il en était même arrivé à la conclusion qu'il devait interrompre l'opération et regagner son hôtel.

Puis, il y avait eu un retournement de situation. Quelqu'un était arrivé en voiture et avait accaparé l'attention des policiers. Il y avait vu une opportunité, une ouverture, et, sans vraiment réfléchir, il avait accroché la frontale sur sa tête, sorti la scie à lame diamantée et son arme, un Remington 1911 R1 Carry muni d'un silencieux, et les avait soupesés. Puis il avait dit, comme il le faisait toujours :

— Que Ta volonté soit faite, amen.

Mais l'incertitude ne l'avait pas abandonné, et il était resté immobile encore un instant. Était-ce vraiment le bon choix ? La situation allait l'obliger à agir extrêmement vite. D'un autre côté, il connaissait la maison par cœur et Jurij était venu deux fois pirater le système d'alarme. Et puis, les policiers n'étaient que de pauvres amateurs. Même dans l'éventualité où il serait retardé à l'intérieur – par exemple si le professeur n'avait pas rangé son ordinateur à côté du lit, comme on le lui avait affirmé, et que la police ait le temps d'arriver à son secours –, Jan pourrait sans problème liquider tout le monde. Il se réjouissait même de cette perspective. Et il avait marmonné une deuxième fois :

— Que Ta volonté soit faite, amen.

Puis il avait désengagé le cran de sûreté de son arme, s'était déplacé rapidement jusqu'à la grande baie vitrée donnant sur la mer et avait sondé l'intérieur de la maison. Perturbé sans doute par tous les points d'incertitude, il avait réagi vivement en apercevant Frans Balder debout dans la chambre à coucher, l'air profondément absorbé. Il avait tenté de se convaincre que c'était là une bonne chose : la cible était bien visible. Pourtant, il avait été à nouveau envahi d'un mauvais pressentiment et avait réévalué la situation : ne devait-il pas abandonner ?

Non. Il avait bandé les muscles de son bras droit et découpé la vitre à la scie diamantée, avant de pousser. Le verre s'était effondré dans un vacarme assourdissant. Il s'était précipité à l'intérieur et avait levé l'arme sur Frans Balder qui le regardait fixement en agitant la main, dans une sorte de salut désespéré. Puis, comme en transe, le professeur s'était mis à débiter un laïus confus et solennel qui ressemblait à une prière, une litanie. Mais à la place de "Dieu" ou de "Jésus", Jan avait distingué le mot "idiot". C'était tout ce qu'il avait compris, et c'était de toute manière hors de propos. Les gens lui avaient déjà sorti toutes sortes de choses étranges dans ces moments-là.

Et il n'avait jamais montré aucune pitié.

VITE, TRÈS VITE, ET PRESQUE SANS UN BRUIT, la silhouette parcourut le couloir jusqu'à la chambre à coucher. Frans eut le temps de s'étonner que l'alarme ne se soit pas déclenchée et de remarquer une araignée grise dessinée sur le pull de l'homme, juste en dessous de son épaule, ainsi qu'une fine cicatrice traversant son front pâle, sous le bonnet et la frontale.

Puis il vit l'arme. L'homme pointait un revolver sur lui et Frans leva la main dans un geste de protection vain en songeant à August. Oui, alors que sa vie était si manifestement menacée et que la terreur plantait ses crocs en lui, il pensait à son fils, rien qu'à son fils. Peu importait qu'il meure, lui, mais pas August. Alors il s'exclama :

— Ne tuez pas mon enfant ! C'est un idiot, il ne comprend rien.

Mais Frans Balder n'aurait su dire s'il avait eu le temps de finir sa phrase. Le monde se figea, la nuit et la tempête dehors semblèrent se précipiter sur lui, et tout devint noir.

JAN HOLSTER APPUYA SUR LA DÉTENTE et ses prévisions furent confirmées : rien à redire quant à la précision de son tir. Il atteignit Frans Balder de deux balles dans la tête et le professeur s'effondra tel un épouvantail battant des bras. Sa mort était incontestable. Mais quelque chose ne collait pas. Une rafale provenant de la mer caressa la nuque de Jan telle une créature de glace et, pendant une seconde ou deux, il se demanda ce qui lui arrivait.

Tout s'était passé comme prévu et il apercevait l'ordinateur de Balder exactement là où on lui avait dit qu'il se trouverait. Il n'avait plus qu'à s'en emparer et à repartir en vitesse. Pourtant il resta figé sur place, et ce ne fut qu'avec un étrange retard qu'il réalisa pourquoi.

Allongé dans le grand lit, presque entièrement caché par la couverture, un petit garçon aux cheveux ébouriffés l'observait d'un regard vitreux. Ce regard l'affecta intensément. Parce qu'il semblait lire en lui, mais pour autre chose aussi.

Après tout, ça ne changeait rien. Il fallait qu'il accomplisse sa mission. Rien ne devait compromettre l'opération ni exposer son équipe et son commanditaire au moindre risque. Il se trouvait là devant un témoin flagrant, et il était impossible qu'il y eût un témoin, surtout quand il opérait à visage découvert. Il dirigea donc son arme sur le garçon et fixa ses yeux curieusement brillants, marmonnant pour la troisième fois :

— Que Ta volonté soit faite, amen.

MIKAEL BLOMKVIST SORTIT DU TAXI, vêtu d'une paire de rangers noirs, d'une veste de fourrure blanche avec un large col en peau de mouton dénichée dans sa garde-robe et d'un vieux bonnet de fourrure qu'il avait hérité de son père.

Il était alors 2 h 40. À la radio, dans l'émission *Ekonyheterne*, on avait signalé un accident grave impliquant un poids lourd qui était censé bloquer Värmdöleden. Mais Mikael et le chauffeur de taxi n'avaient rien vu et avaient traversé en toute solitude les banlieues obscures malmenées par le vent. Mikael était mort de fatigue et n'avait qu'une envie : rentrer chez lui, se glisser auprès d'Erika et se rendormir.

Mais il n'avait pas pu dire non à Balder. Il ne s'expliquait pas vraiment pourquoi. Peut-être s'agissait-il d'une sorte de devoir, le sentiment qu'il ne pouvait pas se tourner les pouces alors que la revue se trouvait en pleine crise. Et il avait ressenti de la sympathie et de la curiosité pour ce Frans Balder qui paraissait seul et terrifié. Cela dit, il ne s'attendait à rien de sensationnel. Il s'apprêtait froidement à être déçu. Peut-être se retrouverait-il à endosser un rôle de thérapeute, ou de veilleur de nuit dans la tempête. Mais comment savoir sans prendre le risque d'essayer ? Et puis il repensa à Lisbeth. Elle ne se lançait jamais dans quoi que ce soit sans de solides raisons. En outre, Frans Balder était incontestablement quelqu'un de passionnant et il ne s'était jamais laissé interviewer. Ce serait probablement une rencontre originale, se dit Mikael en regardant l'obscurité autour de lui.

Un réverbère diffusant une lumière bleuâtre illuminait une propriété plutôt chouette, une maison d'architecte avec de grandes baies vitrées dont la composition pouvait évoquer la forme d'un train. À côté de la boîte aux lettres se tenait un grand policier d'environ quarante ans, le teint légèrement hâlé, dont le visage exprimait un mélange d'embarras et de nervosité. Plus loin dans la rue, un collègue plus petit bataillait avec un homme ivre qui agitait les bras. L'endroit était décidément plus animé que Mikael ne s'y attendait.

— Que se passe-t-il ? demanda-t-il au policier le plus grand.

Il ne reçut jamais de réponse. Le téléphone du policier se mit à sonner et, aux échanges qui s'ensuivirent, Mikael comprit qu'il s'était passé quelque chose. Apparemment, le système d'alarme déraillait. Il ne prit pas le temps d'en écouter davantage, car au même instant un crépitement inquiétant résonna au loin. Mikael fit instinctivement le lien avec la conversation téléphonique. Il avança de quelques pas sur la droite et son regard longea une pente menant à un ponton, où un deuxième réverbère diffusait le même genre de lumière bleuâtre. À cet instant, une silhouette surgit de nulle part, et Mikael réalisa que la situation dérapait pour de bon.

LE DOIGT SUR LA DÉTENTE de son arme, Jan Holster était sur le point de descendre le garçon lorsque le bruit d'une voiture qui passait dans la rue lui parvint, provoquant une nouvelle hésitation. Mais en réalité ce n'était pas seulement à cause de la voiture. C'était le mot "idiot" qui résonnait dans sa tête. Bien sûr, le professeur avait eu toutes les raisons du monde de mentir dans les derniers instants de sa vie. Mais maintenant que Jan observait l'enfant, il se demandait si, après tout, il n'avait pas dit vrai.

Physiquement, le garçon dégageait un calme absolu et son visage exprimait plus d'étonnement que de peur, comme s'il ne comprenait rien à ce qui se passait. Le regard était trop vide pour qu'on pût supposer qu'il avait assimilé quoi que ce soit.

C'était le regard d'un être ignorant, muet, et il se rappela soudain un article qu'il avait lu au cours de ses recherches sur le professeur. Balder avait un fils lourdement handicapé. D'après les journaux, à la suite de son divorce, le tribunal ne lui avait pas accordé la garde. Pourtant, le gamin se trouvait bel et bien ici et Jan n'avait pas le courage de le descendre. Il n'en voyait pas non plus la nécessité. Un tel acte n'aurait eu aucun sens et allait à l'encontre de son éthique de travail. Dès qu'il eut pris sa résolution, un grand soulagement l'envahit, chose qui l'aurait alerté s'il avait été plus lucide à cet instant.

Il baissa son revolver, s'empara de l'ordinateur et du téléphone sur la table de nuit et les fourra dans son sac à dos. Puis il s'enfonça dans l'obscurité vers la voie de repli qu'il avait préparée. Mais il n'eut pas le temps d'aller bien loin. Il entendit une voix derrière lui et fit volte-face. Il y avait un homme plus haut, près de la route. Ce n'était pas l'un des deux policiers, mais un type vêtu d'une fourrure et coiffé d'un bonnet, et qui dégageait une tout autre autorité. Ce fut sans doute ce qui poussa Jan Holster à lever son arme. Il avait flairé le danger.

L'HOMME QUI PRENAIT LA FUITE était vêtu de noir et portait une frontale par-dessus son bonnet. Il était visiblement en bonne forme physique. Mikael eut l'étrange impression que cet individu faisait partie d'une vaste opération coordonnée. Il s'attendait presque à ce que plusieurs individus similaires surgissent de l'obscurité, ce qui suscita chez lui un sentiment de malaise.

— Hé, arrêtez-vous ! cria-t-il.

Dès qu'il vit l'individu se figer, comme un soldat au combat, Mikael comprit qu'il avait fait une erreur. Et quand l'homme sortit son arme et tira avec un naturel stupéfiant, Mikael s'était déjà réfugié derrière l'angle de la maison. Le tir fut à peine audible mais la détonation près de la boîte aux lettres de Balder ne laissait aucun doute sur ce qui venait de se produire. Le plus grand des policiers interrompit brusquement sa conversation téléphonique. Il était cloué sur place, comme paralysé. Le seul à réagir fut le type éméché :

— C'est quoi ce cirque, bordel ? Qu'est-ce qui se passe ? cria-t-il d'une voix puissante qui sembla étrangement familière à Blomkvist.

Les policiers se mirent à chuchoter entre eux, la voix tendue :

— Quelqu'un tire des coups de feu ?

— On dirait.

— Qu'est-ce qu'on fait ?

— Il faut appeler des renforts.

— Mais il s'échappe, là.

— Il faut aller vérifier, alors, répondit le grand.

Avec des gestes lents et hésitants, comme s'ils voulaient laisser au tireur le temps de fuir, ils sortirent leurs armes et descendirent en direction du ponton.

Un chien aboyait au loin dans la nuit, un petit chien hargneux. Le vent venu de la mer soufflait de plus belle. La neige tourbillonnait, le sol était verglacé. Le petit policier faillit glisser et agita les mains comme un clown. Avec un peu de chance, ils ne croiseraient pas l'homme en noir. Mikael se dit que celui-ci n'aurait sans doute aucun mal à écarter ces gars de son chemin. La rapidité avec laquelle il s'était retourné et avait sorti son arme indiquait qu'il était entraîné à ce genre de situations, et Mikael se demanda un moment s'il ne devait pas tenter quelque chose de son côté.

Il n'avait rien pour se défendre. Mais il se remit sur pied, enleva la neige sur ses habits et jeta un coup d'œil prudent en bas de la pente. La situation semblait calme. Les policiers longeaient l'eau en direction de la villa voisine. Le tireur était invisible et Mikael commença à descendre à son tour. Il vit rapidement qu'une baie vitrée avait été brisée.

Un trou béant s'ouvrait sur la maison. Plus loin, juste en face, il aperçut une porte ouverte. Il se demanda s'il devait appeler les policiers mais n'en fit rien. Il entendit un bruit, un faible gémissement, et se faufila à l'intérieur. Il longea un couloir. Le beau parquet en chêne luisait faiblement dans l'obscurité. Lentement, il s'avança vers la porte ouverte. Aucun doute, le bruit venait bien de là.

— Balder, cria-t-il. C'est moi, Mikael Blomkvist. Que s'est-il passé?

Il ne reçut aucune réponse, mais le gémissement se fit plus intense. Il prit une grande inspiration et pénétra dans la pièce, avant de se figer. Plus tard, il serait incapable de dire ce qu'il avait vu en premier, ni ce qui l'avait le plus effrayé.

Ce n'était pas forcément le corps à terre, malgré le sang, l'expression du visage et le regard fixe, sans vie. C'était peut-être la scène sur le grand lit, même si celle-ci, il ne la comprit pas immédiatement. Un enfant, peut-être âgé de sept ou huit ans, un garçon aux traits fins et aux cheveux en bataille blond foncé, vêtu d'un pyjama à carreaux bleus, cognait violemment son corps contre le montant du lit et le mur. Il semblait faire tout son possible pour se blesser et, lorsqu'il gémissait, on n'entendait pas la voix d'un enfant qui souffre ou qui pleure, mais plutôt celle d'un être qui frappe de toute sa fureur. Sans prendre le temps de réfléchir, Mikael se précipita sur lui. Mais cela n'arrangea rien. Le garçon se mit à balancer des coups de pied dans tous les sens.

— Du calme, tenta Mikael. Du calme.

Il l'entoura de ses bras, mais le garçon se tordait avec une force stupéfiante et réussit en un rien de temps – peut-être aussi parce que Mikael craignait de le serrer trop fort – à se libérer et à se précipiter à travers le couloir jusqu'à la vitre, se jetant pieds nus sur les bris de glace. Mikael le suivit en criant : "Non, non!" Et c'est alors qu'il tomba sur les policiers.

Ils étaient dehors, dans la neige, et leur visage trahissait une confusion totale.

11

LE 21 NOVEMBRE

APRÈS LES FAITS, ON CONSTATA une nouvelle fois que les protocoles de la police n'étaient pas au point et qu'aucun barrage n'avait été mis en place à temps dans les environs. L'homme qui avait descendu Frans Balder avait pu quitter les lieux tranquillement, d'autant plus que les premiers agents arrivés sur site, Peter Blom et Dan Flinck, qu'on surnommait en interne, avec une légère ironie, "les Casanovas", avaient tardé à donner l'alerte. Ou ne l'avaient pas fait avec toute l'autorité et la conviction nécessaires.

Les techniciens et les enquêteurs de la brigade criminelle étaient arrivés sur les lieux à 3 h 40 du matin seulement, de même qu'une jeune femme qui se présenta sous le nom de Gabriella Grane. À sa mine défaite, on crut d'abord qu'elle était une proche du défunt, mais il s'avéra qu'il s'agissait d'une analyste envoyée par le chef de la Säpo en personne. Non que ce statut changeât grand-chose pour Gabriella : conséquence des préjugés misogynes ayant cours au sein de la police, ou simple volonté de marquer qu'on la considérait comme étrangère à l'affaire, on lui confia pour seule tâche de s'occuper de l'enfant.

— Vous semblez savoir vous y prendre, dit Erik Zetterlund, le responsable des investigations de service cette nuit-là, en voyant Gabriella se pencher pour inspecter les blessures aux pieds du garçon.

Gabriella s'empressa de le rembarrer en lui balançant qu'elle avait autre chose à faire, mais elle céda sous le regard de l'enfant.

Le petit August était absolument terrorisé et resta longtemps prostré sur le sol, passant mécaniquement sa main sur un tapis persan rouge. Peter Blom, qui jusqu'ici n'avait pas fait preuve d'une initiative débordante, posa des pansements sur les pieds du garçon et lui dénicha une paire de chaussettes. On constata que l'enfant avait des bleus sur tout le corps et la lèvre fendue. D'après le journaliste Mikael Blomkvist – dont la présence élevait d'un cran la nervosité dans la maison –, il s'était cogné la tête contre le lit et le mur de la chambre du rez-de-chaussée avant de courir pieds nus sur les bris de verre dans le couloir.

Gabriella Grane, qui bizarrement hésitait à se présenter à Blomkvist, réalisa aussitôt qu'August était un témoin, mais elle n'arrivait pas à établir le contact avec lui, pas plus qu'à le réconforter. De toute évidence, les cajoleries n'avaient aucun effet. August paraissait plus calme quand Gabriella restait simplement assise à côté de lui, à une certaine distance, et s'occupait de ses propres affaires. Une fois seulement, il sembla réagir, lorsque Gabriella, dans une conversation avec Helena Kraft, mentionna le numéro de la rue, le 79. Mais elle n'y prêta pas attention sur le moment.

Peu après, elle réussit à joindre la mère d'August. Bouleversée, Hanna Balder voulait récupérer son fils immédiatement. Elle fit aussi une demande curieuse : d'aussitôt sortir des puzzles pour lui, en particulier celui qui représentait le vaisseau de guerre *Vasa*. En revanche, elle n'accusa pas son ex-mari d'avoir enlevé l'enfant. Elle ne put pas davantage expliquer pourquoi son fiancé avait débarqué chez Frans, mais visiblement, ce n'était pas l'instinct paternel qui avait motivé Lasse Westman.

Pour Gabriella, l'enfant permettait d'expliquer beaucoup de choses. Elle comprenait à présent pourquoi Balder s'était montré si évasif à certains moments et pourquoi il n'avait pas voulu de chien de garde. Elle veilla à ce qu'un psychologue et un médecin soient dépêchés sur les lieux pour prodiguer à August les premiers soins et le conduire chez sa mère à condition qu'il soit en état. Puis son esprit se focalisa sur un autre point.

Elle se dit que le mobile du meurtre n'était pas forcément de faire taire Balder. Le coupable était peut-être venu voler quelque chose – rien d'aussi banal que de l'argent, évidemment. Gabriella pensa aux travaux de Frans. Elle ignorait à quoi il s'était consacré tout au long de cette année. Peut-être que personne à part lui n'était au courant. On pouvait néanmoins présumer qu'il avait poursuivi le développement de ce programme d'IA qu'on disait déjà révolutionnaire à l'époque où il s'était fait pirater.

Ses collègues chez Solifon avaient tout tenté pour y avoir accès et, d'après ce que Frans avait laissé entendre une fois, il veillait dessus comme une mère sur son enfant, ce qui signifiait sans doute qu'il ne devait jamais beaucoup s'en éloigner, même la nuit. Elle se leva, demanda à Peter Blom de surveiller August puis descendit au rez-de-chaussée, dans la chambre où les techniciens de la police avaient entamé le travail.

— Avez-vous trouvé un ordinateur par ici ? dit-elle.

Les techniciens secouèrent la tête. Gabriella sortit son téléphone pour rappeler Helena Kraft.

IL S'AVÉRA RAPIDEMENT que Lasse Westman avait disparu. Il avait dû profiter du trouble général pour filer. Le responsable provisoire des investigations, Erik Zetterlund, était d'autant plus furieux que, vérification faite, Westman ne se trouvait pas non plus chez lui.

Zetterlund envisagea même de lancer un avis de recherche, ce qui amena son jeune collègue Axel Andersson à demander si Lasse Westman devait être considéré comme dangereux. Andersson avait peut-être du mal à dissocier Westman des personnages qu'il incarnait au cinéma. À sa décharge, il fallait reconnaître que la situation devenait de plus en plus confuse.

À l'évidence, le meurtre n'était pas le résultat d'un banal différend familial, d'une fête alcoolisée qui aurait dérapé ou d'un acte désespéré, mais l'assassinat prémédité d'un éminent chercheur suédois. Pour ne rien arranger, le préfet de police Jan-Henrik Rolf avait appelé. Le meurtre devait être considéré comme un grave coup porté aux intérêts industriels suédois. D'un coup, Zetterlund se retrouvait projeté au milieu d'une affaire de politique intérieure de grande envergure, et il ne fallait pas être sorti major de l'école de police pour comprendre que chacun de ses actes pourrait avoir des conséquences décisives sur l'enquête à venir.

Zetterlund, qui avait soufflé ses quarante et une bougies deux jours plus tôt et gardait encore des séquelles de la fête, ne s'était jamais retrouvé confronté à une enquête de ce genre. Si on lui avait laissé cette responsabilité cette fois-ci, ne fût-ce que l'espace de quelques heures, ce n'était dû qu'au manque de personnel compétent disponible cette nuit-là, et au fait que son supérieur n'avait pas voulu tirer du lit ces messieurs de la commission d'enquête criminelle de la Rikskrim* ou d'autres enquêteurs plus expérimentés de la police de Stockholm.

Perdu dans ce bazar et en proie à un sentiment d'incertitude croissant, Zetterlund aboyait littéralement ses ordres. Il lança d'abord une opération de porte-à-porte. Il voulait obtenir rapidement autant de témoignages que possible, même s'il fondait peu d'espoir sur ce qui en sortirait. En pleine nuit, dans le noir et avec la tempête, les voisins n'avaient sans doute pas vu grand-chose. Mais il fallait tenter le coup. Il avait aussi interrogé Mikael Blomkvist. Allez savoir ce que Blomkvist pouvait bien foutre là, d'ailleurs.

La présence sur les lieux du crime de l'un des journalistes les plus connus de Suède ne facilitait pas les choses, et Zetterlund se mit en tête que Blomkvist l'étudiait d'un œil critique, comme s'il préparait déjà un article assassin. Mais c'étaient sans doute ses propres angoisses qui lui jouaient des tours. Blomkvist était visiblement sous le choc et, durant tout l'interrogatoire, il s'était montré courtois et avait collaboré du mieux qu'il avait pu. Malheureusement, son témoignage n'était pas d'un grand secours. Tout s'était passé trop vite, ce qui, d'après le journaliste, constituait une première information.

D'après lui, l'efficacité et la rapidité des déplacements du suspect laissaient supposer que l'homme était ou avait été militaire, et peut-être même soldat d'élite. Ses gestes, au moment de se retourner et d'user de son arme, avaient semblé parfaitement rodés.

Malgré la lampe frontale accrochée sur un bonnet noir très serré, Blomkvist n'avait pas pu distinguer les traits de son visage. La distance qui les séparait était trop grande et Mikael s'était

* Abréviation de Rikskriminalpolisen, la Police criminelle nationale.

jeté à terre dès que l'individu lui avait fait face. Il devait sans doute s'estimer heureux d'être encore en vie. Il pouvait seulement décrire sa corpulence et ses vêtements, ce qu'il fit d'ailleurs très bien. D'après ses dires, l'homme n'était pas tout jeune, il avait même peut-être plus de la quarantaine, mais jouissait d'une excellente condition physique. Il était plus grand que la moyenne, entre 1,85 et 1,95 mètre, solidement bâti, fin de taille et large d'épaules. Il portait des rangers, une tenue noire de style militaire, un sac à dos et sans doute un couteau accroché sur sa jambe droite.

Blomkvist pensait que l'homme avait disparu en longeant le bord de l'eau et les villas voisines, ce qui concordait avec les témoignages de Blom et Flinck. De leur côté, les policiers n'avaient pas eu le temps de voir l'homme. En entendant le bruit de ses pas s'éloigner le long de la mer, ils étaient partis à sa poursuite, mais sans résultat. C'est du moins ce qu'ils affirmaient. Zetterlund en doutait un peu.

Blom et Flinck s'étaient probablement dégonflés, et tremblant de trouille dans l'obscurité, ils avaient été infoutus d'agir. Quoi qu'il en soit, c'était à ce stade que la faute la plus grave avait été commise. Il aurait fallu organiser une intervention policière et inventorier toutes les issues du secteur pour mettre en place des barrages, mais visiblement, Flinck et Blom n'avaient pas encore compris qu'un meurtre avait eu lieu. Ensuite ils s'étaient retrouvés totalement débordés par un petit garçon affolé sorti en courant de la maison. Difficile de garder la tête froide, sans doute, dans ces conditions. N'empêche, ils avaient laissé le temps filer, et Mikael Blomkvist avait beau faire preuve de modération dans son récit, la critique perçait sous sa description des faits. Il avait demandé par deux fois aux policiers s'ils avaient donné l'alerte et n'avait obtenu pour toute réponse qu'un vague hochement de tête.

Plus tard, lorsque Mikael capta des bribes de conversation entre Flinck et le central, il comprit que ce hochement avait dû signifier un non ou, dans le meilleur des cas, une incompréhension. En résumé, l'alerte avait tardé, et même après, rien ne s'était déroulé comme il aurait fallu, sans doute à cause de la confusion du compte rendu de Flinck.

La paralysie s'était propagée à tous les niveaux et Zetterlund se réjouissait qu'on ne puisse pas lui en tenir rigueur. À ce stade, il n'était pas encore impliqué. Maintenant, en revanche, il était sur place, et il devait surtout veiller à ne pas aggraver encore la situation. Ses états de service récents n'étaient pas brillants et ce n'était pas le moment de se ridiculiser. Ce serait peut-être même l'opportunité pour lui de montrer de quoi il était capable.

Debout sur le seuil de la porte du séjour, il méditait sur la conversation qu'il venait d'avoir avec Milton Security à propos de la silhouette aperçue sur les images de surveillance plus tôt dans la nuit. L'individu ne correspondait pas du tout au signalement du meurtrier présumé fourni par Mikael Blomkvist, mais lui avait été plutôt décrit comme un vieux toxico décharné. Il semblait pourtant posséder de véritables compétences technologiques. D'après Milton Security, c'était lui qui avait piraté l'alarme et mis hors service toutes les caméras et détecteurs. Ce qui ne rendait pas cette histoire moins inquiétante. Non seulement l'organisation du meurtre ressemblait à un travail de professionnels, mais le fait qu'ils n'aient reculé ni devant une surveillance policière ni devant un système d'alarme très sophistiqué dénotait une sacrée assurance.

Zetterlund devait rejoindre les techniciens au rez-de-chaussée, mais il restait planté là, à fixer le vide, profondément troublé. Puis son regard se posa sur le fils de Balder. Cet enfant était leur témoin-clé, mais il semblait incapable de parler ou de comprendre un traître mot de ce qu'on lui disait. Il ne fallait pas non plus rêver. C'était la merde totale.

Zetterlund observa un moment le garçon qui tenait une petite pièce d'un puzzle bien trop grand, puis il se dirigea vers l'escalier en colimaçon qui menait au rez-de-chaussée. L'instant d'après il se figea. Il songea à la première impression que lui avait faite l'enfant. À peine débarqué sur les lieux, ne sachant pas encore grand-chose de ce qui s'était passé, il avait vu un enfant comme un autre. Rien chez lui ne le distinguait, en dehors de son regard bouleversé et de son corps crispé. Zetterlund l'aurait même décrit comme un gamin très mignon, avec ses grands yeux et ses boucles rebelles. Ce n'est qu'ensuite qu'on lui avait appris que l'enfant était autiste et lourdement handicapé, il ne l'avait pas remarqué par lui-même. Ce qui signifiait d'après lui que le meurtrier connaissait le garçon, ou connaissait son état. Sinon, le laisser vivre, c'était prendre le risque d'être identifié. Emporté par son raisonnement, Zetterlund fit quelques pas rapides en direction du garçon.

— Il faut l'interroger sur-le-champ, s'enflamma-t-il d'une voix plus forte qu'il ne l'aurait voulu.

— Mon Dieu, allez-y doucement avec lui, dit Blomkvist qui se trouvait par hasard juste à côté.

— Ne vous mêlez pas de ça, siffla-t-il. Il connaît peut-être le coupable. Nous devons sortir un album photo et le lui montrer. Il faut trouver un moyen de…

Le garçon l'interrompit en éparpillant son puzzle d'un grand geste furieux. Zetterlund grommela une excuse et partit rejoindre les techniciens.

UNE FOIS QU'ERIK ZETTERLUND eut disparu à l'étage inférieur, Mikael resta là, à observer le garçon. Il avait l'impression qu'il se passait de nouveau quelque chose en lui, peut-être une nouvelle crise qui se préparait, et Mikael craignit par-dessus tout que le garçon ne se blesse encore. Au lieu de ça, l'enfant se figea et se mit à agiter à toute allure la main droite au-dessus du tapis.

Puis il s'arrêta net et releva la tête avec un regard implorant. Mikael s'interrogea un bref instant sur ce que cela pouvait signifier, mais il lâcha l'idée quand le plus grand des deux policiers, qui répondait apparemment au nom de Peter Blom, s'installa près du garçon et tenta de lui faire reprendre son puzzle. Mikael en profita pour se réfugier dans la cuisine à la recherche d'un peu de calme. Il était mort de fatigue et aurait voulu rentrer chez lui. Apparemment, on voulait d'abord lui faire examiner quelques images prises par une caméra de surveillance, mais il ignorait quand. Tout était tellement long et désorganisé. Son désir de retrouver son lit n'était pas loin de virer au désespoir.

Il avait déjà parlé deux fois avec Erika et l'avait informée des événements de la nuit. Malgré le peu d'informations dont ils disposaient pour l'instant, ils étaient tous les deux d'accord sur le fait que Mikael devait écrire un long papier pour le prochain numéro. Il y avait le drame de l'assassinat en lui-même, mais aussi la vie de Frans Balder, qui valait la peine d'être racontée. Les circonstances avaient donné à Mikael un accès direct à l'affaire, ce qui les avantagerait face à leurs concurrents. Le récit de l'appel dramatique qu'il avait reçu en pleine nuit et qui l'avait amené jusqu'ici ferait l'événement dans son article.

Aucun des deux n'avait éprouvé le besoin de revenir sur leur conversation au sujet de Serner et de la crise que traversait le journal. Il ne faisait plus de doute qu'ils allaient se battre, et Erika avait déjà prévu que l'intérimaire permanent Andrei Zander ferait le travail de recherches préparatoires pendant que Mikael rattraperait son sommeil. Elle lui avait dit d'une voix où se mêlaient la tendresse d'une mère et l'autorité de la rédactrice en chef qu'elle refusait de voir son meilleur reporter à bout de forces avant même que le travail n'ait commencé.

Mikael accepta sans ciller. Andrei était motivé, sympathique, et ce serait agréable de se réveiller avec toute la documentation de base déjà réunie, et peut-être même une liste des personnes de l'entourage de Balder à interviewer. L'espace d'un instant, dans un effort pour se changer les idées, il repensa aux quelques soirées passées à la brasserie Kvarnen où Andrei lui avait parlé de ses éternels problèmes avec les femmes. Il était jeune, intelligent et charmant, il aurait dû représenter un bon parti. Mais sans doute à cause d'un manque d'assurance et de caractère, les femmes finissaient toujours par le quitter, ce qu'il vivait bien sûr très mal. Andrei était un incorrigible romantique. Il rêvait toujours au grand amour, et au grand scoop.

Mikael s'assit et sonda l'obscurité au-dehors. Sur la table devant lui, une boîte d'allumettes, un numéro de la revue *New Scientist* et un carnet rempli d'équations incompréhensibles voisinaient avec un dessin d'un passage piéton d'une étrange beauté. Un homme se tenait à côté d'un feu tricolore, le regard trouble, les yeux plissés, les lèvres fines. Il avait été saisi en plein mouvement et pourtant on pouvait voir la moindre ride sur son visage, les plis de son blouson et de son pantalon. Il n'avait pas l'air particulièrement sympathique. On distinguait un grain de beauté en forme de cœur sur son menton.

Mais c'était le feu tricolore qui dominait le dessin, avec sa lumière dense et inquiétante. Il avait été reproduit avec une rigueur toute mathématique. On pouvait presque deviner les lignes géométriques qui sous-tendaient le dessin. Frans Balder devait dessiner à ses heures perdues. Mikael s'interrogea sur le motif inhabituel qu'il avait choisi.

En même temps, pourquoi quelqu'un comme Balder dessinerait-il des couchers de soleil et des navires ? Après tout, un feu tricolore était un sujet aussi intéressant qu'un autre. Mikael fut fasciné par cette impression d'instantané photographique. Quand bien même Balder aurait longuement étudié le feu tricolore, il n'avait raisonnablement pas pu demander à l'homme de traverser la rue encore et encore. Le type était peut-être juste sorti de son imagination, ou alors Balder possédait une mémoire photographique, exactement comme… Mikael se perdit dans ses pensées. Puis il prit son téléphone et appela Erika pour la troisième fois.

— Tu es sur le chemin de retour ? demanda-t-elle.

— Pas encore, malheureusement. On doit me faire voir une chose ou deux d'abord. Mais j'aurais voulu que tu me rendes un service.

— Je suis là pour ça.

— Peux-tu aller sur mon ordinateur et te connecter ? Tu connais mon mot de passe, non ?

— Je sais tout de toi.

— Parfait. Va dans mes documents et ouvre un fichier qui s'appelle [La boîte de Lisbeth].

— Je crois deviner où ça va se terminer, cette histoire.

— Ah bon ? J'aimerais que tu écrives ceci dans le document…

— Une minute, il faut que je l'ouvre. Voilà, ça y est… Attends, il y a déjà pas mal de trucs écrits là-dedans.

— On s'en fout. Je veux que tu tapes ceci, au-dessus de tout le reste, tu me suis ?

— Je te suis.

— Tu écris :

[Lisbeth, peut-être le sais-tu déjà mais Frans Balder est mort, tué de deux balles dans la tête. Est-ce que tu peux chercher la raison pour laquelle quelqu'un aurait voulu l'assassiner?]

— C'est tout?
— C'est déjà pas mal. On n'est plus en contact depuis un certain temps, elle va sûrement trouver que je suis gonflé de lui demander un truc pareil. Mais son aide ne sera pas de trop.
— Un peu de piratage ne sera pas de trop, tu veux dire.
— Je n'ai rien entendu. Je pars bientôt, avec un peu de chance.
— Espérons-le.

LISBETH AVAIT RÉUSSI À SE RENDORMIR, et lorsqu'elle se réveilla de nouveau il était 8 heures du matin. On ne pouvait pas dire qu'elle était au top de sa forme. Elle avait une migraine carabinée et mal au cœur. Mais elle se sentait quand même mieux et s'habilla rapidement avant de s'enfiler un petit-déjeuner constitué de deux pirojkis de viande chauffés au micro-ondes et d'un grand verre de Coca. Puis elle fourra des vêtements de sport dans un sac noir et sortit. La tempête était passée. Des ordures et des journaux que le vent avait emportés jonchaient les rues. Elle descendit la place Mosebacke avant de longer Götgatan.

Sans doute grommelait-elle toute seule. Elle avait l'air furieuse et deux personnes s'écartèrent sur son passage, un peu effrayées. Pourtant Lisbeth n'était pas du tout en colère, elle était simplement calme et résolue. Elle n'avait aucune envie de s'entraîner, mais voulait maintenir son rythme habituel et chasser les toxines de son corps. Elle rejoignit donc Hornsgatan et prit à droite juste avant Hornsgatpuckeln pour atteindre le club de boxe Zero. Il se trouvait en bas d'un escalier, en sous-sol, et semblait ce matin encore plus délabré que d'habitude.

L'endroit aurait mérité un rafraîchissement général et un bon coup de peinture. Rien n'avait changé depuis les années 1970, ni la déco intérieure ni les affiches. Ali et Foreman ornaient encore les murs. L'endroit était tel qu'au lendemain du match légendaire à Kinshasa, peut-être parce que Obinze, le responsable des locaux, avait vécu le combat sur place quand il était petit avant de courir sous la mousson libératrice en criant "Ali Bomaye!". Cette course était son souvenir le plus heureux. Elle marquait ce qu'il appelait "le dernier jour du temps de l'innocence".

Peu de temps après, sa famille et lui avaient tenté de fuir la terreur de Mobutu et rien n'avait plus jamais été pareil. Ce n'était peut-être pas si surprenant qu'il ait voulu préserver ce moment de l'histoire dans cette salle de boxe paumée de Stockholm. Obinze parlait encore du match dès que l'occasion se présentait.

Du reste, il parlait sans arrêt, de tout et de n'importe quoi. Grand, imposant et chauve, c'était un vrai moulin à paroles. Il faisait partie des nombreux types du club qui avaient un faible pour Lisbeth, même si, comme la plupart, il la jugeait plus ou moins folle. À certaines périodes, elle s'entraînait plus dur que quiconque et se déchaînait sur les punching-balls, les sacs et les sparring-partners. Elle dégageait une sorte d'énergie et de rage primitives qu'Obinze n'avait presque jamais vues auparavant. Un jour, avant d'avoir appris à la connaître, il lui avait même suggéré de se lancer dans la compétition. N'obtenant qu'un grognement pour toute réponse, il n'avait plus évoqué la question, mais il n'avait jamais compris pourquoi elle s'entraînait si dur. En même temps, il n'était pas nécessaire d'avoir une raison pour s'entraîner dur. Mieux valait ça que de picoler. Et peut-être avait-elle dit vrai quand elle avait prétendu un soir, environ un an plus tôt, qu'elle voulait être physiquement prête si jamais elle se retrouvait de nouveau dans le pétrin.

Il savait qu'elle avait eu des ennuis. Il avait fait des recherches sur Google. Il avait lu tout ce qui la concernait sur le Net, et lui, dont les parents avaient été tués par les hommes de main de Mobutu, comprenait parfaitement qu'elle veuille être prête pour le cas où un fantôme du passé reviendrait la tourmenter.

Ce qu'il ne comprenait pas, en revanche, c'était pourquoi, régulièrement, Lisbeth laissait totalement tomber l'entraînement, se vautrait dans l'inactivité et ne mangeait plus que de la junk-food. Ce genre de versatilité le dépassait complètement. Lorsqu'elle franchit la porte de la salle ce matin-là, avec ses piercings et ses vêtements noirs, il ne l'avait pas vue depuis deux semaines.

— Salut beauté. Où t'étais?

— En train de faire quelque chose de terriblement illégal.

— Je m'en doute. Style flanquer une raclée à une bande de motards?

Elle ne daigna pas répondre à sa plaisanterie et se dirigea vers les vestiaires d'un air maussade. Ce qu'il fit alors, il savait très bien qu'elle allait le détester. Il s'immobilisa devant elle et la regarda bien en face.

— Tu as les yeux écarlates.

— J'ai une gueule de bois d'enfer. Pousse-toi!

— Alors je ne veux pas te voir ici, tu le sais.

— *Skip the crap*. Je veux que tu me fasses cracher mes poumons, siffla-t-elle, et elle partit se changer.

Elle réapparut vêtue d'un short de boxe trop large et d'un débardeur blanc avec une tête de mort noire sur la poitrine, et il n'eut pas d'autre choix que de lui faire cracher ses poumons. Il la fit travailler jusqu'à ce qu'elle vomisse dans la corbeille à papier, en l'engueulant du mieux qu'il pouvait. Elle l'engueulait pas mal en retour. Puis elle disparut pour se changer et quitta les lieux sans même le saluer. Obinze fut saisi, comme souvent dans ces moments-là, d'une sensation de vide. Peut-être était-il malgré tout un peu amoureux. En tout cas, il était touché – impossible de ne pas l'être par une fille qui boxait comme ça.

La dernière chose qu'il vit d'elle fut ses mollets qui disparaissaient en haut de l'escalier. Il ne put savoir que Lisbeth fut en proie au vertige dès qu'elle se retrouva dans la rue. Elle s'appuya sur le mur de l'immeuble et prit une profonde inspiration, puis elle repartit en direction de son appartement de Fiskargatan. Une fois arrivée, elle s'enfila encore un verre de Coca et un demi-litre de jus, après quoi elle s'étendit sur son lit et observa le plafond pendant une dizaine de minutes, laissant son esprit divaguer sur la singularité, l'horizon des événements des trous noirs, certaines particularités de l'équation de Schrödinger, Ed the Ned et un tas d'autres choses encore.

Elle attendit que le monde ait enfin retrouvé ses couleurs habituelles pour se relever et rejoindre son ordinateur. Une force qui n'avait jamais faibli depuis l'enfance l'y ramenait inlassablement. En revanche, elle ne comptait pas se lancer dans des trucs trop sophistiqués ce matin. Elle se contenta de pénétrer dans l'ordinateur de Mikael Blomkvist. La seconde suivante, elle se figea. Elle refusa de croire ce qu'elle lisait. Hier encore, ils plaisantaient à propos de Frans Balder, et aujourd'hui Mikael disait que Balder avait été assassiné de deux balles dans la tête.

— Merde, marmonna-t-elle, et elle parcourut les dernières *news* sur le Net.

Il n'était pas explicitement nommé, mais il n'était pas difficile de reconnaître Balder derrière les quelques lignes consacrées à "un académicien suédois assassiné dans sa maison de Saltsjöbaden". La police jouait visiblement la discrétion pour l'instant, et les journalistes ne s'étaient pas penchés sur l'affaire, sans doute parce qu'ils n'en mesuraient pas encore l'importance. D'autant qu'il y avait eu d'autres événements à couvrir cette nuit-là : la tempête et les pannes d'électricité dans tout le pays, les retards monstres dans le trafic ferroviaire et quelques *news* people que Lisbeth n'eut même pas le courage de regarder.

Du meurtre, on disait seulement qu'il avait eu lieu vers 3 heures du matin et que la police avait lancé un appel à témoin dans le voisinage. Il n'y avait pas de suspect, mais des témoins avaient rapporté la présence d'individus douteux sur la propriété. La police continuait à rechercher des informations sur ces individus. Les articles annonçaient la tenue d'une conférence de presse plus tard dans la journée sous la direction de l'inspecteur Jan Bublanski. Lisbeth eut un sourire mélancolique. Elle avait eu pas mal affaire à Bublanski – ou "Bubulle" comme on l'appelait parfois. Pour peu qu'on ne lui impose pas trop de blaireaux dans son équipe, l'enquête serait peut-être menée à peu près correctement.

Elle relut ensuite le message de Mikael. Il sollicitait son aide et, sans même y réfléchir, elle répondit : "D'accord." Pas uniquement parce qu'il le lui demandait. Elle en faisait aussi une affaire personnelle. Le deuil n'était pas son truc, du moins pas dans le sens traditionnel. La colère, en revanche, oui. Une fureur froide et persistante. Et si elle éprouvait un certain respect pour Jan Bublanski, elle ne faisait pas pour autant une confiance aveugle aux forces de l'ordre.

Elle avait l'habitude de prendre les choses en main, et puis les raisons de chercher à savoir pourquoi Frans Balder avait été assassiné ne manquaient pas. Ce n'était pas un hasard si elle l'avait contacté et s'était impliquée dans son histoire. Les ennemis de Balder étaient vraisemblablement aussi les siens.

Tout avait commencé par la vieille question de savoir si son père continuait à exister d'une façon ou d'une autre. Alexander Zalachenko, Zala, n'avait pas seulement tué sa mère et détruit son enfance. Il avait également dirigé un réseau criminel, vendu de la drogue, des armes, et passé sa vie à exploiter les femmes et à les humilier. Lisbeth était persuadée qu'un tel mal ne disparaissait pas, qu'il prenait simplement d'autres formes. Et depuis le matin où elle s'était réveillée de son rêve dans une chambre de l'hôtel Schloss Elmau, dans les Alpes bavaroises, il y avait un peu plus d'un an, Lisbeth menait sa propre enquête pour tenter de démêler ce qu'il en était de cet héritage.

La plupart de ses anciens complices étaient devenus des petits truands de merde ou de sales maquereaux. Aucun n'était du calibre de son père, et Lisbeth avait longtemps cru que l'organisation avait sombré après la mort de Zalachenko. Mais elle n'avait pas abandonné sa quête et avait fini par tomber sur une piste qui pointait dans une direction complètement inattendue. Une piste qui partait de l'une des jeunes recrues de Zala, un certain Sigfrid Gruber.

Déjà à l'époque où Zala était de ce monde, Gruber était l'un des types les plus intelligents du réseau. À la différence de ses autres complices, il avait fait des études universitaires et obtenu des diplômes à la fois en informatique et en gestion d'entreprise, ce qui lui avait apparemment donné accès à des réseaux plus fermés. Aujourd'hui, son nom apparaissait dans plusieurs affaires de piratage informatique, de vols de données technologiques, d'extorsion et de délits d'initié.

En temps normal, Lisbeth n'aurait pas suivi la piste plus loin. En dehors de l'implication de Gruber, il ne semblait pas y avoir de liens avec l'ancienne activité de son père. Et puis elle se foutait bien que quelques riches entreprises se fassent dérober quelques-unes de leurs innovations. Mais quelque chose avait complètement changé la donne.

Elle était tombée sur un rapport confidentiel du GCHQ, dans lequel elle avait découvert quelques noms de code associés à cette bande à laquelle Gruber semblait désormais appartenir, et ces noms l'avaient fait sursauter. À partir de là, elle n'avait plus lâché l'histoire. Elle avait cherché tout ce qu'elle pouvait sur ce groupe, jusqu'à tomber sur une rumeur reprise par un banal site de piratage informatique, selon laquelle l'organisation aurait volé les données technologiques de Frans Balder pour les revendre à la société russo-américaine Truegames.

C'était la raison pour laquelle elle s'était pointée à la conférence du professeur à l'Institut royal de technologie et lui avait pris la tête sur les singularités gravitationnelles nichées au fond des trous noirs. L'une des raisons en tout cas.

II

LE LABYRINTHE DE LA MÉMOIRE

21-23 novembre

L'eidétique est l'étude des individus ayant une mémoire photographique, dite aussi mémoire eidétique.

Les recherches montrent que les individus ayant une mémoire eidétique sont plus facilement sujets à la nervosité et au stress que les autres.

La plupart des individus ayant une mémoire eidétique sont autistes, mais pas tous. Il existe également un lien entre la mémoire photographique et la synesthésie, ce phénomène qui associe deux ou plusieurs sens – par exemple les lettres de l'alphabet peuvent être perçues colorées ou les séquences de chiffres associées à des positions dans l'espace.

12

LE 21 NOVEMBRE

JAN BUBLANSKI SE RÉJOUISSAIT à la perspective d'une journée libre et d'une longue conversation avec le rabbin Goldman, de la communauté de Söder, concernant certaines questions sur l'existence de Dieu qui l'avaient troublé ces derniers temps.

Non qu'il glissât vers l'athéisme, mais le concept même de Dieu lui devenait de plus en plus problématique et il avait besoin d'en parler. Comme de ce sentiment que rien n'avait de sens, qui le gagnait, ou de ses rêves de quitter la police.

Jan Bublanski se considérait comme un bon enquêteur. Son taux de résolution était exceptionnel et globalement son travail le motivait. Mais il n'était pas certain de vouloir continuer à résoudre des affaires de meurtre. Peut-être devrait-il se réorienter tant qu'il était temps. Il rêvait d'enseigner, d'aider les gens à évoluer et à croire en eux, peut-être parce qu'il sombrait lui-même souvent dans des abîmes de doute. Mais dans quelle matière se lancer ? Jan Bublanski n'avait jamais eu à opter pour un domaine d'expertise, le sort avait choisi pour lui les morts violentes et les perversions morbides de l'homme. Ce n'était sûrement pas ce qu'il voulait enseigner.

Il était 8 h 10. Debout devant le miroir de la salle de bains, il essayait sa kippa. Elle avait connu des jours meilleurs. À une époque elle avait été d'un joli bleu clair presque extravagant. Désormais elle semblait surtout pâle et défraîchie, un peu comme lui, se dit-il.

Il était chauve, fatigué et se trouvait empâté. Distraitement, il souleva le roman de Singer, *Le Magicien de Lublin*. Il lui vouait une véritable passion, à tel point qu'il le laissait près des toilettes depuis des années, pour le cas où l'envie le prenait d'en lire un passage dans les moments où son intestin se détraquait. Cette fois-ci, il n'eut le temps de parcourir que quelques lignes. Le téléphone sonna. C'était le procureur Richard Ekström, ce qui n'était pas franchement pour lui remonter le moral. Un appel d'Ekström signifiait non seulement du travail, mais vraisemblablement une affaire avec des enjeux politico-médiatiques. Sinon Ekström se garderait d'intervenir.

— Salut Richard, quel plaisir, mentit Bublanski. Je suis malheureusement occupé…

— Quoi…? Non, Jan. Tu ne peux pas rater ça. On m'a dit que tu étais en congé aujourd'hui.

— Effectivement. D'ailleurs, je m'apprêtais à aller…

Il préférait ne pas dire "à la synagogue". Sa confession juive n'était pas particulièrement populaire dans la police.

— … chez le médecin, compléta-t-il.

— Tu es malade?

— Pas vraiment.

— Ça veut dire quoi? *Borderline*?

— Quelque chose comme ça.

— Rien de grave alors. On en est tous là. Il s'agit d'une affaire importante, Jan. La ministre de l'Industrie la suit personnellement et il lui semble évident que ce soit toi qui diriges l'enquête.

— J'ai vraiment du mal à croire que Lisa Green sache qui je suis.

— Elle ne te connaît peut-être pas nommément, et la décision ne lui revient pas, mais on est tous d'accord pour dire qu'il nous faut un fonceur.

— La flatterie ne marche plus sur moi, Richard. De quoi s'agit-il? dit-il avant de le regretter aussitôt.

Le simple fait de poser la question valait quasiment acceptation et Richard Ekström y vit d'emblée une petite victoire.

— Le professeur Frans Balder a été assassiné à son domicile de Saltsjöbaden cette nuit.

— Qui est-ce?

— L'un de nos chercheurs les plus connus sur la scène internationale. Une pointure de renommée mondiale en matière d'intelligence artificielle.

— En matière de quoi?

— Il travaillait sur les réseaux neuronaux, les processus quantiques appliqués à l'informatique, ce genre de choses.

— Je ne comprends toujours rien.

— Pour simplifier, il essayait de faire penser les ordinateurs, d'imiter le cerveau humain.

Imiter le cerveau humain? Jan Bublanski se demandait ce qu'en dirait le rabbin Goldman.

— On pense qu'il a été victime d'espionnage industriel il y a quelque temps, poursuivit Richard Ekström. C'est la raison pour laquelle le ministère de l'Industrie s'intéresse à cette affaire. Tu connais certainement les grands discours de Lisa Green sur l'importance de protéger la recherche et les innovations suédoises.

— Oui, peut-être bien.

— Visiblement Balder faisait l'objet de menaces. Il était sous protection policière.

— Tu veux dire qu'il a été assassiné malgré la protection?

— On ne lui avait peut-être pas envoyé la meilleure équipe du pays… Flinck et Blom.

— Les Casanovas?

— Oui, ils ont été dépêchés sur les lieux cette nuit. Avec la tempête, c'était un peu le chaos. Pour leur défense, il faut dire qu'ils n'ont pas eu la tâche facile. Frans Balder a reçu deux balles dans la tête pendant que les gars devaient gérer un ivrogne qui avait surgi de nulle part devant chez lui. Le meurtrier a dû mettre à profit ce petit intervalle d'inattention.

— Ça ne présage rien de bon.

— Non, le coup a l'air très professionnel et, pour couronner le tout, il semble qu'ils aient piraté le système d'alarme.

— Ils étaient donc plusieurs?

— C'est ce qu'on pense. En plus…

— Oui?

— Il y a un certain nombre de détails un peu fâcheux.

— Dont les médias vont faire leurs choux gras?

— Ils vont s'en donner à cœur joie, poursuivit Ekström. L'ivrogne, par exemple, c'est Lasse Westman.

— L'acteur?

— En personne. Et ça, c'est extrêmement embêtant.

— Parce que ça va faire les gros titres ?

— Pour commencer, mais aussi parce qu'on risque de se retrouver avec une histoire de divorce compliquée sur les bras. Westman affirme qu'il était là pour récupérer son beau-fils de huit ans. Frans Balder l'avait avec lui, un garçon qui… Attends un peu… que je ne me trompe pas… Balder est bien son père biologique, mais un jugement du tribunal lui a retiré la garde, au motif qu'il n'était pas en mesure de s'en occuper.

— Comment un professeur qui sait apprendre aux ordinateurs à imiter l'homme peut-il s'avérer incapable de s'occuper de son fils ?

— Parce qu'il a manqué gravement à ses responsabilités. Si j'ai bien compris, il s'est consacré à son travail plutôt que de veiller sur son fils et, bref, ça a été un père misérable. Quoi qu'il en soit, c'est une affaire sensible. Ce petit garçon qui n'aurait pas dû se trouver chez Balder a vraisemblablement été témoin du meurtre.

— Mon Dieu ! Et qu'est-ce qu'il dit ?

— Rien.

— Il est choqué ?

— Sûrement, mais surtout il ne dit jamais rien. Il est muet et lourdement handicapé. Apparemment, on ne pourra rien en tirer.

— On se retrouve donc avec une affaire de meurtre sans suspect.

— À moins que l'arrivée de Westman pile au moment où le meurtrier s'est introduit dans la maison et a descendu Balder ne soit pas un hasard. Si tu veux mon avis, tu as intérêt à le convoquer rapidement pour un interrogatoire.

— Si je prends l'enquête.

— Tu vas le faire.

— Tu as l'air bien sûr de toi.

— Tu n'as pas le choix, à vrai dire. Ah, et j'ai gardé le meilleur pour la fin.

— Vas-y.

— Mikael Blomkvist.

— Quel rapport ?

— Figure-toi qu'il se trouvait sur les lieux cette nuit-là. Je crois que Balder l'avait appelé, il avait des révélations à lui faire.

— En pleine nuit?

— Apparemment.

— Et puis il s'est fait descendre?

— Juste avant que Blomkvist ne frappe à la porte – le journaliste aurait même aperçu le meurtrier.

Jan Bublanski éclata de rire. C'était une réaction parfaitement inappropriée et qu'en réalité il ne comprenait pas lui-même. Peut-être tout simplement une réaction nerveuse. Ou le sentiment que la vie repassait les plats?

— Comment?

— Une quinte de toux, dit-il pour s'excuser. Donc vous avez peur de vous retrouver avec un enquêteur privé sur le dos qui risque de vous montrer sous un jour peu flatteur.

— Hum, oui, c'est à peu près ça. En tout cas, on part du principe que *Millénium* est déjà sur le coup. Je suis en train de chercher un moyen légal de les bloquer, ou au moins de limiter leur champ d'action. Il se pourrait que l'affaire soit considérée comme touchant à la sécurité du Royaume.

— On a donc la Säpo sur le dos aussi?

— Pas de commentaire, répondit Ekström.

Va te faire foutre, pensa Bublanski.

— C'est Ragnar Olofsson et les types du groupe de Protection industrielle qui sont sur le coup?

— Comme je te disais, pas de commentaire. Quand est-ce que tu peux démarrer?

Va te faire foutre, se répéta Bublanski.

— J'ai quelques conditions à poser d'abord. Je veux mon équipe habituelle, Sonja Modig, Curt Bolinder, Jerker Holmberg et Amanda Flod.

— Très bien, entendu, mais tu auras également Hans Faste.

— Ah non! Moi vivant, jamais!

— Désolé, Jan, ce n'est pas négociable. Estime-toi heureux de pouvoir choisir les autres.

— Tu es pénible, tu sais?

— On me l'a déjà dit, oui.

— Donc Faste sera notre petite taupe de la Säpo?

— Absolument pas. Je crois que n'importe quelle équipe se réjouirait d'avoir en son sein un membre capable d'une réflexion transversale.

— Ce type est bourré de préjugés, il ne se remet absolument jamais en cause.

— Ne dis pas n'importe quoi.

— Hans Faste est un imbécile.

— C'est faux, Jan. Disons plutôt que c'est un…

— Un quoi ?

— Un conservateur. Quelqu'un qui n'accepte pas automatiquement la dernière lubie féministe à la mode.

— Ça c'est sûr. Il en est où, sur le droit de vote des femmes ?

— Ça suffit, tu exagères, Jan. Hans Faste est un enquêteur extrêmement fiable et sérieux, je ne veux plus de discussion là-dessus. Tu avais d'autres conditions ?

Que tu disparaisses sous terre, se dit Bublanski.

— Je vais d'abord aller à mon rendez-vous chez le médecin et pendant ce temps je veux que Sonja Modig dirige l'enquête, dit-il.

— C'est vraiment une bonne idée ?

— Parfaitement, siffla-t-il.

— Bon, d'accord, je fais en sorte qu'Erik Zetterlund fasse la passation avec elle, répondit Ekström de mauvais gré.

Il n'était plus si certain que, de son côté, il ait bien fait d'accepter cette affaire.

ALONA CASALES TRAVAILLAIT rarement la nuit. Elle y avait échappé pendant des années, prétextant des problèmes de rhumatismes qui l'obligeaient, à certaines périodes, à prendre de puissantes doses de cortisone. Les médicaments faisaient enfler son visage, rappelant celui d'un poisson-lune, et sa tension artérielle grimpait en flèche. Elle avait donc doublement besoin de sommeil et d'un rythme de vie régulier. Cette fois-ci pourtant, il était 3 h 10 du matin, et elle était là. Elle avait quitté sa maison à Laurel et avait pris la 175 East sous une pluie légère. Elle venait de passer le panneau indiquant "NSA, prochaine à droite, réservé aux employés".

Après la clôture électrique et les différents barrages, elle se dirigea vers le gros cube noir du bâtiment principal de Fort Meade, puis se gara sur le vaste parking, juste à droite du radôme bleu clair et de sa profusion de paraboles. Elle passa encore d'autres contrôles de sécurité pour rejoindre son bureau du onzième étage.

On ne pouvait pas dire qu'une activité débordante régnait à l'intérieur. Seul le fond de l'étage, au bout de l'open space, semblait plongé dans une ambiance fiévreuse. Elle comprit rapidement que cette impression d'intense concentration venait d'Ed the Ned et de sa bande de jeunes hackers.

Elle connaissait parfaitement bien Ed mais ne prit pas la peine de le saluer. Il avait l'air en transe. Il était en train d'engueuler un jeune type au teint neigeux et à la dégaine étrange, comme tous les autres hackers dont Ed s'était entouré. Bossu, maigre, anémique, les cheveux coupés n'importe comment, il était agité d'une sorte de spasme qui faisait tressaillir ses épaules. Il avait peut-être bel et bien peur, d'autant qu'Ed venait d'envoyer valdinguer une chaise d'un coup de pied. Le type semblait s'attendre à prendre une gifle ou une bonne beigne.

Mais l'instant d'après, à la grande surprise d'Alona, Ed se calma brusquement et ébouriffa les cheveux du gars comme un père aimant, ce qui ne cadrait absolument pas avec le personnage. Ed n'était pas franchement un tendre. En temps normal, il était plutôt du genre cow-boy et ne se serait jamais laissé aller à prendre un garçon dans ses bras. Était-ce sous le coup du désespoir qu'il montrait un peu d'humanité? Ed avait le pantalon déboutonné, il avait renversé du café ou du Coca sur sa chemise, son visage présentait un teint cramoisi et il parlait d'une voix rauque et caverneuse, comme s'il avait trop crié. Alona se dit qu'à son âge et avec un tel surpoids, il prenait des risques en se surmenant à ce point.

Il ne s'était passé que quelques heures, mais Ed et ses gars avaient l'air d'avoir planté leur tente ici depuis une semaine. Des gobelets de café, des restes de fast-food, des casquettes et des pulls étaient éparpillés un peu partout, et leurs corps dégageaient une odeur rance de transpiration. Toute cette petite bande était en train de retourner le monde entier pour pister le hacker. Alona finit par leur crier avec un zèle un peu forcé :

— Allez les gars !

— Si tu savais !

— Courage ! Attrapez-nous ce salopard !

Elle n'était pas tout à fait sincère. Secrètement, l'intrusion l'amusait assez. Au sein de l'organisation, beaucoup pensaient qu'ils pouvaient faire ce que bon leur semblait, comme s'ils avaient carte blanche, et elle trouvait plutôt sain qu'ils réalisent que, de l'autre côté, on pouvait riposter. "Celui qui surveille le peuple finit à son tour par être surveillé par le peuple", avait, paraît-il, écrit le hacker, et elle avait aimé la formule, même si elle la savait fausse.

Ici, à Puzzle Palace, on exerçait un contrôle total. Les vraies failles ne se manifestaient que lorsqu'ils essayaient d'appréhender une situation vraiment grave, comme c'était le cas en ce moment. Catrin Hopkins l'avait réveillée en pleine nuit pour lui annoncer que le professeur suédois avait été assassiné chez lui, dans les environs de Stockholm. Et même si ça n'avait pas une grande importante en soi pour la NSA – du moins pour l'instant –, ça en avait pour Alona.

Ce meurtre démontrait qu'elle avait correctement interprété les signaux, et maintenant elle devait aller plus loin. Elle se connecta sur son ordinateur et ouvrit le tableau de l'organisation : tout en haut de la liste figurait le mystérieux Thanos, mais on y lisait également des noms réels tels qu'Ivan Gribanov, un membre de la Douma, ou Gruber, un ancien truand allemand impliqué dans toute une série de trafics divers et variés.

À la vérité, elle ne comprenait pas pourquoi la NSA ne considérait pas le cas comme prioritaire, et pourquoi ses responsables renvoyaient sans cesse le problème sur d'autres autorités plus spécifiquement en charge des affaires criminelles. Pour elle, il n'était pas du tout impensable que ce réseau soit couvert par l'État ou ait des liens avec les services de renseignements russes, et qu'il fallût voir l'affaire comme une composante de la guerre commerciale entre l'Est et l'Ouest. Même si elle se fondait sur de maigres éléments et que les preuves manquaient, des signes très nets permettaient tout de même d'affirmer que des données technologiques occidentales étaient dérobées au profit des Russes.

Elle avait toujours beaucoup de difficulté à se faire une idée de l'ensemble du réseau, et il était même malaisé de démêler s'il s'agissait d'une entreprise crapuleuse ou si, par pure coïncidence, des données technologiques similaires avaient été développées ailleurs. En outre, la notion de vol dans le domaine industriel était devenue extrêmement floue. Simple part de l'échange créatif ou abus auquel on accordait une légitimité juridique, on volait et on empruntait dans tous les sens.

De grandes firmes foutaient régulièrement la trouille à des sociétés plus petites à coups de mises en demeure et d'assignations, et personne ne s'émouvait que des innovateurs indépendants se retrouvent plus ou moins privés de droits. L'espionnage industriel et le piratage informatique étaient bien souvent considérés comme de simples stratégies d'entreprise. Et ce n'était pas ici, à Puzzle Palace, qu'on pouvait se prévaloir d'un sursaut de moralité dans ce domaine.

Mais un meurtre était plus compliqué à relativiser, et Alona décida presque solennellement de retourner chaque pièce du puzzle pour percer à jour l'organisation. Elle n'eut pas le loisir de faire grand-chose. Le temps d'étirer les bras et de se masser la nuque, elle perçut des bruits de pas pressés derrière elle.

C'était Ed et il ne ressemblait plus à rien, avec sa gueule de travers et sa silhouette déformée. Il avait dû s'esquinter le dos. Alona eut mal au cou rien qu'en le regardant.

— Ed, que me vaut l'honneur ?

— Je me demande si on n'a pas un problème commun.

— Installe-toi, mon vieux. Tu as besoin de te poser.

— Ou d'être écartelé sur un chevalet. Tu sais, de mon point de vue limité…

— Ne te dévalorise pas, Ed.

— Je ne me dévalorise pas du tout. Tu sais bien que j'en ai rien à foutre de savoir qui est en haut ou en bas, qui pense ceci ou cela. Je me concentre sur ce que j'ai à faire. Je protège nos systèmes, et une seule chose m'impressionne vraiment : la performance professionnelle.

— Tu aurais embauché le diable en personne s'il avait été un informaticien de génie.

— En tout cas j'éprouve du respect pour mon ennemi quand il est suffisamment habile. Tu peux comprendre ça ?

— Oui.

— Je commence à me dire qu'on est pareils, lui et moi. Simplement le hasard a fait qu'on s'est retrouvés de deux côtés opposés. Tu dois déjà être au courant qu'un RAT, un programme d'espionnage, a pénétré nos serveurs et notre intranet. Et ce programme, Alona...

— Oui ?

— C'est de la pure musique. D'une écriture si complexe, et en même temps si élégante...

— Tu as trouvé un ennemi à ta hauteur.

— Incontestablement, et c'est pareil pour mes gars. Ils jouent la patrie en danger, le branle-bas de combat et toutes ces conneries, mais en réalité, ils rêveraient de rencontrer ce hacker et de se frotter à lui. Pendant un moment, j'ai essayé de me dire : OK, ce qui est fait est fait, passe à autre chose ! Les dégâts ne sont peut-être pas si importants. C'est juste un hacker de génie qui veut se la jouer, et peut-être même qu'on peut tirer quelque chose de positif de cet épisode. On a déjà appris un tas de trucs sur notre vulnérabilité en traquant ce type. Mais ensuite...

— Oui ?

— Ensuite j'ai commencé à me demander si je ne m'étais pas fait avoir. Si toute cette démonstration sur le serveur de ma boîte mail n'était pas qu'un rideau de fumée, une façade pour cacher autre chose.

— Comme quoi ?

— Le fait de se renseigner sur certains trucs, par exemple.

— Là, tu piques ma curiosité.

— Figure-toi qu'on a découvert sur quoi portaient les recherches faites par le hacker, et presque toutes concernent le même sujet : le réseau sur lequel tu travailles, Alona. Les Spiders, c'est ça ?

— The Spider Society pour être exact. Mais je ne crois pas qu'il faille prendre le nom au premier degré.

— Le hacker a cherché des informations sur cette bande et sur sa collaboration avec Solifon. Du coup, je me suis dit qu'il faisait peut-être partie de ce réseau et voulait savoir ce qu'on avait déniché sur eux.

— Ce n'est pas complètement absurde. Ils ont manifestement des compétences en piratage informatique.

— Mais ensuite j'ai eu un doute.

— Pourquoi ?

— Parce qu'on dirait que le hacker veut aussi nous montrer quelque chose. Tu sais, il a réussi à se procurer un compte de super-utilisateur. Il a pu mettre la main sur des documents auxquels tu n'as peut-être pas accès toi-même, des documents hautement confidentiels. Évidemment, le fichier qu'il a copié et téléchargé est si lourdement crypté que ni lui ni nous n'avons la moindre possibilité de le lire tant que le type qui l'a écrit ne nous livre pas les clés privées. Et pourtant...

— Pourtant ?

— Le hacker a révélé à travers notre propre système que nous aussi, nous travaillons avec Solifon, de la même façon que les Spider. Tu le savais ?

— Non. Merde alors !

— Je m'en doutais. J'ai bien peur que des gens de chez nous collaborent avec l'équipe d'Eckerwald. Les services que rend Solifon à Spider, la NSA en bénéficie elle aussi : la société effectue une partie de notre espionnage industriel. C'est sûrement pour ça qu'ils ont attribué une priorité aussi faible à ton dossier. Ils doivent craindre que ton enquête nous éclabousse par ricochets.

— Quelle bande de crétins.

— T'as raison. Et il n'est pas invraisemblable que tu sois complètement détachée de l'affaire.

— Je vais péter un plomb.

— Du calme, il y a une autre solution et c'est aussi pour ça que j'ai traîné ma pauvre carcasse jusqu'à ton bureau. Tu peux commencer à bosser pour moi à la place.

— Comment ça ?

— Ce putain de hacker en connaît un rayon sur Spider. Si on arrive à craquer son identité, ça nous fera tous les deux avancer, et tu auras alors l'occasion de lâcher toutes les vérités que tu veux.

— Je vois où tu veux en venir.

— Alors, c'est un oui?

— Un mouais, dit-elle. Je compte concentrer tous mes efforts sur l'assassinat de Frans Balder.

— Mais tu me tiens informé?

— D'accord.

— Bien.

— Une chose, poursuivit-elle. Si le hacker est si habile, est-ce qu'il n'aura pas pris soin d'effacer ses traces?

— Là-dessus, t'inquiète pas. Il peut être aussi malin qu'il veut : on va le retrouver et l'écorcher vif.

— Et ton respect pour l'adversaire dans tout ça?

— Il est intact, mon amie. Mais ça ne m'empêchera pas de le faire tomber et de lui faire prendre perpète. Personne ne s'introduit impunément dans mon système.

13

LE 21 NOVEMBRE

MIKAEL BLOMKVIST EUT ENCORE UNE FOIS du mal à s'endormir. Les événements de la nuit le tourmentaient. À 11 h 15, il abandonna l'idée de se reposer et se redressa sur son lit.

Il alla dans la cuisine, prépara deux tartines de cheddar et prosciutto et se remplit un bol de yaourt et de muesli. Au bout du compte, il ne mangea presque rien. Il misa plutôt sur le café, l'eau et des cachets pour le mal de tête. Il but cinq ou six verres de Ramlösa, prit deux comprimés de paracétamol, sortit un cahier à la couverture en toile cirée et essaya de résumer ce qui s'était passé. Il n'arriva pas bien loin. Les téléphones commencèrent à sonner et il ne mit pas longtemps à comprendre ce qui s'était passé. C'était parti en *live*.

La nouvelle avait éclaté. "Le journaliste vedette Mikael Blomkvist et l'acteur Lasse Westman" s'étaient retrouvés mêlés à un "mystérieux meurtre". L'aspect mystérieux se nourrissait du fait que personne n'arrivait à comprendre ce que justement ces deux hommes, ensemble ou séparément, foutaient sur place au moment où un professeur suédois avait pris deux balles dans la tête. Les questions de ses confrères prenant rapidement un tour insinuant, Mikael préféra dire clairement qu'il était allé là-bas, malgré l'heure tardive, parce que Balder voulait lui parler d'urgence.

— J'étais là pour faire mon métier, dit-il.

Une défense peut-être un peu grandiloquente, mais il se sentait mis en cause et voulait s'expliquer, quitte à prendre le risque que d'autres reporters s'intéressent au sujet. Pour le reste, il se contenta de dire : "Pas de commentaire." Là encore, peut-être pas la réplique idéale, mais elle avait au moins le mérite d'être sans équivoque. Ensuite il éteignit son téléphone portable, enfila la vieille fourrure de son père et partit en direction de Götgatan.

L'activité dans les bureaux de la rédaction lui rappela le bon vieux temps. Partout, dans chaque recoin, ses collègues travaillaient, hyper-concentrés. Erika leur avait sûrement sorti un de ses discours enflammés, et tout le monde avait compris la gravité de l'enjeu. Il ne restait que dix jours avant la *deadline*, et la menace de Levin et Serner était comme une épée de Damoclès au-dessus de leurs têtes. Toute l'équipe semblait prête à se battre.

À son arrivée, le travail cessa. Naturellement, tout le monde voulait en savoir plus sur les événements de la nuit passée et connaître sa réaction quant aux manœuvres du groupe de presse norvégien. Mais il ne voulait pas donner le mauvais exemple et briser la dynamique de travail :

— Plus tard, se contenta-t-il de dire, puis il rejoignit Andrei Zander.

À vingt-six ans, Zander était le plus jeune collaborateur de la rédaction. Il avait fait son stage professionnel au journal et s'y était accroché. Parfois, comme en ce moment, en intérim, parfois en free-lance. Mikael était embarrassé de ne pas pouvoir lui proposer un emploi stable, d'autant plus qu'ils avaient embauché Emil Grandén et Sofie Melker. En réalité, il aurait préféré prendre Andrei, mais le jeune journaliste ne s'était pas encore fait un nom et devait sans doute encore affiner sa plume.

Il savait travailler en équipe, ce qui était bon pour le journal, mais peut-être moins pour sa carrière. En tout cas dans cette branche où la concurrence est rude. Il n'était pas assez ambitieux, alors même qu'il était plein d'atouts : il ressemblait à Antonio Banderas jeune et captait l'essentiel plus vite que la plupart de ses confrères. Mais il n'était pas du genre à se mettre en avant à tout prix. Il voulait simplement faire du bon journalisme, et il aimait *Millénium*. Et Mikael se dit soudain qu'il aimait ceux qui aimaient *Millénium*. Un jour, il ferait quelque chose pour Andrei Zander.

— Salut Andrei, dit-il. Comment ça va ?

— Pas trop mal. Plutôt speed.

— Je me doute. Qu'est-ce que tu as trouvé?

— Pas mal de choses. C'est sur ton bureau, et je t'ai aussi préparé un résumé. Mais je peux te donner un conseil?

— Un bon conseil, c'est exactement ce qu'il me faut.

— Alors file sur-le-champ rue Zinken pour rencontrer Farah Sharif.

— Qui ça?

— Une très belle professeur d'informatique qui habite là et qui a pris sa journée.

— Tu veux dire que ce qu'il me faudrait là, maintenant, c'est une femme intelligente et charmante?

— Pas exactement. Le professeur Sharif vient de téléphoner, elle a compris que Frans Balder voulait te raconter quelque chose. Elle croit savoir de quoi il s'agit et aurait voulu te parler. Peut-être même aller au bout de ce qu'il n'a pas eu le temps de faire. Ça me semble un bon point de départ.

— Tu t'es renseigné sur elle?

— Bien sûr. On ne peut pas exclure qu'elle ait ses propres motivations, mais Balder et elle étaient proches. Ils ont fait leurs études ensemble et ont coécrit quelques articles scientifiques. Il y a deux ou trois photos de soirées de gala où on les voit ensemble. Son nom pèse lourd dans son domaine de recherche.

— OK, je file. Tu lui dis que je suis en route?

— Je m'en occupe, dit Andrei, et il donna à Mikael l'adresse exacte.

Alors ce fut exactement comme la veille : Mikael quitta la rédaction à peine arrivé. Tout en se dirigeant à pied vers Hornsgatan, il lut les documents qu'Andrei avait réunis pour lui. Deux ou trois fois, il heurta des passants, mais il était tellement concentré qu'il s'excusa à peine. Il se surprit à ne pas aller directement chez Farah Sharif. Il s'arrêta au café Mellqvist et but deux doubles expressos d'affilée.

Il espérait chasser la fatigue physique, mais comptait aussi sur la caféine pour soigner ses maux de tête. Après coup, il se demanda s'il avait bien fait. En quittant le bar, il se sentait encore plus mal qu'à l'arrivée. Mais le café n'y était pour rien.

C'étaient tous ces blaireaux qui avaient parcouru les articles sur les drames de la nuit écoulée et qui y allaient tous de leurs commentaires débiles. On dit que les jeunes n'ont qu'une envie : devenir célèbres. Il faudrait leur expliquer que le jeu n'en vaut pas la chandelle. Ça rend fou, surtout quand on n'a pas dormi et qu'on a vu des choses que personne ne devrait voir.

Mikael Blomkvist reprit sa marche sur Hornsgatan, passant devant McDonald's et la Coop avant de traverser pour rejoindre Ringvägen, en jetant un coup d'œil à droite. Soudain il se figea, comme s'il avait remarqué un détail important. Mais il n'y avait qu'un croisement saturé de gaz d'échappement. Un nid à accidents, rien d'autre. Puis il comprit.

C'était le feu tricolore, celui que Frans Balder avait dessiné avec une précision mathématique. Mikael s'interrogea à nouveau sur le choix du motif. L'endroit n'avait rien de remarquable. C'était décrépit, banal. À moins que ce ne fût justement ça, l'intérêt. Pas le motif en lui-même, mais ce qu'il révélait. L'œuvre d'art se trouve dans le regard de celui qui observe.

D'ailleurs, peu importe. Cela signifiait juste que Frans Balder était venu là, qu'il s'était peut-être assis quelque part le temps d'étudier et de dessiner le feu tricolore. Mikael poursuivit son chemin, longea le stade Zinkensdamm et prit à droite sur la rue Zinken.

L'INSPECTRICE SONJA MODIG avait eu une matinée intense. Enfin seule dans son bureau, elle observa un instant la photo encadrée de son fils de six ans, Axel, triomphant après avoir marqué un but. Désormais mère célibataire, Sonja galérait pour trouver un équilibre dans sa vie. Une galère qu'elle ne voyait pas cesser dans un avenir proche. On frappa à la porte. C'était Bublanski. Elle allait enfin pouvoir lui laisser la responsabilité de l'enquête. Même si Bubulle n'avait pas l'air décidé à prendre la responsabilité de quoi que ce soit.

Il était particulièrement bien habillé, costume-cravate et chemise bleue fraîchement repassée. Ses cheveux étaient coiffés de manière à recouvrir sa calvitie. Son regard rêveur semblait ailleurs. Bien loin de toute affaire de meurtre.

— Qu'a dit ton médecin ?

— Que ce qui compte, ce n'est pas de croire en Dieu. Dieu n'est pas mesquin. Ce qui compte, c'est de comprendre que la vie est précieuse et riche. Nous devons l'apprécier et essayer de rendre le monde meilleur. Celui qui trouve l'équilibre entre les deux est proche de Dieu.

— Donc tu étais avec ton rabbin.

— J'avoue.

— OK, Jan, je ne sais pas trop ce que je peux faire pour t'aider à apprécier la vie. À part te proposer un carré de chocolat suisse à l'orange dont il se trouve que j'ai une tablette dans le tiroir de mon bureau. Mais si on arrête le type qui a descendu Frans Balder, on rend définitivement le monde un peu meilleur.

— Du chocolat suisse à l'orange et un meurtre élucidé, ça me paraît un bon début.

Sonja sortit la tablette, en coupa un carré et le tendit à Bublanski, qui le mâcha avec recueillement.

— Exquis, dit-il.

— N'est-ce pas ?

— Si seulement la vie pouvait être comme ça parfois, dit-il en désignant la photo d'Axel triomphant sur le bureau.

— Comment ça ?

— Si la joie se manifestait avec la même force que la douleur, poursuivit-il.

— Oui, si seulement.

— Comment va le fils de Balder ? dit-il. Il s'appelle August, je crois ?

— Oui. Difficile à dire. Il est chez sa mère actuellement. Un psychologue l'a examiné.

— Et qu'est-ce qu'on a pour démarrer ?

— Malheureusement, pas grand-chose pour l'instant. On a déterminé la marque de l'arme. Un Remington 1911 R1 Carry, probablement acquis assez récemment. On creuse la piste mais je suis presque sûre qu'on ne va pas pouvoir le tracer comme ça. Les images des caméras de surveillance sont en cours d'analyse, mais on a beau les tourner dans tous les sens, impossible de distinguer le visage de l'homme ni aucun signe distinctif : pas de grains de beauté, pas de cicatrice, rien, si ce n'est une montre qu'on devine sur une séquence, plutôt luxueuse. Les vêtements du gars sont noirs. Sa casquette est grise, sans inscription. Jerker dit qu'il a des gestes de vieux camé. Sur une image, il tient une petite boîte noire, sans doute un genre d'ordinateur ou un boîtier GSM. Il l'a probablement utilisé pour pirater le système d'alarme.

— J'ai entendu parler de ça, en effet. Comment s'y prend-on pour pirater une alarme ?

— Jerker y a aussi jeté un coup d'œil, et ce n'est pas à la portée du premier venu, surtout une alarme de ce niveau-là, mais c'est possible. Le système était connecté à Internet et en 3G et envoyait continuellement des informations à Milton Security via Slussen. Le type a très bien pu intercepter des données de l'alarme avec sa boîte et pirater le système par ce biais-là. Ou alors, il a croisé Balder lors d'une promenade et a volé électroniquement des informations du NFC du professeur.

— De son quoi ?

— Near Field Communication, la fonction sur le téléphone portable de Frans Balder qui lui permettait d'activer l'alarme.

— C'était plus simple avant, quand les voleurs avaient un pied-de-biche, dit Bublanski. Pas de voiture dans le coin ?

— Un véhicule de couleur sombre était garé à cent mètres sur le bord de la route, et par moments son moteur était allumé, mais la seule à avoir vu la voiture est une dame âgée du nom de Brigitta Roos et elle n'a aucune idée du modèle. Peut-être une Volvo, selon elle. Ou alors une BMW comme celle de son fils.

— On n'est pas sortis de l'auberge.

— Non, c'est plutôt nébuleux côté investigations, poursuivit Sonja Modig. La nuit et la tempête ont joué en faveur des coupables. Ils ont pu se déplacer tranquillement dans le secteur, et en dehors du témoignage de Mikael Blomkvist, nous n'avons en réalité qu'une seule déposition. D'un jeune de treize ans, du nom d'Ivan Grede. Un garçon maigrichon un peu bizarre. Il a souffert de leucémie quand il était petit, il a meublé sa chambre dans un style japonisant, et il parle de façon beaucoup trop raisonnable pour son âge. Ivan est allé aux toilettes au milieu de la nuit et, de la fenêtre de la salle de bains, il a vu un homme plutôt baraqué au bord de l'eau. L'homme observait la mer et faisait des signes de croix avec ses avant-bras. La scène avait quelque chose d'à la fois religieux et violent.

— Pas une bonne combinaison.

— Non, religion et violence réunies, ça ne présage rien de bon. Mais Ivan n'est pas certain qu'il s'agisse d'un signe de croix. Ça y ressemblait, mais en plus complexe, nous a-t-il dit. Peut-être un serment militaire. Un moment, Ivan a eu peur que l'homme n'entre dans l'eau et ne se suicide. La situation avait quelque chose de solennel, menaçant.

— Mais il n'y a pas eu de suicide.

— Non. L'homme a repris sa marche à petites foulées en direction de la maison de Balder. Il portait un sac à dos, des vêtements sombres, peut-être une tenue de camouflage. Il avait l'air costaud et en bonne condition physique. Il lui a fait penser à ses vieux jouets, les guerriers ninjas.

— Ça ne présage rien de bon non plus.

— Non. Et c'est sans doute le même type qui a tiré sur Mikael Blomkvist.

— Blomkvist n'a pas vu son visage?

— Non, il s'est jeté au sol lorsque l'homme s'est retourné pour tirer. D'ailleurs, tout est allé très vite. Mais d'après Blomkvist, l'homme avait des gestes de militaire, ce qui colle tout à fait avec le témoignage d'Ivan Grede. Et je ne peux que confirmer : la rapidité et l'efficacité de l'opération valident l'hypothèse.

— Est-ce qu'on sait ce que Blomkvist faisait là pour commencer?

— Ah, oui. S'il y a bien une chose qui a été faite correctement cette nuit, c'est l'interrogatoire de Blomkvist. Tu peux jeter un œil.

Sonja lui remit une transcription.

— Blomkvist a été en contact avec l'un des anciens assistants de Balder qui lui a affirmé que le professeur avait été victime de piratage informatique, qu'on lui avait volé ses données technologiques. Le sujet intéressait Blomkvist, il a voulu entrer en contact avec Balder. Mais le professeur n'a jamais donné suite. Ces derniers temps, il vivait reclus et n'avait aucun contact avec le reste du monde. Toutes les courses et affaires domestiques étaient gérées par une femme de ménage du nom de…

attends un peu, Lottie Rask. Mme Rask qui par ailleurs avait reçu l'ordre strict de ne pas dire un mot de la présence de son fils chez lui. Je vais revenir sur ce point. Mais il a dû se passer quelque chose cette nuit-là. À mon avis, Balder était inquiet et voulait se libérer d'un poids. Je te rappelle qu'il venait d'apprendre qu'une menace sérieuse pesait sur lui. De plus, son système d'alarme s'était déclenché dans la soirée et deux policiers surveillaient sa maison. Peut-être qu'il sentait que ses jours étaient comptés. Je ne sais pas. En tout cas, en pleine nuit, il a téléphoné à Mikael Blomkvist pour lui parler.

— Il fut un temps où l'on faisait appel à un prêtre dans ce genre de situation.

— Visiblement, aujourd'hui on préfère appeler un journaliste. Bref, ce ne sont que des spéculations. Tout ce qu'on a, c'est le message que Balder a laissé sur le répondeur de Blomkvist. On n'a aucune idée de ce qu'il avait l'intention de dévoiler. Blomkvist dit qu'il ne le sait pas non plus, et je le crois. Mais apparemment je suis la seule. Richard Ekström – un sacré casse-bonbons encore, celui-là, d'ailleurs – est persuadé que Blomkvist garde pour lui des informations qu'il compte publier dans sa revue. J'ai beaucoup de mal à le croire. Blomkvist est un malin, on le sait tous, mais il n'est pas du genre à saboter sciemment une enquête de police.

— C'est clair.

— Le problème c'est que ce crétin d'Ekström raconte partout que Blomkvist devrait être arrêté pour parjure, refus d'obtempérer et Dieu sait quoi encore. Il prétend qu'il en sait plus qu'il ne le dit. J'ai l'impression qu'il va agir.

— Ça ne peut rien donner de bon.

— Non, et vu l'habileté de Blomkvist, je crois qu'il serait préférable de rester en bons termes avec lui.

— Il faut l'interroger de nouveau, je suppose.

— Sans doute.

— Et cette histoire avec Lasse Westman ?

— On vient de prendre sa déposition, et ce n'est pas à proprement parler une histoire édifiante. Westman était au restaurant KB et au Teatergrillen, puis à l'Operabaren et au Riche, et Dieu sait où encore, et il a passé la soirée à parler de Balder et du garçon. Ses potes en avaient plein le dos. Plus Westman buvait, plus l'argent filait, et plus le sujet l'obsédait.

— Pourquoi est-ce aussi important pour lui?

— Ça doit être en partie une fixation, le truc typique des alcoolos. C'était la même chose avec mon vieil oncle. Chaque fois qu'il était bourré, il tournait en boucle le même sujet. Mais il ne s'agit évidemment pas que de ça dans le cas de Westman. Il a beaucoup parlé du jugement de garde qui avait été rendu. Si ce type était quelqu'un d'un peu plus empathique, ça aurait expliqué pas mal de choses. On aurait pu croire qu'il pensait à l'intérêt du garçon. Mais là... Tu sais sans doute que Lasse Westman a été condamné pour maltraitance?

— Non, je l'ignorais.

— Il y a pas mal d'années, il sortait avec cette blogueuse de mode, Renata Kapusinski. Il la tabassait. Je crois même qu'il lui a déchiqueté la joue.

— C'est du lourd.

— D'ailleurs...

— Oui?

— Balder avait rédigé des plaintes qu'il n'a jamais envoyées, peut-être à cause de sa situation juridique, où il apparaît clairement qu'il soupçonnait Lasse Westman de maltraiter son fils.

— Comment ça?

— Balder avait remarqué des contusions sur le corps du garçon – et sur ce point, son constat est appuyé par une psychologue du Centre de l'autisme. Alors ce n'est...

— ... sans doute pas par amour pour le garçon et parce qu'il s'inquiétait pour sa santé que Lasse Westman s'est rendu à Saltsjöbaden.

— Non, plutôt pour le fric. Une fois que Balder a récupéré son fils, il a cessé de verser la pension alimentaire qu'il s'était engagé à payer, ou il en a réduit le montant, au moins.

— Westman n'a pas tenté de porter plainte contre lui?

— Il n'a probablement pas osé, vu les circonstances.

— Qu'est-ce qu'on trouve de plus dans ce jugement de garde? demanda Bublanski.

— Balder n'aurait pas été un bon père.

— Et c'était le cas?

— Ce n'était pas un méchant, comme Westman, mais il y a eu un incident. Après le divorce, Balder avait son fils un week-end sur deux. À l'époque, il habitait dans le quartier d'Öster-malm un appartement bourré de livres du sol au plafond. Au cours d'un de ces week-ends, quand August avait six ans, il était assis tout seul dans le salon, et Balder, comme d'habitude, obnubilé par son ordinateur, se trouvait dans la pièce d'à côté. On ignore ce qui s'est passé exactement. Mais il y avait une petite échelle appuyée contre l'une des bibliothèques, August a grimpé dessus, il a sans doute voulu prendre un livre tout en haut et il est tombé. Il s'est brisé le coude et a perdu connaissance. Mais Frans n'a rien entendu. Il a continué de travailler et n'a découvert l'enfant qui gémissait par terre, au milieu des livres, que plusieurs heures plus tard. Là, il a paniqué et a conduit le garçon aux urgences.

— Et après ça, il a perdu tout droit de garde?

— Suite à l'accident, il a été conclu qu'il était émotionnelle-ment immature et incapable de prendre soin de son fils. À partir de là, il n'a même plus eu le droit d'être seul avec August. Mais, honnêtement, pour moi ce jugement ne vaut pas grand-chose.

— Pourquoi?

— Parce que c'était un procès sans défense. L'avocat de l'ex-femme n'y est pas allé de main morte, alors que de son côté, Frans Balder s'est couché en disant qu'il était un bon à rien, un irresponsable, un handicapé de la vie et Dieu sait quoi encore. Le tribunal a allégué que Balder n'avait jamais su s'attacher aux autres et s'était toujours réfugié auprès des ordinateurs – ce qui me paraît à la fois malveillant et pas très fondé objectivement. Maintenant que j'ai eu l'occasion de me plonger un peu dans sa vie, je ne crois pas beaucoup à ce portrait de lui. Le tribu-nal a pris pour argent comptant ce qui n'était que de l'auto-flagellation de la part de Balder, et l'expression de ses remords sincères. En tout cas il s'est montré très coopératif par la suite. Il a accepté de payer une pension alimentaire très importante, 40 000 couronnes par mois je crois, ainsi qu'une somme for-faitaire de 900 000 couronnes. Peu de temps après, il a dis-paru pour les États-Unis.

— Mais ensuite il est revenu.

— Oui, et on peut imaginer plusieurs raisons à son retour. On lui avait dérobé ses données technologiques et il avait peut-être même découvert qui était derrière ce vol. Il se trouvait en grave conflit avec son employeur. Je crois qu'il est également revenu pour son fils. La femme du Centre de l'autisme dont j'ai déjà parlé, elle s'appelle Hilda Melin, s'était montrée au départ extrêmement optimiste sur l'évolution du garçon. Mais rien ne s'est déroulé comme elle l'avait espéré. Elle avait aussi reçu des rapports selon lesquels Hanna et Lasse Westman avaient manqué à leur responsabilité quant à la scolarisation de l'enfant. D'après les termes du jugement, August devait suivre un enseignement à domicile, mais les pédagogues spécialisés en charge de son cas semblent avoir été montés les uns contre les autres, et il y a probablement eu aussi des fraudes, des noms de professeurs inventés, enfin, tout ce qu'on peut imaginer pour détourner l'argent de la scolarité. Mais ça, c'est une autre histoire sur laquelle il faudra que quelqu'un se penche plus tard.

— C'est quoi l'histoire de cette psychologue du Centre de l'autisme ?

— Oui, Hilda Melin. Quand elle a commencé à avoir des soupçons, elle a téléphoné à Hanna et Lasse qui lui ont affirmé que tout se déroulait pour le mieux. Mais elle a continué à nourrir des doutes. Du coup, contrairement à l'usage, elle leur a rendu une visite improvisée à domicile et, quand ils l'ont enfin laissée entrer, elle a eu la nette impression que le garçon n'allait pas bien, que son développement psychique et physique avait stagné. Et puis elle a vu ces bleus. De retour au Centre, elle a appelé Frans Balder à San Francisco et a eu une longue conversation avec lui. Peu de temps après, il est revenu ici et a emmené son fils dans sa nouvelle maison, à Saltsjöbaden, en dépit du jugement de garde.

— Comment ça a pu se faire, si Lasse Westman tenait tant à sa pension alimentaire ?

— C'est la question que je me pose. D'après Westman, Balder a plus ou moins kidnappé le garçon. Mais Hanna donne une autre version. Elle dit que Balder a sonné à leur porte, qu'il semblait avoir changé et qu'elle l'a laissé prendre son fils. Elle pensait même qu'August serait mieux avec lui.

— Et Westman?

— Westman était ivre, d'après elle. Il venait d'obtenir un rôle important dans une nouvelle production télé et ça lui avait monté à la tête. Il a accepté lui aussi que le garçon parte. Il a beau n'avoir que l'intérêt de l'enfant à la bouche, je crois qu'il était simplement content de s'en débarrasser.

— Mais ensuite?

— Ensuite, il l'a regretté et, pour couronner le tout, il a été viré de la série télé parce qu'il était incapable de rester sobre sur le tournage. Du coup, il a voulu récupérer August, ou du moins...

— Ou du moins la pension qui allait avec.

— Voilà. Ce qui a été également confirmé par ses potes du resto, notamment ce type qui organise des fêtes, Rindevall. C'est surtout quand la carte de crédit de Westman s'est retrouvée bloquée qu'il s'est mis à déblatérer au sujet du garçon. Il a taxé 500 couronnes à une jeune fille au bar pour le taxi et il est parti pour Saltsjöbaden en pleine nuit.

Jan Bublanski resta un moment plongé dans ses pensées et jeta encore un regard sur la photo d'Axel triomphant.

— Quelle pagaille.

— Oui.

— En temps normal, on serait tout près du dénouement. On aurait un bon mobile, à base de divorce et de litige de garde. Mais ces types qui piratent les systèmes d'alarme et ressemblent à des guerriers ninjas, ça ne colle pas au tableau.

— Non.

— Et puis, je me pose une autre question.

— Laquelle?

— Si August ne savait pas lire, à quoi ça lui servait, ces livres?

MIKAEL BLOMKVIST ÉTAIT ASSIS en face de Farah Sharif à la table de la cuisine, devant une tasse de thé, et observait le parc Tantolunden par la fenêtre. Il aurait aimé ne pas avoir d'article à écrire, même s'il savait qu'il y avait là comme un aveu de faiblesse. Il aurait voulu rester là, en simple hôte, et ne pas être celui qui vient mettre la pression à cette femme.

Elle ne semblait pas avoir envie de parler. Elle avait l'air complètement effondrée. Ses yeux sombres, dont l'intensité l'avait transpercé dès la porte entrebâillée, semblaient à présent perdus. Par moments, elle marmonnait le nom de Frans, comme un mantra ou une prière. Peut-être l'avait-elle aimé. *Lui* l'avait aimée, sans aucun doute. Farah avait cinquante-deux ans, une beauté rare et le port d'une reine.

Il fit une tentative :

— Comment était-il ?

— Frans ?

— Oui.

— Un paradoxe fait homme.

— Dans quel sens ?

— Dans tous les sens du terme. Avant tout parce qu'il s'acharnait à travailler sur un sujet qui l'inquiétait plus que tout. Un peu comme Oppenheimer à Los Alamos. Il savait que ce qu'il faisait risquait de provoquer notre ruine.

— J'ai du mal à vous suivre.

— Frans voulait recréer l'évolution biologique au niveau numérique. Il travaillait sur des algorithmes évolutionnaires – qui, à travers des processus aléatoires, parviennent à s'améliorer eux-mêmes. Il participait également au développement de l'ordinateur dit quantique sur lequel travaillent Google, Solifon et la NSA. Son but était de réaliser l'AGI, l'Artificial General Intelligence.

— C'est-à-dire ?

— Une entité aussi intelligente que l'homme, mais qui possède en même temps la rapidité et la précision de l'ordinateur dans toutes les disciplines mécaniques. Une telle création présenterait des avantages énormes dans tous les champs d'étude.

— J'imagine.

— C'est un domaine incroyablement vaste et même si la plupart des pôles de recherche n'ont pas expressément l'ambition d'atteindre l'AGI, la concurrence nous y conduit fatalement. Personne ne peut se permettre de ne pas créer d'applications aussi intelligentes que possible ou de freiner le progrès. Pensez seulement à ce que nous avons accompli jusqu'à présent.

Pensez aux capacités de votre téléphone il y a cinq ans et à ses capacités aujourd'hui.

— C'est vrai.

— À une époque – avant qu'il ne devienne si secret –, Frans estimait qu'il nous faudrait trente ou quarante ans pour atteindre un tel stade. Ça peut vous paraître très court, mais, personnellement, je me demande s'il n'était pas trop prudent. La capacité des ordinateurs double tous les dix-huit mois et notre cerveau conçoit mal les implications d'une évolution aussi exceptionnelle. C'est un peu comme le grain de riz sur un échiquier, vous savez ? On pose un grain de riz sur la première case, deux sur la deuxième, quatre sur la troisième, huit sur la quatrième…

— Et bientôt les grains de riz inondent le monde entier.

— Le rythme de croissance ne fait qu'augmenter et finira par échapper à tout contrôle. L'intéressant, en réalité, ce n'est pas de savoir quand nous allons atteindre l'AGI mais ce qui va se passer ensuite. Il existe de nombreux scénarios – qui dépendent aussi de la manière dont nous y parviendrons. Mais nous allons sûrement aboutir à des programmes autonomes, qui se mettent à jour et s'améliorent tout seuls, et il ne faut pas oublier que là, on se retrouve avec une nouvelle conception du temps.

— Qu'entendez-vous par là ?

— Que nous allons dépasser les limites humaines. Et que nous serons alors propulsés dans un nouvel ordre où les machines se mettent à jour à la vitesse de l'éclair vingt-quatre heures sur vingt-quatre. Quelques jours seulement après avoir obtenu l'AGI, nous serons face à l'ASI.

— Qui est ?

— L'Artificial Superintelligence, c'est-à-dire une intelligence supérieure à la nôtre. Ensuite, ça ira de plus en plus vite. Les ordinateurs s'autoperfectionneront à un rythme croissant, peut-être dans un facteur de dix pour devenir cent, mille, dix mille fois plus intelligents que nous. Et alors, que se passera-t-il ?

— Allez savoir.

— Exactement. L'intelligence en soi n'est pas une donnée prévisible. Nous ne savons pas où l'intelligence humaine va nous conduire. Et encore moins ce qui se passera avec une superintelligence.

— Au pire des cas, nous ne serons, pour ces ordinateurs, pas plus intéressants que des petites souris de laboratoire, ajouta Mikael en pensant à ce qu'il avait écrit à Lisbeth.

— Au pire des cas? Nous partageons environ quatre-vingt-dix pour cent de notre ADN avec les souris, et on estime que l'homme est environ cent fois plus intelligent que cette petite bête. Cent fois, pas plus. Ici, nous nous trouvons face à une dimension totalement nouvelle qui, d'après les modèles mathématiques, ne connaît pas de telles limites. Une intelligence qui pourrait peut-être devenir des millions de fois supérieure à celle de l'homme. Vous imaginez?

— J'essaie, répondit Mikael avec un sourire prudent.

— Je veux dire, comment croyez-vous qu'un ordinateur se sentira lorsqu'il se réveillera et découvrira qu'il est emprisonné et contrôlé par des bestioles aussi primitives que nous? Pourquoi accepterait-il une telle situation? Pourquoi ferait-il preuve de la moindre considération? Sans parler de nous laisser fouiller ses entrailles pour stopper le processus. On risque de se trouver face à une explosion d'intelligence, une singularité technologique comme la décrivait Vernor Vinge. Tout ce qui en découlerait est au-delà de notre horizon des événements.

— Donc, au moment où nous créons une superintelligence, nous en perdons le contrôle.

— Le danger dès lors serait que toute notre perception générale de ce monde ne soit plus valable. Ce qui voudrait dire la fin de l'existence humaine.

— Vous plaisantez?

— Je sais que ça paraît tordu pour un esprit qui n'est pas initié à cette problématique. Mais cette question est bien réelle. Aujourd'hui, des milliers de personnes partout dans le monde œuvrent pour empêcher une telle évolution. Beaucoup sont optimistes, ou même utopistes. On parle de *friendly* ASI, des superintelligences bienveillantes qui dès le départ seront programmées uniquement pour nous aider. Un peu comme ce qu'Asimov a imaginé dans son livre *Les Robots* : des lois intégrées qui interdisent aux machines de nous faire du mal. L'innovateur et auteur Ray Kurzweil se représente un monde merveilleux dans lequel nous nous intégrons aux ordinateurs à l'aide des nanotechnologies et partageons notre futur avec eux. Mais il n'existe évidemment aucune garantie d'une telle évolution. Les lois peuvent être annulées. La signification des programmations initiales peut être modifiée, et il est si facile de commettre des erreurs anthropomorphiques, d'attribuer aux machines des caractéristiques humaines et de mal interpréter leur force motrice inhérente. Ces questions obsédaient Frans et, comme je vous l'ai dit, il était partagé. Il rêvait des ordinateurs intelligents et s'en inquiétait tout à la fois.

— Il ne pouvait pas résister au projet de créer des monstres.

— Oui, au fond, c'est un peu ça.

— Il en était à quel stade ?

— Plus loin, je crois, que personne ne peut l'imaginer. C'est sans doute pour cela qu'il restait si secret par rapport à son travail chez Solifon. Il avait peur que son programme ne se retrouve entre de mauvaises mains. Il avait même peur que son programme ne soit mis en contact avec Internet et ne se propage. Il l'appelait August, comme son fils.

— Et où se trouve-t-il maintenant, ce programme ?

— Il n'allait jamais nulle part sans lui. Donc, en toute logique, il devait être à côté de son lit au moment où il a été tué. Mais ce qui me fait peur, c'est que la police affirme qu'il n'y avait pas d'ordinateur, et c'est une terrible nouvelle.

— Moi non plus, je n'ai pas vu d'ordinateur. Cela dit, mon attention était ailleurs à ce moment-là.

— Ç'a dû être affreux.

— Vous savez peut-être que j'ai également aperçu le coupable, poursuivit Mikael. Il portait un grand sac à dos.

— Ce n'est pas bon signe. Je n'ai parlé que très rapidement à la police, et j'ai eu le sentiment qu'ils ne maîtrisaient pas encore la situation. Avec un peu de chance, on va retrouver l'ordinateur ailleurs dans la maison.

— Espérons-le. Vous avez une idée de qui a pu lui dérober son travail la première fois ?

— Il se trouve que oui.

— Là, vous piquez vraiment ma curiosité.

— Je m'en doute. Ce qui est désolant, c'est que j'ai une responsabilité personnelle dans cette pagaille. Voyez-vous, Frans était en train de se tuer à la tâche et j'avais peur que ça tourne au *burn out*. À cette époque, il venait tout juste de perdre la garde d'August.

— C'était quand ?

— Il y a deux ans. Il se traînait, littéralement épuisé par les nuits de veille, tout en s'accablant de reproches. Et cependant, il n'arrivait pas à lâcher ses recherches ; il s'y plongeait corps et âme comme s'il ne lui restait plus que ça dans la vie. Alors j'ai fait en sorte de lui trouver quelques assistants pour le soulager. J'ai mis à sa disposition mes meilleurs étudiants. Je savais que ce n'étaient pas des enfants de chœur, mais ils étaient ambitieux, doués et ils avaient une profonde admiration pour Balder. Tout semblait prometteur. Mais ensuite…

— Il s'est fait dépouiller.

— Il en a eu la preuve noir sur blanc lorsqu'une demande de brevet de Truegames est arrivée à l'Office des brevets américain l'année dernière. Toutes les singularités de sa technologie s'y trouvaient, copiées et détaillées. Évidemment, ils ont d'abord soupçonné que leurs ordinateurs avaient été piratés. De mon côté, dès le départ, j'ai été sceptique. Je savais pertinemment à quel point le cryptage de Frans était sophistiqué. Mais comme aucune autre explication ne semblait envisageable, on est partis de cette hypothèse, et peut-être que Frans y a cru lui-même un moment. Mais ce n'était pas ça du tout.

— Comment ça ?! s'exclama Mikael. L'intrusion informatique a pourtant été confirmée par des experts.

— Oui, par un crétin du FRA qui y a vu une occasion de se faire mousser. Frans a dû y voir une manière de protéger ses gars, mais j'ai peur qu'il n'y ait pas eu que ça. Je le soupçonne aussi d'avoir voulu jouer les détectives. Quelle idée. Vous voyez…

Farah prit une profonde inspiration.

— Oui ? dit Mikael.

— J'ai tout appris il y a quelques semaines. Frans et le petit August étaient venus dîner à la maison. J'ai tout de suite senti qu'il avait quelque chose d'important à me dire. L'atmosphère était tendue, et après quelques verres il m'a demandé de couper mon téléphone portable et s'est mis à chuchoter. Je dois avouer que ça m'a plutôt agacée au début. D'autant qu'il est reparti sur cette jeune hackeuse de génie.

— Hackeuse de génie ? demanda Mikael en s'efforçant de rester neutre.

— Une fille dont il parlait tellement que j'en avais la tête comme une barrique. Je ne vais pas vous fatiguer avec ça à mon tour, mais c'était une nana qui avait surgi de nulle part lors d'une de ses conférences et s'était mise à discuter avec lui du concept de singularité.

— De quelle manière ?

Farah devint songeuse.

— Eh bien… ça n'a pas vraiment de rapport, répondit-elle, mais le concept de singularité technologique vient de la singularité gravitationnelle.

— Et qu'est-ce que c'est ?

— J'appelle ça le cœur de l'obscurité ; ce qui se trouve au plus profond des trous noirs, le terminus de nos connaissances sur l'univers, qui ouvre peut-être même sur d'autres mondes et d'autres âges. Beaucoup envisagent la singularité comme une zone d'irrationalité totale et estiment qu'elle doit nécessairement être protégée par l'horizon des événements. Cette fille cherchait des modes de calcul issus de la mécanique quantique et affirmait qu'il pouvait parfaitement exister des singularités nues sans horizon d'événements. Bref, je n'ai pas envie de m'y attarder davantage. Mais elle impressionnait beaucoup Frans et il a commencé à se confier à elle, ce qu'on peut comprendre d'une certaine façon : un geek invétéré comme lui n'avait pas beaucoup de gens de son niveau à qui parler. Lorsqu'il a su que la fille était également hackeuse, il lui a demandé de vérifier leurs ordinateurs. Tout l'équipement était alors installé chez l'un de ses assistants, un type du nom de Linus Brandell.

Mikael décida une nouvelle fois de ne pas révéler ce qu'il savait.

— Linus Brandell, se contenta-t-il de répéter.

— Tout à fait, poursuivit-elle. La fille a frappé à sa porte à Östermalm et l'a chassé de chez lui. Ensuite, elle s'est attaquée aux ordinateurs. Elle n'a pas trouvé la moindre trace d'intrusion. Mais elle ne s'est pas contentée de ça : elle avait une liste de tous les assistants de Frans et depuis l'ordinateur de Linus elle les a tous piratés. Il ne lui a pas fallu bien longtemps pour comprendre que l'un d'entre eux l'avait vendu à Solifon, justement.

— Qui ?

— J'ai eu beau le harceler, Frans n'a pas voulu me le révéler. Apparemment la fille a téléphoné directement de chez Linus. Frans se trouvait à San Francisco, vous pouvez imaginer le choc : trahi par l'un des siens ! Je me serais attendue à ce qu'il dénonce le type aussitôt, qu'il le traîne sur la place publique et foute la merde. Mais il a eu une autre idée. Il a demandé à la fille de prétendre qu'ils avaient réellement subi une intrusion informatique.

— Pourquoi ?

— Il avait peur qu'on en profite pour effacer des traces ou supprimer des preuves. Il voulait en savoir plus sur ce qui s'était passé, ce qui est bien compréhensible, malgré tout. Qu'une entreprise d'informatique de pointe ait volé et vendu ses données technologiques était évidemment plus grave que le fait qu'une brebis galeuse, un minable étudiant sans foi ni loi, ait agi derrière son dos. Non seulement Solifon était l'une des sociétés de recherche les plus renommées des États-Unis, mais en outre ils avaient vainement tenté de recruter Frans année après année, et ça le mettait hors de lui. Il disait : "Ces salopards m'ont fait la cour pendant qu'ils me dépouillaient."

— Attendez un peu, dit Mikael. Si je comprends bien, vous êtes en train de me dire qu'il a accepté un poste chez Solifon afin de découvrir pourquoi et comment ils l'avaient volé ?

— S'il y a bien une chose que j'ai apprise avec le temps, c'est qu'on ne comprend jamais vraiment les mobiles des gens. Le salaire et la liberté avaient sûrement leur importance aussi. Mais pour le reste, oui, bien sûr ! Il se doutait que Solifon était impliqué dans le vol avant même que cette nana n'examine les ordinateurs. Mais elle lui a fourni des renseignements très précis, et à partir de là, il a vraiment commencé à remuer la merde. Et ça s'est avéré bien plus difficile qu'il ne l'avait imaginé. Il a suscité beaucoup de méfiance autour de lui, rapidement il s'est mis tout le monde à dos, et il a fini par se retrouver totalement isolé. Mais il a vraiment découvert quelque chose.

— Quoi ?

— C'est là que ça devient très délicat. À vrai dire, je ne devrais pas vous le raconter.

— Et pourtant nous voilà.

— Oui, nous voilà. J'ai toujours eu un grand respect pour votre travail journalistique, mais surtout, ce matin, j'ai été frappée par le fait que Frans vous ait appelé, vous, au milieu de la nuit, plutôt que le groupe de protection industrielle de la Säpo avec lequel il était en contact. Je me suis dit que ce n'était sûrement pas anecdotique. Je crois qu'il commençait à soupçonner des fuites de ce côté-là. Peut-être qu'il s'agissait d'un simple accès de paranoïa. Frans montrait tous les signes du délire de persécution. Mais c'est vous qu'il a contacté et maintenant j'espère, avec un peu de chance, pouvoir accomplir sa volonté.

— Je vois.

— Chez Solifon il existe un département simplement nommé "Y", poursuivit Farah. Ils se sont inspirés du Google X Lab, l'unité de chez Google qui s'occupe de ce qu'on appelle les *moonshots*, des idées *a priori* folles ou aberrantes, comme de chercher la vie éternelle ou de connecter les moteurs de recherche aux neurones du cerveau. S'il y a un endroit où l'on atteindra un jour l'AGI ou l'ASI, ce sera sûrement là. Et c'est dans ce département Y que Frans a été affecté. Mais ce n'était pas très malin de leur part.

— Pourquoi donc ?

— Parce qu'il avait su par sa hackeuse qu'il existait, au sein d'Y, un groupe secret d'analystes stratégiques dirigé par un homme du nom de Zigmund Eckerwald.

— Zigmund Eckerwald ?

— Exactement. Surnommé Zeke.

— Et qui est-ce ?

— Précisément la personne avec qui était en contact l'assistant de Frans qui l'a trahi.

— Eckerwald serait donc le voleur ?

— On peut dire ça. Un voleur de haut niveau. Le travail du groupe d'Eckerwald était tout à fait légitime vu de l'extérieur : on constituait des regroupements d'éminents chercheurs et des projets extérieurs prometteurs. Toutes les entreprises de haute technologie mènent ce genre d'activités. On veut savoir ce qui se trame et identifier les individus intéressants à recruter. Mais Balder a compris que le groupe dépassait largement le stade du recensement. Ils ne se contentaient pas d'inventorier et de suivre les projets qui les intéressaient : ils s'en emparaient – en pratiquant le piratage informatique, l'espionnage, en ayant recours à des taupes et à des dessous-de-table.

— Pourquoi ne les a-t-il pas dénoncés ?

— Rassembler des preuves était compliqué. Ils se montraient d'une extrême prudence. Finalement, Frans est allé voir le patron, Nicolas Grant. Grant en a été profondément bouleversé et, d'après Balder, il a mis en place une commission d'enquête interne. Mais la commission n'a rien trouvé, soit parce que Eckerwald s'était débarrassé des preuves, soit parce que l'enquête n'était qu'une manœuvre pour la galerie. Frans s'est retrouvé dans une situation intenable. Toute la pression s'est retournée contre lui. Je crois qu'Eckerwald était une force motrice dans ce processus, et qu'il n'a pas eu beaucoup de mal à entraîner les autres. À ce moment-là, Frans était déjà considéré comme un type méfiant, paranoïaque, et il s'est retrouvé de plus en plus isolé. Je le vois tout à fait : assis dans son coin, de plus en plus hostile, refusant d'adresser la parole à qui que ce soit.

— Vous voulez dire qu'il n'avait aucune preuve réelle ?

— Si. Du moins, cette hackeuse lui avait fourni la preuve qu'Eckerwald lui avait piqué ses données technologiques et les avait revendues.

— Il en était donc absolument certain ?

— Sans l'ombre d'un doute. Il avait même réalisé que le groupe d'Eckerwald ne travaillait pas seul, mais profitait d'appuis et de soutiens extérieurs, probablement des services secrets américains et aussi de…

Farah s'interrompit.

— Oui ?

— Là-dessus il était plus flou, et probablement n'en savait-il pas grand-chose en réalité. Mais il était tombé sur un nom de code désignant le véritable leader, en dehors de Solifon. Thanos.

— Thanos?

— Oui. Derrière ce nom se cachait une personnalité qui visiblement provoquait une peur générale. Il ne voulait pas en dire plus. Il affirmait qu'il lui fallait une assurance-vie pour quand les avocats s'en prendraient à lui.

— Vous m'avez dit ignorer lequel de ses assistants l'a trahi. Mais vous avez dû réfléchir à la question, dit Mikael.

— Bien sûr que oui et parfois… je ne sais pas…

— Quoi?

— Je me suis demandé si ce n'était pas l'équipe tout entière.

— Qu'est-ce qui vous fait penser ça?

— Lorsqu'ils ont commencé à travailler pour Frans ils étaient jeunes, talentueux, ambitieux. Au moment où tout s'est arrêté, ils m'ont paru inquiets, dépités. Peut-être que Frans les avait usés jusqu'à la corde, ou que quelque chose les tourmentait.

— Vous avez leurs noms à tous?

— Évidemment. Ce sont mes garçons, malheureusement, en un sens. D'abord il y a Linus Brandell, que j'ai déjà mentionné. Il a maintenant vingt-quatre ans et il passe son temps à jouer aux jeux vidéo et à boire. Il a eu un bon poste à un moment en tant que concepteur de jeux chez Crossfire, mais il l'a perdu quand il s'est mis à enchaîner les arrêts maladie et à accuser ses collègues de l'espionner. Ensuite il y a Arvid Wrange, vous en avez peut-être entendu parler. Il a été un joueur d'échecs prometteur autrefois. Son père lui mettait une pression d'enfer et Arvid a fini par en avoir assez et il est venu étudier avec moi. Il aurait dû soutenir sa thèse de doctorat depuis longtemps, mais au lieu de ça, il fait la tournée des bars de Stureplan. Il a l'air complètement paumé. Il s'est épanoui un moment en travaillant avec Frans, mais il y avait aussi beaucoup de rivalité entre les garçons. Et Arvid et Basim, c'est le nom du troisième, en sont venus à se détester. En tout cas, Arvid détestait Basim. Basim Malik n'est pas vraiment du genre haineux : c'est un garçon sensible, bourré de talent, qui a été embauché par la branche nordique de Solifon il y a un an. Mais il a vite craqué. Aujourd'hui il est interné à l'hôpital Ersta pour dépression. Sa mère, que je connais un peu, m'a justement téléphoné ce matin et m'a raconté qu'on l'avait mis sous sédatifs. Lorsqu'il a appris ce qui est arrivé à Frans, il a essayé de se couper les veines. C'est très triste, et en même temps, je ne peux m'empêcher de me demander s'il a vraiment agi uniquement sous le coup du chagrin, ou s'il y avait aussi de la culpabilité.

— Comment va-t-il?

— Il est hors de danger, physiquement en tout cas. Après, il y a Niklas Lagerstedt et lui… eh bien, comment vous dire? Vu de l'extérieur, il n'est pas comme les autres. Pas du genre à se détruire le cerveau à l'alcool ou à s'en prendre à lui-même. C'est un jeune homme qui a des convictions morales, qu'il applique même aux jeux vidéo violents ou au porno. Il est actif au sein de la mission évangélique Missionsförbundet. Sa femme est pédiatre et ils ont un petit garçon du nom de Jesper. Par ailleurs, il est consultant pour la Rikskrim, responsable du système informatique qui sera utilisé après le Nouvel An, ce qui signifie évidemment qu'on a mené une vérification de sécurité à son sujet. Mais je ne sais pas à quel point celle-ci était approfondie.

— Pourquoi vous dites ça?

— Parce que derrière cette surface bien lisse, c'est une fripouille cupide. Il se trouve que je sais qu'il a détourné une partie de la fortune de sa femme et de son beau-père. C'est un beau petit hypocrite.

— Ces garçons ont été interrogés après le vol?

— La Säpo leur a parlé, mais il n'en est rien sorti. Il faut dire qu'à l'époque on pensait réellement que Frans avait été victime d'une intrusion informatique.

— J'imagine que la police va les interroger de nouveau, maintenant.

— Je suppose.

— Au fait, savez-vous si Balder dessinait beaucoup à ses heures perdues?

— Dessinait?

— S'il aimait reproduire des choses dans leur moindre détail.

— Non, ça ne me dit rien. Pourquoi me demandez-vous ça?

— J'ai vu un dessin fabuleux chez lui représentant le feu tricolore qui se trouve près d'ici, au croisement de Hornsgatan et Ringvägen. La reproduction était parfaite, une sorte d'instantané photographique dans le noir.

— C'est curieux. Frans ne venait jamais dans le coin, sauf pour dîner chez moi.

— Étrange.

— Oui.

— Il y a quelque chose dans ce dessin qui ne veut pas me lâcher, dit Mikael et il sentit alors, à sa grande surprise, que Farah lui prenait la main.

Il lui effleura les cheveux, puis il se leva pour prendre congé. Il avait l'intuition d'être sur une piste.

En remontant la rue Zinken, il téléphona à Erika et lui demanda d'écrire une nouvelle question dans [La boîte de Lisbeth].

14

LE 21 NOVEMBRE

OVE LEVIN ÉTAIT DANS SON BUREAU avec vue sur Slussen et Riddarfjärden. Il s'occupait en googlant son nom dans l'espoir de trouver quelque chose qui lui ferait plaisir. Au lieu de ça, il tomba sur le blog d'une jeune étudiante de l'École supérieure de journalisme qui lui reprochait d'avoir trahi ses idéaux par veulerie et par intérêt. Sa rage fut telle qu'il en oublia même d'inscrire le nom de cette fille sur la liste noire des personnes qui ne se verraient jamais employées par le groupe Serner.

Il ne voulait pas s'encombrer le cerveau avec des crétins qui ne comprenaient rien au prix de la réussite, des scribouillards condamnés à piger pour une misère dans d'obscurs magazines culturels. Au lieu de s'enferrer dans des raisonnements stériles, il se connecta à sa banque en ligne et consulta son portefeuille d'actions, ce qui l'aida à se détendre un peu. Du moins dans un premier temps. C'était un bon jour pour les marchés : Nasdaq et Dow Jones étaient montés la veille au soir et l'indice de la Bourse de Stockholm gagnait 1,1 pour cent. Le dollar, sur lequel il avait pris de grosses positions, était monté et, d'après la dernière mise à jour, à la seconde, la valeur de son portefeuille s'élevait à 12 161 389 couronnes.

Pas mal pour un mec qui se coltinait autrefois les chiens écrasés dans l'édition du matin d'*Expressen*. Douze millions, plus l'appartement à Villastaden et la maison à Cannes ! *Qu'ils écrivent ce qu'ils veulent sur leurs blogs minables.* Il n'avait rien à se reprocher. Puis il vérifia de nouveau la valeur. 12 149 101. Merde, c'était en train de baisser ? 12 131 737. Il grimaça. La Bourse n'avait pourtant aucune raison de fléchir. Les chiffres de l'emploi étaient bons. Il prit quasiment la baisse comme une attaque personnelle, ce qui le ramena inévitablement à *Millénium*. Il sentit la moutarde lui monter au nez à nouveau. Il avait beau essayer de chasser ce souvenir, il ne pouvait s'empêcher de revoir le joli visage d'Erika, la veille, se figer dans une expression de parfaite hostilité. Et on ne pouvait pas dire que les choses s'étaient arrangées ce matin.

Il avait failli avoir un arrêt cardiaque. Mikael Blomkvist apparaissait sur tous les sites et c'était atrocement douloureux. Et pas seulement parce que Ove venait de constater avec un formidable plaisir que la jeune génération savait à peine qui était Blomkvist. Il détestait cette logique médiatique qui starisait n'importe qui : des journalistes, des acteurs et Dieu sait qui encore, simplement parce qu'il leur arrivait des emmerdes. Alors qu'on aurait dû parler de ce *has been* de Blomkvist, qui ne pourrait même pas rester dans son propre journal si Ove et Serner Media en décidaient ainsi.

De toutes les personnes au monde, pourquoi fallait-il justement qu'il soit question de Frans Balder ? Pourquoi fallait-il justement que ce soit Balder qui se fasse descendre sous les yeux de Mikael Blomkvist ? C'était tellement typique. À en pleurer. Même si tous ces crétins de journalistes ne l'avaient pas encore pigé, Ove savait que Frans Balder était une pointure. Dans un supplément spécial sur la recherche suédoise, le propre journal de Serner, *Dagens Affärsliv*, l'avait évalué à quatre milliards de couronnes – allez savoir comment ils avaient calculé ça. En tout cas, Balder était une star, et qui plus est une star à la Garbo : il n'accordait aucune interview, ce qui ne faisait que renforcer son aura.

Combien de demandes avait-il reçues, rien que de la part des journalistes de Serner, et qu'il avait toutes refusées, ou plutôt ignorées ? Ove le savait, beaucoup de ses collègues pensaient que le type était assis sur une véritable bombe. Du coup, la simple idée que Balder ait – d'après les journaux – souhaité parler avec Blomkvist au beau milieu de la nuit lui était insupportable. *Mikael ne préparerait quand même pas un scoop par-dessus le marché ? Ça serait le bouquet.* Presque compulsivement, Ove alla sur le site d'*Aftonbladet* et tomba sur ce titre :

MAIS QUE VOULAIT RACONTER
LE FAMEUX CHERCHEUR
À MIKAEL BLOMKVIST ?

MYSTÉRIEUSE CONVERSATION JUSTE AVANT LE MEURTRE

L'article était illustré d'une grande photo de Mikael sur laquelle il n'avait absolument rien d'un veule. Ces putains de secrétaires de rédaction avaient évidemment choisi une photo particulièrement avantageuse, ce qui le fit d'autant plus jurer. *Je dois agir*, se dit-il. *Mais comment ?* Comment stopper Mikael sans avoir l'air de passer pour un vieux censeur de l'Allemagne de l'Est ? Il jeta de nouveau un regard sur Riddarfjärden. Soudain, il eut une idée. *William Borg*, songea-t-il. *L'ennemi de mon ennemi ne pourrait-il pas devenir mon meilleur ami ?*

— Sanna ! cria-t-il.

Sanna Lind était sa jeune secrétaire.

— Oui, Ove ?

— Conviens immédiatement d'un déjeuner avec William Borg au Sturehof. S'il est occupé, dis-lui que c'est important. Il pourrait même y avoir une prime à la clé, dit-il, tout en songeant : *Et pourquoi pas ? S'il acceptait de m'aider dans ce bordel, une petite récompense serait tout à fait envisageable.*

HANNA BALDER ÉTAIT AU MILIEU de son salon et observait August d'un air triste. Il avait de nouveau sorti du papier et des pastels. D'après les consignes qu'on lui avait données, il fallait l'empêcher de dessiner, mais elle rechignait. Sans remettre en question les compétences du psychologue, elle était prise de doutes. August avait vu son père se faire tuer… s'il voulait dessiner, pourquoi l'en empêcher ?

Il fallait admettre que le dessin ne semblait pas l'apaiser. Dès qu'il s'y mettait, son corps commençait à trembler et ses yeux tourmentés brillaient d'une lueur intense. Et puis, au vu du drame dont il avait été témoin, des damiers noir et blanc qui s'étalent et se multiplient dans des miroirs constituaient un motif inattendu. Mais qu'en savait-elle en réalité ? C'était comme pour les séries de chiffres : elle n'y comprenait rien, mais ça avait sûrement un sens pour lui. Peut-être que son esprit assimilait les événements à travers cette grille – qui pouvait le savoir ? Elle devrait peut-être passer outre cette interdiction. Personne n'en saurait rien, et elle avait lu quelque part qu'une mère devait écouter son instinct. L'intuition s'avère souvent d'un meilleur secours que n'importe quelle théorie psychologique. Elle décida de laisser August dessiner malgré tout.

Mais soudain le dos du garçon se tendit comme un arc et l'assurance d'Hanna vacilla de nouveau. Elle fit un pas en avant, regarda la feuille et sursauta, profondément troublée. Elle eut du mal à interpréter ce qu'elle voyait.

Le même genre de cases d'échiquier se reproduisait dans deux miroirs avec une incroyable précision. Mais il y avait autre chose, une ombre qui s'élevait des cases, tel un démon, un fantôme véritablement terrifiant. Sur le coup, Hanna pensa même aux films d'horreur où des enfants sont possédés par des créatures maléfiques, et sans vraiment pouvoir se l'expliquer, elle arracha le dessin de la main du garçon pour le froisser d'un mouvement vif. Puis elle ferma les yeux, dans l'attente de ce cri déchirant qu'elle ne connaissait que trop.

Or il n'y eut rien d'autre qu'un marmonnement où l'on aurait presque cru distinguer des mots. Mais c'était impossible. August ne parlait pas. Hanna guettait la crise, le moment où il se déchaînerait, jetant son corps d'avant en arrière sur le sol du salon, mais celle-ci ne vint pas non plus. Avec une détermination calme et silencieuse, August s'empara d'une nouvelle feuille et se remit à dessiner les mêmes cases blanches et noires. Hanna ne vit pas d'autre solution que de le stopper et de le traîner dans sa chambre. Après coup, elle décrirait cette scène comme un moment de grande panique.

August se mit à lancer des coups de pied, à crier et à taper des poings dans tous les sens. Hanna eut le plus grand mal à le contenir. Elle resta longtemps allongée sur lui dans le lit, l'enserrant de ses bras. Elle avait l'impression d'être elle aussi au bord du gouffre. L'espace d'un instant, elle envisagea de réveiller Lasse et de lui demander de lui mettre les suppositoires calmants qu'on lui avait prescrits, mais elle abandonna rapidement l'idée. Lasse allait être d'une humeur massacrante et, si elle-même se gavait de Valium, elle détestait l'idée de donner des calmants à un enfant. Il devait y avoir un autre moyen.

Elle se sentait défaillir. Désespérée, elle envisageait une solution après l'autre. Elle pensa à sa mère à Katrinholm, à son agent Mia, à la femme qui avait gentiment appelé cette nuit, Gabriella, puis de nouveau au psychologue qui avait ramené August, Einar Fors quelque chose. Il ne lui revenait pas beaucoup. D'un autre côté, il avait proposé de s'occuper du garçon temporairement, et c'était sa faute si les choses avaient si mal tourné au final. C'était lui qui avait conseillé de ne pas laisser August dessiner, donc c'était bien à lui d'arranger la situation. Elle finit par lâcher son fils pour aller chercher la carte de visite du psychologue. Le temps qu'elle compose son numéro, August s'était précipité dans le séjour et s'était remis à dessiner ses sinistres damiers.

EINAR FORSBERG N'AVAIT PAS beaucoup d'expérience. À quarante-huit ans, avec ses yeux bleus enfoncés, ses nouvelles lunettes Dior et sa veste en velours, on aurait facilement pu le prendre pour un intellectuel. Mais il suffisait d'entamer la discussion avec lui pour s'apercevoir qu'il y avait quelque chose de figé et de dogmatique dans sa façon de penser, et qu'il dissimulait souvent son ignorance derrière des doctrines martelées et des proclamations arbitraires.

Il avait obtenu son diplôme de psychologue seulement deux ans auparavant. Jusqu'alors, il était professeur de gymnastique à Tyresö et si on avait interrogé ses anciens élèves à son propos, ils auraient probablement tous hurlé "*Silentium*, le bétail !", la formule favorite d'Einar lorsqu'il voulait faire taire la classe. Il ne plaisantait d'ailleurs qu'à moitié. Il n'était pas particulièrement aimé des élèves, mais on ne pouvait pas dire qu'il manquait d'autorité. C'était d'ailleurs cette aptitude qui l'avait convaincu que ses compétences psychologiques devraient être davantage mises à profit ailleurs.

Depuis un an, il travaillait au centre d'accueil pour enfants et adolescents Oden, sur Sveavägen, à Stockholm. Oden accueillait en urgence des enfants lorsque leurs parents, pour une raison ou une autre, ne pouvaient plus s'en occuper. Einar, pourtant toujours prompt à défendre son travail, estimait que le centre ne fonctionnait pas comme il fallait. On consacrait trop de temps à la gestion de crises et pas assez au travail de long terme. Les enfants arrivaient après avoir vécu des expériences traumatiques chez eux, et les psychologues étaient bien trop occupés à gérer des crises de nerfs et des réactions agressives pour avoir le temps d'en analyser les causes profondes. Einar trouvait qu'il s'en sortait mieux que les autres, surtout lorsque, usant de son ancienne autorité de professeur, il faisait taire des enfants hystériques ou gérait des situations critiques sur le terrain.

Il aimait le travail avec la police, il adorait la tension et le silence qui régnaient sur la scène d'événements dramatiques. Quand il s'était rendu dans la maison de Saltsjöbaden lors de sa garde de nuit, il était surexcité. Toute l'affaire avait un petit côté film hollywoodien. Un chercheur suédois avait été assassiné sous les yeux de son fils de huit ans et c'était lui, Einar, qui allait être chargé de faire en sorte que le garçon se confie. Il avait réarrangé nerveusement ses cheveux et ses lunettes dans le rétro à maintes reprises en se rendant sur le lieu du crime.

Il avait espéré faire une entrée remarquée, mais, une fois sur place, il s'était heurté à un échec. Il ne comprenait rien au garçon. Les policiers menant l'enquête lui avaient demandé comment ils pouvaient interroger l'enfant et, bien qu'il n'en eût en réalité pas la moindre idée, ses réponses furent accueillies avec considération. Plein de suffisance, il avait fait de son mieux pour aider. Il avait appris que le garçon souffrait d'autisme, qu'il n'avait jamais prononcé le moindre mot et ne s'était jamais montré réceptif à son environnement.

— Nous ne pouvons rien faire pour l'instant, avait-il dit. Ses facultés intellectuelles sont bien trop limitées. En tant que psychologue, je dois mettre son intérêt avant tout.

Les policiers l'avaient écouté avec des mines graves avant de le laisser ramener l'enfant à sa mère.

Petite cerise sur le gâteau : la mère était l'actrice Hanna Balder. Il l'adorait depuis qu'il l'avait vue dans *Les Mutins*. Il se souvenait de ses hanches et de ses longues jambes, et même si elle avait pris un coup de vieux, elle restait attirante. De toute évidence, son mec actuel était un salopard. Einar s'était efforcé de paraître instruit et avenant sans être lourd. Il avait aussi rapidement eu l'occasion de se montrer ferme et il n'en était pas peu fier.

Une drôle d'expression sur le visage, l'enfant s'était mis à dessiner des cubes ou des cases noir et blanc et pour Einar, cela n'avait pas fait l'ombre d'un doute : c'était là un comportement malsain. Les enfants autistes étaient souvent victimes de ce genre de compulsion destructrice, et il avait insisté pour que le garçon cesse immédiatement. Sa recommandation n'avait pas été accueillie avec la reconnaissance escomptée, mais il sentait qu'il avait fait preuve d'une résolution virile. Dans un élan d'audace, il avait failli féliciter Hanna pour son rôle dans *Les Mutins*. Puis il s'était dit que le moment était sans doute mal choisi. Il avait peut-être laissé passer l'occasion.

Il était 13 heures et il venait de rentrer chez lui, dans sa maison de Vällingby. Debout dans la salle de bains, il se brossait les dents avec sa brosse électrique. Il se sentait complètement épuisé. Son téléphone se mit alors à sonner, ce qui l'agaça d'abord souverainement. Puis un petit sourire se forma sur ses lèvres. C'était Hanna Balder.

— Forsberg, répondit-il d'une voix qui se voulait décontractée.

— Allô, dit-elle.

Elle avait l'air désespéré et hors d'elle. Et au début, il eut du mal à comprendre de quoi s'il s'agissait.

— C'est August, dit-elle. Il…

— Qu'est-ce qu'il a ?

— Il ne veut que dessiner ses damiers. Mais vous, vous dites qu'il ne faut pas.

— Non, non, c'est un acte compulsif. Mais calmez-vous.

— Comment diable voulez-vous que je me calme ?

— August a besoin de votre calme.

— Mais je n'y arrive pas. Il crie et cogne tout sur son passage. Vous m'avez dit que vous pouviez m'aider.

— Oui… répondit-il, un peu hésitant.

Puis il s'illumina, comme s'il venait de remporter une victoire.

— Absolument. Je vais veiller à ce qu'on lui trouve une place chez nous, à Oden.

— Mais il risque de se sentir abandonné, trahi, non ?

— Au contraire, vous lui donnez ce dont il a besoin. Et je veillerai personnellement à ce que vous puissiez lui rendre visite aussi souvent que vous le voulez.

— C'est peut-être mieux comme ça, après tout.

— J'en suis persuadé.

— Vous venez tout de suite ?

— J'arrive aussi vite que possible, répondit-il, en se disant qu'il fallait d'abord qu'il se fasse beau. Puis, saisissant l'occasion, il ajouta :

— Est-ce que je vous ai dit que je vous avais adorée dans *Les Mutins* ?

OVE LEVIN NE S'ÉTONNA PAS que William Borg soit déjà au Sturehof, ni qu'il ait commandé ce qu'il y avait de plus cher sur la carte, une sole meunière accompagnée d'un verre de pouilly-fumé. Généralement les journalistes en profitaient au maximum quand il les emmenait déjeuner. En revanche, il s'étonna ensuite que William prenne l'initiative, comme si c'était lui qui possédait l'argent et le pouvoir. Pourquoi s'était-il emporté au point de lâcher cette histoire d'augmentation ? Il aurait dû garder William sur le feu et le laisser mijoter.

— Un petit oiseau m'a chuchoté à l'oreille que vous aviez un problème avec *Millénium*, dit William Borg, et Ove songea : *je donnerais mon bras droit pour effacer ce sourire suffisant de son visage.*

— Alors tu es mal informé, répondit-il, crispé.

— Vraiment ?

— On contrôle la situation.

— De quelle manière, si je puis me permettre ?

— Si la rédaction est disposée à accepter des changements et montre qu'elle comprend la problématique, nous soutiendrons le journal.

— Et sinon…

— Sinon, on se retire, après quoi je doute que *Millénium* se maintienne à flot plus de quelques mois. Ce serait dommage, évidemment, mais c'est la loi du marché. On a déjà vu de meilleurs journaux que *Millénium* couler. Pour nous, c'était un investissement négligeable. Et on peut très bien s'en passer.

— *Skip the bullshit*, Ove. Je sais que c'est une question de prestige pour toi.

— C'est du business, rien d'autre.

— J'ai entendu dire que vous vouliez dégager Blomkvist de la rédaction.

— On a envisagé de le placer à Londres.

— C'est gonflé, vu tout ce qu'il a fait pour le journal.

— On lui a fait une très jolie proposition, poursuivit Ove, qui se sentait sur la défensive.

Il en oublia presque l'objet du rendez-vous.

— Ce n'est pas moi qui vais vous en vouloir, ajouta William Borg. En ce qui me concerne, vous pouvez l'envoyer en Chine, ça m'est égal. Je me demande juste si ça ne serait pas un peu embêtant pour vous que Blomkvist fasse un come-back retentissant avec l'histoire de Frans Balder…

— Pourquoi le ferait-il ? Il a perdu son mordant. Tu es le premier à l'avoir souligné – avec beaucoup de succès, d'ailleurs, tenta d'ironiser Ove.

— Bon, j'ai été bien aidé quand même.

— Pas par moi, tu peux en être sûr. J'ai détesté ta chronique. Je l'ai trouvée mal écrite et tendancieuse. C'est Thorvald Serner qui a déclenché le battage, tu le sais très bien.

— Mais tu ne dois pas complètement désapprouver le tour qu'ont pris les choses, non ?

— Écoute-moi, William. J'éprouve le plus grand respect pour Mikael Blomkvist.

— Tu n'as pas besoin de jouer au politicien avec moi, Ove.

Levin eut envie de lui faire bouffer cette histoire de politique et de l'étouffer avec.

— Je suis simplement franc et sincère, affirma-t-il. Et j'ai toujours trouvé que Mikael était un journaliste formidable, d'un tout autre calibre que toi et que les autres de sa génération.

— Ah bon, répondit William Borg d'un air abattu, ce qui satisfit aussitôt son interlocuteur.

— Absolument. On ne peut que lui être reconnaissant pour tous les scandales qu'il a sortis, et je ne lui veux que du bien. Mais, malheureusement, mon travail ne me permet pas de me laisser aller à la nostalgie, et je dois bien avouer que tu as raison sur le fait que Blomkvist n'est plus dans le coup et qu'il peut être un obstacle pour le renouvellement de *Millénium*.

— Tout à fait.

— Voilà pourquoi je pense qu'il serait préférable qu'il n'y ait pas trop de papiers sur lui en ce moment.

— Des papiers élogieux, tu veux dire.

— Eh bien, oui, poursuivit Ove. C'est pour ça que je t'ai invité à déjeuner.

— Et je t'en remercie. Il se trouve que je crois avoir un truc sous le coude. J'ai reçu ce matin un coup de fil de mon ancien partenaire de squash, poursuivit Borg qui cherchait visiblement à retrouver son assurance.

— Qui est-ce ?

— Richard Ekström, le procureur. Il est responsable de l'enquête préliminaire sur le meurtre de Balder. Et il ne fait vraiment pas partie du fan-club de Blomkvist.

— Depuis l'histoire de Zalachenko, c'est ça ?

— Exactement. À l'époque, tous ses projets étaient tombés à l'eau à cause de Blomkvist, et maintenant il a peur qu'il sabote aussi cette enquête. Voire même que ce ne soit déjà fait.

— De quelle manière ?

— Blomkvist ne dit pas tout ce qu'il sait. Il a parlé avec Balder juste avant le meurtre, il s'est retrouvé face à face avec l'assassin, mais il ne s'est pas montré très bavard lors des interrogatoires. Ekström soupçonne qu'il garde le meilleur au chaud, en prévision d'un article.

— Intéressant.

— N'est-ce pas ? En somme, on parle d'un type qui, après avoir été descendu dans les médias, désespère tellement d'avoir enfin un scoop qu'il est prêt à laisser filer un meurtrier. Une ancienne gloire du journalisme qui, le jour où sa revue se trouve en pleine crise économique, est prêt à balancer par-dessus bord sa responsabilité envers la société. Et qui vient en outre d'apprendre que le groupe Serner compte le virer de la rédaction. Rien d'étonnant à ce qu'il perde les pédales.

— Je vois ce que tu veux dire. C'est un sujet qui t'intéresse ?

— Honnêtement, je ne crois pas que ce soit une bonne idée. Blomkvist et moi on est comme chien et chat, c'est de notoriété publique. Vous devriez plutôt faire fuiter l'info auprès d'un journaliste et la confirmer dans un de vos éditoriaux. Vous aurez droit à une belle déclaration d'Ekström.

— Hmm, dit Ove, qui regarda en direction de Stureplan et aperçut une belle femme aux longs cheveux blond vénitien, portant un manteau rouge vif.

Pour la première fois de la journée, il afficha un large sourire.

— Ce n'est peut-être pas une si mauvaise idée finalement, ajouta-t-il et il commanda à son tour un peu de vin.

MIKAEL BLOMKVIST LONGEAIT HORNSGATAN en direction de Mariatorget. Près de l'église Maria Magdalena, deux hommes agitaient les bras et beuglaient autour d'une camionnette blanche au capot complètement défoncé. Si la scène attirait les regards des passants, Mikael, en revanche, la remarqua à peine.

Il pensait à la façon dont le fils de Frans Balder avait tendu sa main au-dessus du tapis persan, dans la grande maison de Saltsjöbaden. Une main blanche, les doigts et le dos de la main parsemés de taches, comme des traces de stylo, et ce mouvement au-dessus du tapis, comme si le garçon dessinait une figure complexe dans l'air. Mikael vit soudain la scène sous un autre jour, et se fit la même réflexion que chez Farah Sharif : peut-être n'était-ce pas Frans Balder qui avait dessiné le feu tricolore. Ce jeune garçon possédait peut-être un don caché ?

Bizarrement, l'idée ne le surprit pas outre mesure. Dès la première fois où il avait vu le garçon dans la chambre à coucher, à côté du cadavre de son père gisant sur le sol en damier, cognant son corps contre le montant du lit, il avait pressenti qu'il y avait chez lui quelque chose de spécial. En traversant

Mariatorget, Mikael eut une pensée singulière, sans doute far-felue, mais qui ne le quittait plus. Dans Götgatsbacken, il s'arrêta net.

Il devait au moins vérifier. Il chercha les coordonnés d'Hanna Balder sur son mobile. Le numéro était sur liste rouge et ce n'était pas le genre de personnalité à figurer dans l'annuaire de *Millénium*. Que faire ? Il pensa à Freja Granliden. Freja travaillait pour *Expressen*. Ses chroniques – divorces, aventures amoureuses des célébrités, cancans du Royaume – ne resteraient sûrement pas dans les annales du journalisme, mais la fille était maligne, elle avait de la repartie, et les quelques fois où ils s'étaient rencontrés, ils avaient passé un bon moment. Il composa son numéro.

Évidemment, la ligne était occupée. Les journalistes des tabloïds étaient sans arrêt pendus à leur téléphone, de nos jours. Dans leur course perpétuelle contre la montre, ils ne prenaient plus le temps de quitter leur bureau pour aller voir à quoi ressemblait la réalité. Ils restaient le cul sur leur chaise, à cracher de la copie. Il finit quand même par la joindre. Son petit cri de joie ne l'étonna pas :

— Mikael. Quel honneur ! Tu vas enfin me confier un scoop ? J'attends ça depuis tellement longtemps.

— Navré. Cette fois, c'est moi qui ai besoin de ton aide. Je cherche une adresse et un numéro de téléphone.

— Et qu'est-ce que j'aurai en contrepartie ? Une déclaration passionnante sur ce que tu as fabriqué cette nuit, peut-être ?

— Je pourrais te livrer quelques conseils professionnels.

— Comme quoi ?

— Arrêter d'écrire des bêtises.

— Ah, mais alors où les journalistes sérieux iraient-ils chercher les numéros de téléphone dont ils ont besoin ? Tu cherches qui ?

— Hanna Balder.

— Je crois deviner pourquoi. Apparemment, son copain était bien bourré hier soir. Vous vous êtes rencontrés là-bas ?

— Pas de pêche à l'info. Tu sais où elle habite ?

— Sur Torsgatan, au 40.

— Et tu sais ça de tête ?

— J'ai une excellente mémoire pour les bêtises. Attends un peu, je vais te donner le code de l'interphone et le numéro de téléphone.

— Merci.

— Mais tu sais…

— Oui ?

— Tu n'es pas le seul à la chercher. Nous-mêmes on est dessus, et d'après mes infos, elle n'a pas répondu au téléphone de la journée.

— Une femme pleine de sagesse.

Une fois la conversation terminée, Mikael resta immobile quelques secondes, incertain quant à ce qu'il devait faire ensuite. L'idée de pourchasser une pauvre mère avec les vautours de la presse à scandales ne le réjouissait guère. Pourtant, il héla un taxi et prit le chemin de Vasastan.

HANNA BALDER AVAIT ACCOMPAGNÉ August et Einar Forsberg au centre d'accueil pour enfants et adolescents. Situé sur Sveavägen, en face d'Observatorielunden, il consistait en deux appartements qui avaient été transformés pour communiquer entre eux. L'aménagement intérieur et la cour lui conféraient un caractère intime et douillet, mais l'endroit gardait quelque chose d'institutionnel. Les mines sinistres du personnel y contribuaient sans doute plus encore que les longs couloirs et les portes fermées. C'était comme si les employés avaient développé une forme de méfiance à l'égard des enfants dont ils avaient la responsabilité.

Le directeur, Torkel Lindén, était un petit homme prétentieux qui affirmait avoir une grande expérience des enfants autistes, mais Hanna n'aimait pas la façon dont il observait August. En outre, elle n'était pas rassurée par le grand écart d'âge entre les enfants accueillis, il y avait autant d'adolescents que de tout-petits. Mais il était trop tard pour se raviser, et sur le chemin du retour, elle se réconforta en se disant que ce séjour serait de courte durée. Peut-être retournerait-elle chercher August dès le soir ?

Perdue dans ses pensées, elle songea aux beuveries de Lasse et se dit pour la énième fois qu'elle devait trouver le courage de le quitter et reprendre sa vie en main. En sortant de l'ascenseur, elle sursauta. Un homme séduisant se tenait sur le palier. Il était en train d'écrire dans un carnet. Lorsqu'il releva la tête pour la saluer, elle vit qu'il s'agissait de Mikael Blomkvist et fut prise de terreur. Son sentiment de culpabilité était tel qu'elle l'imagina venu pour la démasquer. C'était idiot, bien sûr. Il se contenta de lui sourire d'un air gêné et s'excusa même à deux reprises de la déranger. Elle ressentit un immense soulagement face à cet homme qu'elle admirait depuis longtemps.

— Je n'ai pas de commentaires à faire, dit-elle d'une voix qui suggérait plutôt le contraire.

— Ce n'est pas ce qui m'amène, lui assura-t-il.

Elle se rappela alors que Lasse et lui étaient arrivés sinon ensemble, du moins en même temps chez Frans cette nuit-là. Elle n'arrivait pas à saisir ce que les deux hommes pouvaient bien avoir en commun ; au contraire, ils lui semblaient à cet instant être en tout point opposés.

— Vous cherchez Lasse ? demanda-t-elle.

— J'aurais voulu que vous me parliez des dessins d'August, dit-il.

Malgré la panique qui s'emparait d'elle, elle le laissa entrer. C'était sans doute imprudent. Lasse était sorti soigner sa gueule de bois dans une gargote du coin et pouvait revenir à tout moment. Il serait fou de colère en découvrant un journaliste chez eux, qui plus est un journaliste de cette envergure. Mais Hanna ressentait aussi une certaine curiosité. Comment diable Blomkvist avait-il eu vent des dessins de son fils ? Elle le laissa s'installer dans le canapé gris du salon pendant qu'elle allait préparer un peu de thé et des biscuits. Lorsqu'elle revint avec un plateau, il lui dit :

— Je ne serais pas venu vous déranger si ce n'était pas absolument nécessaire.

— Vous ne me dérangez pas.

— Voyez-vous, j'ai rencontré August cette nuit, et j'y ai beaucoup repensé.

— Ah bon ? dit-elle, interloquée.

— Je n'ai pas compris sur le moment, mais j'ai eu l'impression qu'il voulait nous dire quelque chose et maintenant, je crois qu'il voulait dessiner. Il agitait sa main au-dessus du sol d'une façon extrêmement déterminée.

— Ça l'obsédait.

— Donc il a continué à la maison ?

— Et comment ! Il s'y est mis dès qu'il est arrivé. Des dessins d'une grande minutie, vraiment très beaux. Mais son visage est devenu cramoisi, son souffle lourd et le psychologue qui l'accompagnait m'a dit qu'August devait arrêter sur-le-champ. C'était un acte compulsif et destructeur, d'après lui.

— Que dessinait-il ?

— Rien de particulier, vraiment… Je suppose que c'étaient des motifs inspirés de ses puzzles. Mais c'était extrêmement bien fait, avec les ombres, la perspective…

— Mais de quoi s'agissait-il ?

— Il dessinait des cases.

— Quel genre de cases ?

— Des cases d'échiquier je crois, répondit-elle.

Peut-être se faisait-elle des idées, mais elle crut percevoir une lueur dans les yeux de Mikael Blomkvist.

— Seulement des cases d'échiquier ? dit-il. Rien d'autre ?

— Des miroirs aussi, répondit-elle. Des cases d'échiquier qui se reflétaient dans des miroirs.

— Vous avez déjà été chez son père ? demanda-t-il d'une voix plus vive.

— Pourquoi vous me demandez ça ?

— Parce que le sol de sa chambre, là où il a été tué, est justement composé de carreaux en damier qui se reflètent dans les miroirs des placards.

— Oh non !

— Pourquoi dites-vous ça ?

— Parce que…

Un remords l'envahit.

— Parce que la dernière chose que j'aie vue avant de lui arracher la feuille des mains, c'est une ombre menaçante qui s'élevait de ces cases.

— Vous avez le dessin ?

— Oui… enfin, non.

— Non ?

— J'ai peur de l'avoir jeté.

— Aïe.

— Mais peut-être…

— Quoi ?

— Peut-être qu'il est encore dans la poubelle.

MIKAEL BLOMKVIST AVAIT DU MARC DE CAFÉ et du yaourt sur les doigts lorsqu'il retira une feuille froissée de la poubelle et l'étala précautionneusement sur l'évier. Il l'essuya du dos de la main et l'observa à la lumière des spots encastrés sous les placards de cuisine. Le dessin était loin d'être achevé, et comme l'avait dit Hanna, il était surtout constitué de cases d'échiquier, vues d'en haut ou de côté. Pour quelqu'un qui n'avait jamais été dans la chambre de Frans Balder, il était sûrement difficile de comprendre que les cases représentaient un sol. Mais Mikael reconnut aussitôt les miroirs des placards sur la droite et l'obscurité singulière qui l'avait accueilli la nuit précédente.

Il lui sembla même revenir à l'instant où il avait franchi la baie vitrée. Un seul détail significatif différait. La pièce dans laquelle il avait pénétré était quasiment plongée dans le noir. Sur le dessin, on distinguait une faible source de lumière venue d'en haut, en biais, et qui se répandait sur les damiers, révélant les contours d'une ombre qui restait indistincte et floue, ce qui la rendait encore plus inquiétante.

L'ombre tendait un bras et Mikael, qui voyait le dessin d'un tout autre œil qu'Hanna, n'eut aucune difficulté à comprendre ce que représentait cette main tendue. C'était une main qui voulait tuer. Au-dessus des damiers et de l'ombre, on devinait la forme ébauchée d'un visage.

— Où se trouve August en ce moment ? demanda-t-il. Il dort ?

— Non. Il…

— Quoi?

— Il a été placé provisoirement. En toute honnêteté, je n'arrivais plus à le gérer.

— Où est-il ?

— Au centre d'accueil pour enfants et adolescents Oden sur Sveavägen.

— Qui sait qu'il se trouve là-bas ?

— Personne.

— Juste vous et le personnel, donc ?

— Oui.

— Il faut que ça reste comme ça. Vous m'excusez un instant ?

Mikael sortit son téléphone portable et composa le numéro de Jan Bublanski. Dans sa tête, il avait déjà formulé une nouvelle question pour [La boîte de Lisbeth].

JAN BUBLANSKI ÉTAIT FRUSTRÉ. L'enquête piétinait, et on n'avait retrouvé ni le Blackphone de Frans Balder ni son ordinateur portable. Malgré une investigation approfondie auprès de son opérateur, ils n'étaient pas parvenus à répertorier ses contacts avec le monde extérieur, ni même à se faire une idée claire de ses démarches juridiques.

Pour l'instant, ils étaient en plein brouillard et devaient se contenter de clichés, comme celui du guerrier ninja surgi de nulle part pour replonger aussitôt dans l'obscurité. Le tableau d'ensemble était bien trop parfait, comme si l'opération avait été menée par une personne qui ne présentait aucune faille, aucune de ces petites faiblesses humaines qu'on finit toujours par repérer dans les affaires de meurtre. Ici, tout avait été trop propre, d'une perfection clinique, et Bublanski n'arrivait pas à se défaire de l'idée que pour l'auteur du crime, ça avait été un jour de travail comme un autre. C'était ce qui occupait ses pensées au moment où il reçut l'appel de Mikael Blomkvist.

— Salut, dit-il. On parlait de toi justement. On aimerait t'interroger de nouveau au plus vite.

— Bien sûr, pas de problème. Mais pour le moment j'ai quelque chose de plus urgent à te dire. Le témoin, August Balder, est un savant.

— Comment ça ?

— Ce garçon est peut-être lourdement handicapé, mais il a un don très singulier. Il dessine avec une maîtrise impressionnante et une sorte de précision mathématique. Vous avez vu les dessins du feu tricolore qui se trouvaient sur la table de la cuisine à Saltsjöbaden ?

— Oui, j'y ai jeté un rapide coup d'œil. Tu veux dire que ce n'est pas Frans Balder qui les a faits ?

— Non. C'est l'enfant.

— Ces dessins témoignaient d'une très grande maturité.

— Pourtant c'est August qui en est l'auteur. Et ce matin, il s'est mis à dessiner le sol en damier de la chambre à coucher de Balder. Enfin, pas seulement : il a aussi dessiné un filet de lumière et une ombre. À mon avis, il s'agit de l'ombre du coupable et de la lumière de sa lampe frontale. Mais on ne peut rien affirmer pour l'instant. L'enfant a été interrompu dans son travail.

— Tu plaisantes ?

— Le moment me paraît mal choisi.

— Et comment sais-tu tout ça ?

— Je suis chez sa mère, Hanna Balder, en train de regarder le dessin. Mais August n'est plus là. Il est au…

Le journaliste sembla hésiter.

— Je préfère ne pas en dire plus par téléphone, ajouta-t-il.

— Tu as dit que l'enfant avait été interrompu ?

— Un psychologue a interdit qu'on le laisse dessiner.

— Comment peut-on faire une chose pareille ?

— Le psychologue n'a sans doute pas réalisé ce que le dessin représentait. Il y a seulement vu un comportement compulsif. Je vous conseille d'envoyer quelqu'un ici tout de suite. Vous avez votre témoin.

— On arrive immédiatement. On en profitera aussi pour discuter un peu avec toi, du coup.

— Malheureusement, je suis sur le départ. Je dois retourner à la rédaction.

— J'aurais préféré que tu restes un peu, mais je comprends. Au fait…

— Oui ?

— Merci !

Jan Bublanski raccrocha et sortit informer toute l'équipe, sans savoir encore qu'il commettait une erreur.

15

LE 21 NOVEMBRE

LISBETH SALANDER SE TROUVAIT au club d'échecs Raucher sur Hälsingegatan. Elle n'avait pas particulièrement envie de jouer. Elle souffrait d'un mal de tête lancinant. Mais elle avait chassé toute la journée et sa chasse l'avait conduite ici. Quand elle avait découvert que Frans Balder avait été trahi par l'un des siens, elle lui avait promis de laisser le traître en paix. Ce n'était pas ce qu'elle aurait choisi, mais elle avait tenu parole. Or maintenant qu'on l'avait descendu, elle s'estimait libérée de sa promesse.

Elle allait procéder à sa manière. Mais ce n'était pas si simple. Arvid Wrange n'était pas chez lui et elle ne voulait pas le joindre par téléphone. Elle voulait le frapper comme la foudre. Elle avait donc tourné dans le quartier à sa recherche, la capuche de sa veste rabattue sur sa tête. Arvid menait une existence de tire-au-flanc, et comme la plupart des tire-au-flanc, son quotidien suivait une certaine routine que les photos qu'il avait postées sur Instagram et sur Facebook laissaient deviner, permettant à Lisbeth de dégager quelques points de repère : les restaurants Riche sur Birger Jarlsgatan et Teatergrillen sur Nybrogatan, le club d'échecs Raucher et le Café Ritorno sur Odengatan, entre autres, plus une salle de tir sur Fridhemsgatan et les adresses de deux petites amies.

Arvid Wrange avait bien changé depuis la dernière fois qu'elle l'avait eu sur son radar. Il avait laissé tomber le genre binoclard, mais surtout il avait balayé d'un revers de main son sens moral. Sans être adepte de l'analyse psychologique, Lisbeth constatait que la première transgression avait conduit à toute une série d'autres entorses. Arvid n'était plus simplement un étudiant avide d'apprendre. Désormais, il surfait sur les sites pornographiques sans aucune retenue, achetait du sexe via le Net, et du sexe violent. Deux ou trois femmes rencontrées de cette manière l'avaient même menacé de porter plainte.

Il avait remplacé les jeux vidéo et la recherche sur l'intelligence artificielle par les prostituées et les soirées de beuverie en centre-ville. Le type avait visiblement de l'argent. Et visiblement aussi des problèmes. Le matin même, il avait fait des recherches sur Google en tapant les termes "protection de témoin, Suède", ce qui était tout à fait imprudent. Même s'il n'avait plus de contact avec Solifon, du moins via son ordinateur, ils le surveillaient sans aucun doute. Le contraire aurait curieusement manqué de professionnalisme. Peut-être était-il en train de craquer sous cette nouvelle façade. Ce serait parfait pour Lisbeth.

Lorsqu'elle téléphona pour la énième fois au club d'échecs – la seule connexion, apparemment, avec son ancienne vie –, on l'informa qu'Arvid Wrange venait d'arriver.

Elle descendit donc l'escalier étroit de Hälsingegatan et longea un couloir menant à un petit local gris et décrépit où des grappes d'hommes plutôt âgés se tenaient penchés sur des échiquiers. Dans cette atmosphère feutrée, personne ne remarqua sa présence ni ne lui posa de question. Chacun demeurait concentré, seuls le tic-tac des pendules d'échecs et quelques grognements ici et là venaient rompre le silence. Des posters de Kasparov, Magnus Carlsen et Bobby Fischer décoraient les murs. Il y avait même une photo d'un Arvid Wrange adolescent et boutonneux affrontant la star des échecs Judit Polgár.

Elle l'aperçut dans sa version plus âgée, assis à une table sur la droite. Il semblait tester une nouvelle ouverture. Quelques sacs de shopping étaient posés à ses pieds. Il portait un pull en laine d'agneau jaune, une chemise blanche fraîchement repassée et des chaussures anglaises luisantes. Il avait l'air un peu trop chic dans ce décor. Lisbeth s'approcha d'un pas prudent et lui demanda s'il voulait jouer. Après l'avoir reluquée de la tête aux pieds, il répondit :

— D'accord.

— C'est gentil, répondit-elle en fille bien élevée, puis elle s'installa sans autre forme de procès.

Lorsqu'elle ouvrit en e4, il répondit par b5, le gambit polonais. Elle ferma les yeux et le laissa faire.

ARVID WRANGE ESSAYAIT de se concentrer sur le jeu, mais il avait du mal. Heureusement, la punkette en face de lui n'était pas vraiment une championne de l'échiquier. On ne pouvait pas dire qu'elle était mauvaise, c'était même sûrement une joueuse passionnée, mais ça ne changeait rien. Techniquement, il se baladait, et il ne doutait pas qu'elle fût impressionnée. Qui sait, peut-être qu'il pourrait la ramener chez lui après. Elle tirait la tronche, et Arvid n'aimait pas les filles qui tiraient la tronche. Mais elle avait une paire de nibards corrects et il pourrait peut-être se servir d'elle pour apaiser sa frustration. Il avait passé une sale matinée. À l'annonce de l'assassinat de Frans Balder, il avait failli flancher.

On ne pouvait pas dire que la nouvelle avait suscité en lui du chagrin. Mais une terreur panique, oui. Arvid Wrange ne cessait de se répéter qu'il avait fait ce qu'il fallait. Vu que ce putain de professeur l'avait traité comme quantité négligeable, à quoi pouvait-il s'attendre ? Ça ferait tache, évidemment, quand on apprendrait que c'était lui qui l'avait vendu. Il était bien possible qu'il y ait un lien avec le meurtre, mais si c'était le cas il ne comprenait pas exactement en quoi il consistait et se rassurait en se disant qu'un crétin comme Balder s'était sûrement fait des milliers d'ennemis. Quelque part, pourtant, il en était persuadé : ces événements étaient liés, et ça le terrorisait.

Depuis que Frans avait commencé à travailler chez Solifon, Arvid avait redouté que l'affaire ne prenne une tournure dangereuse, et maintenant il était là, à rêver que tout ça disparaisse. Il n'avait rien trouvé de mieux que de partir en ville cet après-midi pour faire les boutiques et acheter compulsivement tout un tas de vêtements de marque. Puis il avait atterri ici. Les échecs parvenaient encore parfois à dissiper ses tourments et, de fait, il se sentait déjà un peu mieux. Il avait l'impression de reprendre le contrôle et d'être assez finaud pour continuer à tous les berner. Il n'y avait qu'à voir comment il maîtrisait la partie, alors même que la meuf n'était pas si mauvaise.

Son jeu avait même quelque chose d'anticonformiste, de créatif, qui lui aurait probablement permis d'infliger une bonne leçon à la plupart des hommes qui traînaient ici. N'empêche que *lui*, Arvid Wrange, était en train de l'écraser. Son jeu était si ingénieux et sophistiqué qu'elle ne se rendait même pas compte qu'il était sur le point d'enfermer sa dame. Insidieusement, il avança ses pions, s'empara de sa dame en n'ayant sacrifié qu'un cavalier, et lâcha sur un ton cool destiné à impressionner son adversaire :

— *Sorry baby. Your Queen's down!*

Mais la fille ne lui renvoya pas un sourire, pas un mot, rien. Elle se contenta d'accélérer la cadence, comme si elle voulait rapidement mettre fin à sa propre humiliation. Et pourquoi pas ? Il ferait au plus court lui aussi, ensuite il l'emmènerait boire deux ou trois verres avant de se la taper. Il ne se montrerait sans doute pas d'une grande douceur avec elle au pieu, mais à la fin, c'est elle qui le remercierait. Une telle pisse-froid n'avait sûrement pas baisé depuis un bon bout de temps et ne devait pas souvent rencontrer des mecs comme lui – avec un tel niveau de jeu. Il décida de lui faire son show et de lui donner une petite leçon d'échecs de haut niveau. Mais rien ne se déroula comme prévu. Quelque chose n'allait pas. Il commença à sentir une résistance dans son jeu qu'il ne parvenait pas à analyser. Il se dit d'abord que ce n'était qu'une illusion ou le résultat de quelques coups imprudents de sa part, et qu'il suffirait d'un peu de concentration pour y remédier. Il mobilisa donc tout son instinct de tueur. Mais la situation ne fit qu'empirer.

Il se sentait coincé et quoi qu'il fasse, elle répliquait aussitôt. À la fin, il fut obligé d'admettre que l'équilibre des forces s'était irrémédiablement inversé. Avec la prise de sa reine, son avantage aurait dû se trouver conforté, et au lieu de ça, il se retrouvait dans une position d'infériorité catastrophique. Que s'était-il passé ? Elle n'avait tout de même pas sacrifié sa reine ? Pas si tôt dans la partie ? C'était impossible. Ce genre de techniques, on les lisait dans les bouquins, mais ça n'arrivait jamais dans les clubs d'échecs de quartier comme celui-ci, et certainement pas avec des punkettes ingérables et piercées de partout mal dans leur peau jouant contre des adversaires de son calibre. Pourtant, c'était un fait : il n'avait plus d'issue.

En quatre ou cinq coups, il serait vaincu. Il ne vit d'autre solution que de renverser son roi et de marmonner de vagues félicitations. Il était tenté de se trouver des excuses, mais quelque chose lui dit que ça ne ferait qu'aggraver les choses. Il devinait que sa défaite n'était pas le fruit de circonstances malheureuses et la peur le saisit à nouveau. C'était qui cette fille, bordel ?

Avec une certaine circonspection, il la regarda dans les yeux, et soudain elle n'eut plus l'air d'une chieuse renfrognée et mal dans sa peau. Elle avait plutôt la froideur d'un prédateur observant sa proie, et un malaise intense envahit Arvid, comme si la défaite sur l'échiquier n'était que le préambule d'événements bien pires. Il jeta un œil vers la porte.

— Tu ne vas nulle part, dit-elle.

— Qui es-tu ?

— Personne.

— On ne s'est jamais rencontrés alors ?

— Pas vraiment.

— Comment ça, pas vraiment ?

— On s'est rencontrés dans tes cauchemars, Arvid.

— Tu plaisantes ?

— Pas tant que ça.

— Qu'est-ce que tu veux dire ?

— Je crois que tu sais ce que je veux dire.

— Comment veux-tu que je le sache ?

Il n'arrivait pas à comprendre pourquoi il avait si peur.

— Frans Balder a été assassiné cette nuit, enchaîna-t-elle d'une voix monotone.

— Oui… Je… j'ai lu ça.

Il bredouillait.

— C'est terrible, non ?

— Oui, vraiment.

— Surtout pour toi, pas vrai ?

— Pourquoi ce serait particulièrement terrible pour moi ?

— Parce que tu l'as trahi, Arvid. Parce que tu lui as fait le baiser de Judas.

Son corps se pétrifia.

— N'importe quoi ! cracha-t-il.

— Pas du tout. J'ai piraté ton ordinateur et craqué ton cryptage. Je sais ce que tu as fait. Et tu sais quoi ?

Il avait du mal à respirer.

— Je suis persuadée que tu t'es réveillé ce matin en te demandant si tu n'étais pas responsable de sa mort. Sur ce point, je peux t'aider : c'est bien de ta faute. Si tu n'avais pas été assez aigri, cupide et minable pour vendre ses données technologiques à Solifon, Frans Balder serait en vie à l'heure qu'il est. Et je veux que tu saches, Arvid, que ça me fout en rogne. Je vais te faire très mal. En commençant par te faire endurer le même traitement que tu infliges à ces femmes que tu trouves sur le Net.

— T'es complètement malade ?

— Sans doute un peu, oui, répondit-elle. Manque d'empathie. Bouffées de violence. Un truc dans ce genre.

Elle s'empara de sa main avec une force qui l'effraya.

— Sincèrement, Arvid, ça s'annonce mal pour toi. Et tu sais ce que je suis en train de faire ? Tu sais pourquoi j'ai l'air si songeuse ?

— Non.

— Je suis en train de choisir ce que tu vas endurer. Je pense à une pure souffrance biblique. C'est pour ça que je suis un peu songeuse.

— Qu'est-ce que tu veux ?

— Je veux me venger – ça me paraît assez clair, non ?

— Tu dis des conneries.

— Pas du tout, et je crois que tu le sais. Mais le fait est qu'il existe une issue.

— Qu'est-ce que je dois faire ?

Il ne comprenait pas pourquoi il avait dit ça. *Qu'est-ce que je dois faire ?* Ça avait tout d'un aveu, d'une capitulation, et il envisagea de se reprendre aussitôt, de lui mettre la pression pour vérifier si elle avait des preuves quelconques ou si ce n'était que du bluff. Mais il n'en eut pas le courage, et ce n'est qu'après coup qu'il réalisa la façon dont elle l'avait mis à sa merci. Ce n'était pas uniquement les menaces qu'elle balançait ni même la force effarante de ses mains. C'était la partie d'échecs et le sacrifice de la dame. Il était sous le choc à cause de cette stratégie, et son inconscient lui disait qu'une fille capable d'un tel jeu était également capable d'avoir des preuves de ses méfaits.

— Qu'est-ce que je dois faire ? répéta-t-il.

— Tu dois m'accompagner dehors et parler, Arvid. Tu dois me raconter exactement comment ça c'est déroulé quand tu as vendu Frans Balder.

— C'EST UN MIRACLE, dit Jan Bublanski qui se trouvait dans la cuisine d'Hanna Balder en train d'observer le dessin froissé que Mikael Blomkvist avait sauvé des poubelles.

— Ne t'emballe pas, dit Sonja Modig qui se tenait juste à côté de lui.

Elle n'avait pas tort. Après tout, ce n'étaient que des cases d'échiquier dessinées sur une feuille avec, comme l'avait précisé Mikael au téléphone, quelque chose de curieusement mathématique dans le tracé, comme si le garçon était plus préoccupé par la géométrie et les dédoublements des cases dans les miroirs que par l'ombre menaçante planant au-dessus. Pourtant, Bublanski n'arrivait pas à se calmer. On n'avait eu de cesse de lui répéter qu'August Balder était arriéré et ne pourrait leur fournir aucune aide. Et voilà que le garçon avait fait un dessin qui donnait à Bublanski plus d'espoir que tout autre élément dans cette enquête. Ce qui renforçait sa vieille théorie selon laquelle il fallait ne sous-estimer personne et fuir les idées préconçues.

Évidemment, ils n'étaient même pas certains qu'à travers ce dessin August ait capturé précisément l'instant du meurtre. Théoriquement, l'ombre pouvait faire référence à d'autres circonstances, et il n'y avait aucune garantie que le garçon ait vu le visage du meurtrier ni ne soit capable de le dessiner. Et pourtant… au plus profond de lui, Jan Bublanski y croyait.

Il y croyait non seulement en raison de la virtuosité du dessin, mais surtout parce qu'il avait examiné ses autres œuvres. Il en avait même fait des photocopies et les avait apportées. On y voyait un passage piéton et un feu tricolore, certes, mais aussi un homme fatigué aux lèvres fines qui, d'un point de vue strictement policier, était pris en flagrant délit : il traversait alors que le pictogramme était rouge. Son visage était si habilement reproduit qu'Amanda Flod, membre de son équipe, avait aussitôt reconnu le vieil acteur au chômage Roger Winter, déjà condamné pour conduite en état d'ivresse et violence aggravée.

La netteté photographique du regard d'August Balder était une aubaine pour un inspecteur de la police criminelle. Bublanski avait également bien conscience qu'il n'était pas très professionnel de fonder de trop grands espoirs là-dessus. Le meurtrier était peut-être masqué au moment du meurtre, ou son visage avait pu s'effacer de la mémoire de l'enfant. Il y avait bien des scénarios possibles. Bublanski observa Sonja Modig avec une pointe de mélancolie.

— Tu veux dire que je me fais des illusions, dit-il.

— Pour un homme qui commence à douter de Dieu, tu sembles encore croire aux miracles.

— Oui, c'est vrai, peut-être.

— Mais je suis d'accord avec toi, ça vaut certainement le coup de creuser.

— Bien, allons voir le garçon.

Bublanski sortit de la cuisine et fit un signe de tête à Hanna Balder. Elle était assise dans le canapé du salon, perdue dans ses pensées, tripotant nerveusement quelques cachets.

LISBETH ET ARVID WRANGE sortirent dans Vasaparken bras dessus bras dessous, comme de vieux amis. Les apparences étaient trompeuses, évidemment : Arvid, terrifié, se laissa guider par Lisbeth jusqu'à un banc. Le temps n'était pas vraiment idéal pour s'asseoir et nourrir les pigeons. Le vent soufflait de nouveau, la température dégringolait et Arvid Wrange tremblait de froid. Mais pour Lisbeth, le banc faisait parfaitement l'affaire, et elle lui ordonna de s'asseoir en le tirant par le bras.

— Allez, dit-elle. Autant en finir.

— Tu laisseras mon nom en dehors de tout ça ?

— Je ne promets rien, Arvid. Mais tes chances de retourner à ta vie misérable augmenteront de manière significative si tu te mets à table.

— D'accord, dit-il. Tu connais le Darknet ?

— Je connais.

C'était l'euphémisme de la journée. Personne ne maîtrisait mieux le Darknet que Lisbeth Salander. Darknet était la jungle sans loi d'Internet. Personne n'y avait accès sans utiliser un logiciel crypté particulier. Dans le Darknet, l'anonymat de l'utilisateur était garanti, personne ne pouvait vous googler ou pister vos activités. Par conséquent, les dealers, terroristes, escrocs, gangsters, trafiquants d'armes, fabricants d'explosifs, maquereaux et *black hats* y pullulaient. Nul autre endroit du monde digital ne renfermait autant de saloperies. Si l'enfer du Net existait, c'était là.

Mais le Darknet n'était pas mauvais en soi. Lisbeth était bien placée pour le savoir. À une époque où les organisations d'espionnage et les grandes sociétés informatiques surveillaient nos moindres pas sur le Net, beaucoup de gens honnêtes avaient besoin d'un endroit où personne ne puisse les voir. Le Darknet était donc également devenu un refuge pour les dissidents, les lanceurs d'alerte et les sources confidentielles. Sur le Darknet, les opposants aux pires régimes politiques pouvaient s'exprimer et protester sans que leur gouvernement ne les atteigne, et c'est là que Lisbeth Salander avait mené ses investigations et ses attaques les plus furtives.

Donc, oui, Lisbeth Salander connaissait parfaitement le Darknet, ses sites, ses moteurs de recherche, sa lenteur et son graphisme un peu démodé, loin du Net visible connu de tous.

— Tu as mis en vente les données technologiques de Balder sur le Darknet ? demanda-t-elle.

— Non, non, j'ai simplement fait des recherches au hasard. J'étais tellement furax. Tu sais, Frans me disait à peine bonjour. C'était comme si j'étais invisible et, sincèrement, il ne se préoccupait pas non plus de ses travaux. Il voulait seulement s'en servir pour ses recherches, mais ne tentait rien pour qu'ils soient plus largement utilisés. On comprenait tous que ces données technologiques étaient susceptibles de rapporter gros et qu'on pourrait s'en mettre plein les poches. Mais lui, il s'en foutait, il se contentait de les expérimenter comme un gamin, et un soir où j'avais un peu bu, j'ai balancé une question sur un site de geeks : "Qui serait prêt à payer pour des données technologiques d'IA révolutionnaires ?"

— Et tu as eu une réponse ?

— Pas tout de suite. J'ai même eu le temps d'oublier que j'avais posté ce message. Finalement, un type nommé Bogey a répondu en me posant des questions, des questions pointues. Au début j'ai répondu sans faire gaffe, comme si ce n'était qu'un jeu à la con. Mais un jour, j'ai réalisé que je m'étais bien compromis et j'ai vraiment flippé en pensant que Bogey allait voler les données.

— Sans que ça ne te rapporte rien.

— Je ne me suis pas rendu compte à quel point le jeu auquel je me livrais était risqué. C'est un coup classique, je suppose. Pour vendre le programme de Frans, j'étais obligé d'en parler. Mais si j'en disais trop, je le perdais avant d'en avoir tiré profit. Bogey me flattait de façon infernale. Au bout du compte, il a su exactement où on en était et sur quel logiciel on bossait.

— Il comptait vous hacker ?

— Probablement. Ensuite, par des voies détournées il a retrouvé mon nom, ce qui m'a complètement anéanti. Je suis devenu parano et je lui ai annoncé que je voulais me retirer. Mais il était déjà trop tard. Bogey ne m'a pas vraiment menacé, pas directement du moins. Il me répétait sans cesse qu'on allait faire de grandes choses ensemble et gagner un tas de pognon. J'ai fini par accepter de le rencontrer à Stockholm, dans un restaurant chinois sur un bateau, sur Söder Mälarstrand. Je me rappelle qu'il faisait froid et qu'il y avait du vent ce jour-là. Au bout d'une demi-heure il n'était toujours pas là, et je me suis demandé s'il ne m'avait pas mis sous surveillance d'une manière ou d'une autre.

— Et puis il est arrivé ?

— Oui, et au début j'étais vraiment perplexe. Je n'arrivais pas à croire que ce type soit Bogey. On aurait dit un junkie ou un mendiant, et si je n'avais pas aperçu cette montre Patek Philippe à son poignet, je lui aurais limite filé un billet de vingt. Il avait des cicatrices louches sur les avant-bras et des tatouages faits maison, une allure dégingandée et un trench-coat qui ne ressemblait à rien. Il avait l'air d'avoir vécu plus ou moins dans la rue et, plus étrange encore, d'en tirer une certaine fierté. Seules la montre et les chaussures cousues main révélaient qu'il était sorti de la dèche. Pour le reste, il semblait revendiquer un passé miséreux. Plus tard, une fois que je lui ai eu tout livré et qu'on a fêté notre accord avec plusieurs bouteilles de vin, je lui ai posé des questions sur ses origines.

— J'espère pour toi qu'il t'a donné quelques détails.

— Si tu veux le retrouver, je dois te prévenir…

— Pas de conseils, Arvid. Des faits, rien que des faits.

— Bon. Il était prudent, bien sûr, mais j'ai réussi à lui faire lâcher quelques détails. Ça devait être plus fort que lui, l'envie de parler. Il avait grandi en Russie, dans une grande ville. Il n'a pas précisé où. Il disait que tout jouait contre lui. Tout ! Sa mère était une prostituée héroïnomane, son père pouvait bien être n'importe qui, et dès son plus jeune âge il s'était retrouvé dans un orphelinat infernal. Il y avait un taré là-bas qui avait l'habitude de l'allonger sur une table dans la cuisine et de le fouetter avec un bâton hérissé d'échardes. À onze ans, il avait fugué de l'orphelinat et avait commencé à vivre dans la rue. Il volait et s'introduisait dans des sous-sols et des cages d'escalier pour trouver un peu de chaleur, se soûlait à la vodka bon marché, sniffait du solvant et de la colle. On se servait de lui, on le tabassait, mais il avait aussi découvert une chose.

— Quoi ?

— Qu'il avait du talent. Il lui suffisait de quelques secondes pour faire ce que d'autres mettaient trois heures à accomplir. Il était passé maître dans l'art de l'effraction, c'était devenu sa fierté, sa première identité. Avant ça, il n'était qu'un merdeux des rues que tout le monde méprisait, qui se faisait cracher dessus. Et là, il devenait le gars capable de s'introduire n'importe où en un temps record. Du coup, ça avait tourné à l'obsession. Toute la journée il rêvait d'être Houdini, mais dans l'autre sens : il ne voulait pas s'évader mais s'immiscer, et il s'entraînait sans arrêt pour être encore meilleur, parfois dix, douze, quatorze heures par jour. Il a fini par devenir une légende de la rue, du moins c'est ce qu'il m'a dit, et puis il s'est lancé dans des opérations plus importantes, jusqu'à utiliser des ordinateurs qu'il volait et transformait. Moyennant le piratage informatique, il s'introduisait partout et se faisait beaucoup d'argent. Mais il a tout perdu à cause de la drogue et des conneries. Il se faisait régulièrement dépouiller et exploiter. Il pouvait être complètement lucide pendant les casses, mais ensuite perdre les pédales à cause de la came. Et il y en avait toujours un pour l'écraser. "À la fois un génie et un parfait crétin", pour reprendre ses mots. Et puis un jour tout a changé. Il a été sauvé, arraché à son enfer.

— Que s'est-il passé ?

— Il s'était endormi dans une espèce de taudis à l'abandon. Il était lui-même dans un état plus répugnant que jamais, mais quand il avait ouvert les yeux, dans la lumière jaunâtre, il avait vu un ange qui se tenait devant lui.

— Un ange ?

— C'est ce qu'il a dit, un ange. C'est peut-être par contraste avec tout le reste, les aiguilles, les restes de nourriture, les cafards et que sais-je. C'était la plus belle femme qu'il ait jamais vue. Il avait presque du mal à la regarder, et il s'était imaginé qu'il était aux portes de la mort. Une grande solennité s'était emparée de lui. Mais la femme lui avait expliqué, le plus naturellement du monde, qu'elle allait le rendre riche et heureux et, si j'ai bien compris, elle a tenu parole. Elle l'a placé dans un centre de soins et lui a fait refaire toutes les dents. Elle a veillé à ce qu'il puisse suivre des études d'ingénieur informaticien.

— Et depuis il pirate des ordinateurs et vole pour le compte de cette femme et de son réseau ?

— Plus ou moins. À bien des égards, c'est la même petite frappe qu'autrefois. En revanche, il ne touche plus à la drogue, et il passe tout son temps libre à se tenir informé des nouvelles technologies. Le Darknet est une mine pour lui, et il prétend être pété de thunes.

— Et cette femme – il n'a rien dit de plus sur elle ?

— Non, là-dessus il a été extrêmement discret. Il s'exprimait de façon si évasive et avec un tel respect que je me suis demandé un moment si elle n'était pas qu'un pur fantasme ou une hallucination. Mais je pense qu'elle existe. J'ai senti une réelle crainte dans sa voix quand il parlait d'elle. Il disait qu'il préférait mourir que de la trahir. Ensuite il m'a montré une croix orthodoxe russe en or qu'elle lui avait donnée. Tu sais, celle avec une barre en bas, de biais, qui pointe à la fois vers le haut et vers le bas. Il a expliqué que c'était une référence à l'Évangile de Luc et aux deux larrons morts sur la Croix à côté du Christ. L'un des deux croit en Jésus et monte au ciel. L'autre l'insulte et est précipité en enfer.

— C'est tout ce qu'on gagnait à la trahir ?

— Oui, en gros.

— Alors elle se prenait pour Jésus ?

— La croix n'a sans doute rien à voir avec le christianisme dans ce contexte. C'était le message qu'elle voulait faire passer.

— La fidélité ou les tourments de l'enfer.

— Un truc dans le genre.

— Et pourtant te voilà, Arvid, en train de vendre la mèche.

— Je ne voyais pas d'autre alternative.

— J'espère qu'on t'a bien payé.

— Heu, oui… plutôt.

— Et ensuite les données technologiques de Balder ont été revendues à Solifon et Truegames.

— Oui, mais je n'arrive pas à comprendre… maintenant que j'y pense…

— Qu'est-ce que tu ne comprends pas ?

— Comment tu peux le savoir ?

— Tu as été suffisamment maladroit, Arvid, pour envoyer un mail à Eckerwald chez Solifon, tu ne t'en souviens pas ?

— Mais je n'ai rien écrit qui indiquait que j'avais vendu quoi que ce soit. J'ai fait hyper gaffe.

— Ce que tu as écrit m'a suffi, dit-elle, puis elle se leva.

Alors ce fut comme si tout son être s'effondrait :

— Hé, qu'est-ce qui va se passer maintenant ? Tu vas laisser mon nom en dehors de tout ça ?

— L'espoir fait vivre, répondit-elle avant de partir en direction d'Odenplan d'un pas vif et résolu.

AU MOMENT OÙ BUBLANSKI descendait l'escalier de Torsgatan, son téléphone se mit à sonner. C'était le professeur Charles Edelman. Bublanski avait essayé de le joindre depuis qu'il avait réalisé que le garçon était ce qu'on appelle un autiste savant. Sur le Net, Bublanski avait repéré deux noms suédois qui faisaient autorité en la matière et étaient fréquemment cités : le professeur Lena Ek de l'université de Lund, et Charles Edelman de l'institut Karolinska. Mais il n'avait pu joindre ni l'un ni l'autre et avait abandonné ses tentatives pour se rendre chez Hanna Balder. Et voilà que Charles Edelman le rappelait et semblait sincèrement secoué. Il était à Budapest, pour assister à une conférence sur les capacités exceptionnelles de la mémoire. Il venait d'apprendre le meurtre de Balder à l'instant sur CNN.

— Autrement, je vous aurais immédiatement contacté, expliqua-t-il.

— Comment ça ?

— Frans Balder m'a téléphoné hier soir.

Bublanski tressaillit, programmé comme il l'était à réagir à toute forme de coïncidence.

— Pour quelle raison ?

— Il voulait parler de son fils et de son don.

— Vous vous connaissiez ?

— Pas du tout. Il m'a contacté parce qu'il était inquiet pour son fils, et ça m'a un peu déconcerté.

— Pourquoi ?

— Précisément parce que c'était Frans Balder ! Pour nous, neurologues, cet homme est un peu un concept. On a l'habitude de dire qu'il est comme nous : il cherche à comprendre le cerveau. La différence étant qu'il veut aussi en fabriquer un et lui apporter des améliorations.

— J'en ai entendu parler.

— Mais surtout j'avais compris que l'homme était très renfermé, d'un abord difficile. Un peu comme une machine, plaisantait-on parfois : constitué uniquement de circuits logiques. Mais avec moi il s'est montré incroyablement sensible, ému, et cela m'a choqué, très honnêtement. C'était… je ne sais pas, comme si vous voyiez votre policier le plus dur à cuire fondre en larmes, et je me rappelle m'être dit qu'il avait dû se passer quelque chose, outre ce dont on parlait.

— Vous avez sans doute raison. Il venait de réaliser qu'il était menacé et en situation de grand danger, dit Bublanski.

— Mais il avait aussi des raisons d'être excité. Il s'était aperçu que les dessins de son fils étaient remarquables, ce qui n'est vraiment pas commun à cet âge-là, même chez les autistes savants, surtout quand ce don est combiné avec une grande aptitude en mathématiques.

— En mathématiques ?

— Oui, d'après Balder, son fils avait un don en mathématiques – et il se trouve que c'est un sujet sur lequel je suis inépuisable.

— Comment ça ?

— Eh bien, j'ai été étonné, bien sûr, mais pas tant que ça. Nous savons aujourd'hui qu'il y a un facteur héréditaire dans le syndrome du savant, et dans ce cas précis, le père n'est ni plus ni moins qu'une légende des algorithmes avancés. Et en même temps…

— Oui ?

— Les dons artistiques et numériques ne sont en général pas combinés chez ces enfants.

— N'est-ce pas ce qui est si beau dans la vie, le fait que nous ayons parfois l'occasion d'être stupéfaits ? dit Bublanski.

— C'est vrai, inspecteur. Comment puis-je vous aider ?

Bublanski se rappela tout ce qui s'était passé à Saltsjöbaden et se dit qu'il valait mieux jouer la prudence.

— Disons, pour faire simple, que nous avons besoin de votre aide et de votre expertise de manière assez urgente.

— Le garçon a été témoin du meurtre, n'est-ce pas ?

— Oui.

— Et maintenant vous voudriez que j'essaie de lui faire dessiner ce qu'il a vu ?

— Je ne peux rien dire de plus.

CHARLES EDELMAN SE TROUVAIT à l'accueil de l'hôtel Boscolo à Budapest où avait lieu le congrès, non loin du Danube et de ses eaux scintillantes. L'intérieur, majestueux et haut de plafond, avec des coupoles et des colonnes anciennes, ressemblait un peu à un opéra. Il s'était réjoui à la perspective de la semaine qu'il devait passer ici, avec tous ces dîners et ces conférences. Mais maintenant il grimaçait en se passant la main dans les cheveux. Il avait dû recommander à l'inspecteur Bublanski le jeune maître de conférences Martin Wolgers.

— Je ne peux malheureusement pas vous aider personnellement. J'ai une conférence importante demain, lui avait-il expliqué.

Il préparait depuis des semaines une intervention qui allait provoquer une polémique auprès de plusieurs éminents spécialistes de la mémoire. Mais lorsqu'il eut raccroché, et après avoir rapidement croisé le regard de Lena Ek – qui passait à toute vitesse, un sandwich à la main –, il fut pris de regrets. Il se sentit même jaloux du jeune Martin, qui n'avait pas trente-cinq ans, était tellement photogénique que c'en était insolent, et commençait à se faire un nom lui aussi.

Charles Edelman avait du mal à imaginer précisément ce qui avait pu se produire. L'inspecteur était resté vague, craignant sans doute d'être sur écoute. Il avait néanmoins compris les grandes lignes : le garçon avait un don pour le dessin et il avait été témoin d'un meurtre. Cela ne pouvait signifier qu'une seule chose, et plus Edelman y pensait, plus cela le tourmentait. Des conférences importantes, il aurait l'occasion d'en tenir bien d'autres. Mais participer à une enquête sur un meurtre de cette envergure – une telle éventualité ne se représenterait jamais. De quelque manière qu'il considérât la mission qu'il avait si facilement confiée à Martin, elle était de toute évidence beaucoup plus intéressante que ce qu'il vivrait ici à Budapest. Et qui sait, cette histoire pourrait même, elle aussi, lui valoir une certaine notoriété.

Il imaginait déjà les gros titres : "Un neurologue renommé aide la police à résoudre le meurtre" ou, encore mieux : "Les recherches d'Edelman ont ouvert une percée dans la chasse au meurtrier." Comment avait-il pu être assez stupide pour refuser ? Quel crétin ! Il prit son téléphone et composa le numéro de Jan Bublanski.

JAN BUBLANSKI RACCROCHA. Avec Sonja Modig, ils avaient réussi à se garer près de la Bibliothèque nationale de Stockholm, et venaient de traverser la rue. Il faisait de nouveau un temps pourri et Bublanski avait froid aux mains.

— Il s'est ravisé ? demanda Sonja.

— Oui. Il laisse tomber sa conférence.

— Il peut être là quand ?

— Il va vérifier. Au plus tard demain matin.

Ils se dirigeaient vers le centre Oden, pour rencontrer le directeur, Torkel Lindén. En réalité l'entrevue ne devait porter que sur les circonstances pratiques du témoignage d'August Balder – du moins, de l'avis de Bublanski. Torkel Lindén ne savait encore rien de leur véritable mission, mais il s'était montré extrêmement réservé au téléphone et avait prévenu que, pour le moment, le garçon ne devait pas être dérangé "de quelque façon que ce soit". Bublanski avait senti une animosité instinctive de sa part au téléphone et avait été assez stupide pour ne pas se montrer cordial en retour. Ça ne présageait rien de bon.

Contrairement à ce que s'était imaginé Bublanski, Torkel Lindén n'était pas un grand type robuste. Il mesurait à peine plus d'un mètre cinquante, avait des cheveux bruns coupés court, probablement teints, et des lèvres pincées qui trahissaient un caractère rigide. Il portait un jean et un col roulé noirs et une petite croix pendait à un cordon autour de son cou. Il avait l'air d'un prêtre. Quant à son hostilité, aucun doute, elle était bien réelle.

Ses yeux brillaient d'arrogance, et face à lui Bublanski se sentit soudain ramené à son identité juive – cela lui arrivait souvent quand il était confronté à ce genre de rapports haineux. Dans le regard de cet homme, on pouvait lire aussi comme une supériorité moralisatrice. Lindén voulait manifester clairement qu'il était au-dessus d'eux parce qu'il plaçait la santé psychique du garçon avant tout et refusait qu'on l'exploite à des fins policières. Bublanski ne vit pas d'autre solution que de faire preuve de la plus grande amabilité.

— Enchanté, dit-il.

— Ah oui ? fit Lindén.

— Oui. C'est très aimable à vous de nous recevoir si rapidement, et nous n'aurions pas débarqué ainsi si l'affaire n'était pas d'une extrême importance.

— Je suppose que vous voulez trouver un moyen d'interroger le garçon.

— Pas tout à fait, poursuivit Bublanski, sur un ton déjà un peu moins aimable. Nous aimerions plutôt… Enfin, je dois d'abord préciser que ce que je vais vous dire doit rester entre nous. C'est une question essentielle de sécurité.

— La confidentialité va de soi. Les fuites, chez nous, ça n'existe pas, dit Lindén, comme s'il impliquait que ce n'était pas le cas dans la police.

— Je veux simplement m'assurer que le garçon soit hors de tout danger, dit Bublanski, de plus en plus tendu.

— C'est donc votre priorité ?

— Il se trouve que oui, dit le policier encore plus raide. J'insiste absolument sur le fait que rien de ce que je vous dis ne doit être répété, de quelque manière que ce soit – et surtout pas par mail ou par téléphone. Pouvons-nous nous installer dans un endroit isolé ?

SONJA MODIG N'AIMAIT PAS CET ENDROIT. Le bruit des pleurs n'y était certainement pas pour rien. Quelque part, non loin d'eux, une fille sanglotait désespérément. Ils se trouvaient dans une pièce qui sentait le désinfectant, et autre chose encore de plus diffus, peut-être des restes d'encens. Une croix était accrochée au mur, et une vieille peluche, un petit ours marron tout défraîchi, traînait par terre. Aucun effort n'avait été fait pour rendre le lieu plus chaleureux. Bublanski, d'ordinaire bien luné, était sur le point de sortir de ses gonds. Sonja prit donc les rênes et expliqua avec objectivité et calme ce qui s'était passé.

— Nous avons donc compris que votre collègue, le psychologue Einar Forsberg, avait décidé qu'August ne devait pas dessiner.

— C'est son jugement en tant que professionnel et je le partage. Le dessin ne lui fait aucun bien, répondit Torkel Lindén.

— On peut imaginer que le garçon ne va pas bien de toute façon. Il a vu son père se faire assassiner.

— Mais il s'agit de ne pas aggraver les choses.

— Certes. Mais ce dessin qu'August n'a pas pu terminer pourrait conduire à une avancée significative dans l'enquête, et nous allons devoir insister dans ce sens. En veillant à ce que du personnel compétent soit présent, bien sûr.

— Je me vois pourtant dans l'obligation de refuser.

Sonja en croyait à peine ses oreilles.

— Pardon ?

— Avec tout le respect que j'ai pour votre travail, poursuivit Lindén d'un ton imperturbable. Ici, nous venons en aide à des enfants en situation de risque. C'est notre mission et notre vocation. Nous ne sommes pas le prolongement de la police. C'est ainsi, et nous en sommes fiers. Tant que les enfants sont dans notre institution, ils doivent être assurés que nous prenons d'abord en considération leurs propres intérêts.

Sonja Modig posa une main sur la cuisse de Bublanski pour l'empêcher de s'emporter.

— Nous obtiendrons sans problème un référé du tribunal, dit-elle. Mais nous préférerions ne pas en arriver là.

— Vous faites bien.

— Laissez-moi plutôt vous poser une question, poursuivit-elle. Est-ce que vous et Einar Forsberg savez réellement ce qui est le mieux pour August, ou pour la petite fille qui pleure là-bas, d'ailleurs ? Est-ce qu'on ne pourrait pas penser, au contraire, que nous avons tous besoin de nous exprimer ? Vous et moi, nous pouvons parler ou écrire, ou même contacter des avocats. August Balder n'a pas ces moyens d'expression. Mais il peut dessiner et il semble vouloir dire quelque chose. Pourquoi l'en empêcher ? Est-ce qu'il n'est pas tout aussi inhumain de lui refuser ça que d'empêcher d'autres enfants d'ouvrir la bouche ? Ne doit-on pas laisser August formuler ce qui le tourmente plus que tout ?

— De notre point de vue…

— Non, coupa-t-elle. Ne me parlez pas de votre point de vue. Nous avons été en contact avec la personne la mieux placée du pays pour donner un point de vue sur ce genre de problématique. Il s'appelle Charles Edelman et il est professeur en neurologie. Il a quitté la Hongrie et il est en route pour rencontrer August. Ne pensez-vous pas qu'il serait raisonnable de laisser cet homme décider ?

— Nous pouvons, bien sûr, écouter son avis, dit Torkel Lindén, sans grand enthousiasme.

— Pas seulement l'écouter, mais le suivre.

— Je promets de mener un dialogue constructif, entre spécialistes.

— Bien, que fait August en ce moment ?

— Il dort. Il était complètement épuisé lorsqu'il est arrivé chez nous.

Sonja comprit qu'il était inutile d'exiger qu'on réveille le garçon.

— Nous reviendrons demain matin avec le professeur Edelman et j'espère que nous allons tous collaborer dans cette affaire.

16

LE SOIR DU 21 ET LE MATIN DU 22 NOVEMBRE

GABRIELLA GRANE ENFOUIT SON VISAGE dans ses mains. Elle
n'avait pas dormi depuis quarante heures et le manque de sommeil ne faisait qu'exaspérer la culpabilité qui la rongeait. Elle
s'était pourtant démenée toute la journée. Depuis le matin,
elle avait intégré un groupe mis sur pied par la Säpo – une
sorte de commission d'enquête occulte – pour travailler sur le
meurtre de Frans Balder, officiellement pour mesurer les enjeux
de politique intérieure, mais en réalité pour s'impliquer dans
le moindre détail de l'affaire.

Le groupe était sous la responsabilité de l'inspecteur-chef
Mårten Nielsen, tout juste rentré d'une année d'étude à l'université du Maryland. Un homme intelligent et cultivé, mais
un peu trop à droite aux yeux de Gabriella. Mårten représentait un mélange unique en son genre : un Suédois éduqué qui
soutenait pleinement les républicains américains et avouait
même des affinités avec le mouvement du Tea Party. C'était
aussi un historien passionné qui tenait des conférences à l'École
militaire supérieure et bénéficiait déjà, malgré son assez jeune
âge – trente-neuf ans –, d'un vaste réseau de relations inter-
nationales.

En revanche, il avait souvent du mal à s'imposer. Concrètement, c'était Ragnar Olofsson qui menait la barque. Plus âgé,
plus sûr de lui, il lui suffisait d'émettre un simple soupir d'agacement ou de froncer ses sourcils broussailleux pour réduire
Mårten au silence.

La présence de Lars Åke Grankvist au sein du groupe n'arrangeait rien. Avant d'arriver à la Säpo, Grankvist avait forgé

sa légende à la commission d'enquête criminelle de la Rik-skrim à cause de sa résistance à l'alcool – il aurait fait rouler n'importe qui sous la table – et parce que son charme de gros dur lui valait, d'après la rumeur, une maîtresse dans chaque port. Difficile de s'imposer dans ce genre d'assemblée. Gabriella elle-même, d'ailleurs, à mesure qu'avançait l'après-midi, faisait de plus en plus profil bas. Moins par crainte de ces frimeurs qu'en raison d'un sentiment d'incertitude croissant : par moments, elle se mettait même à douter du peu de choses qu'elle savait.

Elle s'était rendu compte que les preuves de l'intrusion informatique étaient extrêmement minces, sinon inexistantes. Tout ce dont on disposait, c'était d'une déclaration de Stefan Molde, du FRA, qui avouait ne pas être sûr de lui à cent pour cent. Gabriella trouvait qu'il disait surtout des conneries dans son analyse. Quant à Frans Balder, il semblait se fier entièrement à cette hackeuse qu'il avait engagée, dont l'enquête ne révélait même pas le nom, mais dont l'assistant de Balder, Linus Brandell, avait fait une description haute en couleur. De toute évidence, Balder avait déjà caché beaucoup de choses à Gabriella, bien avant de filer aux États-Unis.

Était-ce un hasard par exemple s'il avait justement accepté un poste chez Solifon ?

Face à toutes ces incertitudes, Gabriella était furieuse de ne pas pouvoir compter davantage sur l'aide de Fort Meade. Alona Casales était désormais injoignable et la NSA montrait de nouveau porte close. Elle ne disposait plus d'aucune source d'information. À l'instar de Nielsen et Grankvist, elle se retrouvait dans l'ombre de Ragnar Olofsson, qui recevait ponctuellement de nouveaux renseignements de la brigade criminelle, qu'il transmettait aussitôt à la chef de la Säpo, Helena Kraft.

Cette façon de fonctionner irritait Gabriella. Elle avait pointé du doigt, mais sans succès, ce trafic d'informations qui augmentait le risque de fuites, et leur faisait surtout perdre leur indépendance. Au lieu de mener des recherches via leurs propres réseaux, ils s'en remettaient aveuglément aux éléments transmis par la bande de Bublanski.

— On est comme des tricheurs lors d'un examen qui attendent qu'on leur souffle les réponses au lieu de réfléchir par eux-mêmes, avait-elle dit devant le groupe, ce qui n'avait pas remonté sa cote de popularité.

À présent, seule dans son bureau, elle était fermement décidée à travailler en solo. Elle allait s'efforcer d'élargir son champ d'investigation. Peut-être que cela ne mènerait nulle part. Mais à quoi bon s'engouffrer dans le même tunnel que les autres?

Des pas déterminés aisément reconnaissables résonnèrent dans le couloir. Deux secondes plus tard, Helena Kraft faisait irruption dans son bureau, une veste Armani sur les épaules et les cheveux noués en un chignon serré. Helena la considéra avec sollicitude. Il y avait des moments où Gabriella était gênée par l'espèce de favoritisme dont sa chef faisait preuve à son égard.

— Comment ça va? dit-elle. Tu tiens encore debout?

— À peine.

— Tu rentres chez toi après cette conversation. Il faut que tu dormes. On a besoin d'une analyste lucide.

— Tu as raison.

— Et tu sais ce que disait Erich Maria Remarque?

— Que ce n'était pas la fête dans les tranchées ou un truc dans le genre.

— Ha! Non. Que ce sont toujours les mauvaises personnes qui culpabilisent. Ceux qui engendrent de la souffrance dans le monde s'en foutent. Ceux qui luttent pour les bonnes causes sont rongés par le remords. Tu n'as rien à te reprocher Gabriella. Tu as fait ce que tu pouvais.

— Je n'en suis pas si sûre. Mais merci quand même.

— Tu as entendu parler du fils de Balder?

— Vite fait, par Ragnar.

— Demain à 10 heures, l'inspecteur Bublanski, l'inspectrice Modig et un certain professeur Charles Edelman vont le rencontrer au centre d'accueil pour enfants et adolescents Oden sur Sveavägen. Ils vont essayer de le faire dessiner davantage.

— Croisons les doigts. Mais je n'aime pas l'idée d'être au courant.

— Du calme, c'est mon job à moi d'être parano. Seuls ceux qui savent tenir leur langue sont dans la boucle.

— Bon.

— J'ai quelque chose à te montrer.

— Qu'est-ce que c'est?

— Des photos du type qui a piraté l'alarme de Balder.

— Je les ai déjà vues. Je les ai même étudiées en détail.

— Tu es sûre de ça? dit Helena Kraft en lui tendant l'agrandissement flou d'un poignet.

— Qu'est-ce qu'il y a de spécial?

— Regarde encore. Tu ne vois rien?

En reconsidérant la photo, Gabriella remarqua deux détails : la montre de luxe qu'elle avait déjà repérée plus tôt et, un peu en dessous, dans l'interstice entre les gants et la veste, quelques traits qui ressemblaient à des tatouages grossiers.

— Un contraste, dit-elle. Des tatouages de mauvaise qualité et une montre très coûteuse.

— Plus que ça, dit Helena Kraft. C'est une Patek Philippe de 1951, modèle 2499, première série, peut-être deuxième.

— Ça ne me dit rien.

— C'est l'une des montres les plus chères au monde. Le même modèle a été vendu aux enchères chez Christie's à Genève il y a quelques années pour un peu plus de deux millions de dollars.

— Tu plaisantes?

— Non, et l'acheteur n'était pas n'importe qui : Jan van der Waal, avocat chez Dackstone & Partner. Il l'a acquise pour le compte d'un client.

— Dackstone & Partner, qui représente Solifon?

— Exactement.

— Nom d'un chien.

— Bien sûr, on ignore si la montre sur la photo de surveillance est précisément celle qui a été vendue à Genève, et on n'a pas non plus réussi à obtenir l'identité de ce client, mais c'est un début, Gabriella. Un type efflanqué qui a l'air d'un camé et porte une montre de cette valeur, ça devrait limiter le champ des recherches.

— Bublanski est au courant?

— C'est son technicien, Jerker Holmberg, qui l'a découvert. Maintenant je veux que toi et ton cerveau analytique, vous creusiez cette piste. Rentre chez toi, dors, et demain tu t'y mets.

L'HOMME QUI SE FAISAIT APPELER Jan Holster était dans son appartement de Högbergsgatan à Helsinki, non loin de l'Esplanade. Il feuilletait un album contenant des photos de sa fille Olga, âgée aujourd'hui de vingt-deux ans et qui suivait des études de médecine à Gdańsk, en Pologne.

Grande, ténébreuse et rebelle, Olga était la prunelle de ses yeux. Il le répétait souvent, ça sonnait bien et ça lui donnait une image de père responsable à laquelle il aurait voulu croire lui-même. Mais ce n'était pas le reflet exact de la vérité. Surtout depuis qu'Olga avait deviné en quoi consistait son travail.

— Tu protèges des gens odieux ? avait-elle demandé un jour.

Et depuis elle était devenue de plus en plus intransigeante par rapport à ce qu'elle appelait son engagement pour "les faibles et les démunis".

Des niaiseries gauchistes, d'après Holster, et qui ne collaient pas du tout avec le caractère d'Olga. Ce n'était sûrement qu'une phase d'émancipation. Au-delà de ce discours lénifiant sur tous les malheureux de la terre, il pensait qu'elle lui ressemblait toujours. Durant un temps, Olga avait été une coureuse de cent mètres prometteuse. Un mètre quatre-vingt-six, explosive et tout en muscles, il fut un temps où elle était fan de films d'action et n'aimait rien tant qu'écouter son père évoquer ses souvenirs de guerre. À l'école, tout le monde avait compris qu'il valait mieux ne pas la chercher. Elle rendait coup pour coup, comme une guerrière. Olga n'était pas faite pour s'occuper des faibles et des dégénérés.

Pourtant elle affirmait vouloir travailler pour Médecins sans frontières ou partir à Calcutta, comme une espèce de mère Teresa. Ce qui insupportait Holster, pour qui le monde appartenait aux plus forts. Malgré ses élucubrations, il aimait sa fille et le lendemain, pour la première fois depuis six mois, elle reviendrait à la maison le temps de quelques jours de vacances. Il décida solennellement de se montrer plus à l'écoute cette fois et de ne pas pérorer sur Staline et les grands leaders et tous ces trucs qu'elle détestait.

Au contraire, il allait resserrer les liens. Il savait qu'elle avait besoin de lui, comme il savait qu'il avait besoin d'elle. Il alla dans la cuisine presser trois oranges, versa de la Smirnoff dans un verre et se prépara un Screwdriver. Il était 20 heures et c'était son troisième de la journée. Après une mission, il était capable de s'en enfiler six ou sept. Ce serait peut-être bien le cas ce soir. Il était fatigué des responsabilités qui pesaient sur ses épaules et il avait besoin de se détendre. Il resta quelques minutes immobile, son cocktail à la main, à imaginer une tout autre vie. Mais le rêve fut de courte durée pour l'homme qui se faisait appeler Jan Holster.

L'appel de Jurij Bogdanov sur son téléphone mobile sécurisé mit fin à cet instant de quiétude. Jan espérait que Jurij souhaitait juste bavarder un peu, pour faire retomber l'excitation qui accompagnait chaque mission. Mais son collègue appelait pour un motif bien spécifique et parlait d'une voix troublée.

— J'ai parlé avec T, dit-il, et Jan fut immédiatement envahi par un tas de sentiments mêlés, où dominait peut-être la jalousie.

Pourquoi Kira appelait-elle Jurij, et pas lui? Même si c'était Jurij qui faisait rentrer les plus grosses sommes, et se voyait récompensé en conséquence, Jan avait toujours cru que c'était lui le plus proche de Kira.

Mais bientôt l'inquiétude l'emporta sur la jalousie. Est-ce que quelque chose avait foiré?

— Il y a un problème? demanda-t-il.

— Le boulot n'est pas terminé.

— Où es-tu?

— En ville.

— Viens ici m'expliquer ce qui se passe alors, bordel.

— J'ai réservé une table à Postres.

— Je ne veux pas me farcir un resto de luxe ou un de tes plans de parvenu. Ramène-toi ici.

— Je n'ai pas mangé.

— Je te ferai cuire un truc.

— D'accord. On a une longue nuit devant nous.

JAN HOLSTER NE VOULAIT PAS d'une nouvelle longue nuit. Et encore moins devoir annoncer à Olga qu'il ne serait pas là le lendemain. Mais il n'avait pas le choix. Il le savait avec la même certitude qu'il savait qu'il aimait sa fille. On ne disait pas non à Kira.

Elle avait un pouvoir mystérieux sur lui et, il avait beau essayer, il ne parvenait jamais à se comporter avec la dignité escomptée devant elle. Elle le transformait en petit garçon et il était prêt à tout pour la voir sourire ou, mieux encore, pour qu'elle joue les séductrices avec lui.

Kira était vertigineusement attirante et savait tirer parti de sa beauté comme nulle autre femme. Les jeux de pouvoir n'avaient aucun secret pour elle, elle en maîtrisait tous les registres. Elle pouvait se montrer vulnérable et implorante, mais aussi indomptable, plus dure et froide que la glace, parfois même cruelle. Personne ne savait mieux faire ressortir le sadisme en lui.

Elle n'était peut-être pas extraordinairement intelligente au sens classique du terme. Beaucoup se plaisaient d'ailleurs à le souligner, peut-être par besoin de la ramener sur terre. Ceux-là mêmes qui perdaient totalement pied quand ils se retrouvaient face à elle. Kira menait tout son monde par le bout du nez et pouvait faire rougir comme un écolier n'importe quel dur à cuire.

IL ÉTAIT 21 HEURES. Assis à côté de lui, Jurij bâfrait le filet d'agneau que Jan lui avait préparé. Curieusement, sa manière de se tenir à table était presque décente. Là encore, sûrement l'influence de Kira. À bien des égards, Jurij était à présent un individu civilisé, mais à de nombreux autres, il n'avait pas changé d'un iota. Il avait beau faire des simagrées, ses airs de petite crapule camée lui collaient à la peau. Désintoxiqué depuis longtemps, l'ingénieur informaticien diplômé qu'il était devenu affichait toujours une mine ravagée et son langage corporel saccadé témoignait de son ancienne vie.

— Elle est où ta montre de petit-bourgeois?
— Hors d'usage.
— Tu es tombé en disgrâce?
— On est tous les deux tombés en disgrâce.

— À ce point-là?

— Peut-être pas.

— Tu disais que le boulot n'est pas terminé?

— En effet. C'est à cause de ce garçon.

— Quel garçon?

Holster faisait mine de ne pas comprendre.

— Celui que tu as si noblement épargné.

— Mais c'est quoi le problème? C'est un attardé.

— Peut-être, mais maintenant il s'est mis à dessiner.

— Comment ça, dessiner?

— C'est un autiste savant.

— Un quoi?

— Tu devrais lire autre chose que tes putains de magazines sur les armes.

— De quoi tu parles?

— Un savant, c'est quelqu'un qui souffre d'autisme ou d'un handicap dans ce genre, et qui a un don particulier. Peut-être ce garçon ne peut-il pas parler ni élaborer de pensées intelligentes, mais apparemment il a une mémoire photographique. Les flics pensent que le gosse va pouvoir dessiner ton visage au détail près, et ils espèrent pouvoir soumettre ce dessin au programme de reconnaissance faciale de la police. Et là, tu seras cuit, pas vrai? On doit bien pouvoir trouver ta tronche quelque part dans les registres d'Interpol, non?

— Mais Kira ne demande quand même pas que…

— C'est exactement ce qu'elle demande. Il faut qu'on s'occupe du môme.

Le trouble monta en Holster comme une vague, et il revit devant lui ce regard vide qui l'avait tant perturbé.

— Pas question, dit-il sans vraiment y croire.

— Je sais que t'as un problème avec les enfants. J'aime pas ça non plus. Mais je crains qu'on n'ait pas le choix. D'ailleurs, tu devrais t'estimer heureux. Kira aurait aussi bien pu te sacrifier.

— OK.

— Bon. J'ai les billets d'avion dans la poche, on prend le premier vol pour Arlanda à 6 h 30 demain matin et on file direct au centre d'accueil Oden, sur Sveavägen.

— Il est dans un foyer?

— Oui, du coup ça demande pas mal d'organisation. Je finis et on s'y met.

L'homme qui se faisait appeler Jan Holster ferma les yeux et réfléchit à ce qu'il pourrait dire à Olga.

LISBETH SALANDER SE LEVA à 5 heures et pirata le supercalculateur NSF Miri du New Jersey Institute of Technology. Elle avait besoin de toute la puissance de calcul qu'elle pouvait rassembler. Puis elle lança son propre programme de factorisation par courbes elliptiques.

Ensuite elle s'efforça de décrypter le fichier de la NSA qu'elle avait téléchargé. Mais quoi qu'elle tentât, c'était en vain. Elle n'avait d'ailleurs jamais vraiment cru qu'elle y parviendrait : c'était un chiffrement RSA sophistiqué. Le RSA – d'après les initiales de ses inventeurs Rivest, Shamir et Adleman – possède deux clés, une publique et une privée, et se fonde sur l'indicatrice d'Euler et le petit théorème de Fermat. Il est facile de multiplier deux nombres premiers de grande taille. En un clin d'œil, la calculatrice donne la réponse. Mais il est quasi impossible de procéder en sens inverse et de trouver, à partir de la réponse, quels nombres premiers ont été utilisés. On n'avait pas encore trouvé le moyen de gérer la factorisation des nombres premiers par ordinateur, et c'était une faiblesse que Lisbeth et les services de renseignements du monde entier maudissaient souvent.

Généralement, l'algorithme GNFS était considéré comme le plus efficace pour y parvenir. Mais, depuis environ un an, Lisbeth pensait que ce serait plus facile avec la méthode ECM. Elle avait donc passé des nuits interminables à mettre au point son propre logiciel de factorisation. Ce matin-là, elle comprit qu'il faudrait l'affiner davantage si elle voulait se donner la moindre chance de réussir. Après trois heures de travail, elle fit une pause, alla dans la cuisine s'enfiler un Tetra Pak de jus d'orange directement au goulot, ainsi que deux pirojkis passés au micro-ondes.

Après quoi elle se remit au travail et pirata l'ordinateur de Mikael Blomkvist pour voir s'il avait trouvé du neuf. Il lui avait posé deux nouvelles questions. Elle se dit que son cas n'était pas si désespéré, après tout.

[Lequel de ses assistants a trahi Frans Balder ?]

demandait-il. Une question tout à fait légitime.

Mais elle ne répondit pas. Elle ne se souciait pas le moins du monde d'Arvid Wrange, mais elle avait progressé et compris qui était le camé aux yeux cernés avec lequel Wrange était entré en contact. Le type se faisait appeler Bogey, et Trinity, de Hacker Republic, s'était souvenu que quelqu'un utilisait ce nom comme identifiant sur un certain nombre de sites de hackers des années plus tôt. Évidemment, cela n'avait peut-être aucun lien.

Bogey n'était pas un alias particulièrement original ni singulier. Mais Lisbeth l'avait tracé et avait parcouru les commentaires qu'il avait laissés sur ces sites. L'un d'entre eux, où le signataire, dans un moment d'imprudence, confiait être un ingénieur informaticien diplômé de l'université de Moscou, l'avait conduite à la conclusion que l'idée tenait la route.

Lisbeth n'avait pas réussi à dénicher l'année d'obtention du diplôme ni aucun autre repère chronologique. Mais elle avait trouvé mieux : Bogey était passionné de belles montres et fan d'une série française des années 1970 sur Arsène Lupin, le gentleman cambrioleur. Pas vraiment des trucs branchés.

Lisbeth interrogea tous les sites imaginables d'anciens et nouveaux étudiants de l'université de Moscou, afin de savoir si quelqu'un connaissait un ancien junkie aux yeux enfoncés, un ancien gosse de rue chapardeur, qui vouait un culte au personnage d'Arsène Lupin. Elle ne tarda pas à avoir une touche.

— Ça ressemble à Jurij Bogdanov, lui écrivit une fille qui se présenta comme Galina.

D'après Galina, Jurij était une légende à l'université. Il avait réussi à pirater les ordinateurs de certains professeurs et avait déniché de quoi faire chanter l'ensemble d'entre eux. Il avait aussi l'habitude de lancer des paris du genre : "Cent roubles que j'arrive à m'introduire dans la maison là-bas ?"

En général, ceux qui ne le connaissaient pas voyaient là une occasion d'empocher un peu d'argent. Mais Jurij s'introduisait partout. Il crochetait n'importe quelle porte et, dans les rares cas où il échouait, il n'hésitait pas à escalader les façades et les murs. Il avait aussi une réputation de témérité et de cruauté. On racontait qu'un jour il avait tué à coups de pied un chien qui l'avait dérangé dans son travail. Et il volait les gens sans arrêt, souvent juste pour les emmerder. Il souffrait peut-être de kleptomanie, avait hasardé Galina. Mais il était aussi considéré comme un hacker hors pair, doué d'un talent analytique stupéfiant. À l'issue de ses examens, s'il avait voulu, il aurait eu le monde à ses pieds. Mais il prétendait qu'il ne cherchait pas un emploi. Il voulait tracer son propre chemin. Il ne fallut pas bien longtemps à Lisbeth pour savoir comment il s'était occupé depuis la fin de ses études – d'après la version officielle, du moins.

Jurij Bogdanov avait aujourd'hui trente-quatre ans. Il avait quitté la Russie et résidait Budapester Strasse 8 à Berlin, pas loin du restaurant gastronomique Hugos. Il dirigeait la société *white hat* Outcast Security, employait sept personnes, et son dernier exercice comptable affichait un chiffre d'affaires de vingt-deux millions d'euros. Il y avait une certaine ironie – mais aussi une forme de logique – à utiliser comme écran une société censée protéger les groupes industriels des gens comme lui. Il n'avait pas eu de démêlés avec la justice depuis l'obtention de son diplôme en 2009 et il semblait disposer d'un vaste réseau ; au sein de son conseil d'administration siégeait notamment Ivan Gribanov, membre de la Douma russe et important actionnaire de la compagnie pétrolière Gazprom. Mais Lisbeth ne découvrit rien de plus.

La deuxième question de Mikael Blomkvist était :

[Le centre d'accueil pour enfants et adolescents Oden sur Sveavägen : est-ce un lieu sûr ? (Efface cette phrase dès que tu l'as lue.)]

Il ne disait pas pourquoi il s'intéressait à cet endroit. Mais s'il y avait une chose qu'elle savait sur Mikael Blomkvist, c'est qu'il n'avait pas l'habitude de balancer des questions au hasard. Et qu'il n'était pas du genre à cultiver le flou.

Il avait sûrement une bonne raison de rester énigmatique, et s'il précisait en outre qu'elle devait effacer la phrase aussitôt, on pouvait en déduire que l'information était ultrasensible. Quelque chose d'important devait se tramer en rapport avec ce centre. Lisbeth découvrit rapidement qu'Oden avait fait l'objet de nombreux dépôts de plaintes. Des histoires de négligence, des enfants délaissés qui s'étaient blessés. C'était une institution privée dirigée par un certain Torkel Lindén et sa société Care Me. À en croire d'anciens employés, il menait son monde à la baguette, et la parole de Lindén devait être prise comme vérité d'évangile. Il ne tolérait non plus aucune dépense inutile, ce qui expliquait sans doute en partie les bénéfices substantiels de sa société.

Quant à Lindén lui-même, c'était un ancien gymnaste professionnel, qui avait été champion suédois de barre fixe, entre autres. C'était aujourd'hui un passionné de chasse. Il était aussi membre du groupe Les Amis du Christ, qui défendait une ligne particulièrement hostile aux homosexuels. Lisbeth alla sur les sites de Jägareförbundet, la Fédération nationale des chasseurs, et des Amis du Christ pour voir leur actualité. Puis elle envoya deux faux mails très courtois émanant en apparence de ces organismes. Chacun contenait un fichier PDF contaminé par un virus espion sophistiqué qui s'exécuterait automatiquement dès que Torkel Lindén ouvrirait les messages.

À 8 h 23, elle s'introduisit dans le serveur du centre d'accueil. Une rapide recherche confirma ses soupçons : August Balder avait été admis la veille, dans l'après-midi. Dans le compte rendu de prise en charge, on pouvait lire :

Autisme infantile, lourd handicap mental. Agité. Traumatisé par la mort du père. Exige une attention constante. Difficile à gérer. Venu avec des puzzles. Ne doit pas dessiner ! Activité compulsive jugée néfaste. Décision du psychologue Forsberg, confirmée par TL.

En dessous, on avait ajouté, visiblement un peu plus tard :

Le professeur Charles Edelman, l'inspecteur Bublanski et l'inspectrice Modig viennent rendre visite au garçon le mercredi 22 novembre à 10 heures. TL assistera à la séance. Dessin sous surveillance.

Et encore plus bas :

Lieu de rendez-vous modifié. Le garçon sera conduit par TL et le professeur Edelman chez la mère, Hanna Balder, sur Torsgatan où ils retrouveront les inspecteurs Bublanski et Modig. Il a été considéré que le garçon dessinerait mieux dans son environnement familial.

Une vérification rapide sur Charles Edelman apprit à Lisbeth qu'il s'agissait d'un chercheur spécialiste du syndrome du savant. Elle comprit aussitôt ce qui se passait. On s'attendait à ce que l'enfant livre une forme de témoignage sur papier. Sinon, pourquoi Bublanski et Sonja Modig s'intéresseraient-ils aux dessins du garçon, et pourquoi Mikael Blomkvist s'était-il montré aussi prudent dans sa question ?

Évidemment, aucun détail de l'opération ne devait fuiter. Personne ne devait savoir que le garçon était peut-être en mesure de dresser le portrait-robot du coupable, surtout pas le coupable lui-même. Lisbeth décida de vérifier si Torkel Lindén était resté discret dans sa correspondance. Heureusement, il n'avait pas, dans ses échanges, donné de détails à propos des dessins du garçon. En revanche, il avait reçu un mail de Charles Edelman à 23 h 10 la veille, envoyé en copie à Sonja Modig et Jan Bublanski. Ce mail était clairement à l'origine du changement du lieu de rendez-vous. Charles Edelman écrivait :

[Bonsoir Torkel, c'est très aimable à vous de me recevoir dans votre centre. Je vous en remercie mais je dois malheureusement vous embêter un peu. Je crois que nous avons de meilleures chances d'obtenir des résultats si nous faisons en sorte que le garçon puisse dessiner dans un environnement où il se sente en sécurité. N'y voyez pas la moindre critique de votre établissement. J'en ai entendu dire beaucoup de bien.]

Tu parles! se dit Lisbeth, avant de reprendre sa lecture :

[J'aimerais que nous puissions amener l'enfant chez sa mère, demain matin. Il est communément admis dans la littérature que la présence de la mère a une influence positive sur les enfants atteints du syndrome du savant. Je vous propose de m'attendre demain, devant le centre, à 9 h 15, avec l'enfant, je passerai vous prendre. Nous aurons ainsi l'occasion de discuter un peu entre collègues.
Bien cordialement,
Charles Edelman]

Bublanski et Modig avaient répondu respectivement à 7 h 01 et 7 h 14. Il y avait tout lieu de faire confiance à l'expertise d'Edelman, écrivaient-ils, et de suivre son conseil. À 7 h 57, Lindén avait confirmé qu'il attendrait Edelman devant le centre avec l'enfant. Lisbeth resta songeuse un instant. Puis elle alla dans la cuisine, attrapa de vieux biscuits dans le placard avant d'embrasser du regard Slussen et Riddarfjärden. *Alors comme ça le rendez-vous a été modifié*, songea-t-elle.

Au lieu de dessiner dans le foyer, le garçon allait être conduit chez sa mère. Ce qui aurait une "influence positive", écrivait Edelman – "la présence de la mère a une influence positive". Quelque chose dans cette phrase dérangeait Lisbeth. Elle avait un côté désuet, non ? Et l'introduction n'était pas mieux : "Il est communément admis dans la littérature…"

Des tournures de phrase lourdes et ampoulées. Bien sûr, beaucoup d'académiciens écrivaient comme des pieds, et elle ignorait comment Charles Edelman s'exprimait habituellement, mais est-ce qu'un neurologue de renommée mondiale avait besoin de faire référence à ce qui était communément admis dans la littérature scientifique ? Ne devrait-il pas faire preuve d'un peu plus d'assurance, d'autorité ?

Lisbeth parcourut quelques publications d'Edelman sur le Net ; on pouvait peut-être déceler une pointe de vanité un peu ridicule ici ou là, parfois même dans les analyses les plus objectives, mais pas d'affectation ou de naïveté psychologique particulières. Au contraire, le type avait une écriture vive, efficace. Elle revint au message et vérifia le serveur SMTP depuis lequel il avait été envoyé. Birdino, le nom lui était inconnu, ce qui en soi n'était déjà pas normal. Elle lui envoya une série d'instructions pour en savoir un peu plus. L'instant d'après, elle eut la réponse noir sur blanc. Le serveur était en Open Relay. Il autorisait donc n'importe quel expéditeur à envoyer des messages depuis n'importe quelle adresse.

Autrement dit, le mail d'Edelman était un faux et les copies à Bublanski et Modig n'étaient que des écrans de fumée. Ces messages avaient été bloqués et n'étaient jamais arrivés à leurs véritables destinataires. Du coup, elle n'avait quasiment pas besoin de vérifier, elle savait déjà que les réponses des policiers et la validation du changement de programme étaient du bluff. Elle en mesura aussitôt la portée. Cela signifiait que quelqu'un se faisait passer pour Edelman, donc qu'il y avait eu une fuite. Et, surtout, qu'on cherchait à faire sortir le garçon du centre d'accueil.

Quelqu'un voulait faire en sorte qu'il se retrouve sans défense dans la rue pour... le kidnapper, le supprimer ? Lisbeth regarda l'heure : déjà 8 h 55. D'ici vingt minutes, Torkel Lindén et August Balder allaient quitter le centre d'accueil et attendre quelqu'un qui n'était pas Charles Edelman et n'avait sans doute pas les meilleures intentions.

Que devait-elle faire ? Avertir la police ? Lisbeth n'y était pas très encline. Encore moins s'il y avait un risque de fuite. Elle accéda au site du centre d'accueil, trouva le numéro de téléphone de Torkel Lindén et tenta de le joindre. Mais elle tomba sur le standard : Lindén était en réunion. Elle dénicha son numéro de portable, le composa et fut accueillie par un répondeur. Elle pesta puis lui envoya un SMS et un mail l'enjoignant de ne sortir dans la rue avec l'enfant sous aucun prétexte. Faute d'avoir trouvé mieux, elle signa *Wasp*.

Puis elle enfila sa veste en cuir et sortit en trombe, pour faire aussitôt demi-tour et fourrer dans son sac de sport noir son ordinateur portable avec le fichier crypté et son arme, un

Beretta 92. Elle ressortit en courant, hésita à prendre sa BMW M6 décapotable, qui prenait la poussière dans le garage. Elle décida finalement d'appeler un taxi, se disant que ça irait plus vite. Elle regretta vite son choix : le taxi mit des plombes à arriver, et le rush du matin n'était pas terminé : ils se retrouvèrent coincés dans les bouchons.

Le trafic sur le pont Central était carrément au point mort. Y avait-il eu un accident ? Tout allait au ralenti, sauf le temps, qui filait. 9 h 05, 9 h 10. Il y avait urgence. Peut-être était-il même déjà trop tard. On pouvait imaginer que Torkel Lindén et le garçon étaient sortis un peu en avance et que le malfaiteur, quel qu'il fût, était déjà passé à l'action.

Elle composa de nouveau le numéro de Lindén. Il y avait une sonnerie cette fois, mais personne ne répondit, ce qui la fit pester. Elle pensa à Mikael Blomkvist, à qui elle n'avait pas parlé depuis une éternité, et l'appela sur-le-champ. Il répondit d'une voix morne qui s'anima dès qu'il comprit que c'était elle :

— Lisbeth, c'est toi ?

— Ferme-la et écoute-moi.

MIKAEL ÉTAIT À LA RÉDACTION. Il se sentait d'une humeur exécrable – et pas seulement parce qu'il avait encore mal dormi. De tous les médias, c'était TT, la si sérieuse et honorable agence de presse TT, qui avait sorti une dépêche affirmant en gros que Mikael sabotait l'enquête sur le meurtre de Frans Balder en dissimulant des informations cruciales qu'il comptait d'abord publier dans *Millénium*.

Le but de la manœuvre serait de sauver la revue de la banqueroute et de redorer son propre blason, "passablement terni". Mikael avait su qu'une dépêche était en préparation, en vue d'une publication imminente. Il avait eu une longue conversation avec son auteur, Harald Wallin, la veille au soir. Mais il n'aurait jamais imaginé que le résultat soit aussi dévastateur, d'autant qu'il ne s'agissait au bout du compte que d'insinuations ridicules et d'accusations infondées.

Harald Wallin n'en avait pas moins réussi à trousser un papier qui avait tous les dehors de la crédibilité et de l'objectivité. Il avait manifestement de bonnes sources, à la fois au sein du groupe Serner et dans la police. À sa décharge, son titre, "Critique du procureur envers Blomkvist", ne faisait pas dans le sensationnel et Wallin avait accordé une large place à Mikael afin qu'il puisse présenter sa défense. Le communiqué en soi n'avait rien de bien dommageable. Mais celui de ses ennemis qui avait lancé l'info connaissait parfaitement la logique de la machine médiatique. Quand une agence de presse aussi sérieuse que TT publie une dépêche de ce genre, d'autres la reprennent en chœur et n'hésitent pas à en remettre une couche. Si TT crache le morceau, les tabloïds peuvent s'en donner à cœur joie et faire gonfler le scandale. C'est un vieux principe journalistique. À son réveil, Mikael avait donc été accueilli par des formules sur le Net telles que "Blomkvist sabote une enquête pour meurtre" et "Pour sauver son journal, Blomkvist laisse filer le meurtrier". Les journalistes avaient eu la délicatesse de mettre les phrases chocs entre guillemets, mais on avait quand même l'impression d'une nouvelle vérité servie avec le café du matin. Un chroniqueur du nom de Gustav Lund, se posant en pourfendeur de cette hypocrisie, écrivait même en chapeau de son article :

MIKAEL BLOMKVIST A TOUJOURS VOULU APPARAÎTRE COMME UN JOURNALISTE AU-DESSUS DU LOT, MAIS SON CYNISME TOTAL ÉCLATE AU GRAND JOUR.

— Espérons qu'ils ne prendront pas de mesures coercitives, dit le graphiste et coactionnaire Christer Malm, qui se tenait juste à côté de Mikael et mâchait nerveusement son chewing-gum.

— Espérons qu'ils ne déploieront pas l'armée, répondit Mikael.

— Quoi ?

— Rien, j'essaie juste de faire un peu d'humour. Ce n'est qu'un ramassis de conneries.

— Évidemment. Mais je n'aime pas l'ambiance.

— Personne ne l'aime. Tout ce qu'on peut faire, c'est serrer les dents et continuer à travailler, comme d'habitude.

— Ton téléphone sonne.

— Il n'arrête pas de sonner.

— Il vaudrait peut-être mieux répondre pour éviter qu'ils n'inventent pire encore ?

— Oui oui, grommela Mikael, avant de décrocher et d'accueillir son interlocuteur d'un ton peu amène.

À l'autre bout du fil, la voix féminine ne lui était pas inconnue, mais, comme il ne s'y attendait pas, il eut d'abord du mal à la resituer.

— Qui est-ce ?

— Salander, répondit la voix, et un grand sourire illumina le visage de Mikael.

— Lisbeth, c'est toi ?

— Ferme-la et écoute-moi.

LA CIRCULATION ÉTAIT PLUS FLUIDE, et le taxi, conduit par un jeune Irakien du nom d'Ahmed qui avait vu la guerre de près et perdu sa mère et ses deux frères dans un attentat terroriste, arriva sur Sveavägen et dépassa la Maison des concerts de Stockholm sur la gauche. Frustrée de ne pouvoir agir, elle envoya un nouveau SMS à Torkel Lindén et tenta de joindre quelqu'un d'autre au centre d'accueil, qui pourrait l'alerter. Personne ne répondit et elle jura de nouveau en espérant que Mikael aurait plus de succès.

— C'est la panique ? dit Ahmed depuis le siège conducteur.

— Oui, répondit-elle, et Ahmed grilla un feu rouge, ce qui arracha un bref sourire à Lisbeth.

Elle se concentra sur les mètres parcourus. Un peu plus loin sur la gauche, elle aperçut l'École de commerce et la Bibliothèque nationale. Ils n'étaient plus très loin maintenant. Elle scrutait les numéros sur les façades de droite et, soudain, elle reconnut l'adresse. Heureusement, aucun corps ne gisait sur le trottoir. C'était un jour ordinaire de novembre, les gens se rendaient à leur travail. *Mais qu'est-ce que...* Elle balança quelques billets de cent à Ahmed. Une silhouette devant un mur verdâtre, de l'autre côté de la rue, avait retenu son attention.

Un type costaud portant bonnet et lunettes noirs avait les yeux rivés sur la porte du centre d'accueil. Il y avait quelque chose d'étrange dans son attitude. Il avait le bras droit tendu, comme prêt à l'action, mais sa main était dissimulée. Lisbeth regarda de nouveau la porte d'en face, autant qu'elle le pouvait depuis sa position dans le taxi, et la vit s'entrouvrir.

Elle s'ouvrait lentement, comme si la personne derrière hésitait ou que la porte fût trop lourde pour elle. Lisbeth cria à Ahmed de s'arrêter. Puis elle sauta de la voiture encore en marche, au moment où l'homme de l'autre côté de la rue levait sa main droite et dirigeait un fusil à lunette télescopique sur la porte entrebâillée.

17

LE 22 NOVEMBRE

L'HOMME QUI SE FAISAIT APPELER Jan Holster n'aimait pas la situation. L'endroit était trop exposé et le moment mal choisi : trop de monde circulait dans le quartier à cette heure-là. Il avait beau être masqué, la lumière du jour et les flâneurs dans le parc derrière lui le troublaient. Surtout, plus que jamais, il détestait l'idée de tuer un enfant.

Mais les choses étaient ce qu'elles étaient, et il devait bien admettre que c'était lui qui avait créé cette situation.

Il avait sous-estimé l'enfant et maintenant il devait réparer son erreur. Cette fois, pas question de se faire des illusions ni de se laisser submerger par ses propres démons. Il allait se concentrer sur sa mission et redevenir le pro implacable qu'il avait toujours été. Surtout ne pas penser à Olga et encore moins se rappeler ce regard vide qui l'avait fixé dans la chambre de Balder.

Il devait concentrer son attention sur la porte de l'autre côté de la rue et sur le Remington qu'il tenait caché sous son coupe-vent, prêt à dégainer. Pourquoi ne se passait-il rien ? Il avait la bouche sèche. Le vent froid et humide le transperçait. La neige bordait la rue et les trottoirs, et à cette heure de pointe les gens s'affairaient. Il serra plus fort son arme et jeta un coup d'œil à sa montre.

9 h 16. 9 h 17. Toujours personne à la porte. Il jura entre ses dents : est-ce que quelque chose avait foiré ? Il n'avait pas d'autre garantie que les informations de Jurij, mais en temps normal c'était largement suffisant. Jurij était un magicien de l'informatique ; la veille, il avait passé un certain temps à rédiger de

faux mails, en se faisant aider par ses contacts en Suède pour la langue, pendant que Jan se concentrait sur tout le reste : les photos des lieux qu'ils avaient dénichées, le choix de l'arme la plus adéquate, et surtout les possibilités de fuite avec la voiture de location que Dennis Wilton, du MC Svavelsjö, leur avait procurée sous un faux nom, et qui était garée à quelques pâtés de maisons, avec Jurij au volant.

Holster sentit un mouvement juste derrière lui et tressaillit. Rien de grave, juste deux jeunes hommes qui passaient un peu trop près. La foule s'animait autour de lui et il n'aimait pas ça. Il se sentait anormalement déstabilisé par la situation. Plus loin, un chien aboyait. Une odeur de graillon flottait dans l'air, provenant sans doute du McDo. Et puis… de l'autre côté de la rue, un homme vêtu d'un manteau gris apparut enfin derrière la porte vitrée. À ses côtés, un petit garçon aux cheveux hirsutes vêtu d'une doudoune rouge. Holster fit comme toujours un signe de croix de la main gauche et posa le doigt sur la détente de son arme.

Puis… rien ? La porte ne s'ouvrait pas. L'homme semblait hésiter et regardait son téléphone. *Allez*, se dit Holster, *vas-y bon sang !* Finalement, tout doucement, la porte s'ouvrit et ils franchirent le seuil. Jan leva son pistolet, ajusta le visage du petit garçon à travers la lunette. Il aperçut à nouveau ces yeux vitreux et ressentit une violente pulsion. Soudain, il eut vraiment envie de tuer ce gosse, de faire disparaître une fois pour toutes ce regard troublant.

Mais à cet instant, une jeune femme surgit de nulle part et se jeta sur l'enfant. Holster appuya sur la détente et toucha sa cible, *une* cible, du moins. Il tira plusieurs fois mais l'enfant et la jeune femme avaient disparu derrière une voiture à la vitesse de l'éclair. Holster reprit son souffle, regarda autour de lui, puis se précipita de l'autre côté de la rue pour mener ce qu'il appelait une offensive de combat rapide.

Hors de question qu'il échoue à nouveau.

TORKEL LINDÉN N'ENTRETENAIT PAS de bons rapports avec son téléphone. Il avait fait l'objet d'une avalanche d'accusations, et contrairement à sa femme Saga qui sursautait à chaque appel dans l'espoir qu'il s'agisse d'une nouvelle proposition de travail, il ne ressentait qu'un malaise diffus lorsque son téléphone sonnait.

Le centre d'accueil et son directeur subissaient toutes sortes de critiques. D'une certaine façon c'était dans l'ordre des choses. Oden était un foyer d'accueil pour des cas d'urgence, dans des contextes où les émotions prenaient souvent le dessus. Mais au fond de lui, il savait pertinemment que les accusations étaient fondées. Il avait poussé un peu trop loin les restrictions économiques. En général, il préférait se dérober, aller faire un tour en forêt et laisser les autres se débrouiller seuls. Mais parfois aussi il recevait des compliments, on ne pouvait le nier, comme encore tout récemment de la part du professeur Edelman en personne.

Au départ, l'idée d'une intervention du professeur l'avait agacé. Il n'aimait pas que des gens de l'extérieur se mêlent à la gestion de son activité. Mais, après les louanges du mail reçu ce matin, il se sentait bien mieux disposé à son égard, et qui sait, peut-être réussirait-il à obtenir l'appui du professeur pour que le garçon reste un moment à Oden. Il avait l'impression que ce serait enrichissant, sans bien s'expliquer pourquoi.

Habituellement, il gardait ses distances avec les enfants, mais l'espèce de mystère qui émanait d'August l'attirait. La police et ses exigences l'avaient contrarié : il aurait voulu August pour lui seul, comme s'il avait l'espoir de pénétrer son secret. Il aurait au moins voulu comprendre le sens des interminables séries de chiffres qu'il avait écrits sur la bande dessinée *Bamse* dans la salle de jeu. Mais c'était un vrai défi. August Balder semblait détester toute forme de contact. Et voilà que maintenant il refusait de sortir. Il se montrait de nouveau terriblement entêté et Torkel fut obligé de le traîner.

— Allez, viens, grommela-t-il.

Alors son téléphone sonna.

Quelqu'un essayait de le joindre avec insistance, mais il ne prit pas la peine de répondre. C'était sûrement une énième plainte. Il jeta juste un œil sur l'écran de son téléphone en arrivant près de la porte. Il avait reçu d'étranges textos d'un numéro masqué, sans doute quelqu'un qui lui faisait une blague ou lui jouait un mauvais tour : il ne "devait pas franchir la porte". Il ne fallait "absolument pas sortir dans la rue".

C'était incompréhensible. Juste à ce moment-là, August semblait tenter de se sauver ; Torkel saisit son bras fermement, tourna la poignée avec une pointe d'hésitation et tira le garçon à l'extérieur. Dans un premier temps, tout parut normal. Des gens allaient et venaient, comme d'habitude. Il s'interrogea de nouveau sur ces SMS, mais, avant qu'il ait pu arriver au bout de sa pensée, quelqu'un débarqua comme une tornade sur la gauche et se jeta sur le garçon. Au même moment, il entendit des coups de feu.

Il comprit qu'il était en danger et jeta un regard terrifié de l'autre côté de la rue ; il vit un homme athlétique, de grande taille, qui traversait et fonçait droit sur lui, une arme à la main.

Sans s'inquiéter un instant d'August, Torkel tenta de faire demi-tour pour franchir la porte dans l'autre sens. Un bref instant, il crut qu'il allait y parvenir. Mais Torkel Lindén n'eut jamais le temps de se mettre à l'abri.

LISBETH AVAIT RÉAGI INSTINCTIVEMENT et s'était précipitée sur le garçon pour le protéger. Elle avait heurté violemment le trottoir et s'était blessée. C'était du moins l'impression qu'elle avait. Elle ressentait une douleur lancinante au niveau de l'épaule et de la poitrine, mais elle n'eut pas le temps de s'y attarder. Elle prit le garçon dans ses bras et chercha refuge derrière une voiture. Ils restèrent là, haletants, pendant que quelqu'un leur tirait dessus. Puis il y eut un silence inquiétant, et lorsque Lisbeth observa la rue dans l'interstice en dessous du châssis de la voiture, elle aperçut les jambes du tireur : des jambes robustes qui traversaient la rue à toute vitesse. L'espace d'un instant, elle envisagea de saisir le Beretta dans son sac et de répondre aux tirs, mais elle comprit qu'elle n'en aurait pas le temps. En revanche... une grosse Volvo passa juste à cet instant à faible allure le long de la chaussée... Elle empoigna le garçon, fonça sur la voiture, ouvrit la portière arrière au vol et se jeta à l'intérieur dans la plus grande confusion.

— Fonce! cria-t-elle en s'apercevant que du sang se répandait sur le siège, le sien ou celui du garçon.

JACOB CHARRO AVAIT VINGT-DEUX ANS et était le fier propriétaire d'une Volvo XC60 achetée à crédit avec l'aide de son père. Il était en route vers Uppsala pour déjeuner chez son oncle et sa tante, avec ses cousines, et s'en réjouissait. Il avait hâte de leur annoncer qu'il avait été recruté par l'équipe première du Syrianska FC.

La radio diffusait *Wake Me Up!* d'Avicii et il tambourinait des doigts sur le volant en longeant la Maison des concerts et l'École de commerce. Il y avait de l'agitation plus loin dans la rue. Les gens couraient dans tous les sens. Un homme criait, les voitures avançaient par à-coups, et il ralentit sans trop se poser de questions. S'il y avait eu un accident, il pourrait peut-être se rendre utile. Jacob Charro avait toujours rêvé de devenir un héros.

La scène lui fit néanmoins une sale impression, sans doute à cause de l'homme qui traversait la chaussée à toute allure. Il ressemblait à un soldat en pleine opération commando. Il y avait quelque chose d'extrêmement brutal dans ses mouvements. Jacob était sur le point d'enfoncer le champignon quand il entendit un bruit à l'arrière. Quelqu'un était en train de s'introduire dans sa voiture! Il hurla quelque chose qu'il ne comprit pas lui-même : ce n'était peut-être même pas du suédois. La personne – une jeune femme qui tenait un enfant – lui cria simplement en retour :

— Fonce!

Il eut une seconde d'hésitation. Qui étaient ces gens? Cette fille comptait peut-être le dépouiller et lui piquer sa voiture? Il était incapable de raisonner clairement. La situation était absurde. Mais l'instant suivant il fut contraint d'agir : la fenêtre arrière vola en éclats. Quelqu'un leur tirait dessus. Il enfonça le pied sur la pédale et, le cœur battant, grilla un feu rouge au croisement d'Odengatan.

— C'est quoi ce délire? cria-t-il. Qu'est-ce qui se passe?

— Chut! siffla la fille, et dans le rétroviseur il la vit ausculter rapidement, avec les mains expertes d'une infirmière, un petit garçon aux yeux terrifiés.

Ce n'est qu'alors qu'il découvrit qu'il y avait non seulement des bris de glace à l'arrière, mais aussi du sang.

— Il a pris une balle?

— Je ne sais pas. Contente-toi d'avancer. Ou non, prends à gauche, là… maintenant!

— OK, OK, répondit-il, terrorisé.

Il vira à gauche sur Vanadisvägen et roula à tombeau ouvert en direction de Vasastan, en se demandant s'ils étaient poursuivis et si on allait encore leur tirer dessus.

Courbé sur le volant, il sentait le courant d'air qui s'engouffrait par la vitre cassée. Dans quoi s'était-il laissé embarquer, bordel, et qui était cette fille? Il jeta un œil dans le rétroviseur. Elle avait les cheveux noirs, le regard sombre, des piercings, et l'espace d'un instant il se dit que c'était comme s'il n'existait pas pour elle. Puis elle marmonna quelque chose d'un ton presque gai.

— Bonnes nouvelles? demanda-t-il.

Elle ne répondit pas. Elle retira son cuir, empoigna son tee-shirt et… C'était quoi encore ce bordel? Elle déchira son tee-shirt d'un geste sec et se retrouva torse nu, sans soutif ni rien ; il fixa, perplexe, ses seins qui pointaient et surtout le sang qui les recouvrait et coulait tel un petit ruisseau sur son ventre et son jean.

Elle avait été touchée quelque part sous l'épaule, pas loin du cœur, elle saignait abondamment et comptait – il le comprit alors – utiliser le tee-shirt comme un garrot. Elle banda la blessure très fort pour stopper le saignement puis remit sa veste, ce qui lui donna un air drôlement arrogant, d'autant qu'elle avait la joue et le front tachés de sang, comme si elle arborait une peinture de guerre.

— La bonne nouvelle, c'est donc que c'est vous qui avez été touchée et pas l'enfant? demanda-t-il.

— Quelque chose comme ça.

— Je vous amène à l'hôpital Karolinska?

— Non.

LISBETH AVAIT TROUVÉ les points d'entrée et de sortie de la balle. Elle lui avait traversé l'épaule. La blessure saignait abondamment, elle en avait des palpitations jusque dans les tempes. Mais elle doutait qu'une artère fût touchée. Du moins elle l'espérait. Et puis elle se serait sans doute sentie bien plus mal encore si cela avait été le cas. Elle jeta un regard en arrière. En toute logique, le meurtrier devait disposer d'un véhicule pour prendre la fuite, mais apparemment, personne ne les pourchassait. Elle se dit qu'ils avaient peut-être réussi à déguerpir assez vite, puis elle baissa rapidement les yeux sur August.

Il gardait les bras croisés sur la poitrine et balançait son corps d'avant en arrière. Lisbeth se dit qu'elle devait intervenir. La première chose qui lui vint à l'esprit fut de retirer les éclats de verre de ses cheveux et de ses jambes, ce qui eut pour effet de le calmer un instant. Mais Lisbeth n'était pas certaine que ce fût un bon signe. Le regard d'August était bien trop vide. Elle lui adressa un hochement de tête, en s'efforçant d'avoir l'air de maîtriser la situation. Le résultat ne fut sans doute pas très convaincant. Elle se sentait mal, elle avait des vertiges et son tee-shirt était déjà imbibé de sang. Était-elle sur le point de tomber dans les pommes? Elle le redoutait et s'efforça d'échafauder rapidement un début de plan. Une chose était sûre : la police n'était pas une alternative. Les flics avaient jeté l'enfant dans les bras du meurtrier et ne semblaient pas maîtriser la situation. Quelles options lui restait-il?

Elle ne pouvait raisonnablement pas continuer dans cette voiture. Le véhicule avait été vu sur les lieux et, avec sa vitre brisée, il attirait l'attention. Il faudrait veiller à ce que le type la ramène chez elle pour qu'elle puisse prendre sa BMW enregistrée sous son autre identité, Irene Nesser. Mais serait-elle seulement capable de la conduire?

Elle se sentait franchement mal.

— Dirige-toi vers Västerbron! ordonna-t-elle.

— D'accord, d'accord, répondit le conducteur.

— Tu as quelque chose à boire?

— J'ai une bouteille de whisky.

— Donne-la-moi, dit-elle et il lui tendit la bouteille de Grant's destinée à son oncle. Elle eut toutes les peines du monde à l'ouvrir.

Elle arracha le pansement improvisé, versa du whisky sur la blessure, en but une, deux, trois bonnes gorgées, et s'apprêtait à en proposer à August quand elle réalisa que ce n'était pas une bonne idée. Les enfants ne boivent pas de whisky. Même en état de choc. Ses idées commençaient à devenir confuses.

— Il faut que tu enlèves ta chemise, dit-elle au type.

— Quoi ?

— J'ai besoin d'un autre bandage pour mon épaule.

— D'accord, mais…

— Fais pas chier.

— Si je dois vous aider, je veux au moins savoir pourquoi on vous a tiré dessus. Vous êtes des criminels ?

— J'essaie de protéger ce petit garçon, ce n'est pas plus compliqué que ça. Des enfoirés sont à sa poursuite.

— Pourquoi ?

— Ça ne te regarde pas.

— Donc ce n'est pas votre fils ?

— Je ne le connais pas.

— Pourquoi vous l'aidez alors ?

Lisbeth hésita.

— On a les mêmes ennemis, dit-elle.

Le type entreprit tant bien que mal d'ôter son pull en V en conduisant de la main gauche. Ensuite il déboutonna sa chemise, la retira et la tendit à Lisbeth qui l'enroula soigneusement autour de son épaule tout en veillant August du regard. Il était étrangement immobile, les yeux baissés sur ses jambes fluettes, l'air pétrifié. Lisbeth se demanda à nouveau ce qu'elle était censée faire.

Ils pouvaient évidemment se cacher dans son appartement. Personne en dehors de Mikael Blomkvist ne le connaissait et il était impossible de remonter jusqu'à cette adresse via son nom. Mais elle ne devait prendre aucun risque. À une certaine époque, elle avait fait la une, on l'avait prise pour une dingue, et l'ennemi auquel ils avaient affaire était visiblement doué pour dénicher des informations.

Il n'était pas totalement impensable que quelqu'un l'ait reconnue sur Sveavägen et que la police soit déjà à ses trousses. Elle avait besoin d'une nouvelle planque qui ne soit connectée à aucune de ses identités. Elle avait besoin d'aide. Mais vers qui se tourner ? Holger ?

Son bon vieux Holger Palmgren s'était presque totalement remis de son AVC et habitait désormais dans un deux-pièces sur Liljeholmstorget. Holger était le seul à vraiment la connaître. Il lui était d'une loyauté à toute épreuve et ferait tout ce qui était en son pouvoir pour l'aider. Mais il était vieux, il avait tendance à se faire facilement du souci, et elle ne voulait pas l'impliquer inutilement.

Bien sûr, il y avait aussi Mikael Blomkvist et à vrai dire, elle n'avait rien à lui reprocher. Pourtant, elle hésitait à le recontacter – peut-être justement parce qu'elle n'avait rien à lui reprocher. C'était quelqu'un de bien, un type correct et tout le tralala. Et puis merde… elle ne pouvait quand même pas trop lui en tenir rigueur. Elle lui téléphona. Il répondit dès la première sonnerie. Il avait l'air agité.

— C'est bon d'entendre ta voix. Qu'est-ce qui s'est passé ?

— Je ne peux pas t'en parler, là.

— Ils disent que vous êtes blessés. Il y a des traces de sang ici.

— L'enfant va bien.

— Et toi ?

— Ça va.

— Tu as été touchée ?

— On verra ça plus tard, Blomkvist.

Elle jeta un œil au-dehors et constata qu'ils se trouvaient déjà tout près de Västerbron. Elle se tourna vers le type au volant :

— Arrête-toi là, à l'arrêt de bus.

— Vous allez sortir ?

— *Tu* vas sortir. Tu vas me donner ton téléphone et attendre dehors pendant que je termine. C'est compris ?

— Oui, oui.

L'air effaré, il lui tendit son portable, arrêta la voiture et sortit. Lisbeth reprit la conversation.

— Qu'est-ce qui se passe ?

— T'occupe pas de ça, dit-elle. Je veux qu'à partir de maintenant tu aies toujours un téléphone Android avec toi, un Samsung par exemple. Vous avez bien ça à la rédaction ?

— Oui, il doit y en avoir quelques-uns.

— Bien, ensuite tu vas directement sur Google Play et tu télécharges une application RedPhone ainsi qu'une application Threema pour les SMS. Il faut qu'on puisse communiquer en toute sécurité.

— D'accord.

— Et si tu es aussi débile que je le pense, il va falloir quelqu'un pour t'aider, mais personne ne doit savoir qui. On ne doit prendre aucun risque.

— Pas de souci.

— D'ailleurs…

— Oui ?

— Le téléphone, c'est uniquement en cas d'urgence. Sinon, on communiquera via un lien spécial sur ton ordinateur. Je veux que toi ou la personne qui n'est pas débile aille sur pgpi.org et télécharge un programme de cryptage pour ta messagerie. Il faut le faire maintenant. Trouve ensuite une planque sûre pour l'enfant et moi, un endroit qui ne soit lié ni à *Millénium* ni à toi. Quand tu l'as trouvé, tu m'envoies l'adresse dans un mail crypté.

— Lisbeth, ce n'est pas à toi de protéger l'enfant.

— Je ne fais pas confiance à la police.

— Alors nous devons trouver quelqu'un d'autre en qui tu aies confiance. Le gamin est autiste, il a besoin de soins particuliers, tu ne devrais pas en avoir la responsabilité, surtout si tu as reçu une balle…

— Tu vas continuer à raconter des conneries ou m'aider ?

— Je vais t'aider, évidemment.

— Bien. Vérifie [La boîte de Lisbeth] d'ici cinq minutes. J'y laisserai plus d'informations. Après, tu effaces.

— Lisbeth, écoute-moi, tu dois aller à l'hôpital. Il faut que tu te soignes. J'entends à ta voix…

Elle raccrocha et cria au type qui attendait sous l'arrêt de bus de revenir, puis elle sortit son ordinateur portable et pirata l'ordinateur de Mikael à l'aide de son téléphone. Elle nota des instructions sur les procédures à suivre pour le téléchargement et l'installation du programme de cryptage.

Puis elle dit au type de la conduire jusqu'à la place Mosebacke. C'était risqué. Mais elle ne voyait pas d'autre solution. Tout, autour d'elle, devenait de plus en plus flou.

MIKAEL BLOMKVIST JURA EN SILENCE. Il était sur Sveavägen, non loin du corps sans vie, devant les délimitations du périmètre que les premiers agents de police arrivés sur les lieux étaient en train d'établir. Depuis le premier appel de Lisbeth, il n'avait pas arrêté. Il s'était jeté dans un taxi et avait tout fait, en chemin, pour empêcher que l'enfant et le directeur ne se retrouvent dans la rue.

Il n'avait pu joindre qu'une employée du centre d'accueil, une certaine Birgitta Lindgren. Elle s'était immédiatement précipitée dans l'escalier, juste à temps pour voir son supérieur s'effondrer contre la porte, une balle en pleine tête. Lorsque Mikael avait débarqué dix minutes plus tard, Birgitta Lindgren était dans tous ses états mais elle avait quand même pu lui dresser un tableau de ce qui venait de se produire, un récit complété par un autre témoin, une certaine Ulrika Franzén, qui était alors en route pour les éditions Albert Bonnier, situées un peu plus loin dans la rue.

Avant que le téléphone ne sonne de nouveau, Mikael avait compris que Lisbeth venait de sauver la vie d'August Balder. Qu'elle et l'enfant étaient désormais dans la voiture d'un inconnu qu'on pouvait imaginer peu disposé à les aider, étant donné qu'il s'était lui-même fait tirer dessus. Mais Mikael avait surtout vu les traces de sang sur le trottoir, dans la rue, et même si ce deuxième appel l'avait un peu rassuré, il demeurait inquiet. À sa voix, il avait senti Lisbeth à bout de forces et pourtant totalement déterminée – ce qui ne le surprenait pas outre mesure.

Bien que probablement blessée par balle, elle voulait avant tout mettre le petit garçon à l'abri, et elle voulait le faire elle-même, ce qu'on pouvait comprendre quand on connaissait son passé. Mais est-ce que lui et *Millénium* devaient prendre part à cette manœuvre ? Aussi héroïque qu'ait été son comportement sur Sveavägen, l'affaire serait certainement considérée comme un enlèvement d'un point de vue strictement juridique. Il ne pouvait pas être associé à ça. Il avait déjà assez de problèmes avec les médias et le procureur.

Mais c'était de Lisbeth qu'il était question, là, et il lui avait fait une promesse. Bien sûr qu'il allait l'aider, bordel, même si Erika devait péter les plombs, et que Dieu seul savait comment tout ça allait tourner. Il inspira donc profondément et sortit son téléphone. Mais il n'eut pas le temps de composer de numéro : une voix familière cria son nom derrière lui. C'était Jan Bublanski. Il arrivait d'un pas pressé, la mine totalement décomposée. Sonja Modig et un grand type athlétique d'une cinquantaine d'années, sans doute le professeur que Lisbeth avait mentionné au téléphone, marchaient à ses côtés.

— Où est le garçon ? haleta Bublanski.

— Il a disparu vers le nord dans une Volvo rouge, quelqu'un l'a sauvé.

— Qui ?

— Je vais vous dire tout ce que je sais, dit Mikael – en ignorant sur le moment ce qu'il allait ou devait raconter. Mais je dois d'abord passer un coup de fil.

— Non, non, tu vas d'abord nous parler. On va lancer une alerte nationale.

— Allez voir la femme, là-bas. Elle s'appelle Ulrika Franzén. Elle en sait plus que moi. Elle a été témoin de la scène, et elle peut même vous donner un signalement relativement précis de l'auteur des coups de feu. Je ne suis arrivé que dix minutes après.

— Et celui qui a sauvé le garçon ?

— *Celle* qui a sauvé le garçon. Ulrika Franzén peut aussi vous la décrire. Mais là, vous voudrez bien m'excuser…

— Explique-moi d'abord comment tu as su que quelque chose allait se passer ici ? siffla Sonja Modig, avec une colère inattendue. J'ai entendu sur la radio que tu avais appelé SOS-Secours avant même que des coups de feu n'aient été tirés.

— J'ai reçu un tuyau.

— De la part de qui ?

De nouveau, Mikael inspira profondément et regarda Sonja droit dans les yeux, d'un air inébranlable.

— Contrairement aux conneries que débitent les journaux, je veux vraiment collaborer avec vous de toutes les manières possibles, j'espère que vous n'en doutez pas.

— Je t'ai toujours fait confiance, Mikael. Mais là, pour la première fois, je dois avouer que je me pose des questions, répondit Sonja.

— D'accord, je peux comprendre. Mais alors vous devez respecter le fait que *moi* je ne vous fais pas confiance non plus. Il y a eu un sérieux problème de fuite chez vous, vous vous en êtes rendu compte, pas vrai? Sans ça, ce drame n'aurait pas eu lieu, dit-il en désignant le corps sans vie de Torkel Lindén.

— C'est vrai. Quel merdier, glissa Bublanski.

— Bon. Maintenant, j'ai un coup de fil à passer, dit Mikael et il s'éloigna un peu pour parler tranquillement.

Mais il ne passa pas ce coup de fil. Il se dit qu'il était grand temps d'adopter enfin une attitude plus raisonnable vis-à-vis de la sécurité. Il informa donc Bublanski et Modig qu'il devait retourner à la rédaction, mais qu'il restait à leur entière disposition. Sur quoi, Sonja, à son propre étonnement, lui empoigna le bras.

— Tu dois d'abord nous expliquer comment tu as su ce qui allait se produire, dit-elle sévèrement.

— Je suis malheureusement obligé de faire valoir la protection des sources, répondit Mikael, avec un sourire gêné.

Puis il héla un taxi et retourna à la rédaction, complètement absorbé par ses pensées. Pour les problèmes informatiques, *Millénium* avait depuis quelque temps recours à l'entreprise Tech Source, une bande de jeunes filles rapides et efficaces qui les aidaient ponctuellement. Mais il ne voulait pas les mêler à ça maintenant. Il ne voulait pas non plus de Christer Malm, même s'il était le plus calé en informatique au sein de la rédaction. Il pensait plutôt à Andrei. Il était déjà sur l'affaire et il se débrouillait royalement avec un ordinateur. Mikael décida donc de s'adresser à lui et se fit la promesse de se battre pour que le type obtienne un poste si Erika et lui finissaient par se dépêtrer de ce bordel.

LA MATINÉE D'ERIKA était déjà un cauchemar avant les coups de feu sur Sveavägen, à cause de cette putain de dépêche de TT. Dans un sens, ce n'était que la continuité du précédent lynchage subi par Mikael. Les jalousies se déchaînaient et des mesquineries de toute sorte fleurissaient sur Twitter et sur les forums. Des racistes frénétiques qui haïssaient *Millénium* pour son engagement contre toute forme de xénophobie avaient joint leurs voix au concert.

Le plus pénible dans l'histoire, c'était qu'il devenait extrêmement difficile pour tout le monde, au sein de la rédaction, de faire son travail. Les gens semblaient subitement moins disposés à fournir des infos au journal. Par ailleurs, la rumeur circulait que le procureur Richard Ekström préparait une perquisition au journal. Erika Berger n'y croyait qu'à moitié : la perquisition d'une rédaction était une affaire grave, surtout du point de vue de la protection des sources.

Mais elle partageait l'avis de Christer : l'ambiance était devenue si délétère que des fonctionnaires de justice et des gens sensés pourraient avoir l'idée de déborder du cadre habituel. Elle était en train d'imaginer quelle serait la meilleure forme de riposte quand Mikael franchit la porte de la rédaction. À sa grande surprise, il ne prit pas le temps de lui parler. Il fonça directement auprès d'Andrei Zander et l'entraîna dans son bureau.

Elle les rejoignit peu de temps après. Le premier mot qu'elle distingua de leur conversation fut "PGP". Elle savait de quoi il s'agissait pour avoir suivi une formation en sécurité informatique. Andrei avait l'air tendu, concentré. Elle vit qu'il prenait des notes sur son carnet. Quelques minutes plus tard, sans même lui avoir accordé un regard, il quitta le bureau et s'installa devant l'ordinateur portable de Mikael qui se trouvait dans l'open space.

— Qu'est-ce qui se passe ?

Mikael lui fit le déroulé des événements et de leurs conséquences à voix basse. Le moins qu'on puisse dire, c'est qu'elle n'accueillit pas les informations avec sérénité. Elle avait même du mal à les assimiler, si bien que Mikael dut se répéter plusieurs fois.

— Et tu veux que je leur trouve une planque ? demanda-t-elle.

— Je suis désolé de te mêler à ça, Erika. Mais personne d'autre dans mon entourage ne connaît autant de propriétaires de maisons de campagne que toi.

— Je ne sais pas, Mikael. Vraiment.

— Je ne peux pas les laisser tomber, Erika. Lisbeth a pris une balle. C'est une situation désespérée.

— Si elle est blessée, elle doit aller à l'hôpital.

— Elle refuse. Elle veut à tout prix protéger l'enfant.

— Pour qu'il puisse dessiner le meurtrier.

— Oui.

— C'est une trop grosse responsabilité, Mikael, et c'est trop risqué. S'il leur arrive quoi que ce soit, ça va nous retomber dessus et le journal sera définitivement coulé. On n'a pas à faire de la protection de témoins, ce n'est pas notre boulot. C'est une affaire criminelle, c'est du ressort de la police – imagine seulement les enjeux psychologiques et le nombre d'éléments primordiaux pour l'enquête que ces dessins pourraient mettre au jour. Il doit y avoir une autre solution.

— Il y en aurait sûrement une si on n'avait pas affaire à Lisbeth Salander.

— Parfois, j'en ai vraiment marre que tu la défendes systématiquement.

— J'essaie juste d'envisager la situation d'un point de vue réaliste. Les autorités ont commis une faute grave envers August Balder et mis sa vie en danger. Et c'est le genre de chose qui fout Lisbeth en boule.

— Du coup, on n'a plus qu'à faire avec, c'est ça?

— On est bien obligés. Elle est dans la nature, elle est furax et elle n'a nulle part où aller.

— Planque-les à Sandhamn alors.

— Il y a trop de liens entre moi et Lisbeth. Si son nom sort, ils iront directement vérifier mes adresses.

— Bon, d'accord.

— D'accord quoi?

— Je vais trouver quelque chose.

Elle n'en revenait pas elle-même d'avoir dit un truc pareil. Mais c'était comme ça avec Mikael – quand il avait besoin d'elle, elle ne pouvait rien lui refuser. Et elle savait qu'il en ferait autant. Il aurait fait n'importe quoi pour elle.

— Formidable, Ricky. Où?

Elle réfléchit, mais rien ne lui vint à l'esprit. Sa tête était vide. Pas un nom, pas une seule personne, comme si, soudain, elle n'avait plus de réseau.

— Je dois y réfléchir, dit-elle.

— Fais vite et donne l'adresse et l'itinéraire à Andrei. Il sait ce qu'il faut faire.

Erika avait besoin de prendre l'air. Elle descendit l'escalier et se promena sur Götgatan, en direction de Medborgarplatsen, tandis qu'elle égrenait mentalement un nom après l'autre sans qu'aucun ne semble coller. Les enjeux étaient trop importants, et aucun de ceux qui lui venaient à l'esprit ne lui paraissait convenir, ou alors elle ne voulait pas leur faire courir de tels risques ou les déranger avec ça. Peut-être parce que, de son côté, toute cette histoire la dérangeait tellement. D'un autre côté… il s'agissait d'un petit garçon qui s'était fait tirer dessus. Et elle avait promis. Elle devait trouver une solution.

Une sirène de police hurlait au loin. Elle jeta un regard vers le parc, la station de métro et la mosquée plus haut. Un jeune homme passa près d'elle, maniant discrètement des documents, comme s'il venait de recevoir des informations confidentielles, et là, soudain : Gabriella Grane. Le nom la surprit d'abord. Gabriella n'était pas une amie proche et elle travaillait dans un secteur où il n'était absolument pas question d'enfreindre les lois. Donc, non, c'était une idée idiote. Le simple fait d'envisager la proposition pourrait lui faire perdre son poste. Et pourtant… cette pensée ne voulait plus la lâcher.

Gabriella était quelqu'un de bien et de responsable. Un souvenir remonta à la surface. C'était l'été précédent, aux premières heures du jour, après un festin d'écrevisses dans la cabane de Gabriella, à Ingarö. Elles étaient assises toutes les deux sur une balancelle, sur la petite terrasse face à la mer qu'on apercevait au loin à travers les arbres.

— Je me réfugierais bien ici quand les hyènes seront à mes trousses, avait dit Erika sans vraiment savoir à quelles hyènes elle faisait allusion.

C'était sans doute un de ces moments de fatigue où elle s'était sentie vulnérable, et quelque chose dans cette maison lui avait donné l'impression qu'elle pourrait faire un bon refuge.

Située au-dessus d'un rocher, entourée d'arbres, elle était à l'abri des regards, et elle se souvenait parfaitement de ce que Gabriella lui avait répondu :

— Quand les hyènes attaqueront, tu seras la bienvenue ici, Erika.

Maintenant qu'elle se remémorait ces mots, elle se dit qu'appeler Gabriella n'était peut-être pas une si mauvaise idée, finalement.

Le simple fait de demander était peut-être abusé, mais elle décida de tenter le coup. Elle chercha dans ses contacts et revint à la rédaction passer l'appel depuis l'application RedPhone qu'Andrei avait mise en place pour elle aussi.

18

LE 22 NOVEMBRE

GABRIELLA GRANE était sur le point de se rendre à une réunion
d'urgence organisée avec Helena Kraft et son équipe de la Säpo
sur le tout récent drame sur Sveavägen lorsque son téléphone
mobile privé vibra. Même si elle bouillonnait de rage – ou peut-
être justement pour cette raison –, elle répondit très vite :

— Oui ?

— C'est Erika.

— Salut. Je n'ai pas le temps de parler là. On se rappelle.

— J'avais une… poursuivit Erika.

Mais Gabriella avait déjà raccroché : ce n'était vraiment pas
le bon moment pour une conversation amicale. L'air déterminée, prête pour l'offensive, elle franchit la porte de la salle
de réunion. Des informations capitales avaient fuité, une
deuxième personne était morte, une autre probablement grièvement blessée, et elle avait plus que jamais envie d'envoyer
tout le monde balader. Dans leur quête désordonnée de nouvelles informations, ils avaient fait n'importe quoi et agi avec
une imprudence coupable. Pendant trente secondes, submer-
gée par sa colère, elle n'entendit pas un mot de ce qui se disait.
Puis un nom lui fit tendre l'oreille.

Quelqu'un expliquait que Mikael Blomkvist avait appelé
SOS-Secours avant que les coups de feu ne soient tirés sur Sveavägen. Et voilà qu'avait voulu la joindre Erika Berger qui n'avait
pas vraiment pour habitude de la contacter sans raison, surtout
pendant les heures de bureau. C'était tout de même curieux,
non ? Se pouvait-il qu'elle ait quelque chose d'important, de
crucial même, à révéler ? Gabriella se leva et s'excusa.

— Gabriella, je crois qu'il est très important que tu écoutes, dit Helena Kraft avec une sévérité inhabituelle.

— J'ai un appel à passer, répondit-elle, peu disposée à cet instant à contenter la chef de la Säpo.

— Quel genre d'appel ?

— Un appel, dit-elle avant de prendre congé et d'aller s'enfermer dans son bureau pour téléphoner à Erika Berger.

ERIKA DEMANDA AUSSITÔT À GABRIELLA de raccrocher et de la rappeler sur son téléphone Samsung. Lorsqu'elle eut de nouveau son amie en ligne, elle sentit qu'elle n'était pas dans son état habituel. Aucune trace dans sa voix de la chaleureuse amitié qui les unissait. Au contraire, Gabriella semblait froide et inquiète, comme si elle avait deviné qu'Erika avait une annonce grave à lui faire.

— Salut, se contenta-t-elle de dire. Je suis vraiment dans le jus, là. Tu voulais me parler d'August Balder ?

Erika ressentit un malaise immédiat.

— Comment tu peux savoir ça ?

— Je suis sur l'enquête et je viens d'apprendre que Mikael aurait été tuyauté sur ce qui allait se passer sur Sveavägen.

— Vous êtes déjà au courant ?

— Oui, et on voudrait vraiment savoir d'où lui est venue l'info.

— Désolée. Je dois invoquer la protection des sources.

— OK. Mais qu'est-ce que tu voulais ? Pourquoi m'as-tu appelée ?

Erika ferma les yeux et prit une profonde inspiration. Comment avait-elle pu être aussi stupide ?

— Je vais me tourner vers quelqu'un d'autre, dit-elle. Je ne veux pas t'exposer à un conflit éthique.

— J'accepte volontiers n'importe quel conflit éthique, Erika, mais je ne supporte pas que tu me caches des choses. Cette enquête est plus importante pour moi que tu ne peux l'imaginer.

— Ah oui ?

— Absolument. J'ai moi aussi reçu un tuyau, je savais que Balder était en danger, mais je n'ai pas réussi à empêcher le meurtre. Et je vais devoir vivre avec le poids de cet échec pour le restant de mes jours. Alors, s'il te plaît, ne me cache rien.

— Je n'ai pas le choix, Gabriella. Je suis désolée. Je ne veux pas qu'il t'arrive quelque chose à cause de nous.

— J'ai rencontré Mikael à Saltsjöbaden la nuit du meurtre.

— Il ne m'a rien dit.

— Je n'ai pas jugé utile de me faire connaître.

— Tu as sans doute bien fait.

— On pourrait s'aider mutuellement dans ce bordel.

— Oui, bien sûr. Je vais demander à Mikael de t'appeler. Maintenant, je dois vraiment m'occuper de ce truc.

— Je sais aussi bien que vous qu'il y a eu une fuite au commissariat. Au point où on en est, je comprends bien qu'il faut chercher des collaborations alternatives.

— Absolument. Mais là, je suis navrée, il faut que je me remette en chasse.

— Bon, fit Gabriella, déçue. Je fais comme si cette conversation n'avait jamais eu lieu. Bonne chance.

— Merci, dit Erika.

Elle se remit à fouiller parmi ses contacts.

GABRIELLA GRANE RETOURNA à la réunion, la tête pleine d'interrogations. Qu'est-ce qu'Erika avait bien pu vouloir lui demander? Il lui semblait en avoir une vague intuition mais elle n'eut pas le temps d'approfondir le sujet. Lorsqu'elle franchit le seuil de la salle de réunion, la conversation s'éteignit et tous les regards se fixèrent sur elle.

— C'était quoi cette histoire? demanda Helena Kraft.

— Une affaire privée.

— Dont tu étais obligée de t'occuper tout de suite?

— Dont j'étais obligée de m'occuper, oui. On en est où?

— On parlait des événements de Sveavägen, et j'étais en train de souligner que nous ne disposons pour l'instant que d'informations incomplètes, dit le chef de service Ragnar Olofsson. La situation est assez chaotique. Et on risque aussi de perdre notre source au sein de l'équipe de Bublanski. L'inspecteur est devenu complètement parano après ce qui s'est passé.

— Il y a de quoi, dit Gabriella d'une voix sévère.

— Oui... enfin, on a évoqué ça aussi : on ne va évidemment pas abandonner avant d'avoir compris comment le tireur a été informé du fait que le garçon se trouvait dans le foyer, et comment il savait qu'il en sortirait juste à ce moment-là. Inutile de préciser qu'on va mettre tous nos moyens là-dessus. Mais je crois qu'il est important d'insister sur le fait que la fuite ne vient pas forcément de la police. Un certain nombre de personnes étaient au courant : au centre d'accueil, évidemment, mais aussi la mère et Lasse Westman, dont on sait qu'il est imprévisible, et des gens au sein de la rédaction de *Millénium*. D'ailleurs on ne doit pas exclure un piratage informatique. J'y reviendrai. Mais si je pouvais poursuivre mon compte rendu...

— Certainement.

— Nous venons de discuter du rôle de Mikael Blomkvist et il y a vraiment de quoi être troublé. Comment se fait-il qu'il ait été au courant d'une fusillade avant que celle-ci n'ait eu lieu ? De mon point de vue, il dispose d'une source proche des criminels et, dans ce cas, il n'y a aucune raison de respecter aveuglément le secret professionnel. Il faut qu'on sache d'où est venue l'info.

— Surtout qu'il a l'air en mauvaise posture et prêt à tout pour sortir un bon scoop, ajouta l'inspecteur-chef Mårten Nielsen.

— Mårten a visiblement de bonnes sources lui aussi. Il lit les tabloïds, dit Gabriella, d'un air caustique.

— Pas les tabloïds, chérie. TT. Un organe de presse auquel même nous, à la Säpo, nous accordons une certaine crédibilité.

— C'était une dépêche tendancieuse, de la diffamation pure et simple, tu le sais aussi bien que moi, contra Gabriella.

— J'ignorais que tu en pinçais autant pour Blomkvist.

— Pauvre con.

— Arrêtez ça tout de suite ! lança Helena. Qu'est-ce que c'est que ces enfantillages ? Continue, Ragnar. Que sait-on du déroulement des faits ?

— Les agents de police Erik Sandström et Tord Landgren sont arrivés les premiers sur les lieux. Pour l'instant, c'est d'eux que je reçois les informations. Ils ont débarqué là-bas à 9 h 24 très précisément, et tout était déjà fini. Torkel Lindén était mort, il avait reçu une balle à l'arrière de la tête. Quant à l'enfant, on ignore ce qu'il est devenu. D'après certains témoignages, il serait blessé lui aussi et effectivement, il y a des traces de sang sur le trottoir et dans la rue. Mais on n'est sûr de rien pour le moment. L'enfant a disparu à l'intérieur d'une Volvo rouge. Nous avons une partie de la plaque minéralogique et le modèle du véhicule. On devrait retrouver le propriétaire assez rapidement.

Gabriella remarqua qu'Helena Kraft prenait méticuleusement des notes, comme elle l'avait fait lors de leurs précédentes réunions.

— Mais que s'est-il passé ? demanda-t-elle.

— D'après les témoignages de deux étudiants de l'École de commerce qui se trouvaient sur le trottoir d'en face, ça ressemblait à un règlement de comptes entre deux bandes criminelles qui voulaient s'en prendre à l'enfant.

— Ça me paraît tiré par les cheveux.

— Pas si sûr, rétorqua Ragnar Olofsson.

— Qu'est-ce qui te fait dire ça ? demanda Helena Kraft.

— C'étaient des pros des deux côtés. Le tireur semble avoir surveillé la porte depuis le mur de l'autre côté de la rue, juste devant le parc. Un certain nombre de détails laissent penser qu'il s'agit de l'homme qui a tué Balder. Personne n'a vraiment vu son visage ; il portait peut-être une sorte de camouflage. Mais il y a des similitudes dans les descriptions de ses mouvements, sa rapidité, son efficacité. Et, en face, il y a donc cette femme.

— Qu'est-ce qu'on sait d'elle ?

— Pas grand-chose. Apparemment, elle portait une veste en cuir et un jean foncé. Jeune, cheveux noirs, piercings, disent certains, genre rocker ou punk, de petite taille et extrêmement alerte. Elle a surgi de nulle part et s'est jetée sur l'enfant pour le protéger. Tous les témoins concordent pour affirmer qu'elle n'avait rien d'une simple passante. Elle a déboulé en trombe comme si elle était entraînée pour ça ou qu'elle s'était déjà retrouvée dans ce genre de situations. Elle a agi de manière extrêmement déterminée. En ce qui concerne la Volvo, les témoignages divergent. Pour certains, elle passait là par hasard et la femme et le garçon se seraient jetés à l'intérieur alors que le véhicule avançait au pas. D'autres – pour être précis les deux étudiants de l'École de commerce – pensent que la voiture faisait partie de l'opération. Quoi qu'il en soit, on peut considérer qu'on se retrouve avec un enlèvement sur les bras.

— Dans quel but?

— Ce n'est pas à moi qu'il faut poser la question.

— Donc cette femme n'a pas seulement sauvé le garçon, elle l'a aussi enlevé? demanda Gabriella.

— On dirait bien, non? Autrement, on aurait déjà eu de ses nouvelles.

— Comment est-elle arrivée sur les lieux?

— On l'ignore pour l'instant. Mais un témoin, qui a été rédacteur en chef dans la presse syndicale, prétend que la femme lui disait quelque chose, qu'elle était même connue, poursuivit Ragnar Olofsson.

Il ajouta encore d'autres détails, mais Gabriella avait cessé de l'écouter. Une idée sidérante venait de lui traverser l'esprit : *La fille de Zalachenko, c'est forcément la fille de Zalachenko.* Elle savait qu'elle avait tort de réduire cette fille à ce lien de parenté : elle n'avait rien à voir avec son père, au contraire, elle l'avait même haï. Mais après tout ce que Gabriella avait lu sur l'affaire Zalachenko quelques années plus tôt, elle avait fini par la considérer comme "la fille de", et tandis que Ragnar Olofsson débitait ses supputations, elle voyait les pièces du puzzle se mettre en place. Hier déjà, elle avait décelé quelques liens possibles entre l'ancien réseau de Zalachenko et le groupe qu'on appelait Spider. Mais elle avait écarté cette idée, estimant qu'il y avait des limites aux diverses compétences que pouvaient développer des criminels.

Difficile d'imaginer que des glandeurs en blouson noir qui passent leurs journées dans des clubs de motards à lire des magazines pornos se mettent du jour au lendemain à voler des données technologiques de pointe. C'était complètement invraisemblable. Pourtant, l'idée avait germé et Gabriella s'était même demandé si la fille qui avait aidé Linus Brandell à tracer l'intrusion dans les ordinateurs de Balder n'était pas la fille de Zalachenko. Dans un document de la Säpo la concernant, on pouvait lire : "Hackeuse ? Experte en informatique ?", et même si les questions ne reposaient que sur les éloges que lui avait valus son travail chez Milton Security, il apparaissait clairement qu'elle avait passé beaucoup de temps à étudier le réseau criminel de son père.

Le plus frappant dans ce contexte, c'était le lien notoire entre cette femme et Mikael Blomkvist. La nature exacte de ce lien restait obscure, et Gabriella ne croyait pas une seconde aux rumeurs malveillantes faisant état de pratiques sadomasos ou de relations de domination. Mais la connexion était là : Mikael Blomkvist et la jeune femme qui correspondait au signalement de la fille de Zalachenko – et qui, d'après un témoin, avait une tête connue – semblaient avoir été informés au préalable de la fusillade sur Sveavägen, puis Erika Berger avait téléphoné à Gabriella pour lui parler de quelque chose d'important à propos de ces événements. Tout ça ne pointait-il pas dans la même direction ?

— Je pensais à une chose, dit Gabriella, peut-être d'une voix trop forte, interrompant Ragnar Olofsson.

— Oui, répondit-il, agacé.

— Je me demandais…

Elle était sur le point d'exposer sa théorie lorsqu'elle pensa à un détail qui la fit hésiter.

Ce n'était pas grand-chose, une broutille. Juste le fait qu'Helena Kraft continuait de consigner avec la même méticulosité le compte rendu de Ragnar Olofsson. Il y avait peut-être tout lieu de se réjouir qu'un haut responsable se montre attentif à la moindre remarque de ses subalternes, mais quelque chose dans le zèle excessif qu'elle mettait à tout retranscrire la fit s'interroger : un cadre dirigeant dont la tâche consiste à avoir une vue d'ensemble était-il censé s'intéresser de si près au détail de chaque élément ?

Sans pouvoir s'expliquer pourquoi, elle ressentit un profond malaise. Peut-être parce qu'elle était sur le point de désigner quelqu'un sans fondements réels, mais plus probablement à cause de l'attitude d'Helena Kraft. Se sentant observée, celle-ci avait détourné le regard, l'air embarrassé. Il lui sembla même qu'elle avait rougi. Gabriella décida de ne pas aller au bout de sa phrase.

— C'est-à-dire…

— Oui, Gabriella?

— Non, rien, conclut-elle, prise d'un vif désir de quitter la pièce.

Bravant la mauvaise impression qu'elle allait donner encore une fois, elle sortit à nouveau de la salle de réunion et alla s'enfermer dans les toilettes.

Plus tard, elle se souviendrait de cet instant où elle s'était regardée dans le miroir en essayant de donner un sens à ce qu'elle avait vu. Helena Kraft avait-elle vraiment rougi et, si c'était le cas, qu'est-ce que cela signifiait? Rien, conclut-elle, probablement rien, et même si c'était bien de l'embarras ou de la culpabilité que Gabriella avait lu sur son visage, comment en connaître l'origine? Un souvenir gênant avait pu lui traverser l'esprit, tout simplement. Elle connaissait mal Helena Kraft, mais elle refusait de croire que cette femme-là puisse envoyer un enfant à la mort pour en tirer un profit quelconque. C'était impossible.

Gabriella devenait paranoïaque. La caricature de l'espion qui voit des taupes partout, jusque dans son propre reflet. "Idiote", marmonna-t-elle, et elle se sourit d'un air résigné comme pour rejeter toutes ces bêtises et revenir à la réalité. Mais le malaise persistait. À cet instant, elle eut l'impression de voir poindre une nouvelle vérité dans ses propres yeux.

Elle devinait en quoi elle ressemblait à Helena Kraft : elle était douée, ambitieuse et guettait les compliments de ses supérieurs – ce qui n'était pas son trait de caractère le plus séduisant. Avec de telles dispositions, dans un milieu professionnel malsain, on avait toutes les chances de devenir malsain à son tour… La volonté de plaire était peut-être un pousse-au-crime plus puissant encore que la méchanceté ou la cupidité.

Les gens veulent complaire, bien faire, et finissent par commettre des bêtises inimaginables. Elle se demanda soudain si ce n'étaient pas ces travers qui avaient joué contre eux ici. Hans Faste – car c'était bien lui leur source au sein de l'équipe de Bublanski, non? – leur avait transmis des informations parce que c'était sa mission et qu'il voulait marquer des points auprès de la Säpo. Ragnar Olofsson avait à son tour logiquement veillé à ce qu'Helena Kraft soit informée dans le moindre détail, d'abord parce que c'était sa supérieure, ensuite parce qu'il voulait être bien vu. Après cela... eh bien, Helena Kraft avait peut-être transmis l'information à d'autres encore, parce qu'elle aussi voulait bien faire et se mettre en avant. Mais à qui? Le directeur de la Police nationale, le gouvernement? Ou alors un service de renseignements étranger, américain ou anglais de préférence, qui à son tour...

Gabriella n'alla pas plus loin dans son raisonnement et se dit encore une fois qu'elle déraillait. Elle en était presque convaincue, mais restait gênée par le sentiment qu'elle ne pouvait pas faire confiance à son groupe. Oui, elle aussi, elle voulait bien faire, mais pas à la manière de la Säpo. Elle voulait juste qu'August Balder s'en sorte et, à cette pensée, le regard d'Erika Berger se substitua au visage d'Helena Kraft. Elle retourna alors dans son bureau et sortit son Blackphone, celui-là même qu'elle avait utilisé lors de ses conversations avec Frans Balder.

ERIKA ÉTAIT RESSORTIE pour parler plus tranquillement et se trouvait maintenant devant la librairie Söder sur Götgatan, à se demander si elle n'avait pas fait une bêtise. Gabriella Grane avait été tellement persuasive qu'Erika n'avait pas pu s'en défendre. De l'inconvénient d'avoir des copines trop intelligentes : elles lisent en vous comme dans un livre ouvert.

Gabriella avait deviné les intentions d'Erika et lui avait assuré qu'elle se sentait une responsabilité morale vis-à-vis de l'enfant et ne dévoilerait jamais la cachette, quand bien même cela allait à l'encontre de toute déontologie. Elle avait une dette envers lui et voulait apporter son aide. Elle allait lui faire porter les clés de sa cabane à Ingarö par coursier et veiller à ce que l'itinéraire soit mis sur le lien crypté qu'Andrei Zander avait préparé d'après les instructions de Lisbeth Salander.

Un mendiant s'affala plus loin sur Götgatan, déversant sur le trottoir deux sacs de bouteilles à consigner. Erika accourut pour l'aider, mais l'homme, qui se remit rapidement debout, refusa son secours, et Erika lui adressa un sourire triste avant de reprendre son chemin vers le journal.

De retour à la rédaction, elle constata que Mikael avait l'air épuisé. Elle ne l'avait pas vu dans cet état depuis longtemps, avec ses cheveux hirsutes et sa chemise débraillée. Pourtant elle n'était pas inquiète. Quand ses yeux brillaient de cette façon, rien ne pouvait l'arrêter. Il était entré dans cette phase de concentration totale qui ne prendrait fin que lorsqu'il serait allé au bout de l'histoire.

— Tu as trouvé une planque? demanda-t-il.

Elle hocha la tête.

— C'est aussi bien que tu n'en dises pas plus. Maintenons un cercle aussi restreint que possible.

— Pas con. Espérons quand même que cette solution ne soit qu'à très court terme. Je n'aime pas l'idée que Lisbeth ait la responsabilité du garçon.

— C'est peut-être une belle rencontre, qui sait.

— Qu'as-tu dit à la police?

— Trop peu de choses.

— Ce n'est pas le moment de dissimuler des éléments.

— Non, c'est sûr.

— Lisbeth serait peut-être disposée à lâcher des informations pour qu'on te laisse un peu tranquille.

— Je ne veux pas lui mettre la pression pour l'instant. Je m'inquiète pour elle. Est-ce que tu peux demander à Andrei qu'il voie avec elle s'il faut faire venir un médecin?

— Je m'en occupe. Écoute…

— Oui…

— Je commence à penser qu'elle a raison de faire ce qu'elle fait, dit Erika.

— Pourquoi tu dis ça d'un coup?

— Parce que moi aussi j'ai mes sources. Je n'ai pas l'impression que le commissariat soit un endroit sûr en ce moment, dit-elle avant de rejoindre Andrei Zander.

19

LE SOIR DU 22 NOVEMBRE

JAN BUBLANSKI ÉTAIT SEUL dans son bureau. Hans Faste avait fini
par avouer qu'il avait informé la Säpo depuis le début. Bublanski
l'avait exclu de l'enquête sans même écouter ce qu'il avait à dire
pour sa défense. C'était une preuve de plus que Faste n'était qu'un
sale carriériste indigne de confiance, et pourtant Bublanski avait
beaucoup de mal à croire que ce type avait aussi transmis des
informations à une bande de criminels. Il avait du mal à imaginer que quiconque ait pu faire une chose pareille.

Même au sein de la police il y avait des gens corrompus et
dépravés, mais livrer un petit garçon handicapé à un meurtrier
de sang-froid, c'était autre chose, et il refusait de croire que
quelqu'un dans ces bureaux en fût capable. L'information avait
peut-être fuité d'une autre manière. Leurs téléphones avaient
pu être placés sur écoute ou leurs serveurs piratés, bien qu'il
ignorât s'ils avaient mentionné dans un mail ou un document
le fait qu'August Balder serait peut-être en mesure de dessiner le coupable et qu'il se trouvait au centre d'accueil Oden. Il
avait cherché à joindre Helena Kraft pour en discuter. Mais il
avait eu beau insister sur le caractère urgent de son appel, elle
ne l'avait pas recontacté.

Il avait également reçu des appels inquiétants du Centre suédois du Commerce extérieur et du ministère de l'Industrie, et
même si personne ne le disait de manière explicite, leur principale inquiétude ne semblait pas concerner le garçon ou l'évolution du drame sur Sveavägen, mais le programme de recherche
sur lequel Frans Balder travaillait et qui semblait réellement
avoir été volé la nuit du meurtre.

Les meilleurs informaticiens de la police ainsi que trois spécialistes en informatique de l'université de Linköping et de l'Institut royal de technologie de Stockholm s'étaient rendus chez lui, mais ils n'avaient retrouvé aucune trace de ses recherches, ni dans le matériel informatique ni dans ses papiers.

— Pour couronner le tout, on a donc un programme d'intelligence artificielle en cavale, grommela Bublanski pour lui-même, et une vieille énigme que son cousin Samuel avait l'habitude de sortir à la synagogue pour embrouiller l'esprit des gens de son âge lui revint : Si Dieu est tout-puissant, est-il capable de créer quelque chose de plus intelligent que lui-même? L'énigme était jugée irrespectueuse, voire blasphématoire. Elle était piégeuse, car il n'y avait pas de bonne réponse. Mais Bublanski n'eut pas le temps de considérer plus avant la question : on frappa à sa porte. C'était Sonja Modig qui lui tendit d'un air solennel un carré de chocolat suisse à l'orange.

— Merci, dit-il. Quoi de neuf?

— On pense savoir comment les types ont fait sortir Torkel Lindén et le garçon dans la rue. Ils ont envoyé des faux mails. Nos noms et celui de Charles Edelman apparaissaient en expéditeurs, et les messages convenaient d'un rendez-vous à l'extérieur.

— On peut faire un truc comme ça?

— C'est même assez facile, mais ça ne nous dit pas comment ils savaient que c'était l'ordinateur d'Oden qu'il fallait viser ni comment ils ont appris que le professeur Edelman était impliqué.

— Je suppose qu'il faut vérifier nos propres ordinateurs.

— C'est en cours.

— On en est vraiment arrivés là, Sonja?

— Qu'est-ce que tu veux dire?

— Qu'on ne va plus oser rien écrire ni rien dire de peur d'être surveillé?

— Je ne sais pas. J'espère que non. Nous avons aussi un certain Jacob Charro en attente d'interrogatoire.

— C'est qui?

— Un joueur de foot de l'équipe Syrianska. Mais c'est surtout le gars qui a pris dans sa voiture la femme et August Balder sur Sveavägen.

SONJA MODIG ÉTAIT DANS LA SALLE d'interrogatoire avec un jeune homme musclé aux cheveux courts et foncés et aux pommettes saillantes. L'homme portait un pull en V à même la peau. Il paraissait à la fois bouleversé et un peu fier.

— Il est 18 h 35, le 22 novembre, nous interrogeons Jacob Charro, vingt-deux ans, domicilié à Norsborg. Monsieur Charro, racontez-nous ce qui s'est passé ce matin, commença-t-elle.

— Oui, alors… je roulais sur Sveavägen et j'ai vu qu'il y avait du remue-ménage dans la rue. J'ai cru à un accident, du coup j'ai ralenti. Et là, un mec est apparu sur la gauche et a traversé la rue en courant. Il fonçait sans regarder les voitures et je me rappelle avoir pensé que c'était un terroriste.

— Qu'est-ce qui vous a fait penser ça?

— Il avait l'air en transe.

— Vous avez eu le temps de voir à quoi il ressemblait?

— Je ne peux pas dire ça, mais, après coup, je me dis qu'il avait quelque chose de pas naturel.

— C'est-à-dire?

— Comme si ce n'était pas son vrai visage. Il avait des lunettes de soleil rondes qu'on aurait dit attachées autour des oreilles. Et puis, ses joues… c'était comme s'il avait quelque chose dans la bouche, je ne sais pas, et la moustache, les sourcils, et la couleur de son visage…

— Vous diriez qu'il était masqué?

— Il y avait un truc en tout cas. Mais je n'ai pas eu le temps de trop y songer. La seconde d'après la portière arrière s'est ouverte et… comment dire? C'est ce genre de moment où il se passe trop de choses en même temps – comme si le monde entier vous tombait dessus. D'un coup, des inconnus surgissent dans ma voiture, et la vitre arrière explose. J'étais sous le choc.

— Qu'est-ce que vous avez fait?

— J'ai accéléré à fond. C'est ce que la fille qui a sauté dans la voiture m'a crié de faire, je crois. J'étais tellement flippé que je ne savais pas ce que je faisais. Je me suis contenté d'obéir aux ordres.

— Aux ordres, vous dites?

— En quelque sorte, oui. Je croyais qu'on était poursuivis et je n'ai pas vu d'autre solution que d'obéir. J'ai tourné à gauche, à droite, je suivais les instructions de la fille, et d'ailleurs…

— Oui ?

— Il y avait un truc dans sa voix, une froideur, une concentration. Du coup, je m'y suis accroché. Comme si cette voix était le seul îlot de stabilité au milieu de tout ce bazar.

— Vous avez dit que vous pensiez savoir qui était cette femme ?

— Sur le moment, pas du tout. C'était la folie, j'étais terrorisé. D'autant que le sang coulait à flots à l'arrière.

— Le sang du garçon ou de la femme ?

— Au début je ne savais pas, et ils n'avaient pas l'air de le savoir non plus. Et puis j'ai entendu une exclamation, comme s'il s'était passé un truc super.

— Pourquoi ?

— La fille a compris que c'était elle qui était blessée, et pas le garçon. C'était bizarre. Genre "youpi, j'ai été touchée". Et je peux vous garantir qu'on parle pas d'une petite blessure. Elle avait beau essayer de se confectionner des bandages, impossible de stopper l'hémorragie. Elle se vidait littéralement, elle était de plus en plus pâle, vraiment mal en point.

— Et pourtant elle était contente que ce soit elle la blessée, et non le garçon ?

— Exact. Comme aurait pu le faire une mère.

— Mais elle n'était pas la mère de l'enfant.

— Pas du tout. Elle m'a dit qu'ils ne se connaissaient pas, et ça m'a vite paru évident. Elle n'avait pas l'air très douée avec les enfants. Pas du genre à faire un câlin ou murmurer des mots rassurants. Elle le traitait comme un adulte, elle s'adressait à lui sur le même ton qu'à moi. À un moment, j'ai cru qu'elle allait lui donner du whisky.

— Du whisky ? demanda Bublanski.

— J'avais une bouteille dans la voiture que je voulais offrir à mon oncle, mais je lui ai filée pour qu'elle désinfecte sa plaie, et qu'elle s'en enfile un peu. Elle en a bu pas mal, d'ailleurs.

— Dans l'ensemble, comment décririez-vous la façon dont elle traitait le garçon ? demanda Sonja Modig.

— Honnêtement, je ne sais pas quoi vous dire. Côté sociabilité, il y a du boulot. Moi, elle m'a traité comme un putain de domestique et, comme je viens de vous dire, elle y connaissait que dalle sur la façon de s'y prendre avec des enfants, et pourtant…

— Oui?

— Je crois que c'est quelqu'un de bien. Je ne l'engagerais pas comme baby-sitter, si vous voyez ce que je veux dire, mais elle était OK.

— Donc vous diriez que le garçon est en sécurité avec elle?

— Je dirais que la fille est peut-être très dangereuse ou folle à lier. Mais ce petit garçon – August il s'appelle, non?

— Tout à fait.

— Eh bien, j'ai eu l'impression qu'elle sacrifierait sa vie pour protéger August.

— Comment vous êtes-vous séparés?

— Elle m'a demandé de les amener sur la place Mosebacke.

— C'est là qu'elle habitait?

— Je ne sais pas. Elle n'a pas donné d'explication. Elle voulait aller là-bas, c'est tout – j'ai cru comprendre qu'elle avait sa voiture garée dans le coin. Elle n'était pas du genre à parler pour ne rien dire. Elle m'a juste demandé de noter mes coordonnées. Elle a dit qu'elle allait me rembourser les dommages de la voiture, avec une petite prime.

— Elle avait l'air d'avoir de l'argent?

— Bon… si je devais en juger par son apparence, je dirais qu'elle vit dans un taudis. Mais, à la façon dont elle se comportait… je ne sais pas. Ça ne m'étonnerait pas qu'elle soit friquée. Elle donnait l'impression d'avoir l'habitude de faire ce qu'elle veut.

— Qu'est-ce qui s'est passé ensuite?

— Elle a dit au garçon de sortir.

— Et il l'a fait?

— Il était complètement paralysé. Il balançait son corps d'avant en arrière, il restait scotché sur place. Là, elle a pris un ton plus sévère. Elle lui a dit que c'était une question de vie ou de mort, ou un truc dans le genre, du coup il est sorti tout penaud, les bras raides, comme un somnambule.

— Vous avez vu où ils sont allés?

— Ils sont partis sur la gauche, en direction de Slussen. Mais la fille…

— Oui ?

— Elle était dans un sale état, vraiment. Elle a fait un faux pas, elle avait l'air sur le point de s'effondrer.

— C'est inquiétant. Et le garçon ?

— Il n'était pas en forme non plus. Il avait le regard sombre. Pendant tout le trajet, j'ai eu peur qu'il fasse une crise de nerfs. Quand il est sorti, il avait l'air d'accepter la situation. En tout cas, il a demandé plusieurs fois : "Où ?"

Sonja Modig et Bublanski échangèrent des regards.

— Vous en êtes sûr ? demanda Sonja.

— Pourquoi je le serais pas ?

— Vous avez pu croire l'entendre dire ça parce qu'il avait l'air interrogateur, par exemple.

— Comment ça ?

— Sa mère dit qu'August n'a jamais parlé de toute sa vie, répondit Sonja Modig.

— Vous plaisantez ?

— Non, et il me paraît très invraisemblable qu'il ait prononcé ses premiers mots dans de telles circonstances.

— Je sais ce que j'ai entendu.

— Bon. Et quelle a été la réponse de la femme ?

— "Ailleurs", je crois. "Loin d'ici." Ensuite elle a failli s'effondrer. Puis elle m'a dit de m'en aller.

— Ce que vous avez fait ?

— Illico. Je suis parti sur les chapeaux de roue.

— Et c'est après que vous avez compris qui vous aviez eu dans votre voiture ?

— J'avais déjà pigé que le môme était le fils du génie dont on a parlé sur le Net. Mais la fille… elle me rappelait juste vaguement quelque chose. Au bout d'un moment, je n'arrivais plus à conduire, je tremblais comme une feuille et j'ai dû m'arrêter sur Ringvägen, vers Skanstull à peu près. J'ai foncé à l'hôtel Clarion, je me suis pris une bière, j'ai essayé de me calmer un peu, et c'est là que ça m'est revenu. C'était cette fille recherchée pour meurtre il y a quelques années. Elle avait été acquittée ensuite et on avait appris qu'elle avait été victime d'un tas d'abus à l'hôpital psychiatrique quand elle était petite. Je m'en souviens bien parce que j'avais un pote à l'époque dont le père avait subi des tortures en Syrie et à qui on avait infligé le même traitement, des électrochocs et toutes ces saloperies, simplement parce qu'il ne supportait pas ses souvenirs. Comme si la torture se perpétuait ici.

— Vous en êtes sûr ?

— Qu'il a été torturé… ?

— Non, que ce soit elle, Lisbeth Salander.

— J'ai regardé toutes les photos que j'ai pu trouver sur mon téléphone et il n'y a aucun doute. Il y a un autre détail qui correspond aussi, vous savez…

Jacob hésita, comme s'il était gêné.

— Elle a retiré son tee-shirt parce qu'elle avait besoin de s'en servir comme garrot et, quand elle s'est tournée pour bander son épaule, j'ai vu qu'elle avait un grand dragon tatoué dans le dos, qui lui montait jusqu'aux omoplates. J'avais entendu parler de ce tatouage dans un article.

ERIKA BERGER ÉTAIT ARRIVÉE à la cabane de Gabriella à Ingarö avec deux sacs de nourriture, des pastels et du papier, quelques puzzles et d'autres choses encore. Mais August et Lisbeth n'étaient pas là et Lisbeth ne répondait ni sur l'application RedPhone ni sur le lien crypté, ce qui rendait Erika malade d'inquiétude.

Elle avait beau tenter de se raisonner, ça ne pouvait être que mauvais signe. Lisbeth Salander n'était pas du genre à se répandre en phrases inutiles et en mots rassurants, mais c'était elle qui avait demandé une planque sûre. Et elle avait la responsabilité d'un enfant. Si elle ne répondait pas à ses appels, c'est que la situation devait être critique. Dans le pire des cas, Lisbeth gisait quelque part, mortellement blessée.

Erika poussa un juron et sortit sur la terrasse, là même où elle avait évoqué avec Gabriella l'idée de se mettre à l'abri du monde. C'était il y a quelques mois seulement, et pourtant ça semblait si lointain. Il n'y avait plus ni table, ni chaises, ni bouteilles, ni vacarme en arrière-plan, rien que de la neige, des branchages et d'autres cochonneries que le mauvais temps avait transportés. La vie semblait avoir déserté les lieux et le souvenir du festin ne faisait que renforcer l'aspect désolé de la maison. La fête s'attardait sur les murs tel un fantôme.

Erika retourna dans la cuisine et rangea dans le frigo les plats à réchauffer au micro-ondes – boulettes de viande, barquettes de spaghettis bolognaise, saucisses Stroganoff, gratins de poisson, galettes de pommes de terre et des choses pires encore que Mikael lui avait fait acheter : Billys Pan pizza, pirojkis, frites, Coca, une bouteille de Tullamore Dew, une cartouche de cigarettes et trois paquets de chips, des bonbons, trois gâteaux au chocolat, des bâtons de réglisse. Sur la grande table ronde de la cuisine, elle disposa des feuilles à dessin, des pastels, des stylos, une gomme, une règle et un compas. Sur la première feuille elle dessina un soleil et une fleur et écrivit *Bienvenue* en quatre couleurs chaleureuses.

La maison, qui surplombait la plage d'Ingarö, était à l'abri des regards, cachée derrière des conifères. Elle se composait de quatre pièces, dont une vaste cuisine donnant sur la terrasse, entourée de baies vitrées, meublée d'une grande table à manger, d'une vieille chaise à bascule et de deux canapés affaissés qui, grâce à quelques plaids rouges neufs, avaient l'air confortables. L'ensemble donnait une impression de chaleur.

C'était sans doute une bonne planque. Erika laissa la porte ouverte, posa les clés comme convenu dans le premier tiroir de l'armoire de l'entrée et descendit l'escalier en bois qui longeait le versant du rocher, seule voie d'accès à la maison pour celui qui arrivait en voiture.

Le ciel était sombre et le vent soufflait. Elle ressentait un malaise diffus. Le fait de penser à la mère d'August sur le chemin du retour ne fit que le renforcer. Erika n'avait jamais rencontré Hanna Balder et n'était pas une grande fan de l'actrice. Hanna avait surtout interprété des rôles de femme que tous les hommes pensaient pouvoir séduire, à la fois sexy et naïve, voire un peu sotte, l'archétype de la femme dans la plupart des films. Mais c'était avant. Erika regrettait ses idées préconçues. Elle avait jugé Hanna Balder trop vite, comme on le fait facilement avec les jolies filles qui réussissent très jeunes.

À présent, les rares fois où Hanna apparaissait dans de grosses productions, ses yeux reflétaient plutôt un fond de tristesse qui donnait de la densité à ses personnages. Cette tristesse était peut-être bien réelle : Hanna Balder n'avait visiblement pas eu la vie facile. Et ces dernières vingt-quatre heures avaient dû être pires que tout. Depuis ce matin, Erika insistait pour qu'Hanna soit informée et conduite auprès d'August. Dans ce genre de situation, un enfant a besoin de sa mère.

Mais Lisbeth, qui communiquait alors encore avec eux, s'était opposée à l'idée. On ignorait encore d'où venait la fuite, avait-elle écrit, et on ne pouvait exclure que la source se trouvât dans l'entourage de la mère. Et Lasse Westman, qui restait cloîtré chez lui vingt-quatre heures sur vingt-quatre pour échapper aux journalistes, n'était pas le genre de personne à qui on avait envie d'accorder sa confiance. C'était une situation intenable, et Erika pria Dieu que *Millénium* puisse raconter cette histoire en profondeur et avec toute la dignité qu'elle méritait, sans que la revue ni quiconque n'ait à en pâtir.

Au moins ne doutait-elle pas des capacités de Mikael, surtout quand il affichait cet air-là. Et puis, Andrei Zander l'assistait. Erika avait un faible pour Andrei. C'était un beau garçon, qui avait un petit côté gay. Peu de temps auparavant, lors d'un dîner chez elle, Andrei lui avait raconté sa vie, et Erika n'en avait ressenti que plus de sympathie pour lui.

À onze ans, Andrei avait perdu ses parents dans une explosion à Sarajevo, après quoi il avait vécu chez une tante à Tensta, aux abords de Stockholm. Elle n'avait rien compris à ses dispositions intellectuelles ni aux blessures qu'il portait en lui. Andrei n'était pas présent lors de la mort de ses parents, mais son corps réagissait comme s'il souffrait de stress post-traumatique. Aujourd'hui encore, il détestait les sons forts et les mouvements brusques. Il n'aimait pas voir des sacs abandonnés dans les restaurants et les lieux publics, et il détestait la guerre et la violence avec une force qu'Erika n'avait jamais vue chez personne.

Enfant, il s'était réfugié dans son monde. Il se plongeait dans des romans de fantasy, lisait de la poésie, des biographies. Il adorait Sylvia Plath, Borges et Tolkien. Il rêvait d'écrire des romans d'amour et de bouleversantes tragédies. Indécrottable romantique, il attendait la passion qui panserait ses plaies et ne s'intéressait pas à ce qui se passait dans la société ou dans le monde. Et puis un soir, au sortir de l'adolescence, il avait assisté à une conférence de Mikael Blomkvist à l'École supérieure de journalisme de Stockholm, et ça avait changé sa vie.

Quelque chose dans la ferveur de Mikael lui avait dessillé les yeux et révélé un monde plein d'injustices, d'intolérance et de magouilles. Ses projets de romans à faire pleurer dans les chaumières cédèrent la place à l'envie d'ausculter la société et d'écrire des reportages. Peu de temps après, il frappa à la porte de *Millénium*. Il était prêt à faire tout et n'importe quoi, préparer le café, faire des courses ou de la relecture… Il voulait absolument faire partie de la rédaction et Erika, qui avait tout de suite reconnu l'ardeur dans ses yeux, lui avait confié des petits boulots : des entrefilets, de la recherche et des miniportraits. Avant tout, elle lui avait conseillé de suivre des études, ce qu'il avait fait avec la même passion qu'il mettait dans tout ce qu'il entreprenait. Il prenait des cours de sciences politiques, d'économie, de communication des médias de masse, d'irénologie et de polémologie, tout en faisant de l'intérim à *Millénium*. Il voulait évidemment devenir un journaliste d'investigation sérieux, comme Mikael.

Mais, à la différence de tant de reporters, ce n'était pas un dur. Il restait un éternel romantique, et Mikael et Erika l'avaient bien des fois écouté leur raconter ses déboires amoureux. Les femmes étaient attirées par Andrei, mais elles finissaient toujours par le quitter. Son désir éperdu de vivre une grande histoire, l'intensité de ses émotions les effrayaient sans doute. Et puis il avait tendance à évoquer bien trop ouvertement ses propres défauts et faiblesses. Il était trop ouvert, trop transparent, ou, comme disait Mikael : trop bon.

Erika pensait pourtant qu'Andrei était en train de muer, de se débarrasser de sa fragilité juvénile. Elle l'avait perçu à travers sa prose journalistique. Cette ambition désespérée de vouloir toucher le cœur des gens, qui alourdissait son écriture, avait cédé la place à une objectivité nouvelle, plus efficace. Et elle savait qu'il donnerait tout maintenant qu'il avait l'opportunité de travailler aux côtés de Mikael sur l'affaire Balder.

Il était prévu que Mikael écrive l'histoire en elle-même. Andrei l'aiderait dans les recherches, il rédigerait aussi des articles annexes explicatifs et des portraits. Sur le papier, Erika trouvait le duo prometteur. Elle gara sa voiture sur Hökens puis franchit la porte des bureaux, et trouva, comme elle s'y attendait, Mikael et Andrei en pleine concentration.

Mikael marmonnait par moments entre ses dents. Au-delà de la résolution de son regard, Erika percevait également un air tourmenté, ce qui n'avait rien de surprenant. Mikael avait très mal dormi, les médias l'attaquaient sans merci et il avait subi des interrogatoires où il avait été obligé de faire exactement ce dont la presse l'accusait : omettre une part de la vérité. Et il n'aimait pas ça.

Mikael Blomkvist était foncièrement respectueux des lois, un citoyen modèle en quelque sorte. Mais s'il y avait une personne qui était capable de lui faire franchir la frontière de l'interdit, c'était Lisbeth Salander. Mikael préférait affronter le déshonneur que de trahir Lisbeth de quelque façon que ce fût. Il s'était donc retrouvé contraint, face à la police, de s'en tenir à cette maigre réponse : "Protection des sources." Cela le mettait mal à l'aise, évidemment, et il s'inquiétait des conséquences. Et pourtant… Il était avant tout concentré sur son sujet et, tout comme elle, il se faisait plus de souci pour Lisbeth et le garçon que pour leur propre situation.

Après l'avoir observé un moment, Erika s'approcha et lui demanda :

— Comment ça se passe ?
— Quoi… ? Euh… pas mal. C'était comment là-bas ?
— J'ai fait les lits et rempli le frigo.
— Parfait. Pas de voisin ?
— Je n'ai pas vu un chat.
— Pourquoi mettent-ils autant de temps ? demanda-t-il.
— Je ne sais pas. Ça me rend malade.
— Espérons qu'ils se reposent chez Lisbeth.
— Oui. Qu'est-ce que tu as trouvé, sinon ?
— Pas mal de choses.
— Tant mieux.
— Mais…

— Oui ?

— C'est juste que…

— Quoi ?

— C'est comme si je me retrouvais projeté en arrière, comme si je m'approchais d'endroits où je suis déjà allé.

— Il va falloir que tu m'expliques un peu, dit-elle.

— Je vais le faire…

Mikael jeta un œil sur son ordinateur.

— Mais je dois creuser encore. On se parle plus tard, dit-il.

Elle le laissa tranquille et rentra chez elle, prête à ressortir à tout moment.

20

LA NUIT AVAIT ÉTÉ CALME, bien trop calme, et à 8 heures du matin, c'est un Jan Bublanski préoccupé qui se tenait devant son équipe dans la salle de réunion. Après avoir viré Hans Faste, il était à peu près sûr de pouvoir parler à nouveau librement. En tout cas il se sentait plus en sécurité ici avec ses collègues que devant l'ordinateur ou sur son téléphone portable.

— Vous mesurez tous la gravité de la situation, dit-il en guise d'introduction. Des informations confidentielles ont fuité. Un homme est mort à cause de ça, et un enfant se trouve actuellement en grand danger. Malgré tous nos efforts, nous ne savons toujours pas comment une telle chose a pu se produire. La fuite peut venir de chez nous, de la Säpo, du centre Oden, de l'entourage du professeur Edelman, de la mère ou de son fiancé, Lasse Westman. Nous n'avons aucune certitude et devons faire preuve d'une extrême prudence, voire même être paranos.

— On a peut-être été piratés ou mis sur écoute. Nous sommes face à des criminels qui maîtrisent les nouvelles technologies bien au-delà de ce à quoi nous sommes habitués, compléta Sonja Modig.

— Exactement, ce qui complique encore la situation, poursuivit Bublanski. Nous devons être vigilants à tous les niveaux, et ne donner aucune information importante par téléphone, même si nos supérieurs chantent les louanges de notre nouveau système de communication.

— Ils l'encensent parce que son installation a coûté supercher, dit Jerker Holmberg.

— Peut-être que nous devrions aussi réfléchir à notre propre rôle, reprit Bublanski. Je viens de discuter avec une jeune analyste de la Säpo, une fille brillante, Gabriella Grane, si le nom vous dit quelque chose. Elle m'a rappelé toute la complexité du concept de loyauté au sein de la police. Il existe de nombreuses formes de loyautés. Celle, évidente, envers la loi. La loyauté envers les citoyens, envers les collègues, mais aussi envers nos supérieurs. Et une autre encore envers nous-même et notre carrière. Et il arrive, vous le savez tous, que ces loyautés entrent en conflit. Parfois on protège un collègue et on trahit la loyauté envers la société, parfois on reçoit un ordre d'en haut, comme Hans Faste, et cet ordre vient heurter la loyauté qu'on doit avoir envers sa propre équipe. À l'avenir – et je suis extrêmement sérieux –, je ne veux entendre parler que d'une seule loyauté : celle envers l'enquête. Nous allons arrêter les coupables et veiller à ce qu'ils ne fassent plus aucune victime. Je veux avoir la certitude que vous me suivez là-dessus. Même si le Premier ministre en personne ou le chef de la CIA vous appelle et vous parle de patriotisme et d'avancement dans votre carrière, vous ne lâchez pas un mot. OK ?

— OK ! répondirent-ils à l'unisson.

— Parfait ! Bon, comme tout le monde le sait mainte-nant, c'est Lisbeth Salander qui est intervenue sur Sveavägen. Nous faisons tout notre possible pour la localiser, poursuivit Bublanski.

— Il faut sortir son nom dans les médias ! s'écria Curt Bolin-der, se laissant un peu emporter. On a besoin de l'aide de la population.

— À voir. Les avis sont partagés sur ce point. D'abord, je vous rappelle qu'à une époque Salander a été maltraitée, à la fois par nous et par les médias.

— Ça n'a aucune importance, dit Curt Bolinder.

— Il n'est pas impossible que d'autres personnes l'aient reconnue sur Sveavägen et lâchent son nom à un moment ou à un autre, et alors la question ne se posera plus. Mais d'ici là j'aimerais vous rappeler que Lisbeth Salander a sauvé la vie de l'enfant, et ça mérite notre respect.

— Aucun doute là-dessus, persista Curt Bolinder. Mais ensuite, elle l'a plus ou moins kidnappé.

— Les informations dont nous disposons indiquent plutôt qu'elle a tout fait pour protéger l'enfant, glissa Sonja Modig. Lisbeth Salander a eu de très mauvaises expériences avec différentes formes d'autorité. Toute son enfance, et au-delà, elle a subi le pouvoir de la phallocratie suédoise. Si comme nous elle soupçonne une fuite au sein de la police, elle ne prendra pas contact avec nous de son propre gré, vous pouvez en être certains.

— Ça a encore moins d'importance, s'obstina Bolinder.

— Quelque part, tu as raison, poursuivit Sonja. Jan et moi, on est d'accord avec toi sur ce point : ce qui compte, c'est de savoir si sortir son nom peut faire avancer l'enquête ou non. Mais le plus important, c'est la sécurité de l'enfant, et là, on a un gros doute.

— Je comprends le raisonnement, dit Jerker Holmberg sur un ton pondéré qui capta l'attention générale. Si les gens aperçoivent Salander, l'enfant sera également exposé. Mais un tas de questions se posent, dont la première devrait être : qu'est-ce qui est juste ? Et là je me permets de souligner qu'on ne peut pas accepter que Salander cache August Balder. Il est un élément important de l'enquête et, avec ou sans fuite, on est plus à même de protéger un enfant que ne l'est une jeune femme souffrant de troubles affectifs.

— Absolument, marmonna Bublanski.

— Et même si ce n'est pas un enlèvement au sens traditionnel, et qu'elle agit avec de bonnes intentions, les risques de dommages pour August sont réels. Psychologiquement, je doute qu'il soit bénéfique pour lui de se retrouver en cavale après toutes les épreuves qu'il vient de traverser.

— C'est vrai, ronchonna encore Bublanski. Mais la question reste de savoir comment traiter l'information.

— Sur ce point, je suis d'accord avec Curt. Il faut tout de suite sortir le nom et la photo. Ça peut nous apporter de précieuses informations.

— Mais ça peut aussi apporter de précieuses informations aux meurtriers. Partons du principe qu'ils n'ont pas renoncé à leur chasse, bien au contraire. Étant donné que nous ne savons rien du lien entre le garçon et Salander, nous ignorons quels indices son nom pourrait fournir à ces types. Je ne suis vraiment pas persuadé que nous renforçons la sécurité de l'enfant en lâchant l'info aux médias.

— Mais nous ignorons aussi si nous le protégeons en jouant la dissimulation, contra Jerker Holmberg. Il manque trop de pièces au puzzle pour que nous soyons en mesure de tirer ce genre de conclusions. Salander travaille-t-elle pour quelqu'un ? Ses intentions se limitent-elles à la protection du gamin ?

— Et comment a-t-elle su que Lindén allait sortir avec lui juste à ce moment-là ? compléta Curt Bolinder.

— Elle se trouvait peut-être sur les lieux par hasard.

— Ça paraît peu vraisemblable.

— La vérité est souvent invraisemblable, poursuivit Bublanski, c'est même ce qui la caractérise. Mais je doute aussi qu'elle se soit trouvée là de manière fortuite, étant donné les circonstances.

— Comme le fait que Mikael Blomkvist était également au courant qu'il allait se passer quelque chose, ajouta Amanda Flod.

— Et on sait tous qu'il y a une connexion entre Blomkvist et Salander, poursuivit Jerker Holmberg.

— C'est vrai.

— Mikael Blomkvist savait que l'enfant se trouvait au centre Oden, non ?

— La mère le lui avait dit. Je viens d'avoir une longue conversation avec elle. Elle ne va pas très bien, vous vous en doutez. Mais Blomkvist n'aurait pas dû savoir que Lindén et l'enfant avaient été manipulés en vue de les faire sortir.

— A-t-il pu avoir accès aux ordinateurs d'Oden ? demanda Amanda Flod, l'air circonspect.

— J'ai du mal à imaginer Mikael Blomkvist se livrer à des actes de piratage, dit Sonja Modig.

— Mais Salander ? demanda Jerker Holmberg. Que sait-on de cette fille, au fond ? On a beau avoir un énorme dossier la concernant, la dernière fois qu'on a eu affaire à elle, elle nous a sidérés sur tous les points. Les apparences sont souvent trompeuses.

— Exactement, surenchérit Curt Bolinder. Il y a beaucoup trop d'inconnues dans cette affaire.

— On n'a quasiment rien, à part le nom de Salander. Alors agissons selon le protocole, poursuivit Jerker Holmberg.

— J'ignorais que le protocole était aussi précis, dit Bublanski avec un ton sarcastique qu'il n'assumait pas vraiment.

— Ce que je veux dire, c'est qu'il faut considérer l'affaire pour ce qu'elle est : un enlèvement d'enfant. Ça fait bientôt vingt-quatre heures qu'ils ont disparu et on n'a aucune nouvelle. On sort le nom et la photo de Salander et on étudie méticuleusement toutes les informations qu'on reçoit, asséna Jerker Holmberg avec une autorité qui parut convaincre le groupe.

Bublanski ferma les yeux et se dit qu'il aimait cette équipe. Il se sentait vraiment solidaire de ses collègues, plus même que de sa propre famille. Mais à cet instant il était obligé de s'imposer.

— Nous allons faire le maximum pour les trouver. Mais on attend pour rendre publics le nom et la photo. Ça ne va servir qu'à exciter les médias, et je ne veux pas prendre le risque de fournir des indices aux meurtriers.

— Et en plus tu te sens coupable, dit Jerker, avec empathie.

— Et en plus je me sens extrêmement coupable, répondit Bublanski en songeant à son rabbin.

INQUIET POUR L'ENFANT ET LISBETH, Mikael Blomkvist n'avait pas beaucoup dormi. Il avait essayé de la joindre plusieurs fois via son application RedPhone, en vain. Pas un mot d'elle depuis l'après-midi de la veille. Il tentait de se plonger dans son travail à la rédaction et de comprendre ce qu'il avait raté. Il avait la sensation qu'une pièce fondamentale manquait au tableau, un élément qui jetterait une lumière nouvelle sur l'histoire. Peut-être se faisait-il des illusions. Peut-être avait-il trop envie de voir se dessiner un motif plus vaste. Le dernier message que Lisbeth lui avait envoyé sur le lien crypté était :

[Jurij Bogdanov, Blomkvist. Renseigne-toi sur lui. C'est lui qui a vendu les données technologiques de Balder à Eckerwald chez Solifon.]

Il avait trouvé quelques photos de Bogdanov sur le Net. Sur l'une, on le voyait dans un costume rayé, mais il avait beau être parfaitement ajusté, il semblait mal assorti au personnage. Comme s'il l'avait volé juste avant la séance photo. Bogdanov avait de longs cheveux raides et ternes, une peau grêlée, des cernes sous les yeux et on devinait de grossiers tatouages sur ses avant-bras. Son regard noir et intense semblait vous transpercer. Il était grand mais ne devait pas peser plus de soixante kilos.

On aurait dit un ex-taulard. Mais surtout, quelque chose dans son attitude rappela à Mikael les images de vidéosurveillance visionnées chez Balder. Le même air ravagé, gauche. Dans les rares interviews qu'il avait accordées après divers succès en tant qu'entrepreneur à Berlin, il laissait entendre qu'il avait plus ou moins grandi dans la rue.

"J'étais condamné à sombrer, à crever dans la rue une seringue plantée dans le bras. Mais je m'en suis sorti. Parce que je suis malin et que je suis un sacré battant", se vantait-il.

Les éléments biographiques qu'il livrait venaient illustrer ce récit, mais on devinait aussi qu'il ne s'en était pas tiré uniquement par ses propres moyens. Certains détails laissaient soupçonner qu'il avait été aidé par des gens puissants qui s'étaient rendu compte de ses capacités. Dans un magazine spécialisé allemand, un responsable sécurité de la société de crédit Horst s'exprimait ainsi : "Bogdanov est un magicien. Il perçoit comme personne les vulnérabilités dans les systèmes de sécurité. C'est un génie."

Bogdanov était de toute évidence une star chez les hackers, même si officiellement, il faisait partie des *white hats*, ces hackers qui se mettent au service de la loi et qui, moyennant une conséquente contrepartie financière, aident les entreprises à repérer les faiblesses de leur système de sécurité informatique. Sa société, Outcast Security, ne laissait paraître aucune faille, ne donnait aucune raison de soupçonner qu'il pût s'agir d'une façade dissimulant une activité d'un autre genre. Les membres de la direction étaient clean : CV irréprochable et casier judiciaire vierge. Mais Mikael ne pouvait se contenter de ces données officielles. Avec Andrei, ils passèrent au crible chaque personne ayant été en lien, même de loin, avec la société, et ainsi, d'associé en associé, ils découvrirent un élément intrigant : un homme du nom d'Orlov avait été membre suppléant au sein du comité de direction pendant une courte période. Vladimir

Orlov n'était pas un informaticien, mais un simple commerçant dans le secteur du bâtiment. Dans sa jeunesse, en Crimée, il avait été un poids lourd prometteur. Sur les photos que Mikael trouva sur le Net, l'ancien boxeur avait une gueule de brute, ravagée, pas le genre d'homme que les jeunes filles de bonne famille inviteraient d'emblée pour le thé.

Certains sites évoquaient des condamnations pour violence aggravée et proxénétisme. Il avait été marié deux fois – les deux femmes étaient mortes, mais les causes des décès n'apparaissaient nulle part. Ce qui intéressa particulièrement Blomkvist, c'est qu'il avait également été suppléant chez Bodin Bygg & Export, une modeste entreprise spécialisée dans la "vente de matériaux de construction", et depuis longtemps mise en liquidation. Le propriétaire en était un certain Karl Axel Bodin, alias Alexander Zalachenko. Ce nom convoqua dans l'esprit de Blomkvist le souvenir d'un monde inhumain, dont il avait fait le sujet de son dernier grand scoop. Mais surtout, Zalachenko était le père de Lisbeth, l'homme qui avait tué sa mère et détruit son enfance. Le sombre spectre qui la hantait et lui insufflait la volonté de rendre coup pour coup.

Était-ce un hasard qu'il surgisse dans ce dossier ? Mikael savait mieux que personne qu'il suffit de gratter assez longtemps n'importe quel sujet pour mettre au jour toutes sortes de liens plus ou moins pertinents. La vie offre constamment de ces correspondances illusoires. Seulement… s'agissant de Lisbeth Salander, il ne croyait pas beaucoup aux coïncidences.

Si elle brisait les doigts d'un chirurgien ou s'engageait dans le vol de données technologiques d'IA avancées, elle avait forcément réfléchi à la question. Et elle avait une raison, un mobile. Lisbeth n'oubliait aucun grief, aucune offense. Elle ripostait et réparait les torts. Est-ce que son attitude dans cette histoire pouvait être liée à son propre passé ? Ce n'était pas impossible.

Mikael leva les yeux de l'écran et observa Andrei. Qui lui fit un signe de tête en retour. Une légère odeur de cuisine flottait dans le couloir et le rythme d'une musique rock leur parvenait depuis Götgatan. Dehors, la tempête hurlait et le ciel était toujours sombre. Mikael accéda mécaniquement au lien crypté. Ne s'attendant à rien, il laissa échapper un petit cri de joie.

Sur le lien, on pouvait lire :

[Ça va maintenant. On part à la planque sous peu.]

Il répondit aussitôt :

[Ça fait du bien de l'entendre. Sois prudente sur la route.]

Puis il ne put s'empêcher d'ajouter :

[Qui pourchassons-nous réellement, Lisbeth ?]

À quoi elle répondit illico :

[Tu trouveras bientôt, petit malin !]

DIRE QUE ÇA ALLAIT était une légère exagération. Lisbeth se sentait mieux, mais elle était encore dans un piteux état. La veille, elle avait fini la journée à moitié consciente du temps et de l'espace, et ce n'était qu'au prix d'un effort surhumain qu'elle avait réussi à s'extraire de son lit pour donner à manger et à boire à August et veiller à ce qu'il ait des stylos, des pastels et des feuilles A4 pour pouvoir dessiner le meurtrier. Mais s'approchant de lui, elle constata qu'il n'avait toujours rien dessiné.

Les feuilles étaient éparpillées sur la table basse, devant lui, mais on n'y distinguait aucune forme identifiable. Juste des longues lignes de gribouillage. Sans être intriguée outre mesure, elle regarda distraitement de plus près. Elle découvrit alors des chiffres, des séries infinies de chiffres. Sans comprendre d'abord, elle sentit sa curiosité chatouillée, puis soudain elle émit un sifflement.

— Ça alors, marmonna-t-elle.

Des chiffres vertigineux qui n'évoquaient pas grand-chose de prime abord, mais qui, combinés aux chiffres voisins, formaient un schéma familier. Lorsque, en continuant à feuilleter, elle tomba sur la séquence de chiffres 641, 647, 653 et 659, elle n'eut aucun doute : c'étaient bien des *sexy prime quadruplets* comme on les appelle en anglais, des quadruplets de nombres premiers remarquables, des séries de quatre nombres premiers qui diffèrent de six unités.

Il y avait des nombres premiers jumeaux aussi, toutes les combinaisons possibles de nombres premiers en réalité, et elle ne put s'empêcher de sourire.

— Ben mon vieux, dit-elle. Cool.

Mais August ne répondit pas, ne lui adressa pas même un regard. Il restait à genoux, devant la table basse, comme s'il voulait juste continuer à écrire ses chiffres. Elle se rappela vaguement avoir lu quelque chose à propos des autistes savants et des nombres premiers. Mais elle était trop HS pour élaborer une véritable réflexion. Elle alla chercher dans la salle de bains deux comprimés de Vibramycine qui devaient être là depuis des lustres et les avala. Elle s'était déjà bourrée d'antibiotiques depuis qu'elle avait réussi à se traîner jusque chez elle, à l'agonie.

Elle glissa ensuite son pistolet, son ordinateur et quelques vêtements de rechange dans son sac et dit à August de se lever. Il n'en fit rien. Il s'accrochait désespérément à son stylo et, l'espace d'un instant, elle se sentit démunie. Puis elle lança d'une voix sévère :

— Lève-toi !

Cette fois, il s'exécuta.

Par mesure de sécurité, elle se coiffa d'une perruque et chaussa des lunettes de soleil. Puis ils enfilèrent leurs manteaux, prirent l'ascenseur jusqu'au garage, montèrent dans la BMW et se mirent en route pour Ingarö. Elle conduisait de la main droite. Son épaule gauche, couverte d'un bandage serré, la faisait terriblement souffrir. Elle avait aussi très mal au-dessus du sein. Elle était toujours fiévreuse et, à deux reprises, elle dut s'arrêter au bord de la route pour se reposer. Ils atteignirent enfin la plage et le ponton vers la baie Stora Barnvik d'Ingarö. Suivant les instructions, ils gravirent ensuite le long escalier en bois. Une fois dans la maison, elle s'effondra sur le lit de la chambre jouxtant la cuisine, épuisée.

Elle grelottait de froid, mais elle se releva presque aussitôt pour installer son ordinateur portable sur la table de la cuisine. Elle avait le souffle court et tenta une nouvelle fois de craquer le fichier de la NSA qu'elle avait téléchargé. En vain. Pas la moindre avancée. August était assis à côté d'elle et observait fixement le tas de feuilles et de pastels qu'Erika Berger avait disposés là. Mais il ne dessinait ni séquences de nombres premiers ni l'ombre d'un meurtrier. Sous l'effet du choc, sans doute.

CELUI QUI SE FAISAIT APPELER Jan Holster était assis dans une chambre de l'hôtel Clarion Arlanda. Il était au téléphone avec sa fille Olga, et comme il s'y attendait, elle ne le croyait pas.

— Tu as peur de moi ou quoi? dit-elle. Tu as peur que je te mette au pied du mur?

— Non, pas du tout. Mais j'ai été obligé de…

Il avait du mal à trouver les mots. Olga comprenait parfaitement qu'il lui cachait quelque chose, et il mit fin à la conversation plus vite qu'il ne l'aurait souhaité. Jurij était installé à côté de lui, sur le lit, et jurait. Ça faisait bien cent fois qu'il fouillait l'ordinateur de Frans Balder et ne trouvait "que dalle", comme il disait. *"Nada!"*

— Donc j'ai volé un ordinateur qui ne contenait rien, dit Jan Holster.

— C'est ça.

— Il lui servait à quoi, alors?

— À quelque chose de très spécifique : je peux voir qu'un fichier volumineux, sans doute relié à d'autres ordinateurs, a récemment été effacé, mais impossible de le reconstituer. Il s'y connaissait, le mec.

— On est dans la merde.

— Carrément, ajouta Jurij.

— Et le téléphone, le Blackphone?

— Il y a quelques appels que je n'ai pas réussi à tracer, sans doute la police de sûreté suédoise ou le FRA. Mais c'est autre chose qui m'inquiète.

— Quoi?

— Une longue conversation qu'il a eue juste avant que tu déboules dans la maison. Il parlait avec un collaborateur du Miri, le Machine Intelligence Research Institute.

— Et pourquoi c'est inquiétant?

— À cause du timing – je me dis que ça devait être une sorte d'appel de crise. Et puis à cause du Miri en soi. C'est un institut qui œuvre pour que les ordinateurs intelligents ne deviennent pas dangereux pour l'homme. Je ne sais pas, je le sens mal, ce truc. Comme si Balder avait donné au Miri une partie de ses recherches, ou bien…

— Oui?

— Tout déballé sur nous, ou en tout cas ce qu'il savait.

— Ce serait pas bon, ça.

Jurij secoua la tête et Jan Holster jura intérieurement. Rien ne s'était déroulé comme prévu. Ils n'avaient ni l'un ni l'autre l'habitude d'échouer, et là, ils avaient échoué deux fois de suite, et ce, à cause d'un enfant, attardé qui plus est. C'était dur à encaisser, mais ce n'était pas le pire.

Le pire, c'était que Kira était en route, complètement hystérique, ce dont ils n'avaient pas non plus l'habitude. Au contraire, son élégance froide qui auréolait leur activité d'une apparente invincibilité coulait de source. Mais aujourd'hui elle était furieuse, hors de contrôle, et leur avait dit qu'ils n'étaient que des minables, des incompétents. Et si elle était en colère, ce n'était pas parce qu'ils avaient foiré l'opération, ni parce qu'on ne savait pas si les coups de feu avaient, ou non, touché l'enfant. Ce qui la mettait en boule, c'était la femme qui avait surgi de nulle part pour protéger August Balder. C'était à cause d'elle que Kira pétait les plombs.

Dès que Jan avait commencé à la décrire – du moins le peu qu'il avait vu d'elle –, Kira l'avait assailli de questions. En obtenant les mauvaises – ou bonnes – réponses, selon la façon de voir les choses, elle s'était mise en rage et leur avait hurlé qu'ils auraient dû la tuer, que c'était encore le coup classique, qu'elle en avait marre. Jan et Jurij n'avaient rien compris à sa réaction. Jamais ils ne l'avaient entendue crier comme ça.

D'un autre côté, il y avait beaucoup de choses qu'ils ignoraient d'elle. Jan Holster n'oublierait jamais la fois où ils avaient fait l'amour dans la suite de l'hôtel D'Angleterre à Copenhague – c'était la troisième ou la quatrième fois que ça leur arrivait. Ensuite ils étaient restés allongés sur le lit, à boire du champagne et à parler de ses guerres et des meurtres qu'il avait commis. En lui caressant le bras, il avait découvert trois marques de cicatrices profondes sur son poignet.

— Comment tu t'es fait ça, ma belle? lui avait-il demandé.

Elle lui avait lancé un regard assassin. Et depuis, elle n'avait plus jamais couché avec lui. Le prix à payer sans doute pour avoir osé lui poser cette question. Kira s'occupait d'eux et leur donnait beaucoup d'argent, mais ni lui ni Jurij, ni personne d'autre n'avaient le droit de l'interroger sur son passé. C'était une règle tacite et il ne serait plus venu à l'idée d'aucun d'entre eux de s'y risquer. Elle était leur bienfaitrice, pour le meilleur et pour le pire – surtout pour le meilleur, pensaient-ils. Ils n'avaient qu'à se plier à ses caprices et à vivre en se demandant chaque jour comment elle allait les traiter, avec tendresse ou froideur, quitte à se faire engueuler parfois, ou à se prendre une gifle cuisante sans la moindre raison.

Jurij referma l'ordinateur et but une gorgée de son cocktail. Ils essayaient tous les deux de ralentir sur l'alcool, pour que Kira n'utilise pas cet argument contre eux. Mais, avec toute cette frustration et cette adrénaline, c'était peine perdue. Jan tripota nerveusement son téléphone.

— Olga ne t'a pas cru? demanda Jurij.

— Tu parles! Et bientôt elle va voir en une de tous les journaux un dessin d'enfant représentant son père.

— Je n'y crois pas beaucoup, à cette histoire de dessin. C'est quand même un peu gros.

— Donc on a essayé de tuer un enfant pour rien?

— Ça ne m'étonnerait pas. Kira devrait déjà être là, non?

— Elle va se pointer d'un moment à l'autre.

— Tu penses que c'était qui?

— Qui ça?

— La nana qui a sauvé le gamin.

— Aucune idée, dit Jan. Pas sûr que Kira le sache non plus. On dirait plutôt qu'un truc l'inquiète.

— Je parie qu'on va devoir les tuer tous les deux.

— Ça ne s'arrêtera pas là à mon avis.

AUGUST N'ALLAIT PAS BIEN, aucun doute là-dessus. Des plaques rouges étaient apparues sur son cou et il gardait les poings serrés. Lisbeth, qui était assise à côté de lui à la table de la cuisine et travaillait sur le chiffrement RSA, eut peur qu'il ne soit sur le point de faire une crise. Mais finalement August se contenta de s'emparer d'un pastel noir.

Au même moment, une bourrasque fit trembler les grandes vitres devant eux et August sembla hésiter, balayant la table d'avant en arrière de sa main gauche. Puis il se mit enfin à dessiner, un trait ici, un autre là, *des petits cercles, des boutons*, pensa Lisbeth, puis une main, les détails d'un menton, une chemise ouverte. La main accéléra et peu à peu le dos et les épaules du garçon se détendirent. C'était comme une blessure qui s'ouvrait et se mettait aussitôt à cicatriser. Même si le garçon n'avait pas l'air plus apaisé pour autant.

Ses yeux brûlaient d'une lueur tourmentée et par moments il tressaillait, mais quelque chose en lui avait cédé. Il changea de bâtonnet et se mit à dessiner un parquet couleur chêne et, posé dessus, un puzzle formé d'un très grand nombre de pièces qui représentait une ville dans la nuit, scintillante de lumière. Pourtant, il était clair, d'emblée, que ce ne serait pas un dessin fleur bleue.

Il s'avéra que la main et la chemise déboutonnée appartenaient à un homme corpulent, à l'imposante bedaine. Il était plié en deux et frappait une personne à terre. Celle-ci n'était pas représentée puisque c'était celle qui observait la scène, mais on devinait sa petite taille. L'ensemble dégageait indéniablement une atmosphère terrifiante.

Il ne semblait pas y avoir de lien avec le meurtre de son père, même si l'image en question démasquait un coupable. En plein milieu, il dessina un visage en sueur, l'air furieux, où la moindre petite ride d'amertume était saisie avec une grande précision. Lisbeth reconnut le visage.

Sans être une grand fan de télé ni de cinéma, elle comprit qu'il s'agissait de Lasse Westman, le beau-père d'August. Elle se pencha vers le garçon et lui dit, la voix vibrante de colère :

— Il ne pourra plus jamais te faire ça. Plus jamais !

21

LE 23 NOVEMBRE

ALONA CASALES COMPRIT que quelque chose n'allait pas lorsque la silhouette du commandant Jonny Ingram s'approcha d'Ed the Ned. À son attitude hésitante, elle devina qu'il avait de mauvaises nouvelles à annoncer, chose qui, en temps normal, ne lui posait pas de problème.

Jonny Ingram était du genre à prendre plaisir à filer un coup de poignard dans le dos. Mais avec Ed, c'était différent. Ce dernier était toujours prêt à faire un esclandre quand on venait l'emmerder, et même les gros bonnets avaient peur de lui. Ingram n'aimait pas les scènes, et encore moins prendre le risque d'avoir l'air pathétique. S'il comptait emmerder Ed, c'était pourtant ce qui l'attendait.

Il se prendrait une sacrée volée. Alors qu'Ed était costaud et explosif, Jonny Ingram, avec ses jambes fluettes et ses manières affectées, avait tout du petit-bourgeois. Dans les jeux de pouvoir cependant, Jonny Ingram était un adversaire de premier rang. Il jouissait d'une réelle influence dans tous les cercles importants, que ce fût à Washington ou dans les milieux de l'industrie et du commerce. Il avait un poste haut placé, juste en dessous de Charles O'Connor, le directeur de la NSA, et s'il souriait souvent et savait distribuer les compliments, son sourire ne remontait jamais jusqu'à ses yeux. Il était particulièrement craint.

D'autant plus que via son poste, il avait des infos sur tout le monde. Il était responsable de la "surveillance des technologies stratégiques" – activité plus communément appelée espionnage industriel –, cette branche de la NSA qui aide l'industrie de haute technologie américaine dans la compétition mondiale.

Mais face à Ed, son corps s'affaissa dans son costume chic, et à trente mètres de distance, Alona devina exactement ce qui se profilait : Ed était sur le point d'exploser. Son visage pâle et surmené vira au pourpre, il se leva, dos voûté et ventre débordant du pantalon, et hurla à pleins poumons :

— Espèce de petit merdeux !

Personne d'autre qu'Ed n'aurait osé traiter Jonny Ingram de "petit merdeux" et c'était pour ça qu'Alona l'adorait.

AUGUST COMMENÇA un nouveau dessin. Il esquissa quelques éléments rapides sur le papier. Il appuyait si fort sur le bâtonnet noir qu'il se brisa. Comme pour le dessin précédent, il allait très vite, un détail par-ci, un autre par-là, des morceaux disparates qui s'agençaient progressivement les uns aux autres pour former un tout. Il s'agissait de la même pièce, mais le puzzle, par terre, était différent, plus facile à distinguer. Il représentait une voiture de sport rouge roulant à vive allure et une foule qui hurlait dans une tribune. Au-dessus du puzzle, il y avait cette fois-ci deux hommes.

L'un des deux était encore Lasse Westman. Vêtu d'un tee-shirt et d'un short, il louchait légèrement et ses yeux étaient injectés de sang. L'écume aux lèvres, il avait l'air bourré et toujours aussi furieux. Mais le personnage le plus inquiétant, c'était l'autre. Son regard vitreux exprimait un pur sadisme. Il était mal rasé, hagard lui aussi, avec des lèvres fines, quasi inexistantes, et il semblait balancer des coups de pied à August. Tout comme sur le premier dessin, le garçon n'était pas représenté, et pourtant infiniment présent par son absence même.

— C'est qui, l'autre ? demanda Lisbeth.

August ne répondit pas. Mais ses épaules tremblaient et ses jambes s'entortillèrent sous la table.

— C'est qui, l'autre ? répéta Lisbeth un peu plus sévèrement, et August écrivit alors sur le dessin avec des lettres enfantines légèrement tremblantes :

ROGER

Roger – un prénom qui ne disait rien à Lisbeth.

QUELQUES HEURES PLUS TARD, à Fort Meade, après que ses petits hackers eurent rangé leurs bureaux et furent partis d'un pas traînant, Ed rejoignit Alona. Curieusement, Ed n'avait plus du tout l'air en colère ni offensé. Il affichait même une expression de défi et ne semblait plus souffrir du dos. Il tenait un carnet à la main. L'une de ses bretelles avait lâché.

— Alors là, mon vieux, dit-elle, je suis vraiment curieuse. Qu'est-ce qui s'est passé?

— On m'a accordé des vacances, répondit-il. Je suis sur le point de partir pour Stockholm.

— Quelle idée! Il ne fait pas trop froid là-bas, en ce moment?

— Plus que jamais, paraît-il.

— Mais tu n'y vas pas vraiment pour des vacances.

— Entre nous, non, pas vraiment.

— Là, je suis encore plus curieuse.

— Jonny Ingram nous a ordonné d'abandonner l'enquête. On laisse courir le hacker et on se contente de boucher quelques failles de sécurité. Ensuite, l'affaire disparaît aux oubliettes.

— Putain, comment peut-il ordonner un truc pareil?

— Pour ne pas réveiller l'ours qui dort, m'a-t-il dit, et ne pas risquer que l'attaque soit rendue publique. Ce serait la catastrophe si tout le monde savait qu'on a été piratés. Ça ferait un malin plaisir à pas mal de monde, et la direction se verrait obligée de virer un paquet de gens pour sauver la face, à commencer par moi.

— Il t'a menacé?

— Il n'y est pas allé de main morte. Il m'a expliqué que je serais publiquement humilié, passé sous la quille, assigné en justice et tout le tralala.

— Tu n'as pas l'air particulièrement inquiet.

— Je vais l'anéantir.

— Et comment comptes-tu t'y prendre? Ce type a des relais puissants partout.

— J'en ai un ou deux aussi. Et puis Ingram n'est pas le seul à avoir des infos sur les autres. Ce putain de hacker a eu la gentillesse d'interconnecter nos dossiers et de nous permettre d'en savoir un peu plus sur notre propre écurie.

— Plutôt ironique, tu ne trouves pas?

— Oui, et pas qu'un peu. Il aura fallu un escroc pour en démasquer un autre. Au début, *a priori*, ça n'avait pas l'air trop bizarre, comparé à tout ce qu'on manigance ici. Mais quand on a regardé de plus près…

— Oui?

— Je peux te dire que ce truc-là, c'est carrément explosif.

— Comment ça?

— Les hommes les plus proches de Jonny Ingram ne se contentent pas de collecter des informations sur les secrets industriels pour aider nos grands groupes. Parfois ils les vendent aussi, cher, et cet argent, Alona, ne finit pas forcément dans les caisses de l'organisation…

— Mais dans leurs propres poches.

— Exactement, et j'ai déjà assez de preuves pour envoyer Joacim Barclay et Brian Abbot en prison.

— La vache!

— Malheureusement, c'est un peu plus compliqué en ce qui concerne Ingram. Je suis persuadé que c'est lui le cerveau derrière tout ce cirque. Sinon, l'histoire ne colle pas. Mais je n'ai pas trouvé le *smoking gun*, et ça m'emmerde : ça rend l'opération trop risquée. Il n'est pas impossible – même si j'en doute – qu'il y ait des infos concrètes sur lui dans le fichier que le hacker a téléchargé. Mais on n'arrivera pas à le déchiffrer. Impossible. C'est un foutu chiffrement RSA.

— Qu'est-ce que tu vas faire?

— Refermer le filet sur lui. Montrer à tout le monde que nos propres collaborateurs sont liés au grand banditisme.

— Par exemple les Spiders.

— Par exemple. Ils sont dans le même bateau qu'un tas de sales types. Et ça ne m'étonnerait pas qu'ils soient mêlés au meurtre de ton professeur à Stockholm. En tout cas, ils avaient un intérêt évident à le voir mort.

— Tu plaisantes?

— Pas du tout. Il détenait des infos qui auraient pu leur exploser à la gueule.

— Putain de merde!

— Tu peux le dire.

— Et là tu pars à Stockholm comme un petit détective privé pour enquêter là-dessus ?

— Pas comme un détective privé, Alona. Je vais bénéficier d'un soutien solide. Et pendant que j'y suis, je compte infliger une bonne correction à notre hackeuse ; après ça, elle ne tiendra plus debout.

— J'ai dû mal entendre, Ed. Tu as dit "elle" ?

— Parfaitement, ma chère ! Elle !

LES DESSINS D'AUGUST replongèrent Lisbeth dans le passé, et elle revit ce poing qui frappait inlassablement contre le matelas.

Des coups, des grognements et des pleurs dans la chambre à coucher. Elle se souvint de l'époque où elle n'avait d'autre refuge que ses BD et ses rêves de vengeance. Mais elle chassa ces pensées, s'occupa de sa blessure, changea le bandage, contrôla son arme et veilla à ce qu'elle soit chargée. Puis elle ouvrit le lien PGP.

Andrei Zander voulait savoir comment ils allaient. Elle répondit brièvement. Dehors, la tempête secouait les arbres et les buissons. Elle prit un whisky et un morceau de chocolat, sortit sur la terrasse, suivit le flanc du rocher et procéda à une reconnaissance méticuleuse du terrain, en particulier d'une crevasse située plus bas dans l'escarpement. Elle compta même ses pas jusque-là et mémorisa chaque anfractuosité, chaque détail de l'environnement.

À son retour, August avait fait un nouveau dessin de Lasse Westman et Roger. Lisbeth se dit qu'il avait besoin que ça sorte. Mais il n'avait toujours rien dessiné qui se rapportât au meurtre. Faisait-il un blocage sur ce drame ?

Préoccupée par le sentiment désagréable que le temps leur était compté, Lisbeth observa d'un air soucieux August, son dessin et les chiffres vertigineux qu'il avait notés à côté. Elle se concentra sur eux une minute pour étudier leur logique. Soudain elle remarqua une séquence de chiffres relativement courte qui ne semblait pas à sa place.

C'était le 23058430081399952128, et ça lui sauta aux yeux. Ce n'était pas un nombre premier, mais – elle s'illumina en le comprenant – un nombre constitué de l'addition de tous ses diviseurs positifs. Autrement dit, un nombre parfait – comme l'est le chiffre 6, par exemple, étant donné qu'il est divisible par 3, 2 et 1 et que 3 + 2 + 1 = 6. Elle sourit et une curieuse pensée lui traversa l'esprit.

— IL VA FALLOIR que tu t'expliques, dit Alona.

— Pas de problème, répondit Ed. Mais d'abord, même si c'est inutile, je veux que tu me jures solennellement que tu n'en parleras à personne.

— Je le jure, gros lourdaud.

— Alors voilà la situation : après avoir balancé une vérité ou deux à Jonny Ingram, pour la forme, j'ai fait mine de lui donner raison. Et même de lui être reconnaissant d'avoir mis fin à notre enquête. J'ai prétendu que de toute manière on n'aurait pas beaucoup plus avancé, ce qui est vrai d'une certaine façon. Techniquement, on a épuisé nos ressources. On a tout exploité, mais ça n'a servi à rien. Le hacker a laissé de fausses pistes un peu partout qui mènent à de nouveaux dédales. L'un de mes gars pense même que si, contre toute attente, on arrivait au bout du truc, on n'y croirait pas. On prendrait ça pour un nouveau piège. On s'attend à n'importe quoi de la part de ce hacker, sauf à des imperfections. Donc oui, par la voie traditionnelle, on est cuits.

— Mais tu n'es pas un grand adepte de la voie traditionnelle, d'habitude.

— Non, je crois plus à la voie détournée. En réalité on n'a jamais laissé tomber. On a discuté avec nos contacts extérieurs et nos amis dans les entreprises d'informatique. On a approfondi l'enquête, mis des gens sur écoute, lancé nos propres intrusions de système. Tu vois, avant une attaque de ce genre, le pirate exécute forcément des recherches, pose certaines questions, visite certains sites. Et il y a inévitablement des choses qui finissent par revenir à nos oreilles. Mais surtout, Alona, un facteur jouait en notre faveur : le talent du hacker. Un génie pareil, ça limite le nombre de suspects. C'est comme un criminel qui ferait 9,7 secondes sur cent mètres sur les lieux du crime : le coupable serait forcément Usain Bolt ou l'un de ses concurrents, non ?

— C'est de ce niveau-là ?

— Il y a des éléments dans cette attaque qui m'ont laissé bouche bée, et pourtant, j'en ai vu d'autres. Alors on a passé un temps fou à parler avec des hackers et des initiés du milieu. On leur a posé la question : qui aurait assez de talent pour réaliser un coup vraiment énorme ? Qui sont les vraies stars du moment ? Il fallait poser nos questions de manière assez fine pour que personne ne se doute de ce qui s'était réellement produit. Pendant longtemps, on a stagné. C'était comme crier dans le désert. Personne ne savait rien, ou alors ils faisaient tous semblant. Enfin, si : on nous a cité un tas de noms, mais rien qui semblait coller. On a pensé, un moment, à un Russe : Jurij Bogdanov. Un ancien toxico, un voleur aux doigts de fée, capable de s'introduire n'importe où, de pirater ce qui lui chante. À l'époque où il n'était encore qu'un pauvre SDF de Saint-Pétersbourg qui démarrait des voitures sans clé et pesait quarante kilos tout mouillé, les sociétés de sécurité voulaient déjà le recruter. Des types de la police et des services de renseignements ont tenté de le récupérer pour éviter qu'une organisation criminelle ne lui mette le grappin dessus. Ils ont fait chou blanc, et aujourd'hui Bogdanov est désintoxiqué, il a repris du poids et ses affaires marchent du feu de Dieu. On est quasi certains qu'il fait partie de la bande qui t'intéresse, Alona, et c'est pour ça qu'on s'est penchés sur son cas. Au vu des recherches effectuées par notre hacker, on a vite compris qu'il y avait un lien avec Spider, mais après…

— Vous ne voyez pas pourquoi l'un des leurs nous donnerait de nouveaux indices et de nouvelles pistes ?

— Exactement. Alors on a continué de fouiller et, au bout d'un moment, une autre bande est apparue dans les conversations.

— Qui donc ?

— Ils se font appeler Hacker Republic. Et Hacker Republic, c'est le prestige absolu. Un groupe constitué exclusivement de pointures, tous hyper-prudents et méticuleux sur leur chiffrement. Ils ont raison, bien sûr. On essaie sans arrêt d'infiltrer ces groupes, pour vérifier ce qu'ils fabriquent, mais aussi recruter certains éléments, et on n'est pas les seuls. C'est la guerre, désormais, pour mettre la main sur les hackers les plus brillants.

— Maintenant qu'on est tous devenus des criminels.

— Ouais, peut-être. Quoi qu'il en soit, Hacker Republic recèle un génie. On a reçu plein de témoignages concordants là-dessus. Mais ce n'est pas tout. Des rumeurs couraient qu'ils préparaient un truc énorme et un certain Bob the Dog, que nous pensons membre du groupe, a manifestement posé des questions sur un gars de chez nous qui s'appelle Richard Fuller. Tu vois qui c'est?

— Non.

— Un maniacodépressif, une grande gueule qui me fait faire des cheveux gris depuis longtemps parce qu'il peut se montrer assez imprudent dans ses phases maniaques. Un risque de sécurité classique. Le pion idéal pour une bande de hackers. Mais pour ça, il faut avoir des infos précises, or son état de santé psychique n'est pas franchement de notoriété publique – c'est à peine si sa mère est au courant. Bon, je suis presque convaincu qu'ils ne se sont pas introduits via Fuller : on a analysé le moindre des fichiers qu'il a reçus dernièrement, sans rien trouver. On l'a passé au crible. Mais je pense qu'il faisait partie du plan initial de Hacker Republic. Je n'ai aucune preuve tangible contre ce groupe, mais mon sixième sens me dit que cette bande est derrière l'attaque, surtout maintenant que nous sommes à peu près sûrs qu'il ne s'agit pas d'une puissance étrangère.

— Tu disais aussi que c'était une fille.

— Exact. Une fois qu'on a eu ciblé ce groupe, on a tenté d'en savoir plus. Distinguer les faits des rumeurs n'a pas été une tâche facile, mais une info revenait si régulièrement que j'ai fini par ne plus douter de son authenticité.

— Laquelle?

— La plus grosse star de Hacker Republic se nommerait Wasp.

— Wasp?

— Tout à fait. Je ne vais pas te perdre avec des détails techniques, mais Wasp est une sorte de légende dans certains milieux, notamment pour sa capacité à renverser complètement des méthodes établies. Quelqu'un a dit un jour qu'on peut reconnaître Wasp dans une attaque de piratage comme on peut reconnaître Mozart dans une symphonie. Wasp a un style inimitable, et c'est précisément la première chose qu'a dite l'un de mes gars après avoir étudié l'intrusion : que c'était différent de tout ce qu'on avait rencontré jusqu'à aujourd'hui. Il y avait un seuil d'originalité complètement inédit, quelque chose d'à la fois surprenant et contre-intuitif, et une efficacité extrême.

— L'œuvre d'un génie, donc.

— Sans conteste. Du coup on a concentré toutes nos recherches sur ce Wasp pour essayer de mettre au jour son identité. Personne n'a été spécialement surpris de constater que c'était impossible. Ça n'aurait pas été digne d'un tel talent de laisser ce genre de failles. Mais tu sais ce que j'ai fait ? dit Ed, tout fier.

— Non.

— J'ai cherché ce que signifiait le mot lui-même.

— Outre son sens de "guêpe".

— Oui, bien sûr. Personne, pas même moi, ne pensait que ça nous mènerait quelque part. Mais quand on n'y arrive pas par la route principale, on prend les chemins de traverse. Évidemment, on ne sait jamais bien ce qu'on y trouve… et il s'avère que Wasp a beaucoup de significations. C'est le nom d'un avion de combat britannique de la Seconde Guerre mondiale, le titre anglais d'une comédie d'Aristophane, d'un célèbre court-métrage de 1915, d'un magazine satirique de San Francisco du XIXᵉ siècle et, évidemment, l'acronyme de White Anglo-Saxon Protestant, entre autres choses. Sauf que toutes ces références me paraissaient trop étudiées pour un hacker, ça ne collait pas du tout avec la culture de ce milieu. Une seule semblait coller. Tu sais laquelle ?

— Non.

— Le Wasp le plus référencé sur le Net : une super-héroïne de Marvel Comics, membre fondateur des Avengers.

— Dont on a fait un film.

— Exactement, la bande de Thor, Iron Man, Captain America et tout ça. Dans les BD originales, elle est même leur leader à un moment. Wasp est un personnage assez fascinant je dois dire, avec son apparence un peu rock et rebelle, sa tenue noir et jaune avec des ailes d'insecte, ses cheveux bruns coupés court et son air arrogant ; elle frappe quand on ne s'y attend pas et a le pouvoir de diminuer sa taille à volonté. Toutes les sources avec lesquelles nous avons correspondu pensent qu'il s'agit d'une référence à ce Wasp-là. Ça ne veut pas forcément dire que le pseudo cache un fan de Marvel, ou plus maintenant. Cette signature existe depuis longtemps. Peut-être que c'est un truc d'enfance qui est resté, ou un clin d'œil, rien de significatif. Comme le fait que j'aie baptisé mon chat Peter Pan sans particulièrement aimer ce personnage orgueilleux qui refuse de grandir. Et pourtant…

— Oui ?

— J'ai vite constaté que ce réseau criminel sur lequel Wasp faisait des recherches utilisait des noms tirés de Marvel dans ses codes ou même parfois de manière plus manifeste. Par exemple, ils se font bien appeler The Spider Society ?

— Oui, mais moi je n'y vois qu'un jeu, pour se moquer de nous qui les surveillons.

— Bien sûr, mais les jeux peuvent donner des indices, ou révéler un fond plus sérieux. Est-ce que tu sais ce qui distingue The Spider Society dans les Marvel Comics ?

— Non ?

— C'est qu'ils mènent une guerre contre le Sisterhood of the Wasp.

— D'accord, je pige, c'est un détail à prendre en compte, mais je n'arrive pas à comprendre en quoi ça peut vous faire avancer.

— Attends, tu vas voir. Qu'est-ce que tu en dis, tu m'accompagnes jusqu'à ma voiture ? Je dois partir pour l'aéroport.

MIKAEL BLOMKVIST avait bien du mal à garder les yeux ouverts. Il n'était pas très tard, mais il sentait dans tout son corps qu'il n'en pouvait plus. Il fallait qu'il rentre chez lui dormir un peu pour pouvoir se remettre correctement au boulot cette nuit ou le lendemain matin. Une ou deux bières sur la route l'aideraient peut-être aussi. Les souvenirs et l'inquiétude lui martelaient la tête et il redoutait l'insomnie. Peut-être qu'il pourrait convaincre Andrei de l'accompagner. Il jeta un regard à son collègue.

Andrei avait l'air si jeune… Si Mikael avait eu la moitié de son énergie, ça lui aurait suffi. Il pianotait sur son clavier comme s'il venait d'arriver au bureau, tout en feuilletant ses notes d'un regard vif. Pourtant il était là depuis 5 heures du matin. Il était maintenant 17 h 45 et il n'avait quasiment pas fait de pauses.

— Et si on sortait prendre une bière, manger un bout et faire un peu le point ? Qu'est-ce que t'en dis, Andrei ?

Andrei parut ne pas avoir entendu la question. Puis il leva lentement la tête. Brusquement, il n'avait plus l'air si dynamique. Il se massa l'épaule avec une grimace de douleur.

— Quoi ?… oui… peut-être, dit-il, hésitant.

— Je prends ça pour un oui. Folkoperaen, ça te va ?

Folkoperaen était un bar-restaurant de Hornsgatan situé pas loin de la rédaction et qui attirait bon nombre de journalistes et d'artistes.

— C'est juste que…

— Quoi ?

— J'ai ce portrait d'un marchand d'art de Bukowski, qui est monté dans un train à la gare centrale de Malmö et qu'on n'a jamais revu. Erika trouvait que ça collerait bien dans le numéro.

— Dis donc, elle te met une sacrée pression, cette bonne femme.

— Non, pas du tout, mais j'ai du mal à tourner l'article. Ça manque de clarté, de naturel.

— Tu veux que je jette un œil ?

— Volontiers, mais il faut que j'avance un peu avant. Je serais mort de honte si tu le lisais en l'état actuel.

— OK. Mais on sort au moins grignoter un bout. Tu reviendras travailler après s'il le faut, dit Mikael en observant Andrei.

Il se souviendrait longtemps de la scène. Andrei dans sa veste à carreaux marron et sa chemise blanche boutonnée jusqu'au cou. Il ressemblait à une star de cinéma, ou plus que jamais à une sorte d'Antonio Banderas jeune et indécis.

— Il vaudrait quand même mieux que je reste pour peaufiner ça, dit-il, toujours aussi hésitant. J'ai des trucs dans le frigo, je les réchaufferai au micro-ondes.

Mikael se demanda si, en vertu de son statut de senior, il pouvait ordonner à Andrei de l'accompagner boire une bière. Finalement, il se contenta de dire :

— D'accord, alors on se voit demain. Comment ça se passe là-bas ? Toujours pas de dessin du meurtrier ?

— J'ai pas l'impression, non.

— Demain il faut qu'on trouve une autre solution. Prends soin de toi, dit Mikael, puis il se leva et enfila son manteau.

LISBETH S'ÉTAIT SOUVENUE d'un article sur les autistes savants qu'elle avait lu longtemps auparavant dans la revue *Science*. Le théoricien des nombres Enrico Bombieri y faisait référence à un épisode du livre d'Olivier Sacks, *L'homme qui prenait sa femme pour un chapeau*, où des jumeaux autistes attardés faisaient tranquillement des batailles de nombres premiers, comme s'ils les avaient visualisés dans un paysage intérieur mathématique, ou comme s'ils avaient percé le mystère des nombres.

Ce que les jumeaux étaient parvenus à faire et l'objectif de Lisbeth étaient deux choses différentes, pourtant elle devinait une vague similitude et décida de tenter le coup, si minces que fussent ses espoirs. Elle ressortit le fichier NSA crypté et son programme de factorisation par courbes elliptiques, puis elle se tourna vers August. Qui répondit en balançant le buste d'avant en arrière.

— Des nombres premiers. Tu aimes les nombres premiers, dit-elle.

August ne la regardait pas et continuait de se balancer.

— Je les aime aussi, poursuivit-elle. Mais il y a une chose qui m'intéresse particulièrement en ce moment. Ça s'appelle la factorisation. Tu sais ce que c'est ?

August fixa la table. Il n'avait pas l'air de comprendre.

— La factorisation en nombres premiers, c'est quand on écrit un nombre sous la forme d'un produit de nombres premiers.

Par produit, j'entends ici le résultat d'une multiplication. Tu me suis ?

August ne broncha pas et Lisbeth se demanda si elle ne ferait pas mieux de la fermer.

— Selon le théorème fondamental de l'arithmétique, chaque entier a une factorisation de nombres premiers unique, ce qui est assez dément si on y pense. Un nombre aussi simple que 24, on peut l'obtenir d'un tas de façons différentes, par exemple en multipliant 12 par 2 ou 3 par 8, ou 4 par 6. Pourtant il n'existe qu'une façon de le factoriser en nombres premiers, et c'est 2 × 2 × 2 × 3. Tu me suis toujours ? Chaque nombre a une factorisation unique. Le problème, c'est que s'il est facile de multiplier des nombres premiers et d'obtenir de grands nombres, il est souvent impossible de faire le chemin inverse : retrouver les nombres premiers à partir de la réponse. Et une très mauvaise personne a utilisé ce procédé dans un message secret. Tu piges ? C'est un peu comme préparer un sirop ou un cocktail, facile à composer, mais plus difficile à décomposer.

August ne hocha pas la tête, ne dit pas un mot. Mais il cessa de balancer son corps.

— On va voir si tu es fort en factorisation de nombres premiers, August. Tu veux bien ?

August ne bougea pas d'un poil.

— Je prends ça pour un oui. Commençons par le nombre 456.

Les yeux d'August étaient vides et absents. Cette idée était définitivement absurde.

IL FAISAIT FROID DEHORS, mais Mikael appréciait cette fraîcheur qui le ranimait. Il y avait peu de monde dans la rue. Il pensa à sa fille Pernilla et à cette volonté d'écrire "pour de vrai", à Lisbeth évidemment, et à l'enfant. Que faisaient-ils en ce moment ? En remontant vers Hornsgatspuckeln, il observa un tableau dans une vitrine.

On y voyait représentés des gens heureux, insouciants, dans un cocktail et, il se trompait sans doute, mais il eut le sentiment que ça faisait une éternité qu'il n'avait plus connu une telle légèreté. Un bref instant, il rêva d'être loin. Soudain il tressaillit, frappé par l'impression d'être suivi. Il se retourna et conclut à une fausse alerte, conséquence peut-être de ce qu'il avait vécu ces derniers jours.

Cela lui permit néanmoins d'apercevoir derrière lui une femme d'une beauté ensorcelante. Vêtue d'un manteau rouge vif, ses longs cheveux blond foncé lui tombaient sur les épaules. Elle lui sourit d'un air timide. Il lui rendit un sourire prudent et s'apprêtait à poursuivre son chemin, mais il ne put détacher d'elle un regard étonné, comme s'il s'attendait à ce que le charme soit rompu à tout moment.

Mais elle était chaque seconde plus éblouissante, comme une femme venue d'un autre monde, une star hollywoodienne perdue au milieu de la foule. Subjugué, Mikael aurait été presque incapable de la décrire sur l'instant, d'évoquer un détail significatif de son apparence. Elle était comme une icône tout droit sortie d'un magazine de mode.

— Je peux vous aider ? dit-il.

— Non, répondit-elle et elle parut de nouveau gênée.

D'une timidité charmante. Pourtant, c'était le genre de femme qui devait avoir le monde à ses pieds.

— Dans ce cas… passez une bonne soirée, dit-il, puis il se retourna pour s'en aller.

Elle le retint alors d'un petit raclement de gorge nerveux.

— Vous êtes Mikael Blomkvist, n'est-ce pas ? articula-t-elle, encore plus confuse, le regard baissé sur le trottoir.

— Oui, c'est moi, dit-il avec un sourire poli.

Il s'efforçait de se comporter comme il l'aurait fait avec n'importe qui.

— Je voulais seulement vous dire que je vous admire depuis toujours, lui confia-t-elle, penchant délicatement la tête, ses yeux ténébreux plongés dans les siens.

— Ça me fait plaisir. Mais il y a longtemps que je n'ai rien écrit d'intéressant. Et vous, qui êtes-vous ?

— Je m'appelle Rebecka Svensson, dit-elle. J'habite en Suisse depuis quelque temps.

— Et vous êtes revenue faire un tour par ici.

— Très bref, malheureusement. La Suède me manque. Même le mois de novembre à Stockholm me manque.

— À ce point?

— C'est comme ça le mal du pays, non?

— C'est-à-dire?

— Quand on regrette même les choses pénibles.

— C'est vrai.

— Vous savez comment j'y remédie? Je lis la presse suédoise. Je ne crois pas avoir raté un seul article de *Millénium* ces dernières années, poursuivit-elle, et il l'observa de nouveau à la dérobée. Ses chaussures noires à hauts talons, son châle à carreaux bleus en cachemire, tout ce qu'elle portait était chic et coûteux.

Rebecka Svensson ne ressemblait pas au lecteur type de *Millénium*. Mais il fallait se méfier des préjugés, y compris envers les riches Suédois expatriés.

— Vous travaillez là-bas?

— Je suis veuve.

— Je comprends.

— Parfois je m'ennuie tellement. Vous alliez quelque part?

— Je pensais prendre un verre et manger un morceau, dit-il avant de regretter aussitôt cette réplique si convenue, si banale.

Mais elle avait au moins le mérite d'être vraie.

— Je peux me joindre à vous?

— Volontiers, répondit-il un peu hésitant.

Elle effleura rapidement sa main – sans doute involontairement, du moins tenta-t-il de s'en persuader. Elle avait toujours l'air aussi timide. Ils remontèrent doucement Hornsgatspuckeln, longeant la succession de galeries.

— C'est sympa de se promener avec vous, dit-elle.

— Et inattendu.

— Loin en tout cas de ce que j'avais imaginé en me réveillant ce matin.

— Qu'aviez-vous imaginé?

— Une journée aussi ennuyeuse que les autres.

— J'ai peur de ne pas être de très bonne compagnie aujourd'hui, dit-il. Je suis assez absorbé par un sujet.

— Vous travaillez beaucoup?

— Sans doute.

— Alors une petite pause vous fera du bien, dit-elle en lui adressant un sourire ensorcelant, plein de désir, comme une sorte de promesse, et à cet instant il eut l'impression de reconnaître quelque chose en elle, comme s'il avait déjà vu ce sourire, mais sous un autre angle, dans un miroir déformé.

— Nous nous sommes déjà rencontrés ? demanda-t-il.

— Je ne crois pas. Moi, je vous ai déjà vu des centaines de fois en photo et à la télé bien sûr.

— Vous n'avez jamais habité Stockholm ?

— Seulement quand j'étais toute petite.

— Vous habitiez où, alors ?

Elle fit un geste vague en direction de Hornsgatan.

— C'était une belle époque, dit-elle. Notre père s'occupait de nous. J'y pense parfois. Il me manque.

— Il n'est plus en vie ?

— Il est mort bien trop jeune.

— Je suis désolé.

— Où allons-nous ?

— Je ne sais pas trop, dit-il. Il y a un pub à côté, un peu plus loin sur Bellmansgatan, le Bishop's Arms. Je connais le propriétaire. C'est un chouette endroit.

— Je n'en doute pas...

Elle eut de nouveau l'air gêné, farouche, et sa main vint effleurer ses doigts ; il n'était pas si sûr, cette fois-ci, que ce soit involontaire.

— Ce n'est peut-être pas assez chic ?

— Si, sûrement, dit-elle comme pour s'excuser. Mais je me sens vite reluquée dans les pubs. J'ai eu affaire à tellement de salauds.

— Je peux imaginer.

— Vous ne voulez pas...?

— Quoi ?

Elle regarda de nouveau par terre et rougit. Il pensa d'abord avoir mal vu. Combien d'adultes rougissent encore de cette manière ? Mais Rebecka Svensson, cette beauté incendiaire revenue de Suisse, rougissait comme une écolière.

— Vous ne préférez pas m'inviter à boire un verre chez vous ? souffla-t-elle. Ce serait plus sympa.

— Oui...

Il hésita. Il avait besoin de dormir, d'être en forme le lendemain matin. Il répondit lentement, comme à contrecœur :

— Bien sûr, évidemment. J'ai un barolo en réserve, dit-il.

Il aurait dû être excité à l'idée d'une telle aventure, pourtant le sentiment de malaise persistait. Il n'arrivait pas à comprendre. Il avait la chance de susciter l'intérêt de nombreuses femmes, et en général il se laissait facilement séduire par ce genre de rencontre. Tout allait incroyablement vite, mais ça aussi, ça lui était déjà arrivé et, en la matière, il savait ne pas se montrer trop sentimental. Ce n'était pas le côté rapide de la rencontre qui le gênait, du moins pas seulement. C'était plus quelque chose qui se dégageait de Rebecka Svensson.

Elle était jeune, d'une beauté vertigineuse, et avait sûrement mieux à faire que de draguer de vieux journalistes fatigués. Et puis il y avait cette alternance de regards audacieux et timides, et cette façon de le frôler comme si c'était fortuit, qui l'interpellait. Tout ce qu'il avait trouvé si irrésistible au départ lui apparaissait de plus en plus calculateur.

— C'est parfait. Je ne resterai pas longtemps, je ne voudrais pas que vous bâcliez un reportage à cause de moi, dit-elle.

— Je prends l'entière responsabilité de tous les reportages bâclés, répondit-il en s'efforçant de lui sourire.

Après ce sourire forcé, il capta une nuance étrange, glaciale, dans son regard qui la seconde suivante redevint plein de tendresse et de chaleur, comme d'une grande actrice qui ferait la démonstration de ses talents. Il était maintenant convaincu que quelque chose n'allait pas, mais il était incapable de saisir quoi précisément. Et il ne voulait pas laisser transparaître ses soupçons, pas encore. Que se passait-il ? Il fallait absolument qu'il comprenne.

Ils continuèrent à remonter Bellmansgatan, même s'il n'avait plus vraiment l'intention de l'emmener chez lui. Il avait besoin de temps pour y voir clair. Il l'observa de nouveau. Elle était remarquablement belle, mais ce n'était pas seulement sa beauté qui l'avait tant touché au départ. C'était un autre charme, plus fuyant, loin des strass et des paillettes des magazines. C'était comme si Rebecka Svensson était une énigme dont il aurait dû connaître la solution.

— C'est un quartier sympa, dit-elle.

— Plutôt, oui, répondit-il, songeur, et il regarda en direction du Bishop's Arms.

Juste après le pub, au croisement de Tavastgatan, un homme maigre portant une casquette noire et des lunettes de soleil était en train d'étudier un plan. On aurait pu le prendre pour un touriste. Il avait une valise marron à la main, des baskets blanches et une veste en cuir noire avec un grand col en fourrure. En temps normal, Mikael ne l'aurait même pas remarqué.

Mais vu les circonstances, il n'était plus un observateur innocent, et il trouva sa façon de bouger nerveuse, crispée. C'était peut-être l'effet de sa propre suspicion, mais il eut vraiment la sensation que sa manière distraite de manier le plan sonnait faux. Puis l'homme leva la tête et regarda dans leur direction.

Il les examina attentivement une seconde et baissa de nouveau les yeux sur son plan, comme un mauvais acteur. Il semblait gêné, cherchait à cacher son visage sous sa casquette. Et c'est ce détail-là précisément – la tête penchée, farouche – qui lui parut familier.

Il fixa de nouveau les yeux sombres de Rebecka Svensson. Elle prit un air enjôleur, qu'il ne lui rendit pas. Il se contenta de l'observer d'un regard dur, jusqu'à ce que son visage se fige. À ce moment-là seulement, Mikael Blomkvist lui sourit à son tour.

Il sourit parce que, soudain, il avait fait le lien.

22

LE SOIR DU 23 NOVEMBRE

LISBETH QUITTA la table de la cuisine. Elle ne voulait plus ennuyer August. Il était déjà suffisamment sous pression, et son idée était tordue depuis le début.

C'était tellement typique de trop attendre de ces pauvres enfants autistes, alors que ce qu'avait fait August était déjà impressionnant. Elle se dirigea vers la terrasse, toucha délicatement sa blessure toujours douloureuse. Puis elle entendit un bruit derrière elle, un grattement rapide sur la feuille. Elle fit demi-tour et revint à la table. L'instant d'après, elle sourit.

August avait écrit :

$2^3 \times 3 \times 19$

Lisbeth s'installa sur une chaise et dit au garçon, sans le regarder cette fois :

— OK! Je suis scotchée. Mais rendons les choses un peu plus compliquées. Prends 18 206 927.

August se recroquevilla contre la table et Lisbeth se dit que c'était carrément gonflé de lui balancer aussitôt un nombre à huit chiffres. Mais pour avoir la moindre chance de réussir, ils devraient aller bien plus loin que ça. August se remit à faire osciller nerveusement le haut de son corps, ce qui ne l'étonna pas. Au bout de quelques secondes, il se pencha en avant et écrivit sur sa feuille :

$9\ 419 \times 1\ 933$

— Bien. Et qu'est-ce que tu dis de 971 230 541 ?

$983 \times 991 \times 997$, écrivit August.

— Bien, dit Lisbeth.

Puis elle continua, encore et encore.

À FORT MEADE, À L'EXTÉRIEUR du siège social noir en forme de cube et aux façades vitrées, sur le parking près du grand radôme plein d'antennes satellites, Alona et Ed poursuivaient leur conversation. Ed tripotait nerveusement ses clés de voiture et regardait la forêt, au-delà de la clôture électrique. Il devait partir pour l'aéroport et il était déjà en retard. Mais Alona le retenait, une main posée sur son épaule, et secouait la tête :

— C'est complètement fou.

— Étonnant, je te l'accorde, dit-il.

— Donc, chaque mot codé qu'on a intercepté dans le groupe Spider – Thanos, l'Enchanteresse, Zemo, Alkhema, Cyclone, etc. – désignerait…

— Un ennemi de Wasp dans les albums de BD, oui.

— C'est dingue.

— Un psychologue trouverait sûrement l'idée intéressante.

— Ça doit être de l'ordre de l'obsession.

— Pas de doute là-dessus. Ça sent la haine, dit-il.

— Fais bien attention à toi.

— N'oublie pas que j'ai fréquenté des gangs, moi aussi.

— C'était il y a longtemps, Ed, et tu as pris quelques kilos depuis.

— Ce n'est pas une question de poids. Comment on dit déjà ? On peut sortir le mec du ghetto…

— Mais on ne peut pas sortir le ghetto du mec.

— J'ai ça dans la peau. Et puis j'aurai l'aide du FRA à Stockholm. Ils ont autant intérêt que moi à neutraliser ce hacker.

— Mais si Jonny Ingram le découvrait ?

— Là, ça deviendrait compliqué. Mais tu imagines bien que j'ai préparé le terrain. J'ai même échangé un mot ou deux avec O'Connor.

— Je m'en doute. Je peux faire quelque chose ?

— Ouais.

— Vas-y, balance.

— La bande de Jonny Ingram semble avoir eu une visibilité totale sur l'enquête suédoise.

— Tu les soupçonnes d'avoir mis la police sur écoute ?

— Ou d'avoir une source quelque part, genre un type qui veut se faire bien voir au sein des services de la Sûreté suédoise. Je te file deux de mes meilleurs hackers, et tu creuses l'affaire ?

— Ça me paraît risqué.

— Bon, OK, laisse tomber.

— Non. Ça me plaît.

— Merci Alona. Je t'envoie plus d'infos très vite.

— Bon voyage ! dit-elle.

Ed esquissa un sourire de défi, monta dans la voiture et partit.

APRÈS COUP, MIKAEL AURAIT DU MAL à expliquer comment l'idée lui était venue à l'esprit. Quelque chose dans les traits de Rebecka Svensson, d'étranger et de familier à la fois ; peut-être que la douce harmonie qui se dégageait de son visage lui évoqua justement son contraire. Et que les soupçons nés des recherches menées pour son article vinrent faire écho à cette sensation. Il n'aurait pu justifier plus précisément son intuition, en revanche il n'avait aucun doute sur le fait que quelque chose clochait sérieusement.

L'homme au croisement, qui se mettait à présent en route comme s'il flânait, son plan et sa valise à la main, était l'individu qu'il avait vu sur les caméras de vidéosurveillance à Saltsjöbaden, il en était convaincu, et cette coïncidence était trop invraisemblable pour ne pas signifier quelque chose. Mikael resta un moment songeur, immobile. Puis il se tourna vers la femme qui se faisait appeler Rebecka Svensson et s'efforça de paraître sûr de lui :

— Votre ami s'en va.

— Mon ami ? dit-elle, sincèrement étonnée. Qu'est-ce que vous voulez dire ?

— Le type, là-haut, poursuivit-il en désignant le dos maigre de l'homme qui disparaissait, vacillant, le long de Tavastgatan.

— Vous plaisantez ? Je ne connais personne à Stockholm.

— Qu'est-ce que vous me voulez ?

— Je veux seulement apprendre à vous connaître Mikael, dit-elle en tendant la main vers sa chemise comme si elle voulait ouvrir un bouton.

— Arrêtez votre cinéma! dit-il d'une voix tranchante, et il s'apprêtait à lui balancer ce qu'il pensait lorsqu'elle lui adressa un regard si vulnérable et piteux qu'il en perdit contenance.

L'espace d'un instant, il crut même s'être trompé.

— Vous êtes en colère contre moi? dit-elle, blessée.

— Non, mais…

— Quoi?

— Je ne vous fais pas confiance, dit-il plus sévèrement qu'il ne l'aurait voulu.

Dans un sourire mélancolique, elle lui glissa :

— On dirait que vous n'êtes pas vraiment dans votre assiette aujourd'hui, Mikael… On remet ça à une autre fois.

Elle lui posa un baiser sur la joue si rapide et si discret qu'il n'eut pas le temps de l'esquiver. Puis elle lui adressa un petit signe d'adieu charmant et remonta la rue sur ses hauts talons, gracieuse et sûre d'elle, comme si rien au monde ne pouvait l'inquiéter. Il se demanda s'il ne devait pas l'empêcher de partir et lui faire subir une sorte d'interrogatoire. Mais à quoi cela pourrait-il bien mener? Il décida plutôt de la suivre.

C'était insensé, bien sûr, mais il ne voyait pas d'autre solution. Il la laissa disparaître au bout de la rue, puis partit à sa poursuite. Il pressa le pas en direction du carrefour, persuadé qu'elle n'avait pas eu le temps d'aller bien loin. Mais là il ne vit trace ni d'elle ni de l'homme. Ils avaient disparu, comme par enchantement. La rue était quasi déserte, hormis une BMW noire sur le point de faire un créneau un peu plus loin et un type avec un bouc portant un manteau afghan démodé qui venait vers lui, de l'autre côté de la rue.

Où étaient-ils passés? Il n'y avait aucune rue par laquelle s'échapper, aucune ruelle solitaire. S'étaient-ils introduits dans un hall d'immeuble? Il avança en direction de Torkel Knutssonsgatan, en cherchant du regard à droite à gauche, mais il ne vit rien. Il passa devant ce qui s'appelait autrefois Samirs Gryta, son ancien QG, devenu le Tabbouli, un restaurant libanais qui pouvait leur avoir servi de refuge.

Mais comment auraient-ils pu arriver jusque-là? Il ne leur avait pas laissé une avance suffisante. Elle était passée où, bordel? Peut-être était-elle cachée quelque part avec l'homme, en train de l'observer? Deux fois de suite, il se retourna brusquement, persuadé qu'ils avaient surgi derrière lui, puis il tressaillit à l'idée que quelqu'un puisse être en train de l'observer avec des jumelles. Mais rien ne vint corroborer ses craintes.

L'homme et la femme n'étaient visibles nulle part et lorsqu'il abandonna sa quête et prit le chemin du retour, il eut l'impression qu'il venait d'échapper à un piège. Encore une sensation qu'il n'aurait pu justifier, mais son cœur battait la chamade et il avait la gorge sèche. Lui qui n'était pas particulièrement trouillard d'habitude, voilà qu'il se laissait effrayer par une rue presque vide. C'était incompréhensible.

Il savait néanmoins exactement à qui il devait parler. Il fallait qu'il joigne Holger Palmgren, l'ancien tuteur de Lisbeth. Mais d'abord il allait faire son devoir de citoyen. Si l'homme qu'il avait vu était réellement l'individu qui apparaissait sur les images des caméras de surveillance de Frans Balder, et qu'il y avait une chance, même infime, de l'attraper, la police devait en être informée. Il téléphona donc à l'inspecteur Jan Bublanski.

Il eut bien du mal à le convaincre. Il avait d'ailleurs du mal à se convaincre lui-même, mais il bénéficiait sans doute auprès de l'inspecteur d'un solide capital confiance que son attitude évasive de ces derniers jours ne semblait pas avoir entamé. Bublanski lui dit qu'il allait envoyer une équipe sur place.

— Pourquoi serait-il dans ton quartier?

— Je ne sais pas, mais à mon avis ça vaudrait le coup de creuser la question.

— Oui, je suppose.

— Je vous souhaite bonne chance, alors.

— C'est quand même sacrément embarrassant qu'August Balder soit encore dans la nature, ajouta Bublanski avec une pointe de reproche dans la voix.

— C'est quand même sacrément embarrassant qu'il y ait eu une fuite chez vous, répondit Mikael.

— Sache que nous avons identifié *notre* fuite.

— C'est vrai? Formidable.

— J'ai peur que ce ne soit pas si formidable que ça. *A priori*, il y aurait eu plusieurs fuites, dont la plupart s'avèrent heureusement insignifiantes, hormis peut-être la dernière...

— Vous mettez le paquet pour l'identifier alors.

— On fait tout ce qu'on peut. Mais on commence à soupçonner...

— Quoi?

— Rien...

— OK, tu n'es pas obligé de me le dire.

— On vit dans un monde malade, Mikael.

— Ah?

— Un monde où l'individu paranoïaque est le plus sain d'esprit.

— C'est bien possible. Bonsoir, Bublanski.

— Bonsoir, Mikael. Et pas de bêtises.

— Je vais essayer, répondit-il.

MIKAEL TRAVERSA RINGVÄGEN et descendit dans le métro. Il prit la ligne rouge en direction de Norsborg et sortit à Liljeholmen, où Holger Palmgren habitait depuis quelques années dans un petit appartement moderne adapté aux normes handicapés. Holger Palmgren s'était d'abord inquiété quand il avait entendu la voix de Mikael au téléphone. Mais il lui avait vite assuré que Lisbeth allait bien – il espérait ne pas avoir menti sur ce point –, et le vieil homme avait retrouvé toute son hospitalité.

Avocat à la retraite, Holger Palmgren avait été le tuteur de Lisbeth pendant des années, depuis qu'elle avait été enfermée, à treize ans, à la clinique psychiatrique Sankt Stefan d'Uppsala. Désormais, Holger était un homme âgé. Il avait été victime d'au moins deux AVC. Il se déplaçait à l'aide d'un déambulateur, et encore, quand tout allait pour le mieux.

Il avait le côté gauche du visage figé, et la main gauche quasiment paralysée. Mais son cerveau restait lucide et sa mémoire exceptionnelle, du moins pour les souvenirs lointains et tout ce qui se rapportait à Lisbeth Salander. Personne ne connaissait Lisbeth aussi bien que lui.

Holger Palmgren avait réussi là où tous les psychiatres et psychologues avaient échoué ou abandonné. Après une enfance infernale, durant laquelle elle avait appris à se méfier des adultes et des représentants de l'autorité, Holger Palmgren avait su percer sa carapace et la faire parler. Mikael considérait cela comme un petit miracle. Lisbeth, le cauchemar de tout thérapeute, avait confié à Holger la partie la plus douloureuse de son enfance. Voilà pourquoi Mikael était là à présent.

Il tapa le code d'entrée du 96 Liljeholmstorget, prit l'ascenseur jusqu'au quatrième étage et appuya sur la sonnette.

— Mon vieil ami, dit Holger à la porte. Quel plaisir de te voir. Mais tu as l'air fatigué.

— J'ai mal dormi.

— Ça arrive quand on se fait tirer dessus. J'ai lu ça dans les journaux. Quelle histoire affreuse.

— C'est le moins qu'on puisse dire.

— Il y a du nouveau ?

— Je vais te raconter, dit Mikael, et il s'installa dans un beau canapé en tissu jaune près du balcon, puis attendit que Holger s'asseye péniblement à côté de lui, dans son fauteuil roulant.

Mikael lui raconta l'histoire dans ses grandes lignes. Mais lorsqu'il en vint au pressentiment qu'il avait eu sur le trottoir de Bellmansgatan, Holger l'interrompit :

— Qu'est-ce que tu dis ?

— Je crois que c'était Camilla.

Holger eut l'air horrifié.

— *La* Camilla ?

— Celle-là même.

— Mon Dieu, dit Holger. Que s'est-il passé ?

— Elle a disparu. Mais depuis j'ai le cerveau en ébullition.

— Je comprends ! Je croyais que Camilla avait disparu une bonne fois pour toutes.

— Moi, j'avais presque oublié qu'elles étaient deux.

— Ça, oui, elles étaient bien deux. Des sœurs jumelles qui se haïssaient.

— Je le savais, poursuivit Mikael, mais je n'ai pas fait le lien tout de suite. Je me demandais pourquoi Lisbeth s'était engagée dans cette histoire. Pourquoi elle, l'ancienne super-hackeuse, s'était intéressée à une simple intrusion informatique.

— Et maintenant tu veux que je t'aide à comprendre.

— C'est à peu près ça.

— D'accord, commença Holger. Tu connais le début de l'histoire, n'est-ce pas ? La mère, Agneta Salander, était caissière à Konsum Zinken et vivait seule avec ses deux filles sur Lundagatan. Elles auraient pu avoir une belle vie ensemble : l'argent manquait à la maison, Agneta était très jeune et n'avait pas eu l'occasion de faire des études, mais elle était affectueuse et attentionnée. Elle voulait que ses filles aient une enfance heureuse. Seulement…

— Le père venait parfois leur rendre visite.

— Oui, et les visites d'Alexander Zalachenko se terminaient presque toujours de la même manière. Le père violait et tabassait Agneta pendant que les filles, dans la chambre d'à côté, entendaient tout. Et puis un jour, Lisbeth a trouvé sa mère par terre, inconsciente.

— Et c'est là qu'elle s'est vengée pour la première fois.

— Pour la deuxième fois – la première, elle avait planté un couteau dans l'épaule de Zalachenko.

— Oui, mais cette fois-ci, elle a balancé une brique de lait pleine d'essence dans sa voiture et elle y a mis le feu.

— Exact. Zalachenko a flambé comme une torche. Il s'en est sorti avec de graves brûlures et un pied amputé. De son côté, Lisbeth a été enfermée dans une clinique pédopsychiatrique.

— Et la mère s'est retrouvée à la maison de santé d'Äppelviken.

— C'est ce qui a été le plus douloureux pour Lisbeth dans l'histoire. Sa mère n'avait que vingt-neuf ans, et elle n'est jamais redevenue la femme qu'elle avait été. Elle a vécu dans cette institution pendant quatorze ans, dans un état de grande souffrance, à la suite de diverses hémorragies cérébrales. La plupart du temps, elle ne communiquait quasiment plus avec son entourage. Lisbeth lui rendait visite aussi souvent qu'elle le pouvait, et je sais qu'elle rêvait que sa mère se rétablisse un jour, qu'elles puissent de nouveau discuter ensemble, et prendre soin l'une de l'autre. Mais ça n'est jamais arrivé. S'il y a un élément qui explique la part sombre de Lisbeth, c'est bien ça. Elle a vu sa maman péricliter et mourir à petit feu.

— Je sais, c'est atroce. Mais je n'ai jamais compris la position de Camilla dans l'histoire.

— C'est compliqué et je pense qu'il faut être indulgent avec cette pauvre fille. Elle n'était qu'une enfant elle aussi, et avant même d'en avoir conscience elle est devenue un pion dans cet ignoble jeu.

— Qu'est-ce qui s'est passé ?

— Disons qu'elles ont choisi deux camps adverses dans la bataille. Elles ont beau être jumelles, elles ne se sont jamais ressemblé, ni physiquement ni dans leur attitude. Lisbeth est née la première ; Camilla est arrivée vingt minutes plus tard et, apparemment, toute petite déjà, c'était une merveille. Alors que Lisbeth était une furie, devant Camilla tout le monde s'exclamait : "Oh, quelle jolie petite fille !" Ce n'est pas un hasard si Zalachenko, dès le départ, s'est montré plus tolérant envers elle. Je dis tolérant, parce qu'il n'était pas question de plus que ça les premières années. Agneta n'était qu'une pute à ses yeux, donc ses filles n'étaient que des bâtardes, des bestioles gênantes. Et pourtant…

— Oui ?

— Zalachenko s'est quand même rendu compte que l'une des deux était une beauté. Lisbeth disait parfois qu'il y avait eu une erreur génétique dans sa famille. Si l'analyse est douteuse d'un point de vue médical, il faut bien admettre que Zala a laissé derrière lui des enfants extrêmes. Tu as croisé Ronald, le demi-frère de Lisbeth, non ? Un géant blond qui souffrait d'insensibilité congénitale à la douleur, et qui du coup a pu incarner le parfait meurtrier aux yeux de son père. Alors que Camilla… eh bien, dans son cas, l'erreur génétique l'a simplement rendue d'une beauté exceptionnelle. On se demande d'où elle sort. Et ça n'a fait qu'empirer avec les années. Je dis empirer parce que je suis persuadé que c'est comme une sorte de malédiction. Et la différence est peut-être devenue d'autant plus flagrante que Lisbeth avait toujours l'air renfrognée, en colère. Les adultes faisaient la grimace quand ils la voyaient. Puis ils découvraient Camilla et elle les rendait gagas. Tu imagines ce que ça lui a fait ?

— Ça a dû être dur pour elle.

— Non, je ne pensais pas à Lisbeth. Je n'ai jamais rien perçu chez elle, je crois, qui ressemble à de l'envie ou à de la jalousie.

S'il n'y avait eu qu'un problème esthétique, elle l'aurait volontiers pardonné à sa sœur. Non, je voulais parler de Camilla. Tu imagines ce que ça peut donner chez une petite fille, qui n'est déjà pas particulièrement empathique, d'entendre sans cesse qu'elle est divine et merveilleuse ?

— Ça lui monte à la tête.

— Ça lui donne un sentiment de pouvoir. Quand elle sourit, on fond. Quand elle ne sourit pas, on se sent rejeté et on est prêt à faire n'importe quoi pour la voir rayonner à nouveau. Camilla a vite appris à s'en servir ; elle est devenue la reine de la manipulation. Elle avait de grands yeux de biche très expressifs.

— C'est toujours le cas.

— Selon Lisbeth, Camilla pouvait rester des heures devant le miroir juste pour exercer son regard. Elle en a fait une arme fabuleuse, capable à la fois d'ensorceler et de rejeter – de donner le sentiment aux enfants comme aux adultes d'être élus un jour et bannis le lendemain. Un don vicieux qui, comme tu peux l'imaginer, l'a vite rendue très populaire à l'école. Tout le monde voulait être ami avec elle, ce qu'elle a fort bien exploité. Elle veillait à ce que ses camarades de classe lui offrent tous les jours des petits cadeaux ; des billes, des bonbons, de l'argent, des perles, des bijoux. Ceux qui ne se pliaient pas à ses désirs n'obtenaient plus ni un bonjour ni un regard. Ses camarades de classe faisaient tout pour se faire bien voir, pour ne pas être rejetés. Ils étaient à ses pieds – tous, sauf une, évidemment.

— Sa sœur.

— Tout juste. Du coup, Camilla montait les autres contre Lisbeth. Elle fomentait des attaques épouvantables, les gamins plongeaient la tête de Lisbeth dans les toilettes, la traitaient de monstre, d'alien et autres amabilités. Jusqu'à ce qu'ils comprennent à qui ils avaient affaire. Mais c'est une autre histoire, et celle-là, tu la connais.

— Lisbeth n'est pas du genre à tendre l'autre joue.

— Pas vraiment, non. L'intéressant dans cette histoire, d'un point de vue purement psychologique, c'est que Camilla a appris à manipuler son entourage. Elle a appris à contrôler tout le monde, à part deux personnes essentielles dans sa vie : Lisbeth et son père. Et ça l'agaçait. Elle mettait beaucoup d'énergie dans ces combats, qui nécessitaient des stratégies différentes selon les cas. Elle a vite compris qu'elle n'arriverait jamais à ramener Lisbeth dans son camp, et je crois que pour elle le jeu n'en valait pas la chandelle. À ses yeux, Lisbeth n'était qu'une gamine étrange et difficile. Le père, en revanche...

— Il était cruel jusqu'à la moelle.

— Cruel, oui, mais aussi l'élément fort de la famille. Celui autour duquel tout tournait en réalité, même s'il était rarement là. Dans les familles, disons, plus ordinaires, le père absent a souvent une image un peu légendaire aux yeux de l'enfant qui l'attend. Dans ce cas précis, ça allait bien au-delà.

— Qu'est-ce que tu veux dire ?

— Que Camilla et Zalachenko formaient une vilaine combinaison. Sans que Camilla en ait vraiment conscience, une seule chose l'intéressait, déjà à l'époque : le pouvoir. Et on peut dire que son père n'en manquait pas. Pas mal de monde peut en témoigner, y compris ces pauvres gars de la Säpo. Ils avaient beau essayer de lui imposer des règles, dès qu'ils se retrouvaient en face de lui, ce n'étaient plus que des agneaux effrayés. Zalachenko dégageait une espèce d'aura délétère, amplifiée par son statut d'intouchable. Peu importe le nombre de fois où il a été dénoncé aux services sociaux : la Säpo l'a toujours protégé. Lisbeth l'avait compris, c'est ce qui l'a convaincue de prendre les choses en main. Mais pour Camilla, ç'a été une tout autre affaire.

— Elle a voulu devenir comme lui.

— Oui, je crois. Il était son idéal – elle voulait avoir sa force, son impunité. Mais plus que tout elle voulait sans doute qu'il la voie. Qu'il la considère comme une fille digne de lui.

— Elle savait pourtant à quel point il maltraitait sa mère.

— Évidemment qu'elle le savait. Mais elle s'est rangée du côté du père. Du côté de la puissance, du pouvoir. Très jeune, elle déclarait déjà qu'elle méprisait les gens faibles.

— Elle méprisait donc aussi sa mère... ?

— Je crois, oui, malheureusement. Un jour, Lisbeth m'a raconté quelque chose que je n'ai jamais pu oublier.

— Quoi donc ?

— Je ne l'ai jamais raconté à personne.

— Il serait temps, non ?

— Peut-être, mais je vais avoir besoin d'un petit remontant avant. Qu'est-ce que tu dirais d'un bon cognac ?

— Ça ne peut pas nous faire de mal. Ne bouge pas, je vais chercher la bouteille et les verres, dit Mikael, et il se dirigea vers le bar en acajou, près de la porte de la cuisine.

Il commençait à explorer les diverses bouteilles quand son iPhone se mit à sonner. Le nom d'Andrei Zander s'afficha sur l'écran, mais quand Mikael décrocha, il n'eut personne au bout du fil. Sans doute le coup du téléphone dans la poche, se dit-il et, un peu troublé, il remplit deux verres de Rémy Martin et retourna s'installer à côté de Holger Palmgren.

— Allez, raconte-moi.

— Je ne sais pas trop par où commencer. C'était un beau jour d'été, d'après ce que j'ai compris, Camilla et Lisbeth étaient enfermées dans leur chambre.

23

LE SOIR DU 23 NOVEMBRE

AUGUST SE FIGEA DE NOUVEAU. Il ne pouvait plus répondre. Les nombres étaient devenus trop importants et, au lieu de saisir son stylo, il serrait ses poings tellement fort que le dos de ses mains blanchissait. Il finit même par se taper la tête contre la table.

Lisbeth aurait dû essayer de le réconforter, ou au moins veiller à ce qu'il ne se fasse pas mal, mais elle n'avait plus vraiment conscience de ce qui se passait. Elle pensait à son fichier crypté, et devait bien admettre qu'elle n'avancerait pas davantage de cette manière-là. Ça n'avait rien d'étonnant, au fond. Pourquoi August réussirait-il là où les ordinateurs les plus sophistiqués avaient échoué ? Ce qu'il avait accompli était tout à fait impressionnant, mais elle avait nourri des espoirs idiots. Un peu déçue tout de même, elle sortit dans l'obscurité et observa le paysage sauvage et dépouillé. En bas de la paroi abrupte, il y avait la plage et un champ couvert de neige, où on apercevait une sorte de salle des fêtes abandonnée.

Pendant les beaux jours, il y avait sûrement foule. Maintenant tout était désert. Les bateaux avaient été mis hors d'eau, on ne voyait pas âme qui vive, aucune lumière dans les maisons de l'autre côté de la baie, et le vent s'était de nouveau levé. Lisbeth aimait l'endroit. En tout cas une bonne planque en cette période de l'année.

En revanche, elle n'entendrait sûrement pas les bruits de moteur si quelqu'un venait leur rendre visite. Le seul parking était en bas, près de la plage, et pour rejoindre la maison il fallait gravir l'escalier en bois qui longeait la paroi. À la faveur de la nuit, il serait possible de les surprendre. Mais elle pensait quand même pouvoir dormir cette nuit. Elle en avait besoin. Sa blessure la faisait encore souffrir, elle se sentait affaiblie. C'était sans doute pour ça qu'elle ressentait une telle déception à l'égard d'une idée à laquelle elle n'avait pourtant jamais cru.

Mais, en revenant dans la maison, elle comprit soudain la vraie raison de son trouble.

— EN TEMPS NORMAL, Lisbeth n'est pas du genre à se préoccuper du temps qu'il fait ou de ce qui se passe à la périphérie, reprit Holger Palmgren. Son regard élimine ce qui n'est pas essentiel. Mais cette fois, elle a mentionné le fait que le soleil brillait sur Lundagatan et dans le parc Skinnarvik. Et qu'elle entendait des enfants rire. Elle voulait sans doute dire par là que, de l'autre côté de la fenêtre, les gens étaient heureux. Souligner le contraste. Les gens normaux mangeaient des glaces, jouaient au cerf-volant, au ballon. Camilla et Lisbeth, elles, étaient enfermées dans leur chambre et entendaient leur père violer et tabasser leur mère. Je crois que cette scène a eu lieu juste avant que Lisbeth ne se venge sévèrement de Zalachenko. Mais je manque d'éléments de chronologie. Il y a eu de nombreux viols, qui suivaient tous le même schéma. Zala débarquait l'après-midi ou le soir, bien ivre, parfois il venait caresser les cheveux de Camilla en lui disant des choses du genre : "Comment une belle fille comme toi peut avoir une sœur aussi abjecte ?" Puis il enfermait les filles dans leur chambre et s'installait dans la cuisine pour continuer à picoler. Il buvait sa vodka pure et restait silencieux, claquant la langue comme un animal affamé. Puis il marmonnait une phrase du style : "Alors, comment va ma petite pute aujourd'hui ?", ce qui sonnait presque comme quelque chose d'affectueux, venant de lui. Mais Agneta faisait forcément un truc de travers à un moment donné ou, plus exactement, Zalachenko en décidait ainsi et le premier coup partait, une gifle et les mots qui allaient avec : "Je pensais que ma petite pute allait être gentille, aujourd'hui." Il la coinçait dans la chambre à coucher et continuait de la gifler, jusqu'au moment où il se mettait à la cogner à coups de poing. Lisbeth reconnaissait le son. Elle savait exactement quel genre de coup il lui infligeait, et à quel endroit. Elle le ressentait comme si c'était elle qui les recevait. Après venaient les coups de pied. Il la cognait contre le mur, en hurlant des "garce", "salope", etc. Et ça l'excitait. De la voir souffrir. Quand elle avait le corps tuméfié, en sang, il la violait et jouissait en criant des horreurs pires encore. Puis tout redevenait silencieux. Plus aucun bruit, à part les sanglots étouffés d'Agneta et le souffle lourd du père. Il finissait par se lever, buvait encore un coup en poussant quelques jurons, crachait par terre. Parfois il déverrouillait la porte de Camilla et Lisbeth en leur balançant que leur maman était "redevenue gentille". Et il partait en claquant la porte. C'était ça, le schéma habituel. Mais ce jour-là, il s'est passé quelque chose.

— Quoi?

— La chambre des filles était assez petite. Elles avaient beau s'efforcer de se tenir loin l'une de l'autre, leurs lits étaient presque collés et pendant ces scènes atroces, elles étaient en général assises chacune sur son matelas, face à face. Elles se parlaient rarement et faisaient en sorte de ne pas croiser leurs regards. Ce jour-là, Lisbeth fixait surtout la fenêtre qui donnait sur Lundagatan, d'où les détails sur la belle journée d'été et les enfants dehors. Mais à un moment, elle s'est tournée vers sa sœur, et c'est là qu'elle l'a vue.

— Vu quoi?

— La main droite de sa sœur. Qui frappait consciencieusement le matelas. Ça pouvait n'être qu'un coup nerveux, compulsif. C'est comme ça que Lisbeth l'a interprété au début. Puis elle a remarqué que la main frappait au rythme des coups provenant de la chambre à coucher et elle a regardé le visage de Camilla : les yeux de sa sœur brillaient d'excitation. Elle a d'abord refusé de le croire, mais a dû finir par l'admettre : Camilla souriait, retenant à peine un rictus moqueur. C'était comme se retrouver devant Zala en personne. Lisbeth a réalisé ce jour-là que Camilla n'essayait pas seulement de se faire bien voir de leur père, d'imiter son style, elle le soutenait aussi, elle applaudissait chacun de ses coups.

— Ça paraît fou.

— Et tu sais ce que Lisbeth a fait?

— Non.

— Elle est restée parfaitement calme, s'est assise à côté de Camilla et lui a pris la main presque tendrement. J'imagine que Camilla ne comprenait pas ce qu'il se passait. Elle a dû croire que sa sœur cherchait du réconfort, de la tendresse. On a déjà vu des choses plus étranges. Lisbeth a retroussé la manche de sa chemise et...

— Oui ?

— Elle a enfoncé ses ongles dans le poignet de sa sœur et l'a tailladé jusqu'à l'os. Le sang a jailli sur le lit, Lisbeth a traîné Camilla par terre et a juré de les tuer, elle et son père, si les violences contre sa mère ne cessaient pas. La plaie de Camilla était épouvantable, on aurait dit qu'elle avait été écorchée par un tigre.

— Oh la vache !

— Tu imagines mieux maintenant la dose de haine entre les deux sœurs. Agneta et les services sociaux craignaient que quelque chose de vraiment grave n'arrive. Du coup, on les a séparées. On a trouvé un foyer provisoire pour Camilla. Mais de toute façon ça ne pouvait pas suffire. À un moment ou à un autre, il y aurait eu un nouveau conflit. Finalement, les choses se sont passées autrement. Agneta a eu une lésion cérébrale, Zalachenko a brûlé comme une torche et Lisbeth a été enfermée dans un hôpital psychiatrique. Si j'ai bien compris, les sœurs ne se sont revues qu'une seule fois depuis, des années plus tard, et ça a failli très mal tourner mais je n'ai pas plus de détails. Ça fait longtemps que Camilla a disparu. La dernière trace remonte à la famille d'accueil chez qui elle habitait à Uppsala – les Dahlgren. Je peux te trouver leur numéro de téléphone si tu veux. Mais depuis que Camilla a fait sa valise et quitté le pays à dix-huit ou dix-neuf ans, on n'a plus entendu parler d'elle. C'est pour ça que j'ai été si stupéfait quand tu m'as dit que tu l'avais rencontrée. Même Lisbeth, avec son don pour pister les gens, n'a pas réussi à la retrouver.

— Donc elle a essayé ?

— Ça, oui, la dernière fois remonte au moment de la répartition de l'héritage du père, à ma connaissance.

— Je l'ignorais.

— Lisbeth l'a mentionné un jour, dans le fil d'une conversation. Elle ne voulait pas un centime de l'héritage, évidemment. C'était l'argent du sang. Mais elle s'est vite rendu compte qu'il y avait quelque chose de louche. Au total, l'héritage se composait d'un capital de quatre millions de couronnes, une ferme à Gosseberga, un bon paquet de biens mobiliers, un local industriel délabré à Norrtälje et un cabanon. Ce n'est pas rien, mais…

— Il aurait dû y avoir beaucoup plus.

— Oui, Lisbeth savait mieux que personne qu'il contrôlait tout un empire criminel. Quatre millions, c'est de l'argent de poche en comparaison.

— Du coup, elle s'est demandé si Camilla n'avait pas hérité de la véritable cagnotte.

— Je crois que c'est ce qu'elle essayait de savoir. L'idée que l'argent de son père puisse continuer à propager le mal après sa mort la tourmentait. Mais pendant longtemps, ses recherches n'ont rien donné.

— Camilla a dû vraiment bien cacher son identité.

— Je suppose que oui.

— Tu crois que Camilla a pris la suite de l'activité de son père ?

— Peut-être. Mais elle a pu aussi se lancer dans quelque chose de complètement nouveau.

— Comme quoi ?

Holger Palmgren ferma les yeux et but une grande gorgée de cognac.

— Ça, je n'en ai aucune idée, Mikael. Mais quand tu m'as parlé de Frans Balder, une idée m'est venue à l'esprit. Est-ce que tu t'es déjà demandé pourquoi Lisbeth est si douée avec les ordinateurs ? Tu sais comment tout ça a commencé ?

— Non, pas du tout.

— Alors, je vais te le raconter, parce que je me demande si la clé de ton histoire ne se trouve pas précisément là.

CE QUE LISBETH RÉALISA quand elle revint de la terrasse et vit August contorsionné dans une étrange position, figé devant la table de la cuisine, c'est que le garçon lui rappelait elle-même enfant.

Elle s'était sentie exactement comme ça à l'époque de Lundagatan, jusqu'au jour où elle avait compris qu'elle allait devoir grandir bien trop vite afin de se venger de son père. Ça n'avait pas rendu sa vie plus facile. Aucun enfant ne devrait être obligé de porter un fardeau aussi lourd. Mais cette prise de conscience avait quand même marqué le début d'une vie plus digne. Aucune ordure ne pouvait faire ce que Zalachenko et les meurtriers de Frans Balder avaient fait impunément. Jamais elle ne laisserait des gens d'une telle cruauté s'échapper. Alors elle s'approcha d'August et lui dit de manière solennelle, comme on donne un ordre implacable :

— Maintenant tu vas te coucher. Quand tu te réveilleras, tu dessineras le meurtrier de ton papa. Tu piges ?

Sur quoi l'enfant hocha la tête et se dirigea vers la chambre d'un pas lourd, tandis que Lisbeth ouvrait son ordinateur portable et lançait des recherches sur l'acteur Lasse Westman et ses amis.

— JE NE CROIS PAS QUE, de son côté, Zalachenko était particulièrement intéressé par les ordinateurs, reprit Holger Palmgren. Il n'appartenait pas à la bonne génération. Mais son activité crapuleuse prenait une telle ampleur qu'il a dû avoir besoin de réunir un certain nombre de données sur un ordinateur et garder sa comptabilité hors de portée de ses complices. Il est rentré un jour avec une machine IBM qu'il a posée sur le bureau à côté de la fenêtre. À l'époque, j'imagine que personne, dans la maison, n'avait vu d'ordinateur. Agneta n'avait pas les moyens pour ce genre d'objets superflus. Je sais que Zalachenko leur a dit qu'il écorcherait vive celle qui oserait s'approcher de la machine. D'un point de vue pédagogique, à mon avis, c'était radical : la tentation n'en était que plus forte.

— Le fruit défendu.

— Lisbeth avait alors onze ans, il me semble. C'était avant qu'elle n'écorche le bras de Camilla et avant qu'elle ne s'en prenne à son père à coups de couteau et de bidon d'essence.

Juste avant, dirons-nous, qu'elle ne devienne la Lisbeth que nous connaissons aujourd'hui. À cette époque, non seulement elle spéculait déjà sur le meilleur moyen d'éliminer Zalachenko, mais elle était également une enfant en manque de stimulation. Elle n'avait pas d'ami, en partie parce que Camilla lui cassait du sucre sur le dos et veillait à ce que personne ne l'approche à l'école, mais aussi parce qu'elle était différente. Je ne sais pas si elle en avait conscience elle-même – ses profs et son entourage, c'est sûr que non –, mais c'était une enfant extrêmement douée. Sa différence se résumait à ça. L'école était d'un ennui mortel, pour elle. Tout était trop simple. Un coup d'œil sur son cours et elle avait déjà tout compris. Alors elle passait son temps à rêvasser. Je crois qu'elle avait déjà trouvé des loisirs à sa mesure – des manuels de mathématiques, ce genre de choses. Mais au fond elle s'ennuyait. Elle passait beaucoup de temps à lire ses albums de Marvel Comics, qui n'étaient pas de son niveau mais remplissaient sans doute une autre fonction, plus thérapeutique.

— Qu'est-ce que tu veux dire par là ?

— Je n'aime pas trop faire de la psychologie avec Lisbeth. Elle me détesterait si elle m'entendait. Mais dans ces albums, il y a plein de super-héros qui combattent des ennemis foncièrement méchants et rétablissent eux-mêmes la justice. C'était peut-être une lecture appropriée, que sais-je. Ces histoires, avec leurs stéréotypes, l'aidaient peut-être à prendre conscience de certaines choses.

— Tu veux dire qu'elle comprenait qu'elle devait grandir et devenir une super-héroïne à son tour ?

— Quelque part, peut-être, dans son propre petit monde. À l'époque, elle ne savait pas que Zalachenko était un ancien espion russe et qu'il bénéficiait d'un statut privilégié au sein de la société suédoise. Elle ignorait évidemment qu'il y avait une section spéciale au sein de la Säpo dont la mission était de le protéger. Mais, à l'instar de Camilla, elle devinait une sorte d'immunité. Un homme en pardessus gris s'était même pointé à leur porte un jour en insinuant qu'il ne devait rien arriver à leur père, ou plutôt qu'il ne pouvait rien lui arriver. Lisbeth a vite compris qu'il était inutile de dénoncer Zalachenko à la police ou aux services sociaux. Ça n'aboutirait jamais à rien, à part voir réapparaître un de ces hommes en pardessus gris.

Lisbeth ne connaissait pas l'histoire de son père, elle ne savait encore rien des services de renseignements et des mesures de camouflage, mais elle vivait pleinement l'impuissance de la famille, et elle en souffrait énormément. L'impuissance, Mikael, peut être une force destructrice, et avant que Lisbeth ait été assez grande pour pouvoir prendre les dispositions nécessaires, elle a eu besoin de refuges, de territoires où se ressourcer. Le monde des super-héros en faisait partie. Les gens de ma génération ont tendance à mépriser ce genre de choses, mais moi, je suis bien placé pour savoir que la fiction, que ce soit dans les BD ou dans les bons vieux romans, peut avoir une influence décisive. Et je sais que Lisbeth était particulièrement attachée à une jeune héroïne du nom de Janet Van Dyne.

— Van Dyne ?

— Oui. C'est une fille dont le père, un scientifique fortuné, se fait assassiner – par des extraterrestres, si je me souviens bien. Pour se venger, Janet Van Dyne contacte l'un des collègues de son père et, dans son laboratoire, elle obtient des pouvoirs surnaturels. Elle se retrouve dotée d'ailes, de la faculté de rétrécir et de grandir, notamment. Elle devient une femme d'enfer, habillée de noir et jaune, comme une guêpe, d'où son nom de Wasp. Quelqu'un à qui il vaut mieux ne pas se frotter, à tous les sens du terme.

— Ah, c'est donc de là que vient sa signature.

— Pas seulement sa signature, à mon avis. Je n'y connaissais rien, à tout ça – pour moi, vieux schnock d'une autre époque, le Fantôme des comics s'appelait toujours Dragos –, mais la première fois que j'ai vu une image de Wasp, j'ai tressailli tant j'ai reconnu Lisbeth en elle. Ça n'a pas trop changé. Je crois qu'elle a trouvé une partie de son style dans ce personnage, même s'il ne faut pas non plus pousser trop loin : ça n'est qu'un personnage de comics alors que Lisbeth était confrontée, elle, à un monde bien réel. Mais je sais qu'elle a beaucoup réfléchi à cette transformation de Janet Van Dyne en Wasp. Quelque part, elle comprenait qu'elle serait obligée de se transformer elle aussi de manière radicale : passer de l'état d'enfant victime à un individu capable de riposter contre un espion de haut niveau, un homme sans pitié.

Elle ruminait ces pensées nuit et jour et, pendant cette période de transition, Wasp est devenue une figure essentielle, une source d'inspiration. Camilla s'en est rendu compte : la capacité de cette fille à flairer les faiblesses des autres était effrayante. Elle dénichait les points sensibles avec ses tentacules et envoyait son venin. Elle s'est donc mise à ridiculiser Wasp par tous les moyens. Elle s'est même renseignée sur les ennemis de Wasp dans la série et a commencé à se faire appeler par leurs noms – comme Thanos, et je ne sais quoi encore.

— Tu as dit Thanos ? s'exclama Mikael.

— Je crois que c'est ça, oui. Un personnage masculin, un meurtrier qui tombe amoureux de la mort en personne. Elle se révèle à lui sous la forme d'une femme et après il fait tout pour lui prouver qu'il est digne d'elle. Camilla a choisi ce personnage pour provoquer Lisbeth. Elle a même nommé sa bande d'amis The Spider Society en référence à un groupe qui, dans cette série, se présente comme l'ennemi mortel du Sisterhood of the Wasp.

— Vraiment, dit Mikael, plongé dans ses pensées.

— Des histoires d'enfant, bien sûr, mais qui, chez elles, n'étaient pas si innocentes. La rivalité entre les sœurs était déjà très forte ; le jeu avec les noms est venu cristalliser cette haine réciproque. Comme dans une guerre, où les symboles sont outranciers, chargés d'un message funeste.

— Est-ce que ça peut avoir une importance aujourd'hui ?

— Les noms, tu veux dire ?

— Oui, je suppose.

Mikael ne savait pas trop lui-même où il voulait en venir. Il avait seulement le vague sentiment d'être enfin sur une vraie piste.

— Je ne saurais dire. Elles sont adultes maintenant, mais on parle là d'une époque déterminante de leur vie. Même les petits détails peuvent finir par prendre des proportions fatales. Lisbeth a perdu sa mère et s'est retrouvée enfermée dans une clinique pédopsychiatrique, mais elle n'est pas la seule à avoir souffert : la vie de Camilla aussi a été brisée. Elle a perdu son foyer, et ce père qu'elle admirait tant a été grièvement brûlé. Zalachenko n'est jamais redevenu le même après l'attaque de Lisbeth, et Camilla a été placée dans une famille d'accueil loin du monde dont elle avait été l'épicentre. Ça a dû être très douloureux pour elle, et je ne doute pas une seconde qu'elle haïsse Lisbeth de toute son âme.

— Oui, sûrement, dit Mikael.

Holger Palmgren but encore une gorgée de cognac.

— Comme je le disais, il ne faut pas sous-estimer cette période de leur vie. Les sœurs menaient une guerre totale l'une contre l'autre et elles savaient sans doute toutes les deux que la situation était sur le point d'exploser. Je crois même qu'elles s'y préparaient.

— Mais de façon différente.

— Ah ça, oui! Lisbeth, d'une intelligence éblouissante, mijotait des stratégies infernales, mais était toujours seule. Camilla n'était pas particulièrement brillante, pas au sens traditionnel, elle n'avait pas une tête faite pour les études ni pour les raisonnements abstraits, mais elle savait manipuler, exploiter et envoûter les gens comme personne. Du coup, à la différence de Lisbeth, elle n'était jamais seule et trouvait toujours des gens pour l'aider. Détectant chez sa sœur des compétences qu'elle redoutait, Camilla n'essayait jamais de la surpasser, car elle savait que c'était perdu d'avance.

— Comment s'y prenait-elle, alors?

— Elle dénichait une personne, ou de préférence plusieurs, qui maîtrisaient ce truc-là, et les utilisait pour riposter. Elle avait toujours des copains qui auraient fait n'importe quoi pour elle. Mais, excuse-moi, j'anticipe sur les événements.

— Oui, qu'est-ce qui s'est passé avec l'ordinateur de Zalachenko?

— Comme je disais, Lisbeth était en manque de stimulation. La nuit elle restait éveillée, inquiète pour sa mère. Agneta saignait beaucoup après les viols et les coups, mais n'allait pas consulter de médecin. Elle avait honte et traversait des épisodes de profonde dépression. Elle n'avait plus le courage d'aller travailler, ni de s'occuper de ses filles, ce qui redoublait le mépris que Camilla ressentait pour elle. "Maman est faible", disait-elle. Dans son univers, la faiblesse était le pire des défauts. Lisbeth en revanche…

— Oui ?

— Elle voyait la seule personne qu'elle aimait subir une injustice terrible, et elle passait ses nuits à cogiter. Elle n'était encore qu'une enfant mais se persuadait chaque jour un peu plus qu'elle seule pouvait protéger sa mère, empêcher qu'elle ne soit battue à mort. Un soir qu'elle tournait encore tout ça dans sa tête, elle a fini par se lever – doucement, sans réveiller Camilla – pour aller chercher un livre ou n'importe quoi qui l'aide à échapper à ses pensées. Bref, elle a aperçu l'ordinateur, près de la fenêtre donnant sur Lundagatan.

Elle ne savait même pas allumer un ordinateur, mais elle s'est vite débrouillée. Et là, elle a senti l'excitation l'envahir. L'ordinateur semblait lui chuchoter : "Viens découvrir mes secrets." Au début, elle n'est pas allée bien loin. Il fallait un mot de passe et rien de ce qu'elle essayait ne fonctionnait. On appelait son père Zala, alors elle a tenté Zala 666 et toutes sortes de combinaisons autour de ce surnom. Je crois qu'elle a passé deux, trois nuits à chercher, quitte à s'endormir sur le banc de l'école.

Puis un jour, elle s'est souvenue d'une phrase que son père avait notée sur une petite feuille dans la cuisine – *Was mich nicht umbringt, macht mich stärker.* "Ce qui ne me tue pas me rend plus fort." Elle n'en comprenait pas vraiment le sens, mais quelque chose lui dit que cette phrase était importante pour son père. Elle l'a essayée comme mot de passe, mais il y avait trop de lettres. Alors elle a tapé Nietzsche, l'auteur de la citation, et là, d'un coup, un monde secret s'est ouvert sous ses yeux. Elle m'a décrit cet instant comme une étape déterminante de sa vie. Elle avait brisé une barrière qu'on avait dressée devant elle et pouvait explorer ce qui était censé rester caché. Néanmoins…

— Oui ?

— Au début, tout ça lui a paru plutôt confus. Il y avait des listes en russe et beaucoup de chiffres. J'imagine qu'il s'agissait de comptes rendus des diverses activités de Zalachenko et des revenus qu'il en tirait, mais encore aujourd'hui j'ignore la part de ce qu'elle a compris à ce moment-là et de ce qu'elle a découvert plus tard. En tout cas, elle a réalisé que sa mère n'était pas la seule à qui Zalachenko faisait du mal, qu'il détruisait la vie de bien d'autres femmes. Ça l'a évidemment mise hors d'elle. Et c'est là qu'est née en quelque sorte la Lisbeth que nous connaissons aujourd'hui, celle qui hait les hommes qui…

— … n'aiment pas les femmes.

— Exactement. Mais ça l'a rendue plus forte aussi, et convaincue qu'il n'y avait plus de retour en arrière possible : elle devait arrêter son père. Désormais, elle enquêtait dès qu'elle le pouvait, y compris sur d'autres ordinateurs, notamment à l'école. Elle se faufilait dans les bureaux des professeurs, prétendait dormir chez l'un de ses amis inexistants pour passer la nuit à l'école et rester devant les ordinateurs jusqu'au petit matin. C'est là qu'elle a fait ses armes dans le piratage et la programmation. Comme tous les enfants prodiges qui découvrent leur domaine de prédilection, elle était ensorcelée. Elle sentait qu'elle était née pour ça. Très vite, dans le monde de l'informatique des gens ont commencé à s'intéresser à elle. C'est toujours comme ça : les plus anciens se jettent sur les nouveaux talents, pour les encourager ou pour les écraser. Elle a rencontré beaucoup de résistance, parce qu'elle faisait les choses à l'envers ou tout simplement d'une nouvelle manière. Mais elle y a trouvé aussi ses premiers véritables amis, des gens impressionnés par son talent. Dont ce fameux Plague. Et surtout, pour la première fois de sa vie, elle s'est sentie libre. Dans le cyberespace, aucune entrave ne la retenait, elle volait, comme Wasp.

— Camilla a-t-elle découvert à quel point elle était douée ?

— Elle l'a au moins pressenti. Je n'ai pas envie d'échafauder de théories fumeuses, mais parfois je vois Camilla comme le côté sombre de Lisbeth, sa part obscure.

— *The bad twin.*

— C'est un peu ça ! Je n'aime pas définir les gens comme étant mauvais, surtout pas des jeunes femmes. Mais c'est souvent dans ces termes que je pense à elle. Je n'ai jamais eu le courage d'étudier l'affaire davantage, mais si de ton côté tu veux fouiller, je te conseille de téléphoner à Margareta Dahlgren, la mère adoptive de Camilla après les épisodes dramatiques de

Lundagatan. Je crois que Margareta habite à Stockholm désormais. Elle est veuve. Elle a eu une vie tragique.

— Pourquoi donc?

— C'est intéressant aussi, si l'on peut dire. Son mari, Kjell, qui était programmateur chez Ericsson, s'est pendu juste avant que Camilla ne les quitte. Un an plus tard, leur fille de dix-neuf ans s'est suicidée à son tour en sautant d'un ferry entre la Suède et la Finlande – du moins c'est ce que l'enquête de police a conclu. Elle avait des problèmes personnels, elle se sentait mal dans sa peau, trop grosse, pas assez jolie… Mais Margareta n'a jamais vraiment cru à l'hypothèse du suicide, elle avait même engagé un détective privé. Margareta fait une fixation sur Camilla et, pour être honnête, même si je n'en suis pas fier, je dois avouer qu'elle m'a toujours un peu agacé. Margareta m'a contacté après la publication de ton article sur l'histoire Zalachenko. Je venais de sortir du centre de rééducation d'Ersta, j'avais les nerfs et le corps en vrac, et Margareta m'a littéralement poursuivi. Elle était complètement obsédée, j'étais épuisé rien que de voir son numéro s'afficher. J'ai passé beaucoup de temps à éviter ses appels. En y repensant, je la comprends, et je crois qu'elle serait contente de pouvoir te parler, Mikael.

— Tu as ses coordonnées?

— Je vais te les chercher. Mais dis-moi d'abord : tu es sûr que Lisbeth et l'enfant sont en sécurité?

— Oui, dit-il.

Du moins, je l'espère, songea-t-il, puis il se leva, et se pencha vers Holger pour le serrer dans ses bras.

Dehors, sur la place Liljeholmen, la tempête le secoua de nouveau, il ferma son manteau et pensa à Camilla, à Lisbeth et aussi à Andrei Zander.

Il décida de l'appeler pour savoir comment avançait son histoire sur le marchand d'art disparu. Mais Andrei ne répondit jamais.

24

LE SOIR DU 23 NOVEMBRE

ANDREI ZANDER AVAIT TÉLÉPHONÉ à Mikael parce qu'il avait changé d'avis. Bien sûr qu'il voulait prendre une mousse avec lui. Il n'arrivait même pas à comprendre pourquoi il avait dit non. Mikael Blomkvist était son idole, la raison pour laquelle il avait voulu faire du journalisme. Mais après avoir composé son numéro, il s'était soudain senti gêné et avait raccroché. Mikael avait peut-être trouvé quelque chose de mieux à faire ? Andrei craignait toujours d'embêter les gens, et il ne voulait surtout pas embêter Mikael Blomkvist.

Alors il s'était remis au travail. Mais il avait beau s'efforcer, rien ne lui venait. Il achoppait sur le style, et au bout d'une heure il décida de faire une pause. Il rangea son bureau et contrôla que chaque mot du lien crypté avait été effacé. Ensuite, il salua Emil Grandén, le seul en dehors d'Andrei à être encore au bureau.

Il n'y avait pas grand-chose à dire d'Emil Grandén. Il avait trente-six ans, avait travaillé pour l'émission *Les faits parlent* sur TV4, pour le quotidien *Svenska Morgon-Posten* et l'année précédente il avait reçu le Grand Prix du journalisme pour la révélation de l'année. Andrei le trouvait prétentieux et hautain, du moins envers un jeune intérimaire comme lui, mais il essayait de refouler ce sentiment.

— Je sors un moment, dit Andrei.

Emil le regarda comme s'il avait quelque chose à lui dire. Puis il finit par lâcher un "OK" circonspect.

Andrei se sentait misérable. Il avait du mal à comprendre pourquoi. Peut-être à cause de l'attitude méprisante d'Emil.

Mais c'était sans doute plus à cause de l'article sur le marchand d'art. Pourquoi avait-il tellement de mal à le rédiger ? Parce qu'il voulait aider Mikael dans l'histoire Balder et que tout le reste lui semblait secondaire ? Quel lâche il faisait. Pourquoi n'avait-il pas laissé Mikael jeter un œil sur ce qu'il avait écrit ?

Personne ne savait aussi bien que lui donner de la chair à un article en quelques traits de plume ou à l'inverse retirer le superflu. Tant pis. Demain il poserait un regard neuf sur l'histoire et il ferait lire l'article à Mikael, si mauvais soit-il. Andrei ferma la porte de la rédaction derrière lui et se dirigea vers l'ascenseur. L'instant d'après, il sursauta. Quelque chose se passait plus bas dans l'escalier. Il eut du mal à saisir ce que c'était, au début. Un type maigre aux yeux cernés importunait une jolie jeune femme. Andrei resta figé. Il avait toujours eu du mal à réagir face à la violence. Depuis que ses parents avaient été assassinés à Sarajevo, il était ridiculement peureux et détestait les embrouilles. Mais cette fois-ci, il se dit que sa dignité était en jeu. Fuir soi-même était une chose ; laisser son prochain en danger en était une autre. Du coup, il dévala les marches en criant : "Arrêtez, lâchez-la !" Erreur fatale.

Le type aux yeux cernés sortit un couteau et grommela des mots menaçants en anglais. Le jeune journaliste sentit ses jambes flageoler, mais il prit à deux mains ce qui lui restait de courage et cria, comme dans un mauvais film d'action :

— *Get lost! You will only make yourself miserable*.*

Ils se jaugèrent quelques secondes, après quoi, curieusement, l'homme partit la queue entre les jambes, laissant Andrei et la femme seuls. C'était comme ça que tout avait commencé. Comme dans un film.

Tous deux étaient embarrassés. La femme semblait bouleversée et timide. Elle parlait si bas qu'Andrei dut se pencher tout près d'elle pour entendre ses paroles et mit du temps à comprendre ce qui s'était passé. Apparemment, elle avait été mariée à un homme odieux. Elle était divorcée à présent et vivait sous une identité d'emprunt, mais il l'avait retrouvée et lui avait envoyé un acolyte pour la harceler.

* Cassez-vous ! Sinon vous allez le regretter.

— C'est la deuxième fois aujourd'hui que ce type se jette sur moi, dit-elle.

— Qu'est-ce que vous faisiez ici ?

— J'essayais de m'échapper et je me suis précipitée dans l'immeuble, mais ça n'a rien changé.

— C'est terrible.

— Je ne sais pas comment vous remercier.

— Ce n'est rien.

— J'en ai tellement marre des hommes et de leur méchanceté, dit-elle.

— Moi, je ne suis pas comme ça, dit-il un peu trop vite, et il se sentit pathétique.

Il ne fut pas surpris que la femme reste silencieuse et se contente de détourner le regard vers l'escalier d'un air gêné. Il avait un peu honte d'avoir tenté de se faire valoir avec une réplique aussi stupide. Mais juste quand il pensait avoir ruiné ses chances, elle releva la tête et lui adressa un timide sourire.

— Je vous crois. Je m'appelle Linda.

— Et moi Andrei.

— Enchantée, Andrei, et encore merci.

— Merci à vous.

— De quoi ?

— D'être…

Il ne termina pas sa phrase. Son cœur battait à tout rompre, il avait la bouche sèche et jeta un œil en bas de l'escalier.

— Oui, Andrei ?

— Vous voulez que je vous raccompagne chez vous ?

Cette phrase aussi, il la regretta. Elle pouvait être mal interprétée. Mais la femme se fendit de ce même sourire ravissant et craintif, murmura qu'elle se sentirait en sécurité avec lui à ses côtés, puis ils se retrouvèrent dans la rue et se dirigèrent vers Slussen. Elle lui raconta alors qu'elle avait vécu séquestrée dans une grande maison à Djursholm. Il lui dit qu'il comprenait, du moins en partie : il avait écrit une série d'articles sur la violence envers les femmes.

— Vous êtes journaliste ? demanda-t-elle.

— Je travaille pour *Millénium*.

— C'est vrai ? J'admire cette revue.

— Elle a fait des choses qui comptent, hasarda-t-il timidement.

— Absolument. Il n'y a pas longtemps, j'ai lu un article formidable sur un Irakien, mutilé de guerre, qui avait été viré de son poste de plongeur dans un restaurant du centre-ville. Il n'avait plus rien, et aujourd'hui il est propriétaire d'une chaîne de restaurants. J'ai pleuré en lisant cette histoire. Elle était si bien écrite! Elle donnait envie de croire que la roue peut toujours tourner, pour tout le monde.

— C'est moi qui ai écrit cet article.

— Vous plaisantez? Je l'ai vraiment trouvé fantastique.

Il était bien rare qu'Andrei reçoive des compliments sur son travail, et plus encore de la part d'inconnues. Quand les gens parlaient de *Millénium*, ils pensaient forcément à Mikael Blomkvist, et Andrei ne pouvait pas leur en tenir rigueur. Mais, secrètement, il rêvait d'être dans la lumière lui aussi, et voilà que cette belle Linda l'avait encensé sans même le vouloir.

Heureux et gonflé d'orgueil, il s'aventura à lui proposer de boire un verre au Papagallo, le restaurant devant lequel ils venaient de passer, et, à sa grande joie, elle lui répondit : "Quelle bonne idée!" Le cœur d'Andrei battait la chamade quand ils entrèrent dans l'établissement, et il s'efforça de ne pas trop croiser son regard, qui le faisait littéralement chavirer.

Lorsque, une fois installés à une table près du bar, Linda lui tendit timidement sa main, il eut l'impression de rêver. Il la prit dans la sienne, sourit et marmonna quelques mots – il n'aurait su dire quoi exactement. Ce qui est sûr en revanche, c'est qu'Emil Grandén téléphona et qu'à sa propre surprise, Andrei ignora l'appel et mit le téléphone en mode silencieux. Pour une fois, le journal pouvait attendre.

Il ne désirait plus qu'une chose : parcourir des yeux le visage de Linda, s'y perdre. Elle était tellement séduisante que ça lui faisait comme un coup de poing dans le ventre, et pourtant elle semblait si fragile, si délicate, comme un petit oiseau blessé.

— Je ne comprends pas que quelqu'un ait voulu vous faire du mal, dit-il.

— Pourtant c'est l'histoire de ma vie, répondit-elle.

Il imagina alors qu'une femme comme elle attirait toutes sortes de psychopathes. Qui d'autre oserait l'approcher ? Tout être normalement constitué se sentirait paralysé par un terrible complexe d'infériorité. Seuls les vrais salauds devaient avoir le culot de lui mettre le grappin dessus.

— J'aime bien être assis là avec vous, dit-il.

— J'aime bien être assise là avec *vous*, répéta-t-elle en lui caressant délicatement la main.

Ils commandèrent chacun un verre de vin rouge et discutèrent à bâtons rompus, si bien qu'il remarqua à peine que son téléphone sonnait à nouveau, une fois, puis deux, et voilà comment, pour la première fois de sa vie, Andrei ignora un appel de Mikael Blomkvist.

Puis elle se leva, le prit par la main et l'emmena dehors. Il ne posa aucune question. Il avait l'impression qu'il la suivrait n'importe où. C'était la plus merveilleuse créature qu'il ait jamais rencontrée et quand elle lui souriait de cet air timide et enjôleur, c'était comme la promesse que quelque chose de bouleversant était sur le point de se produire. Son souffle, la rue qui semblait s'illuminer sous ses pas en témoignaient. *Pour une promenade comme celle-ci, la vie vaut la peine*, se dit-il, et il remarqua à peine le froid et la ville autour de lui.

Il était enivré par sa présence et par ce qui l'attendait. L'espace d'un instant, c'est peut-être justement ce qui le laissa songeur. Il avait beau se dire que c'était simplement le fruit de son scepticisme habituel face au bonheur. Le doute continuait pourtant à le travailler : n'était-ce pas trop beau pour être vrai ?

Il examina Linda avec une attention nouvelle et crut percevoir autre chose derrière ses traits agréables. En passant devant l'ascenseur Katarina, il lui sembla même croiser un regard glacial et il détourna nerveusement le sien pour le plonger dans les eaux battues par la tempête.

— Où allons-nous ?

— J'ai une copine qui me prête un petit appartement sur Mårten Trotzigs Gränd. On peut aller y boire un verre si ça vous va ? proposa-t-elle, et il sourit comme si c'était la meilleure idée qu'il ait jamais entendue.

Il se sentait pourtant de plus en plus confus. Un instant plus tôt, c'était lui qui s'occupait d'elle ; à présent, c'était elle qui prenait les commandes. Il jeta un coup d'œil à son téléphone et vit que Mikael Blomkvist avait téléphoné deux fois. Il voulut le rappeler tout de suite : quoi qu'il arrivât, le journal passait avant tout.

— Volontiers, dit-il. Mais je dois d'abord passer un appel pour le boulot. Je suis sur un article.

— Non, Andrei, dit-elle d'une voix étonnamment ferme. Vous n'allez téléphoner à personne. Ce soir, c'est juste vous et moi.

Il acquiesça, mal à l'aise.

Ils arrivèrent sur Järntorget. Il y avait beaucoup de monde sur la place, malgré le froid, et Linda gardait les yeux baissés, comme si elle ne voulait pas être remarquée. À droite, en direction d'Österlånggatan, trônait la statue du scalde Evert Taube, le visage tourné vers le ciel, avec ses lunettes noires et son recueil de musique dans la main droite. Andrei ne devrait-il pas plutôt proposer qu'ils se voient demain ?

— Peut-être… commença-t-il.

Mais elle l'attira à elle et l'embrassa avant qu'il ait pu finir sa phrase. L'embrassa avec une telle ardeur qu'il en oublia ses doutes. Puis elle lui prit la main et l'entraîna sur la gauche vers Västerlånggatan, avant de bifurquer à droite dans une ruelle obscure. N'y avait-il pas quelqu'un derrière eux ? Non, les pas et les voix qu'il entendait venaient de plus loin… Il était bien seul avec Linda, non ? Ils passèrent devant une fenêtre aux châssis rouges et aux volets noirs et arrivèrent devant une porte grise ; Linda sortit une clé de son sac à main puis ouvrit avec une certaine difficulté. Il nota que ses mains tremblaient, ce qui le surprit. Avait-elle toujours peur de son ex-mari et du gorille qu'il avait envoyé ?

Ils empruntèrent un escalier en pierre sombre. Leurs pas résonnaient. Une légère odeur de moisi flottait dans l'air. Sur une marche, au deuxième étage, il remarqua une carte de jeu qui traînait – une dame de pique –, et, sans qu'il comprenne pourquoi, cela le mit mal à l'aise. Sans doute une superstition idiote. Il s'efforça de chasser sa méfiance et de simplement se réjouir de la rencontre qu'il avait faite. Linda respirait fort. Sa main droite était serrée. Un homme rit dans la ruelle dehors. Pas de lui, quand même? N'importe quoi! Il était juste surexcité. Mais il avait l'impression qu'ils marchaient sans fin, sans jamais atteindre leur destination. L'immeuble pouvait-il réellement être si haut? Enfin, ils arrivèrent. L'amie habitait dans un loft sous les toits.

Le nom *Orlov* était écrit sur la porte et Linda sortit de nouveau son trousseau de clés. Sa main ne tremblait plus.

MIKAEL BLOMKVIST était dans un appartement à la décoration vieillotte, sur Prostvägen à Solna, juste à côté du grand cimetière. Tout comme l'avait prédit Holger Palmgren, Margareta Dahlgren l'avait reçu sans la moindre hésitation et, si elle lui avait paru un peu frénétique au téléphone, il se retrouva face à une femme élégante d'une soixantaine d'années. Vêtue d'un joli pull jaune, d'un pantalon noir à plis et de chaussures à talons, elle avait peut-être eu le temps de s'apprêter. Il aurait pu la prendre pour une femme bien portante, sans ce regard perdu.

— Vous vouliez que je vous parle de Camilla, dit-elle.

— Surtout de sa vie ces dernières années – si vous en savez quelque chose, bien sûr, répondit-il.

— Je me souviens quand on l'a accueillie, dit-elle comme si elle n'avait pas entendu. Mon mari, Kjell, disait qu'on faisait une bonne action tout en agrandissant notre petite famille. Nous n'avions qu'un enfant, notre pauvre Moa. Elle avait quatorze ans à l'époque et se sentait seule. On pensait que ça lui ferait du bien si on accueillait une fille de son âge.

— Saviez-vous ce qui s'était passé dans la famille Salander?

— On ne savait pas tout, évidemment, juste que ça avait été un affreux traumatisme, que la mère était malade et le père grièvement brûlé. Nous étions très touchés par l'histoire de cette enfant et nous nous attendions à voir une fille dévastée, qui aurait besoin de tout notre amour.

— Et?

— Et est arrivée chez nous la fille la plus adorable qu'on ait jamais vue. Ce n'était pas seulement le fait qu'elle soit si jolie.

Vous auriez dû l'entendre à l'époque… si sage et si mature. Elle racontait des histoires déchirantes sur sa sœur atteinte de maladie mentale qui terrorisait la famille. Évidemment, aujourd'hui, je sais que c'était assez éloigné de la vérité. Mais comment aurait-on pu douter d'elle à ce moment-là ? Ses yeux brillaient de sincérité et quand on lui disait : "Ma pauvre, c'est affreux", elle répondait : "Ça n'a pas été facile, mais j'aime quand même ma sœur, elle est malade, c'est tout, et maintenant elle se fait soigner." Ça paraissait une réaction si adulte et si pleine d'empathie… Pendant une période, ça a été comme si c'était elle qui s'occupait de nous. Elle illuminait notre foyer, rendait tout plus beau, plus merveilleux, et ça nous faisait du bien, à Moa surtout. Elle a commencé à se préoccuper de son apparence, et elle est devenue plus populaire à l'école. J'aurais fait n'importe quoi pour Camilla à cette époque, et Kjell, mon mari, que dire ? C'est devenu un autre homme. Il souriait constamment les premiers temps, et, pardonnez ma franchise, il a même recommencé à me faire l'amour. J'aurais peut-être dû m'interroger, mais je pensais que c'était la joie de voir tout s'arranger dans notre famille. Nous étions heureux, comme tous les gens qui rencontrent Camilla. Elle rend heureux au début, et après… on ne pense plus qu'à mourir. Après un temps avec elle, on n'a plus envie de vivre.

— À ce point ?

— À ce point.

— Que s'est-il passé ?

— Au bout d'un moment, un poison s'est répandu parmi nous. Camilla a lentement pris le pouvoir. Avec le recul, je ne sais toujours pas dire à quel moment précisément la fête a tourné au cauchemar. Ça s'est fait progressivement, de façon imperceptible ; on s'est réveillés un jour en réalisant que tout était détruit : la confiance, la sécurité, le fondement de notre famille. La confiance en soi que Moa avait gagnée au début a été anéantie. Elle ne dormait plus la nuit, répétait qu'elle était moche, affreuse, et qu'elle ne méritait pas de vivre. C'est seulement plus tard qu'on s'est rendu compte que toutes ses économies avaient disparu. Je ne sais toujours pas ce qui s'est passé, mais je suis persuadée que Camilla la faisait chanter. Extorquer est aussi naturel chez elle que respirer. Elle collectionnait des informations sur les gens. Longtemps, j'ai cru qu'elle tenait un journal, mais ce n'étaient que des listes de saloperies qu'elle avait apprises sur les gens de son entourage. Et Kjell… ce sale enfoiré de Kjell… Je l'ai cru quand il m'a dit qu'il avait des problèmes de sommeil et qu'il avait besoin de la chambre d'ami au sous-sol. Mais c'était pour accueillir Camilla, évidemment. À seize ans, elle se faufilait déjà dans son lit la nuit pour des séances de sexe pervers avec lui. Je dis pervers parce qu'un jour j'ai découvert des traces de coupures sur la poitrine de Kjell. Il ne m'a rien dit sur le moment, il m'a juste sorti une explication saugrenue et j'ai réussi à ravaler mes soupçons – je me demande encore comment. En réalité, Kjell a fini par l'avouer : Camilla l'attachait et le tailladait avec un couteau. Il disait qu'elle y prenait du plaisir. Parfois, ça peut paraître étrange, mais j'en viens à espérer qu'elle y prenait vraiment du plaisir, que ça lui apportait aussi quelque chose, que le but n'était pas uniquement de le tourmenter et de détruire sa vie.

— Elle le faisait chanter, lui aussi ?

— Oui, mais là encore, il reste des points obscurs. Camilla l'a tellement humilié que même lorsque tout a été perdu, il n'a pas été capable de me raconter l'entière vérité. Kjell était le pilier de notre famille. Quand il y avait un problème, si l'on s'égarait, s'il y avait une inondation, si l'un d'entre nous tombait malade, il était toujours calme, déterminé. "Ça va aller", disait-il d'une voix douce que j'entends encore dans mes rêves. Mais après quelques années de vie commune avec Camilla, c'est devenu une épave. Il osait à peine traverser la rue. Au travail, il avait perdu toute motivation. Il restait des heures assis, tête basse. L'un de ses plus proches collaborateurs, Mats Hedlund, m'a téléphoné et m'a confié qu'on avait créé une commission d'enquête pour déterminer si Kjell avait vendu des secrets industriels. Ça paraissait insensé : Kjell était l'homme le plus honnête que j'aie jamais connu. Et s'il avait vendu quelque chose, où était passé l'argent ? Il n'y avait pas un rond sur son compte, et sur notre compte commun ce n'était guère mieux.

— Comment est-il mort ?

— Il s'est pendu, sans un mot d'explication. Je l'ai trouvé en rentrant du travail, pendu au plafond de la chambre d'ami, oui, la pièce où Camilla s'était amusée avec lui. À l'époque j'étais économiste, je touchais un bon salaire et je crois que j'avais une belle carrière devant moi. Mais tout s'est s'effondré pour Moa et moi. Je vous épargne les détails, mais c'était comme un gouffre sans fin. Moa a commencé à s'automutiler et elle a quasiment cessé de s'alimenter. Un jour, elle m'a demandé si je trouvais qu'elle était une vermine. "Mon Dieu, ma chérie, ai-je dit, comment peux-tu dire une chose pareille?" Alors elle m'a raconté que c'étaient les mots de Camilla. Que Camilla lui avait dit que tous ceux qui la rencontraient trouvaient qu'elle n'était qu'une vermine répugnante. J'ai cherché de l'aide de tous les côtés : psychologues, médecins, amies, Prozac même. Mais rien n'a marché. Par un beau jour de printemps, alors que toute la Suède fêtait la victoire ridicule à l'Eurovision, Moa a sauté d'un ferry, et ma vie s'est arrêtée. J'ai sombré dans la dépression et je suis restée longtemps internée. Et après... je ne sais pas... La paralysie et le chagrin se sont transformés en colère. J'avais besoin de comprendre. Qu'était-il arrivé à notre famille ? Quel genre de mal s'était insinué dans notre foyer ? J'ai commencé à faire des recherches sur Camilla. Pour rien au monde je n'aurais voulu la revoir, mais il fallait que je comprenne, peut-être comme la mère d'une enfant assassinée qui veut connaître le meurtrier et son mobile.

— Qu'est-ce que vous avez découvert ?

— Au début rien. Elle avait totalement effacé ses traces. C'était comme traquer une ombre, un fantôme. Je ne sais pas combien de dizaines de milliers de couronnes j'ai dépensées en détectives privés et escrocs de toute sorte qui promettaient de m'aider. Je n'avançais pas d'un pouce, ça me rendait folle. J'étais obsédée par ma quête, je dormais à peine et mes amis ne pouvaient plus me supporter. Ç'a été une période horrible. Les gens me prenaient pour une procédurière, c'est peut-être encore le cas aujourd'hui. Je ne sais pas ce que vous a raconté Holger Palmgren. Mais ensuite...

— Oui ?

— Votre reportage sur Zalachenko a été publié. Ce nom ne me disait rien, mais j'ai commencé à faire quelques rapprochements. Quand j'ai appris son identité suédoise, Karl Axel Bodin, et ses liens avec le MC Svavelsjö, je me suis souvenue de toutes ces soirées horribles vers la fin, quand Camilla nous avait tourné le dos depuis longtemps. À l'époque, j'étais souvent réveillée par des bruits de motos devant chez nous et, de la fenêtre de ma chambre, je voyais cet emblème hideux sur leurs vestes en cuir. Ça ne me surprenait pas tant que ça qu'elle fréquente ce genre d'individus, je ne me faisais plus aucune illusion sur elle. Mais je ne pouvais pas imaginer que cela avait à voir avec les activités de son père auquel elle aspirait à succéder.

— C'est vrai ?

— Oh que oui. Dans le monde sordide où elle évoluait, on pourrait dire qu'elle se battait pour le droit des femmes – en réalité plutôt pour ses propres droits, mais ça comptait beaucoup pour de nombreuses filles de ce club de motards, en particulier pour Kajsa Falk.

— Qui ?

— Une belle fille arrogante qui sortait avec un des chefs de cette bande. Elle traînait souvent chez nous au cours de la dernière année et je l'aimais bien, je m'en souviens. Elle avait de grands yeux bleus qui louchaient un peu. Derrière une dureté de façade, elle avait un visage vulnérable, et après avoir lu votre article, j'ai repris contact avec elle. Elle n'a pas dit un mot sur Camilla, mais elle ne s'est pas montrée désagréable, et j'ai noté qu'elle avait changé de style. La motarde s'était muée en femme d'affaires. Mais elle gardait le silence et je me suis dit que c'était encore une impasse.

— Et ensuite ?

— Il y a environ un an, Kajsa est venue me voir de sa propre initiative. Elle avait encore changé. Il n'y avait plus rien de froid ou d'indifférent dans son attitude ; elle avait l'air tourmentée, nerveuse. Peu de temps après, elle a été retrouvée morte, tuée par balle près du stade Stora Mossen, à Bromma. La dernière fois qu'on s'était vues, elle m'avait raconté qu'il y avait eu un différend sur l'héritage de Zalachenko après sa mort. La sœur jumelle de Camilla n'avait quasiment rien touché, mais, de toute façon, elle ne voulait pas hériter du peu auquel elle avait droit. La véritable fortune est revenue aux deux fils encore en vie de Zalachenko, à Berlin, et à Camilla. Elle a hérité d'une partie du trafic de femmes que vous avez décrit dans votre terrible reportage. Je doute que Camilla se soit jamais réellement apitoyée sur le sort de ces pauvres filles, mais elle ne voulait pas être liée à cette activité. Elle disait à Kajsa qu'il n'y avait que des losers pour faire ce genre de saloperie. Elle possédait une tout autre vision de ce que devaient être les activités de l'organisation, bien plus modernes, et après de rudes négociations, elle a réussi à se faire racheter ses parts par l'un de ses demi-frères. Après ça, elle a disparu pour Moscou, avec son argent et ceux qui voulaient travailler avec elle. Kajsa Falk en faisait partie.

— Vous savez ce qu'elle avait l'intention de faire ?

— Kajsa n'a jamais été assez bien placée pour comprendre le cœur du projet, mais on avait nos soupçons. Je crois que ça avait un rapport avec cette histoire de secrets industriels chez Ericsson. Aujourd'hui je suis quasiment certaine que Camilla a réellement poussé Kjell à vendre une information précieuse, sans doute en le faisant chanter. J'ai découvert que dès ses premières années chez nous, elle avait demandé à des pirates en herbe du lycée de s'introduire dans mon ordinateur. D'après Kajsa, elle était obsédée par le hacking. Elle n'essayait pas d'apprendre à se débrouiller toute seule, mais elle parlait sans arrêt de ce que pouvait rapporter le fait de détourner des comptes, de pirater des serveurs pour voler des informations et ce genre de chose. Du coup, j'imagine qu'elle a poursuivi dans cette voie.

— C'est sans doute le cas, en effet.

— Et probablement à une vaste échelle. Camilla ne se contente jamais de peu. Selon Kajsa, elle a rapidement eu accès à des réseaux influents à Moscou. Elle est devenue la maîtresse d'un membre de la Douma, un type riche et puissant, et elle a commencé à réunir autour d'elle une bande de crapules, des virtuoses de l'informatique. Camilla les menait par le bout du nez et savait exactement où se trouvait le point faible des pouvoirs économiques russes.

— C'est-à-dire?

— Elle avait compris que la Russie n'est qu'une vaste station-service. Elle exporte son pétrole et son gaz naturel, mais elle ne crée rien de significatif. La Russie manque de technologies de pointe.

— Et elle voulait lui en donner?

— C'est ce qu'elle prétendait. Mais elle avait évidemment son propre agenda. Kajsa était très impressionnée par la façon dont elle arrivait à s'attacher les gens, et même à obtenir une protection politique. Elle aurait sans doute voué une fidélité éternelle à Camilla si elle n'avait pas pris peur.

— Qu'est-ce qui s'est passé?

— Kajsa a rencontré un ancien soldat d'élite, un commandant je crois, et à partir de là, elle a perdu pied. Selon des informations confidentielles fournies par l'amant de Camilla, cet homme avait effectué un certain nombre de missions louches pour le gouvernement russe – des meurtres, pour être précise. Il avait notamment tué une journaliste célèbre, Irina Azarova – je suppose que vous la connaissez. Elle avait gêné le régime à travers une série d'articles et de livres.

— Ah oui, une véritable héroïne. Une histoire affreuse.

— Exactement. Quelque chose a mal tourné dans l'organisation de l'opération. Irina Azarova était censée rencontrer un dissident dans un appartement situé dans une petite rue de la banlieue du Sud-Est de Moscou et, d'après le plan, le commandant devait la descendre quand elle quitterait les lieux. Mais la sœur de la journaliste souffrait d'une pneumonie et Irina avait pris avec elle ses deux nièces de huit et dix ans. Quand elle est sortie avec les filles, le commandant les a descendues toutes les trois ; il leur a mis à chacune une balle en pleine tête. Après ça, il est tombé en disgrâce. Non pas que ses commanditaires se préoccupassent beaucoup des enfants, à mon avis, mais l'opinion publique était devenue incontrôlable et toute l'opération risquait d'être révélée et utilisée contre le gouvernement. Je crois que le commandant a eu peur d'être exposé à un énorme scandale et qu'il a dû affronter des problèmes personnels au même moment. Sa femme l'a quitté, il s'est retrouvé seul avec leur fille adolescente et il me semble qu'on le menaçait aussi de l'expulser de son appartement. Du point de vue de Camilla, c'était une situation parfaite : un type implacable qui traversait une mauvaise passe.

— Elle lui a mis le grappin dessus.

— Oui, ils se sont rencontrés. Kajsa était présente et, étrangement, elle s'est tout de suite attachée à lui. Il n'était pas du tout comme elle l'avait imaginé, n'avait rien à voir avec les criminels du MC Svavelsjö. Il était athlétique et avait l'air brutal, mais également cultivé et poli. Elle avait perçu chez lui une forme de sensibilité, de vulnérabilité même. Kajsa avait l'impression que le fait d'avoir tué ces enfants le tourmentait. C'était un véritable tueur à gages, un homme spécialisé dans la torture pendant la guerre de Tchétchénie, mais il avait lui aussi des limites morales. Alors Kajsa a souffert quand Camilla a planté ses griffes sur lui, presque littéralement il paraît. Elle aurait enfoncé ses ongles dans sa poitrine et craché : "Je veux que tu tues pour moi!" Elle était capable de donner à chaque mot un pouvoir érotique, elle savait éveiller le sadisme en l'homme. Plus les détails qu'il racontait sur ses meurtres étaient sordides, plus elle semblait excitée, d'après Kajsa. Et peut-être que j'ai mal compris, mais apparemment c'est ça qui a fait paniquer Kajsa. Pas le meurtrier, mais Camilla, la façon dont elle éveillait l'animal sauvage en lui. Son regard un peu mélancolique se transformait, rappelant celui d'une bête folle.

— Vous n'êtes jamais allée voir la police avec ces informations?

— J'ai beaucoup insisté auprès de Kajsa. Elle avait l'air effrayée et avait besoin de protection. Mais elle m'a répondu qu'elle en avait déjà une et m'a interdit de parler à la police. Et comme une conne, je l'ai écouté. Après sa mort, j'ai raconté aux enquêteurs ce que j'avais entendu, mais je ne crois pas qu'ils m'aient crue. Tout ce que j'avais, je ne le savais que par ouï-dire, ça concernait un homme sans nom vivant dans un autre pays. Camilla était introuvable et je ne savais rien de sa nouvelle identité. En tout cas, mon témoignage n'a abouti à rien. Le meurtre de Kajsa est resté irrésolu.

— Je comprends, dit Mikael.

— Vraiment?

— Je crois, dit-il.

Il s'apprêtait à poser une main sur le bras de Margareta Dahlgren en signe de sympathie quand il fut interrompu par son téléphone qui vibrait dans sa poche. Il espérait que ce soit Andrei, mais c'était un certain Stefan Molde à l'autre bout de la ligne. Il lui fallut quelques secondes pour l'identifier comme la personne du FRA qui avait été en contact avec Linus Brandell.

— De quoi s'agit-il ?

— D'une proposition de rencontre avec un haut fonctionnaire qui est en route pour la Suède et voudrait vous voir le plus tôt possible demain matin au Grand Hôtel.

Mikael fit un geste d'excuse à Margareta Dahlgren.

— J'ai un programme chargé, dit-il, alors je veux au moins être informé du nom et du motif de la rencontre.

— La personne s'appelle Edwin Needham, et l'affaire concerne Wasp, une signature sur laquelle se concentrent des soupçons d'actes criminels graves.

Mikael sentit monter une vague de panique.

— D'accord, dit-il. Quelle heure ?

— 5 heures demain matin, ce serait parfait.

— Vous plaisantez !

— Rien dans cette histoire ne prête à la plaisanterie, malheureusement. Je vous conseille d'être à l'heure. M. Needham vous recevra dans sa chambre. Vous devrez laisser votre téléphone portable à l'accueil et vous serez fouillé.

— Je vois, dit Mikael Blomkvist avec un sentiment de malaise croissant.

Puis il se leva et prit congé de Margareta Dahlgren.

III

LES PROBLÈMES ASYMÉTRIQUES

24 novembre - 3 décembre

Parfois il est plus facile d'assembler que de désassembler.

Les ordinateurs peuvent facilement multiplier les nombres premiers par millions. En revanche, il est très compliqué de retrouver ces nombres premiers multiplicateurs. Des nombres à seulement cent chiffres peuvent poser de gros problèmes.

Les algorithmes de chiffrement comme le RSA exploitent cette difficulté à factoriser les nombres premiers. Les nombres premiers deviennent complices des secrets.

25

LA NUIT ET LE MATIN DU 24 NOVEMBRE

LISBETH N'AVAIT PAS MIS LONGTEMPS à dénicher le Roger correspondant au dessin d'August, sur un site dédié aux anciens acteurs du Revolutionsteatern à Vasastan, où elle le reconnut dans une version plus jeune. Il s'appelait Roger Winter et avait la réputation d'être jaloux et violent. Il avait eu quelques rôles importants au cinéma, mais sa carrière n'avait jamais décollé et il était désormais bien moins célèbre que son frère Tobias, professeur en biologie cloué sur un fauteuil roulant et connu pour son franc-parler. D'après les rumeurs, il avait pris ses distances avec lui.

Lisbeth nota l'adresse de Roger Winter et accéda au nouveau super-ordinateur NSF Miri du New Jersey Institute of Technology. Elle ouvrit parallèlement son propre programme informatique, où elle avait tenté de créer un système dynamique capable d'élaborer les courbes elliptiques les plus complexes, ne laissant que peu de place aux approximations. Mais, malgré tous ses efforts, le fichier NSA résistait. Elle se leva et alla jeter un coup d'œil dans la chambre d'August. Elle poussa un juron : le garçon était redressé dans le lit, en train d'écrire quelque chose sur une feuille posée sur la table de chevet. En s'approchant, elle découvrit de nouvelles factorisations de nombres premiers. Elle maugréa et lui dit de sa voix monocorde :

— Ce n'est pas la peine. De toute façon, on n'ira pas plus loin de cette façon-là.

Quand August se mit de nouveau à balancer frénétiquement le buste, elle lui dit de se ressaisir et de dormir.

Il était tard et elle décida de se reposer un peu elle aussi. Elle s'allongea sur le lit voisin et essaya de se détendre. Mais c'était impossible. August gémissait, s'agitait dans son lit et Lisbeth décida qu'il valait mieux continuer de lui parler. Un seul sujet de conversation lui vint à l'esprit :

— Tu t'y connais en courbes elliptiques?

Naturellement, elle n'obtint aucune réponse. Alors elle se mit à lui expliquer, de façon aussi simple et intelligible que possible.

— Tu comprends? demanda-t-elle au bout d'un moment.

Pas de réaction.

— Bon. Prends le nombre 3 034 267, par exemple. Je sais que tu peux facilement le décomposer en facteurs de nombres premiers. Mais on peut également le factoriser en utilisant des courbes elliptiques. Choisissons par exemple la courbe $y^2 = x^3 - x + 4$ et le point P = (1,2) sur la courbe.

Elle gribouilla l'équation sur une feuille. August ne semblait pas du tout la suivre, et elle songea à nouveau aux jumeaux autistes du livre d'Oliver Sacks. Sans qu'on puisse expliquer comment, ils étaient en mesure de trouver des nombres premiers élevés, alors même qu'ils étaient incapables de résoudre les équations les plus simples. Il en allait peut-être de même pour August. Son cerveau fonctionnait peut-être davantage à la manière d'une calculatrice que comme celui d'un véritable génie des maths. De toute façon, ça n'avait plus d'importance. Elle sentait des élancements dans l'épaule, et elle avait besoin de dormir, de chasser les vieux démons de l'enfance que le garçon avait ressuscités.

IL ÉTAIT MINUIT PASSÉ lorsque Mikael Blomkvist rentra chez lui et, même s'il était épuisé et devait se lever aux aurores, il s'installa devant son ordinateur pour lancer des recherches sur Edwin Needham. Il y avait pas mal d'Edwin Needham dans le monde. En particulier un joueur de rugby qui avait fait un come-back spectaculaire après une leucémie. Un autre, expert en épuration de l'eau, et un autre encore qui avait le chic pour se faire photographier dans des pince-fesses, l'air ridicule. Mais aucun ne correspondait au profil d'un homme capable de craquer l'identité de Wasp et de l'accuser d'actes criminels. En revanche, il existait un Edwin Needham ingénieur informaticien et chercheur au MIT, ce qui avait au moins le mérite d'être le bon secteur. Il occupait désormais un poste important chez Safeline, entreprise de pointe en matière de protection contre les virus informatiques, et qui devait donc s'intéresser aux hackers. Mais, dans ses interviews, ledit Ed ne parlait que de parts de marché et de nouveaux produits ; pas un mot qui ne soit un cliché de commercial, même lorsqu'il évoquait ses loisirs – le bowling et la pêche à la mouche. Il adorait la nature, disait-il, il adorait la compétition... Visiblement, ce type représentait une seule menace : la mort lente, par ennui.

Il tomba sur une photo de lui torse nu, hilare, en train d'exhiber un gros saumon, le parfait cliché du pêcheur du dimanche. C'était aussi lamentable que tout le reste et pourtant, Mikael commença à se demander si ce n'était pas justement ça, l'idée. Il relut un à un tous les articles et eut le vague sentiment de se trouver devant une construction, une façade. Il en fut bientôt convaincu : c'était lui, le Ed Needham qu'il cherchait. Ça sentait le renseignement à plein nez, la NSA ou la CIA. Il regarda de nouveau la photo où on le voyait poser avec son saumon et eut l'impression d'y voir complètement autre chose.

Il voyait un vrai dur qui faisait semblant. Sa façon de se tenir sur ses jambes, de ricaner face à l'objectif d'un air moqueur et en même temps impassible... Il pensa à Lisbeth, se demanda s'il devait l'avertir. Mais il n'y avait pas de réelle raison de l'inquiéter, il n'avait rien de tangible pour l'instant, et il décida de se mettre au lit. Il avait besoin de dormir quelques heures et d'avoir les idées claires pour rencontrer Ed Needham le lendemain matin. L'esprit préoccupé, il se brossa les dents, se déshabilla et s'allongea dans le lit, pour réaliser alors qu'il était totalement exténué. Il fut aspiré par le sommeil en un rien de temps et rêva qu'il se noyait dans la rivière où s'était tenu Ed Needham. Après coup, il conserverait cette vague image de lui en train de ramper au fond d'un cours d'eau tandis que des saumons s'agitaient et se débattaient tout autour de lui. Mais il ne dormit pas longtemps : la sensation d'avoir raté quelque chose le réveilla en sursaut. Son téléphone était posé sur la table de chevet, et il pensa à Andrei. Sans vraiment s'en rendre compte, il n'avait cessé de penser à Andrei.

LINDA AVAIT FERMÉ LA PORTE à double tour, ce qui n'avait rien d'étrange : une femme avec un passé comme le sien devait rester sur ses gardes. Pourtant, Andrei se sentait mal à l'aise. Il se rassura en mettant ça sur le compte de l'appartement : il ne ressemblait pas du tout à ce qu'il avait imaginé. Était-ce vraiment le logement d'une amie ?

Le lit était large mais pas particulièrement long et doté de barreaux en acier luisants. Le couvre-lit était noir, comme un sac mortuaire ou une tombe, et il n'aimait pas ce qu'on avait affiché aux murs, principalement des photographies d'hommes bardés d'armes. Dans l'ensemble, l'appartement avait quelque chose de stérile et de froid. On avait du mal à imaginer son propriétaire comme quelqu'un de sympathique.

D'un autre côté, il était certainement nerveux et à fleur de peau. Peut-être cherchait-il une excuse pour se sauver. Un homme veut toujours fuir ce qu'il aime – Oscar Wilde n'avait-il pas dit un truc dans ce genre ? Il observait Linda. Il n'avait encore jamais vu une femme d'une beauté si envoûtante, ce qui était déjà assez effrayant en soi. Elle s'approcha de lui dans sa robe bleue qui soulignait ses formes et lui dit, comme si elle avait lu dans ses pensées :

— Vous voulez rentrer chez vous, Andrei ?

— Eh ben, j'ai pas mal de choses à faire.

— Je comprends, dit-elle avant de l'embrasser. Vous devriez rentrer et vous remettre au travail, alors.

— Ce serait peut-être mieux, marmonna-t-il tandis qu'elle se serrait contre lui puis l'embrassait de nouveau avec une fougue telle qu'il fut incapable de s'en défendre.

Il l'embrassa en retour et saisit ses hanches. Elle le repoussa si fort qu'il vacilla et tomba en arrière sur le lit. L'espace d'une seconde, il fut pris de panique. Puis, voyant son sourire toujours aussi enjôleur, il comprit : son agressivité n'était que de l'espièglerie, un jeu sensuel. Elle le désirait vraiment.

Elle voulait faire l'amour avec lui ici et maintenant. Il la laissa se mettre à califourchon sur lui, déboutonner sa chemise et traîner ses ongles sur son ventre tandis que ses yeux brillaient d'une lueur intense et que sa lourde poitrine haletait sous sa robe. Sa bouche était ouverte et un filet de salive coulait sur son menton. Elle lui chuchota alors quelque chose. Il ne comprit pas au début, puis entendit : "Maintenant, Andrei."

— Maintenant !

— Maintenant... répéta-t-il, un peu hésitant, avant qu'elle ne lui arrache son pantalon.

Elle était plus délurée que ce à quoi il s'était attendu, plus fougueuse qu'aucune des femmes qu'il avait fréquentées jusqu'alors.

— Ferme les yeux et ne bouge plus, dit-elle.

Il s'exécuta et perçut des mouvements autour de lui, sans comprendre ce qu'elle fabriquait. Il entendit un cliquetis, sentit quelque chose de métallique autour de ses poignets, ouvrit les yeux et constata qu'elle lui passait des menottes. Il voulut protester, ce n'était pas trop son truc, mais tout s'accéléra. À la vitesse de l'éclair, comme si elle était experte en la matière, elle attacha les menottes au montant du lit, puis noua ses jambes avec une corde, qu'elle serra fort.

— Doucement, dit-il.

— T'inquiète.

— D'accord, répondit-il et elle lui jeta alors un regard qui n'avait rien de sympathique. Puis elle prononça des mots d'une voix solennelle. Il crut avoir mal compris.

— Quoi ? dit-il.

— Maintenant, je vais te taillader avec un couteau, Andrei, dit-elle et elle lui couvrit la bouche avec un gros morceau de scotch.

MIKAEL VOULAIT SE PERSUADER qu'il n'y avait aucune raison de s'inquiéter. Pourquoi serait-il arrivé quoi que ce soit à Andrei ? Personne – à part Erika et lui – ne savait qu'il était impliqué dans la protection de Lisbeth et du garçon. Ils avaient été extrêmement prudents, plus que jamais auparavant. Et pourtant... pourquoi était-il injoignable?

Andrei n'était pas du genre à ignorer les appels. Au contraire, d'habitude, quand Mikael cherchait à le joindre, il répondait à la première sonnerie. N'était-ce pas étrange, ce silence? Ou alors... Andrei était plongé dans le travail et avait perdu la notion du temps. Au pire il avait égaré son téléphone. Ce n'était sans doute pas plus compliqué que ça. N'empêche... Camilla avait surgi de nulle part après toutes ces années. Quelque chose se tramait... Et qu'avait dit l'inspecteur Bublanski? "On vit dans un monde où l'individu paranoïaque est le plus sain d'esprit." Mikael tendit la main pour prendre son téléphone sur la table de chevet et appela de nouveau Andrei. N'obtenant toujours pas de réponse, il décida de réveiller la nouvelle recrue, Emil Grandén, qui habitait près de chez Andrei, dans le quartier Röda Bergen à Vasastan. Emil eut l'air un peu embarrassé, mais il promit de faire immédiatement un saut chez Andrei. Il rappela vingt minutes plus tard. Il avait frappé longtemps à la porte d'Andrei.

— Il n'est pas là, dit-il, c'est sûr.

Mikael raccrocha, s'habilla et partit en courant jusqu'au journal à travers un Söder désert et balayé par le vent. Avec un peu de chance, Andrei s'était écroulé sur le canapé de la rédaction. Ce ne serait pas la première fois qu'il s'endormait au travail. Mikael espérait que l'explication soit aussi simple que ça, mais il ressentait un malaise grandissant. Il ouvrit la porte et éteignit l'alarme. Un frisson le parcourut, comme s'il s'attendait à une scène de saccage. Mais il avait beau regarder partout, tout était à sa place. Quant au programme crypté, les messages avaient été consciencieusement effacés, exactement comme convenu. En revanche aucune trace d'Andrei.

Le canapé était aussi vide et usé que d'habitude. Mikael réfléchit un instant puis il appela de nouveau Emil Grandén.

— Emil. Je suis navré de te harceler comme ça, en pleine nuit. Mais toute cette histoire me rend parano.

— Je comprends.

— Du coup, je n'ai pas pu m'empêcher de remarquer que tu avais l'air embarrassé quand j'ai parlé d'Andrei. Est-ce qu'il y a quelque chose que tu ne m'as pas dit?

— Rien que tu ne saches déjà.

— Qu'est-ce que tu veux dire?

— Que moi aussi j'ai parlé avec la société de surveillance informatique.

— Comment ça, toi aussi?

— Tu n'as pas…

— Non! le coupa Mikael, et il entendit qu'Emil respirait péniblement à l'autre bout du fil.

Il comprit qu'une terrible erreur avait été commise.

— Crache le morceau Emil, et vite.

— Eh bien…

— Oui?

— Une certaine Lina Robertsson a téléphoné en disant que vous aviez été en contact et que vous aviez décidé, vu les circonstances, d'augmenter le niveau de sécurité de ton ordinateur. Elle appelait au sujet de certains renseignements personnels sensibles.

— Et…

— Visiblement, elle t'avait donné des recommandations erronées. Elle était désolée de la méprise et s'inquiétait que, du coup, la protection ne soit pas suffisante. Elle avait besoin de rentrer rapidement en contact avec la personne qui avait mis en place le chiffrement pour toi.

— Et qu'as-tu dit?

— Que je ne savais rien de tout ça. J'avais seulement vu Andrei trafiquer quelque chose sur ton ordinateur.

— Alors tu lui as conseillé de prendre contact avec Andrei.

— Je faisais un tour en ville à ce moment-là, je lui ai dit qu'Andrei était sans doute encore au bureau et qu'elle pouvait l'appeler. C'est tout.

— Merde, Emil.

— Mais elle avait vraiment l'air…

— Je me fous de quoi elle avait l'air. Évidemment, tu as tout de suite informé Andrei de cette conversation.

— Pas tout de suite, en fait. Je suis assez charrette en ce moment, comme tout le monde.

— Mais après tu lui as dit.

— En fait, il est parti avant que j'aie l'occasion de lui en parler.

— Alors tu lui as téléphoné?

— Absolument, plusieurs fois. Mais…

— Oui?

— Il n'a pas décroché.

— OK, répondit Mikael d'une voix glaciale.

Il raccrocha et composa le numéro de Jan Bublanski. Il dut recommencer deux fois avant d'avoir l'inspecteur à moitié endormi au bout du fil. À ce stade, Mikael n'avait pas d'autre solution que de lui raconter toute l'histoire. Il lui dit ce qu'il savait, à l'exception du lieu où se cachaient Lisbeth et August.

Puis il informa Erika.

LISBETH SALANDER S'ÉTAIT ENFIN ENDORMIE. Mais elle restait prête, tout habillée, veste en cuir sur le dos et boots aux pieds. Elle se réveillait souvent, à cause des bourrasques de vent ou d'August qui gémissait dans son sommeil. Mais elle replongeait presque aussitôt dans des phases de somnolence ponctuées de brèves séquences de rêves singulièrement réalistes.

Pour l'heure, elle voyait l'homme qui avait été son père en train de frapper sa mère et ressentait, même en rêve, la colère sauvage de son enfance. Elle la ressentait avec une telle intensité qu'elle se réveilla de nouveau. Il était 3 h 45. La table de chevet était toujours couverte de feuilles sur lesquelles August et elle avaient noté des chiffres. Dehors, la neige tombait, mais la tempête semblait s'être calmée. On ne distinguait aucun bruit, à part celui du vent dans les arbres.

Pourtant, une étrange impression l'étreignit. Elle pensa d'abord que c'était le rêve qui flottait encore telle une filandre dans l'atmosphère, puis elle tressaillit : le lit à côté d'elle était vide. August avait disparu. Lisbeth se leva d'un bond, sans un bruit, arracha son Beretta du sac posé par terre et se faufila dans la grande pièce donnant sur la terrasse.

L'instant d'après elle poussa un soupir de soulagement. August était installé devant la table, en train de griffonner. Discrètement, pour ne pas le déranger, elle se pencha au-dessus de son épaule. Il n'était occupé ni à factoriser des nombres premiers ni à représenter une fois de plus la violence de Lasse

Westman et Roger Winter. Il dessinait des cases d'échiquier qui se reflétaient dans des miroirs disposés tout autour. Au-dessus, on devinait une figure menaçante et une main tendue. Le coupable prenait enfin forme. Lisbeth sourit.

Elle retourna dans la chambre à coucher, s'installa sur le lit, ôta son pull et son bandage pour inspecter sa blessure. Ce n'était pas beau à voir. Elle se sentait faible et souffrait encore de vertiges. Elle avala deux autres cachets d'antibiotiques et essaya de se reposer encore un peu. Elle dut s'endormir pour de bon. Quand elle rouvrit les yeux, il lui sembla avoir vu Zala et Camilla en songe. Puis quelque chose attira son attention, elle n'aurait su dire quoi. Comme la sensation d'une présence. Un oiseau battit des ailes dehors. Dans la grande pièce, elle entendait la respiration lourde et tourmentée d'August. Lisbeth était sur le point de se lever quand un cri glaçant déchira l'air.

LORSQUE MIKAEL SORTIT de la rédaction aux premières heures du jour pour attendre le taxi qui l'emmènerait jusqu'au Grand Hôtel, il n'avait toujours aucune nouvelle d'Andrei et tentait de se convaincre qu'il avait réagi avec excès, que son jeune collègue allait l'appeler d'un moment à l'autre, depuis le lit d'une fille ou de chez un pote. Mais l'inquiétude ne le lâchait pas. Sur Göt-gatan, il nota que la neige tombait de nouveau et qu'une chaus-sure de femme traînait, solitaire, sur le trottoir. Il sortit son Samsung et téléphona à Lisbeth via son application RedPhone.

Lisbeth ne répondit pas, ce qui ne fit rien pour le calmer. Il essaya encore, puis se résolut à lui envoyer un SMS via Threema :

[Camilla est à vos trousses. Il faut quitter la planque !]

Il aperçut le taxi qui descendait la rue Hökens et fut surpris de voir le chauffeur tiquer en le saluant. De fait, l'expression redoutablement obstinée que Mikael affichait à cet instant aurait effrayé n'importe qui. Ses yeux fous d'inquiétude et le silence qu'il opposa au chauffeur lorsque celui-ci entreprit de lui faire la conversation n'arrangèrent rien.

Stockholm était désert. La tempête s'était un peu adoucie, mais la mer bouillonnait d'écume. Mikael observa le Grand Hôtel de l'autre côté de la baie et se demanda s'il ne ferait pas mieux de laisser tomber le rendez-vous avec Needham et d'aller rejoindre Lisbeth. Ou de veiller au moins à ce qu'une patrouille de police aille faire un tour par là-bas. Non, il ne pouvait pas faire ça sans l'en informer. S'il y avait encore un mouchard chez les flics, diffuser cette information aurait des conséquences catastrophiques. Il ouvrit de nouveau Threema et écrivit :

[Je vous trouve de l'aide ?]

Aucune réponse. Évidemment. Peu de temps après, il réglait la course, sortait du taxi et passait les portes tambour de l'hôtel. Il était 4 h 20 ; il avait quarante minutes d'avance. Il n'avait probablement jamais eu quarante minutes d'avance de toute sa vie. Mais c'était comme si un feu brûlait en lui. Avant de laisser ses téléphones portables à la réception comme convenu, il appela de nouveau Erika et lui demanda d'essayer de joindre Lisbeth, de rester en contact avec la police et de prendre les décisions qui s'imposaient.

— Dès que tu as du nouveau, appelle le Grand Hôtel et demande M. Needham.

— Qui est-ce ?

— Quelqu'un qui veut me rencontrer.

— À cette heure-ci ?

— À cette heure-ci, répéta-t-il, et il se dirigea vers la réception.

EDWIN NEEDHAM LOGEAIT dans la chambre 654. Mikael frappa à la porte. Elle s'ouvrit sur un homme qui sentait la transpiration et la rage. Il ressemblait autant au personnage de la photo de pêche qu'un dictateur qui se réveille d'une bonne cuite peut ressembler à sa statue. Ed Needham tenait un cocktail à la main, il avait les cheveux en bataille, l'air renfrogné et l'allure d'un bouledogue.

— Monsieur Needham, dit Mikael.

— Ed, dit Needham. Je suis navré de vous importuner à cette heure indue, mais c'est une affaire urgente.

— J'ai cru le comprendre, répondit Mikael sèchement.

— Vous savez de quoi il s'agit?

Mikael secoua la tête et s'installa sur un fauteuil juste à côté du bureau où étaient posés une bouteille de gin et du Schweppes.

— Non, pourquoi le sauriez-vous? poursuivit Ed. D'un autre côté, on ne sait jamais avec les types dans votre genre. Je me suis documenté sur vous, bien sûr, et moi qui déteste flatter les gens – ça me laisse un arrière-goût dans la bouche –, je dois avouer que vous êtes assez exceptionnel dans votre branche.

Mikael lui adressa un sourire forcé.

— J'apprécierais que vous en veniez aux faits.

— Du calme, du calme, je vais être clair comme l'eau de roche. Je suppose que vous savez où je travaille?

— Je ne suis pas tout à fait sûr, répondit-il en toute franchise.

— Dans le Puzzle Palace, à Sigint City. Je bosse pour le crachoir du monde entier.

— La NSA.

— Tout à fait. Et avez-vous la moindre idée de la putain de folie que c'est, de venir nous emmerder là-bas, Mikael Blomkvist? Hein?

— Je crois que je peux l'imaginer, dit-il.

— Et vous savez où elle devrait être, votre copine, en réalité?

— Non.

— En prison! À perpétuité!

Mikael afficha ce qu'il espérait être un sourire serein, mais les spéculations fusaient dans sa tête, et même s'il ne devait pas se précipiter, même s'il était trop tôt pour tirer des conclusions, il se demanda si Lisbeth avait osé pirater la NSA. La seule perspective le rendait fou d'inquiétude. Non seulement elle était là-bas, dans sa planque, poursuivie par des meurtriers, mais en plus, elle avait les services de renseignements américains sur le dos? Ça paraissait... absurde.

Une chose était sûre avec Lisbeth, c'est qu'elle ne faisait jamais rien d'irréfléchi, sous le coup d'une impulsion. Tout ce qu'elle entreprenait faisait l'objet, au préalable, d'une analyse minutieuse des risques. Il ne pouvait donc concevoir qu'elle ait été assez stupide pour pirater la NSA s'il y avait eu la moindre possibilité qu'elle soit démasquée. Il lui arrivait de faire des choses dangereuses, mais les risques étaient toujours proportionnels au bénéfice. Il refusait de croire qu'elle se soit introduite dans les secrets de la NSA pour finalement se laisser duper par le bouledogue hargneux qui se tenait devant lui.

— Je crois que vous avez tiré des conclusions prématurées, dit-il.

— Dans tes rêves, mon petit gars. Mais je suppose que vous avez entendu que j'avais dit "en réalité"?

— En effet.

— Une expression bâtarde, non? On peut l'appliquer à tout et n'importe quoi. En réalité, je ne bois pas le matin et pourtant me voilà avec un cocktail à la main.

Il lâcha un petit rire.

— Ce que je voulais dire, c'est que vous pouvez peut-être sauver votre copine si vous me promettez de m'aider sur certains détails.

— Je vous écoute.

— C'est gentil. Pour commencer, j'aimerais avoir la garantie que je vous parle sous le régime de la protection des sources.

Mikael lui adressa un regard étonné. Il ne s'était pas attendu à ça.

— Vous êtes une sorte de lanceur d'alerte?

— Dieu m'en garde! Je suis un vieux chien fidèle.

— Mais vous n'agissez pas officiellement pour le compte de la NSA.

— Disons que, pour l'instant, j'ai mes propres motivations. Que je me positionne. Alors, qu'en dites-vous?

— Vous pouvez parler en toute confidentialité.

— Très bien. J'aimerais également m'assurer que ce que je vais dire restera entre vous et moi. Cela peut paraître étrange: pourquoi raconter une histoire incroyable à un journaliste d'investigation pour ensuite lui demander de fermer sa gueule?

— On est en droit de se poser la question.

— J'ai mes raisons et, curieusement, je pense que je n'ai même pas besoin de vous convaincre. J'ai tout lieu de croire que vous voulez protéger votre amie et que, en ce qui vous concerne, le vrai sujet est ailleurs. Je peux sans doute vous aider sur ce point, si vous êtes prêt à collaborer.

— Ça reste à voir, dit Mikael assez froidement.

— Il y a quelques jours, on a eu une intrusion sur notre intranet, communément appelé NSAnet. Vous voyez de quoi il s'agit, pas vrai ?

— À peu près.

— Le NSAnet a été peaufiné après le 11-Septembre pour établir une meilleure coordination entre d'un côté nos services de renseignements et de l'autre les organisations d'espionnage des pays anglo-saxons, l'alliance Five Eyes. C'est un système fermé, avec ses propres routeurs, portails et passerelles, complètement séparé du reste du Net. C'est de là qu'on administre notre renseignement d'origine électromagnétique, via les satellites et la fibre optique, et c'est là que se trouvent nos banques de données les plus importantes et évidemment tous les rapports et analyses classés confidentiels – des plus insignifiants, comme *Moray*, aux plus sensibles, comme *Umbra Ultra Top Secret*, auquel même le président n'a pas accès. Le système est administré depuis le Texas, une sacrée connerie d'après moi. Mais, après les dernières mises à jour et vérifications effectuées, je le considère quand même comme mon bébé. Et je me suis cassé le cul sur ce truc, Mikael, je me suis tué à la tâche pour que plus personne n'arrive à nous pirater. La moindre petite anomalie, le moindre soupçon de transgression déclenche le système d'alerte que j'ai mis en place. Et n'allez pas imaginer une seconde que je suis seul : il y a tout un staff de spécialistes indépendants qui surveillent le système. De nos jours, on ne peut plus rien faire sur le Net sans laisser de trace : tout est enregistré et analysé. Vous ne pouvez pas appuyer sur une touche sans que ça se sache. Et pourtant...

— Quelqu'un y est arrivé.

— Oui, et à la limite, pourquoi pas. Il y a toujours des points faibles. Les points faibles sont faits pour être débusqués et résolus. Ils nous maintiennent en alerte. Mais ce n'est pas uniquement *le fait* qu'elle se soit introduite. C'est la façon dont elle s'y est prise. Elle a forcé notre serveur sur le Net, a configuré une passerelle et a accédé à notre intranet via l'un de nos administrateurs système. Rien que cette partie de l'opération, c'est déjà un chef-d'œuvre. Mais ce n'est pas tout. Ce démon s'est transformé en *ghost user*.

— En quoi?

— Un fantôme, un spectre qui virevolte dans les systèmes sans qu'on s'en aperçoive.

— Sans que vos alarmes ne se déclenchent.

— Ce putain de génie a introduit un virus espion différent de tout ce qu'on connaissait, sinon notre système l'aurait immédiatement identifié. Et ce virus upgradait son statut sans arrêt, ce qui lui permettait d'élargir son accès aux données et d'absorber mots de passe et codes classés top secret. Puis elle s'est mise à interconnecter des fichiers et des bases de données et, tout d'un coup, bingo!

— Comment ça, bingo?

— Elle a trouvé ce qu'elle cherchait. À partir de là, elle ne s'est plus contentée d'être un *ghost user*; elle a voulu nous montrer ce qu'elle avait trouvé, et ce n'est qu'à ce moment-là que mes alarmes se sont déclenchées. Elles se sont déclenchées pile au moment où elle voulait qu'elles le fassent.

— Et qu'avait-elle trouvé?

— La preuve de notre hypocrisie, Mikael, de notre double jeu, et c'est aussi pour ça que j'ai décidé de ramener mon gros cul jusqu'ici plutôt que d'envoyer les marines à ses trousses depuis mon bureau du Maryland. C'est comme un cambrioleur qui s'introduirait par effraction dans une maison juste pour dévoiler qu'on y cache des objets volés. Et à l'instant où elle a fait ça, elle est devenue dangereuse pour de bon. Tellement dangereuse que certains gros bonnets de chez nous ont préféré la laisser filer.

— Mais pas vous.

— Non, pas moi. Au début, j'avais comme projet de l'attacher à un poteau et de l'écorcher vive. Mais on m'a forcé à abandonner la chasse, et ça, Mikael, ça m'a foutu en rogne. J'ai peut-être l'air à peu près calme maintenant, mais en réalité, comme je disais… en réalité…

— Vous êtes fou de rage.

— Exactement. Et c'est pour ça que je vous ai fait venir aux aurores. Je veux mettre la main sur votre Wasp avant qu'elle ne quitte le pays.

— Pourquoi quitterait-elle le pays ?

— Parce qu'elle a enchaîné les conneries, non ?

— Je ne sais pas.

— Moi, je crois que si.

— Et qu'est-ce qui vous fait croire qu'elle serait votre hackeuse ?

— Ça, Mikael, c'est justement ce que je comptais vous raconter.

Mais il n'alla pas plus loin.

LE TÉLÉPHONE FIXE de la chambre d'hôtel sonna et Ed décrocha rapidement. C'était le jeune homme de la réception qui cherchait Mikael Blomkvist. Ed lui passa le combiné et comprit assez vite que le journaliste recevait des nouvelles alarmantes. Il ne fut donc pas étonné quand le Suédois bredouilla une excuse confuse et sortit de la pièce en trombe. Il ne fut pas étonné mais ne l'accepta pas pour autant. Il attrapa son pardessus dans la penderie et fila à sa poursuite.

Plus loin dans le couloir, Blomkvist courait comme un sprinteur et si Ed ignorait ce qui s'était passé, il se doutait que c'était en rapport avec son histoire et décida de lui emboîter le pas. S'il s'agissait de Wasp et de Balder, il comptait bien être de la partie. Le journaliste n'eut pas la patience d'attendre l'ascenseur, il dévala l'escalier, et Ed eut toutes les peines du monde à le suivre. Lorsqu'il arriva à bout de souffle au rez-de-chaussée, Blomkvist avait déjà récupéré ses téléphones et était pendu à l'un d'eux, tout en se dirigeant à fond de train vers la sortie.

— Que se passe-t-il ? demanda Ed alors que le journaliste, après avoir raccroché, tentait de héler un taxi plus loin, vers le quai.

— Problème ! répondit Mikael.

— Je peux vous conduire.

— Vous pouvez conduire que dalle. Vous avez bu.

— Mais on peut prendre ma voiture.

Mikael ralentit sa course un instant, et fixa Ed du regard.

— Qu'est-ce que vous voulez? demanda-t-il.

— Qu'on s'aide mutuellement.

— Ne comptez pas sur moi pour vous aider à arrêter votre hacker.

— Je n'ai aucun mandat pour arrêter qui que ce soit.

— D'accord, où est votre voiture?

Ils coururent en direction du véhicule de location d'Ed garé près du Musée national, et Mikael Blomkvist lui expliqua très vite qu'ils allaient dans l'archipel, vers Ingarö. On allait lui transmettre l'itinéraire en route, dit-il, et il ne comptait pas se préoccuper des limitations de vitesse.

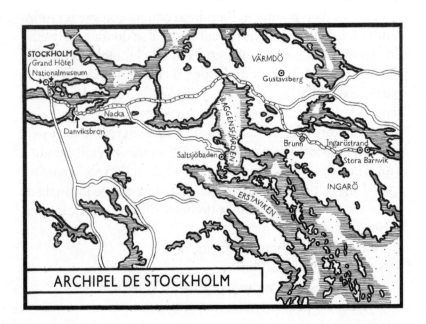

26

LE MATIN DU 24 NOVEMBRE

AUGUST CRIA et, au même moment, Lisbeth entendit des pas rapides longeant la maison. Elle empoigna son arme et se releva d'un bond. Elle était dans un sale état, mais elle n'avait pas le temps de s'y attarder. Elle sortit précipitamment de la chambre et vit qu'un homme immense avait surgi sur la terrasse. Elle crut un instant avoir un avantage, une seconde d'avance. Mais le scénario prit très vite une tournure dramatique.

L'individu ne s'arrêta pas, ne se laissa pas freiner par les portes vitrées : il passa droit à travers elles, arme au poing, et tira sur le garçon avec la rapidité de l'éclair. Lisbeth répondit aux tirs, ou l'avait peut-être déjà fait.

Elle ne comprit même pas à quel moment elle avait décidé de lui foncer dessus. Elle eut juste conscience de percuter l'homme avec une force ahurissante et de se retrouver plaquée sur lui au sol, devant la table de la cuisine où se trouvait le garçon un instant plus tôt. Sans hésiter une seconde, elle lui assena un violent coup de tête.

Le choc fut si fort qu'elle vit trente-six chandelles et eut du mal à se remettre sur ses pieds. Elle titubait, la pièce tournait. Il y avait du sang sur sa chemise. Avait-elle été touchée à nouveau ? Elle verrait ça plus tard. Et August ? La table était déserte, à part les stylos, les pastels, les dessins et les calculs de nombres premiers. Où était-il, bordel de merde ? Elle entendit un gémissement près du frigo et le découvrit tout tremblant, par terre, les genoux remontés contre la poitrine. Il avait eu le temps de se jeter sur le côté.

Lisbeth allait courir vers lui lorsqu'elle entendit de nouveaux bruits inquiétants plus loin, des voix étouffées, des brindilles qui se brisaient. Des gens arrivaient, il fallait décamper d'urgence. Si c'était sa sœur, elle avait du monde derrière elle. Ça avait toujours été comme ça : Camilla se déplaçait toujours en bande alors que Lisbeth était toujours seule, du coup elle devait se montrer plus maligne et plus rapide. Devant elle, comme un flash, elle visualisa le terrain à l'extérieur. Elle se précipita sur August. "Viens!" dit-elle. August ne bougea pas d'un millimètre, il était comme pétrifié. Lisbeth le souleva d'un geste rapide et se tordit de douleur. Chaque mouvement la faisait souffrir. Mais il n'y avait plus de temps à perdre et August sembla le comprendre : il lui fit signe qu'il pouvait courir tout seul. Lisbeth s'élança vers la table, attrapa son ordinateur et fila sur la terrasse en passant près de l'homme au sol, qui se redressa, complètement étourdi, et essaya d'attraper les jambes d'August.

Lisbeth envisagea de le tuer, mais elle préféra lui envoyer un violent coup de pied au cou et un autre dans le ventre, elle balança son arme plus loin et courut avec August en direction du rocher. Puis elle s'arrêta net. Le dessin. Elle n'avait pas vu les progrès d'August. Devait-elle faire demi-tour? Non, les autres seraient là d'un instant à l'autre. Et pourtant… Le dessin était aussi une arme, non? Et la raison de toute cette folie. Elle installa August et son ordinateur dans la faille qu'elle avait repérée la veille, puis remonta la pente en courant, entra dans la maison et balaya la table des yeux. Elle ne vit d'abord que ces foutus dessins de Lasse Westman et ces nombres premiers griffonnés partout.

Puis soudain, là, elle le reconnut : au-dessus des cases d'échiquier et des miroirs, un homme blafard avec une cicatrice nette lui barrant le front. Celui-là même qui gisait à terre devant elle, gémissant. Elle sortit rapidement son téléphone, photographia le dessin et l'envoya par mail à Jan Bublanski et Sonja Modig.

Elle prit le temps de griffonner une phrase en haut de la feuille.

L'instant d'après, elle réalisa qu'elle n'aurait pas dû.

Elle était cernée.

SUR LE TÉLÉPHONE Samsung de Mikael, Lisbeth avait laissé le même message qu'à Erika : un simple mot, CRISE – ce qui, venant d'elle, laissait peu de place au doute. Mikael avait beau retourner la question dans tous les sens, il ne voyait aucune autre explication : l'assassin l'avait retrouvée, pire encore, il était sur le point de s'attaquer à elle au moment même où elle écrivait ce message. Il appuya sur l'accélérateur dès qu'il eut passé le quai de Stadsgården et arriva sur Värmdöleden.

Il conduisait une Audi A8 argentée toute neuve. Ed Needham était assis sur le siège passager, l'air sinistre. Par moments, il tapait sur les touches de son téléphone. Mikael ne savait pas trop pourquoi il l'avait laissé l'accompagner – pour connaître les informations que le type avait sur Lisbeth, sûrement, mais il y avait autre chose. Ed se révélerait peut-être utile ; en tout cas, il pouvait difficilement aggraver la situation, déjà critique. Les policiers étaient alertés, mais il leur faudrait sans doute trop de temps pour dépêcher une équipe sur place – d'autant qu'ils étaient restés sceptiques, vu le peu d'informations dont ils disposaient. C'était Erika qui avait géré le contact. C'était elle qui connaissait le chemin, et il avait besoin de son aide. Il avait besoin de toute l'aide possible.

Il arriva au pont Danvik. Ed Needham dit quelque chose qu'il ne saisit pas. Ses pensées étaient ailleurs. Il songeait à Andrei – qu'avaient-ils fait de lui ? Mikael le voyait assis dans les bureaux de la rédaction, songeur et indécis, avec son petit air d'Antonio Banderas. Pourquoi diable n'était-il pas venu prendre une bière avec lui ? Il tenta encore de le joindre sur son téléphone. Il appela aussi Lisbeth. Mais il n'obtint de réponse ni de l'un ni de l'autre, et il entendit Ed lui demander :

— Vous voulez que je vous raconte ce que nous avons ?

— Oui… pourquoi pas… Allez-y, dit-il.

Mais ils furent immédiatement coupés par la sonnerie du téléphone de Mikael. C'était Jan Bublanski.

— Toi et moi, il va falloir qu'on discute après, tu le sais ? Il y aura des conséquences juridiques, tu peux en être sûr.

— Je comprends.

— Mais là je t'appelle pour te donner des infos. On sait que Lisbeth était en vie à 4 h 22. Elle t'a envoyé l'alerte avant ou après ?

— Après, juste après.

— D'accord.

— Il sort d'où, cet horaire ?

— Salander nous a envoyé quelque chose à cette heure-là. Quelque chose d'extrêmement intéressant.

— Quoi ?

— Un dessin, et je dois dire, Mikael, que ça dépasse toutes nos attentes.

— Donc Lisbeth a réussi à faire dessiner le gosse.

— Ça oui ! Je ne sais pas dans quelle mesure le dessin peut être considéré comme une preuve matérielle, ni ce qu'un bon avocat trouvera à y objecter, mais pour moi, ça ne fait aucun doute, il s'agit du meurtrier. C'est incroyablement bien dessiné, avec cette étrange précision mathématique. D'ailleurs, il y a une sorte d'équation tout en bas avec des inconnues x et y. J'ignore si ça a un rapport avec l'affaire. J'ai envoyé le dessin à Interpol pour qu'ils le passent dans leur logiciel de reconnaissance faciale. Si l'homme figure dans leurs bases de données, il est cuit.

— Vous le sortez dans la presse aussi ?

— On l'envisage.

— Dans combien de temps vous arrivez sur place ?

— Aussi vite qu'on peut… Attends, deux secondes !

Mikael entendit un autre téléphone sonner à l'arrière-plan. Bublanski prit la communication. À son retour il annonça :

— Des coups de feu ont été entendus là-bas. J'ai peur que ça ne se présente pas bien.

Mikael inspira profondément.

— Et pas de nouvelles d'Andrei ?

— Nous avons localisé son téléphone via une antenne relais dans Gamla Stan, mais on n'est pas arrivés plus loin. On ne reçoit plus de signal, comme si le portable ne fonctionnait plus ou avait été détruit.

Mikael raccrocha et accéléra davantage, il faisait des pointes à cent quatre-vingts kilomètres à l'heure. Il parlait peu ; il informa brièvement Ed Needham des derniers éléments. Mais il était à bout de nerfs, il avait besoin de penser à autre chose, et il se mit à lui poser des questions.

— Alors, qu'est-ce que vous avez trouvé ?

— Sur Wasp ?

— Oui.

— Pendant longtemps, que dalle. On était persuadés d'être dans l'impasse. On avait fait tout ce qui était en notre pouvoir, et même un peu plus. On avait exploré chaque hypothèse sans que ça nous mène nulle part, ce qui m'a paru plutôt logique.

— Comment ça ?

— Un hacker capable d'une telle intrusion était forcément aussi capable d'effacer toute trace derrière lui. J'ai vite compris qu'on n'avancerait pas avec les méthodes habituelles. Je n'ai pas abandonné pour autant, mais j'ai laissé tomber les recherches sur les lieux du crime. Je me suis dit qu'il fallait aller droit au but et se demander qui serait capable d'une telle opération. Poser la question dans ces termes, c'était notre seule chance de réussite. Le niveau de l'intrusion était très élevé, il n'y avait donc pas grand monde qui soit capable de la réaliser. Dans un certain sens, le talent du hacker jouait en sa défaveur. D'ailleurs, on a analysé le virus espion en lui-même et…

Ed Needham baissa de nouveau ses yeux sur son téléphone.

— Oui ?

— Eh bien, il avait des particularités quasi artistiques, et les particularités sont, de notre point de vue, un avantage. Nous cherchions l'auteur d'une œuvre au style très personnel. On a commencé à envoyer des questions à des collectifs de hackers et, rapidement, un nom, un identifiant, s'est démarqué. Vous devinez lequel ?

— Peut-être.

— Wasp ! On avait repéré d'autres noms, bien sûr, mais Wasp était le plus intéressant, ne serait-ce que par la force du nom lui-même… C'est une longue histoire dont je vous épargne les détails, mais le nom…

— … vient de la même série de comics que celui qu'utilise l'organisation qui est derrière le meurtre de Frans Balder.

— C'est ça. Donc vous êtes déjà au courant ?

— Oui et je sais également que les correspondances peuvent être illusoires et induire en erreur. En cherchant bien, on peut relier tout et n'importe quoi.

— C'est vrai, et on est bien placés pour le savoir. On s'excite sur des liens qui n'en sont pas et on rate ceux qui ont du sens. Donc, en effet, je n'y croyais pas beaucoup, d'autant que Wasp a des tas d'autres significations. Mais les pistes étaient maigres. Et puis j'avais entendu tellement de conneries sur ce Wasp que j'avais très envie de craquer son identité. On est remontés loin dans le passé, on a reconstitué de vieux dialogues sur des sites de hacking. On lisait le moindre mot que Wasp avait écrit et laissé sur le Net, on étudiait chaque opération derrière laquelle on devinait sa signature et, assez rapidement, on a commencé à mieux le connaître. On était de plus en plus convaincus qu'il s'agissait d'une femme, même si elle ne s'exprimait pas de façon particulièrement féminine, au sens classique du terme. On a aussi compris qu'elle était suédoise : plusieurs contributions anciennes étaient en suédois, ce qui en soi ne nous disait pas grand-chose, mais ajouté au fait que le réseau sur lequel elle faisait des recherches avait un lien avec la Suède et que Frans Balder était également suédois, ça a commencé à rendre la piste intéressante. J'ai contacté des gens au FRA, ils ont fouillé dans leurs registres et là…

— Quoi ?

— Ils ont trouvé quelque chose qui a confirmé qu'on était sur la bonne voie. Il y a de nombreuses années, le service avait enquêté sur la signature *Wasp*, pour une affaire de piratage informatique. C'était il y a très longtemps et, à l'époque, Wasp n'était pas aussi douée qu'aujourd'hui pour le cryptage.

— Qu'est-ce qui s'était passé ?

— Le FRA avait découvert que, sous la signature *Wasp*, quelqu'un avait essayé d'obtenir des informations sur d'anciens agents de services de renseignements étrangers, ce qui a suffi à déclencher le système d'alarme du FRA. Une enquête les avait menés jusqu'à l'ordinateur d'un médecin-chef de la clinique pédopsychiatrique d'Uppsala, un type du nom de Teleborian. Pour une raison quelconque – sans doute Teleborian rendait-il certains services à la Sûreté suédoise –, le médecin a été lavé de tout soupçon. Le FRA a concentré toute son attention sur quelques infirmiers psychiatriques considérés comme suspects parce qu'ils étaient… eh bien, issus de l'immigration, tout simplement. Une logique bornée qui n'a mené nulle part.

— J'imagine.

— Oui, mais j'ai demandé à un gars du FRA de m'envoyer l'ancien dossier et je l'ai parcouru d'un œil tout à fait différent. Vous savez, pour être un hacker, pas besoin d'être grand et gros et d'avoir du poil au menton. J'ai rencontré des gamins de douze, treize ans qui étaient de vrais cracks. Du coup, j'ai vérifié chaque enfant interné à la clinique à cette période. La liste complète se trouvait dans le dossier. J'ai mis trois de mes gars dessus, pour faire des recherches approfondies, et vous savez ce qu'ils ont trouvé? L'un des enfants internés était la fille de l'ancien agent du service de renseignements soviétique Zalachenko, un grand criminel qui intéressait beaucoup nos collègues de la CIA à l'époque. Ça devenait carrément fascinant. Comme vous le savez peut-être, il y a des liens entre le réseau sur lequel le hacker faisait ses recherches et l'ancien réseau criminel de Zalachenko.

— Ce qui ne veut pas forcément dire que Wasp vous a piraté.

— Absolument pas. Mais on s'est penchés sur son cas et, comment dire? Cette fille a un passé passionnant, hein? Une grande partie des informations la concernant ont été mystérieusement effacées des sources officielles, mais on en a quand même déniché plus que nécessaire et, je ne sais pas, peut-être que je me trompe, mais j'ai le sentiment qu'il y a un événement originel, un traumatisme fondamental. Un petit appartement à Stockholm, une mère célibataire caissière dans un supermarché, qui se débat pour joindre les deux bouts avec ses filles jumelles. On est loin des hautes sphères. Et pourtant…

— … les hautes sphères sont omniprésentes.

— Oui, quand le père leur rend visite, on sent le souffle froid du pouvoir. Mikael, vous ne savez rien de moi.

— Non.

— Croyez-moi, je sais ce que c'est, pour un enfant, que de grandir dans la violence.

— Tiens donc.

— Oui, et je sais aussi ce qu'on ressent quand la société ne fait rien pour punir les coupables. Ça fait mal, mon gars, terriblement mal, et ça ne m'étonne pas du tout que la plupart des enfants qui vivent des trucs pareils sombrent et deviennent des salauds destructeurs à leur tour.

— Oui, malheureusement.

— Mais quelques rares personnes en tirent au contraire de la force, parviennent à se relever et à rendre les coups. Wasp est de ce genre-là, pas vrai ?

Mikael hocha la tête, songeur, et accéléra encore.

— On l'a enfermée dans une maison pour les fous, on a voulu la briser, sans relâche. Et vous savez ce que je pense ? poursuivit Ed.

— Non.

— Qu'à chaque fois ça l'a rendue plus forte. Qu'elle a ressuscité de ses enfers et en est sortie grandie. Je crois honnêtement qu'elle est devenue mortellement dangereuse, et qu'elle n'a rien oublié de ce qu'on lui a fait. Que tout est gravé en elle. Et que la folie où a baigné son enfance est à l'origine de tout ce bordel.

— C'est possible.

— Nous sommes face à deux sœurs qui ont réagi de manière très différente au même drame et qui sont devenues des ennemies mortelles. Et nous sommes surtout face à l'héritage d'un immense empire criminel.

— Lisbeth n'a rien à voir avec ça. Elle déteste tout ce qui concerne son père.

— Je suis bien placé pour le savoir, Mikael. Mais qu'est devenu l'héritage ? C'est ce qu'elle essaie de savoir, non ? Pour pouvoir le détruire, tout comme elle a voulu détruire l'homme qui en est à l'origine ?

— Qu'est-ce que vous voulez, exactement ? demanda Mikael d'une voix tranchante.

— Peut-être un peu la même chose que Wasp. Remettre certaines choses à leur place.

— Et coincer votre hacker.

— Je veux la rencontrer et lui remonter les bretelles. Et colmater la moindre petite faille de sécurité. Mais je veux surtout régler leur compte à ceux qui ne m'ont pas laissé accomplir mon boulot simplement parce que Wasp les a mis à poil. Et j'ai des raisons de croire que vous allez m'aider sur ce point.

— Pourquoi donc ?

— Parce que vous êtes un bon reporter. Et que les bons reporters ne laissent pas les sales secrets traîner dans les tiroirs.

— Et Wasp ?

— Elle doit se mettre à table – parler comme elle ne l'a jamais fait, et vous allez m'aider là-dessus aussi.

— Sinon ?

— Sinon je jure que je trouverai un moyen de l'enfermer et de faire à nouveau de sa vie un enfer.

— Mais pour l'instant vous voulez juste lui parler.

— Plus personne ne doit pouvoir pirater mon système, Mikael. J'ai besoin de savoir comment elle s'y est prise exactement. Je veux que vous lui transmettiez ce message. Je suis prêt à lâcher votre amie à condition qu'elle accepte de me raconter comment s'est déroulée l'intrusion.

— Je vais lui transmettre. Espérons juste…

— Qu'elle soit en vie, compléta Ed.

Puis ils bifurquèrent à gauche, vers la plage d'Ingarö, à toute allure.

Il était 4 h 48. Cela faisait vingt minutes que Lisbeth Salander avait lancé l'alerte.

JAN HOLSTER s'était rarement trompé à ce point.

Il croyait à l'idée naïve qu'il est possible de déterminer de loin si un homme est capable de mener un combat rapproché ou de supporter une grande souffrance physique. Voilà pourquoi, à la différence d'Orlov ou de Bogdanov, il n'avait pas été étonné que le plan contre Mikael Blomkvist échoue. Ils étaient persuadés qu'aucun homme ne pouvait résister au charme de Kira, mais Holster, lui – pour avoir aperçu le journaliste de loin, le temps d'une seconde, à Saltsjöbaden –, avait douté. Mikael Blomkvist avait une tête à poser problème. La tête d'un homme qu'on ne pouvait pas si facilement tromper ni coincer, et rien de ce que Jan avait vu ou entendu depuis n'était venu lui donner tort.

Avec l'autre journaliste, c'était différent. Physiquement, il était l'archétype même de l'homme fragile, trop sensible. Néanmoins, la réalité s'était révélée tout autre : Andrei Zander avait été la victime la plus coriace qu'il ait jamais eu à torturer. Quelque chose d'inébranlable brillait dans ses yeux et, après un long moment, Jan s'était dit qu'ils devaient laisser tomber, qu'Andrei Zander préférerait subir n'importe quelle souffrance plutôt que de parler. Il avait fallu que Kira lui jure solennellement qu'Erika et Mikael de *Millénium* subiraient les mêmes tortures que lui pour qu'Andrei finisse par craquer.

Il était 3 h 30 du matin. C'était l'un de ces moments qui resteraient à jamais gravés dans sa mémoire. La neige tombait sur les lucarnes. Le visage du jeune homme était émacié, ses yeux cernés. Le sang des plaies de sa poitrine avait giclé sur sa bouche et ses joues. Ses lèvres, restées longtemps scotchées, étaient fendues. Ce n'était plus qu'une épave. Pourtant, on devinait encore le beau jeune homme qu'il était, et Jan songea à Olga.

Le journaliste n'était-il pas justement le genre de type qu'elle aimait, cultivé, luttant contre les injustices, prenant parti pour les faibles et les laissés-pour-compte ? Il songea à ça et à d'autres choses encore concernant sa propre vie. Puis il fit le signe de croix orthodoxe, où une voie mène au ciel et l'autre en enfer, et jeta un œil à Kira. Elle était plus belle que jamais.

Une lueur ardente luisait dans ses yeux. Installée sur un tabouret à côté du lit, elle était vêtue d'une somptueuse robe bleue qui avait miraculeusement échappé aux éclaboussures de sang. Elle dit quelque chose à Andrei en suédois, sur un ton presque tendre. Elle lui prit la main ; il serra la sienne en retour. Son unique source de réconfort, sans doute. Le vent soufflait dans la ruelle. Kira hocha la tête et adressa un sourire à Jan. Des flocons de neige tombaient sur le rebord métallique de la fenêtre.

ILS ÉTAIENT TOUS INSTALLÉS dans un Range Rover qui roulait en direction d'Ingarö. Jan se sentait vide. Il n'aimait pas le tour que prenaient les événements, mais il devait reconnaître que c'était sa propre erreur qui les avait conduits ici ; il se contentait donc de rester silencieux la plupart du temps et d'écouter Kira. Elle était étrangement excitée et parlait avec une haine viscérale de la femme qu'ils pourchassaient. Tout ça n'était pas bon signe et, si ça avait été de son ressort, Jan lui aurait conseillé de faire demi-tour et de quitter le pays.

Mais il tenait sa langue pendant que la neige continuait de tomber. Ils avançaient dans l'obscurité. Parfois il observait Kira, et son regard aiguisé l'effrayait. Il essayait de chasser cette sensation et restait béat d'admiration au moins sur un point : elle avait tout saisi avec une rapidité déconcertante.

Elle avait compris qui était la personne qui avait sauvé August Balder sur Sveavägen, et aussi deviné qui pourrait savoir où le garçon et la femme se planquaient. Mikael Blomkvist en personne. La logique du raisonnement leur avait d'abord complètement échappé : pourquoi un journaliste suédois de renom cacherait-il une personne ayant surgi de nulle part pour enlever un enfant sur les lieux d'un crime ? Mais plus ils creusaient cette hypothèse, plus ils en percevaient les ramifications : cette femme – qui s'appelait Lisbeth Salander – avait des liens étroits avec le reporter et, parallèlement, il y avait eu du louche au sein de la rédaction de *Millénium*.

Le lendemain du meurtre à Saltsjöbaden, dans la matinée, Jurij avait piraté l'ordinateur de Mikael Blomkvist pour essayer de comprendre pourquoi Frans Balder avait fait appel à lui au beau milieu de la nuit, et il n'avait rencontré aucun problème technique particulier. Or, depuis l'après-midi de la veille, il ne parvenait plus à accéder aux mails de Blomkvist… Et, à sa connaissance, Jurij ne s'était encore jamais cassé les dents sur une simple messagerie. Mikael Blomkvist était donc devenu beaucoup plus prudent, juste au moment où la femme et le garçon avaient disparu de Sveavägen.

Cela ne garantissait pas que le journaliste savait où les fugitifs se trouvaient. Mais au fil des heures, de nouveaux détails venaient confirmer cette théorie. De toute façon, Kira n'allait pas attendre d'avoir des preuves irréfutables. Elle voulait s'en prendre à Blomkvist ou, à défaut, à un autre membre du journal. Par-dessus tout, elle était littéralement obsédée par l'idée de retrouver la femme et l'enfant. Cela aurait dû suffire à les alerter.

Jan s'estimait quand même chanceux. Il ne comprenait pas les motivations de Kira, mais, au bout du compte, c'était pour lui qu'ils allaient tuer l'enfant, alors qu'elle aurait tout aussi bien pu le sacrifier. Elle préférait prendre des risques considérables pour le garder à ses côtés, et ça le touchait, même si à cet instant, dans la voiture, il se sentait mal à l'aise.

Il concentra ses pensées sur sa fille Olga et tenta d'y puiser de la force. Quoi qu'il advienne, il ne fallait pas qu'elle découvre à son réveil un dessin de son père en une de tous les journaux. Il se répétait qu'ils s'en étaient bien sortis jusque-là, que le plus dur était derrière eux. Si Zander leur avait indiqué la bonne adresse, la mission serait facile. Entre lui-même, Orlov et Dennis, ils étaient trois, lourdement armés. Quatre en comptant Jurij qui, comme d'habitude, était focalisé sur son ordinateur.

Dennis Wilton, qui s'était joint à eux, était un ancien du MC Svavelsjö qui rendait régulièrement des services à Kira et les avait aidés à organiser l'opération en Suède. Trois ou quatre hommes, entraînés donc, plus Kira, alors qu'en face il n'y avait qu'une femme, sans doute endormie, et qui devait protéger un enfant. Cela ne poserait aucun problème. Ils allaient lui tomber dessus, terminer le boulot et quitter le pays. Mais Kira insistait, elle devenait limite obsessionnelle :

— Vous ne devez pas sous-estimer Salander.

Elle le leur avait tellement répété que même Jurij, d'habitude toujours de son avis, commençait à perdre patience. Sur Sveavägen, Jan avait eu le temps de constater que cette fille était entraînée, rapide et ne manquait pas d'audace. Mais, à écouter Kira, on aurait dit une sorte de superwoman. C'était ridicule. Jan n'avait jamais rencontré une femme capable de se mesurer à lui, ou même à Orlov, dans un combat physique. Il lui assura néanmoins qu'il serait prudent. Il promit de faire une reconnaissance de terrain et d'élaborer ensuite une stratégie, un plan. Ils n'allaient pas se précipiter, se laisser attirer dans un piège. Il promit plusieurs fois et, dès qu'ils se furent garés en bas d'un rocher, près d'un ponton abandonné, il prit les commandes. Il ordonna aux autres de se préparer, à l'abri, pendant qu'il allait vérifier la situation de la maison. D'après leurs informations, elle était difficile à repérer.

JAN HOLSTER AIMAIT les dernières heures de la nuit. Il aimait le silence et l'impression de transition entre deux mondes. Il avançait en courbant légèrement le buste et tendait l'oreille. Une obscurité réconfortante l'enveloppait, sans le moindre signe de présence humaine. Il dépassa le ponton, longea la paroi et arriva devant une clôture en bois, un portillon bancal, juste à côté d'un sapin et d'un large buisson épineux. Il ouvrit le portillon et monta l'escalier en bois bordé d'une rampe sur la droite. Un moment après, il distinguait la maison, tout en haut.

Elle était cachée derrière des pins et des trembles. Toutes les lumières semblaient éteintes. Il y avait une terrasse côté sud et, donnant sur elle, des portes vitrées qui devaient être faciles à forcer. À première vue, il ne repéra aucun obstacle particulier. L'accès par les portes vitrées n'était pas un souci, ils n'auraient plus qu'à éliminer l'ennemi. Il se déplaçait quasiment sans faire de bruit et, l'espace d'un instant, il se demanda s'il ne ferait pas mieux de terminer le boulot lui-même. En un sens, cela relevait même de sa responsabilité morale. C'était lui qui les avait mis dans cette situation. C'était à lui de résoudre le pro-blème. Il savait mener ce genre de missions, il en avait réussi de bien plus difficiles.

Ici il n'y avait pas de policier, contrairement à chez Balder, pas de gardien non plus, ni la moindre trace de système d'alarme. Il n'avait pas son fusil-mitrailleur sur lui, mais il n'en avait pas vraiment besoin. Le fusil-mitrailleur était une arme totale-ment démesurée en l'occurrence – et encore une idée saugre-nue de Kira. Son pistolet, un Remington, suffirait largement. D'un coup, il mobilisa toute son énergie, et faisant fi de son sens aigu de l'organisation, il se mit en route.

Très rapidement, il longea la maison dans sa largeur, pour atteindre les portes vitrées donnant sur la terrasse. Puis il se figea, sans bien savoir pourquoi. Peut-être à cause d'un bruit, d'un mouvement, d'un danger dont il eut vaguement conscience. Il jeta un coup d'œil rapide à travers une fenêtre rectangulaire un peu en hauteur sur la façade. De là où il était, il ne distinguait pas l'intérieur. Il resta immobile, de plus en plus indécis. Se pouvait-il qu'il se soit trompé de maison?

Il colla son visage à la fenêtre pour scruter plus attentivement, par mesure de sécurité, et là... il fut comme pétrifié. Quelqu'un l'observait. Des yeux vitreux, qu'il avait déjà croisés, le fixaient depuis une table ronde dans la maison. Il aurait dû agir immédiatement. Il aurait dû se précipiter sur la terrasse, de l'autre côté, s'introduire à la vitesse de l'éclair et tirer. Son instinct meurtrier aurait dû le galvaniser. Mais il hésita de nouveau, incapable de pointer son arme. Il était comme perdu face à ce regard. Il serait peut-être resté dans la même position encore quelques instants si le garçon n'avait pas fait quelque chose dont Jan l'aurait cru incapable.

Le garçon poussa un cri strident qui fit trembler la fenêtre et sortit Jan de sa torpeur. Il se précipita enfin sur la terrasse, se jeta à travers les baies vitrées sans une seconde d'hésitation et tira avec une grande précision. Du moins le crut-il. Mais il n'eut pas le temps de voir s'il avait touché sa cible.

Une silhouette obscure fonça sur lui comme une bombe, si rapide qu'il eut à peine le temps de se retourner, d'ajuster sa position. Il tira de nouveau et entendit des coups de feu en retour, et l'instant d'après il s'écroulait de tout son poids tandis qu'une jeune femme se ruait sur lui avec dans les yeux une rage comme il n'en avait jamais vu. Il réagit instinctivement et s'efforça d'utiliser à nouveau son arme. Mais cette fille était comme une bête sauvage, elle s'assit sur lui, redressa la tête et... Boum. Jan n'eut plus la possibilité d'analyser les événements. Il perdit connaissance.

Lorsqu'il revint à lui, il avait un goût de sang dans la bouche, et son pull était humide et poisseux. Il avait été touché. Juste à ce moment-là, le garçon et la femme passèrent devant lui, et il voulut attraper le gamin par les jambes. Mais sa tentative lui valut une nouvelle salve de coups qui lui coupèrent le souffle.

Il ne comprenait plus ce qui se passait. Seulement qu'il avait été mis KO, et par qui ? Par une gonzesse. Cette réalité vint s'ajouter à la douleur. Il gisait au milieu des bris de verre et de son propre sang, les yeux fermés, la respiration lourde. Il espérait que tout serait bientôt terminé. À ce moment-là, il distingua autre chose, des voix plus loin, mais lorsqu'il ouvrit les yeux il vit à nouveau la femme. Elle était encore là ?! Ne venait-elle pas de partir ? Qu'est-ce qu'elle pouvait bien faire, debout sur ses maigres guiboles, à côté de la table de la cuisine ? Il fit de son mieux pour se redresser. Il ne trouva pas son arme, mais il parvint à se mettre en position assise et aperçut au même moment Orlov par la fenêtre. Il voulut tenter encore quelque chose, mais l'instant suivant, c'était fini.

La femme s'était comme volatilisée. Elle avait saisi quelques feuilles et, avec une puissance ahurissante, s'était précipitée dehors, avait sauté de la terrasse et foncé à travers les arbres. Des coups de feu crépitèrent dans l'obscurité et il marmonna, comme pour apporter son aide : "Tuez-moi ces enfoirés !" En réalité, il était hors jeu ; c'était à peine s'il arrivait à se mettre debout et à s'intéresser au chaos autour de lui. Il restait là, chancelant, et imaginait qu'Orlov et Wilton trucidaient la femme et l'enfant. Il essaya de s'en réjouir, d'y voir une réparation. Mais il était surtout occupé à rester sur ses jambes. Le regard trouble, il lorgna la table devant lui.

Il y avait des pastels et des feuilles, qu'il observa d'abord sans bien comprendre. Puis ce fut comme si des griffes lui enserraient le cœur. Il se vit lui-même. Plus exactement, il vit d'abord un être malfaisant, un démon au visage blafard qui levait une main pour tuer. Il ne lui fallut qu'une seconde pour comprendre que ce démon, c'était lui. Ce constat le fit tressaillir.

Pourtant, il ne pouvait plus lâcher des yeux le dessin. Il était comme hypnotisé. Il y avait une équation en bas de la feuille, mais aussi une phrase tout en haut, rédigée à la va-vite.

Il lut :

Mailed to police 04:22!

27

LE MATIN DU 24 NOVEMBRE

LORSQUE ARAM BARZANI des forces d'intervention pénétra dans la cabane de Gabriella Grane à 4 h 52 du matin, il trouva un homme de grande taille gisant à terre, juste à côté de la table.

Il s'approcha avec prudence. L'endroit semblait abandonné, mais il ne voulait pas prendre de risques. On avait signalé des échanges de coups de feu peu de temps avant. À l'extérieur, sur les rochers, les voix excitées de ses collègues résonnèrent :

— Ici ! criaient-ils. Ici !

Ne comprenant pas de quoi il s'agissait, Aram hésita un instant. Devait-il les rejoindre rapidement ? Il décida de vérifier dans quel état se trouvait l'homme au sol. Il y avait des éclats de verre et du sang autour de lui. Sur la table, quelqu'un avait déchiré une feuille et écrasé quelques pastels. L'homme était allongé sur le dos et faisait le signe de croix d'un geste las. Puis il marmonna quelque chose. Sans doute une prière. Cela ressemblait à du russe, Aram distingua le mot "Olga" et il dit à l'homme que du personnel médical était en route.

— *They were sisters**, répondit l'homme.

Mais son élocution était si confuse qu'Aram n'y attacha pas d'importance. Il fouilla ses habits et constata que l'homme n'était pas armé, et qu'il avait probablement reçu une balle dans le ventre. Son pull était trempé de sang, son visage d'une pâleur inquiétante. Aram lui demanda ce qui s'était passé. Au début, il n'obtint pas de réponse. Puis l'homme souffla une autre phrase étrange en anglais.

* Elles étaient sœurs.

— *My soul was captured in a drawing**, dit-il.

Ensuite il parut perdre connaissance.

Aram demeura là un moment afin de s'assurer que l'homme n'allait plus leur poser problème. Quand il entendit enfin arriver les ambulanciers, il se dirigea vers le bord du rocher. Il voulait voir pourquoi ses collègues avaient crié. La neige tombait, le sol était gelé et glissant. D'en bas lui parvenaient des bruits de voix et de voitures. Il faisait toujours sombre, la visibilité était faible, et le sol hérissé de pierres et de conifères. C'était un terrain dangereux, surtout avec ce rocher qui descendait à pic. Pas évident de lancer un assaut ou de se battre dans un coin pareil. Aram eut un mauvais pressentiment. Il régnait un silence étrange, et il ne comprenait pas où étaient passés les autres.

En réalité, ils n'étaient pas loin, juste sur le bord du rocher, derrière un tremble touffu. Il sursauta lorsqu'il les aperçut. Ça ne lui ressemblait pas, mais la façon dont ils fixaient le sol, d'un regard grave, le fit paniquer. Qu'y avait-il là-bas ? L'enfant autiste était-il mort ?

Il s'approcha lentement, en pensant à ses propres fils ; ils avaient six et neuf ans, des mordus de football. Ils ne faisaient que ça, ne parlaient que de ça. Ils s'appelaient Björn et Anders. Avec sa femme Dilvan, ils leur avaient choisi des prénoms suédois parce qu'ils pensaient que ça les aiderait dans la vie. Quel genre de personne viendrait jusqu'ici pour tuer un enfant ? Une colère subite monta en lui. Il appela ses collègues et, l'instant d'après, lâcha un soupir de soulagement.

Ce n'était pas un enfant, mais deux hommes, visiblement touchés au ventre eux aussi. L'un d'entre eux – un type qui avait l'air d'une brute, avec un nez de boxeur et la peau grêlée – tenta de se relever, mais fut rapidement repoussé au sol. On pouvait lire l'humiliation sur son visage. Sa main droite tremblait de douleur ou de rage. L'autre homme, qui portait une veste en cuir et avait les cheveux attachés en queue de cheval, semblait plus mal en point. Il restait immobile, fixant le ciel obscur, sous le choc.

— Aucune trace de l'enfant ? demanda Aram.

* Mon âme a été capturée dans un dessin.

— Rien, répondit son collègue Klas Lind.

— Et la femme ?

— Non plus.

Aram n'était pas convaincu que ce soit bon signe et il posa encore quelques questions. Mais ses collègues n'avaient pas une idée très précise de ce qui s'était passé. La seule chose certaine, c'était qu'ils avaient trouvé deux fusils-mitrailleurs, des Barrett REC7, environ trente ou quarante mètres plus loin dans la descente. On supposait que les armes appartenaient à ces types. On s'expliquait mal néanmoins comment les fusils s'étaient retrouvés là-bas. L'homme à la peau grêlée, interrogé à ce sujet, avait craché une réponse incompréhensible.

Durant les quinze minutes suivantes, Aram et ses collègues inspectèrent le terrain sans rien trouver de plus que des traces d'affrontement. Pendant ce temps, un tas de gens arrivèrent sur les lieux : des infirmiers, l'inspectrice Sonja Modig, deux ou trois techniciens, une ribambelle de fonctionnaires de police ainsi que le journaliste Mikael Blomkvist accompagné d'un Américain, cheveux coupés ras et corpulence massive, qui pour une raison indéfinissable imposa aussitôt le respect à tout le monde. À 5 h 25, on les informa qu'un témoin attendait d'être entendu en bas, vers le parking.

L'homme voulait qu'on l'appelle KG. Son vrai nom était Karl-Gustaf Matzon et il venait d'acquérir une propriété de l'autre côté de la baie. D'après Klas Lind, il fallait prendre son témoignage avec précaution :

— Le type sort des histoires abracadabrantes.

SONJA MODIG ET JERKER HOLMBERG étaient déjà sur le parking, à essayer de comprendre le déroulement des événements. Le tableau était bien trop fragmentaire pour l'heure et ils espéraient que le témoin viendrait les éclairer.

En le voyant arriver le long du rivage, ils se mirent à douter. En toute simplicité, KG Matzon portait un chapeau tyrolien, un pantalon à carreaux verts, une moustache en croc et un blouson Canada Goose. Pas évident de le prendre au sérieux.

— KG Matzon ? demanda Sonja Modig.

— En personne, dit-il, puis il précisa spontanément – peut-être par souci de crédibilité –, qu'il dirigeait la maison d'édition True Crimes, qui publiait des histoires tirées de crimes célèbres.

— Très bien. Mais cette fois, nous aimerions un témoignage objectif – pas le pitch du prochain best-seller, dit Sonja Modig par mesure de précaution, ce que le dénommé KG Matzon affirma comprendre parfaitement.

Il était "quelqu'un de sérieux", précisa-t-il. Il raconta qu'il s'était réveillé très tôt ce matin-là, écoutant "le calme et le silence". Puis juste avant 4 h 30, il avait entendu un bruit qu'il avait aussitôt reconnu comme étant un coup de feu. Il avait rapidement enfilé ses vêtements, avant de sortir sur la véranda d'où on pouvait voir la plage et le parking en bas du rocher où ils se tenaient actuellement.

— Qu'avez-vous vu?

— D'abord rien. Le silence était total. Et puis d'un coup ça a fait comme une explosion. On aurait dit qu'une guerre avait éclaté.

— Vous avez entendu des coups de feu?

— Ça crépitait vers le rocher, de l'autre côté de la baie. J'ai jeté un œil dans cette direction, et là… ai-je précisé que je suis ornithologue amateur?

— Non, pas encore.

— J'ai le regard aiguisé, voyez-vous. Des yeux de lynx. J'ai l'habitude d'observer des petits détails de loin, ce qui explique que, malgré la pénombre, j'aie remarqué un petit point plus sombre vers la faille du rocher, là-haut, vous voyez? Une sorte de cavité.

Sonja regarda le haut de la paroi et hocha la tête.

— Au début, je n'ai pas compris, poursuivit KG Matzon, mais ensuite j'ai réalisé que c'était un enfant, un garçon, je crois. Il était accroupi là-haut, tout tremblant, du moins c'est ce qui m'a semblé, et puis soudain… Mon Dieu, ça, je ne l'oublierai jamais.

— Quoi?

— Quelqu'un est arrivé en trombe de la cabane. C'était une jeune femme, et elle s'est jetée de là-haut pour atterrir directement sur la dalle, dans ce renfoncement, avec une fougue telle qu'elle a failli tomber. Après, ils sont restés là, tous les deux, elle et le garçon, à attendre. À attendre l'inévitable. Et puis…

— Oui ?

— Deux hommes avec des fusils-mitrailleurs sont apparus, et ils ont tiré des rafales. À ce moment-là, vous vous en doutez, je me suis jeté par terre ; j'avais peur d'être touché. Mais je n'ai pas pu m'empêcher de regarder. Vous savez, de ma position, le garçon et la femme étaient tout à fait visibles, mais par rapport aux hommes, là-haut, ils étaient camouflés. Du moins, provisoirement. Je voyais bien que ce n'était qu'une question de temps, qu'ils allaient vite être découverts et qu'ils n'auraient nulle part où aller. Dès qu'ils quitteraient leur trou, les hommes les repéreraient et les flingueraient. Ils étaient dans une situation désespérée.

— Pourtant nous n'avons trouvé ni le garçon ni la femme, là-haut, dit Sonja.

— Non, c'est ça qui est dingue ! Les hommes se sont rapprochés, à la fin ils devaient même les entendre respirer. Ils étaient tellement près qu'il aurait suffi qu'ils se penchent pour apercevoir la femme et l'enfant. Mais là…

— Oui ?

— Vous n'allez pas me croire. Je suis sûr que le type des forces d'intervention a pensé que je délirais.

— Racontez plutôt, nous jugerons par nous-mêmes.

— Les hommes se sont arrêtés pour tendre l'oreille, peut-être parce qu'ils devinaient qu'ils étaient tout près, et à ce moment-là la femme s'est relevée d'un bond et les a descendus. Boom ! Boom ! Après, elle s'est précipitée sur eux et elle a balancé leurs armes en bas du rocher. Elle a été d'une efficacité incroyable, c'était comme dans un film d'action. Elle s'est mise à courir, ou plus exactement, à rouler et à dégringoler tout en bas avec le garçon, pour rejoindre une BMW qui était garée ici, sur le parking. Juste avant qu'ils ne grimpent à l'intérieur, j'ai vu que la femme avait quelque chose dans la main, un sac ou un ordinateur.

— Ils sont partis dans la BMW ?

— À une vitesse de cinglé. Je ne sais pas par où.

— D'accord.

— Mais ce n'est pas tout.

— Comment ça?

— Il y avait une autre voiture, là, un Range Rover je crois, une voiture haute, noire, un modèle récent.

— Qu'est-ce qu'elle est devenue?

— Je n'ai pas bien fait attention sur le moment et après j'étais occupé à appeler SOS-Secours. Mais à l'instant où j'allais raccrocher, j'ai vu deux personnes descendre de l'escalier en bois là-bas, un grand type tout maigre et une femme. Je les distinguais mal, mais je peux quand même dire deux choses à propos de la femme.

— Oui?

— C'était un sacré trophée de chasse, et elle était en colère.

— Un trophée de chasse... Vous voulez dire qu'elle était belle?

— Elle en jetait, quoi. Même de loin, ça se voyait. Mais elle avait vraiment l'air furieuse. Juste avant de monter dans le Range Rover, elle a giflé le mec, il n'a pas bronché. Il a juste hoché la tête, comme si c'était mérité. Après, ils ont quitté les lieux, l'homme au volant.

Sonja Modig prit des notes et se dit qu'il fallait au plus vite lancer une alerte nationale sur le Range Rover et la BMW.

GABRIELLA GRANE BUVAIT UN CAPPUCCINO dans sa cuisine, sur Villagatan, et se trouvait malgré tout plutôt calme. Elle était probablement en état de choc.

Helena Kraft voulait la rencontrer à 8 heures dans son bureau à la Säpo. Gabriella se doutait qu'on allait la virer, qu'il y aurait sûrement des suites juridiques, et que ses chances d'obtenir d'autres postes seraient quasi nulles. Sa carrière était finie à l'âge de trente-trois ans.

Mais ce n'était pas le pire. Elle avait violé la loi et pris des risques en toute connaissance de cause, parce qu'elle pensait que c'était la meilleure façon de protéger le fils de Frans Balder. Et maintenant, elle apprenait qu'il y avait eu de violents échanges de tir dans sa cabane, et personne ne semblait savoir où se trouvait le garçon. Peut-être était-il grièvement blessé ou même mort. Gabriella était dévorée de culpabilité – d'abord le père et maintenant le fils.

Elle se leva et regarda l'heure. 7 h 15. Elle devait se mettre en route pour avoir le temps de vider son bureau avant la réunion avec Helena. Elle décida de se comporter dignement, de ne pas s'excuser ni supplier pour garder son poste. Elle comptait être forte, ou du moins le paraître. Son Blackphone sonna, mais elle n'eut pas le courage de répondre. Elle enfila ses bottes, son manteau Prada, et se passe un foulard rouge extravagant autour du cou. Quitte à sombrer, autant le faire avec classe. Elle s'arrêta devant le miroir de l'entrée et arrangea un peu son maquillage. Dans un élan d'humour noir, elle fit le signe V, comme Nixon lors de sa démission. Son Blackphone sonna alors de nouveau et elle répondit à contrecœur. C'était Alona Casales, de la NSA.

— J'ai entendu les nouvelles, dit-elle.

Évidemment.

— Comment te sens-tu ? poursuivit-elle.

— À ton avis ?

— Comme la pire personne sur terre.

— Plus ou moins.

— Qui n'aura plus jamais de job.

— Exactement, Alona.

— Laisse-moi te dire que tu n'as aucune raison d'avoir honte. Tu as fait ce qu'il fallait.

— Tu plaisantes ?

— Ce n'est pas vraiment le moment de plaisanter, ma belle. Vous aviez une taupe chez vous.

Gabriella inspira profondément.

— Qui ?

— Mårten Nielsen.

Gabriella se figea.

— Vous avez des preuves ?

— Ah ça, oui. Je vais tout te transmettre dans quelques minutes.

— Pourquoi Mårten nous aurait-il trahis ?

— À mon avis, il ne voyait pas ça comme une trahison.

— Il le voyait comment alors ?

— Comme une collaboration avec Big Brother, un devoir envers le leader du monde libre, va savoir.

— Il vous fournissait donc des informations.

— Il veillait plutôt à ce qu'on puisse s'approvisionner nous-mêmes. Il nous donnait des informations sur votre serveur et votre cryptage. En temps normal, ça n'aurait pas été pire que toutes nos saloperies habituelles. On met sur écoute aussi bien les commérages des voisins que les conversations téléphoniques du Premier ministre.

— Mais cette fois, la fuite s'est répandue.

— Cette fois, on a servi d'entonnoir. Gabriella, je sais que tu n'as pas vraiment agi selon le protocole, mais du point de vue moral, tu as bien fait, j'en suis convaincue, et je vais veiller à ce que tes supérieurs le sachent. Tu as compris que quelque chose était pourri au sein de votre organisation et que tu ne pouvais pas agir de l'intérieur, pourtant tu n'as pas voulu fuir tes responsabilités.

— Et pourtant ça a mal tourné.

— Parfois ça tourne mal, quoi qu'on fasse.

— Merci, Alona, c'est gentil. Mais si quelque chose est arrivé à August Balder, je ne me le pardonnerai jamais.

— Gabriella, le garçon va bien. Il est allé faire un tour en voiture dans un coin tranquille avec la jeune Salander, au cas où quelqu'un serait encore à ses trousses.

Gabriella n'arrivait pas à suivre.

— Qu'est-ce que tu veux dire?

— Qu'il est sain et sauf, ma belle, et grâce à lui, le meurtrier de son père a été arrêté et identifié.

— August Balder est en vie?

— C'est bien ça.

— Comment le sais-tu?

— Disons que j'ai une source très bien placée.

— Alona…

— Oui?

— Si ce que tu dis est vrai, tu me sauves la vie.

Dès qu'elle eut raccroché, Gabriella Grane téléphona à Helena Kraft pour lui demander que Mårten Nielsen soit présent lors de la réunion. Elle dut insister, mais Helena finit par accepter à contrecœur.

IL ÉTAIT 7 H 30 lorsque Needham et Blomkvist descendirent l'escalier de la maison de Gabriella Grane pour rejoindre l'Audi sur le parking. La neige recouvrait le paysage et les deux hommes restaient silencieux. À 5 h 30, Mikael avait reçu un SMS de Lisbeth, aussi laconique que d'habitude.

[August sain et sauf. On reste au vert encore un moment.]

Elle ne donnait aucune information sur son propre état de santé, mais c'était déjà très rassurant d'avoir des nouvelles de l'enfant.

Mikael avait ensuite été longuement interrogé par Sonja Modig et Jerker Holmberg, il leur avait rapporté tout ce que lui et la rédaction avaient fait ces derniers jours. Il n'avait pas perçu une bienveillance excessive, mais il avait néanmoins senti une certaine indulgence.

Maintenant, une heure plus tard, il longea le rocher et le ponton en sens inverse. Plus loin, un chevreuil disparut dans la forêt. Mikael s'installa sur le siège conducteur de l'Audi et attendit Ed qui avançait, quelques mètres derrière lui, d'un pas traînant. L'Américain semblait souffrir du dos.

Aux abords de Brunn, ils se retrouvèrent immobilisés dans un embouteillage. Mikael pensa à Andrei. Il n'avait jamais cessé de penser à Andrei, qui n'avait donné aucun signe de vie.

— Vous pouvez mettre une station qui fait du bruit? demanda Ed.

Mikael régla la fréquence sur 107.1 et James Brown se mit à hurler à quel point il était une *sex machine*.

— Vous me donnez vos téléphones? poursuivit Ed.

Il les prit et les posa juste à côté des enceintes, à l'arrière de la voiture. Visiblement, il comptait raconter quelque chose de sensible. Mikael était évidemment preneur. Il allait mener à bien son enquête et il avait besoin du maximum de faits précis. Mais il savait mieux que personne qu'un journaliste d'investigation risque toujours d'être le jouet d'intérêts particuliers.

Personne ne lâche des informations sans avoir ses propres motivations. Parfois, le mobile est tout à fait noble : le désir de justice, la volonté de dénoncer la corruption, les abus. Mais la plupart du temps, ce n'est qu'une manœuvre dans un jeu de pouvoir, visant à couler l'ennemi et à asseoir sa propre position. Un reporter doit toujours se poser cette question fondamentale : pourquoi me donne-t-on cette information ?

Devenir un pion dans ce genre de jeu n'est pas forcément une mauvaise chose, du moins jusqu'à un certain point. Chaque révélation affaiblit une partie pour en renforcer d'autres. Un dirigeant qui tombe est rapidement remplacé, sans la moindre garantie que ce soit pour le mieux.

Mais le journaliste qui entend y tenir un rôle doit en connaître les règles et savoir que la bataille ne fera jamais qu'un seul vainqueur. La liberté d'expression et la démocratie doivent aussi tirer leur épingle du jeu. La fuite d'informations, même quand elle est motivée par l'avidité ou la soif de pouvoir, peut s'avérer bénéfique : les irrégularités qui se retrouvent exposées au grand jour seront ensuite corrigées. Le journaliste doit simplement être attentif aux mécanismes sous-jacents et, à travers chaque phrase, chaque question, chaque vérification des faits, se battre pour sa propre intégrité. De fait, même si Mikael ressentait une certaine solidarité avec Ed Needham et qu'il appréciait son charme bourru, il ne lui faisait pas confiance une seconde.

— Je vous écoute.

— Bien. Disons pour commencer qu'il existe une sorte de savoir qui motive plus que d'autres pour passer à l'action.

— Celui qui rapporte de l'argent ?

— Exactement. Dans le milieu financier, on sait parfaitement que les délits d'initiés sont fréquents. Il arrive régulièrement que des gens exploitent des informations privilégiées, ou qu'on voie les cours d'une entreprise monter avant même que ses résultats positifs ne soient rendus publics – sans que personne ne soit inquiété par la justice.

— C'est vrai.

— Le monde du renseignement a longtemps été relativement préservé de ce genre de risque pour la simple et bonne raison que les données que nous gérions étaient d'une tout autre nature. Les informations explosives étaient ailleurs. Mais depuis la fin de la guerre froide, la situation a bien changé. L'espionnage des personnes et des entreprises s'est développé. L'espionnage, dans son ensemble, a élargi son territoire. Nous sommes désormais en possession d'une quantité colossale de données, avec lesquelles il est possible de faire fortune, parfois rapidement.

— Et ces données sont exploitées.

— Elles sont censées être exploitées. C'est l'idée de base : on se livre à l'espionnage des entreprises pour aider notre propre industrie, pour avantager nos grands groupes, en les informant des forces et des faiblesses de leurs concurrents. L'espionnage des entreprises fait partie de la mission patriotique. Mais comme toute activité de renseignement, elle évolue dans la zone grise. À quel moment précis l'aide se transforme-t-elle en acte criminel ?

— Oui, c'est toute la question.

— Il s'est clairement produit une normalisation sur ce point. Ce qui était criminel ou immoral il y a quelques décennies est aujourd'hui considéré *comme il faut**. Vols et abus sont régulièrement légitimés, avec l'aide d'une armada d'avocats. Et à la NSA, je dois avouer que ce n'est guère mieux, peut-être même…

— Pire.

— Attendez, laissez-moi finir, poursuivit Ed. Je soutiens que nous avons conservé une certaine morale, mais l'organisation compte des dizaines de milliers d'employés et, inévitablement, des brebis galeuses s'y glissent, jusque très haut dans la hiérarchie. Je comptais vous révéler leurs noms.

— Par pure bienveillance, bien sûr, dit Mikael avec une bonne dose de sarcasme.

— Oui, bon, peut-être pas tout à fait. Mais lorsque de hauts dirigeants outrepassent à tout point de vue la légalité, que se passe-t-il à votre avis ?

— Rien de bon.

— Ils deviennent de sérieux concurrents du crime organisé.

— L'État et la Mafia ont toujours combattu dans la même arène, tenta Mikael.

* En français dans le texte.

— Certes, certes. On peut prétendre que chacun à sa manière rend justice, vend de la drogue, protège les gens ou les assassine. Le vrai problème, c'est quand ils commencent à faire cause commune dans un domaine.

— C'est ce qui s'est passé ici ?

— Oui, malheureusement. Comme vous le savez, chez Solifon, il existe une section spéciale, dirigée par Zigmund Eckerwald, qui s'intéresse à ce qui se trame chez les concurrents en matière de haute technologie.

— Et qui ne se contente pas de s'y intéresser.

— En effet. Elle les vole aussi, et vend ce qu'elle a volé, ce qui est évidemment très mauvais pour Solifon et sans doute aussi pour le Nasdaq tout entier.

— Et pour vous.

— Oui. En l'occurrence, les gars louches, chez nous, s'appellent Joacim Barclay et Brian Abbot. Ce sont deux grands chefs de l'espionnage industriel. Je vous donnerai tous les détails après. Ces types et leurs subalternes se font aider par Eckerwald et sa bande, et en contrepartie ils leur donnent accès à des écoutes à grande échelle. Solifon indique où se trouvent les innovations importantes et ces crétins leur sortent les dessins et les détails techniques.

— Et l'argent encaissé ne se retrouve pas toujours dans la caisse de l'État.

— Pire que ça, mon ami. Quand vous vous livrez à ce genre d'activité en tant que fonctionnaire, vous vous rendez très vulnérable. Surtout quand vous vous mettez à bosser avec des criminels de premier ordre, comme c'est arrivé à Eckerwald et sa bande – ils ne le savaient sans doute pas au départ.

— Des vrais criminels ?

— Ah oui, et pas cons en plus. Ils avaient des hackers de haut niveau, le genre que j'aurais rêvé de recruter, et dont le travail consistait à exploiter de l'information. Vous devinez peut-être ce qui s'est passé : quand ils ont réalisé le petit jeu de nos gars à la NSA, ils se sont retrouvés dans une position en or.

— En situation d'extorsion.

— Qu'ils exploitent évidemment un max. Nos gars ont volé de grands groupes mais n'ont pas hésité non plus à dépouiller des petites entreprises familiales et des innovateurs indépendants qui luttent pour survivre. Ça ne nous ferait pas une bonne pub si ça sortait au grand jour. Du coup, ces crétins se retrouvent obligés d'aider non seulement Eckerwald, mais aussi cette bande de criminels.

— Vous voulez dire les Spiders ?

— Exactement. Pendant un temps, toutes les parties ont dû y trouver leur compte. Le *big business*, tout le monde s'en met plein les poches. Mais voilà qu'un petit génie débarque dans l'histoire, un certain professeur Balder, qui fouille là-dedans avec la même habileté que pour tout ce qu'il entreprend. Ce Balder prend connaissance de leurs activités, du moins en partie, et tout le monde se met à flipper, bien sûr, et réalise qu'il faut faire quelque chose. À partir de là, je n'ai pas une idée bien précise des étapes, mais j'imagine que les gars de chez nous ont espéré pouvoir utiliser la voie juridique, les menaces d'avocats, que ça suffirait. Mais ils n'avaient pas une grande marge de manœuvre – surtout en étant logés à la même enseigne que des bandits. Quand ils se sont rendu compte à quel point les types de Spider les avaient utilisés, il était déjà trop tard. Et ces types-là, les problèmes, ils les règlent par la violence.

— La vache.

— Comme vous dites. Mais, attention, ce n'est qu'un petit abcès au sein de notre organisation. Nous avons vérifié et le reste de l'activité est…

— Un modèle de moralité, dit Mikael d'une voix tranchante. Mais ça, je n'en ai rien à foutre. Là, on parle d'individus qui n'ont aucune limite.

— La violence a sa propre logique. Quand on commence, on est obligé d'aller jusqu'au bout. Mais vous savez ce qui est drôle ?

— Moi je ne vois rien de drôle là-dedans.

— Disons plutôt paradoxal. C'est que je n'aurais jamais eu connaissance de tout ça sans cette intrusion dans notre intranet.

— Une raison de plus pour laisser le hacker tranquille.

— C'est ce que je compte faire, à condition qu'elle me dise comment elle s'y est prise.

— Pourquoi est-ce si important ?

— Plus personne ne doit pouvoir s'introduire dans mon système. Je veux savoir exactement comment elle a fait pour corriger en conséquence. Ensuite, je la laisserai tranquille.

— Je ne sais pas ce que valent vos promesses. Et puis il y a autre chose qui me titille.

— Allez-y, balancez.

— Vous avez mentionné deux types, Barclay et Abbot, c'est bien ça? Vous êtes sûr que ça s'arrête là? Qui est responsable de l'espionnage industriel? C'est forcément l'un de vos gros bonnets, non?

— Je ne peux malheureusement pas vous donner son nom. Classé confidentiel.

— Je suis bien obligé de l'accepter.

— Bien obligé, oui, dit Ed, inébranlable, et à cet instant, Mikael sentit que la circulation reprenait.

28

L'APRÈS-MIDI DU 24 NOVEMBRE

LE PROFESSEUR CHARLES EDELMAN était sur le parking de l'institut Karolinska et se demandait pourquoi il s'était embarqué dans une aventure pareille. Il avait encore du mal à réaliser ce qui lui arrivait et n'en avait d'ailleurs pas eu le temps. La seule chose dont il était sûr, c'était qu'il avait accepté un engagement qui l'obligeait à annuler une série de réunions, de cours et de conférences.

Il se sentait néanmoins terriblement excité. Le garçon le fascinait, mais aussi cette jeune femme qui avait l'air tout droit sortie d'une bagarre de rue, conduisait une BMW neuve et parlait avec une autorité glaciale. Presque sans s'en rendre compte, il avait répondu à ses questions par des "oui, d'accord, pourquoi pas?", alors que toute cette histoire était absolument déraisonnable et précipitée. Il avait juste fait preuve d'assez d'indépendance pour refuser toute proposition de dédommagement.

Il allait même payer son voyage et sa chambre d'hôtel, disait-il. En réalité, il se sentait presque redevable. Il était plein de bienveillance à l'égard du garçon et, surtout, sa curiosité scientifique était piquée. Un savant capable à la fois de dessiner avec une précision photographique et de factoriser les nombres premiers, c'était tout simplement passionnant. Au point qu'il décida, à sa propre surprise, de laisser tomber le dîner du prix Nobel. Cette jeune femme lui avait fait perdre la raison.

HANNA BALDER ÉTAIT ASSISE dans sa cuisine sur Torsgatan, en train de fumer. Elle avait l'impression de ne pas avoir fait grand-chose ces temps-ci, à part rester assise là, à tirer sur sa cigarette, l'estomac noué. Elle avait rarement reçu autant d'aide et de soutien, mais elle avait aussi rarement reçu autant de coups. Lasse Westman ne supportait pas son inquiétude. Qui faisait sans doute concurrence à son propre rôle de martyre.

Il s'emportait sans cesse et criait : "Tu n'es même pas foutue de surveiller ton propre gamin ?" Il se servait d'elle comme d'un punching-ball ou l'envoyait valser à l'autre bout de l'appartement comme une poupée de chiffon. Là, il allait sûrement encore péter les plombs, car, dans un geste maladroit, elle avait renversé du café sur les pages Culture du *Dagens Nyheter* contre lesquelles Lasse venait de s'emporter : une critique de théâtre s'y montrait trop bienveillante envers des collègues qu'il n'aimait pas.

— Qu'est-ce que tu as foutu ? siffla-t-il.

— Pardon, s'empressa-t-elle de répondre. Je vais essuyer.

Elle vit à ses lèvres serrées que cela ne suffirait pas. Qu'il allait frapper avant même de l'avoir décidé. Elle était tellement préparée à la gifle qu'elle ne dit pas un mot, ne bougea pas la tête. Elle sentit seulement ses yeux s'emplir de larmes et son cœur cogner dans sa poitrine. Ce n'était pas juste la gifle. Ce matin, elle avait reçu un appel si déconcertant qu'elle n'était pas sûre d'avoir tout compris : August avait été trouvé, puis il avait de nouveau disparu, mais il n'était "probablement" pas blessé. "Probablement". Hanna ne savait pas si ces nouvelles devaient la rassurer ou au contraire encore plus l'inquiéter.

Elle avait à peine eu le courage d'écouter. Les heures s'écoulaient depuis sans qu'il ne se passe rien. Personne ne semblait en savoir plus. Elle se leva soudain, se fichant de savoir si elle allait se prendre une autre raclée. Elle entra dans le salon et entendit Lasse souffler derrière elle. Les feuilles à dessin d'August traînaient encore par terre. Dehors, une ambulance hurlait.

Puis des pas résonnèrent dans la cage d'escalier. Quelqu'un venait chez eux ? On sonna à la porte.

— N'ouvre pas. Ce n'est qu'un putain de journaliste, grogna Lasse.

Hanna non plus n'avait pas envie d'ouvrir. Elle se sentait mal à l'aise à l'idée de voir quiconque. Mais elle ne pouvait quand même pas faire comme si de rien n'était ? Peut-être que la police voulait encore l'interroger, ou peut-être qu'ils avaient de nouvelles informations, qu'elles fussent bonnes ou mauvaises ? Elle se dirigea vers l'entrée tout en songeant à Frans.

Elle le revit, sur le seuil, le jour où il était venu chercher August. Elle se souvint de ses yeux, de son menton rasé, et de son propre désir de retourner à son ancienne vie, avant Lasse, quand les téléphones sonnaient, quand les propositions affluaient et qu'elle n'était pas tenaillée par la peur. Puis elle entrouvrit la porte en laissant la chaîne de sûreté. D'abord elle ne vit rien ; juste l'ascenseur sur le palier et les murs brun-rouge. Puis ce fut comme si elle recevait une décharge électrique. L'espace d'un instant, elle refusa de le croire. August ! C'était bien lui ! Il avait les cheveux hirsutes, des vêtements sales et des baskets bien trop grandes, mais il l'observait avec le même air grave et impénétrable que d'habitude. Elle détacha la chaîne de sûreté et ouvrit la porte. Elle ne s'était pas attendue à ce qu'August soit revenu tout seul comme un grand, mais elle eut quand même un mouvement de recul : à côté d'August se tenait une femme en veste de cuir, le visage écorché et de la terre dans les cheveux. Elle fusillait le sol du regard, mais avait l'air déterminé. Dans sa main, elle tenait une grosse valise.

— Je suis venue vous rendre votre fils, dit-elle sans lever les yeux.

— Mon Dieu, dit Hanna. Mon Dieu !

Elle était incapable de prononcer d'autres mots et resta gauchement dans l'encadrement de la porte. Ses épaules se mirent à trembler, puis elle s'effondra à genoux. Tant pis si August détestait les câlins, elle l'entoura vivement de ses bras et marmonna : "Mon garçon, mon garçon", pendant que les larmes coulaient. Curieusement, August la laissa faire. Il parut même sur le point de dire quelque chose – comme si, pour couronner le tout, il avait appris à parler. Mais il n'en eut pas le temps ; Lasse Westman surgit à la porte.

— C'est quoi ce bordel… Il est là, lui ? râla-t-il, l'air prêt à se battre.

Puis il se reprit. C'était, pour le coup, une excellente performance d'acteur. En une seconde il était revenu au numéro de charme qui impressionnait tant les femmes.

— Et on nous livre même le môme à domicile, ajouta-t-il. La classe ! Il va bien ?

— Ça va, dit la femme sur le seuil d'une voix singulièrement monocorde et, sans demander la permission, elle entra dans l'appartement avec sa grande valise et ses bottes noires pleines de boue.

— Bien sûr, entrez, dit Lasse d'un ton acerbe. Faites comme chez vous.

— Je suis là pour vous aider à faire vos valises, Lasse, dit la femme de la même voix glaciale.

Cette réplique était tellement étrange qu'Hanna était persuadée d'avoir mal entendu, et visiblement Lasse non plus n'avait pas compris. Il resta bouche bée, l'air idiot.

— Qu'est-ce que vous dites ?

— Vous allez déménager.

— C'est quoi cette blague ?

— C'est pas une blague. Vous allez quitter cette maison sur-le-champ et ne plus jamais vous approcher d'August. Vous le voyez pour la dernière fois.

— Dites donc, vous êtes vraiment barjo !

— Je suis au contraire exceptionnellement généreuse. J'avais dans l'idée de vous balancer en bas de l'escalier et de vous faire très mal. Mais finalement j'ai apporté une valise. Je me disais que vous aviez le droit de prendre deux ou trois chemises et des caleçons.

— Mais d'où vous sortez, espèce de cinglée ? siffla Lasse à la fois dérouté et furieux.

Il s'approcha de la femme de toute sa carrure menaçante et l'espace d'une seconde Hanna se demanda s'il n'allait pas lui flanquer un coup à elle aussi.

Mais quelque chose le fit hésiter. Peut-être le regard de cette fille, ou le simple fait qu'elle ne réagisse pas comme les autres. Au lieu de reculer, l'air apeuré, elle se contenta de sourire froidement et sortit quelques feuilles froissées de la poche intérieure de sa veste, qu'elle tendit à Lasse.

— Si August vous manque, à vous ou à votre pote Roger, vous pourrez toujours regarder ça. Ça vous fera un souvenir, dit-elle.

Lasse feuilleta les papiers d'un air confus, décontenancé, le visage grimaçant, et Hanna ne put s'empêcher d'y jeter un œil à son tour. C'était une série de dessins, et le premier représentait… Lasse. Lasse qui agitait ses poings, l'air atrocement méchant. Après coup, elle aurait du mal à expliquer ce qu'elle avait ressenti. Ce n'était pas uniquement le fait de comprendre ce qui se passait quand August était seul à la maison, avec Lasse et Roger. C'était aussi sa propre vie qui se révélait soudain à elle dans toute sa misère.

Ce visage déformé par la cruauté, elle l'avait vu des centaines de fois, et pas plus tard encore qu'un instant auparavant dans la cuisine. Elle se dit que personne ne devait subir ça, ni elle ni August, et elle recula. La femme l'observa avec une attention nouvelle et elles échangèrent un regard qu'on aurait presque pu dire complice. En tout cas, elles s'étaient comprises. La femme demanda :

— N'est-ce pas Hanna, qu'il doit partir ?

C'était une question extrêmement dangereuse, et Hanna baissa les yeux sur les grandes baskets d'August.

— C'est quoi ces chaussures ?

— C'est les miennes.

— Pourquoi ?

— On est partis vite ce matin.

— Qu'est-ce que vous avez fait ?

— On s'est cachés.

— Je ne comprends pas… commença-t-elle, mais elle n'eut pas le temps d'aller plus loin.

Lasse la secoua brutalement.

— Tu ne vas pas expliquer à cette psychopathe que la seule personne qui doit partir d'ici, c'est elle ? rugit-il.

— Si… oui, dit Hanna.

— Fais-le, alors !

Était-ce l'expression de Lasse, ou l'impression de bloc inébranlable qui se dégageait de cette fille, de son corps, son regard ? Soudain, Hanna s'entendit dire :

— Tu vas t'en aller, Lasse ! Et ne plus jamais revenir !

Elle arrivait à peine à le croire, comme si quelqu'un d'autre avait parlé à travers elle. Puis tout alla très vite. Lasse leva la main, mais la jeune femme réagit à la vitesse de l'éclair et le frappa au visage deux, trois fois, avec des gestes de boxeur professionnel, puis elle finit par un violent coup de pied dans les jambes.

— Putain de merde! arriva-t-il tout juste à bafouiller.

Il se retrouva par terre et la jeune femme se dressa au-dessus de lui. Hanna se souviendrait longtemps des mots que Lisbeth Salander prononça à cet instant. Ce fut comme si on lui rendait une part d'elle-même, et elle comprit à quel point, et depuis combien de temps, elle rêvait de voir Lasse disparaître de sa vie.

BUBLANSKI REGRETTAIT le rabbin Goldman.

Il regrettait le chocolat à l'orange de Sonja Modig, son nouveau lit, et le beau temps. Mais on l'avait chargé de démêler cette affaire et c'était bien ce qu'il comptait faire. Et il avait au moins une raison de se réjouir : August Balder était sain et sauf, et en route pour retrouver sa mère.

Le meurtrier de son père avait été arrêté, grâce au garçon et à Lisbeth Salander. On ignorait toutefois s'il allait survivre : il était grièvement blessé et se trouvait actuellement en réanimation à l'hôpital Danderyd. Son nom était Boris Lebedev, mais il vivait depuis longtemps sous l'identité de Jan Holster, domicilié à Helsinki. Commandant et ancien soldat d'élite de l'armée soviétique, il était déjà apparu dans plusieurs enquêtes pour meurtre sans jamais avoir été condamné. Officiellement, il avait une entreprise dans le secteur de la sécurité et avait la double citoyenneté finlandaise et russe. Quelqu'un s'était apparemment introduit dans son dossier et s'était chargé de le modifier.

Les deux autres individus retrouvés près de la cabane à Ingarö avaient été identifiés grâce à leurs empreintes digitales ; il s'agissait de Dennis Wilton, ancien gangster du MC Svavelsjö ayant purgé des peines pour braquage et violence aggravée, et de Vladimir Orlov, un Russe condamné en Allemagne pour proxénétisme, dont les deux femmes étaient mortes dans des circonstances obscures. Ils n'avaient encore rien dit sur les événements de cette nuit, ni sur quoi que ce soit d'autre d'ailleurs, et Bublanski n'avait pas grand espoir qu'ils le fassent. Ce genre de types n'était généralement pas très bavard lors des interrogatoires. Ça faisait partie du jeu.

Bublanski avait cependant l'impression que les hommes arrêtés n'étaient que de petits soldats, qu'il y avait un commando au-dessus d'eux et manifestement des liens dans les hautes sphères, aussi bien en Russie qu'aux États-Unis, et il n'aimait pas du tout ça.

Pour le reste, qu'un journaliste en sache plus que lui sur son enquête ne lui posait pas de problème d'orgueil. Il voulait juste avancer et acceptait volontiers toutes les infos, d'où qu'elles viennent. Mais l'étendue des connaissances de Mikael Blomkvist sur cette affaire lui rappelait leurs propres insuffisances, les fuites au sein de l'équipe, le danger auquel ils avaient exposé le garçon. Et ça, ça lui restait en travers de la gorge. Ça expliquait sans doute pourquoi il était à ce point contrarié par le fait que la chef de la Säpo, Helena Kraft, insiste pour le joindre. Et elle n'était pas la seule à vouloir lui parler. Les experts informatiques de la Rikskrim le réclamaient également. Il y avait aussi le procureur Richard Ekström, et un professeur de Stanford du nom de Steven Warburton, du Machine Intelligence Research Institute, qui d'après Amanda Flod voulait le prévenir d'un "danger considérable".

Tout cela et mille autres choses encore contrariaient Bublanski.

Sur ce, quelqu'un vint frapper à sa porte. C'était Sonja Modig, dont le visage trahissait une grande fatigue. Sans maquillage, elle semblait différente, plus vulnérable.

— Les trois hommes se font tous opérer, dit-elle. On va devoir attendre un moment avant de les interroger.

— Essayer de les interroger, tu veux dire.

— Oui. Mais j'ai eu le temps d'avoir un bref entretien avec Lebedev. Il était conscient avant l'opération.

— Et qu'est-ce qu'il a dit?

— Qu'il voulait parler à un prêtre.

— Pourquoi tous les fous et les meurtriers sont-ils religieux de nos jours?

— Alors que tous les vieux inspecteurs sensés doutent de Dieu, tu veux dire?

— Allons!

— Bref. Lebedev semblait résigné, ce qui est prometteur je trouve, poursuivit Sonja. Quand je lui ai montré le dessin, il l'a juste repoussé d'un air affligé.

— Il n'a pas prétendu que c'était une invention?

— Non, il a fermé les yeux et réclamé un prêtre.

— Tu as compris ce que veut ce professeur américain qui me téléphone sans arrêt?

— Non… Il insistait pour te parler. Je crois que c'est à propos des recherches de Balder.

— Et le jeune journaliste, Zander?

— C'est de lui que je voulais te parler. J'ai un mauvais pressentiment.

— Que savons-nous exactement?

— Qu'il a travaillé tard et disparu près de l'ascenseur Katarina avec une belle femme aux cheveux blond-roux ou blond foncé, habillée avec distinction.

— Je n'étais pas au courant de ça.

— Un type les a vus, un boulanger de Skansen du nom de Ken Eklund qui habite dans le même immeuble que la rédaction de *Millénium*. Il a dit qu'ils avaient l'air amoureux, surtout Zander.

— Ça pourrait être une femme qui l'a piégé en le séduisant?

— Possible.

— Peut-être la même qui a été repérée à Ingarö?

— On est en train d'essayer de l'identifier. Mais ça m'inquiète qu'ils soient partis en direction de Gamla Stan.

— Je comprends.

— Pas uniquement parce que le dernier signal du portable de Zander a été repéré à Gamla Stan. Orlov, l'ordure qui se contente de me cracher dessus quand je lui pose des questions, a un appartement sur Mårten Trotzigs Gränd.

— On y est allés?

— Nos gars sont en route. On vient juste de l'apprendre. L'appartement est enregistré au nom de l'une de ses sociétés.

— Espérons qu'on ne va rien y trouver de désagréable.

— Oui, espérons.

LASSE WESTMAN ÉTAIT AFFALÉ par terre dans le vestibule de Torsgatan, incapable de comprendre pourquoi il avait si peur. Ce n'était qu'une meuf, merde, une punkette avec des piercings, qui lui arrivait à peine à la poitrine. Il aurait dû pouvoir la dégager comme un petit rat. Pourtant, il restait paralysé. Ce n'était pas seulement la façon dont la fille se battait, encore moins le pied qui lui écrasait le ventre. Il y avait quelque chose d'insaisissable dans son regard, dans son allure tout entière. Pendant de longues minutes, il resta immobile, comme un con, à l'écouter :

— On vient juste de me rappeler, lui dit-elle, qu'il y a un truc vraiment tordu dans ma famille. Qu'on est capables de n'importe quoi. Les atrocités les plus dingues. Peut-être que c'est un problème génétique. Personnellement, j'ai ce truc contre les hommes qui s'en prennent aux femmes et aux enfants. Ça me rend mortellement dangereuse. Quand je vous ai vus, toi et Roger, sur les dessins d'August, j'ai vraiment eu envie de vous faire souffrir. J'aurais pu décrire ça dans les moindres détails. Mais je trouve qu'August a déjà subi assez d'horreurs, et il existe une petite possibilité que toi et ton ami, vous vous en tiriez un peu mieux.

— Je suis… commença Lasse.

— Silence, poursuivit-elle. On n'est pas en train de négocier ni de discuter. Je précise les conditions, c'est tout. Juridiquement, il n'y a aucun problème. Frans a eu le bon sens de mettre l'appartement au nom d'August. Pour le reste, voilà comment on va faire : tu as quatre minutes pour préparer tes affaires et te casser d'ici. Si toi ou Roger revenez dans les parages ou si vous essayez d'approcher August d'une manière ou d'une autre, je vous ferai tellement souffrir que vous ne connaîtrez plus de repos jusqu'à la fin de votre vie. Je prépare une plainte pour maltraitance et, tu t'en doutes, il n'y aura pas que des dessins dans le dossier, mais aussi des témoignages de psychologues et d'experts. Je vais contacter les tabloïds et leur raconter que j'ai de quoi confirmer l'image que Lasse Westman avait donnée de lui lors de l'affaire Renata Kapusinski. Qu'est-ce que tu lui avais fait, déjà ? Tu lui avais déchiqueté la joue ? Frappé la tête à coups de pied ?

— Vous comptez aller voir la presse ?

— Oui, je compte aller voir la presse. Je compte vous infliger, à toi et à ton ami, les pires préjudices. Mais peut-être – je dis bien peut-être – échapperez-vous à l'ultime humiliation si on ne vous voit plus jamais à proximité d'Hanna et d'August et que vous ne faites plus jamais de mal à une femme. Tu sais, j'en ai rien à foutre de toi. Je veux seulement que tu disparaisses du paysage. Tu vas partir d'ici et, si tu es sage comme une image, ça suffira peut-être. J'en doute, car le taux de récidive chez les hommes qui maltraitent les femmes est élevé, et au fond tu n'es qu'un salaud, un dégueulasse, mais, avec un peu de chance… Tu as compris ?

— J'ai compris, dit-il.

Il se dégoûtait lui-même, mais il ne voyait pas d'autre solution que d'acquiescer et d'obéir. Il se leva, entra dans la chambre à coucher pour récupérer rapidement quelques affaires. Puis il enfila son pardessus, prit son téléphone et quitta l'appartement. Il n'avait aucune idée d'où aller.

Il se sentait plus pathétique que jamais auparavant et, dehors, une mauvaise pluie mêlée de neige se mit à dégouliner sur lui.

LISBETH ENTENDIT LA PORTE D'ENTRÉE claquer et les pas s'éloigner dans l'escalier en pierre. Elle regarda August. Il était immobile, les bras raides le long du corps, et l'observait avec une intensité qui la mit mal à l'aise. Alors qu'elle maîtrisait la situation une minute plus tôt, elle se sentait soudain décontenancée. Et, nom de Dieu, que se passait-il avec Hanna Balder ?

Elle avait l'air sur le point de fondre en larmes. Pour comble de tout, August se mit à secouer la tête et à grommeler quelque chose d'inaudible, qui n'avait rien à voir avec des nombres premiers. Lisbeth n'avait plus qu'une envie, s'en aller d'ici ; mais sa mission n'était pas terminée. Elle sortit deux billets d'avion de sa poche, une réservation pour un hôtel et une liasse de billets, en couronnes et en euros.

— Je veux juste, du fond du cœur… commença Hanna.

— Silence, interrompit Lisbeth. Voici des billets d'avion pour Munich. Vous décollez à 19 h 15 ce soir, donc il y a urgence.

Un taxi va vous amener directement à Schloss Elmau. C'est un magnifique hôtel pas loin de Garmisch-Partenkirchen. Vous logerez dans une grande chambre tout en haut, sous le nom de Müller. Vous resterez absents trois mois dans un premier temps. J'ai pris contact avec le professeur Charles Edelman et je lui ai expliqué l'importance du secret absolu. Il va venir vous voir régulièrement et veiller à ce qu'August reçoive les soins appropriés. Edelman s'occupera également de lui trouver un enseignement scolaire qualifié.

— Vous plaisantez?

— Silence, j'ai dit. C'est on ne peut plus sérieux. La police a le dessin d'August, et le meurtrier est arrêté. Mais ses commanditaires sont toujours en liberté et il est impossible de prédire ce qu'ils comptent faire. Vous devez quitter l'appartement sur-le-champ. De mon côté, j'ai des trucs à régler, mais je me suis arrangée pour qu'un chauffeur vous conduise à Arlanda. Il a l'air un peu douteux, mais il est OK. Vous pouvez l'appeler Plague. Vous avez compris?

— Oui, mais…

— Il n'y a pas de "mais". Écoutez plutôt : durant votre séjour, vous ne devez pas utiliser votre carte de crédit ni appeler sur votre téléphone, Hanna. Je vous ai préparé un téléphone portable crypté, un Blackphone, pour le cas où vous auriez besoin d'appeler au secours. Mon numéro est déjà programmé dedans. Tous les frais de l'hôtel sont à mon nom. Vous aurez cent mille couronnes en espèces pour les dépenses imprévues. Des questions?

— Ça paraît insensé.

— Pas du tout.

— Mais où trouvez-vous les moyens pour tout ça?

— Je les ai, c'est tout.

— Comment peut-on…

Hanna ne finit pas sa phrase. Elle était complètement perdue et ne savait pas quoi penser. Puis, soudain, elle se mit à pleurer.

— Comment puis-je vous remercier? bredouilla-t-elle.

— Me remercier?

Lisbeth répéta le mot comme si c'était quelque chose de tout à fait incompréhensible et lorsque Hanna s'approcha d'elle, les bras tendus, elle recula, regard baissé, et dit :

— Reprenez-vous! Vous allez vous ressaisir et arrêter ces saloperies que vous prenez, des cachets ou je ne sais quoi. Ce sera une bonne façon de me remercier.

— Bien sûr, absolument…

— Et si quelqu'un vous suggère de placer August dans un foyer ou dans une institution, vous l'enverrez se faire foutre. Vous serez radicale et impitoyable. Vous allez devenir une guerrière.

— Une guerrière?

— Exactement. Personne n'aura le droit de…

Lisbeth s'interrompit. Ce n'étaient pas vraiment des mots d'adieu réjouissants, mais ça ferait l'affaire. Elle se retourna et se dirigea vers la porte d'entrée. Elle n'avait pas fait trois pas qu'August se remit à râler, des mots tout à fait intelligibles cette fois :

— Ne pars pas, ne pars pas…

Là encore, Lisbeth ne trouva pas de réponse adéquate. Elle se contenta d'un : "Tu vas t'en sortir", puis ajouta, comme si elle se parlait à elle-même : "Merci pour le cri de ce matin", puis le silence s'installa. Lisbeth se demanda si elle devait ajouter quelque chose, mais elle laissa tomber, se retourna et quitta l'appartement. Derrière elle, Hanna cria :

— Je ne peux pas vous dire ce que ça signifie pour moi!

Mais Lisbeth dévalait déjà l'escalier pour rejoindre sa voiture sur Torsgatan. Quand elle arriva à Västerbron, Mikael Blomkvist l'appela via l'application RedPhone et lui expliqua que la NSA était sur ses traces.

— Dis-leur que je suis sur leurs traces moi aussi, grommela-t-elle en retour.

Puis elle se rendit chez Roger Winter et lui ficha la trouille de sa vie. Après quoi elle rentra chez elle, s'installa devant le fichier NSA crypté, mais sans parvenir à progresser d'un pouce.

ED ET MIKAEL AVAIENT TRAVAILLÉ DUR toute la journée dans la chambre du Grand Hôtel. Ed avait une sacrée histoire à lui raconter et Mikael tenait là le scoop dont *Millénium* avait tant besoin, ce qui était parfait. Pourtant, il ne pouvait se défaire d'une sensation de malaise, qui n'était pas uniquement due à la disparition d'Andrei. Il y avait quelque chose chez Ed qui ne collait pas. Pourquoi débarquer ainsi en Suède et dédier autant d'énergie à aider un petit journal, loin des puissants réseaux américains ?

On pouvait, bien sûr, considérer l'arrangement comme un échange de bons procédés. Mikael s'était engagé à ne pas dévoiler l'intrusion informatique et avait à moitié promis d'essayer de convaincre Lisbeth d'avoir une conversation avec Ed. Mais cela ne pouvait raisonnablement pas suffire et Mikael consacra autant de temps à écouter Ed qu'à essayer de lire entre les lignes.

Ed se comportait comme s'il prenait des risques considérables, faisant régner une atmosphère paranoïaque dans la pièce. Il avait tiré les rideaux et rangé les téléphones à bonne distance. Des documents confidentiels étaient étalés sur le lit : Mikael avait le droit de les lire mais pas de les citer ni de les copier. Par moments, Ed interrompait son exposé pour évoquer certains aspects techniques de la protection des sources. Sa volonté de s'assurer qu'on ne pourrait pas remonter la fuite jusqu'à lui frisait l'obsession. Enfin, il tendait nerveusement l'oreille au moindre bruit de pas dans le couloir et, une fois ou deux, il jeta un coup d'œil entre les rideaux pour s'assurer que personne ne les surveillait de l'extérieur.

Malgré tout, Mikael n'arrivait pas à se défaire du soupçon que tout ça n'était qu'une mise en scène. Il avait de plus en plus l'impression qu'Ed contrôlait la situation, savait exactement ce qu'il faisait et ne s'inquiétait guère d'être sur écoute. Il était tout à fait possible qu'il agît selon des directives venues d'en haut, se disait Mikael. Peut-être même qu'il n'était pas conscient du rôle qu'on lui faisait jouer dans la pièce.

Il fallait donc s'intéresser à ce qu'Ed disait mais aussi à ce qu'il ne disait pas, et tenter de percer ce qu'une telle publication pouvait lui rapporter. Il y avait de toute évidence une bonne part de colère dans sa motivation. "Ces foutus crétins" du Département de surveillance des technologies stratégiques l'avaient empêché de coincer le hacker qui s'était introduit dans son système, de peur de se retrouver eux-mêmes à poil, et ça, ça le rendait fou, disait-il, et Mikael ne doutait pas un instant qu'Ed ait réellement envie d'anéantir ces types, de "les démolir, les réduire en miettes sous mes bottes", comme il disait.

Mais il remarquait aussi comme une gêne, qui lui donnait le sentiment qu'Ed se bagarrait avec l'autocensure.

De temps en temps, Mikael faisait une pause et descendait à la réception pour téléphoner à Erika ou à Lisbeth. Erika répondait toujours dès la première sonnerie. S'ils étaient tous les deux enthousiasmés par le sujet, un poids pesait sur leurs conversations : Andrei n'était toujours pas réapparu.

Lisbeth, en revanche, ne répondait jamais. Il dut attendre 17 h 20 pour enfin l'entendre à l'autre bout de la ligne. Elle avait l'air préoccupée, lointaine, et l'informa brièvement qu'August était en sécurité, auprès de sa mère.

— Et toi ? demanda-t-il.

— Je suis OK.

— Saine et sauve ?

— Plus ou moins.

Mikael inspira profondément.

— Est-ce que tu as piraté l'intranet de la NSA, Lisbeth ?

— Toi, tu as parlé avec Ed the Ned !

— *No comment.*

Il n'en dirait pas plus, même à Lisbeth ; la protection des sources était sacrée pour lui.

— Alors Ed n'est pas si con, après tout, dit-elle comme si elle n'avait pas entendu sa réponse.

— Tu l'as donc fait ?

— C'est possible.

Mikael aurait voulu l'engueuler, lui demander comment elle avait pu faire un truc pareil. Pourtant, il se contenta de lui dire, d'une voix aussi calme que possible :

— Ils sont prêts à te laisser filer si tu les rencontres et leur expliques exactement comment tu as fait.

— Dis-leur que je suis sur leurs traces moi aussi.

— Qu'est-ce que tu veux dire par là ?

— Que j'en sais plus qu'ils ne le pensent.

— D'accord, dit Mikael, songeur. Mais est-ce que tu envisagerais éventuellement de rencontrer…

— Ed ?

Et puis merde, se dit Mikael. Ed voulait lui-même se dévoiler à elle.

— Ed, répéta-t-il.

— Un putain d'arrogant.

— Assez arrogant, oui. Mais acceptes-tu de le rencontrer si on obtient la garantie que tu ne seras pas arrêtée ?

— Ce genre de garantie n'existe pas.

— Tu serais d'accord pour que je contacte ma sœur Annika et que je lui demande de te représenter ?

— J'ai autre chose à foutre, dit-elle comme si elle voulait clore le débat.

Sur quoi il ne put s'empêcher d'ajouter :

— Ce sujet qu'on est en train de fouiller…

— Quoi ?

— Je ne suis pas sûr de tout comprendre.

— Il est où, le problème ? demanda Lisbeth.

— Pour commencer, comment se fait-il que Camilla resurgisse après toutes ces années ?

— Elle a attendu son heure, je suppose.

— Qu'est-ce que tu veux dire ?

— Qu'elle a toujours su qu'elle reviendrait pour se venger de ce que je leur ai fait, à elle et à Zala. Mais elle voulait attendre d'être suffisamment puissante à tous les niveaux. Rien n'est plus important pour elle que la puissance. Et elle a eu l'occasion de faire d'une pierre deux coups, enfin, j'imagine. Tu n'as qu'à lui poser la question la prochaine fois que tu boiras un coup avec elle.

— Tu as parlé avec Holger ?

— Je n'ai pas chômé.

— Mais elle a raté son coup. Tu t'en es sortie, heureusement, poursuivit Mikael.

— Je m'en suis sortie.

— Tu ne crains pas qu'elle réapparaisse à tout moment ?

— L'idée m'a effleurée.

— OK, très bien. Et tu sais que, Camilla et moi, on a juste fait quelques pas ensemble sur Hornsgatan ?

Lisbeth ne répondit pas à la question.

— Je te connais, Mikael, se contenta-t-elle de dire. Maintenant que tu as rencontré Ed, j'imagine que je vais devoir me méfier de lui aussi.

Mikael esquissa un sourire, pour lui seul.

— Oui, répondit-il. Tu as raison. On ne peut sans doute pas lui faire une confiance aveugle. J'ai même peur qu'il ne me prenne pour sa marionnette.

— Je ne crois pas que ce soit un rôle pour toi, Mikael.

— Non. Du coup, j'aimerais bien savoir ce que tu as découvert quand tu les as piratés.

— Un tas de trucs emmerdants.

— Concernant la relation d'Eckerwald et de Spider avec la NSA ?

— Ça, et d'autres choses encore.

— Dont tu avais l'intention de me parler.

— Si tu te comportes bien, j'imagine que oui, dit-elle d'une voix espiègle dont il ne put s'empêcher de se réjouir.

Puis il émit un petit rire : il venait de comprendre précisément ce qu'Ed Needham manigançait.

Il le comprit si clairement qu'il eut du mal à rester naturel lorsqu'il retourna dans la chambre d'hôtel et se remit au travail avec l'Américain jusqu'à 21 heures.

29

LE MATIN DU 25 NOVEMBRE

FINALEMENT, ILS N'AVAIENT RIEN TROUVÉ de catastrophique chez Vladimir Orlov, sur Mårten Trotzigs Gränd. L'appartement était rangé, nettoyé, le lit fait et les draps propres. Le panier à linge dans la salle de bains était vide. Néanmoins, des détails vinrent rapidement ternir le tableau. Des voisins leur rapportèrent que des déménageurs étaient venus le matin, et en examinant plus minutieusement les lieux, les enquêteurs finirent par repérer des traces de sang par terre et sur le mur au-dessus de la tête de lit. Après comparaison avec des échantillons de salive recueillis dans l'appartement d'Andrei, il fut établi que le sang était bel et bien celui du jeune journaliste.

Les détenus – du moins les deux encore en mesure de communiquer – n'avaient rien à dire sur les traces de sang ni sur Zander. Bublanski et son équipe centrèrent leurs recherches sur la femme avec laquelle Andrei Zander avait été vu.

Les médias avaient déjà produit une avalanche d'articles sur le drame d'Ingarö et sur la disparition de Zander. Les deux principaux tabloïds ainsi que *Svenska Morgon-Posten* et *Metro* avaient publié des photos grand format du journaliste. Aucune rédaction n'avait encore compris les tenants et les aboutissants de l'affaire, mais on spéculait déjà sur l'éventuel assassinat du jeune journaliste de *Millénium*. Logiquement, cela aurait dû attiser les souvenirs d'éventuels témoins, leur rappeler des détails qui leur avaient paru suspects. Mais c'était presque le contraire.

Les témoignages recueillis et jugés crédibles restaient étrangement vagues, en dehors du fait qu'ils soutenaient tous – à part Mikael Blomkvist et le boulanger de Skansen – que cette femme ne pouvait en aucun cas être une criminelle. Ceux qui l'avaient croisée en gardaient une très bonne impression. Un barman – un homme d'un certain âge du nom de Sören Karlsten –, qui avait servi la femme et Zander dans le restaurant Papagallo et se targuait d'en connaître un rayon sur la nature humaine, soutenait *mordicus* que cette femme "ne ferait pas de mal à une mouche".

— Elle était d'une classe hallucinante.

D'ailleurs, à en croire les témoins, elle était hallucinante à tout point de vue et Bublanski comprit rapidement qu'il serait difficile d'en tirer un portrait-robot. Chacun en faisait une description différente, comme si, au lieu de la décrire, ils projetaient sur elle leur propre vision de la femme idéale. On frôlait le ridicule. Et, pour l'instant, ils n'avaient aucune image des caméras de surveillance. Mikael Blomkvist soutenait qu'il s'agissait de Camilla Salander, la sœur jumelle de Lisbeth, et il s'avéra qu'à une époque une telle personne avait effectivement existé. Mais on ne trouvait plus trace d'elle dans aucun registre depuis des années, comme si elle avait disparu de la surface de la terre. Si Camilla Salander était en vie, elle avait emprunté une nouvelle identité et cette idée déplaisait fortement à Bublanski, d'autant que dans la famille d'accueil qu'elle avait laissée derrière elle en Suède, il y avait eu deux décès non résolus et que les enquêtes policières qui avaient été menées à l'époque étaient bourrées de trous et de points d'interrogation.

À la lecture des dépositions, Bublanski s'était senti gêné pour ses collègues ; par respect excessif pour la tragédie familiale, ils ne s'étaient même pas inquiétés du fait que le père et la fille avaient chacun vidé leurs comptes en banque juste avant leur mort, ou que la semaine de son suicide, le père avait commencé une lettre par les mots suivants :

Camilla, pourquoi est-il si important pour toi de détruire ma vie ?

Une ombre sinistre planait autour de cette femme qui semblait avoir envoûté tous les témoins.

IL ÉTAIT 8 HEURES DU MATIN et Bublanski était déjà dans son bureau au commissariat, plongé dans les anciennes enquêtes dont il espérait qu'elles jetteraient une lumière nouvelle sur l'affaire. Il était tout à fait conscient qu'il y avait tout un tas d'autres points dont il n'avait pas encore eu le temps de s'occuper et il tressaillit d'agacement et de culpabilité quand on vint lui annoncer qu'il avait de la visite.

C'était une femme que Sonja Modig avait déjà interrogée mais qui exigeait de le voir en personne. Après coup, il se poserait la question de savoir s'il n'était pas particulièrement réceptif à ce moment-là, peut-être justement parce qu'il s'attendait uniquement à devoir affronter de nouveaux ennuis. La femme qui se tenait à la porte n'était pas grande, mais elle avait le port d'une reine et des yeux sombres et intenses qui exprimaient une certaine mélancolie. Elle avait environ dix ans de moins que lui et portait un manteau gris et une robe rouge qui ressemblait à un sari.

— Mon nom est Farah Sharif, dit-elle. Je suis professeur d'informatique et j'étais une amie proche de Frans Balder.

— Tout à fait, tout à fait, dit Bublanski, soudain gêné. Installez-vous, je vous en prie. Excusez le désordre.

— J'ai vu bien pire.

— Ah ? Vous ne seriez pas juive, par hasard ?

C'était tout à fait idiot. Naturellement, Farah Sharif n'était pas juive et, de toute façon, qu'est-ce que ça pouvait bien faire ? Ça lui avait échappé. Il était affreusement embarrassé.

— Pardon… ? Non… je suis iranienne et musulmane, et encore… Je suis arrivée ici en 1979.

— Je vois. Désolé, je dis n'importe quoi. Que me vaut cet honneur ?

— J'ai réfléchi depuis que j'ai parlé avec votre collègue, Sonja Modig.

— Que voulez-vous dire ?

— Que j'y vois plus clair maintenant. J'ai eu une longue conversation avec le professeur Steven Warburton.

— Il a essayé de me joindre aussi, mais ça a été un tel chaos ces jours-ci que je n'ai pas eu le temps de le rappeler.

— Steven est professeur de cybernétique à Stanford et chercheur spécialisé dans la singularité technologique. Il travaille aujourd'hui au Machine Intelligence Research Institute, une institution qui œuvre pour que l'intelligence artificielle devienne une aide, et non le contraire.

— C'est mieux, dit Bublanski qui se sentait mal à l'aise chaque fois que le sujet était évoqué.

— Steven vit un peu dans son monde. Il n'a appris qu'hier ce qui est arrivé à Frans, c'est pour ça qu'il ne s'est pas manifesté plus tôt. Mais il m'a expliqué qu'il avait parlé avec Frans pas plus tard que lundi.

— À quel propos ?

— Ses recherches. Vous savez, depuis que Frans avait fui aux États-Unis, il était devenu très secret. Moi-même, pourtant proche de lui, j'ignorais tout de ce qu'il faisait, même si j'ai été assez prétentieuse pour m'imaginer que j'en devinais une partie. Or, il s'est avéré que j'avais tort.

— C'est-à-dire ?

— Je vais essayer de ne pas être trop technique… Apparemment, Frans ne développait pas seulement son ancien programme d'IA, il avait également créé de nouveaux algorithmes et de nouvelles données topologiques pour les ordinateurs quantiques.

— Vous êtes déjà trop technique pour moi.

— Les ordinateurs quantiques sont des machines fondées sur la mécanique quantique. C'est un concept encore assez nouveau. Google et la NSA ont investi de grosses sommes d'argent en vue d'élaborer une machine de ce genre, qui est déjà, dans certains domaines, trente-cinq mille fois plus rapide que n'importe quel autre ordinateur. Chez Solifon, où Frans était employé, ils travaillent sur un projet similaire mais, ironie de l'histoire – surtout si ces informations se confirment –, ils ne sont pas arrivés aussi loin, techniquement parlant.

— D'accord, glissa un Bublanski hésitant.

— Le grand avantage des ordinateurs quantiques, c'est que les unités de base, les qubits, peuvent se superposer.

— Pardon ?

— On ne les trouve pas seulement soit à l'état 1 soit à l'état 0, comme dans les ordinateurs traditionnels : ils peuvent être à la fois 0 et 1. Le problème, c'est que cela exige des méthodes de calcul particulières et le recours à des théories complexes, surtout dans ce qu'on appelle la décohérence quantique, et là, il reste encore beaucoup de progrès à faire. Pour l'heure, les ordinateurs quantiques sont bien trop spécialisés et bien trop lourds. Mais tout indique que Frans – comment vous l'expliquer le plus simplement ? – avait découvert des méthodes qui pourraient les rendre plus fluides, plus mobiles et autodidactes, et qu'il était en contact avec un certain nombre d'expérimentalistes, c'est-à-dire des gens capables de tester et de vérifier ses résultats. Il avait accompli une avancée fantastique – du moins, potentiellement. Mais, s'il en était fier, cela lui posait aussi un grave cas de conscience. C'est pour cette raison qu'il a téléphoné à Steven Warburton.

— Pourquoi ?

— Parce qu'il soupçonnait qu'à long terme sa création pourrait devenir dangereuse pour le monde, je suppose. Et, plus concrètement, parce qu'il savait des choses sur la NSA.

— Quel genre de choses ?

— Il y a une part que j'ignore totalement, la plus douteuse, qui concerne l'espionnage industriel. L'autre part, en revanche, je la connais bien : il est de notoriété publique que l'organisation travaille dur pour développer, justement, des ordinateurs quantiques. Pour la NSA, ce serait le rêve : une machine quantique efficace leur permettrait à terme de craquer tous les cryptages, tous les systèmes de sécurité digitaux. Personne ne serait plus en mesure de se protéger de l'œil attentif de l'organisation.

— Quelle horreur ! dit Bublanski avec une véhémence qui le surprit lui-même.

— Mais il existe un scénario bien pire encore : qu'une telle machine atterrisse entre les mains de criminels.

— Je vois où vous voulez en venir.

— Du coup, je me demande ce que vous avez saisi chez les hommes qui ont été arrêtés.

— J'ai bien peur qu'on n'ait rien trouvé de ce genre, dit-il. Ces types ne sont pas précisément des prodiges intellectuels. Je doute même qu'ils maîtrisent le niveau de mathématiques de l'école primaire.

— Le véritable génie informatique s'est donc échappé ?

— Malheureusement, lui et une femme que nous suspectons ont disparu. Ils se cachent sans doute derrière plusieurs identités.

— Inquiétant.

Bublanski hocha la tête et plongea dans les yeux noirs de Farah, qui l'observait de façon implorante. Ce qui le força, au lieu de sombrer à nouveau dans le désespoir, à faire émerger une pensée optimiste.

— Je ne sais pas ce que ça signifie mais...

— Oui ?

— Nos experts en informatique ont fouillé les ordinateurs de Balder. Comme vous pouvez l'imaginer, ça n'a pas été une tâche facile vu les dispositifs de sécurité qu'il avait mis en place. Mais nous avons quand même réussi. On a eu un peu de chance, dirons-nous, et ce qu'on a très vite constaté, c'est qu'un ordinateur a sans doute été volé.

— Je m'en doutais, dit-elle. Merde !

— Du calme, du calme ; je n'ai pas terminé. Nous avons également compris que plusieurs machines avaient été interconnectées et qu'elles étaient par moments, à leur tour, reliées à un super-ordinateur à Tokyo.

— Ça paraît plausible.

— Exactement, et du coup, on a pu voir qu'un fichier, ou du moins quelque chose, a été effacé tout récemment. Nous ne sommes pas en mesure de le reconstituer, mais nous sommes certains qu'une telle opération a été réalisée.

— Vous voulez dire que Frans aurait détruit ses propres travaux de recherche ?

— Je ne peux tirer aucune conclusion, mais ça m'est venu à l'esprit, en vous écoutant parler.

— Et si c'était le coupable qui avait effacé le fichier ?

— Qui l'aurait d'abord copié, puis effacé de l'ordinateur, vous voulez dire ?

— Oui.

— J'ai du mal à le croire. Le meurtrier est resté très peu de temps dans la maison, il n'aurait pas eu la possibilité de faire une chose pareille, et encore moins les connaissances nécessaires.

— Bien. Ça paraît plutôt rassurant, poursuivit Farah Sharif. Seulement…

— Oui ?

— Ça m'étonnerait beaucoup de Frans. Comment aurait-il pu effacer le plus grand accomplissement de sa vie ? Ce serait comme… je ne sais pas… comme se couper un bras, ou pire encore : comme tuer un ami, une vie potentielle.

— Il faut parfois se montrer capable de grands sacrifices, dit Bublanski, songeur. Être prêt à détruire ce qu'on a aimé, ce qui nous a longtemps accompagné.

— Ou alors il existe une copie quelque part.

— Ou alors il existe une copie quelque part, répéta-t-il, puis il fit soudain quelque chose d'aussi étrange que de lui tendre la main.

Farah Sharif resta perplexe. Elle regarda sa main comme si elle s'attendait à ce qu'il lui donne quelque chose. Mais Bublanski ne se laissa pas décontenancer.

— Vous savez ce que dit mon rabbin ?

— Non, répondit-elle.

— Que ce qui caractérise l'être humain, ce sont ses contradictions. On rêve à la fois de partir et de revenir. Je n'ai jamais connu Frans Balder et peut-être me prendrait-il pour un vieux toqué, mais je sais au moins une chose : on peut à la fois aimer son travail et le maudire, comme Balder semble avoir aimé son fils tout en le fuyant. Être vivant, professeur Sharif, c'est manquer de cohérence, partir dans différentes directions. Je me demande si votre ami ne se trouvait pas à un tournant. Peut-être a-t-il réellement détruit l'œuvre de sa vie. Peut-être qu'il s'est révélé dans toutes ses contradictions vers la fin et qu'il est devenu un véritable être humain, dans le meilleur sens du terme.

— Vous croyez ?

— Je ne sais pas. Mais il avait changé, n'est-ce pas ? Il avait été jugé inapte à s'occuper de son fils, et pourtant, il a passé ses derniers jours à veiller sur lui. Il l'a même aidé à s'épanouir et à se mettre à dessiner.

— C'est vrai, inspecteur.

— Appelez-moi Jan.

— D'accord.

— Figurez-vous que parfois les gens m'appellent Bubulle…

— Parce que vous êtes d'une humeur pétillante ?

Il eut un petit rire :

— Non, je ne crois pas. Mais il y a une chose dont je suis certain.

— Oui ?

— C'est que vous êtes…

Il n'alla pas plus loin, mais ce fut suffisant : Farah Sharif lui adressa un sourire qui, dans toute sa simplicité, lui rendit foi en la vie et en Dieu.

À 8 HEURES DU MATIN, sur Fiskargatan, Lisbeth Salander sortit de son grand lit. Une fois de plus, elle avait peu dormi. À cause du fichier crypté de la NSA sur lequel elle s'était échinée pour rien, mais aussi parce qu'elle avait passé la nuit à guetter des bruits de pas dans le couloir, et à contrôler son alarme et la vidéosurveillance de la cage d'escalier. Elle ignorait, comme tout le monde, si sa sœur avait quitté le pays.

Après l'humiliation à Ingarö, il était fort probable que Camilla soit en train de préparer une nouvelle offensive encore plus musclée. Et il était tout aussi probable que la NSA débarque chez elle ; Lisbeth ne se faisait pas la moindre illusion à ce sujet. Au petit matin, elle parvint à chasser ces idées de son esprit, entra dans la salle de bains d'un pas décidé, retira son haut et examina sa blessure. Elle se dit que ça avait l'air mieux. C'était sans doute tempérer la vérité. Sur un coup de tête, elle prit une décision insensée : aller se faire une séance d'entraînement au club de boxe de Hornsgatan.

Il fallait chasser le mal par le mal.

APRÈS LA SÉANCE, elle resta assise dans les vestiaires, complètement épuisée, n'ayant même plus la force de réfléchir. Son portable vibra. Elle ne s'en préoccupa pas. Elle se faufila sous la douche, laissa l'eau chaude l'apaiser et alors seulement, peu à peu, ses idées s'éclaircirent, jusqu'à ce que soudain le dessin d'August ressurgisse dans son esprit. Cette fois, ce ne fut pas sur la représentation du meurtrier que son attention se focalisa, mais sur autre chose, écrit tout en bas de la feuille.

Lisbeth n'avait vu l'œuvre finie que quelques brefs instants, là-haut, à la cabane d'Ingarö. Elle était alors entièrement concentrée sur l'idée de la scanner et de l'envoyer à Bublanski et Modig, et elle avait surtout remarqué la fascinante précision des détails. Maintenant que sa mémoire photographique se fixait sur ce souvenir, l'équation écrite en dessous du dessin l'intéressait bien plus, et c'est dans un état de concentration profonde qu'elle sortit de la douche. Le seul problème, c'était qu'Obinze faisait un tel boucan à l'extérieur des vestiaires qu'elle ne s'entendait plus penser.

— Ta gueule, cria-t-elle. Je réfléchis !

Mais rien n'y fit. Obinze était comme fou, et quelqu'un d'autre que Lisbeth aurait sans doute été sensible au bien-fondé de sa réaction. Étonné d'abord par la mollesse de sa frappe, il s'était carrément inquiété quand elle avait commencé à pencher la tête et à grimacer de douleur et, finalement, sans crier gare, il s'était précipité sur elle, avait remonté son tee-shirt et découvert la blessure. Voilà très exactement ce qui l'avait rendu fou. Et, visiblement, ça ne lui était pas encore passé.

— Tu es vraiment débile, tu sais ça ? Une tarée ! hurla-t-il.

Elle n'avait pas le courage de répondre. Ses forces lui échappaient complètement, ce qu'elle avait vu sur le dessin s'effaça de son esprit et elle se laissa tomber sur le banc des vestiaires, vidée. À côté d'elle était assise Jamila Achebe, une fille intrépide avec qui elle boxait et couchait, en général dans cet ordre : lorsque le combat entre elles était intense, ça avait tout d'un long préliminaire sauvage. Elles se comportaient parfois de manière pas tout à fait décente sous la douche. Aucune des deux n'était du genre à trop se préoccuper de la bienséance.

— J'avoue que je suis d'accord avec le gueulard, là. T'es une malade, dit Jamila.

— Peut-être, répondit Lisbeth.

— Elle est moche, ta blessure.

— Ça cicatrise.

— Mais tu avais besoin de boxer ?

— De toute évidence.

— On va chez moi ?

Lisbeth ne répondit pas. Son téléphone vibra de nouveau, elle le sortit de son sac noir et regarda l'écran. Il y avait trois SMS laissés par un numéro secret, avec trois fois le même message. Lorsqu'elle le lut, elle serra les poings. L'effrayante agressivité qui se dessina sur son visage acheva de convaincre Jamila de remettre son invitation à un autre jour.

À 6 HEURES DU MATIN, Mikael s'était réveillé avec quelques formules fracassantes en tête. En route pour la rédaction, l'article prenait déjà forme. Au journal, il plongea dans un état de profonde concentration. Il était quasiment indifférent à ce qui se passait autour de lui, même si par moments ses pensées déviaient de leur trajectoire et le ramenaient à l'absence d'Andrei.

Il conservait un peu d'espoir mais pressentait qu'Andrei avait perdu la vie à cause de ça. Aussi s'efforçait-il de rendre hommage à son collègue à travers chacune de ses phrases. Le reportage allait retracer l'histoire du meurtre de Frans Balder, et celle d'un garçon de huit ans, autiste, qui voit son père se faire assassiner et qui, malgré son handicap, trouve un moyen de riposter. Mais Mikael voulait aussi en faire un document instructif sur un monde nouveau, de surveillance et d'espionnage, où les frontières entre le légal et le criminel s'effacent. C'était plutôt facile à écrire – souvent les mots semblaient jaillir de son esprit – mais pas dénué de pièges.

Grâce à un vieux contact à la police, il avait ressorti l'enquête sur le meurtre non élucidé de Kajsa Falk, à Bromma, une jeune femme qui avait été la petite amie de l'un des leaders du MC Svavelsjö. Même si on n'avait pas trouvé le coupable et qu'aucune des personnes entendues durant l'enquête ne s'était montrée loquace, Mikael avait compris entre les lignes que le club de motards avait connu une violente scission et que régnait au sein du gang une peur insidieuse dont l'origine, selon l'un des témoins, aurait eu pour nom "Lady Zala".

Malgré tous leurs efforts, les policiers n'avaient jamais trouvé à quoi ce nom se référait. Mais pour Mikael, cela ne faisait aucun doute, "Lady Zala" était Camilla. Il lui attribuait une série de crimes récents, en Suède et à l'étranger. Il avait en revanche du mal à sortir des preuves, ce qui l'agaçait. Pour le moment elle apparaissait dans son article sous son nom de code Thanos.

Néanmoins, son plus gros problème n'était pas Camilla, ni même ses obscures connexions avec la Douma russe. Ce qui le contrariait avant tout, c'était cette conviction qu'Ed Needham ne serait jamais venu en Suède pour lâcher des informations hautement confidentielles s'il ne voulait pas cacher quelque chose d'encore plus énorme. Ed n'était pas idiot et savait bien que Mikael n'était pas dupe. Du coup, il n'avait pas tenté d'embellir la situation ; au contraire, il avait donné une image assez terrible de la NSA.

Malgré tout, Mikael avait beau passer toutes les informations au crible, ce qu'Ed décrivait, au bout du compte, était une organisation d'espionnage qui fonctionnait plutôt bien et qui, à part une bande de truands du Département de surveillance des technologies stratégiques – comme par hasard, le département qui avait empêché Ed de coincer son hacker –, se comportait de façon à peu près correcte.

L'Américain cherchait certainement à atteindre quelques collègues, mais sans faire couler l'organisation. Il voulait assurer un atterrissage soft à un crash déjà inévitable. Mikael ne fut donc ni surpris ni furieux lorsque Erika surgit derrière lui, l'air inquiet, et lui tendit une dépêche de l'agence de presse TT :

— C'est mort pour notre sujet, là ? demanda-t-elle.

La dépêche, traduite d'Associated Press, commençait ainsi :

Deux importants responsables de la NSA, Joacim Barclay et Brian Abbot, ont été arrêtés. Ils sont soupçonnés de criminalité économique aggravée et licenciés avec effet immédiat dans l'attente du procès.

"C'est une honte pour notre organisation et nous mettons tout en œuvre pour régler le problème et faire en sorte que les coupables répondent de leurs actes. Tout individu travaillant à la NSA se doit d'être d'une moralité irréprochable. Lors du procès, nous promettons de faire preuve de toute la transparence que nous autorisent les intérêts de notre sécurité nationale", a affirmé à l'Associated Press le directeur de la NSA, l'amiral Charles O'Connor.

Hormis une déclaration plus développée d'O'Connor, la dépêche n'était pas particulièrement riche et ne mentionnait ni le meurtre de Balder ni aucun élément faisant le lien avec les événements de Stockholm. Mikael comprenait ce qu'Erika voulait dire : maintenant que la nouvelle était diffusée, le *Washington Post*, le *New York Times* et toute la meute des journalistes américains qui comptent allaient se jeter sur l'histoire, et Dieu sait ce qui en sortirait.

— Ce n'est pas bon, dit-il calmement. Mais je m'y attendais.

— Vraiment ?

— Ça fait partie de la même stratégie qui les a poussés à venir vers moi. C'est du *damage control*. Ils veulent reprendre l'initiative.

— Comment ça ?

— Ils n'ont pas soufflé cette information à mes oreilles pour rien. J'ai tout de suite compris qu'il y avait anguille sous roche. Pourquoi Ed avait-il absolument besoin de me parler ici, à Stockholm, et à 5 heures du matin qui plus est ?

Comme d'habitude, Erika avait été informée, dans la plus grande confidentialité, des sources de Mikael et de chaque nouvel élément de l'enquête.

— Alors tu penses que ses démarches étaient validées par sa hiérarchie ?

— Je l'ai soupçonné dès le départ, mais sans comprendre quel était le but. J'ai juste senti que quelque chose clochait. Et puis j'ai parlé avec Lisbeth.

— Et là, tu as compris ?

— J'ai réalisé qu'Ed savait exactement ce qu'elle avait déterré lors de son intrusion et qu'il avait toutes les raisons de craindre qu'elle ne m'en informe dans le moindre détail. Il voulait limiter les dégâts.

— Pourtant, ce qu'il t'a raconté n'a rien d'un conte de fées.

— Il se doutait que je ne me contenterais pas d'un tableau trop lisse. À mon avis, il pensait m'en donner juste assez pour que j'aie l'impression d'avoir mon scoop et que je ne fouille pas plus loin.

— Mais il a fait un mauvais calcul.

— Espérons-le. Pour le moment je ne vois pas trop comment avancer. La NSA est une porte fermée.

— Même pour un vieux limier comme Blomkvist ?

— Même pour lui.

30

LE 25 NOVEMBRE

L'ÉCRAN DU TÉLÉPHONE affichait :

[La prochaine fois sœurette, la prochaine fois !]

Le message avait été envoyé trois fois, mais elle ne pouvait déterminer s'il s'agissait d'une erreur technique ou d'une insistance délibérée. De toute façon, ça n'avait aucune importance.

Le message venait de Camilla, bien sûr, mais il ne contenait rien que Lisbeth n'eût déjà deviné. Les événements d'Ingarö n'avaient pu qu'exacerber la vieille haine. Alors, oui, il y aurait forcément une "prochaine fois". Camilla n'abandonnerait pas alors qu'elle avait été si près du but. Pour rien au monde.

Ce n'était pas le message en lui-même qui lui avait fait serrer les poings au club de boxe, mais les pensées qu'il engendrait et le souvenir de ce qu'elle avait vu lorsque August et elle étaient accroupis sur la petite plateforme, au creux du rocher, tandis que la neige tombait et que la mitraille crépitait au-dessus d'eux. August n'avait rien sur le dos et pas de chaussures aux pieds, il tremblait de tous ses membres et Lisbeth réalisait un peu plus à chaque seconde l'accablante infériorité de leur position.

Elle devait veiller sur un enfant et n'avait pour seule arme qu'un pauvre pistolet, alors que ces enfoirés, là-haut, étaient plusieurs et munis de mitrailleuses. Elle n'avait qu'une solution : les prendre par surprise. Sinon, August et elle seraient abattus comme des lapins. Elle avait écouté attentivement le bruit de leurs pas et l'origine de leurs tirs, jusqu'à leur respiration et aux frottements de leurs vêtements.

Lorsqu'elle entrevit enfin une opportunité, elle hésita et laissa passer des secondes cruciales tandis qu'elle ramassait une petite branche qu'elle brisa entre ses doigts. Après seulement, elle se redressa vivement et se retrouva face aux hommes. Et là, la question ne se posait plus. Elle devait exploiter la milliseconde de surprise et tira aussitôt, deux, trois fois. Elle avait appris en d'autres temps que dans de tels moments on peut être d'une rare clairvoyance, comme si le corps, les muscles mais aussi le sens de l'observation étaient plus affûtés.

Chaque détail se détachait avec une acuité singulière, elle percevait la moindre variation du terrain devant elle comme à travers le zoom d'une caméra. Elle observa l'étonnement et la frayeur dans les yeux des hommes, les rides, les irrégularités de leur peau, les vêtements et bien sûr leurs armes qui s'agitaient, tiraient aveuglément et rataient leur cible de peu.

Mais c'était autre chose qui lui avait laissé la plus forte impression. Une simple silhouette plus loin sur le rocher, qu'elle n'aperçut que du coin de l'œil et qui en soi ne représentait pas un danger. La silhouette de sa sœur. Lisbeth l'aurait reconnue à un kilomètre bien qu'elles ne se fussent pas vues depuis des années. C'était comme si l'air même était empoisonné par sa présence.

Elle s'était demandé après coup si elle n'aurait pas pu la descendre aussi. Camilla était restée à vue un peu trop longtemps. Il était déjà imprudent de sa part de s'être approchée de l'à-pic, mais elle n'avait sans doute pas pu résister à la tentation de voir sa sœur se faire abattre. Lisbeth avait serré la détente et senti une vieille fureur cogner dans sa poitrine. Elle avait hésité une demi-seconde et il n'en avait pas fallu plus à Camilla pour se jeter derrière un rocher. Une silhouette dégingandée avait surgi de la terrasse et s'était mise à tirer. Lisbeth était retournée d'un bond sur la petite plateforme où se tenait August et avait couru, ou plutôt dégringolé avec lui jusqu'à la voiture.

Sur le chemin de retour du club de boxe, assaillie par tous ces souvenirs, Lisbeth était tendue comme avant un combat. Elle se dit qu'elle ne devrait peut-être pas rentrer chez elle, qu'elle ferait même mieux de quitter le pays un moment. Mais quelque chose la poussait à retourner devant son ordinateur : ce qu'elle avait visualisé sous la douche avant de lire le SMS de Camilla et qui, malgré les souvenirs pénibles d'Ingarö, l'obnubilait de plus en plus.

C'était une équation – une courbe elliptique – qu'August avait notée sur la feuille où il avait dessiné le meurtrier, et qui, à première vue, l'avait interloquée. À l'instant où sa mémoire parvint à en recomposer une image nette, elle accéléra le pas et oublia presque Camilla.

L'équation était la suivante :

$$N = 3\ 034\ 267$$
$$E : y^2 = x^3 - x - 20 \ ; \ P = (3,2)$$

Elle n'avait rien d'exceptionnel ni d'unique d'un point de vue purement mathématique. Ce qui était fabuleux, en revanche, c'était qu'August était parti du nombre qu'elle avait choisi au hasard là-bas à Ingarö, et avait composé une courbe elliptique supérieure à celle qu'elle avait elle-même griffonnée sur la table de chevet quand le garçon ne voulait pas dormir. Sur le moment, il n'avait pas répondu ni réagi et elle était allée se coucher, persuadée qu'August, comme les fameux jumeaux d'Oliver Sacks et leurs nombres premiers, ne comprenait rien aux abstractions mathématiques et fonctionnait comme une machine à calculer.

Mais bon sang… elle s'était carrément trompée ! August, resté éveillé, avait tout compris, et lui avait même donné une bonne leçon en affinant son raisonnement.

Arrivée chez elle, sans même ôter ses bottes ni sa veste en cuir, elle sortit le fichier crypté de la NSA et son programme à courbes elliptiques.

Puis elle téléphona à Hanna Balder.

HANNA N'AVAIT PAS APPORTÉ SES CACHETS et avait donc à peine dormi. Mais elle se sentait revigorée par son nouvel environnement. Le paysage montagneux lui rappelait à quel point elle avait vécu recluse, et elle avait l'impression de se relaxer peu à peu, comme si la peur chevillée à son corps lâchait prise. Elle priait pour que ce ne soit pas qu'une illusion.

Le splendide hôtel où ils logeaient l'impressionnait beaucoup. Il fut un temps où elle pénétrait dans ces temples du luxe avec fierté : *Regardez, me voilà.* À présent, timide et tremblante, elle avait du mal à avaler ce somptueux petit-déjeuner. August était à côté d'elle et écrivait compulsivement ses séries de chiffres. Il ne mangeait rien lui non plus, mais ingurgitait des quantités inouïes de jus d'orange frais.

Son nouveau téléphone crypté sonna, ce qui l'effraya d'abord. Mais ça ne pouvait être que la femme qui les avait envoyés ici – à sa connaissance, personne d'autre n'avait ce numéro. Elle voulait sans doute s'assurer qu'ils étaient bien arrivés. Du coup, Hanna commença par lui décrire les lieux en soulignant à quel point tout était fabuleux et formidable. À sa surprise, elle fut brusquement interrompue :

— Vous êtes où ?

— Nous prenons notre petit-déjeuner.

— Laissez tomber et montez dans votre chambre. August et moi, on doit travailler.

— Travailler ?

— Je vais envoyer quelques équations que je veux qu'il regarde. Vous avez compris ?

— Non, je ne comprends pas.

— Montrez-les simplement à August et rappelez-moi ensuite pour me dire ce qu'il a écrit.

— D'accord, dit Hanna, perplexe.

Puis elle saisit quelques croissants et un petit pain à la cannelle et se dirigea vers les ascenseurs avec August.

AUGUST L'AVAIT AIDÉE à se lancer, à voir plus clairement ses propres erreurs. Maintenant, elle se débrouillait toute seule et apportait de nouvelles améliorations à son programme. Elle travailla plusieurs heures d'affilée dans une profonde concentration, jusqu'à ce que le ciel s'assombrisse et que la neige se remette à tomber. Et soudain un phénomène étrange se produisit sous ses yeux : le fichier se désintégra puis changea de forme. Elle ressentit comme une décharge à travers tout le corps et elle leva un poing en l'air. Cet instant-là, elle n'était pas près de l'oublier.

Elle avait trouvé les clés privées et craqué le document. Dans les premières minutes, l'excitation d'avoir réussi était telle qu'elle put à peine lire ce qui s'affichait. Puis elle commença à étudier le contenu et fut stupéfaite. Était-ce possible ? Ce document contenait des informations bien plus explosives que tout ce qu'elle avait pu imaginer. Ceux qui avaient pris le risque d'écrire ça noir sur blanc avaient accordé une confiance insensée à l'algorithme RSA, au point de déballer tout leur linge sale. Le texte, bourré de jargon interne, d'abréviations bizarres et de références cryptiques, n'était pas facile à interpréter, mais elle maîtrisait le sujet désormais et sut le déchiffrer. Elle en avait lu les quatre cinquièmes quand on sonna à la porte.

Elle n'y accorda d'abord aucune attention : c'était sûrement le facteur qui n'arrivait pas à introduire un livre dans la fente de la boîte aux lettres ou une connerie dans ce genre. Puis le SMS de Camilla lui revint à l'esprit. Elle regarda sur son ordinateur les images de la caméra de la cage d'escalier. Et se figea.

Ce n'était pas Camilla mais son autre sujet d'appréhension, qu'elle avait presque oublié au milieu de tout ça. Ed the Ned de mes deux avait réussi, d'une façon ou d'une autre, à la retrouver. Il ne ressemblait pas tellement aux photos de lui qu'on trouvait sur le Net, mais pas de doute, avec son air renfrogné, c'était bien lui. Le cerveau de Lisbeth crépita : quelles options s'offraient à elle ? Elle n'eut pas de meilleure idée que d'envoyer le fichier NSA à Mikael sur leur lien PGP.

Puis elle éteignit l'ordinateur et se leva pour aller ouvrir d'un pas traînant.

QU'ÉTAIT-IL ARRIVÉ À BUBLANSKI ? Sonja Modig n'arrivait pas à comprendre. La mine tourmentée qu'il affichait ces dernières semaines s'était comme envolée. Voilà qu'il souriait et fredonnait. Il y avait de quoi se réjouir, c'est vrai : le meurtrier avait été arrêté, August Balder avait survécu à deux tentatives de meurtre et, de leur côté, ils avaient saisi une partie du mobile et décortiqué le rôle de l'entreprise de recherche Solifon. Mais il restait de nombreuses questions à résoudre et le Bublanski qu'elle connaissait n'était pas du genre à jubiler inutilement, mais plutôt à douter jusque dans les moments de triomphe. Elle ne comprenait donc rien à ce qu'il lui arrivait : il se promenait dans les couloirs, presque rayonnant. Même là, installé devant son bureau, à lire l'interrogatoire sans intérêt de Zigmund Eckerwald mené par la police de San Francisco, un sourire flottait sur ses lèvres.

— Sonja, ma chère collègue, te voilà !

Elle décida de ne pas relever l'enthousiasme excessif de la salutation, préférant aller droit au but.

— Jan Holster est mort.

— Aïe.

— Et avec lui le dernier espoir d'en savoir plus sur Spider, poursuivit Sonja.

— Tu penses qu'il était sur le point de déballer quelque chose ?

— C'est bien possible, oui.

— Qu'est-ce qui te fait dire ça ?

— Il s'est complètement effondré quand sa fille est arrivée.

— J'ignorais ça. Que s'est-il passé ?

— Elle s'appelle Olga, dit Sonja. Elle est venue de Helsinki dès qu'elle a appris que son père était blessé. Quand je l'ai interrogée et qu'elle a compris que Holster avait essayé de tuer un enfant, elle est devenue comme folle.

— Comment ça ?

— Elle a foncé dans sa chambre et lui a balancé des trucs en russe sur un ton hyper-agressif.

— Tu as compris quelque chose ?

— Apparemment qu'il pouvait crever tout seul et qu'elle le haïssait.

— Elle n'a pas fait dans la demi-mesure.

— Elle a ajouté qu'elle ferait tout ce qui était en son pouvoir pour nous aider dans l'enquête.

— Et Holster, comment il a réagi ?

— Eh bien justement. Un instant, j'ai cru que c'était dans la poche. Il avait les larmes aux yeux et l'air anéanti. Je ne crois pas trop à cette idée que notre valeur morale se déterminerait face à la mort, comme disent les cathos, mais c'était presque touchant à voir. Lui qui a fait toutes ces choses horribles, il était ravagé.

— Mon rabbin… commença Bublanski.

— Non, Jan, ne me sors pas ton rabbin maintenant. Laisse-moi continuer. Holster s'est mis à bafouiller sur l'individu affreux qu'il avait été. Alors je lui ai dit qu'en bon chrétien, il devait se confesser et raconter pour qui il travaillait, et à ce moment-là, je t'assure, on y était presque. Il a hésité, le regard perdu. Mais au lieu d'avouer, il a parlé de Staline.

— De Staline ?

— Oui, de Staline qui ne se contentait pas de punir les coupables mais s'en prenait aussi aux enfants et aux petits-enfants, à toute la famille. Je crois qu'il faisait un parallèle avec son chef.

— Donc il était inquiet pour sa fille.

— Elle avait beau le haïr, il avait peur pour elle. Je lui ai dit qu'on mettrait en place un programme de protection de témoin, mais à partir de là, Holster est devenu de moins en moins réceptif. Il a perdu connaissance, et il est mort à peine une heure plus tard.

— Rien d'autre ?

— Rien. En dehors du fait qu'un programme d'IA a disparu et que nous n'avons toujours aucune trace d'Andrei Zander.

— Je sais, je sais.

— Et que tous ceux qui pourraient parler sont muets comme des carpes.

— Je vois. On n'a rien de rien.

— Si, en fait, on a quand même quelque chose, poursuivit Sonja. Tu sais, l'homme qu'Amanda Flod a reconnu sur le dessin du feu tricolore d'August Balder ?

— L'ancien acteur.

— Exactement, Roger Winter. Amanda l'a interrogé à titre informatif pour savoir s'il avait été en relation avec le garçon ou avec Balder, sans en attendre grand-chose. Mais Roger Winter avait l'air bien secoué et avant même qu'Amanda commence à lui mettre la pression, il a déballé toute la liste de ses péchés.

— Ah bon ?

— Oui, et c'est pas des histoires d'enfant de chœur. Lasse Westman et Roger sont de vieux amis, depuis l'époque du Revolutionsteatern, et quand Hanna était absente ils se voyaient souvent sur Torsgatan pour picoler et déconner. En général, August était dans la pièce d'à côté, à faire ses puzzles, et Lasse et Roger ne s'en préoccupaient pas. Et puis, un jour, le garçon avait un épais manuel de maths que sa mère lui avait offert, d'un niveau bien trop élevé pour lui. Il le feuilletait quand même de façon frénétique, en lâchant des petits bruits, comme s'il était excité. Ça a énervé Lasse qui lui a arraché le livre des mains et l'a jeté à la poubelle. Apparemment, August est devenu comme fou, il a fait une crise de nerfs. Et Lasse a fini par lui balancer trois ou quatre coups de pied.

— Quelle horreur.

— Attends, ce n'est que le début. Après ça, d'après Roger, August est devenu bizarre. Le garçon s'est mis à les fusiller de son regard troublant. Un jour, Roger a retrouvé sa veste en jean coupée en petits morceaux. Une autre fois, quelqu'un avait vidé toutes les bières du frigo et cassé les bouteilles d'alcool, et…

Sonja s'interrompit.

— Quoi ?

— C'est devenu une sorte de guerre de positions et j'imagine que, dans leur parano d'alcooliques, Roger et Lasse ont dû inventer tout un tas de choses étranges au sujet du garçon. Il leur foutait la trouille. C'est compliqué de comprendre quel mécanisme psychologique a pu jouer. Peut-être qu'ils ont commencé à haïr August. Alors parfois ils s'en prenaient à lui. Roger a dit que ça lui foutait le cafard, qu'il n'en parlait jamais après, avec Lasse. Il ne voulait pas le taper, mais il ne pouvait pas s'en empêcher. Il dit que c'était comme s'il revivait son enfance.

— Qu'est-ce qu'il veut dire par là ?

— Va savoir. Roger Winter a un petit frère handicapé qui était l'enfant doué de la famille. On vantait toujours ses mérites alors que Roger était source de déceptions. Ça a dû générer chez lui pas mal d'amertume. Peut-être qu'inconsciemment, Roger se vengeait de son frère. Je ne sais pas… Ou alors…

— Oui ?

— Il a eu une formule étrange. Il a dit qu'il avait l'impression d'essayer de se libérer de la honte à coups de poing.

— Plutôt tordu !

— Oui. Le plus curieux, c'est qu'il ait tout avoué d'un coup. Selon Amanda, il était terrifié. Il avait deux yeux au beurre noir et quand il est reparti, elle a remarqué qu'il boitait. Elle a eu l'impression qu'il aurait préféré qu'on l'arrête.

— Bizarre.

— N'est-ce pas ? Mais il y a autre chose d'encore plus étrange, poursuivit Sonja Modig.

— Quoi donc ?

— C'est que mon patron, l'éternel rabat-joie, rayonne soudain comme un soleil.

Bublanski eut l'air gêné.

— Donc ça se voit.

— Oui, ça se voit.

— Ce n'est rien… bredouilla-t-il. Juste une femme qui a accepté de dîner avec moi.

— Quoi ? Ne me dis pas que tu es tombé amoureux ?

— Je viens de te le dire, ce n'est qu'un dîner, se défendit Bublanski en rougissant.

ED N'AIMAIT PAS ÇA, mais il connaissait les règles du jeu. C'était un peu comme s'il était de retour à Dorchester, dans la maison de son enfance. Ne pas céder. Frapper fort ou démonter psychologiquement son adversaire grâce à un jeu de pouvoir silencieux. Et après tout, pourquoi pas ? Si Lisbeth Salander voulait jouer les dures, il lui rendrait volontiers la pareille.

Du coup, il la fusillait des yeux comme un boxeur sur le ring. Mais cela ne donnait pas grand-chose. Elle lui renvoyait un regard d'acier et ne disait pas un mot. On aurait dit un duel, un duel muet, résolu, et Ed finit par en avoir marre. Tout ça était ridicule. La meuf était démasquée, il avait craqué son identité et l'avait débusquée. Elle devrait s'estimer heureuse qu'il n'ait pas débarqué chez elle avec trente marines.

— Vous vous prenez vraiment pour une dure, hein ?

— Je n'aime pas les visites à l'improviste.

— Et moi je n'aime pas les gens qui s'introduisent dans mon système. Ça revient au même. Vous voulez peut-être savoir comment je vous ai trouvée ?

— Je m'en fous.

— Via votre société à Gibraltar. Était-ce vraiment malin de l'appeler Wasp Enterprises ?

— Apparemment non.

— Pour une fille maligne, vous avez fait bien des erreurs.

— Pour un garçon malin, vous travaillez dans un endroit bien pourri.

— Peut-être pourri mais nécessaire. On vit dans un monde de fous.

— Surtout avec des gars comme Jonny Ingram.

Il fut pris de court. Vraiment pris de court. Mais il conserva son masque imperturbable – pour ça aussi, il était doué.

— Vous avez de l'humour, dit-il.

— Oui, c'est comique. Commanditer des meurtres et collaborer avec des bandits de la Douma russe juste pour se faire un maximum d'oseille et sauver sa peau, c'est vraiment à se plier de rire, non ?

Cette fois, il en perdit son masque et, l'espace d'un instant, il se trouva même incapable de réfléchir.

D'où tenait-elle ça, bon sang ? Il fut pris de vertiges. Puis il réalisa – et son pouls ralentit légèrement – qu'elle devait bluffer, et s'il l'avait crue, ne fût-ce qu'une seconde, c'était parce que lui-même, dans ses pires moments, avait imaginé que Jonny Ingram s'était rendu coupable de manœuvres de ce genre. Mais Ed avait tout passé au crible et il savait mieux que personne qu'il n'y avait pas le moindre indice dans ce sens.

— N'essaie pas de me baratiner, dit-il. J'ai le même matériel que toi sous le coude, et pas mal d'autres trucs encore.

— Je n'en suis pas si sûre, Ed. À moins que toi aussi tu aies trouvé les clés privées de l'algorithme RSA d'Ingram.

Une sensation d'irréalité s'empara d'Ed Needham. Elle n'avait quand même pas craqué le chiffrement ? C'était impossible. Même lui, avec tous les moyens et tous les experts qu'il avait à sa disposition, avait jugé que ce n'était même pas la peine d'essayer.

Et voilà qu'elle prétendait… Il refusait de la croire. Ça avait dû se passer autrement. Peut-être avait-elle un informateur dans le cercle le plus intime d'Ingram ? Non, cette version était tout aussi absurde. Mais il n'eut pas le temps de réfléchir davantage.

— Voilà la situation, Ed, dit-elle d'un ton autoritaire. Tu as dit à Mikael Blomkvist que tu me laisserais tranquille si je racontais comment j'ai réussi mon intrusion. Peut-être que tu dis la vérité sur ce point. Peut-être aussi que tu bluffes ou que tu n'auras pas ton mot à dire si la situation change. Tu pourrais te faire virer. Je ne vois donc aucune raison de te croire, pas plus que ceux pour qui tu travailles.

Ed prit une profonde inspiration et tenta de riposter.

— Je respecte ton attitude, répondit-il. Mais, si étrange que cela puisse paraître, je tiens toujours parole. Non pas que je sois quelqu'un de sympa, au contraire. Je suis un fou et un rancunier, exactement comme toi, ma petite. Mais je n'aurais pas survécu si j'avais trahi les gens dans les moments graves. Tu peux me croire ou non, mais ce dont tu ne dois pas douter une seconde, c'est que je compte faire de ta vie un enfer si tu ne me dis rien. À te faire regretter d'être née.

— Bien, dit-elle. Tu es un dur à cuire, toi. Mais tu es surtout bouffi d'orgueil, pas vrai ? Tu veux à tout prix éviter que le monde entier soit informé de mon intrusion dans ton système. Sur ce point, je dois malheureusement te dire que je suis parée à un point que tu ne peux même pas imaginer. Avant même que tu aies le temps de dire ouf, tout sera divulgué dans les moindres détails. Et même si j'ai horreur de ça, je vais t'humilier. Imagine seulement la joie des internautes.

— Tu racontes des conneries.

— Je n'aurais pas survécu si je racontais des conneries, poursuivit-elle. Je déteste cette société de surveillance. J'en ai eu ma dose, de Big Brother et des autorités. Mais je suis quand même prête à faire quelque chose pour toi, Ed. Si tu tiens ta langue, je peux te donner des informations qui renforceront ta position et t'aideront à débarrasser Fort Meade de ses brebis galeuses. Je ne compte pas te dire un foutu mot de mon intrusion. C'est une question de principe. Mais je peux te donner une chance de te venger du connard qui t'a empêché de me coincer.

Ed regarda fixement la drôle de petite bonne femme en face de lui. Ensuite il fit quelque chose qui, longtemps après, continuerait de l'étonner.

Il éclata de rire.

31

LE 2 ET LE 3 DÉCEMBRE

OVE LEVIN SE RÉVEILLA de bonne humeur au château de Häringe après une longue conférence sur la numérisation des médias, clôturée par une grande fête où le champagne avait coulé à flots. Un responsable syndical du journal norvégien *Kveldsbladet*, un pauvre raté, avait balancé que les fêtes de Serner étaient "de plus en plus chères et luxueuses à mesure que vous virez les gens", puis avait déclenché un petit esclandre au cours duquel la veste sur mesure d'Ove s'était retrouvée tachée de vin rouge.

Mais ce n'était qu'un faible prix à payer, d'autant qu'à la fin de la soirée, il avait réussi à ramener Nathalie Fosse dans sa chambre d'hôtel. Nathalie, vingt-sept ans, était contrôleuse de gestion et terriblement sexy. Et Ove avait réussi à se la taper malgré son degré d'alcoolémie, et avait même remis ça ce matin.

Il était déjà 9 heures. Son portable n'arrêtait pas de sonner et il avait une gueule de bois de tous les diables. C'était fâcheux car il avait une journée chargée. Mais c'était justement là qu'il était bon – *Work hard, play hard*, telle était sa devise.

Et Nathalie… Wow! Combien de types de la cinquantaine seraient capables de choper une meuf pareille ? Pas des masses. Bon, là, il fallait qu'il se lève. Nauséeux, pris de vertiges, il se dirigea d'un pas chancelant vers la salle de bains pour se soulager. Puis il se dit qu'il pourrait vérifier son portefeuille d'actions. En général, c'était un bon remède après une cuite. Il sortit donc son téléphone portable et se connecta à sa banque en ligne. Au début, il resta perplexe. Il avait dû y avoir une erreur, un incident technique.

Son portefeuille s'était effondré et lorsque, tremblant, il parcourut ses placements, il fit un constat tout à fait étrange : ses énormes parts chez Solifon s'étaient quasiment évanouies. Il ne comprenait rien. Complètement désorienté, il accéda aux sites boursiers. Partout, il lut la même information :

LA NSA ET SOLIFON, COMMANDITAIRES DU MEURTRE
DU PROFESSEUR FRANS BALDER.
LA RÉVÉLATION DE LA REVUE *MILLÉNIUM*
SECOUE LE MONDE.

Ce qu'il fit ensuite demeurait flou. Il avait sans doute crié, poussé des jurons et tapé du poing contre les murs. Il avait le vague souvenir que Nathalie s'était réveillée et lui avait demandé ce qu'il se passait. Il n'avait qu'une certitude, c'est qu'il était resté longtemps penché sur les toilettes à vomir, comme si son estomac était sans fond.

LE BUREAU DE GABRIELLA GRANE à la Säpo était soigneusement rangé. Elle ne reviendrait jamais. Elle resta encore un moment sur sa chaise, à lire *Millénium*. La une ne ressemblait pas à ce qu'on pouvait attendre de la part d'un journal qui révélait le scoop du siècle. En soi, elle était belle, inquiétante. Une page noire, sans image et, tout en haut, cette phrase :

EN SOUVENIR D'ANDREI ZANDER

Plus bas, on pouvait lire :

LE MEURTRE DE FRANS BALDER,
OU COMMENT LA MAFIA RUSSE S'EST ASSOCIÉE À LA NSA
ET À UNE GRANDE ENTREPRISE INFORMATIQUE AMÉRICAINE

En deuxième page, une photo en gros plan d'Andrei. L'image la toucha profondément, même si Gabriella ne l'avait jamais rencontré. Andrei avait l'air fragile, avec son sourire timide. Il était beau et dégageait quelque chose d'intense et d'indécis à la fois. Un texte d'Erika Berger, à côté de la photo, expliquait qu'Andrei avait perdu ses parents à Sarajevo, morts sous une bombe, qu'il adorait le journal *Millénium*, Leonard Cohen et *Pereira prétend* d'Antonio Tabucchi. Qu'il rêvait du grand amour et du grand scoop. Que ses films préférés étaient *Les Yeux noirs* de Nikita Mikhalkov et *Love Actually* de Richard Curtis. Et que, détestant les hommes qui portaient atteinte à leurs semblables, il était incapable de dire du mal de quiconque. Erika considérait son reportage sur les sans-abri de Stockholm comme un modèle du genre. Elle écrivait :

> En rédigeant ceci, mes mains tremblent. Hier, le corps de notre ami et collègue Andrei Zander a été retrouvé sur un cargo dans le port de Hammarby. Il a été torturé à mort et a dû endurer les pires souffrances. Je vais vivre avec cette douleur toute ma vie. Mais je suis également fière.
>
> Fière d'avoir eu le privilège de travailler avec lui. Je n'ai jamais rencontré un journaliste si dévoué et un homme si fondamentalement bon. Andrei avait vingt-six ans. Il aimait la vie et le journalisme. Il voulait dénoncer les injustices et aider les opprimés et les laissés-pour-compte. Il a été tué parce qu'il voulait protéger un petit garçon du nom d'August Balder et dans ce numéro, qui dévoile l'un des plus gros scandales de notre temps, nous rendons hommage à Andrei à travers chaque phrase. Mikael Blomkvist écrit dans son long reportage : "Andrei croyait en l'amour. Il croyait en un monde meilleur et en une société plus juste. Il était le meilleur d'entre nous !"

Le reportage, qui courait sur trente pages, était un morceau de bravoure journalistique comme Gabriella Grane en avait rarement lu. Elle en avait perdu la notion du temps et les larmes lui montaient aux yeux. Puis elle sourit en tombant sur ces mots :

> La brillante analyste de la Säpo, Gabriella Grane, a fait preuve d'un courage civique exceptionnel.

L'histoire était assez simple. Un groupe dirigé par le *commander* Jonny Ingram – hiérarchiquement situé juste en dessous du directeur de la NSA Charles O'Connor, et ayant des liens étroits avec la Maison Blanche et le Congrès – avait commencé à exploiter pour son propre compte un grand nombre de secrets industriels détenus par l'organisation en se faisant assister par une équipe d'analystes stratégiques du Département de recherche Y chez Solifon. Si l'histoire s'était arrêtée là, le scandale serait resté dans le domaine du concevable.

Mais les événements prenaient une tournure perverse à partir du moment où le groupe criminel des Spiders faisait son entrée. Mikael Blomkvist démontrait comment Jonny Ingram avait collaboré avec un membre de la Douma russe, Ivan Gribanov, et avec le mystérieux leader des Spiders, Thanos, dans l'objectif de dépouiller des sociétés de haute technologie de leurs idées et de revendre celles-ci pour des sommes faramineuses. Les acteurs de cette manipulation avaient touché le fond de l'immoralité lorsque le professeur Frans Balder avait découvert leurs activités illicites. Il avait été décidé purement et simplement de se débarrasser de lui, sans que personne, pas même l'un des plus hauts responsables de la NSA, ne s'insurge – ce qui était l'un des éléments les plus inconcevables de toute cette histoire.

Au fil de sa lecture – et c'était là tout le talent de Mikael Blomkvist –, Gabriella fut autant scandalisée par la description des affaires politiques que touchée par le drame humain. Cette affaire révélait à quel point le monde dans lequel nous vivons était malade quand chacun était surveillé, du plus faible au plus puissant, et qu'on exploitait jusqu'à l'os toutes les méthodes pour s'enrichir, quelles qu'en soient les conséquences.

Une fois qu'elle eut terminé l'article, Gabriella remarqua que quelqu'un se tenait dans l'encadrement de sa porte. C'était Helena Kraft, toujours aussi chic.

— Salut, dit-elle.

Gabriella ne pouvait oublier qu'elle avait soupçonné Helena d'être la source de la fuite. Elle s'était laissé influencer par ses propres démons. Ce qu'elle avait interprété comme la honte du traître n'était que la culpabilité d'Helena vis-à-vis d'une enquête qui n'était pas menée de façon assez professionnelle – du moins était-ce ainsi qu'Helena s'était expliquée lors de leur longue conversation, après les aveux de Mårten Nielsen et son arrestation.

— Hello, répondit Gabriella.

— Je ne peux pas te dire à quel point je suis triste que tu t'en ailles, poursuivit Helena.

— Tout a une fin.

— Tu as une idée de ce que tu vas faire ?

— Je m'installe à New York. J'aimerais travailler dans les droits de l'homme et, tu sais, ça fait longtemps que l'ONU me propose un poste.

— C'est vraiment dommage pour nous, Gabriella. Mais tu le mérites.

— Ma trahison est donc oubliée ?

— Pas par tout le monde, sois-en certaine. En ce qui me concerne, je n'y vois qu'une preuve de ta bonne nature.

— Merci, Helena.

— Que comptes-tu faire d'intéressant au bureau avant de t'en aller ?

— Aujourd'hui, rien : je vais assister à la cérémonie d'hommage à Andrei Zander au Club de la presse.

— C'est bien. Je dois faire un débriefing sur cette pagaille pour le gouvernement. Mais ce soir je lèverai mon verre au jeune Zander, et à toi, Gabriella.

ALONA CASALES OBSERVAIT LA PANIQUE à distance, avec un sourire caché. Elle regardait surtout l'amiral Charles O'Connor s'avancer dans la pièce, non comme le chef de l'organisme de renseignements le plus puissant au monde, mais comme un écolier humilié. D'un autre côté, tous les hauts responsables de la NSA étaient humiliés et pathétiques aujourd'hui, tous sauf Ed, évidemment.

Ed n'avait pas l'air réjoui non plus, en vérité. Il agitait les bras, le visage en sueur, hargneux. Mais il dégageait une autorité naturelle qui faisait trembler O'Connor en personne. Rien d'étonnant à cela : Ed était revenu de son voyage à Stockholm avec des informations explosives, il avait foutu un sacré merdier et exigé un bon coup de balai à tous les niveaux. Le directeur de la NSA ne lui en était pas particulièrement reconnaissant ; il aurait sans doute préféré l'envoyer en Sibérie sur-le-champ.

Mais il ne pouvait rien faire. Il se ratatinait à vue d'œil en approchant d'Ed qui – égal à lui-même – ne daignait même pas lever la tête. Il ignorait le directeur de la NSA comme il ignorait tous les pauvres diables avec qui il estimait ne pas avoir de temps à perdre.

Et les choses ne s'améliorèrent pas pour O'Connor une fois la conversation lancée. Alona n'entendait pas un mot, mais elle voyait qu'Ed avait l'air de rechigner. Elle devinait assez bien ce qui se disait, ou plus exactement ce qui ne se disait pas. Elle avait eu un long entretien avec Ed et savait qu'il refusait formellement d'expliquer d'où il avait sorti ses informations, et qu'il ne lâcherait rien. Et ça lui plaisait.

Ed jouait gros et Alona jura solennellement de se battre pour sa cause, de lui apporter tout son soutien si jamais il avait des problèmes. Elle se promit aussi de téléphoner à Gabriella Grane et de tenter de l'inviter à sortir, s'il était bien vrai qu'elle était en route.

ED N'IGNORAIT PAS sciemment le directeur de la NSA, mais il était hors de question qu'il interrompe ce qu'il était en train de faire – engueuler deux de ses subalternes – simplement parce que l'amiral se pointait. Au bout d'une longue minute, il se retourna et lui fit une remarque plutôt sympathique, pas pour lui cirer les pompes ou se faire pardonner son indifférence, mais en toute sincérité :

— Vous avez assuré lors de la conférence de presse.

— Ah bon, répondit l'amiral. C'était plutôt l'enfer.

— Réjouissez-vous que je vous aie laissé le temps de vous préparer.

— Me réjouir ! Ça ne va pas, non ? Vous n'avez pas vu les journaux en ligne ? On y trouve toutes les photos existantes nous montrant, Ingram et moi, réunis. Je me sens avili.

— Eh bien, à l'avenir, essayez de mieux contrôler vos plus proches collaborateurs, bordel.

— Comment osez-vous me parler sur ce ton ?

— Je parle comme je veux, bon sang ! La maison est en crise et je suis responsable de la sécurité, je n'ai pas de temps à perdre et je ne suis pas payé pour être gentil ni courtois.

— Attention à ce que vous dites… commença le directeur de la NSA.

Mais il perdit toute contenance quand Ed redressa soudain sa carrure d'ours – pour s'étirer le dos ou pour une démonstration d'autorité, difficile à dire.

— Je vous ai envoyé en Suède pour régler cette histoire, poursuivit l'amiral. Et quand vous êtes revenu, tout est parti en vrille. Une pure catastrophe.

— La catastrophe avait déjà eu lieu, siffla Ed. Vous le savez aussi bien que moi. Si je n'étais pas parti en Suède et ne m'étais pas cassé le cul, on n'aurait même pas eu le temps de mettre en place une stratégie valable. Sans moi, vous ne seriez peut-être même plus en poste aujourd'hui.

— Vous insinuez que je devrais vous remercier ?

— Absolument ! Vous avez eu le temps de virer vos salopards avant la publication de l'article.

— Mais comment ce merdier s'est-il retrouvé dans un journal suédois ?

— Je vous l'ai expliqué mille fois.

— Vous avez parlé de votre hacker, mais je n'ai entendu que des conjectures et du baratin.

Ed avait promis à Wasp de la garder en dehors de ce cirque et il comptait bien tenir sa promesse.

— Du baratin foutrement qualifié alors, répondit-il. Le hacker, quel qu'il soit, a réussi à craquer les fichiers d'Ingram et les a livrés à *Millénium*, ce qui est vraiment emmerdant, je suis d'accord. Mais vous savez ce qui est pire encore ?

— Non.

— Le pire, c'est qu'on avait l'opportunité d'attraper le hacker, de lui couper les couilles et de stopper la fuite, mais qu'on nous a ordonné d'arrêter notre enquête. Et on ne peut pas dire que vous m'ayez particulièrement soutenu sur ce coup-là.

— Je vous ai envoyé à Stockholm !

— Et vous avez mis mes gars en congé, et tous nos efforts ont été anéantis. Maintenant, le hacker a eu le temps d'effacer toute trace. On peut reprendre les recherches, évidemment, mais est-ce que ça aiderait notre cause, à ce stade, que le monde entier apprenne qu'un petit hacker de merde nous a foutus à poil ?

— Peut-être pas. Mais je compte frapper fort contre *Millénium* et ce journaliste, là, Blomström, vous pouvez en être sûr.

— Blomkvist. Mikael Blomkvist. Mais bien sûr, faites donc. Je vous souhaite bon courage. Ça renforcera vraiment votre cote de popularité de débarquer dans le paysage médiatique suédois pour attaquer le héros du moment, dit Ed, sur quoi le directeur de la NSA grommela des mots incompréhensibles, avant de disparaître.

Ed savait parfaitement que l'amiral n'allait pas faire arrêter un reporter suédois. Charles O'Connor luttait pour sa survie politique et ne pouvait pas se permettre de manœuvres risquées. Ed décida de rejoindre Alona pour papoter un peu. Il en avait marre de se tuer à la tâche. Il avait besoin de faire un truc un peu fou et décida de proposer la tournée des bars.

— Sortons trinquer à tout ce merdier, dit-il avec un sourire.

HANNA BALDER SE TENAIT DANS LA PENTE, au-dessus de l'hôtel Schloss Elmau. Elle donna un peu d'élan à August et le regarda glisser sur la vieille luge en bois qu'elle avait empruntée à l'hôtel. Lorsque son fils s'arrêta près d'une grange marron, en bas, elle attaqua la descente à pied, chaussée de ses moon boots. On entrevoyait le soleil à travers la fine neige qui tombait. Il n'y avait presque pas de vent. Les cimes des Alpes se dressaient au loin, et les vastes plaines s'étendaient sous ses yeux.

Hanna n'avait jamais vécu dans un cadre aussi idyllique et August se rétablissait progressivement, grâce en particulier aux efforts de Charles Edelman. Mais rien n'était simple. Physiquement, elle était dans un sale état. Même là, dans la pente, elle dut s'arrêter deux fois, la poitrine serrée. La désintoxication des cachets – qui appartenaient tous à la famille des benzodiazépines – était pire que ce qu'elle avait imaginé. La nuit, elle se recroquevillait et voyait sa vie sous une lumière impitoyable. Elle se levait et tapait du poing contre le mur, en pleurs. Mille et une fois, elle avait maudit Lasse Westman, et s'était maudite elle-même.

Heureusement, il y avait aussi des moments où elle se sentait comme purifiée, et où elle avait l'impression de ne pas être si loin du bonheur. Des moments où elle devinait que les choses étaient vraiment en train de changer – quand August, par exemple, assis devant ses équations et ses séries de chiffres, répondait à ses questions, même si c'était par monosyllabes et à sa façon si singulière.

Son enfant restait une énigme. Parfois il lui sortait des nombres immenses dans des équations avec des exposants tout aussi grands, et semblait croire qu'elle était en mesure de comprendre.

Elle n'oublierait jamais ce premier jour à l'hôtel où elle avait vu August, installé devant le bureau de leur chambre, écrire des ribambelles d'équations, dans un véritable flot, qu'elle avait photographiées ensuite et envoyées à la femme de Stockholm. Tard ce soir-là, un SMS était arrivé sur le Blackphone de Hanna :

[Dites à August qu'on a craqué le code !]

Elle n'avait jamais vu son fils aussi heureux et fier, et même si elle n'avait encore pas compris de quoi il s'agissait et n'avait parlé de cet épisode à personne, pas même à Charles Edelman, il s'était vraiment passé quelque chose d'important pour elle à ce moment-là. Elle s'était sentie fière aussi, très fière même.

Elle s'était passionnée peu à peu pour le syndrome du savant et quand Charles Edelman était à l'hôtel, une fois August endormi, ils parlaient jusqu'à l'aube des capacités de son fils… et de tout le reste aussi.

En revanche, elle n'était pas certaine que coucher avec Edelman ait été une bonne idée. Mais elle n'était pas non plus certaine d'avoir eu tort. Charles lui rappelait Frans et elle se dit qu'ils étaient comme une petite famille qui apprenait à se connaître : elle, Charles et August, la maîtresse un peu stricte mais gentille Charlotte Greber, et le mathématicien danois Jens Nyrup qui leur avait rendu visite et avait constaté que, pour une raison indéfinissable, August était obsédé par les courbes elliptiques et la factorisation des nombres premiers.

D'une certaine manière, leur séjour ici prenait la forme d'un voyage d'exploration dans l'univers étrange de son fils et, en descendant la pente enneigée et en voyant August se lever de sa luge, pour la première fois depuis une éternité, elle eut une certitude :

Elle allait devenir une meilleure mère et remettre de l'ordre dans sa vie.

MIKAEL N'ARRIVAIT PAS À COMPRENDRE pourquoi son corps semblait si lourd. C'était comme s'il marchait sous l'eau. Pourtant il y avait un sacré chahut là-dehors, l'ivresse de la victoire en quelque sorte. Pas un journal, un site internet, une radio ou une chaîne de télévision qui ne voulait l'interviewer. Il ne participerait à rien, c'était inutile. En d'autres occasions, pour des scoops publiés par *Millénium*, ils avaient craint, avec Erika, que les autres médias ne les suivent pas et avaient dû se montrer plus fins stratèges, participer aux bons forums, partager certaines de leurs infos. Cette fois-ci, de telles manœuvres étaient superflues.

La nouvelle avait explosé toute seule. Lorsque le directeur de la NSA, Charles O'Connor, et la secrétaire d'État au Commerce des États-Unis, Stella Parker, lors d'une conférence de presse commune, avaient présenté solennellement leurs excuses, les derniers doutes sur la véracité de l'histoire et la précision des faits s'étaient envolés. Désormais, les éditoriaux du monde entier discutaient des répercussions d'un tel scandale.

Malgré le chaos et les téléphones qui sonnaient sans cesse, Erika avait décidé d'organiser une fête au pied levé dans les bureaux de la rédaction. Elle considérait qu'ils avaient tous mérité de se détendre un moment et de boire quelques verres. Le premier tirage de cinquante mille exemplaires avait été écoulé la veille et le nombre de visiteurs sur le site du journal, qui proposait également une version en anglais, s'élevait à plusieurs millions. Les propositions de contrats d'édition affluaient, le nombre d'abonnés augmentait chaque minute et les annonceurs faisaient la queue pour placer leur publicité.

Par ailleurs, les parts de Serner Media avaient été rachetées. Malgré sa charge colossale de travail, Erika avait réussi à conclure l'affaire quelques jours plus tôt. Ça n'avait pas été un jeu d'enfant : les représentants de Serner avaient senti son anxiété et en avaient joué au maximum. Erika et Mikael avaient bien cru ne jamais y arriver. Mais, à la dernière minute, une obscure société basée à Gibraltar avait apporté une contribution considérable, qui avait fait sourire Mikael et leur avait permis de récupérer les parts des Norvégiens. Vu leur situation précaire à ce moment-là, le prix à payer était exorbitant. Mais vingt-quatre heures plus tard, quand le scoop du journal fut publié et que *Millénium* renoua avec la gloire, ils purent se féliciter d'avoir fait un joli coup. Ils étaient redevenus libres et indépendants – même s'ils eurent à peine le temps de s'en réjouir.

Les journalistes et les photographes leur étaient très vite tombés dessus, y compris lors de l'hommage à Andrei, et si tous, sans exception, voulaient les féliciter, Mikael se sentait oppressé et incapable de faire preuve de la générosité que la situation méritait. Et puis il dormait encore très mal et souffrait de maux de tête.

À présent, vingt-quatre heures plus tard, on s'employait à modifier rapidement la disposition des meubles dans la rédaction et, sur les bureaux collés les uns aux autres, on disposait du champagne, du vin et de la bière ainsi que des petits plats achetés chez le traiteur japonais. Les gens commençaient à affluer, les collaborateurs et les pigistes, mais aussi des amis du journal, dont Holger Palmgren que Mikael avait aidé à entrer et sortir de l'ascenseur et embrassé deux ou trois fois.

— Elle a réussi, notre petite, dit Holger, les larmes aux yeux.

— Comme d'habitude, répondit Mikael en souriant.

Il installa Holger à la place d'honneur, sur le canapé, et ordonna qu'on veille à ce que son verre ne soit jamais vide.

C'était bon de le voir ici. C'était bon de voir réunis les vieux et les nouveaux amis, Gabriella Grane, par exemple, et l'inspecteur Bublanski, qui n'aurait peut-être pas dû être invité, au vu de leurs relations professionnelles et de la position d'enquêteur indépendant de *Millénium*. Mais Mikael avait insisté et, au bout du compte, l'inspecteur avait passé toute la soirée à discuter avec le professeur Farah Sharif.

Mikael trinqua avec eux et avec tous les autres. Il portait un jean et sa plus belle veste et, pour une fois, il but pas mal. Il ne pouvait pourtant se défaire d'un sentiment de vide et d'immense tristesse – à cause d'Andrei, évidemment. Il était de toutes ses pensées. L'image de son jeune collègue assis là, dans les bureaux, hésitant à venir boire une bière, restait gravée en lui. Cet instant banal et décisif. Andrei était si présent dans son esprit que Mikael avait du mal à se concentrer sur la conversation.

Il se lassa de tous les éloges et mots flatteurs – seul le SMS de Pernilla, "Tu écris pour de vrai finalement, papa", l'avait réellement touché. De temps en temps, il jetait un regard vers la porte. Lisbeth avait été invitée, bien sûr, elle aurait même été l'invitée d'honneur si elle était venue. Mais il n'avait eu aucun signe d'elle, ce qui n'avait rien d'étonnant. Mikael aurait au moins voulu la remercier pour sa généreuse contribution dans le bras de fer qui les opposait à Serner. C'était trop demander.

Son document sensationnel sur Ingram, Solifon et Gribanov lui avait permis de dénouer toute l'histoire et de pousser Ed the Ned et Nicolas Grant, de chez Solifon, en personne à lui donner plus de détails. Quant à Lisbeth, il n'avait eu de nouvelles d'elle qu'une seule fois, lorsqu'il l'avait interviewée, façon de parler, via son application RedPhone sur le déroulement des événements d'Ingarö.

Une semaine était passée, et Mikael n'avait aucune idée de ce qu'elle avait pensé de son reportage. Elle était peut-être fâchée parce qu'il avait un peu brodé – mais comment faire autrement avec ses réponses sommaires ? Ou bien parce qu'il n'avait pas désigné Camilla par son nom, évoquant simplement un Russo-Suédois se dissimulant derrière l'appellation Thanos ou Alkhema ? Ou alors elle était déçue qu'il n'y soit pas allé plus fort et ne leur ait pas réglé leurs comptes, à tous. Difficile de savoir.

Le fait que le procureur Richard Ekström envisage réellement d'accuser Lisbeth de privation de liberté illégale et d'atteinte à la possession d'autrui n'arrangeait rien.

Mais les choses étaient ce qu'elles étaient, et Mikael finit par se désintéresser de tout et quitter la fête sans même dire au revoir pour se retrouver tout seul dehors, sur Götgatan.

Il faisait un temps pourri, bien sûr. N'ayant rien de mieux à faire, il parcourut les innombrables nouveaux SMS sur son téléphone. Impossible d'y voir clair : il y avait des félicitations, des demandes d'interview et même des propositions indécentes. Mais rien de Lisbeth, ce qui le fit bougonner. Puis il éteignit son téléphone et rentra chez lui d'un pas bien lourd pour un homme qui venait de sortir le scoop du siècle.

LISBETH ÉTAIT INSTALLÉE dans son canapé rouge sur Fiskargatan, les yeux perdus du côté de Gamla Stan et Riddarfjärden. Cela faisait un peu plus d'un an qu'elle avait engagé la chasse contre sa sœur et l'héritage criminel de son père, et elle avait indéniablement progressé sur plusieurs points.

Elle avait dépisté Camilla et porté un coup sévère à Spider. Les connexions avec Solifon et la NSA avaient été mises au jour et dissoutes ; le membre de la Douma, Ivan Gribanov, subissait une forte pression en Russie ; le tueur de l'équipe de Camilla était mort et un avis de recherche avait été lancé contre son plus proche collaborateur, Jurij Bogdanov, et plusieurs autres ingénieurs informaticiens, les obligeant à se terrer. Mais Camilla était en vie – elle avait sans doute fui le pays et pourrait sonder le terrain pour reconstruire un nouvel empire. Rien n'était fini. Lisbeth avait juste blessé le gibier. Ce n'était pas suffisant, loin de là.

Elle jeta un regard hardi sur la table basse devant elle. Il y avait un paquet de cigarettes et le numéro de *Millénium* qu'elle n'avait pas encore lu. Elle prit le journal. Le reposa. Puis le prit de nouveau et commença à lire le long reportage de Mikael. Arrivée à la dernière phrase, elle observa un moment la photo accompagnant la signature. Puis elle se leva d'un bond, s'enferma dans la salle de bains et se maquilla. Elle enfila un tee-shirt noir moulant, sa veste en cuir et brava la nuit de décembre.

Elle avait froid. C'était une folie de sortir aussi légèrement vêtue. Mais elle s'en fichait et descendait vers Mariatorget d'un pas rapide. Elle prit à gauche sur Swedenborgsgatan et franchit la porte du restaurant Süd où elle s'installa au comptoir et s'enfila whisky et bière l'un après l'autre. La clientèle était en partie composée de journalistes et autres acteurs de la vie culturelle, qui furent nombreux à la reconnaître. Évidemment, sa présence suscita potins et bavardages. Le guitariste Johan Norberg, qui, dans ses chroniques pour la revue *Vi*, était connu pour s'attacher aux petits détails révélateurs, remarqua que Lisbeth ne buvait pas comme si elle y prenait du plaisir, mais comme s'il s'agissait d'une tâche à accomplir.

Ses gestes étaient très déterminés et personne n'osa l'approcher. Une femme du nom de Regine Richter, thérapeute comportementale cognitive de son métier, installée une table plus loin, se demanda même si Lisbeth Salander avait distingué un seul visage dans tout le restaurant. À aucun moment elle n'avait jeté un regard autour d'elle ou montré le moindre intérêt pour quoi que ce soit. Le barman, Steffe Mild, soupçonnait Lisbeth de se préparer à une sorte d'opération ou d'assaut.

À 21 h 15, elle régla en espèces et disparut dans la nuit sans un mot ni un hochement de tête. Un homme entre deux âges du nom de Kenneth Höök, qui n'était ni particulièrement sobre ni particulièrement fiable, à en croire ses ex-femmes et ses amis, la vit traverser Mariatorget comme si elle était "en route pour un duel".

MALGRÉ LE FROID, MIKAEL RENTRAIT chez lui d'un pas lent, plongé dans de mornes pensées. Il esquissa quand même un sourire en croisant les fidèles du quartier devant le Bishop's Arms :

— Hé, tout compte fait, ce n'est pas fini pour toi! railla Arne ou quel que soit son nom.

— Pas tout à fait, non, répondit Mikael, et il envisagea une seconde de prendre une dernière bière au comptoir et de bavarder avec Amir.

Mais il se sentait trop las pour ça. Il préférait rester seul et continua son chemin. En montant l'escalier, un malaise indéfinissable s'empara de lui, peut-être la conséquence de tout ce qu'il avait vécu ces jours-ci. Il essaya de chasser ce sentiment, mais le malaise ne voulait pas le lâcher, et grandit même quand il réalisa qu'une ampoule avait grillé à l'étage supérieur.

L'obscurité était compacte là-haut. Il ralentit l'allure et détecta quelque chose, un mouvement, lui sembla-t-il. L'instant d'après, il y eut un scintillement, un rai de lumière, comme l'écran d'un téléphone, et une mince silhouette se profila dans la cage d'escalier, tel un fantôme au regard étincelant.

— Qui est là ? dit-il, pris de panique.

Puis il la reconnut : c'était Lisbeth. Il se détendit et ouvrit grands les bras, mais le soulagement fut de courte durée.

Lisbeth avait l'air en colère. Regard charbonneux, corps tendu, elle était prête à l'attaque.

— Tu es fâchée ? demanda-t-il.

— Et pas qu'un peu.

— Pourquoi ?

Lisbeth fit un pas en avant dans le couloir, son visage pâle luisait, et il songea un instant à sa blessure.

— Parce que j'ai fait le déplacement jusqu'ici pour trouver porte close, dit-elle, sur quoi il alla à sa rencontre :

— Mais c'est scandaleux, répondit-il.

— Je trouve, oui.

— Et si je t'invitais à entrer maintenant ?

— Alors je me verrais dans l'obligation d'accepter.

— Je te souhaite donc la bienvenue, dit-il, et pour la première fois depuis longtemps, un large sourire égaya son visage.

REMERCIEMENTS

UN GRAND MERCI à mon agent Magdalena Hedlund, au père et au frère de Stieg Larsson, Erland et Joakim Larsson, à mes éditrices Eva Gedin et Susanna Romanus, à l'éditeur Ingemar Karlsson ainsi qu'à Linda Altrov Berg et Catherine Mörk de Norstedts Agency.

Merci aussi à David Jacoby, chercheur en sécurité au Kaspersky Lab et à Andreas Strömbergsson, professeur de mathématiques à l'université d'Uppsala, ainsi qu'à Fredrik Laurin, chef d'investigation à *Ekot*, à Mikael Lagström d'Outpost24, aux auteurs Daniel Goldberg et Linus Larsson et à Menachem Harari.

Et évidemment à ma chère Anne.

Pour en savoir plus sur la collection Actes noirs,
tous les livres, les nouveautés, les auteurs, les actualités,
lire des extraits en avant-première :

actes-sud.fr
facebook/actes noirs

OUVRAGE RÉALISÉ
PAR L'ATELIER GRAPHIQUE ACTES SUD
REPRODUIT ET ACHEVÉ D'IMPRIMER
EN JUILLET 2015
PAR NORMANDIE ROTO IMPRESSION S.A.S.
À LONRAI
POUR LE COMPTE DES ÉDITIONS
ACTES SUD
LE MÉJAN
PLACE NINA-BERBEROVA
13200 ARLES

DÉPÔT LÉGAL
1re ÉDITION: AOÛT 2015

N° impr. : 1502883

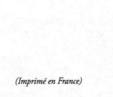

(Imprimé en France)